Cornelia Kempf, geboren 1970, arbeitete als selbständige IT-Systemspezialistin, ehe sie sich dem Schreiben von historischen Romanen widmete. Heute lebt die Autorin in der Nähe von Augsburg.

Cornelia Kempf

DIE GLADIATORIN

Historischer Roman

Rowohlt Taschenbuch Verlag

Veröffentlicht im Rowohlt Taschenbuch Verlag,
Reinbek bei Hamburg, Januar 2007
Lizenzausgabe mit Genehmigung
des KaMeRu Verlags, Zürich
Copyright © 2005 by KaMeRu Verlag Zürich
Umschlaggestaltung any.way, Cathrin Günther
(Foto: Bridgeman Giraudon)
Satz Adobe Garamond PostScript (InDesign)
bei KCS GmbH, Buchholz bei Hamburg
Druck und Bindung Clausen & Bosse, Leck
Printed in Germany
ISBN 13: 978 3 499 24470 4
ISBN 10: 3 499 24470 5

«Amorem audere maioris momenti
est quam libertatem velle»
«Die Liebe zu wagen ist bedeutsamer
als die Freiheit zu wollen»

Unbekannt

In memoriam Gerd

PERSONENVERZEICHNIS

Gaius Octavius Pulcher	adeliger Römer und Besitzer des *Ludus Octavius*
Anea	die Gladiatorix
Craton	erfolgreichster Gladiator aus dem Hause Octavius
Tiberianus	Senator und bester Freund von Gaius Octavius
Flavia Pompeia	Geliebte des Kaisers und schöne Intrigantin
Marcus Titius	Gaius' ehrgeizigster Widersacher
Titio	ein junger Gladiator mit ruhmsüchtigen Zielen
Claudia	Tochter aus dem hohen Hause Claudius, Freundin von Gaius Octavius
Gaius Octavius Lucullus	Gaius' jüngerer Bruder, römischer Offizier
Mantano	Ausbilder im *Ludus Octavius*
Calvus	bester Gladiator aus dem Hause Titius
Julia	die geheimnisvolle Unbekannte vom Forum
Messalia	eine freie Prostituierte
Martinus	Freund und Arzt des Hauses Octavius
Agrippa	alternder und gefährlicher Senator
Titus Flavius Domitianus*	Kaiser von Rom, Imperator der antiken Welt
Domitia Longina*	Kaiserin
Petronius Secundus*	adeliger Römer mit vielen Geheimnissen
Ferun	eine junge Sklavin
Sextus Lucatus	Arzt in Gaius' Schule
Actus	Gaius' Leibsklave
Aventius	Domitians beliebtester Gladiator
Stephanius*	adeliger Römer und Vertrauter der Kaiserin
Quintus	Pompeias Leibwächter
Parthenius*	ehemaliger Sklave von Kaiser Nero, hohe Persönlichkeit bei Hofe

Die mit * bezeichneten Personen sind historisch verbürgt.

PROLOG

Das gleißende Licht der Sonne blendete sie.

Schützend hielt sie die Hand vor die Augen und trat dann in den Schatten der mächtigen Tannen. Sie zog einen Pfeil aus dem Köcher, legte ihn langsam an die Sehne ihres Bogens, pirschte sich vorsichtig heran, spannte lautlos und zielte.

Sie hörte sich atmen, hörte das Pochen ihres Herzens. Das berauschende Gefühl, das sie seit jenem Tag, als ihr Vater sie das erste Mal auf die Jagd mitgenommen hatte, immer wieder übermannte, durchflutete sie. Jeder Muskel, jede einzelne Faser ihres Körpers war bis zum Zerreißen gespannt.

Ein Hirsch schritt majestätisch über die Lichtung, er trug sein Geweih wie eine Krone. Ein Hauch Magie schien ihn zu umgeben, ein Zauber, als würde seine Kraft den Wald nähren.

Sie zögerte und glaubte zu spüren, wie das Blut in den Adern des Tieres pulsierte, stark und kraftvoll. Die Druiden ehrten die Natur, ehrten die Tiere, und sie fürchtete, durch ihre Tat den Wald, der ihnen Schutz, Nahrung und Heimat bot, zu entweihen.

Langsam senkte der Hirsch den Kopf und äste, ohne die Gefahr zu ahnen. Der Wald schien den Atem anzuhalten.

Sie hielt die Sehne ihres Bogens noch immer gespannt. Ihre Muskeln begannen zu zittern, doch sie konnte nicht loslassen, konnte den Pfeil nicht abschießen.

Das Geräusch eines brechenden Astes ließ sie herumfahren. Blitzschnell blickte sie sich um, die smaragdgrünen

Augen zu Schlitzen zusammengekniffen, doch sie konnte nichts entdecken.

«Verdammt», fluchte sie, als sie sich wieder umwandte und sah, wie der Hirsch aufgeschreckt über die Lichtung davonjagte.

Ohne zu überlegen rannte sie los, dem Wild hinterher. Der Hirsch brach durch die Bäume, setzte über umgestürzte Baumstämme, sprang über einen Bach. Sie hetzte dem Tier nach, während Äste ihren Körper peitschten.

Die Wucht eines Aufpralls riss sie plötzlich zu Boden, sie stürzte und sah, wie der Hirsch im Dickicht verschwand. Sie schloss die Augen, atmete heftig, und erst jetzt spürte sie die Anstrengung der Jagd.

Als sie sich wieder aufrichtete, kauerte ein kleines Mädchen neben ihr.

«Was machst du denn hier?», fauchte sie, als sie das Kind erkannte. «Wie oft soll ich dir noch sagen, mir nicht zu folgen, wenn ich auf die Jagd gehe? Du weißt doch, wie gefährlich es ist.»

Sie erhob sich. Das Mädchen schwieg, den Blick auf den moosbewachsenen Waldboden geheftet.

«Du hast unser Essen verjagt!», schimpfte sie ungehalten.

«Es tut mir Leid», stammelte das Mädchen. «Ich wollte nur lernen.»

«Du willst lernen? Was? Einen Hirsch verscheuchen kannst du ja schon!» Sie versuchte ihren Unmut zu zügeln, als sie bemerkte, wie die Lippen des Kindes zu beben begannen. «Noch brauchst du nicht zu lernen, wie man jagt», fügte sie mit einer sanfteren Stimme hinzu.

Als das Mädchen bemerkte, dass die Frau ihm nicht mehr böse war, reckte es das Kinn in die Höhe. Die Augen der Kleinen funkelten wie Saphire, als sie wütend entgegnete: «Zu früh? Das erzählst du mir schon seit Jahren. Du willst mich einfach nicht lehren, wie man mit Pfeil und Bogen umgeht. Und auch nicht, wie man ein Messer oder ein Schwert benutzt!» Sie stemmte ihre Hände in die Hüften und sah auf einmal älter als zwölf Sommer aus, viel älter. «Wenn du mir das nicht beibringen willst, wer dann? Vater kann es mich nicht mehr lehren, er ist tot!»

Einen Augenblick lang musterte die Frau das Kind wortlos. Das bedrückende Schweigen zwischen ihnen wurde nur durch das Klopfen eines Spechtes in der Krone eines alten Baumes gestört. Sie seufzte auf, kniete sich neben das Mädchen und strich ihm eine helle Haarsträhne aus dem Gesicht.

Sie wusste, die Kleine litt noch immer unter dem Verlust der Eltern. Immerhin war es ihr erspart geblieben, mit jenen Bildern leben zu müssen, die sie seit jenem Tag, als römische Legionäre ihr Dorf verwüsteten, nie mehr vergessen würde.

Die Römer übten bittere Rache für einen Krieg, der schon über fünfzehn Jahre zurücklag. Sie hassten die freien Stämme der Kelten im Norden Britanniens, sie hassten sie von jeher und schonten weder Mann noch Frau noch Kind.

Sie hatte es selbst erlebt. Sie hatte zusehen müssen, wie die Soldaten in ihr Dorf einfielen, ihr Haus in Brand setzten, die Mutter an den Haaren nach draußen zerrten und sich über sie hermachten, immer und immer wieder. Niemals würde sie die Blicke der Mutter vergessen, bevor ihr ein Soldat das Schwert in den Leib stieß.

Ein kleines Mädchen in den Armen, floh sie aus dem Dorf, rannte, so schnell sie konnte, das Bild der toten Mutter noch immer vor Augen. Die Soldaten wüteten unerbittlich, und diejenigen, die sie nicht töteten, machten sie zu Sklaven und schleppten sie fort.

Der Gott *Cernunnos*, der Gehörnte selbst, musste seine Hand über sie gehalten haben, als sie sich tagelang im Wald versteckten. Und er stand auch an ihrer Seite, als sie endlich ihren Vater trafen, der sie in ein anderes Dorf brachte, wo sie Hilfe, Schutz und eine neue Heimat fanden. In dieser Zeit hielten die Stämme zueinander.

«Den Hirsch wirst du jetzt nicht mehr erlegen!», riss die Stimme des Mädchens sie aus den Gedanken und ließ die düsteren Bilder weichen. Sie besann sich und lächelte das Kind versöhnlich an.

«Nein, jetzt nicht mehr. Er ist weg.» Sie sah zu den Baumkronen auf, die sich sanft im Wind wiegten. «Wir sollten jetzt wieder...» Jäh hielt sie inne.

Wieder brach irgendwo ein Ast. Sie runzelte die Stirn und spähte zwischen die Bäume, die sich bedrohlich dem Himmel entgegenreckten. Doch sie erblickte nur einen Eber, der über die Lichtung lief und in den Büschen verschwand. «Wir sollten zurückkehren!», sagte sie und nahm das Kind an die Hand.

Der Abend war nicht mehr fern, als sie den Hügel erreichten, hinter welchem ihr Dorf lag. Ein Pfad schlängelte sich hinab. Sie erblickten die ersten Häuser, Rauch stieg über den Dächern auf, man hörte das Lachen der spielenden Kinder und sah Frauen ihrer Arbeit nachgehen. Ein Ochsenkarren, beladen mit Stroh, rumpelte über die Wege.

«Wann willst du es mich lehren?», begann das Mädchen wieder und sah zu ihr auf. «Du warst viel jünger, als Vater dir beibrachte, mit Waffen umzugehen!»

Sie lächelte und schulterte den Köcher. «Es waren andere Zeiten! Er lehrte es mich nur, weil er dachte, es müsste sein. Das ist jetzt vorbei!» Als sie sah, dass das Mädchen sich mit dieser Antwort nicht zufrieden gab, seufzte sie und versprach: «Nächstes Frühjahr! Da du den Hirsch verjagt hast, werden wir wohl den Winter über hungern müssen. Mal sehen, ob du dann noch kräftig genug bist, um einen Bogen zu spannen!»

Das Kind schmunzelte, und seine Wangen färbten sich rot. Doch plötzlich blieb es stehen und fragte: «Hörst du das?»

Die Frau blickte zum Dorf, das friedlich vor ihnen lag, und schüttelte den Kopf. «Nein. Was?»

«Ich glaube, Pferde zu hören!»

«Pferde?» Sie zuckte mit den Schultern. «Ich höre wirklich nichts. Vielleicht ...»

Ein Schrei unterbrach sie, ließ sie erstarren. Ein langer, nicht enden wollender, verzweifelter Schrei. Und sie wusste sofort: Der Albtraum, der ihr viele Nächte den Schlaf geraubt hatte, war wieder da. Das kleine Mädchen noch immer an der Hand haltend, sah sie, wie eine Horde Reiter über das Dorf herfiel und Kinder und Frauen auseinander trieb. Noch ehe die Männer zu den Waffen greifen konnten, wurden sie wie Ähren auf dem Feld niedergemäht, wie alles, was sich den Reitern in den Weg stellte. Die strohgedeckten Dächer gingen in Flammen auf, und schon bald brannte das ganze Dorf lichterloh, als ob die Götter selbst einen Feuersturm geschickt hätten.

Der Bogen glitt ihr aus der Hand. Sie starrte mit weit aufgerissenen Augen zum Dorf, unfähig, sich zu rühren, unfähig zu begreifen, was sie sah. Erst als sie leises Schluchzen neben sich hörte, wandte sie sich um und rannte los, das Mädchen hinter sich herzerrend.

«Lauf!», befahl sie der Kleinen, «bei den Göttern, lauf!»

Sie hetzten den Hügel hinauf und spürten, wie der Boden unter den Schlägen der Hufe erbebte und ein unheilvolles Rasseln die Luft erfüllte – das Rasseln unzähliger *Loricas*, wie sie die römischen Legionäre trugen.

Ihr stockte das Herz, noch fester umklammerte sie die Hand des Mädchens und riss es zur Seite. Sie schlugen einen Bogen, versuchten den Wald zu erreichen. Sollten sie den Römern in die Hände fallen, würde es nur zwei Möglichkeiten geben: Tod oder Sklaverei.

Das Donnern der Hufe und das Rasseln der Kettenhemden kamen immer näher, sie zerrte das Kind unerbittlich weiter, wandte sich nicht um. Auch dann nicht, als ein Pferd sie beinahe einholte. Erst als das Mädchen stolperte und ihre Hand losließ, blieb sie stehen.

«Steh auf!», fauchte sie, und voller Furcht rappelte sich das Kind auf, hinkte einige Schritte, fiel wieder hin und weinte: «Ich kann nicht mehr!»

«Du musst!» Sie griff nach dem Mädchen, doch noch bevor sie es zu fassen kriegte, schleuderte ein wuchtiger Schlag sie zu Boden.

Die Hufe des Pferdes verfehlten nur knapp ihren Kopf. Benommen blieb sie liegen, hörte, wie der Reiter wendete. Sie richtete sich langsam auf und suchte nach dem Messer, das sie immer bei sich trug, wenn sie auf die Jagd ging.

Der Soldat presste die Schenkel in die Flanken des Pferdes. Es bäumte sich auf, schlug mit den Hufen aus und preschte los, auf sie zu. Sie sprang auf und es gelang ihr, das Messer dem Reiter in den Oberschenkel zu stoßen. Er schrie auf, riss an den Zügeln. Das Pferd strauchelte beinahe, dann blieb es stehen.

Mit schmerzverzerrtem Gesicht zog der Römer das Messer, das bis zum Schaft in seinem Bein steckte, heraus. Dann stieg er mühevoll ab und kam näher.

Sie war bereit. Sie würde kämpfen, so wie ihr Vater es sie gelehrt hatte.

Der Schrei des Mädchens ließ sie herumfahren. Ein anderer Soldat hatte es gepackt und hielt es fest.

Sie stürmte los, dachte nicht daran, dass sie gegen zwei Soldaten kaum bestehen würde. Doch plötzlich ließ der Mann die Kleine los, sie hatte ihm in die Hand gebissen. Ein Schwert blitzte auf. Das Mädchen kroch zwischen den Beinen des Pferdes hindurch und entging so dem Hieb.

Sie sah, wie der Legionär das Schwert aus der verletzten

Hand in die andere wechselte und auf das Kind zuging. Sie stürzte auf ihn los, schlug ihm mit der Faust ins Gesicht und entriss ihm die Waffe. Er torkelte einige Schritte, fasste sich ungläubig an die blutende Nase.

Das Mädchen saß zitternd da und schluchzte. Mit einem Satz war sie bei dem Kind und riss es hoch.

«Lauf, Ferun, lauf!», schrie sie, «lauf, so schnell du kannst!»

Doch es war zu spät. Sie hörte ein hämisches Lachen und das Wiehern der Pferde, die verzweifelten Schreie aus dem Dorf. Ein Hieb zwang sie in die Knie, ließ sie zusammenbrechen. Sie schmeckte die würzige Erde ihrer Heimat im Mund, warm und duftend, atmete den frischen Geruch des Waldes ein. Auf einmal schienen die alten Tannen sich zu ihr zu neigen, und sie wusste, sie würde dieses Land nie mehr wiedersehen.

I

«Der Winter wird dieses Jahr früh kommen!», prophezeite Mantano und blickte grimmig zum Himmel. Seine Miene ließ darauf schließen, wie wenig ihm diese Aussicht behagte.

«Schon möglich, aber das bedeutet noch lange nicht ein vorzeitiges Ende der Spiele», entgegnete der Mann an seiner Seite. Er schlang seine sorgsam gearbeitete Toga nochmals um den Arm und schürzte den schön geschwungenen Mund, der seine Gesichtszüge erwärmte. Als ob ihn sein Gespür nicht trügen konnte, hob er leicht eine Braue seiner sanften dunklen Augen, würdigte Mantano jedoch keines Blickes. «Die Spiele sind noch nicht vorbei, und sicher wird zu Ehren Apolls noch eine *Ludi* ...»

«Gaius Octavius Pulcher, welch eine angenehme Überraschung!», unterbrach ihn eine Frauenstimme und ließ ihn verwirrt umherblicken. Eine von hellhäutigen Sklaven getragene, mit Stoffen verhangene Sänfte kämpfte sich einen Weg durch die Menge.

«Theodosia, meine Liebe!» Gaius neigte leicht den Kopf und schenkte der hohen Frau ein Lächeln. Dem Charme, der von dieser Geste ausging, erlagen die Damen reihenweise, das wusste er.

Die Herrin richtete sich auf. Gaius glaubte ihre Wangen für einen Augenblick aufleuchten zu sehen. Gemächlich trat er an die Sänfte heran. «Dein Gatte muss großes Vertrauen in die Götter haben, wenn er eine Frau, die selbst Venus' Erhabenheit überstrahlt, so ungeschützt auf Roms Straßen lässt!» Er näherte sich ihr und flüsterte, hauchte fast, als er

bei ihr stand: «Ich würde dich nur mit einer Kohorte Soldaten ziehen lassen, und doch würde mich meine Eifersucht
verbrennen!»

Sie lächelte verlegen, ihre Wangen leuchteten und verliehen dem blassen Gesicht etwas mehr Farbe. Mit einem zufriedenen Gesichtsausdruck, den er zu verbergen versuchte,
indem er seine mit Goldfäden durchwirkte Tunika glatt
strich, erkannte Gaius, dass er sein Ziel erreicht hatte.

«Ich habe dich lange nicht mehr auf dem Forum gesehen,
und Roms Gesellschaft vermisst schon ihren schönen Gaius.»
Theodosia reichte ihm erhaben die Hand, während es in ihren Augen sehnsüchtig funkelte. «Welches Geschick lässt
dich so plötzlich wieder von deinem Hügel herabsteigen?»

«Nichts treibt mich mehr in die Stadt als deine Anmut, an
der ich mich weiden will!», erwiderte Gaius und hielt Theo-
dosias Blick stand, während er ihre Finger nahm und mit
einer galanten Geste einen Kuss andeutete.

Ein Augenaufschlag folgte. «So, wirklich?»

«Vor einer so klugen Frau wie dir kann ich nichts verbergen.» Gaius räusperte sich, sein Tonfall wurde förmlicher.
«Meine Geschäfte treiben mich hierher.»

Theodosia lehnte sich zurück, und in ihrem Gesicht spiegelte sich unversehens Abscheu wider, als sie Mantanos Gegenwart bemerkte. Ihre Stimme klang mit einem Mal kühl,
abweisend, und ihre Miene wandelte sich von Freundlichkeit in Verachtung. Sie zog die Hand zurück. «Geschäfte!
Natürlich!»

Gaius wagte einen Blick über die Schulter und musterte
seinen Begleiter. Mantanos Erscheinung ließ jeden instinktiv
zurückweichen. Er wirkte derb, animalisch und weckte den
Glauben, er könne einen Bullen mit seinen bloßen Händen
auf den Rücken drehen, um ihm im gleichen Atemzug das
Genick zu brechen. Sein wettergegerbtes Gesicht erweckte
kein Vertrauen. Es wurde von einer Narbe – dem letzten

Zeugnis einer Verletzung, die ihn beinahe sein rechtes Augenlicht gekostet hatte – wie von einer Erdfurche in zwei Hälften geteilt. Er war ein Mann, den man eher in einer Spelunke am Hafen als auf dem Forum anzutreffen erwartete und dem man nach Möglichkeit aus dem Weg ging.

«So will ich dich nicht weiter von deinen Geschäften abhalten», wandte sich Theodosia wieder Gaius zu. «Doch mein Gatte wäre sicher erfreut, dich wieder einmal auf einem unserer Feste zu sehen.» Sie befahl ihren Trägern mit einem Handwink weiterzugehen, als hätte sie es unerwartet eilig.

Verstimmt starrte Gaius der Sänfte nach, die alsbald vom Treiben des Forums verschluckt wurde.

«Die edle Theodosia scheint heute wenig Zeit zu haben», bemerkte Mantano mürrisch, als er sich Gaius wieder genähert hatte.

«Nun, sie zählt zu den Römern, die meine Lieblingsbeschäftigung nicht billigen», erklärte Gaius schulterzuckend und drehte sich Mantano zu. Gemeinsam schlenderten die beiden Männer durch die bevölkerte Straße dem Markt entgegen.

Gaius begutachtete gelangweilt die Waren der Händler, sah sich wahllos um, als hätte ihn die Begegnung mit Theodosia den wahren Grund, das Forum aufzusuchen, vergessen lassen. Ihre Abneigung ärgerte ihn. Sicher, es war ein ehrenrüchiges Gewerbe, das er trotz seines Standes betrieb, er, der Abkömmling eines alten und ehrenwerten Hauses mit langer Tradition. Doch seine Gladiatorenschule, deren Name in Rom immerhin in einem Atemzug mit dem *Ludus Magnus* genannt wurde, war seine große Leidenschaft, die er unter keinen Umständen aufgeben wollte.

Mit einem Zungenschnalzen verscheuchte Gaius die Gedanken an Theodosia und wandte sich wieder seinem eigentlichen Anliegen zu. Er wollte die Sklaven in Augenschein nehmen. Vielleicht befand sich unter ihnen ein vielversprechender Gladiator, der für die Arena geboren war. Bei diesen Überlegungen erheiterte sich sein Gemüt, und vor sein geistiges Auge schob sich das Bild des Amphitheaters, wo die Massen lautstark jubelnd ihre Helden begrüßten.

«Gaius Octavius, mein Guter», zerstörte eine weitere Stimme die erfreulichen Bilder in seinem Kopf. Missmutig blickte er sich um und sah einen Mann, der eine Hand in seine Toga krallte und an dessen Seite ein junges Mädchen schlenderte. Das safranfarbene Kleid ließ es wie eine kleine Prinzessin aussehen.

«Hier geht es zu wie in einem Taubenschlag. Ich sollte mich nur nachts auf das Forum wagen», murrte Gaius. Er ließ Mantano stehen und trat dem Mann entgegen.

«Senator Publius!»

«Gaius, mein Junge, wenn das nicht Bestimmung der Götter ist, dass wir uns heute hier begegnen! Ich wollte dich schon besuchen!»

Mit offenen Armen, als wolle er einen Verwandten begrüßen, trat der Staatsmann auf ihn zu.

Gaius wich einen Schritt zurück und entging der unerwünschten Herzlichkeit nur dank einer freundlichen Verbeugung. «Die Götter fügen es und werden wissen, was richtig ist! Ich fühle mich geehrt, dich zu treffen, Senator!»

Publius grinste. «Du erinnerst dich noch an meine jüngste Tochter?» Sein Antlitz überzog sogleich der Schimmer eines tüchtigen Geschäftsmannes, während er das Mädchen vor sich schob.

Gaius lächelte gequält. «Natürlich. Ich kenne Antonia Publia schon, seit sie laufen kann. Mir scheint, als sei es erst gestern gewesen. Sie wird zu einer Schönheit erblühen, die ihre Mutter in den Schatten stellt!» Er blickte das Mädchen kurz an. Sie war unscheinbar, und ihr Aussehen hatte mehr Ähnlichkeit mit dem ihres Vaters als dem ihrer Mutter; die väterlich geerbte Habichtsnase war nicht zu übersehen.

Publius, der die schmeichelhafte Lüge nicht bemerkt hatte, nickte verschwörerisch, zwinkerte Gaius zu, legte einen Arm um seine Schulter und zog ihn auf die Seite. «Sie wird dieses Jahr zwölf. Höchste Zeit, sie zu verheiraten!»

Gaius fror das Lächeln ein.

Antonia Publia hatte ihre Blicke züchtig auf den Boden gesenkt und war vor Scham rot geworden. Sie wirkte wie ein mit Absicht vergessenes Päckchen.

«Geschätzter Senator, es wäre mir eine Ehre, deine Tochter zu heiraten!» Ein Knoten schnürte Gaius' Hals zu, als er das von Zufriedenheit und Stolz überzogene Gesicht des Senators sah. «Aber ich kann nicht, der Tod meiner Frau ...»

«Gaius!» Publius' freundliche Maske fiel mit einem Schlag. «Octavia ist vor fünf Jahren gestorben, kinderlos, und ein Mann in deinem Alter sollte ...»

«Octavias Tod ist für mich Grund genug, mich nicht übereilt zu binden!», winkte Gaius eilig ab. «Zudem wird deine Tochter mit den Jahren sicherlich noch viel schöner, als sie jetzt schon ist. Wir sollten ihr noch etwas Zeit lassen!» Er räusperte sich verlegen. «Verzeih mir, Senator, aber leider drängen mich heute andere Geschäfte auf das Forum.» Hastig verabschiedete er sich und ließ Publius und seine Tochter, die erleichtert aufatmete, stehen.

«Hungrigen Löwen in der Arena gegenüberzutreten ist erfreulicher! Welche Dämonen reiten die Leute, mir jedes Kind anzubieten, das gerade eben erst laufen gelernt hat?», brummte er, während er mit Mantano in der Menge untertauchte und der Lärm des Marktes Publius' letzte Worte verschluckte.

Mantano hatte sichtlich Mühe, sich eines Schmunzelns zu erwehren. «Dein *Ludus Gladiatorius* mag einigen ein Dorn im Auge sein, aber dennoch bist du einer der begehrtesten Männer Roms. Viele edle Familien würden sich geehrt fühlen, mit dem alten Haus Octavius eine Bindung einzugehen.»

«Sie wollen nicht meinen Namen, sondern mein Geld! Vor allem Senator Publius, der mir ein kleines Vermögen schuldet und nun die Absicht hegt, auf diese Weise seine Schulden bei mir zu tilgen! Ich bin dreimal so alt wie seine Antonia Publia und könnte ihr Großvater sein!», erwiderte Gaius verärgert. «Vielleicht sollte ich lieber nach Hause gehen! Für heute habe ich schon genügend unangenehme Begegnungen erlebt!»

«Rufius ist wieder in Rom!», erinnerte Mantano ihn an den eigentlichen Grund seines Marktbesuches.

«Nun, dann sollten wir vielleicht doch sehen, was er zu bieten hat!» Verstimmt stapfte Gaius weiter.

«Der letzte Kauf aus seinem Bestand war nicht gerade Gewinn bringend», bemerkte Mantano vorsichtig.

Gaius stutzte einen Augenblick und frischte sein Gedächtnis mit einer abwertenden Gebärde auf. «Cupidio! Ich hatte ihn schon beinahe vergessen. Nun, seinen Tod hatte er sich selbst zuzuschreiben. Außerdem war er recht günstig.»

«Er war ein Verlust», belehrte ihn Mantano.

«Damit muss ich leben. Einbußen gab und gibt es immer wieder. Bisher jedenfalls stand eine gütige *Tyche* meiner Schule stets zur Seite!» Gaius betrachtete das Abbild eines Gladiators an einer Hauswand, der seinen besiegten Gegner weit überragte, das Schwert triumphierend in die Höhe reckte, von den Massen gefeiert wie ein Gott. Bei diesem Anblick hob sich seine Stimmung. Er nickte dem Bildnis entgegen: «Craton hat diesen Verlust schon längst wettgemacht!»

Mantano wirkte unbeeindruckt. «Wäre er nicht so eigensinnig, würde ich dir zustimmen. Seine Glücksgöttin darf in keinem Kampf, nicht für einen Herzschlag, ihre Hand von ihm nehmen. Craton ist sehr von sich überzeugt, zu unachtsam, zu leichtsinnig! Erst recht, wenn er sich als König der Arena feiern lässt!»

Gaius entging Mantanos abfälliger Tonfall nicht, doch er schenkte ihm keine Beachtung.

«Und genau deshalb liebt ihn der Plebs!» Er machte begeistert eine ausschweifende Handbewegung, als ob er die Arena vor sich sähe. «Die Menge tobt, wenn es scheint, er könnte unterliegen! Craton weiß, was er tut. Er hätte Schauspieler werden können, wäre er nicht zu mir gekommen.»

«Oder er wäre schon längst getötet worden!» Mantano rang sich ein müdes Lächeln ab und knurrte bissig, während er das Bildnis an der Mauer, das Roms Helden huldigte, beäugte. «Wenn er so weitermacht, verdrängt ihn ein größerer Schauspieler! Du solltest ihm nicht zu viel erlauben, sonst wird er dir eines Tages auf dem Kopf herumtanzen. Ich an deiner Stelle ...»

«Mantano», zischte Gaius und funkelte ihn an. «Du vergisst dich! Du bist der Ausbilder meiner Gladiatoren und nicht mein Ratgeber! Ich habe dich nicht nach deiner Meinung gefragt! Und denk daran: Auch wenn du jetzt mein *Lanista* bist, so warst auch du einer meiner Sklaven!»

Die Rüge schien Mantano wie eine Peitsche, von unsichtbarer Hand geführt, getroffen zu haben. Angespannte Stille breitete sich zwischen den beiden Männern aus.

Nach einigen Augenblicken der Besinnung senkte Mantano untertänig den Kopf. «Vergib mir, Herr. Es steht mir wirklich nicht zu, dich zu belehren.»

Gaius musterte ihn abschätzig, dann wandte er sich ab und ließ seinen Blick wieder über das Forum gleiten. «Beim Merkur! Marcus Titius ist auch hier!», stieß er gereizt hervor.

Mantano blickte in die gleiche Richtung, in die Gaius starrte. Er kniff seine Augen zu schmalen Schlitzen zusammen. «Auch er wird sich wohl umsehen wollen.»

Gaius rümpfte die Nase, als hätte ihn der Atem der Pestilenz erreicht. Er hätte viel dafür gegeben, wenn ihm diese Begegnung erspart geblieben wäre. Sogar Theodosia und

Publius waren nichts im Vergleich zu Marcus Titius. Seine Gegenwart schätzte Gaius so wie die einer stinkenden Ratte. Nach Möglichkeit wollte er ihn weit weg von sich wissen, ihn am liebsten übersehen.

Doch dank seiner Erscheinung konnte Titius gar nicht übersehen werden. Er bewegte sich mühsam durch die Menge, sein übermäßiges Gewicht ließ ihn nur behäbig vorwärts schreiten. Ein Doppelkinn, das bei jeder Bewegung wie warme Hafergrütze wabbelte, stützte sich schwer auf seine Brust, und jeder Schritt trieb ihm den Schweiß auf die Stirn. Er war wahrlich keine Augenweide. Nur etwas verband Gaius mit Titius: ihre Leidenschaft für die Spiele.

«Nun, wenn er sich einen neuen Kämpfer aussucht», sinnierte Gaius, hielt aber plötzlich erschrocken inne. «Die Götter fluchen mich, er hat uns gesehen!»

Das Schicksal schien sich in der Gestalt von Marcus Titius gegen ihn verschworen zu haben. Der Mann hob grüßend seinen Arm und steuerte geradewegs auf ihn zu.

«Ave, Gaius Octavius Pulcher, ich habe dich schon eine Ewigkeit nicht mehr gesehen. Suchst du neue Kämpfer?» Titius schnaufte schwer, als hätten ihn die wenigen Schritte seinen ganzen Atem gekostet.

«Ave, Marcus Titius. Das Gleiche könnte ich dich fragen.» Gaius versuchte angestrengt, sich seine Abneigung nicht anmerken zu lassen.

«Neue Ware interessiert mich immer. Diesmal braucht meine Frau ein Mädchen für die Küche. Das bisherige Luder vergnügte sich mit einem meiner Kämpfer.» Titius' Lachen klang wie das Grunzen eines Schweins. «Du verstehst, ich kann nicht zulassen, dass eine billige Sklavin sich mit einem meiner Männer einlässt.»

«Dann züchtest du deine Gladiatoren jetzt wohl selbst? Welch ein Glück für dich!», spottete Mantano.

Gaius warf dem *Lanista* einen warnenden Blick zu, bevor

er sich wieder an Titius wandte. «Und? Hast du schon ein neues Mädchen gefunden?»

Titius' knopfgroße Adleraugen blitzten böse, doch sein Blick lichtete sich rasch wieder. «Nein, noch nicht, aber ich wollte heute Rufius aufsuchen, er soll ein Dutzend Mädchen mitgebracht haben. Vielleicht finde ich dort etwas Brauchbares, noch besser, etwas Günstiges.»

«Mädchen?», fragte Gaius überrascht. «Das passt nicht zu Rufius!»

«Nun, selbst Rufius kann nicht immer einen Mann wie Craton besorgen!», hänselte Titius.

«Craton ist nicht von Rufius!», warf Mantano ein.

«Ja, ja, das höre ich immer wieder aus deinem Mund. Trotzdem ist es seltsam, dass Craton kurz nach Gaius' Besuch bei Rufius im Haus deines Herrn erschien.»

«Craton ist mein Mann. Woher und von wem er stammt, geht keinen etwas an», fuhr Gaius entschlossen dazwischen. «Es ist ein guter Tag, sich auf dem Markt umzusehen. Salve, ehrenwerter Marcus Titius», beendete er eisig das Gespräch und ließ seinen Gegner stehen. Titius' Lächeln schwand.

«Emporkömmling», schimpfte Mantano abschätzig, nachdem er Titius außer Hörweite wusste. «Seine Kämpfer sind nichts wert, zweitklassig. Und dennoch führt er sich auf, als sei er der Besitzer des *Ludus Magnus*. Dabei sind seine Ausbildungsmethoden grausam und blutig.»

«Blut klebt an beiden Schulen, Mantano», wandte Gaius ernst ein. «Wie es ein Ausbilder schafft, seine Männer zum Kämpfen zu bringen, ist seine Sache. Ich muss neidlos gestehen, selbst Marcus Titius besitzt einige gute Gladiatoren!»

«Sicher, du hast wie immer Recht», gab Mantano ergeben zu, doch Gaius lief bereits weiter auf Rufius' Sklavenstand zu.

Im hinteren Teil des Marktes wurden sie fündig. Auf einer wackeligen, aus alten Brettern zusammengezimmerten Bühne stand eine Hand voll Sklaven. Ein Baldachin, an dem sich die Motten gütlich getan hatten, versuchte Schatten gegen die sengende Sonne zu spenden und ließ dabei bizarre Lichtmuster über den Boden tanzen. Nur wenige Marktbesucher interessierten sich für die Ware.

«Titius' Worte entsprechen der Wahrheit», murmelte Mantano finster. Er verschränkte abweisend die Arme vor seiner Brust. «Ich weiß nicht, was du hier finden willst!»

Gaius blickte nochmals zu den Sklaven. Es waren vorwiegend Mädchen, fast noch Kinder. Allesamt ausgehungert, verängstigt und in einem erbärmlichen Zustand. Zwei junge Frauen und ein Mann, dessen rechte Hand wie eine Ähre im Wind zitterte, rundeten das jämmerliche Bild ab.

«Rufius ist ein Geschäftsmann.» Er deutete mit dem Kinn auf einen Mann, der gerade die Bühne betrat. Von der Statur her konnte er sich durchaus mit einem Gladiator messen. «Seine bessere Ware hebt er sich für später auf oder stellt sie gar nicht öffentlich zur Schau. Wir sollten warten, was er sonst noch zu bieten hat!»

Rufius stieß nun zwei schmutzige, barfüßige Mädchen, die angsterfüllt auf die Bohlen starrten, vor sich her. Sie schienen nicht als Sklavinnen geboren worden zu sein. Wahrscheinlich kamen sie als Kriegsbeute nach Rom. Nun pries der Händler sie als tüchtige Kinder an. «Diese Mädchen werden gute Dienste leisten. Sie sind gesund, kräftig, lernwillig und beherrschen sogar etwas Latein!» Er packte das größere grob am Arm und schubste es nach vorne. Es zuckte erschrocken zusammen. In seinen Augen, in denen die Pracht eines Kornblumenfeldes eingefangen war, spiegelten sich Furcht und Hoffnungslosigkeit wider.

Gaius beobachtete die Sklavin ungerührt, während er eine Fliege mit einer raschen Handbewegung von seinem Gesicht verscheuchte.

Rufius drehte das Mädchen um, damit seine Kunden es besser sehen konnten.

«Ich brauche etwas für mein *Lupanar*», rief ein magerer Mann, so mager, dass er kaum vermochte, einem streunenden Köter Schatten zu spenden. «Doch sie ist nicht das, was ich suche. Sie übersteht keine Nacht in meinem Haus!» Er schüttelte den Kopf.

Rufius riss die Tunika von den Schultern der Sklavin und grub seine Finger in ihre helle Haut: «Du solltest sie dir genauer ansehen. Sie ist muskulös und zu mehr zu gebrauchen, als es scheint. Es dauerte beinahe zwei Monate, bis wir nach Rom gelangten, und sie hat die Reise gut überstanden. Sie ist zäh und gesund!»

«Kannst du dich dafür verbürgen?», vernahm Gaius plötzlich eine bekannte Stimme. Titius hatte gerade den Stand erreicht und betrachtete die Ware neugierig.

«Marcus Titius! Es ist mir wie immer eine Freude, dich zu sehen.» Der Händler verneigte sich unterwürfig. «Leider habe ich heute keinen Kämpfer dabei. Doch ich könnte dir eine Frau anbieten, die vielleicht nach deinem Geschmack ist.»

Gaius schürzte bissig seine Lippen und sah Mantano an. Sie hatten beide den gleichen Gedanken: Also auch Titius kaufte Kämpfer bei Rufius!

Unwillkürlich zog Gaius seine Toga über sein Haupt, als könne er dadurch verhindern, dass Titius ihn bemerkte.

«Das Mädchen interessiert mich, kein Weib. Ich brauche es in der Küche. Wie alt ist sie?» Titius' Stimme war unüberhörbar. Die Umstehenden belächelten ihn wie einen Bauern, der gerade einer Mistgrube entstiegen war.

«Der Größe nach vielleicht elf bis dreizehn. Dem Körperbau nach kommt sie durchaus einer Fünfzehnjährigen gleich; erwachsen sozusagen.» Rufius stieß das Kind noch weiter nach vorne. Titius betatschte es mit seinen wulstigen

Fingern, prüfte seine Haut und Hände, befingerte seine noch nicht erblühte Brust. Schweigend ließ die Sklavin es über sich ergehen, nur ihr Gesicht zeigte, wie sehr sie sich vor diesem Mann ekelte.

«Sie ist mager.» Marcus Titius sah kurz auf und grabschte weiter. Er drehte sie um, um ihr Gesäß zu begutachten.

«Aber dennoch kräftig!», warf Rufius ein und entriss seine Ware dem fettleibigen Mann.

Beleidigt blickte Titius den Händler an. «Ich zahle dir fünfzig Sesterzen!»

«Fünfzig? Sie ist mindestens ihre hundert wert!»

«Du scheinst heute nicht besonders viele Käufer zu haben.» Titius wandte sich um, deutete mit dem Daumen auf den Besitzer des *Lupanars*. «Vielleicht zahlt er dir ja mehr!» Sein Interesse schwand, und er wandte sich ab, um in der Menge unterzutauchen.

Rufius verzog verstimmt die Lippen, die nun nur noch zwei Strichen glichen. «Gib mir achtzig, das deckt wenigstens meine Kosten», versuchte er zu feilschen und streckte gierig seine Hand aus.

«Achtzig Sesterzen für dieses Kind? Es kann nichts, muss durch den Winter gefüttert werden, und dafür willst du achtzig? Ich gebe dir sechzig und keine mehr, das ist schon genug für so einen Wechselbalg!»

«Siebzig Sesterzen», bemühte sich Rufius weiter.

«Sechzig!», entgegnete Titius hartnäckig.

Rufius stockte, schnaufte schwer, dann lenkte er ein: «Du bist ein harter Geschäftsmann, Marcus Titius. Sechzig, und das Mädchen gehört dir!»

«Ich möchte nicht wissen, was dem Kind in seinem Haus alles blüht.» Mantano rieb sich nachdenklich das Kinn. «Wir sollten bei Piktus vorbeischauen», schlug er vor. «Ich glaube, du verschwendest hier nur deine Zeit.»

Gaius nickte. «Wie es scheint, hat Rufius diesmal wirklich

nichts Besseres zu bieten. Lass uns gehen!» Er beobachtete abschätzig, wie Titius mit einem selbstzufriedenen Gesicht, das einem in Öl getränkten Aal glich, den Handlangern von Rufius die Geldstücke in die Hand zählte.

Sie wandten sich schon zum Gehen, als ihre Neugierde erneut entfacht wurde. Rufius' Stimme erschallte über den Platz. «Nun, Römer, kommen wir zum Schmuckstück meiner Auswahl! Ein ungeschliffener Edelstein aus dem Norden!»

Der Händler schien zu befürchten, noch mehr Kunden zu verlieren, also ließ er eine Frau auf die Bühne bringen, deren volles, glänzendes Haar Gaius an Honig erinnerte, der aus den tiefen Wäldern Germaniens stammte und zu einem horrenden Preis auf den Märkten verkauft wurde. Sie strahlte die elegante Wildheit eines Raubtiers aus. Ihre grünen Augen erinnerten an eine Katze: geheimnisvoll, warnend vor der schlummernden Gefahr. Der *Lupanar*-Betreiber, der jetzt neben Gaius stand, spitzte gierig die Lippen. Er witterte eine gute Stute für sein Geschäft.

«Sie ist keine gewöhnliche Sklavin.» Rufius deutete auf seine Ware. Gaius glaubte zu erkennen, wie nervös er plötzlich wurde. «Ein Juwel aus dem Norden des Reiches!»

«Miststück», dröhnte es unerwartet aus den hinteren Reihen, ein Krug ging zu Bruch. Alle wandten sich um. Das Mädchen, das Titius gerade erworben hatte, hatte ihn in die Hand gebissen, sich losgerissen und rannte geradewegs zu Rufius zurück. Tollpatschig stolperte Titius hinterher. Unruhe brach aus. Doch noch bevor das Kind gänzlich entwischen konnte, hatte es einer von Rufius' Leuten gepackt. Wütend, mit aller Kraft schlug das Mädchen auf seinen Fänger ein und versetzte ihm einige schmerzhafte Tritte.

«Anea!», schrie es lauthals. «Anea!»

Die junge Frau auf der Bühne wirbelte augenblicklich herum.

«Lass sie los oder du bist tot!», fauchte sie den Mann, der die Kleine festhielt, an. In ihren Augen blitzte es furchtlos. Mit unglaublicher Gewandtheit riss sie sich von Rufius los und schlug einem seiner Männer, der sich ihr in den Weg stellen wollte, mit einer solchen Wucht ins Gesicht, dass dessen Nase brach. Das laute Fluchen des Mannes lockte noch mehr Neugierige an, und das Blut, das über sein Kinn rann, verzückte einige der Schaulustigen.

Gaius beobachtete die Frau fasziniert und gebannt zugleich. Ihre Schnelligkeit und ihre Geschmeidigkeit waren ungewöhnlich. Rufius' Männer wirkten neben ihr plump. Vier von ihnen mühten sich ab, sie zu fangen, doch sie entwich ihnen immer wieder, schlug um sich, traf das eine oder andere Gesicht und versuchte das Mädchen zu erreichen. So schnell das ganze Ringen begonnen hatte, so schnell endete es auch: Zwei kräftige Männer stürzten sich auf die Frau, warfen sie mit einem dumpfen Schlag zu Boden und bändigten sie endlich. Das Feuer in ihren Augen traf die Männer bis ins Mark.

«Anea», wimmerte das Mädchen erneut und begann zu weinen, als Titius es grob packte.

In einer Sprache, die Gaius nicht verstand, rief die Sklavin dem Kind immer wieder etwas zu. Mit einem Kopfnicken versuchte sie es zu beruhigen, bis seine Tränen allmählich versiegten.

Nur mit größter Mühe zerrten Rufius' Männer die Frau wieder auf die Bühne zurück.

Der Händler versuchte den Vorfall zu beschönigen: «Wie gesagt, sie ist keine gewöhnliche Sklavin!», rief er. «Ihr Stolz und ihre Anmut sind erstaunlich, sicher auch ihr Temperament. Aber sie hat auch andere Vorzüge.»

Er trat vorsichtig näher, zögerte einen Augenblick, dann riss er der Sklavin mit einem Ruck das Kleid vom Leib.

Ein erstauntes Raunen ging durch die Reihen der Schaulustigen, als sie ihren makellosen Körper bestaunen konnten. Neugierig trat Gaius einen Schritt vor.

«Der Mann, der sie zähmt ...»

«Zähmen? Sagtest du zähmen?», ertönte es laut. «Sie ist wie ein wildes Tier, wie eine Bestie. Die kann niemals gezähmt werden!»

«Sie ist nur eine Frau. Ihr habt Nubier, Gallier und andere Barbaren unterworfen, die allesamt größer und kräftiger sind», erwiderte Rufius entschlossen.

«Sie ist nur mit Härte und Gewalt zu zähmen und macht nur Ärger», rief der Besitzer des Hurenhauses. «Nein, Rufius, nicht eine Sesterze ist diese Sklavin wert, sie ist eine Barbarin!»

«Sie ist noch nie bestraft worden! Seht ihr, keine Narben. Nach dem ersten Peitschenhieb wird sie gefügig.» Um seine Behauptung zu unterstreichen, befahl Rufius der halb nackten Frau, sich umzudrehen.

«Wenn sie aber erst die Peitsche kennen lernt, ist es mit ihrer Schönheit vorbei», brüllte ein stattlicher Mann. «Du solltest sie am besten gleich zu den Löwen in die Arena schicken, um sie loszuwerden! Dann kannst du mal sehen, ob sie mit den Bestien auch so umgeht wie mit deinen Männern! Vermutlich laufen die Löwen vor ihr davon – nicht sie vor ihnen!» Die Umstehenden lachten belustigt, stimmten dem Vorschlag johlend zu.

«Das wäre doch Verschwendung. Sie ist stark und kann hart arbeiten», hielt Rufius ihnen entgegen und betrachtete seine kopfschüttelnden Kunden verunsichert. «Nun gut, wie mir scheint, ist es mit dem bis über die Grenzen des Reiches hin bekannten Mut der Römer nicht mehr weit her! Wenn ihr glaubt, ihr könntet dieser Frau nicht Herr werden – es gibt andere Märkte im Reich, die sich nach einer solchen Ware die Finger lecken würden.»

«Fünfhundert Sesterzen!», unterbrach plötzlich eine Stimme Rufius. Er drehte sich erstaunt um, und auch die Neugierigen in den vorderen Reihen warfen verwunderte Blicke auf den Bieter, der verrückt sein musste. Unverzagt trat Gaius vor, um sein Gebot zu bekräftigen. Das Gelächter verstummte jäh.

«Das ist Wahnsinn, Herr!», flüsterte Mantano. Eine ungeheuerliche Ahnung spiegelte sich in seinem Gesicht wider. «Du solltest gar nicht erst daran denken!»

«Was ist? Fünfhundert sagte ich, hast du nicht gehört?», bot Gaius nochmals.

«Fünfhundert?» Rufius' Augen leuchteten begeistert auf.

Der Adelige, der sich schon allein durch seine edle Kleidung von der Menge abhob, nickte bestimmt.

«Tu es nicht», mahnte Mantano eindringlich. «Ich ahne, was du vorhast, aber dieses Weib wird dir nur Schwierigkeiten bereiten. Gaius, hör auf mich, sie wird in deiner Schule nur Unruhe stiften!»

«Ich frage dich nicht, also belehre mich auch nicht!», wies Gaius seinen *Lanista* zurecht, ohne ihn anzublicken, und bot ein drittes Mal. «Fünfhundert!»

«Gaius!» Mantano legte seine Hand auf die Schulter des Adeligen, doch dieser schüttelte sie ab.

«Sechshundert!», krähte jetzt eine Stimme in die Stille hinein. «Ich zahle sechshundert Sesterzen!»

Ein erneutes Raunen wogte durch die Menge. Alle starrten fassungslos zu Marcus Titius, der mit hochgerecktem Kopf hervortrat und Gaius herausfordernd anstierte.

Rufius' Blicke wanderten erstaunt zwischen den beiden Männern hin und her, und er verzog seinen Mund zu einem Grinsen. «Ah, der ehrenwerte Marcus Titius versteht wirklich was vom Geschäft. Dein Auge ist geschult und erkennt sofort gute Ware!»

«Siebenhundert!», rief Gaius entschlossen.

«Achthundert!», konterte Titius.

Wie ein Hellseher lehnte sich Rufius triumphierend zurück. Seine Vorahnung sollte sich rasch bestätigen. In Schritten von einhundert Sesterzen überboten sich die Gegner erbittert. Bald ging es Gaius nicht mehr darum, zu welchem Preis er die Sklavin bekam, sondern nur noch darum, dass *er* sie bekam.

Die Bietenden waren nun bei eintausendfünfhundert Sesterzen angelangt und hielten kurz inne, doch Rufius schüttete Öl ins Feuer. «Gaius Octavius Pulcher, willst du dir diese Sklavin wirklich entgehen lassen?»

«Lass es sein, Gaius! Das ist viel zu viel!», versuchte Mantano ihn zur Vernunft zu bringen.

«Eintausendsechshundert», hörte sich Gaius bieten.

Titius drehte ungläubig den Kopf. «Eintausendsiebenhundert!»

«Zweitausend!»

Die Gebote überschlugen sich. Erst bei zweitausendneunhundert Sesterzen stockte Gaius und überlegte angestrengt. Die Schar der Neugierigen wuchs stetig an. Sie alle wollten sehen, wie zwei Männer, deren Namen jeder in Rom kannte, um eine wilde Barbarin feilschten.

«Es steht bei zweitausendneunhundert Sesterzen. Ehrenwerter Gaius Octavius, willst du dreitausend bieten?», rief Rufius.

Gaius biss die Zähne zusammen und schüttelte gereizt den Kopf. Er erinnerte sich an Mantanos Worte und wandte sich zornig ab. Missmutig kämpfte er sich einen Weg durch die Menge.

Mantano lief ihm nach. «Sei froh, sie wird Titius nur Ärger bereiten», versuchte er ihn zu besänftigen.

«Darum ging es gar nicht!», erwiderte Gaius aufgebracht und stapfte mit großen Schritten vom Forum.

II

Ruhe kehrte in Roms Villen ein. Der Winter hielt wie ein siegreicher Feldherr seinen Einzug; es roch nach Schnee und Frost, kalte, regenreiche Tage zogen über das Land. Sie ließen die Römer frieren und auf bessere Zeiten hoffen.

Um die Tristheit des Winters zu vergessen, genoss Gaius in den Thermen die wohltuende Wärme der Dampfbäder. Nichts entspannte ihn mehr als die täglichen Massagen. Der Sklave Jason war ein Meister seines Fachs.

Entzückt schloss Gaius die Augen und genoss es, Jasons begnadete Hände auf seinem Körper zu spüren. Seine Glieder entspannten sich, das Aroma des Öls benebelte ihn. Eine wohlige Müdigkeit durchflutete ihn, als Jason seine Lenden durchknetete und die Muskulatur erholend dehnte. Gaius' Gedanken trieben wie Wolken dahin, bis sie auf einen Namen stießen, der ihn das Gesicht verziehen ließ, als hätte er in eine saure Zitrone gebissen: Marcus Titius.

Obwohl Wochen seit jenem Ereignis auf dem Forum vergangen waren, ärgerte sich Gaius noch immer. Dieses erbärmliche Gefühl der Schwäche, als er die Sklavin seinem Gegner überlassen musste, hatte sich wie ein Geschwür in seinem Kopf eingenistet. Eigentlich sollte er Titius dankbar sein, schließlich hatte er durch ihn viel Geld gespart. Dennoch schwand sein Unmut nur allmählich. Wie ein lästiges Insekt schüttelte er den Gedanken an diese Niederlage ab.

«Genießt du die Ruhe, Gaius?», hörte er plötzlich eine bekannte Stimme, die ihn aus seiner Grübelei riss. Träge öffnete er die Augen.

«Tiberianus! Du hier?», begrüßte er den Neuankömmling, der es sich auf der Liege neben ihm bequem machte. Einer der Sklaven, die wie dienende Schatten durch die Thermen huschten, entfernte ohne Aufforderung das Laken um Tiberianus' Hüften und begann, seinen Körper mit wohlriechenden Ölen einzureiben.

«Unterstelle mir nicht, ich wäre hier ein Fremder, Gaius!»

«Das tue ich nicht. Mich wundert nur, dass du schon so früh hier bist. Das gestrige Fest dauerte bis zum Morgen. Kennst du keinen Schlaf?»

Tiberianus gähnte verschlafen. «Und du?»

«Ich ziehe es vor, am frühen Morgen in die Thermen zu gehen. Um diese Zeit treibt sich hier weniger Unrat herum.»

«Unrat?» Tiberianus dachte einen Augenblick nach. «Ah, du meinst Marcus Titius!»

«Eigentlich hatte ich gehofft, diesen Namen heute nicht zu hören.» Gaius seufzte auf.

«Denkst du noch immer über diesen unglücklichen Sklavenkauf nach?», hörte er Tiberianus' Stimme wie durch einen Nebel, während Jason weiter seinen Rücken knetete.

«Nein», versuchte Gaius seine wahren Gedanken zu verbergen.

«Nein? Dann macht es dir auch sicher nichts aus, mir zu sagen, was du mit dieser Sklavin vorhattest. Du hast doch mindestens dreißig in deinem Haus.»

Die Neugierde, die in Tiberianus brannte, belustigte Gaius. Er zog bedeutungsvoll seinen rechten Mundwinkel nach oben und schwieg.

In Tiberianus stieg eine Ahnung auf. «Ich hätte es wissen müssen», sagte er. «Mein lieber Gaius, immer auf der Suche nach einer Sensation für die Arena.»

Gaius lächelte ihn verschmitzt an. «Armer Tiberianus. Es ist für dich schon schwer genug, in der Therme neben dem Besitzer einer Gladiatorenschule liegen zu müssen. Aber noch schwerer ist es für dich zu ertragen, dass dieser Mann ausgerechnet dein bester Freund ist und du ihm nicht ausweichen kannst!»

37

«Nun ja, wenigstens ist deine Schule neben dem *Ludus Magnus* eine der angesehensten in Rom.»

Die beiden Männer schmunzelten. Erst nach einer Weile fuhr Gaius fort: «Ist dir vielleicht zu Ohren gekommen, was Titius mit dieser Sklavin vorhat?»

«Nein.» Tiberianus verschränkte seine Arme hinter dem Kopf, in seiner Miene schimmerte beißender Spott. «Aber ich habe gehört, er habe seit diesem Kauf beachtlich an Gewicht verloren. Etwas scheint ihm auf den Magen geschlagen zu haben.»

«Soll ich dir den Nacken massieren, Herr?», unterbrach Jason ihre Unterhaltung. «Deine Schultern sind verspannt.» Die Finger des Sklaven gruben sich in Gaius' verhärtete Muskeln.

«Ja, löse die Verspannung. Sie bereitet mir immer wieder Kopfschmerzen!» Gaius ließ Jason gewähren.

Tiberianus blickte ihn von der Seite an. «Kopfschmerzen bereiten dir weder die Verspannung noch Titius!», bemerkte er vielsagend.

Gaius sah überrascht auf. «So? Und was bereitet mir deiner Meinung nach sonst Kopfschmerzen?»

«Flavia Pompeia!»

«Tiberianus, ich habe keine Lust, mich über Marcus Titius zu unterhalten, noch weniger will ich über Pompeia reden! Sie interessiert mich nicht!», seufzte Gaius und presste den Kopf in ein Kissen.

«So, wie du sie gestern Abend umschmeichelt hast, klingt das nicht überzeugend genug.»

«Was meinst du damit? Sie war die Gastgeberin, ich konnte schwerlich so tun, als würde ich sie nicht bemerken.»

«Gewiss, aber deswegen hättest du sie nicht so augenfällig hofieren müssen.» Tiberianus stützte sich mit den Unterarmen ab. «Ich verstehe dich ja, Gaius. Sie ist atemberaubend schön, zweifellos eine gottgleiche Venus, doch ihr Gift

38

ist gefährlicher als das einer Kobra! Sei vorsichtig, wenn sie zuschnappt. Sie verschlingt ihre Männer wie eine Schlange ihre Beute.»

«Erzähl mir nicht, was ich schon weiß.» Gaius schüttelte den Kopf. Tiberianus' Andeutung missfiel ihm. «Wie oft soll ich dir noch sagen, sie bedeutet mir nichts.» Er machte eine Pause. «Nichts mehr!»

«Vielleicht siehst du es so, aber sie nicht. Und bietest du ihr auch nur den kleinen Finger an, reißt sie dir den ganzen Arm aus!»

«Tiberianus, Pompeia ist Domitians Cousine. Das war für mich schon damals Grund genug, mich zu hüten. Und jetzt, da sie seine Geliebte ist ...»

«Seine Gespielin!», verbesserte ihn Tiberianus. Seine Stimme klang verächtlich. «Und sie war es damals schon. Ich frage mich, warum die edle Domitia Longina das so lange duldet. Es ist wohl das Los der Kaiserinnen, den Gatten mit einer Konkubine zu teilen.»

Gaius verzog die Mundwinkel. Auch er wusste von diesem Skandal, über den ganz Rom hinter vorgehaltener Hand sprach.

«Wie auch immer», fuhr Tiberianus abwertend fort, «Pompeia schert sich nicht darum, ob ein Mann verheiratet ist oder nicht. Und erst recht nicht, wenn es sich um den Imperator handelt. Es ist ihr auch völlig gleichgültig, ob sie heute den Kaiser und morgen dich zwischen ihren Beinen hat.» Er hielt kurz inne, als er die Hände des nächsten Sklaven an seinen Lenden spürte. «Pompeia nimmt sich, was sie will und wen sie will. Und vor allem, wann sie will. Du weißt ja selbst, dass sie immer Mittel und Wege findet, um ihren Willen durchzusetzen», schloss er.

Gaius verharrte in Schweigen. Er wollte die Augenblicke der Entspannung nicht mit solch düsteren Gedanken trüben.

«Ich kann dir nur raten, vorsichtig zu sein, Gaius. Du bist mein Freund, und du weißt, ich helfe dir, wo ich nur kann, doch bei Pompeia bin auch ich machtlos», warnte ihn Tiberianus.

«Soll das heißen, ein aufstrebender Politiker des Senats wie du hat keine Macht?», neckte Gaius seinen Freund.

«Ich scherze nicht», erwiderte Tiberianus, und es klang, als sähe er ein Unwetter aufziehen, dem er ohnmächtig gegenüberstand.

«Das weiß ich!», schnitt ihm Gaius grimmig das Wort ab und richtete sich auf.

«Herr, bleib liegen, sonst waren alle meine Bemühungen umsonst», forderte Jason behutsam. Gaius blickte missmutig in die grauen Augen des Dieners und legte sich wieder auf die Liege. Er atmete tief durch. Der Duft von wohlriechendem Öl stieg ihm tief in die Nase.

«Verzeih mir, Tiberianus, ich bin in letzter Zeit etwas gereizt», wandte er sich beschwichtigend seinem Freund zu. «Und daran ist nicht Pompeia allein schuld.»

Tiberianus blickte ihn sorgenvoll an. «Du solltest dich von solchen Festen fern halten.»

Gaius lachte verächtlich. «Denkst du, ich versuche es nicht immer wieder? Selbst mir fallen irgendwann keine Ausreden mehr ein. Auch ich muss meinen Verpflichtungen nachkommen, und mit einer schlichten Absage kann ich Pompeia nicht hinhalten.»

«Und wenn du wieder heiratest?», schlug Tiberianus behutsam vor.

«Was?» Gaius riss erschrocken die Augen auf.

«Ich meine Claudia!» Tiberianus räusperte sich verlegen.

«Ich bitte dich! Claudia deswegen zu ehelichen ist nun wirklich nicht meine Art. Mein Vater hatte mich schon zu einer voreiligen Ehe gezwungen. Von dir als meinem Freund erwarte ich eigentlich, mich mit solchen Vorschlägen zu verschonen!» Gaius streckte seinen linken Arm aus, um Tiberianus versöhnend an die Schulter zu fassen. «Außerdem bin ich überzeugt, Pompeia ließe sich auch dadurch nicht aufhalten.»

«Nun, wenigstens hättest du Ausreden. Vielleicht nicht immer die passenden, aber es würde dich entschuldigen.»

«Nein, das will ich nicht.» Gaius zog den Arm zurück.

«Wie du meinst», erwiderte Tiberianus schulterzuckend.

«Die Massage ist beendet, Herr», unterbrach Jason die Unterhaltung der beiden Adeligen.

«Du bist der beste Masseur, den ich kenne», lobte Gaius den Sklaven, «wenn dein Besitzer dich verkaufen möchte, wäre ich gerne bereit, dich zu übernehmen.»

«Danke, Herr, du ehrst mich sehr», verneigte sich der Mann ergeben und entfernte sich.

Gaius richtete sich seufzend auf. Er ließ die Beine über die Kante der Liege baumeln und musterte seinen Freund sorgsam. Tiberianus war im gleichen Alter wie Gaius, verheiratet mit Lucillia, der Tochter des Lucillius Silanius, und eiferte seinem verstorbenen Vater Quintus Varinius Tiberianus mit jeder Faser seines Herzens nach. Dieser war ein angesehener und gleichzeitig unbequemer Staatsmann gewesen, der zeitlebens eine gefährliche Politik vertrat. Nach seinem Tod, so schien es, hatte der alte Quintus Varinius seinem Sohn nicht nur den wohlklingenden und einflussreichen Namen, sondern gleich auch seine Sorgenfalten vermacht, und Tiberianus trug sie in seinem Gesicht, als wären sie das wichtigste Vermächtnis seines großen Vaters.

«Gehst du schon?», fragte Tiberianus, während Gaius allmählich von der Liege stieg.

«Bloß ins Dampfbad, um mir die restliche Kälte aus meinen Knochen zu treiben.» Gaius band sich das Leinentuch um die Hüften und stöhnte: «Dieser verdammte Winter soll endlich ein Ende nehmen, sonst erfriere ich noch!»

«Ich komme nach», kündigte Tiberianus an.

Der Weg zum Dampfbad führte am *Tepidarium*, dem lau geheizten Aufenthaltsraum, und den dahinter liegenden Wasserbecken vorbei. Die prachtvollen Mosaiken mit Darstellungen von Neptuns Reich und die kunstvollen Wandmalereien von Meeresgetier, die von unzähligen Öllämpchen in warmes Licht getaucht wurden und sich im flackernden Schein zu bewegen schienen, begleiteten Gaius.

Die Therme war fast menschenleer. Ein untrügliches Anzeichen dafür, dass es noch früh am Morgen war und die meisten Bürger ihr Bett noch nicht verlassen hatten. Im Vorbeigehen grüßte Gaius die wenigen bekannten Gesichter.

Als er das Dampfbad betrat, empfing ihn eine heiße Wolke, die ihm für einen Augenblick den Atem abschnürte. Er blickte um sich und erkannte schemenhaft drei weitere Besucher. Zwei von ihnen unterhielten sich leise in einer Ecke und nahmen ihn nicht wahr. Ein Murmeln, ein Summen, mehr konnte er durch den Dampf nicht verstehen. Der dritte Besucher schien zu schlafen, sein feistes Kinn ruhte auf der Brust.

Gaius setzte sich abseits auf den Marmor, der warm und feucht war, und lockerte das Leinen um seine Hüften. An seiner Haut und seinen Haaren setzten sich Wasserperlen an.

Die Tür öffnete sich und ein Sklave trat ein. Er schüttete Wasser auf die heißen Steine. Der aufsteigende Nebel ließ die schemenhaften Figuren nun ganz verschwinden. Nur die murmelnden Stimmen, die aus der anderen Ecke zu Gaius drangen, erinnerten ihn daran, dass er nicht allein war.

So lautlos, wie der Thermendiener das Bad betrat, verließ er es auch wieder. Wohlriechender Lavendelduft stieg auf und benebelte die Sinne. Der Schweiß perlte prickelnd über Gaius' Rücken. Er schloss die Augen und versuchte sich zu entspannen. Zufrieden dachte er an die erfolgreichen *Ludi* des vergangenen Jahres. Hoffentlich beschert mir auch dieses Jahr viele Gewinn bringende Spiele und noch mehr ruhmreiche Siege meiner Kämpfer zu Ehren meines Hauses, überlegte er.

Seit Gaius denken konnte, begeisterten ihn die Spiele. Sie waren sein Leben, seine Leidenschaft, von der er seit seiner Jugend besessen war. Sein Vater hatte ihn schon früh zu den *Ludi* mitgenommen, ihn an diese Art von Unterhaltung gewöhnt.

Bereits als kleiner Junge war Gaius von den Gladiatoren fasziniert, deren gestählte Körper selbst Stiere überwältigen konnten und die ihr Leben für Ruhm und Ehre aufs Spiel setzten. Sie waren Helden, die von ganz Rom bewundert wurden. Nun gehörten die besten Kämpfer des Reiches ihm.

Seiner für einen Adeligen ungewöhnlichen Berufung zum Gladiatorenbesitzer folgte Gaius erst nach dem Tod seiner Frau. Seit er einen *Ludus* besaß, der große Kämpfer hervorbrachte, mehrte sich sein Vermögen wie durch Zauberkraft. Doch auch für Gaius gab es Regeln, und Roms Gesellschaft war ein zweischneidiges Schwert. Einerseits war jeder Bürger, gleich welchen Standes, von den Spielen begeistert, andererseits wurden die Männer, die ihre Hände in diesem Geschäft hatten, verachtet. Gaius konnte es sich als Patrizier nicht erlauben, sein Ansehen aufs Spiel zu setzen, und hielt sich daher so weit wie möglich von seiner Schule fern. Von ihm wurde erwartet, nichts mit der harten und schonungslosen Ausbildung von Gladiatoren gemein zu haben. Es gehörte sich für einen Mann seines Ranges einfach nicht. Er hatte anderen gesellschaftlichen Verpflichtungen nachzukommen, also legte er die Leitung der Schule in die Hände seiner *Magistri* und seines *Lanistas*, seines zuverlässigsten Manns. Niemand war dafür besser geeignet als ein ehemaliger Gladiator, der lange Zeit erfolgreich in der Arena stand und dem er vor Jahren die Freiheit geschenkt hatte: Mantano.

Gaius' Kopf fiel nach hinten, benommen schreckte er

hoch. Die Wärme und der Lavendelduft hatten ihn schläfrig gemacht. Er war eingenickt, nun rieb er sich die Augen, bis sie zu tränen begannen. Im Dampfbad hielten sich noch immer die gleichen Besucher auf. Der beleibte Mann neben ihm schlief ungestört weiter. Bedächtig tupfte sich Gaius mit einem Tuch den Schweiß von seiner Stirn und lehnte sich zurück. Er beschloss, nach dem Dampfbad den versäumten Schlaf der gestrigen Nacht im Ruheraum nachzuholen.

Die Tür ging wieder auf, und ein kühler Lufthauch umwehte die Gäste des Bades. Selbst der schlafende Besucher wurde aus seinem Schlummer gerissen. Doch schon einen Augenblick später schob er sich in eine angenehmere Lage und nickte wieder ein.

Der Neuankömmling blieb kurz stehen, blickte sich um, dann steuerte er genau auf Gaius zu. Es war Tiberianus.

«Bist du heute zum Fest von Piktus eingeladen?», fragte er leise, als er sich neben Gaius niederließ.

«Ja, aber ich werde nicht hingehen.»

«Warum denn nicht?» Der Senator atmete schwer. Er hatte mit der feuchtheißen Luft zu kämpfen. «Ich dachte, du und Piktus, ihr versteht euch gut.»

«Darum geht es nicht, ich bin bloß müde. Die Feierlichkeiten der vergangenen Wochen haben mich einfach zu viel Kraft gekostet. Ich werde heute Abend in meiner Villa speisen und danach ruhen.»

«Allein?»

«Das möchtest du gern wissen?» Gaius blickte Tiberianus vielsagend an und lächelte.

«Claudia?»

«Ich bitte dich, Tiberianus!» Gaius winkte ab.

«Wieso nicht? Sie ist aus gutem Haus, und dein Name ist schon seit Äonen mit der Geschichte Roms verbunden. Und in Geldnöten steckst du auch nicht. Also, weshalb solltest du auf eine Verbindung mit ihr verzichten?»

«Hör auf!» Gaius wurde dieses Gespräch unangenehm. «Ich hätte dir nie von uns erzählen sollen.»

«Wie du meinst.» Tiberianus trocknete sich die Stirn. «Dann gehe ich heute mit Petronius Secundus zum Fest. Er wird nicht so viele Bedenken haben, mich in seine Geheimnisse einzuweihen!» Er klang so, als hätte er eben begonnen, dem Senat eine Rede vorzutragen, doch Gaius entging der scherzhafte Unterton in seiner Stimme nicht.

«Ihr werdet euch ganz bestimmt prächtig über Politik unterhalten. Darin ist Petronius Secundus geschickter als ich», erwiderte er und versuchte die Unterhaltung von Claudia abzulenken. «Und wo wir schon bei euren politischen Gesprächen sind – das Dampfbad ist der beste Ort dafür. Einige Senatoren sollen große Entscheidungen über Roms Zukunft in den Thermen getroffen haben. So erzählt man sich zumindest», beendete er seine Ausführungen und fragte, um das Gespräch fortzusetzen: «Was macht der Senat?»

«Was schon?» Tiberianus blickte plötzlich missmutig. «Die Senatoren bereden das Übliche: welche Gebiete als nächste erobert werden und wie die politischen Entscheidungen des Kaisers aufgenommen werden sollen.»

«Ich dachte, die Entschlüsse des Imperators sind unanfechtbar!» Gaius fuhr sich mit der flachen Hand über das Gesicht.

«Über sie geredet wird trotzdem», erklärte Tiberianus.

Gaius lehnte sich zurück, drückte seinen Kopf erneut gegen die feuchte Wand, entfernte eine verirrte Wimper aus seinem tränenden Auge und wusch sich den Schweiß von der Stirn. «Da haben wir einen Senat, und dennoch werden die politischen Schritte nur von einer Person bestimmt!»

«Nicht von einer!»

«Wie?»

«Gaius, ich bin zu jung, um mein Leben zu verwirken, also lassen wir das», mahnte Tiberianus eindringlich.

Gaius sah seinen Freund verstohlen an und schalt sich einen Narren für seine gedankenlose Bemerkung. Er dachte an Tiberianus' Vater, der vor einigen Jahren ermordet worden war.

Obwohl die Täter versuchten, seinen Tod um jeden Preis wie einen gewöhnlichen Selbstmord aussehen zu lassen, wusste doch jeder in Rom, dass es ein gemeiner, hinterhältiger Mord war. Die Stadt war ein gefährliches Pflaster für manchen Politiker und der Pfad zur Macht schmal und unheilvoll.

«Unser Kaiser Domitian ist göttlich. Deshalb sind seine Entscheidungen richtig», versuchte er seinen Freund zu beruhigen.

Tiberianus ging auf seine Bemerkung nicht ein. «Was macht dein *Ludus*?», erkundigte er sich stattdessen.

Gaius zuckte die Schultern. Er spürte, wie die Muskeln von der Massage noch immer brannten. «Die Ausbildung findet jeden Tag statt, und Mantano weiß, wie er mit meinen Männern umgehen muss.»

«Und Craton? Wirst du ihn dieses Jahr wieder einsetzen?»

Gaius wusste, dass der Senator nicht viel für Gladiatoren und Spiele übrig hatte, doch war er Politiker und somit den Bürgern Roms und ihren Vorlieben verpflichtet.

«Natürlich. Er ist mein bester Mann», antwortete er selbstbewusst.

«Würdest du ihn je verkaufen?»

«Nein, niemals.» Gaius lachte gedämpft. «Ich würde meine Schule doch nur in den Untergang treiben. Denkst du wirklich, ich gebe meinen besten Kämpfer her, damit er eines Tages vielleicht gegen meine eigenen Männer antritt und dann einen nach dem anderen besiegt? Nein!»

«Ich meinte eher, Craton als Leibwächter.»

«Das wäre Verschwendung. Tiberianus, du bist mein

Freund, und ich schenke dir gern einen meiner besten Gladiatoren. Aber Craton bekommst auch du nicht!»

Tiberianus überlegte kurz. «Ich werde vielleicht einmal auf dein Angebot zurückkommen», erwiderte er und stand auf. «Ich verstehe nicht, wie du es hier aushalten kannst. Mich macht die feuchte Wärme ganz matt.»

«Lass uns doch im *Atrium* erfrischen und dann in den Ruheraum gehen», schlug Gaius vor.

«Heute nicht, meine Zeit drängt. Der Senat wartet», lehnte Tiberianus das verlockende Angebot seines Freundes ab und schickte sich an zu gehen.

Auch Gaius erhob sich, um nicht unhöflich zu wirken, und folgte dem Senator.

«Kommst du zu meinem Geburtstagsfest?», fragte er, als sie das Dampfbad verließen.

Tiberianus sah Gaius verwundert an. «Natürlich, das weißt du doch!»

«Meine Männer werden einen Schaukampf vorführen, dann kannst du dir einen Leibwächter aussuchen.»

«Das ist sehr freundlich von dir, aber so dringend ist es nun auch wieder nicht. Ich komme trotzdem gern, ganz gleich, ob du mir Craton geben würdest oder nicht.» Sie lachten.

«Wie ungeschickt, im Winter Geburtstag zu haben», warf Tiberianus ein, «bei der Kälte werden die Kämpfer wohl erfrieren.» Er atmete tief durch, als sie endlich das stickige Dampfbad verlassen hatten.

«Meinen Männern wird bestimmt nicht kalt werden, und wir können uns mit gewürztem heißem Wein aufwärmen. Es würde mich freuen, wenn deine Gemahlin auch käme.»

Der letzte Satz war Gaius herausgerutscht. Er lud Lucillia meist nur ungern ein, denn ihre Anwesenheit führte oft zu Streit. Aber der Anstand gebot es, auch die Gattin einzuladen.

«Leider kränkelt Lucillia in letzter Zeit. Jetzt holt sie sich unzählige Heiler ins Haus, die mich noch wahnsinnig machen. Traue keinem Arzt, hat mein Vater immer gesagt, und Recht hatte er. Du glaubst nicht, wie viel Unsinn diese Pfuscher dir einreden. Dabei fehlt ihr nur etwas frische Luft. Und die gönne ich mir jetzt», bekundete Tiberianus.

Im *Atrium* trennten sie sich. Gaius schaute seinem Freund kurz nach, dann begab er sich in den Ruheraum, um etwas Schlaf zu finden.

III

«Lauf, Ferun, lauf!»

Erschrocken fuhr Anea auf. Ihr Atem ging stoßweise, und sie versuchte den bösen Traum, der sich ihr jede Nacht wie ein ungebetener Gast näherte, zu verscheuchen. Benommen griff sie sich an die Stirn, als sei ihr Kopf durch die Last ihrer Gedanken zu schwer geworden. Kalter Schweiß bedeckte die Haut, und nur langsam hörte ihr Herz auf zu rasen. Es fiel ihr schwer, sich zurechtzufinden. Noch war es dämmrig, doch schon roch es nach einem neuen Tag.

Sie spürte eine Berührung. Ein Mädchen schmiegte sich im Schlaf an sie, den Arm um ihren Schoß geschlungen. Mit einem Lächeln strich Anea ihm das Haar, das sie an die Getreidefelder ihrer Heimat erinnerte, aus dem Gesicht. Eine Heimat, die nun so fern war und die sie vielleicht nie mehr sehen würde. Ein tiefer Seufzer voll ungestillter Sehnsucht entrang sich ihr. Anea verdrängte die Erinnerung und sah sich schlaftrunken um.

Die Flamme eines Öllämpchens, das nur die Nische, in der es stand, ausleuchtete, zuckte hektisch im Luftzug. Der Raum war eng und düster, und Anea konnte die schlum-

48

mernden Sklavinnen, die auf dem Boden lagen, nur an ihren Schatten ausmachen. Obwohl der Frühling nahte, war die Nacht noch kalt, und die Träumenden lagen dicht nebeneinander, um sich im Schlaf gegenseitig zu wärmen. Nur von Anea und Ferun hielten sie sich trotz der Kälte fern. Die Sklavinnen in diesem Haus mieden sie, blickten sie stets misstrauisch an, und manchmal glaubte Anea gar zu hören, wie sie heimlich hinter ihren Rücken flüsterten: «Barbarinnen, Wilde!»

Fröstelnd rieb sich Anea ihre Oberarme und beobachtete, wie die letzte Glut im Feuerkorb erstarb und der Rauch sich in einem dünnen Faden zur Decke des Zimmers schlängelte.

«Kannst du nicht schlafen?» Das Mädchen neben ihr war erwacht und sah sie mit großen Augen an.

«Das kann ich schon lange nicht mehr, Ferun.» Anea schluckte ihre Bitterkeit, die einem Knoten glich, hinunter.

«Ich auch nicht!», erklärte das Kind, legte den Kopf wieder auf Aneas Schoß und starrte abwesend in die Flamme des Öllämpchens. «Ich will hier weg, ich will nach Hause!»

«Ich auch!»

«Wann gehen wir?»

«Nicht heute, Ferun, nicht heute, aber bald!» Anea versuchte zu lächeln, aber es gelang ihr nur halbwegs.

«Das sagst du schon seit Monaten!»

Noch bevor Anea antworten konnte, flog die Tür auf, als wolle ein Sturm sie aus den Angeln heben. Eine Gestalt, einem Gespenst in grauer Tunika gleich, rauschte herein, in der Hand ein Öllämpchen, dessen Flamme sich kaum gegen den Windhauch wehren konnte.

«Aufwachen! Na los! Wacht auf, ihr Faulpelze! Ein neuer Tag voller Arbeit erwartet euch, an dem ihr eurem Herrn mit Freude dienen wollt!» Das Flämmchen loderte auf, und sein Licht erhellte die Gestalt: eine Frau, die ihre besten Jahre schon längst hinter sich hatte. Sich selbst noch den Schlaf aus den Augen reibend, blickte sie missmutig auf die Sklavinnen.

Murrend und zögernd folgten sie der Aufforderung. Erste Schatten bewegten sich, Körper regten sich benommen, manche noch in Gedanken dem Traum der kurzen Nacht nachtrauernd.

«Tullia, bitte noch einige Augenblicke», bat eine Stimme, die unter einer Decke hervordrang. «Der Hahn hat noch gar nicht gekräht!»

«Auf!, sagte ich», antwortete die Matrone gnadenlos. «Der Hahn kann auch dann noch schreien, wenn ihr eure Arbeiten schon längst verrichtet habt! Und heute gibt es für alle Hände genug zu tun!»

Widerwillig und schwerfällig erhoben sich die Frauen. Erst als Tullia ihnen mit allem Möglichen drohte, wurden ihre Bewegungen schneller und sie geschäftiger. Tuniken wurden eilig glatt gestrichen, Haare notdürftig zu Knoten zusammengebunden, verschlafen die Augen gerieben.

«Ihr wisst ja, heute findet im *Ludus* die *Cena Libera* statt!»

Die Sklavinnen stockten mit einem Mal, und Unruhe stand ihnen allen ins Gesicht geschrieben.

«Heute?», wiederholte eine von ihnen ungläubig. «Ich dachte aber ...»

«Vorwärts! Der Tag wird durch eure Trödelei nicht angenehmer!» Tullia duldete keinen Widerspruch und rauschte so hastig hinaus, wie sie aufgetaucht war. Die Leere der offenen Tür gähnte die Frauen an.

In der Küche herrschte den ganzen Tag über reges Treiben. Tullia befehligte Mägde, Knechte und eine Horde Kinder herum wie ein Tribun, der seine Armeen in die Schlacht führt. Töpfe schepperten, Krüge klingelten.

50

Anea bewegte sich lustlos und gedankenverloren durch die Küche, füllte Eimer mit Wasser und stellte sie den Köchen an die Seite. Erst als irgendwo eine Tonschale zu Bruch ging, merkte sie auf. Eine junge Sklavin hatte die Schüssel fallen lassen, unzählige Scherben bedeckten nun den Fußboden.

«Du dummes Ding!», herrschte Tullia das Mädchen an und verpasste ihm eine Ohrfeige. Schweigend und ohne Widerspruch nahm das Kind die Strafe hin und begann, die Überreste seines Missgeschicks einzusammeln.

«Man sollte dich auspeitschen lassen, wenn du nicht noch so jung wärst», schimpfte Tullia weiter, das Gesicht puterrot verfärbt. «Du kannst froh sein, dass der Herr nichts davon erfährt!»

Anea beobachtete Tullias Wutausbruch gleichmütig.

«Da, mach dich nützlich!», befahl die Matrone aufgebracht und drückte ihr im gleichen Atemzug einen Obstkorb in die Hände. «In der Küche bist du genauso wenig zu gebrauchen wie die da!» Sie deutete auf das bedauernswerte Mädchen, das soeben eine neue Schale holte.

Mürrisch nahm Anea den Korb entgegen und blickte Tullia, die ihren Adlerblick drohend durch die Küche schweifen ließ, an.

Seit das Schicksal sie in das Haus des Marcus Titius verschlagen hatte, hatte Anea noch nie die anliegende Gladiatorenschule betreten. Denn nur wenigen war es erlaubt, im *Ludus* ein und aus zu gehen. Doch an diesem Tag war alles anders. Großer Tumult herrschte in den Gebäuden, die an die Villa Titius grenzten und, wie es schien, strenger bewacht wurden als der palatinische Hügel, auf dem der Kaiser seinen Palast errichtet hatte. Als stünde ein großer Festtag an, wurden fast alle Sklaven des Hauses Titius in der Küche der Schule benötigt.

Als Anea am Abend mit einem Weinkrug in der Hand durch das Tor trat, bot sich ihr ein unerwartetes Bild. Ein weiter Hof öffnete sich vor ihr, der mit verschiedenen Gerätschaften und Gegenständen übersät war, deren Zweck sie nicht erahnen konnte. Eine hohe Mauer umgab den Platz; sie sollte wohl fremde Blicke abhalten oder ein Entfliehen unmöglich machen. Anea konnte sich leicht vorstellen, welche Gluthitze hier im Sommer herrschte. Der Lehmboden, den unzählige Füße über Jahre hinweg festgestampft hatten, war hart wie Stein geworden, und nur eine feine Schicht Sand wurde durch den Abendwind aufgewirbelt. An gewöhnlichen Tagen bot der Ort sicherlich ein trostloses Bild.

Nun standen in der Mitte des Hofes Tische und Bänke, um die Eintönigkeit des Platzes für wenige Stunden vergessen zu lassen. Das Prasseln des Holzes in aufgestellten Feuerkörben wurde vom Gejohle der Feiernden überstimmt.

Eine Schar von ungefähr zwanzig Männern machte sich über ein Festmahl her, das aus knusprigen Enten, gefüllten Schwanenhälsen, Gemüse, Obst und anderen Köstlichkeiten bestand und die Tische sich biegen ließ. Bier und Wein flossen in Strömen. Sklavinnen liefen zwischen den Reihen, um die Schar zu bewirten. Manche Männerhand berührte dabei lüstern ihre Körper.

Angewidert beobachtete Anea, wie sich die Männer zügellos betranken und das Essen schlangen, als hätten sie monatelang nichts zu sich genommen. Gelächter, Gemurmel und Trinksprüche erfüllten den Platz, der dank Fackeln in warmes Licht getaucht war. In der Dämmerung ließ es geisterhafte Schatten über den Boden huschen.

«Steh nicht so nutzlos herum, Mädchen, die da haben Durst!» Anea hatte nicht bemerkt, wie Tullia ihr gefolgt war und sie aus dem Schatten des Torbogens beobachtete. Mit einem kräftigen Hieb stieß sie Anea auf den Platz. Zähneknirschend stolperte diese auf die Tische zu. Becher waren schneller geleert als gefüllt, die Stimmung der Männer wurde immer ausgelassener, und noch ehe sie sich versah, war ihr Krug leer.

Ein Sklave, der ein gebratenes Schwein zerlegte, um die Feiernden mit fettem Fleisch zu versorgen, deutete auf eine Amphore, aus der Anea nachschöpfen konnte.

Lustlos füllte sie den Krug wieder auf, spähte über den Hof und entdeckte Ferun. Wie ein Wiesel schlich sie zwischen Tischen und Bänken hindurch, wich unachtsamen Füßen aus und hob die Essensreste, welche die Männer achtlos auf den Boden geworfen hatten, auf. Anea lächelte, während ihr Blick dem kleinen Mädchen folgte.

«Du solltest aufpassen!», flüsterte plötzlich eine dünne Stimme. Eine der Sklavinnen gesellte sich zu ihr. «Heute ist ihnen alles erlaubt!»

Die Frau sah sich ängstlich um, und ohne ein weiteres Wort lief sie hastig weiter. Anea sah ihr fragend nach. Als die Sklavin den Torbogen erreichte, stieß sie beinahe mit Marcus Titius zusammen. Mit einer tiefen Verbeugung entschuldigte sie sich. Titius scheuchte sie mit einer abfälligen Geste fort.

Mit zufriedener Miene blickte der Hausherr auf seine Männer und erfreute sich an ihrem Gelage. Er hatte sich fein gemacht, doch seine neue Tunika ließ ihn wie ein aufgedunsenes Ferkel aussehen, und Anea konnte sich eines abschätzigen Lächelns nicht erwehren, als sie ihn sah. Sie hob ihren Krug und näherte sich wieder der Runde.

«Nur zu, Männer!», rief Titius über den Platz und streckte auffordernd seine Hände aus, als wolle er die Männer segnen. «Lasst es euch schmecken! Ihr wisst ja, für manchen von euch kann es das letzte Mahl sein!»

Neben ihm stand ein Mann, dessen verwegener Anblick Anea an ihren immer wiederkehrenden Albtraum und ihre

53

Reise nach Rom erinnerte. Er reichte Titius einen Becher. Dieser reckte ihn in die Höhe und rief: «Auf Bacchus!»

«Auf Bacchus!», antworteten die Männer im Chor, manche von ihnen bereits betrunken und lallend.

«Und auf Fortuna! Möge sie in zwei Tagen an eurer Seite stehen und mir Ruhm und Reichtum bescheren!» Titius hob seinen Becher in die Richtung eines Mannes, der am Ende des Tisches saß.

Seine linke Gesichtshälfte war bis zum Mund verunstaltet, sein Haupt kahl und seine Kopfhaut mit runzligen Narben übersät, als hätte ihn einst ein Feuer der Götter gezeichnet. Angewidert starrte Anea ihn an. Er hatte sich ein Stück Braten abgeschnitten, nun hielt er inne und prostete Titius zu. Sie tranken als Erste, dann schlossen sich ihnen die restlichen Männer an.

Alle schienen vor dem Kahlköpfigen besonderen Respekt zu haben. Abschaum, der sich um ihn schart wie die Fliegen um Kuhmist, dachte Anea.

«Pass doch auf!», schrie der Kerl, den sie gerade mit Wein versorgte. Während sie Titius und den verunstalteten Kämpfer betrachtete, hatte sie den Becher randvoll gefüllt und nicht bemerkt, wie die Flüssigkeit auf die Tunika des Mannes tropfte. «Du verschwendest den guten Wein!»

«An dich ist er auf jeden Fall verschwendet!», entgegnete sie zungenfertig, hob den Krug und ging weiter.

Anea füllte die Becher der Männer und beobachtete aus den Augenwinkeln Ferun, die mit einer Schüssel an den Tisch herantrat. Das Mädchen kroch unter die Tische und tauchte kurz darauf wieder auf, um die abgenagten Knochen in die bereitgestellte Schale zu legen. Wenige Augenblicke später erschien die Kleine vor dem Kahlköpfigen, der sie mit seltsamen Blicken musterte. Ferun erstarrte vor Schreck, als sie das Gesicht des Mannes, das mehr einem Dämon als einem Menschen glich, erblickte. Zuerst sah er sie nur prüfend an, dann verzog sich sein Mund zu einem hämischen Grinsen, und er streckte seine Hand nach ihr aus.

«Fass sie nicht an!», herrschte ihn Anea vom anderen Ende des Tisches an.

Der Kahlköpfige zog seinen Arm mit einer unwilligen Bewegung zurück und spähte forschend in die Schar. Anea trat einen Schritt vor. «Lass sie in Ruhe!», fauchte sie.

«Und warum sollte ich?» Der Mann musterte sie neugierig. Seine ruhige Stimme passte nicht zu dem grobschlächtigen Aussehen.

«Weil sie meine Schwester ist und ich dich umbringe, wenn du auch nur einen Finger an sie legst!» Aneas Stimme überschlug sich vor Zorn, und sie zog die Aufmerksamkeit der Anwesenden auf sich. Die Männer verstummten und wandten sich ihr zu. Für einige Augenblicke herrschte Stille am Tisch, dann brach der Kahlköpfige in Gelächter aus. Es schien, als würden sich die Lippen von seinem Gesicht lösen. Die Männer lachten mit, ihre Gesichter voller Hohn.

«Hört, hört!», feixte ein anderer Mann, der ihm freundschaftlich den Arm um die Schulter legte. «Seit wann lässt du dir von einem Weib etwas sagen, Calvus?»

«Ich sehe schon, du erzitterst vor Angst!» Ein anderer klopfte ihm auf den Rücken. Das Lachen wurde lauter.

Der Kahlköpfige kniff verschmitzt die Augen zusammen, und über seinen Mund, der einem welken Blatt glich, huschte ein boshaftes Grinsen. Blitzschnell packte er Ferun am Arm, zog sie an sich und hielt sie fest. In den Augen des Mädchens lagen Furcht und Entsetzen.

«Und jetzt?», fragte Calvus aufreizend, während seine Finger anzüglich über Feruns schmalen Hals wanderten und er sich ihr mit seinem Gesicht näherte. Dabei ließ er Anea nicht aus den Augen. «Ich lebe ja immer noch!»

Hass loderte in Anea auf. Calvus' gehässiges Lachen verhallte hinter einer Wand aus Wut, und sie starrte auf die

55

Hand, die unverfroren über den Körper ihrer kleinen Schwester fuhr und sogar drohte, ihr in den Schritt zu fassen.

Vorsichtig trat Anea näher, während sie angespannt über die Tische blickte, und blieb vor Calvus stehen. Er musterte sie genüsslich, als wolle er herausfinden, wozu sie wirklich fähig war. Dabei hielt er Ferun weiter fest. Langsam stellte Anea ihren Krug zwischen Schüsseln und Tellern hin, so langsam, dass niemand bemerkte, was sie im Gegenzug vom Tisch aufnahm.

«Ich warne dich ein letztes Mal, lass sie los!»

«Sie loslassen? Ich nehme auch dich oder sogar euch beide auf einmal!» Calvus grinste hämisch. Doch im gleichen Augenblick gefror sein Grinsen, das Gelächter der Männer verstummte jäh, und einige von ihnen sprangen erschrocken auf. Anea genoss Calvus' Gesichtsausdruck, als sie ihm ein Messer an den Hals hielt.

«Lass sie los!», wiederholte sie leise, während die Klinge Calvus' Halsschlagader berührte. Anea spürte, wie sein Blut an der Schneide entlangpulsierte. Auf einmal breitete sich Totenstille aus.

Die Sklavinnen, welche die Horde bedienten, erstarrten und blickten sich ungläubig um. Ein Krug fiel klirrend zu Boden, der Wein versickerte und hinterließ einen dunklen Fleck. Im Licht der Fackeln sah er wie Blut aus.

Calvus ließ von Ferun ab und reckte seine Hände hoch, als wolle er sich ergeben. «Du bist flink», bemerkte er anerkennend. «Wie mir scheint, hast du gelernt, dich zu verteidigen!»

«Für dich und die anderen hier reicht es allemal», fauchte Anea ihn an, während sie Ferun zur Seite schob. Die Stille, die den Hof beherrschte, erfüllte nun auch sie.

«Gut», sagte Calvus, und spöttischer Glanz überzog seine grauen Augen. Er deutete mit dem Kinn auf das Messer, das Anea immer noch auf seinen Hals drückte. «Und jetzt?»

«Rühr sie nie wieder an!» Aneas Augen funkelten gefährlich.

Doch nur ein kurzer Augenblick der Unachtsamkeit genügte, und Calvus packte sie blitzschnell am Handgelenk. Seine Pranke grub sich schmerzhaft in ihr Fleisch. Trotz des eisernen Griffes ließ sie das Messer nicht fallen.

«Du legst dich mit dem Falschen an», flüsterte er ihr zu. Sie konnte seinen mit Wein durchtränkten Atem riechen und jede noch so kleine Unebenheit seiner entstellten Gesichtshälfte sehen.

«Wie mir scheint, hast du schon Bekanntschaft mit meiner neuen Errungenschaft gemacht!» Titius' Stimme zerschnitt die Stille. Er hatte den Vorfall von weitem beobachtet, löste sich nun vom Torbogen und trat behäbig näher.

«Sie hat Feuer», erkannte Calvus, ohne Anea, die sich seinem Griff kaum widersetzen konnte, loszulassen.

«Nach deinem Geschmack?», fragte Titius vielsagend.

«Nun, sie ist anders!»

«Sonst hätte ich sie nicht gekauft!»

Anea blickte Titius drohend an.

«Wenn du mir bei den Spielen den Siegeskranz bringst, Calvus, schenke ich sie dir», fuhr dieser ungerührt fort.

«Nur einen Kranz?», fragte Calvus spöttisch. «Dann war sie billig.»

Die Männer lachten erheitert auf und stießen an. Ihre Anspannung hatte sich gelegt.

«Wie du meinst! Immerhin musste ich sie Gaius Octavius Pulcher streitig machen, und lange Zeit dachte ich schon, ich müsste mich geschlagen geben!»

«Gaius Octavius?» Calvus fuhr herum.

Titius nickte zustimmend. «Er war geradezu erpicht darauf, sie zu bekommen! Nun, am Ende hatte ich den längeren Atem!»

Calvus dachte einen Augenblick lang nach. Einen Augenblick zu lange – mit einer geschickten Bewegung hatte sich Anea aus der Umklammerung befreit und ritzte mit dem Messer seinen Arm auf. Die Menge erstarrte, als sie auf Titius zustürmte und ihm das Messer an den Hals heftete. Zuerst überrascht, dann wütend sprang Calvus auf.

«Leg das Messer weg! Leg sofort das Messer weg!» Er näherte sich vorsichtig seinem Herrn und der Sklavin.

Anea wich mit Titius einen Schritt zurück und drückte die Klinge noch fester an seinen Hals. Titius' Atem stockte.

«Treib Handel, mit wem du willst, aber nicht mit mir», flüsterte sie ihm zu. «Du versprichst mir, mich und meine Schwester gehen zu lassen, und ich lasse deine spärliche Männlichkeit dort, wo sie ist!»

«Rufius hat mir eine verfluchte Schlange angedreht!», keuchte Titius und spürte, wie die Klinge jeden Augenblick in sein Fleisch einzudringen drohte.

«Füge mir auch nur einen Kratzer zu, und du und deine Schwester seid tot», quiekte er mit ungewöhnlich hoher Stimme, unter keinen Umständen bereit, auf ihre Forderungen einzugehen.

Anea spürte Hass und Wut in sich aufsteigen, als sie erkannte, wie aussichtslos ihre Lage war. Verzweifelt blickte sie zu Ferun, die sich verstört hinter Tullia versteckt hatte und sie nun mit großen, angsterfüllten Augen anstarrte. Über dem Hof lag eine unheilvolle Stille, die nur durch das Knistern der brennenden Holzscheite und Fackeln gestört wurde.

Und plötzlich ging alles unsagbar schnell. Unbemerkt hatte sich Calvus ihr genähert, packte sie, riss ihre Hand, die das Messer umklammerte, in die Höhe und drehte sie auf den Rücken. Der Schmerz war so unerträglich, dass ihr das Messer entglitt. Anea ging in die Knie.

Aus den Augenwinkeln sah sie, wie Titius vorwärts torkelte und einem seiner Männer in die Arme fiel.

«Ich hätte nicht gedacht, dass du so dumm bist», knurrte

58

Calvus höhnisch, und sein Griff wurde noch schmerzhafter. «Das hättest du nicht tun sollen!»

«Du wärst der Nächste gewesen!», presste Anea zwischen den Zähnen hervor.

Titius hatte sich wieder gefasst und kam auf sie zu. «*Lupa!*», spuckte er verächtlich auf den Boden. Er griff sich an den Hals. Blut war aus der Wunde geronnen und hatte seine helle Tunika befleckt. «Du bist eine tollwütige Wölfin, die man erschlagen sollte!», tobte er. «Das wirst du nie wieder wagen! Tötet sie, tötet dieses verruchte Miststück auf der Stelle!»

«Nein», wimmerte Ferun und wollte auf ihre Schwester zueilen, doch Tullia packte sie und hielt sie fest. Ferun versuchte sich loszureißen, strampelte und schlug erfolglos um sich.

Anea schenkte ihr ein trauriges Lächeln, starrte Titius aber sofort wieder herausfordernd an. Zwei Wächter traten jetzt näher und zogen ihre Schwerter, um den Befehl ihres Herrn auszuführen. Ein Murmeln hob an. Während die Gladiatoren gleichgültig und unberührt das Geschehen verfolgten, versuchten die Sklavinnen bestürzt, gleich einer Hühnerschar, die auseinander stob, den Hof zu verlassen. Tullia drückte Ferun noch fester an sich, verhüllte dem Kind mit ihrem Kleid die Augen.

«Wärst du ein richtiger Mann, würdest du es selbst tun!», verspottete Anea Titius. «Aber ein Schwächling wie du ...»

Der unbeschreibliche Schmerz, der sie erfasste, als Calvus gnadenlos zudrückte, ließ sie verstummen.

Titius' Gesicht lief voller Zorn und Scham hochrot an. «Du unverschämte Schlange!» Er löste sich aus der Männerschar und kam, für sein Körpergewicht ungewöhnlich behände, näher. «Gebt mir ein Schwert, damit ich dieses Miststück eigenhändig erschlagen kann!»

«Herr», mischte sich Calvus unerwartet ein. «Sie hier zu

töten wäre zu einfach. Bedenke das Geld, das sie dich gekostet hat.»

Titius, noch immer nach Atem ringend, wandte sich ihm zu. «Diese *Lupa* treibt mich in den Wahnsinn! Sie wird mich das Leben kosten, wenn ich sie noch länger in meiner Nähe dulde!» Er schäumte vor Wut.

«Gewiss», stimmte Calvus ihm zu, und seine Stimme nahm einen gefährlich schmeichlerischen Ton an. Er übergab Anea den Wächtern, die nun fragend Titius anstarrten und neuer Befehle harrten.

«Erlaube mir einen Vorschlag», fuhr der Gladiator fort. Er und Titius traten einige Schritte zurück, ihre Stimmen wurden leiser, ihre Gesten jedoch erregter. Titius' Gesichtszüge wandelten sich mit jedem Wort: Zuerst erfüllte sie Neugierde, dann Groll, schließlich Begeisterung.

«Du vermagst es immer wieder, mich zu begeistern», lobte er Calvus, der eine ehrerbietige Verbeugung andeutete.

Das hinterlistige Grinsen auf Titius' Lippen verhieß nichts Gutes, als er zu Anea, die noch immer auf dem Boden kniete, zurückkehrte.

«Dann wollen wir mal sehen, wie gut diese Idee wirklich ist!», rief er und klatschte in die Hände. «Schafft mir diese Barbarin aus den Augen!»

Die Wächter, die bisher statuengleich verharrt hatten, packten Anea an den Armen, rissen sie hoch und stießen sie rüde zum Tor hinaus.

IV

Es war ein herrlicher Frühlingstag, an dem Rom das Fest der Göttin Ceres feierte. Der Kaiser versprach grandiose *Ludi*, um das sensationslüsterne Volk zu unterhalten und sich selbst als Gott und Herrscher der römischen Welt huldigen zu lassen. Wie ein brodelnder Lavastrom hatten die Massen das Amphitheater überflutet.

Die Adeligen hatten eigene Ränge, um nicht neben dem niederen Volk sitzen zu müssen. Als Gladiatorenbesitzer stand Gaius zwar das Recht zu, an der Arena Platz zu nehmen, doch er wollte nicht mit den anderen Schulenbesitzern auf die gleiche Stufe gestellt werden und zog es vor, sich unter die Patrizier zu mischen.

Der Plebs erfreute sich bereits lautstark am Wagenrennen; in der Arena herrschte ein heilloses Durcheinander. Körper von verunglückten Männern und verendenden Pferden lagen dicht nebeneinander im Sand. Der Pöbel bejubelte seine Sieger, begeistertes Geschrei erfüllte die Luft. Obwohl Gaius aus seiner Loge einen hervorragenden Ausblick hatte, verfolgte er das Treiben nur lustlos. Trotzdem fiel ihm einer der Kämpfer auf, und er erinnerte sich sogar an seinen Namen: Calvus.

Mit hochgereckten Armen hatte Calvus den Sieg davongetragen und empfing triumphierend seinen Ehrenkranz. Gaius brachte ihm nur wenig Sympathie entgegen. Vermutlich lag es daran, dass er ausgerechnet für Marcus Titius stritt.

Die Wagenrennen gingen zu Ende, und neben Calvus wurden weitere Sieger geehrt. Nun hatten die Arena-Diener alle Hände voll zu tun, den Platz für die anstehenden Darbietungen wieder zu säubern. In größter Eile räumten sie zerbrochene Wagenteile weg, trugen getötete Gladiatoren hinaus und zerrten Pferdekadaver über den Sand.

Als die nächsten Kämpfer den Schauplatz betraten, erhob sich die Menge, als wolle sie Göttern huldigen. Der pompöse Umzug, von Fanfarenklängen begleitet, schien endlos zu sein, und die Kämpfer kosteten jeden Augenblick der Bewunderung aus, die ihnen die Massen entgegenbrachten, während sie auf den prächtig geschmückten Balkon des Kaisers zumarschierten.

Gaius entdeckte unter den Männern bekannte Gesichter: Tacitius, einen freien Syrier, der schon unzählige Male in der Arena gekämpft hatte. Neben ihm Mithridates, ein hervorragender Gladiator aus den östlichen Provinzen des Reiches. Frauen wie Männer liebten ihn und gaben ihm den Beinamen «der Hübsche». Gaius konnte sich eines Schmunzelns nicht erwehren, als einige Besucher *«Salve, Pulcher, te amo»* in die Arena riefen und ihn an seinen eigenen Namen erinnerten. Verstohlen blickte er zu seiner Begleiterin.

Claudia glich einer Liebesgöttin, die eben erst zur vollen Blüte erwacht war. Während der Spiele verhüllte sie oft ihr Haupt mit einem zarten Schleier, der ihre Unschuld noch unterstrich. Doch Gaius kannte jede Pore, jedes Fältchen seiner jungen Freundin. Das braune, mit Blumen verzierte, kunstvoll hochgesteckte Haar umrahmte schmeichelhaft ihr Gesicht. Ihre dunklen Augen erinnerten an tiefe, geheimnisvolle Seen und verliehen ihr einen zusätzlichen Zauber. In ihrem schulterfreien Gewand glich sie einem Wesen aus einer Traumwelt – zart und zerbrechlich. Wahrlich, eine Frau, die der Göttin Venus zur Ehre gereichte.

Gaius betrachtete sie schweigend. Sie schloss sich den Zurufen der anderen Zuschauer nicht an. Der hübsche Mithridates schien ihr gleichgültig zu sein.

Gaius spähte in die Arena zurück. Er fühlte sich immer aufs Neue von dem Anblick der Männer, die mutig ihrem

Schicksal entgegentraten, überwältigt. Die Kämpfer reihten sich nun vor dem Kaiser auf. Eine ungewohnte, ja bedrohliche Stille herrschte plötzlich, die Zeit schien stillzustehen, die Welt hatte zu atmen aufgehört.

Die Gladiatoren streckten ihre Waffen der Loge des Imperators entgegen und grüßten ihn mit dem Ruf «Morituri te salutant». Dann brach gewaltiger Jubel des Volkes aus.

Gaius blickte zum Kaiser hinauf.

Die hagere Gestalt des Mannes in weißer, golden gesäumter Tunika und einer purpurnen Toga ließ nicht vermuten, dass er dieses Weltreich mit eiserner Hand regierte. Einer Statue gleich stand ein Sklave hinter ihm, den goldenen Lorbeerkranz über seinem Haupt haltend, um ihn zu vergöttlichen: Titus Flavius Domitianius, der Herrscher Roms, göttlicher Imperator dieser Welt und nicht nur an diesem Tag der Herr über Leben und Tod.

Gaius stockte der Atem, als er die Frau an seiner Seite wahrnahm. Domitian kam selten allein zu den Spielen, doch er erschien nie in Begleitung seiner Gemahlin Domitia Longina. Auch heute, wie so oft schon, begleitete ihn Flavia Pompeia. Als hätte sie Gaius' Blicke gespürt, sah Pompeia prüfend auf und grüßte ihn mit einem leichten Kopfnicken. Zögernd erwiderte er ihren Gruß und wandte sich wieder Claudia zu. Doch diese saß mit verschlossener Miene neben ihm und schwieg.

Endlich hob Domitian gebieterisch die Hand und erklärte die Kämpfe für eröffnet. Gaius richtete seine Aufmerksamkeit nun doch auf das Treiben in der Arena, wo seine Männer gleich zu ihrem Kampf antreten würden.

«Wird Craton heute kämpfen?», hörte er Claudias weiche Stimme.

«Ja, natürlich», erwiderte er überrascht.

«Und wann?»

«Meine Liebe», Gaius lächelte, führte ihre rechte Hand

zu seinen Lippen und hauchte einen Kuss auf ihre Finger, «wenn ich es nicht besser wüsste, würde ich vermuten, du hast mich heute nur wegen Craton begleitet.»

Claudia lächelte errötend zurück und wandte sich verlegen ab.

«Die besten Gladiatoren treten erst am Ende des Tages auf. Craton auch», erklärte Gaius und fügte schmeichelnd hinzu: «Sagte ich dir schon, wie bezaubernd du heute wieder aussiehst?»

«Du bist immer der Gleiche, Gaius. Galant, freundlich und zuvorkommend.» Sie hielt inne und lüftete ihren Schleier. «Aber mehr bist du nicht bereit zu geben.» Die anfängliche Röte war aus ihrem Gesicht gewichen, und sie sah ihm unverwandt in die Augen.

«Du hast mich wie immer durchschaut, meine Liebe!», versuchte er zu scherzen.

Fast unmerklich schüttelte Claudia den Kopf, presste enttäuscht die Lippen zusammen, senkte wieder den Schleier und richtete ihren Blick in die Arena. Gaius tat es ihr gleich.

Die Sonne neigte sich langsam dem Westen zu, und die Ränge wurden noch dichter bevölkert. Die Spiele näherten sich an diesem Tag ihrem Höhepunkt, und wer noch nicht die Gelegenheit hatte, an dem Spektakel teilzunehmen, versuchte nun gegen Abend, einen Platz zu ergattern.

Gaius konnte nicht anders, als Claudia immer wieder anzublicken. Sie war sichtlich verstimmt, und ihn ärgerte ihr Schweigen.

«Das ist doch eine Frau!», rief sie plötzlich und starrte gebannt auf die Kämpfenden. Gaius folgte ihren Blicken und konnte seinen Augen kaum trauen: Mit erstaunlichem Mut kämpfte eine Frau gegen einen Gladiator. Gaius erkannte sie sofort: Sie war es, die Sklavin vom Forum, die er vergangenen Herbst Titius abtreten musste! Die Menge raunte und feuerte die junge Frau an. «Verdammt!», fluchte Gaius. Er sprang hastig auf und verließ unter Claudias fragenden Blicken ohne ein weiteres Wort seine Loge.

Der Boden unter Aneas Füßen erzitterte, als sie den Männern folgte, die dem gleißenden Sonnenlicht entgegentraten und von den Massen unter tosendem Jubel empfangen wurden. Der unbeschreibliche Lärm machte beinahe taub, dröhnte in den Ohren. Tausende Römer applaudierten ihren Helden. Ein beängstigendes Gefühl durchflutete Aneas Körper, strömte brennend durch ihre Adern und nistete sich in ihrem Kopf ein. Es war Furcht, gnadenlose und lähmende Furcht.

Bis zu diesem Augenblick hatte Anea nicht geahnt, welche Strafe sich Titius und Calvus für ihren gescheiterten Fluchtversuch ausgedacht hatten. Und bis zu diesem Augenblick war es ihr gleichgültig gewesen, denn sie empfand nur Erleichterung darüber, dass Ferun nichts zugestoßen war. Doch jetzt sollte sie den feigen, hinterhältigen Plan kennen lernen. Als wäre sie von Opium schläfrig, folgte sie den geharnischten Männern und betrachtete widerwillig die Waffe, die man ihr in die Hand gedrückt hatte: ein kurzes Schwert, das bereits Rost anzusetzen begann.

Anea starrte auf den Boden. Der Sand war mit Blut voll gesogen und glich einem Schlachtfeld. Sie blickte sich verwirrt um, nahm zunächst nur einen blutigen Klumpen wahr, doch dann erkannte sie, was es wirklich war: Finger! Es war eine abgerissene Hand! Erschrocken lief sie weiter, folgte den Kämpfern, als könne sie bei ihnen Schutz finden. Und obwohl ihre Furcht wuchs, versuchte sie einen klaren Gedanken zu fassen. Die Männer kümmerten sich nicht um sie und ihre Angst, sie stellten sich in einer Reihe auf. Anea blieb unbeholfen neben ihnen stehen. Wie in einem Traum vernahm sie einen Ruf, der plötzlich durch die Arena hallte. Die Kämpfer sprangen auseinander und bildeten Paare. Ein hünenhafter Mann stand ihr gegenüber; eine unförmige Nase und ein von einer noch nicht verheilten Wunde entstellter Mund verunstalteten sein Gesicht. Anea gefror das Blut in den Adern.

«Bei den Göttern, ein Weib!», stieß der Gladiator ungläubig hervor und blickte fragend, fast schon beleidigt, in die Runde. «Dann wird mir heute wohl ein leichter Sieg geschenkt!», rief er und hob das Schwert.

Noch bevor sich Anea besinnen konnte, prasselten auch schon die ersten Hiebe auf sie herab. Kraftlos wehrte sie die Schläge ab, verharrte und wartete auf den nächsten Angriff.

«Versuch wenigstens zu kämpfen!», höhnte ihr Gegner.

Anea verstand nicht. Sie wusste nichts von diesen Spielen, von der Leidenschaft der Römer, sich an blutigen und grausamen Kämpfen zu ergötzen, sich am Tod zu berauschen. Ratlos, die Waffe in der Hand haltend, blickte sie sich um. Um sie herum tobte eine Schlacht. Mann gegen Mann. Die Gladiatoren, alle hervorragend ausgebildet und geübt, bekämpften sich erbarmungslos. Die Menge tobte, sie jubelte sogar, wenn einer der Männer sterbend zu Boden stürzte und sein Blut den Sand tränkte.

«Du hast es nicht anders gewollt!», rief der Hüne und holte zum nächsten Schlag aus.

Instinktiv, doch ungeschickt, wehrte sie den wuchtigen Hieb ab. Die Waffe glitt an ihrer Klinge entlang und verletzte sie am Oberschenkel. Anea spürte einen brennenden Schmerz und sah, wie Blut an ihrem Bein herabfloss. Plötzlich war ihre Furcht vergessen, alle Bedenken wichen. Sie richtete sich auf und starrte voller Hass ihren Gegner an. Es war eine Ewigkeit her, als sie das letzte Mal ein Schwert geführt hatte, doch auf einmal erinnerte sie sich wieder an seine Handhabung, und ihre Geschicklichkeit kehrte zurück.

Aneas Wille zu überleben erwachte. Schreiend stürzte sie sich auf den Mann und schlug mit kurzen, heftigen Hieben auf ihn ein. Berauscht von der eigenen Kampflust nahm sie nicht wahr, wie die Besucher auf den Rängen schon bald von ihrem Mut begeistert waren. Schnell und geschmeidig wie eine Raubkatze bedrängte sie den Hünen und dachte nur noch an den Kampf, den sie gewinnen wollte. Den sie gewinnen musste.

Der Mann, einen trügerisch leichten Sieg vor Augen, hatte bisher nur lustlos gekämpft. Nun machte ihm Aneas Schnelligkeit zu schaffen. Auf ihren Angriff nicht vorbereitet, wehrte er ihn nur ungelenk ab und brachte die mitfiebernde Menge zum Lachen. Dann strauchelte er. Mit einem Satz preschte Anea vor und versetzte ihm einen kräftigen Hieb auf die Brust. Der Schlag war nicht tödlich, doch er ließ ihn zurückweichen, taumeln. Unfähig, ihren Hass zu zügeln, stieß Anea ihm die Waffe mit einem Aufschrei der Erleichterung mitten ins Herz. Die Menge erhob sich von den Plätzen und jubelte. Anea ließ angewidert das Schwert fallen. Verletzt und blutverschmiert stand sie über ihrem Opfer und schloss kurz die Augen. Sie war über ihre Tat bestürzt, über den plötzlichen Tod des Kämpfers durch ihre Hand. Ein Gefühl der Reue breitete sich in ihr aus. Mit einem Seufzer öffnete sie wieder die Augen und betrachtete den leblosen Körper, unter dem sich eine dunkelrote Blutlache bildete.

Die Menge jubelte noch immer. Anea blickte ungläubig zu den Rängen hoch. Die Zuschauer klatschten lautstark Beifall, ihre Rufe schwollen zu einem Orkan an, bis auch Anea sie verstand. Einem Schlachtruf gleich ertönte es: «*Amazon!* Heil dir, *Amazon!*» und «*Amazon, Amazon victor!*»

Noch bevor sie sich fassen konnte, traten zwei Arena-Helfer an sie heran und geleiteten sie zu den Gewölben zurück. Wie im Traum folgte sie ihnen, vorbei an den Tribünen, wo die Zuschauer in überschwänglicher Begeisterung über die Brüstung lehnten.

Anea dachte an Ferun.

Das Geschrei des Plebs verebbte allmählich, doch bereits nach einer Weile gingen die Wogen der Begeisterung wieder hoch. Die Menge wurde lauter, stimmte rasch einen neuen Namen an: «Craton, Craton!» Und noch lauter: «Craton!»

Als Anea das Tor passierte und das weitläufige Gewölbe betrat, umschloss sie das Dämmerlicht. Die Rufe der Zuschauer drangen nur noch gedämpft durch die Gänge. Hektisches Treiben herrschte um sie herum. Gladiatoren bereiteten sich auf bevorstehende Kämpfe vor, manche nachdenklich bedrückt, andere fiebrig erregt. Blitzende Harnische und glänzende Helme schimmerten im Schein zahlloser Fackeln.

Die widersprüchlichsten Empfindungen bestürmten Anea, und sie bemühte sich vergeblich, Herr über sie zu werden. Niedergeschlagen sah sie auf, als sich ihr ein kräftiger Mann näherte. Er hatte ein markantes Gesicht, das durch eine Narbe auf seiner linken Wange noch charismatischer wirkte; eine Spur verwegen, aber nicht unansehnlich. Sein von der Sonne gebräunter Körper, vom aufgetragenen Öl glänzend, war stummer Zeuge unzähliger Kämpfe und Strafen. Trotz seiner Größe wirkte der Mann nicht wuchtig. Er war gut gebaut, seine drahtigen Glieder zeugten von Schnelligkeit. Er trug Schwert und Schild, und unter seinem linken Arm hielt er einen kunstvoll gearbeiteten Helm.

Anea starrte ihn gebannt an.

Ihre Blicke trafen sich unwillkürlich, blieben aneinander hängen, und ein seltsames, befremdendes Gefühl beschlich Anea: Furcht und Neugierde zugleich. Es verwirrte sie, und sie hoffte, nie gegen diesen Mann kämpfen zu müssen.

Einer von Titius' Leuten drängte sie weiterzugehen. Bevor sie in einen Nebengang abbog, wandte sie ihren Kopf nochmals um und sah in das dunkle Gewölbe zurück. Der Unbekannte stand noch immer da und blickte ihr nach. Dann wandte er sich ab und trat in das gleißende Licht der Arena. Ein Tosen, das den Himmel zu erschüttern schien, hob an.

Caput mundi begrüßte seinen Helden: «Craton!»

Er war der beste Gladiator Roms, der beste des ganzen Imperiums. Doch es war ein langer Weg gewesen, bis er die Gunst der Massen gewonnen hatte, denn das Schicksal war ihm nicht immer gnädig gesinnt. Unfrei geboren, ohne seine Eltern zu kennen, diente er seit seiner Kindheit verschiedenen Herren, verrichtete niedrigste Arbeiten, weilte nie lange am selben Ort.

Das Leben als Sklave hatte ihn hart und unnachgiebig werden lassen, und mit zwanzig tötete er einen lygischen Aufseher. Obwohl es ein Unfall gewesen war, wurde Craton zum Tode verurteilt. Nur die Tatsache, dass ein Lygier verunglückt war, milderte seine Strafe, und Craton wurde auf eine Galeere geschickt. Hätte er einen Römer auch nur verletzt – nichts auf der Welt hätte ihn vor seinem sicheren Ende bewahren können. So erwartete ihn ein langsamer, schleichender Tod, und seit dem Tage, als er angekettet wurde, erschien ihm, als sei *Charon* für immer sein Begleiter, sein Bruder aus der Totenwelt.

Wie viele Tage er auf den Galeeren verbrachte, wie viele Schlachten er überstand, wusste er nicht. Er zählte sie nicht, und wäre ihm *Fortuna* selbst nicht wohlgesinnt gewesen …

Die Wellen des Schicksals trieben ihn weiter, als sein Schiff bei einem Angriff getroffen wurde und sank. Der Bootsrumpf zerbarst, Holz splitterte, und losgelöste Balken retteten nur wenige Rudersklaven – Craton war einer von ihnen.

Auf der Meeresoberfläche treibend, bot sich ihm ein Bild des Grauens: Die Schlacht tobte unbarmherzig, Kriegsschiffe rammten einander, zerbarsten, einige fingen Feuer, brannten lichterloh. Schwarzer Rauch zog über das Wasser, hüllte die Schiffe ein, begleitet von einem Zischen, als würde ein Dämon des Feuers alles verschlingen.

Craton hörte die verzweifelten Schreie der Sterbenden, die dazu verdammt waren, den Galeeren in die Tiefe der See zu folgen. Als die Wellen über dem letzten, versunkenen Schiff zusammenschlugen, breitete sich eine Stille aus, die unheilvoller war als die Schreie und der Schlachtenlärm. Craton wusste, er würde diese Augenblicke nie mehr vergessen.

Tagelang trieb er, noch immer an eine Bootsplanke gekettet, auf dem Meer. Die Strömung brachte ihn nicht an die ersehnte Küste Ägyptens, sondern trieb ihn wieder auf die offene See zurück, hinaus in das Verderben, wo salziges Wasser und eine brennende Sonne, Hunger und Durst ihm die Sinne raubten.

Nach Tagen des Darbens griff ihn ein Schiff auf. Es waren Phönizier. Sie tauchten immer als Erste dort auf, wo eine Seeschlacht getobt hatte, auf der Suche nach Beute und nach Schätzen, die aus dem Meer geborgen werden konnten.

Als die Phönizier Craton aus dem Meer fischten, verriet ihnen sein kräftiger, mit Narben übersäter Körper rasch, dass er Sklave einer Galeere war. Sie brachten ihn an die Küste Italiens zurück, um ihn dort auf einem der unzähligen Sklavenmärkte zu verkaufen. Er war nicht mehr als Ware, die ihren Reichtum mehrte.

Cratons neuer Herr setzte ihn in einem Steinbruch ein; die Arbeit dort war hart, schwer, entbehrungsreich und gefahrvoll.

Trotz seiner niederen Herkunft wuchs Cratons Wille nach Freiheit mit jedem Tag. Er wollte sein eigener Herr sein, nur seinem Willen gehorchen und nicht von der Gnade eines anderen abhängig sein. So versuchte er immer wieder, seinem Schicksal zu entrinnen. Denn er wusste, er würde in diesem

Steinbruch sterben, wenn ihm die Flucht nicht gelang. Doch *Fortuna* schien sich von ihm abgewandt zu haben: Er wurde bei der ersten Gelegenheit, die sich ihm bot, zu entkommen, gefangen, und sein Herr ließ ihn hart bestrafen.

So schuftete er unzählige Tage, ging seiner mühseligen Arbeit nach, immer unter den wachsamen Augen der Aufseher. Dann endlich gelang es ihm, erneut zu entfliehen. Er schaffte es weit in die Berge, so weit, dass seine Häscher aufgaben, ihn gar tot glaubten. Doch sein Besitzer wollte Craton zurück – tot oder lebendig, und so beauftragte er Rufius, einen berüchtigten Sklavenhändler aus Rom, ihn aufzuspüren.

Cratons ersehnte Freiheit währte nicht lange. Bereits nach wenigen Tagen griff Rufius ihn auf. Doch statt ihn seinem Besitzer zu übergeben, brachte er ihn nach Rom – er erkannte Cratons Kraft, er erkannte in ihm den unbändigen Willen eines Mannes, der leben wollte, der siegen wollte. Er erkannte in ihm einen Mann, der zum Gladiator geboren war, und sein neuer Herr wurde Gaius Octavius Pulcher, Besitzer eines *Ludus Gladiatorius*.

Die ersten Kämpfe in der Arena waren beendet.

Männer in der Tracht des Totengottes *Charon* trugen die leblosen Körper der Gefallenen ehrerbietig durch das zum Osten hin ausgerichtete Tor der *Libitina* hinaus. Währenddessen hastete Gaius atemlos zur Loge des Marcus Titius.

Dieser schien kaum erstaunt zu sein, seinen adeligen Konkurrenten zu sehen, doch er würdigte ihn nur eines kurzen Blickes.

«Gaius Octavius Pulcher! Was verschafft mir die Ehre deines Besuches?»

Die spöttische Begrüßung berührte Gaius unangenehm, doch er ließ sich seinen Ärger nicht anmerken.

Titius war nicht allein, einer seiner *Lanistas* leistete ihm Gesellschaft und musterte den unerwarteten Besucher argwöhnisch. Mit einer gebieterischen Handbewegung befahl Titius dem Mann, sich zu entfernen. Gaius sah dem Ausbilder missgestimmt nach.

«Was soll das?», fragte er wütend, als sie endlich allein waren.

«Ich verstehe nicht, was du meinst.» Titius betrachtete seinen aufgebrachten Besucher mit gespielter Verwunderung. Der stechende Blick seiner kleinen Augen heftete sich neidvoll auf Gaius' kostbare Toga.

Gaius setzte sich auf die sonnenerwärmte Steinstufe und versuchte sich zu beruhigen. Immer noch rief die lärmende Menge nach Craton. Das Wissen um die Beliebtheit seines Kämpfers besänftigte ihn ein wenig.

«Du bist kaum zu mir gekommen, um den Kampf deines Craton gegen diesen Blestius zu verfolgen!», bemerkte Titius abschätzig.

Verärgert sah Gaius in das feiste, fettig glänzende Gesicht seines Feindes. Titius' schwerer Atem roch nach Wein, sein massiger Körper nach Schweiß. Gaius bereiteten diese Gerüche Übelkeit, und er war sicher, Titius noch nie so hässlich gesehen zu haben.

«Diese Sklavin – du machst sie mir auf dem Forum streitig, um sie hier einzusetzen?» Es fiel ihm schwer, sich zu beherrschen.

Titius prüfte eingehend seine Fingernägel. «Ich kann mit meinen Sklaven tun und lassen, was mir gefällt!»

«Es war aber meine Idee!» Gaius lehnte sich vor.

Titius merkte überrascht auf, in seinen Augen funkelte es. «Wer hat gesagt, dass ich vorhatte, dir deine Idee zu stehlen?»

«Du wolltest nicht ...» Gaius stutzte.

«Nein! Es war Calvus, der mir diese Idee schmackhaft machte.» Titius lächelte unverschämt. Er widmete seine ganze Aufmerksamkeit den Arena-Helfern, als wäre es span-

72

nender, ihre Arbeiten zu verfolgen, als diese Unterhaltung zu führen.

Gaius knirschte mit den Zähnen. Titius' Verhalten reizte ihn.

«Es war bloß ein Zufall, dass sie siegte!», sagte er.

«Mag sein! Doch sie tat es!» Titius verscheuchte eine Fliege von seinem Gesicht.

Gaius' Anspannung löste sich nur langsam. «Sie hätte sterben können!»

«Ist sie aber nicht! Sie hat gesiegt.» Titius zuckte gleichgültig mit den Schultern.

Die Aufmerksamkeit der Männer wurde auf das Geschehen in der Arena gelenkt. Die Menge begrüßte den ersten Kämpfer für den anstehenden Höhepunkt des Tages. Pfiffe und Buhrufe ertönten, als ein muskulöser blonder Gladiator mit ernster Miene die Arena betrat: Blestius.

«Welch ein Hüne! Ein Gallier oder Teutone», mutmaßte Titius begeistert, während Gaius abwesend nickte. Er betrachtete den Mann, dessen Wildheit berüchtigt war. Ein Kämpfer, der Craton durchaus gefährlich werden könnte. Die Massen setzten zwar auf Craton, doch es gab immer wieder Herausforderer mit genügend Selbstvertrauen, die sich den römischen Spitzenkämpfern stellten.

«Es ist bereits die zweite Herausforderung für Craton», bemerkte Titius.

«Ja! Blestius kommt aus Capua. Diese Provinzler glauben immer wieder, sie hätten eine Chance, in die große Arena einzuziehen!»

«Er hat es weit gebracht, dein Craton. Ein Einzelkampf zu Ehren Domitians war bisher nur den Männern aus dem *Ludus Magnus* vergönnt! Er ist ein guter Kämpfer und hat dir bestimmt schon längst die Summe eingebracht, die er dich gekostet hat.» Titius schürzte die Lippen, er vermochte es nicht, seinen Neid zu verbergen.

73

«Ich bin nicht hergekommen, um mit dir über Craton zu reden!», wandte Gaius gereizt ein. «Ich will dir ein Angebot machen.»

«Ein Angebot?»

Das Gebrüll der Massen unterbrach Titius. Die Menge tobte und erhob sich, als Craton die Arena betrat. Sein gestählter Körper schimmerte in der Sonne. Mit erhobenen Armen begrüßte er seine Anhänger, reckte Schwert und Schild in die Höhe. Sein glänzender Auftritt schien die Arena erzittern zu lassen. Würdevoll schritt er über den Sand und genoss mit jedem Atemzug diese beeindruckenden Momente der Huldigung. Nicht nur seine Anhänger, auch die Besucher in der Kaiserloge erkannten, dass dieser Kämpfer weit mehr als ein Sklave war: Er war ein Held Roms.

Auf Domitians Zeichen zur Eröffnung des Kampfes wartend, hielt Craton inne und wandte sich langsam seinem Herausforderer zu.

«Ich möchte dir ein Geschäft anbieten», fuhr Gaius fort, während er seinen Kämpfer beobachtete.

«Wie? Du möchtest doch nicht etwa Craton gegen diese Wildkatze tauschen?» Titius lachte amüsiert auf und griff nach einem Becher. Gaius verzog die Miene und beobachtete, wie er den Wein gierig in einem Zug austrank.

«Du hast Probleme mit dieser Frau? Gut. Du willst sie loswerden? Auch gut. Ich nehme sie dir ab!», sagte er.

«Ach ja? Und wieso sollte ich damit einverstanden sein?» Titius hob argwöhnisch seine Brauen.

«Weil ich dir die zweitausendneunhundert Sesterzen anbiete, die du so leichtfertig ausgegeben hast!» Gaius tat sich schwer, diese Worte über die Lippen zu bringen.

Marcus Titius schenkte ihm einen verwunderten Blick. In seinem fleischigen Gesicht lagen Unverständnis und Neugier. Dennoch beherrschte er sich und hakte scheinbar gelangweilt nach: «Zweitausendneunhundert?»

«Ja. Als Entschädigung sozusagen, sollte sie es nicht überleben», erklärte Gaius und versuchte Titius' Absichten zu erahnen.

Dieser schüttelte den Kopf. «Verstehe ich es richtig, du gibst mir zweitausendneunhundert Sesterzen, die du sowieso gezahlt hättest? Für wie dumm hältst du mich?»

«Du hast dabei nichts zu verlieren», erwiderte Gaius ungeduldig. «Du willst sie ja sowieso loswerden!»

Titius drehte schweigend den Becher in seinen Fingern.

«Dreitausend Sesterzen», drängte Gaius.

Titius blickte in die Arena. «Sie hat mich den Winter über viel Geld gekostet», bemerkte er. «Ich hatte viele Auslagen!»

Gaius ahnte, worauf er hinauswollte, und er wünschte sich, Mantano wäre jetzt hier. Sein Ausbilder hätte bestimmt viel treffendere Begründungen vorgebracht.

Ein ohrenbetäubendes Geschrei unterbrach ihr Gespräch. Die beiden Männer blickten in die Arena, und erschrocken erkannte Gaius, dass Cratons Füße sich in Blestius' Netz verfangen hatten. Craton strauchelte und verlor seinen Schild.

Die Menge hielt den Atem an. Der Kampf wäre bereits jetzt entschieden gewesen, hätte Craton nicht blitzschnell das Netz mit seinem Schwert durchtrennt. Blestius' Dreizack fügte ihm nur eine Wunde am Oberarm zu.

«Das hätte schlimmer enden können!», bemerkte Marcus Titius mit bissigem Lächeln und warf Gaius einen prüfenden Blick zu.

«Er weiß, was er tut!», überspielte Gaius seine Unruhe.

Inzwischen hatte sich Craton wieder gefangen. Er griff an und trieb seinen Gegner mit mächtigen Schlägen zurück. Die Menge jubelte erneut.

«Dreitausend Sesterzen», wiederholte Gaius.

Titius nickte träge. «Nun, wie schon gesagt, diese kleine *Lupa* hat mich den Winter über ein Vermögen gekostet.»

«Viertausend Sesterzen», warf Gaius mit fester Stimme

ein, bereute aber im selben Atemzug, diese Summe genannt zu haben, denn nun war der Geschäftssinn seines Gegners geweckt.

«Interessant, so kommen wir der Sache näher.» Titius lehnte sich vor. «Erklär mir jedoch Folgendes: Wieso hast du deine Meinung geändert?»

«Ich möchte sie ausbilden lassen», entgegnete Gaius und starrte in die Arena.

Titius lachte triumphierend auf. «Wie Recht Calvus doch hatte!»

Gaius schwieg.

«Und wenn sie es nicht überlebt?», fuhr Titius beinahe besorgt fort.

«Ich werde sie ausbilden lassen. Sollte sie den ersten Kampf in der Arena nicht überstehen, zahle ich dir viertausend Sesterzen. Sollte sie jedoch, was du nicht glaubst, dieses Spiel überleben, gehört sie mir!», legte Gaius sein Angebot dar.

Titius überlegte. «Ein Spiel? Diese Katze hat sieben Leben. Da kann ich sie dir gleich schenken!»

Gaius biss die Zähne zusammen. «Zwei Spiele!»

«Nein!» Titius lehnte sich wieder zurück. «Vier Spiele! Und es dürfen keine Schaukämpfe sein!»

Gaius atmete tief ein. «Vier Spiele? Du bist ein Wucherer, Titius!»

«Du kannst es bleiben lassen, und ich schicke sie morgen zu den Löwen!», entgegnete Titius ungerührt und unterstrich seine Drohung mit einem Handwink.

Grollend beobachtete Gaius, wie Craton in der Arena seinem Gegner einen schweren Hieb versetzte. Blestius' linke Schulter blutete, doch er kämpfte verbissen weiter und griff mit seinem Dreizack an.

Gaius dachte angestrengt nach. Konnte er seinem Instinkt trauen? Wie groß war das Risiko wirklich? Sollte er froh oder unglücklich darüber sein, dass Mantano jetzt nicht hier war?

76

Sein *Lanista* würde ihm sicher von diesem Handel abraten. Vielleicht sollte er es wirklich bleiben lassen.

Du bist ein gerissener Fuchs, Marcus Titius!

«Drei Spiele», schlug er vor und reichte Titius die Hand.

Titius schwieg und blickte ihn mürrisch an, als röche er eine Falle.

Die Menge brüllte, als Craton zu einem weiteren Schlag ausholte und sein Hieb den Dreizack zerbrach. Blestius stand hilflos da, sich hastig nach einer anderen Waffe umsehend. Craton hätte ihn nun leicht besiegen können. Die Massen raunten enttäuscht. Einen Winter lang hatten sie nach ihren Helden gelechzt und nun sollte ihr Warten mit diesem schnellen Sieg belohnt werden, das Schauspiel so unspektakulär enden? Prickelnde Stille erfüllte die Arena.

Craton sah zu den Rängen hoch. Einen so leichten Sieg wollte auch er nicht. Er hob die abgebrochene Spitze des Dreizacks auf, warf Blestius sein eigenes Schwert zu und forderte ihn erneut zum Kampf auf. Die Tatsache, dass er dem verletzten Herausforderer sein Schwert überließ und er selbst nun mit dem zerbrochenen Dreizack weiterzukämpfen bereit war, schien auch Domitian und seine Begleiterin beeindruckt zu haben. Gaius bemerkte, wie Pompeia sich aufrichtete. Ihre Blicke verzehrten den Körper des Gladiators, und begehrend öffnete sie ihre sinnlichen Lippen. In ihren Augen brannte Verlangen.

Inzwischen nahmen die Gladiatoren den Kampf wieder auf. Sie bewegten sich im Kreis, ihre Blicke starr aufeinander gerichtet.

«Großartig! Ich gebe zu, ich bin ein wahrer Bewunderer deines Craton!», räumte Titius ehrlich ein, noch immer Gaius' Angebot ignorierend.

«Immerhin trage bei diesem Geschäft ich das Risiko», versuchte Gaius die Unterhaltung wieder auf Anea zu lenken, doch Titius schien ihm nicht zuzuhören.

Wie hungrige Wölfe, die um ein Stück Fleisch kreisen, belauerten sich die Kämpfer, angefeuert durch Hochrufe und Ehrenbezeugungen. Blestius' Kräfte schwanden, er hatte schon zu viel Blut verloren, und Cratons nächster Angriff ließ ihn taumeln. Er wankte, verlor das Gleichgewicht, stürzte in den Sand und richtete sich nicht mehr auf. Er reckte einen Finger in die Höhe, um dem Plebs zu zeigen, dass er sich geschlagen gab; eine Geste, die ihm unter Umständen das Leben retten konnte. Allmählich verstummte die Menge und richtete den Blick zur Loge des Kaisers. Craton hielt den abgebrochenen Dreizack über dem Herausforderer, wartete. Erst nach einigen Augenblicken erhob sich der Imperator bedeutungsvoll und feierlich.

Auch Gaius blickte zum Herrscher der Welt und wartete auf seinen Entscheid. Pompeia hatte sich vorgelehnt, um dem Geschehen näher zu sein. Sie sah betörend aus in ihrem prachtvollen Gewand.

Nichts regte sich, kein Laut war zu hören, wie versteinert saßen die Besucher des Amphitheaters da.

Genüsslich ließ der Kaiser die Zeit verstreichen. Es schien eine Ewigkeit vergangen zu sein, bis er sich an Pompeia wandte, die ihm etwas ins Ohr flüsterte, ihre geheimnisvollen Augen auf die beiden Kämpfer gerichtet. Domitian nickte, hob langsam den Arm und reckte die Hand vor. Craton und Blestius harrten regungslos der Entscheidung. Der Daumen senkte sich langsam, und die Menge begann erneut zu tosen: «*Iugulo! Iugulo!* – Stich ihn ab!»

Craton starrte auf Blestius herab, der sich ungerührt zurücklehnte und den tödlichen Hieb erwartete. Gaius wusste nicht, ob Craton je Bedenken hatte, einen Mann in den Tod zu schicken. Es waren derer schon viele gewesen, dennoch glaubte er, in seinen Gesichtszügen immer wieder einen Hauch von Überwindung zu bemerken.

Doch dann holte Craton zum Stoß aus und bohrte den

Dreizack in die Brust des Besiegten. Gaius schüttelte sich unwillkürlich.

«Gut, drei Spiele, und ich gehe auf deine Wette ein», begeisterte sich Titius, während Blestius starb, und reichte Gaius zustimmend die Hand.

Als Gaius in seine Loge zurückkehrte, war Claudia bereits gegangen, ohne den Kampf von Craton gesehen zu haben.

V

Gaius hatte bereits vor einer Weile das Abendessen am Rand seines *Peristyls* zu sich genommen. Noch immer schmeckte er die rauchige Soße der Speisen auf seinen Lippen. Er lehnte sich zurück, genoss die sanften Klänge und den Gesang einer Harfenspielerin und betrachtete versonnen die Blütenpracht, die der frühe Sommer geschaffen hatte. Sanfter Wind kam auf, bot wohltuende Kühle und trug den Duft der Blüten ins Haus. Ein kleiner Brunnen aus weißem Marmor plätscherte beruhigend.

«Herr.» Gaius, abgelenkt durch die Musik und das Farbenspiel, bemerkte nicht, dass ein dunkelhäutiger Sklave sich ihm genähert hatte. «Mantano möchte dich sprechen.»

Als hätte ihn der Diener von einer fernen Reise zurückgeholt, wandte sich der Hausherr ihm zu und leckte sich die Reste des Abendmahls von den Fingern.

Dann klatschte er in die Hände, die Musik verstummte, und die Harfenspielerin eilte mit einer Verbeugung hinaus. Emsig räumte die Dienerschaft die Teller auf und verließ den Raum.

Gaius gebot dem Sklaven, Mantano hereinzuschicken.

«Tritt ein», winkte er seinen *Lanista*, der unbeholfen in der Mitte des Raumes stehen geblieben war, heran.

Mantanos Miene schien noch finsterer zu sein als üblich, und Gaius ahnte, weshalb.

«Du willst mich sprechen?» Gaius hatte sich auf seiner Liege aufgerichtet und wusch sich die Hände in einer mit warmem Wasser und getrockneten Rosenblüten gefüllten Silberschale, die ihm eine Sklavin stumm hinhielt.

Mantano trat näher. «Es geht um Craton!»

«Ich verstehe nicht, warum. Cratons letzter Auftritt war doch beeindruckend!»

«Er war sehr leichtsinnig!», bemerkte Mantano gereizt.

«Sicher! Aber durch diesen Auftritt hat er sich noch mehr Anhänger geschaffen», entgegnete Gaius schulterzuckend.

Mantano verzog spöttisch seine Lippen, verschränkte abweisend die Arme vor der Brust. «Das kann nächstes Mal seine Niederlage, vielleicht sogar seinen Tod bedeuten!»

«Manchmal scheint mir, als würdest du dir genau das erhoffen!» Gaius sah abwägend hoch. Die Miene des *Lanistas* blieb ungerührt. Er schwieg beharrlich.

Gaius seufzte. «Und, hast du mit ihm darüber gesprochen?»

«Es nutzt nichts. Er ist dein bester Kämpfer und das weiß er. Er gehorcht mir kaum. Erst wenn ich ihm mit der Peitsche drohe, hört er zu», entgegnete Mantano mürrisch. «Er ist eigensinnig und aufrührerisch, und nichts kann ihn brechen!»

Gaius verzog den Mund. «Tu, was du für richtig hältst, aber mach ihn nicht kampfunfähig!»

«Gewiss nicht.»

«Ich ahne jedoch, dass dich noch etwas anderes zu mir führt.» Gaius warf Mantano einen prüfenden Blick zu.

«Du hast Recht.» Der *Lanista* begann langsam auf und ab zu laufen. «Ich komme wegen dieser Frau!»

«Ach – ich dachte, diese Angelegenheit wäre erledigt.»

«Ich muss dich warnen, Gaius. Sie wird dich viel mehr kosten, als du es dir jetzt vorstellen kannst.» Mantano blieb stehen. «Und sie wird Unruhe in deiner Schule stiften. Die Männer sind ausgehungert, und ich weiß nicht, was geschieht, wenn sie diese Frau sehen!»

Der Hausherr winkte ab. «Mantano, jeder der Männer darf sich viermal im Monat mit einer Sklavin vergnügen.»

«Darum geht es nicht!», unterbrach der *Lanista* ungewöhnlich wirsch. «Ich glaube, sie würde keinen deiner Männer auch nur fünf Schritte an sich heranlassen. Eher würde sie ihnen die Augen auskratzen! Aber sie wird ihre Ausbildung stören. Es ist verrückt zu glauben, sie hätte in der Arena auch nur die geringste Chance! Ich kann sie nicht ausbilden!» Mantanos Tonfall war bestimmter geworden.

Gaius sah ihn an, musterte die vom Leben gezeichneten Gesichtszüge seines Ausbilders. Seine Stimme klang ruhig, als er erwiderte: «Du sollst sie auch nicht ausbilden, Mantano. Ich habe andere Pläne mit ihr.»

«Wie?» Mantano wirkte erstaunt, und zum ersten Mal in seinem Leben schienen ihm die richtigen Worte zu fehlen. «Du willst sie als Liebesdienerin?», stammelte er.

Gaius lachte auf. «Ich bin doch nicht lebensmüde. Ich würde sie nicht einmal in meine Nähe lassen. Nein, ich will sie in der Arena sehen, als Kämpferin. Als Attraktion. Als die Sensation. Und sie wird siegen, das verspreche ich dir. Wie ich das erreiche, lass meine Sorge sein!»

Verunsichert zuckte der *Lanista* mit seinen Schultern. «Ich verstehe nicht.»

«Ich muss keinem Rechenschaft ablegen.» Gaius' Heiterkeit schwand. Er war nicht mehr gewillt, auf Mantanos Einwände einzugehen.

«Gewiss nicht.» Der Ausbilder versuchte seinen Unmut zu verbergen.

«Sie wird in vier Tagen hier sein, bereite alles vor», beendete Gaius nun die Unterhaltung endgültig und erhob sich.

«Wie du es befiehlst», antwortete Mantano, sich zur Ruhe zwingend. Dann verließ er Gaius, ohne sich nochmals umzudrehen.

VI

Schlaftrunken richtete Anea im Halbdunkel ihren Blick auf die graue kahle Wand ihres Lagers, starrte sie ruhelos an. Der Anblick erinnerte sie an die triste Behausung in Titius' *Ludus*, die sie in den letzten Wochen kennen gelernt hatte; kalt und lieblos. Sie schloss wieder die Augen und versuchte an die dichten und dunklen Wälder ihrer Heimat und an die glücklichen Tage in ihrem Dorf zu denken. Doch es wollte ihr nicht gelingen. Bilder von Grausamkeit und Tod ergriffen seit dem Auftritt im Amphitheater von ihr Besitz, immer wieder und ungerufen. Erinnerungen, die sie bis in ihre Träume verfolgten.

Anea verstand dieses Rom, vor dem die ganze Welt zitterte, nicht. Sie verstand die Römer nicht, die sich ganze Völker unterwarfen, um sie danach zu versklaven und zur Belustigung der Massen in den Tod zu schicken. Sie verstand auch die Gladiatoren nicht, die an diesen blutigen Spielen oft stolzerfüllt teilnahmen. Sicher würde sie auch diesen gestählten Kämpfer, dem sie in den Gewölben begegnet war, nicht verstehen. Trotzdem faszinierte er sie, zog sie rätselhaft an, fesselte sie, doch sie wusste nicht, warum. Vielleicht hatte er in der Arena bereits den Tod gefunden, vielleicht lag er schwer verletzt auf einem Lager. Nein, sie wollte jetzt nicht an ihn denken.

Zaghaft kündigte sich ein lauer Frühsommertag an. Anea wusste, dass sie ihn allein und einsam in dieser neuen, düsteren Umgebung verbringen würde. Sie fröstelte unwillkürlich. Die Verletzung an ihrem Oberschenkel schmerzte, als sie sich aufrichtete und die Wunde vorsichtig befingerte. Ein wenig Blut trat aus dem Schorf. Anea hatte sich, so gut es ging, selbst verarztet, alles Weitere lag nun in den Händen der Götter – ihrer Götter.

Gedankenverloren blickte sie um sich. Eine plötzliche Unruhe, einem tobenden Dämon gleich, erfasste sie. Sie spürte grenzenlosen Hass und Verbitterung, als sie an ihre ungewisse Zukunft dachte, hier in der Schule des Gaius Octavius Pulcher, wo sie Marcus Titius vor drei Tagen hingebracht hatte. Doch schlimmer als Hass, Wut und Verbitterung war eine andere Gewissheit: Sie würde Ferun wohl nie mehr wiedersehen. Der Gedanke nahm ihr beinahe den Atem, schnürte ihr die Kehle zu. Besaß ihre Schwester den Willen und die Kraft, all das durchzustehen?

Ein Gefühl der Ohnmacht breitete sich in Anea aus und brachte sie zur Verzweiflung. Doch sie kämpfte mit aller Kraft dagegen an, um nicht den Glauben an sich selbst zu verlieren.

Aus dem Hof drangen das Geschrei und die Rufe übender, kämpfender Männer zu ihr und erinnerten sie daran, dass sie sich in einer Ausbildungsstätte für Gladiatoren befand.

Plötzlich vernahm sie ein anderes Geräusch: Schritte näherten sich ihrer Zelle. Nach drei langen Tagen würde sie nun endlich jemand aufsuchen. Lautlos schlich sie auf ihr Lager zurück, drückte sich an die kalte Mauer und harrte, wie die Sehne eines gespannten Bogens, aufgeregt aus.

Vor der Tür rasselte es, ein Schlüssel kratzte im Schloss. Die Scharniere knarrten, als der Riegel der Zellentür mühsam zurückgeschoben wurde.

Ihr Herz pochte. Vor Angst oder vor Aufregung – sie

wusste es nicht. Sie drückte sich tiefer ins Halbdunkel. Endlich öffnete sich die Tür langsam. Zuerst nur einen Spalt. Dann weiter.

Ein Mann in schäbiger Kleidung betrat den Raum. Er trug etwas über dem Arm, so viel konnte sie erkennen. Verwundert sah er sich um, kratzte sich am Hinterkopf und versuchte im Dämmerlicht den Bewohner der Unterkunft ausfindig zu machen.

Anea horchte. Sie wartete wie eine Raubkatze auf den geeigneten Augenblick, um ihr Opfer anzugreifen.

Der Mann trat vorsichtig näher. Er bemerkte sie erst, als sie ihn unerwartet mit der Wucht ihres Fußtrittes zurückstieß. Er stolperte rückwärts über einen Schemel, schlug mit dem Schädel gegen die Wand und sank zu Boden. Nur noch ein leises Krachen, ein Röcheln waren zu hören – der Mann blieb regungslos liegen; seine Gesichtszüge voller Überraschung und Schmerz.

Anea verharrte bewegungslos, lauschte in die Stille. Niemand schien den Vorfall bemerkt zu haben. Sie huschte zur Tür und spähte in den langen Gang, der leer und düster vor ihr lag. Dann rannte sie los, weg vom Lärm der Waffen und dem Geschrei übender Gladiatoren. An einer Ecke blieb sie stehen, presste sich an die Mauer, als Schritte zu vernehmen waren, und hielt den Atem an.

Die Schritte kamen geräuschvoll näher, und Anea drückte sich noch fester an die Mauer. Eine scharfe Steinkante ritzte ihren Oberarm auf. Sie bemerkte es nicht.

Plötzlich verstummten die Schritte. Wer es auch immer war, er stand vor der Tür ihrer *Cella*. Anea glaubte, ihr Herzklopfen würde von den Gewölbemauern widerhallen und sie verraten.

«Sie ist verschwunden!», brüllte eine Stimme, und Anea versteinerte für einen Augenblick, unfähig, sich zu rühren. Dann rannte sie wieder los, ohne sich umzudrehen, rannte durch den nicht enden wollenden Gang, rannte durch das Halbdunkel.

Durch den Lärm aufmerksam geworden, betrat Mantano die Unterkünfte, die von Tumult und Hektik erfüllt waren: Wächter hetzten durch die Gänge, über Treppen, rissen Türen auf, schrien durcheinander, fluchten.

Mantano packte einen von ihnen am Arm und stieß ihn gegen die Wand: «Was, beim Jupiter, geht hier vor?»

«Dieses verdammte Weib ist weg!» Der Wächter schnappte nach Luft. «Sie hat es geschafft zu fliehen!»

«Sie darf nicht entkommen! Sie darf dieses Gebäude nicht verlassen!», befahl Mantano herrisch und stieß ihn von sich. «Findet sie!»

Ich habe dich gewarnt, Gaius, schoss es ihm plötzlich durch den Kopf. Dass sich seine Befürchtungen so schnell bewahrheiten würden – bereits nach drei Tagen –, das hätte er selbst nicht geglaubt. Aber vielleicht würde einer der Wächter sie auf der Flucht töten, dann würde ihm viel erspart bleiben.

Hektisch durchstreiften die Männer, viele von ihnen ehemalige Legionäre, das Gewölbe. Mantano erschien es wie eine Ewigkeit, bis endlich ein triumphierender Ruf ertönte: «Hier ist sie! Hier an der Treppe – am Ausgang!»

Als wäre es ein Signal, hasteten die Wächter los. Mantano hinterher.

Einer der Männer hatte Anea mit einer Lanze in die Ecke gedrängt. Sie saß in der Falle. Ratlos blickte sie um sich, entdeckte einen Tragbalken und zog sich rasch an ihm hoch.

Fünf bewaffnete Männer starrten zu ihr hoch. Aneas Gedanken überschlugen sich. Sie suchte verzweifelt nach einem Fluchtweg, durch das Ausgangstor oder vielleicht über den Hof.

Unerwartet sprang sie vom Balken, warf einen Wächter zu Boden. Er blieb benommen liegen. Anea schlug einen Haken, doch es gab kein Durchkommen. Sie zog sich wieder in die Ecke zurück, wartete, lauerte. Einer der Soldaten näherte sich, griff nach ihr. Blitzartig schnellte sie vor, zerkratzte ihm das Gesicht. Der Verletzte brüllte auf, hielt sich seine linke Wange.

Anea nutzte den Augenblick der Verwirrung und stürmte die Stufen hinunter in den Hof. Mantano entriss einem der Wächter die Lanze und trat vor. Obwohl er seit Jahren nicht mehr in der Arena gekämpft hatte, besaß er immer noch den Instinkt und das Auge eines Gladiators. Er zielte nur kurz, dann warf er den Speer zwischen ihre Beine.

Anea taumelte und stürzte die Treppe hinunter. Ihr wurde schwarz vor Augen, als sie auf der letzten Stufe aufschlug. Schritte und Stimmen näherten sich rasch, doch sie klangen gedämpft, weit weg, wie durch einen Nebel. Ihr Kopf dröhnte, sie hustete, rang verzweifelt nach Luft. Zwei Wächter knieten auf ihr und fesselten sie, während barmherzige Dunkelheit sie verschlang.

«Dummköpfe, ihr schafft es nicht einmal, ein Weib einzufangen!», entrüstete sich Mantano.

Die Männer starrten ungläubig auf Anea. Keiner von ihnen hätte gedacht, dass es so schwer sein könnte, eine Sklavin einzufangen.

«Wissen die Götter, wie es die römischen Armeen schaffen, mit so unfähigen Soldaten, wie ihr es seid, das Imperium zu schützen!», brüllte der Ausbilder ungehalten. «Ihr habt euch angestellt wie Kinder, die versuchen, ein aufgeschrecktes Huhn einzufangen!»

Langsam kam Anea zu sich. Durch den Aufprall war ihre Wunde erneut aufgeplatzt und brannte wie Feuer.

«Wie konnte das geschehen?», hörte sie Mantano aufgebracht fragen. Seine Stimme zitterte vor Wut.

«Ein Sklave sollte ihr Kleidung und etwas zum Essen bringen», erklärte einer der Männer.

«Wer hat das angeordnet, ohne mich davon zu unterrichten?», donnerte Mantano.

Nur zögernd erwiderte der Soldat: «Gaius Octavius!»

Mantano suchte grollend nach einer Antwort, doch er wagte es nicht, Gaius' Befehle vor den Männern anzuzweifeln. Zornig knirschte er mit den Zähnen.

«Wartet hier!», befahl er scharf.

Er ließ die Männer zurück, und mit geballten Fäusten und mächtigen Schritten folgte er dem Gang zu Aneas *Cella*.

Die Tür stand noch offen, als er sie erreichte. Das zuckende Licht der Fackeln erhellte nur spärlich die Kammer. Mantano trat ein und entdeckte sofort den leblosen Körper des Mannes. Einer der Wächter, die ihm gefolgt waren, fragte besorgt: «Was ist mit ihm?»

Mantano kniete nieder, betastete die Halswirbel. Sie ließen sich leicht bewegen.

«Sie hat ihm das Genick gebrochen», antwortete er. Als er den zerbrochenen Schemel erblickte, erkannte er sofort, dass es ein Unfall gewesen sein musste.

«Schafft den Mann hier raus und bringt das Weib auf den Hof!», befahl er und erhob sich.

Die Wächter stießen, zerrten, zogen Anea auf den Platz.

Das gleißende Licht der Sonne blendete sie, brannte in ihren Augen. Nur schemenhaft erkannte sie den Übungshof und herumstehende Männer. Sie konnte keine Gesichter ausmachen, doch sie spürte verwunderte Blicke.

Mit erhobenem Haupt ließ sie sich über den Platz zerren.

Zwei Soldaten banden sie grob an einen Balken. Als einer der Männer begann, ihre Kleidung zu zerschneiden, fluchte sie lautstark in ihrer Sprache, riss an ihren Fesseln. Mit entblößtem Oberkörper stand sie nun da, wehrlos und voller Scham, die Brüste nur dürftig durch ihre Haare verborgen, schutzlos den Blicken der Männer ausgeliefert.

Schweigend verfolgten die Kämpfer des *Ludus* das Geschehen; Craton stand neben Titio, einem noch unerfahrenen Mann, der erst seit wenigen Monaten im Haus Octavius weilte und den langen und beschwerlichen Weg zum Gladiator noch vor sich hatte.

«Ist das nicht die Frau aus der Arena?» Titio kniff verblüfft seine Augen zusammen, erst dann erkannte er die Kämpferin, der das Volk zugejubelt hatte, wieder. Craton nickte. *Er* hatte sie sofort erkannt: die Frau aus den Gewölben des Amphitheaters, deren Mut und Wildheit ihn besonders faszinierten.

Die Männer bildeten nun einen Halbkreis. Alle Augen hefteten sich auf Mantano, als dieser den Platz betrat. Der *Lanista* fuhr sich mit der Zunge über seine Lippen. Diese Frau hatte einen Sklaven getötet. Eine Tat, die ihm erlaubte, sie auf der Stelle hinrichten zu lassen. Doch er wagte es nicht, denn er wusste nur zu gut, was Gaius mit ihm machen würde. Um den unglücklichen Sklaven selbst ging es ihm nicht. Aber Mantano musste mit aller Härte durchgreifen, er konnte Vergehen nicht straflos dulden. Was, wenn die Gladiatoren seine Schwäche ausnutzen würden?

Craton blickte von Anea zu Mantano und wieder zu Anea. In ihren Augen lagen Furcht und Stolz zugleich, während die Gesichtszüge des Ausbilders immer grimmiger wurden.

«Hundert», befahl Mantano tonlos.

«Hundert Schläge?» Der Wächter wandte sich verwundert um.

«Hundert», wiederholte Mantano.

«Was hat er vor?», fragte Titio.

Craton sah ihn nur schweigend an.

«Sie soll hundert Schläge bekommen», erklärte einer der umstehenden Kämpfer gleichgültig.

«Bei den Göttern! Will Mantano sie umbringen?», entrüstete sich Titio. «Das würde nicht mal ein Mann überleben!»

Er musterte die angespannten Gesichtszüge der Wärter. «Mantano muss sie sehr fürchten, wenn er so viele Wächter braucht, um sie zu bändigen!», fügte er spottend hinzu.

«Ich habe gehört, sie soll einen guten Gladiator getötet haben», entgegnete Craton ernst und wusch sich mit dem Unterarm den Schweiß von der Stirn.

«Diese Frau hat einen Sklaven aus dem Haus eures Herrn umgebracht!» Mantanos Stimme donnerte über den Hof. «Ihr alle wisst, sie hätte es verdient zu sterben! Es liegt jedoch in meiner Hand, wie die Strafe ausfallen soll!» Er blickte herrisch auf die Männer, die nun geschlossen vor ihm standen und ihn mürrisch anschauten. «Die Strafe werden hundert Hiebe sein!»

«Das bedeutet ihren Tod», murrte Craton leise, biss die Zähne zusammen und versuchte seine Empörung im Zaum zu halten.

Die Kämpfer schwiegen. Einer der Wächter brachte eine Peitsche, die ihm Mantano mit rüder Geste abnahm. Langsam schritt er auf seine Schüler zu, blieb stehen, blickte einen der Gladiatoren durchdringend an und richtete den Schaft der Peitsche auf ihn.

«Du! Du wirst die Strafe ausführen!», befahl er.

Der Kämpfer sah sich zweifelnd um und nahm die Peitsche zögernd entgegen. Er betrachtete sie kurz, dann warf er sie verächtlich zu Boden.

«Nein», wagte er aufzubegehren, und Schweißperlen traten auf seine Stirn. «Du sagst, sie soll leben, und gibst ihr hundert Hiebe? Sie wird das niemals überstehen!»

Mantano trat bedrohlich vor ihn. Schweigend, ohne Regung, starrten sich der Ausbilder und der Kämpfer an. Unruhe erfüllte die umstehenden Männer. Nervös griffen die Wächter an die Schäfte ihrer Waffen, bereit, einen möglichen Aufstand niederzustrecken. Nur eine unbedachte Handbewegung, nur ein falsch verstandener Blick ...

«Wenn du nicht schlägst oder auch nur zu sanft, dann schwöre ich dir, wirst du als Nächster dran sein!», drohte Mantano mit gefährlich ruhiger Stimme.

Langsam hob der Gladiator die Peitsche auf, und noch langsamer schritt er an Mantano vorbei.

Niemand rührte sich, alle wussten, dass der *Lanista* seine Drohung wahr machen würde. Und was kümmerte sie schon das Schicksal dieser fremden Sklavin?

Wut und Furcht bemächtigten sich Aneas, als sich der narbige Mann ihr näherte. Beschämt, an diesen Balken gefesselt zu sein, wehrlos und nackt, biss sie die Zähne zusammen. Niemand hatte es bisher ungestraft gewagt, sie zu entblößen! Niemand!

Der Gladiator stellte sich hinter sie, wog die Peitsche in der Hand und holte zum ersten Schlag aus.

«Vergiss nicht, was ich gesagt habe! Wenn du zu sanft bist, wirst du als Nächster hier hängen! Und dann werde ich dich mit ihr allein lassen!», drohte Mantano erneut.

Der Kämpfer schlug zu.

Bereits der erste Hieb brannte wie Feuer. Er brannte sich nicht nur in ihre Haut ein, sondern auch in ihr Herz. Anea unterdrückte einen Schrei. Der zweite Schlag war noch qualvoller. Der dritte riss ihr die Haut auf. Sie schwieg noch immer.

Craton wollte einschreiten, doch Titio hielt ihn zurück. «Nein! Es ist nicht lange her, als du da hingst! Du weißt selbst, dass du nichts dagegen tun kannst», warnte er. «Und dich wird er noch härter bestrafen, wenn du ihr hilfst!»

Aufgebracht ballte Craton die Fäuste. Titio hatte Recht. Bei jedem Hieb spürte er plötzlich seine eigenen Narben wieder, den Schmerz. Er erinnerte sich an seine Bestrafung, an die Wunden, die nur langsam verheilten.

«Sie wird nicht einmal die Hälfte der Schläge überstehen», bemerkte er mit bebender Stimme.

Titio nickte und verschränkte die Arme vor der Brust, seine Blicke immer wieder abwendend.

Craton öffnete langsam die Fäuste. «Wenn sie ihren Stolz aufgeben würde, dann vielleicht.»

Er wusste nur zu gut, dass es nicht immer hilfreich war, den Schmerz zu unterdrücken. Fassungslos zählte er die Hiebe. Fünf Schläge waren schon schwer zu ertragen. Der sechste Schlag sollte ihre Zunge lösen, doch kein Laut kam über ihre Lippen. Der siebte Hieb ließ auch Craton schwer atmen und erflehen, die Frau möge endlich ihren sinnlosen Stolz aufgeben. Der achte Schlag schien seine eigene Haut aufzureißen. Er sah der Sklavin an, dass sie bald bewusstlos werden würde. Erst der neunte Hieb brach endlich Aneas Schweigen: Ihre Augen weiteten sich, sie schrie auf, von unerträglichem Schmerz gepeinigt.

Der vierzehnte und fünfzehnte Schlag schwächten sie noch mehr, beim sechzehnten verstummte ihr Schreien, ihr Kopf fiel nach vorne, ihr Körper erschlaffte. Es folgten die Schläge siebzehn und achtzehn, erst jetzt gebot Mantano Einhalt. Er trat an Anea heran. Sie hatte das Bewusstsein verloren. Wütend befahl er einem der Wächter, einen Eimer mit kaltem Wasser zu holen, und übergoss sein Opfer.

Nur langsam erwachte Anea aus ihrer Bewusstlosigkeit, die sie vor weiterer Qual zu bewahren schien. Tränen standen in ihren Augen, in ihrem Kopf hämmerte es. Ihr Rücken, von Blut und Schweiß verklebt, brannte, und sie wusste nicht, wie viele Schläge noch folgen würden. Das Zählen hatte sie längst aufgegeben.

Mantano hatte nicht vor, sie töten zu lassen. Ihre Stärke und ihr Lebenswille beeindruckten ihn, und so befahl er, mit der Bestrafung fortzufahren. Der Gladiator erstarrte und blickte den *Lanista* ungläubig an.

«Mach weiter!», gebot Mantano.

Wieder ein Zaudern.

«Ich sagte, mach weiter!»

Der Mann spuckte verächtlich vor Mantanos Füße und holte zum nächsten Schlag aus. Doch noch bevor dieser niederging, fing ihn eine Hand unerwartet und kraftvoll ab. Es war Cratons Hand.

Grimmig stand er mit der Peitsche da, drohend, aufbegehrend, um sich dem Sturm, der folgen würde, mutig zu stellen.

Durch eine Wand aus Schmerz und Scham erkannte Anea ihn; jener Kämpfer aus dem Amphitheater, der ihr in den Gewölben entgegengekommen war.

«Craton, wenn du die restlichen Schläge willst, nur zu!», herrschte Mantano ihn, mit vor Wut glänzenden Augen, an.

«Was meinst du, was Gaius Octavius sagen würde, wenn er wüsste, dass du seine wertvolle Ware tötest?», entgegnete Craton ungerührt.

Hastig kam Mantano auf ihn zu und entriss ihm zähneknirschend die Peitsche, bereit, den Kämpfer mit ein paar Hieben zu züchtigen.

Craton verharrte dennoch regungslos und starrte den verhassten Mann an. Es war ein stiller Krieg, der zwischen ihnen herrschte, ein Spiel um Macht. Der erfahrene Ausbilder und der erfolgreiche Gladiator – sie waren Todfeinde, und nur ihre Abhängigkeit vom Haus Octavius ließ sie unter einem Dach wohnen.

Eine lange, bedrohliche Stille flimmerte wie die Mittagshitze über dem Hof, und die Spannung legte sich wie Staub auf die Männer. Eine Ewigkeit schien zu vergehen, bis Mantano den Kämpfern schließlich befahl, mit ihren Übungen fortzufahren, und dann wortlos auf den Ausgang zueilte. Unterwegs warf er einem Wächter wütend die Peitsche entgegen, einem anderen versetzte er einen Hieb.

Craton starrte ihm hinterher. Er wusste, es war ein Fehler gewesen, den Ausbilder vor all den Männern bloßzustellen, und er konnte schon erahnen, welchen Preis er dafür zu zahlen hatte. Mit dieser dunklen Vorahnung entriss er einem der Wachen einen Umhang und hüllte damit den geschundenen, halb nackten Körper der jungen Frau ein. Mit einem Schnitt machte er sie los. Wie ein Stein fiel sie ihm in die Arme. Vorsichtig trug Craton sie aus der sengenden Hitze in den Schatten der kühlen Unterkünfte zurück.

Ratlos folgten Titios Blicke seinem Freund. Er wandte sich ab und nahm seine Kampfübungen wieder auf.

Als Craton die junge Frau auf ihr Lager legte und zur Seite drehte, erwachte sie aus ihrer Bewusstlosigkeit und stöhnte schmerzerfüllt auf. Craton legte sein Messer beiseite, hob den Umhang und betrachtete ihren gepeinigten Körper. Er wusste nicht, wie lange er sie anstarrte, fast scheu, und doch mit offener Bewunderung. Er fühlte sich von dieser Frau, deren Namen er nicht einmal kannte, seltsam angezogen. Ein verwirrendes Gefühl stieg in ihm auf. Hastig drehte er sich um, eilte zur Tür, stürmte los, zurück in den Hof, zurück in die gnadenlose Welt der Gladiatoren.

Erschöpft blickte ihm Anea nach. Sie wollte ihm sagen, wie dankbar sie ihm war, doch ihre Stimme versagte. Mit letzter Kraft versuchte sie sich hochzustemmen und verspürte sofort einen schneidenden Schmerz. Unsicher tastete sie um sich und erstarrte, als ihre Finger eine Klinge berührten. Ein Messer! Der Mann hatte sein Messer vergessen! Mit letzter Kraft griff sie danach, versteckte es, bevor sie die rettende Dunkelheit erneut umhüllte.

Mantanos Wut war grenzenlos. Tobend hatte er den *Ludus* verlassen und betrat das Herrenhaus, diesmal ohne abzuwarten, ob Gaius ihn auch empfangen würde. Vergeblich versuchten die Haussklaven ihn von seinem Vorhaben abzubringen. Mantano eilte durch das *Atrium* und das *Tablinum* in den Garten. Hier hielt sich der Hausherr zu dieser Stunde mit Vorliebe auf. Claudia war bei ihm, und Mantano blieb für einen Augenblick überrascht stehen, als er die junge Frau bemerkte.

«Was soll das, Mantano?», fragte Gaius empört und richtete sich gereizt von seiner Liege auf.

Claudia betrachtete den aufgebrachten Mann, den sie bisher nur einmal gesehen hatte, argwöhnisch. Erst nach einiger Zeit erkannte sie in ihm Gaius' *Lanista*. Sie fühlte sich in der Gegenwart eines Gladiatoren, auch eines ehemaligen, unwohl. Kein Kämpfer hatte in ihrer Anwesenheit bisher Gaius' Haus betreten. Jetzt aber stand Mantano, schwer atmend und finster dreinblickend, vor ihr.

«Ich muss mit dir reden!» Mantano versuchte sich zu beherrschen und senkte die Stimme.

«Wer gibt dir das Recht, unangekündigt hier zu erscheinen?», fauchte Gaius.

Mantano sah zu Claudia und nickte ihr zu. «Herrin!» Er wollte sein Anliegen nicht in ihrer Anwesenheit vorbringen.

Claudia erkannte sein Unbehagen und erhob sich. «Ich werde euch nun allein lassen.» Sie wandte sich Gaius zu, der enttäuscht den Kopf schüttelte.

«Ich bitte dich, meine Liebe, es ist sicher keine wichtige Angelegenheit!» Er sah seinen *Lanista* zornig an.

«Gaius, es geht um Geschäfte, und damit kenne ich mich nicht aus», lächelte sie ihm zu. «Ich hoffe, du wirst mich morgen aufsuchen.»

Gaius nickte und blickte ihr tief in die Augen, als er ihre Hand küsste. «Gewiss, meine Liebe, verzeih bitte. Ich werde nach Actus rufen, damit er dir deine Sänfte bringen lässt!»

Er klatschte zweimal in die Hände, und sein Diener eilte herbei.

Als Claudia gegangen war, wandte sich Gaius gereizt Mantano zu. «Ich hoffe, du hast sehr gute Gründe, mich zu stören!»

«Dieses missratene Weib hat einen deiner Sklaven getötet», begann Mantano ohne Umschweife.

Gaius schien wenig beeindruckt zu sein. «Und? In der Arena wird sie auch töten!»

«Du scheinst den Ernst der Lage nicht zu erkennen! Wenn nur einer deiner Gladiatoren sich deinen Befehlen widersetzt oder zu rebellieren beginnt, folgen andere schnell seinem Beispiel. Jeder deiner Männer hat die Stärke von zwei, gar drei Soldaten des Reiches. Sollten sie sich auflehnen, sind sie nicht mehr aufzuhalten. Die Frau hat einen deiner Diener umgebracht, hier in deinem Haus, und du kennst die Strafe dafür.» Mantanos Stimme zitterte.

«Soll das heißen, du hast sie getötet?» Gaius sprang auf, das Gesicht rot vor Wut. Aufgebracht schleuderte er eine Alabasterschale mit Früchten vom Tisch, die klirrend auf dem Marmorboden zerbarst.

«Nein, sie lebt», wandte der Ausbilder rasch ein. «Ich wollte sie mit hundert Peitschenschlägen bestrafen lassen, aber Craton hat sich dazwischengestellt – nach nur fünfzehn Hieben.»

«Hundert Hiebe? Du hast Glück, dass er eingeschritten ist! Du weißt genau, was ich mit dir getan hätte, wäre sie gestorben!», brüllte Gaius so laut, dass jeder in der Villa ihn hören konnte.

Mantano senkte den Kopf. «Sie lebt. Aber sie wird noch mehr Unruhe in deine Schule bringen. Craton ist über die Jahre hinweg nicht gehorsamer geworden, und wenn er es wieder wagt, sich aufzulehnen ...»

«Du wirst dafür sorgen, dass das nicht geschieht!», unterbrach ihn Gaius.

«Ich habe dir viel zu verdanken, Herr, und ich versuche nur zu verhindern, dass man deiner Schule einen Schaden zufügt, der größer sein könnte, als du dir vorstellen kannst.» Mantano holte tief Luft. «Glaubst du, es ist einfach, die

Männer auszubilden? Es braucht viel Zeit, Ausdauer und Härte, bis ein Kämpfer gut genug ist.» Er hielt kurz inne, bevor er vorsichtig weitersprach: «Ich kann nicht mit ansehen, wie diese Sklavin alles vernichtet, was du aufgebaut hast! Sie mag eine Attraktion sein. Vielleicht wird sie sogar ein, zwei Kämpfe in der Arena überleben. Doch ist es das wirklich wert?»

Mantano ahnte, dass der Hausherr sich kaum umstimmen lassen würde, doch er wollte trotzdem nichts unversucht lassen, ihn von diesem wahnwitzigen Plan abzubringen.

«Es ist meine Schule, es sind meine Gladiatoren, und es ist meine Sklavin!», herrschte Gaius ihn zornig an. Zitternd vor Wut griff er nach seinem Becher und nahm einen Schluck vom verdünnten Wein. Nach einer Weile fragte er: «Weiß Craton schon, dass er sich um diese Amazone kümmern soll?»

Mantano schluckte leer und schüttelte verneinend den Kopf.

«Gut», meinte Gaius, klatschte ein weiteres Mal in die Hände und befahl dem herbeigeeilten Sklaven: «Holt Craton her!»

«Ich verstehe dich nicht, Gaius», sagte Mantano, als der Diener verschwunden war.

Nachdenklich füllte Gaius wieder seinen Becher mit Wein. «Craton hat sich für sie eingesetzt», sagte er und schenkte Mantano keinen Blick. «Es ist Zeit, ihn zu unterrichten. Er soll sie bändigen. Und glaube mir, sollte es sonst keiner schaffen, er wird es!» Gaius' Augen funkelten, und er leerte den Becher in einem Zug.

Mantano nickte. Mit Bitterkeit erkannte er, dass Gaius in ihm noch immer einen Sklaven und nicht einen Freigelassenen sah.

«Und wenn sie ihn verletzt oder gar tötet? Er ist dein bester Gladiator!», warf er nachdenklich ein.

«Genau, weil er mein bester Mann ist, werde ich es wagen. Lass es meine Sache sein, kümmere du dich um alles andere!», entgegnete Gaius missgelaunt.

Mantano wollte noch etwas einwenden, doch dann wurde ihm bewusst, dass Gaius sich nicht von seinem verrückten Plan abbringen lassen würde. Es war Gaius' *Ludus*, und er war nur der Ausbilder.

Craton war nicht überrascht, aber doch bang, als er zu seinem Herrn befohlen wurde. Er staunte über die prachtvolle Villa, die er nie zuvor betreten hatte und die er nur aus der Ferne kannte. Schweigend kam er die Stufen hinab, grüßte den Hausherrn und würdigte Mantano keines Blickes.

Gaius war von der außergewöhnlichen Erscheinung seines besten Gladiators immer wieder beeindruckt: Muskulös, hoch gewachsen, mit furchtlosem Blick stand er da.

«Ich habe gehört, du hast dich der Bestrafung einer Sklavin widersetzt», begann Gaius, während er einen smaragdgeschmückten, funkelnden Ring an seinem Finger betrachtete.

Craton nickte. «Hätte sie hundert Schläge erhalten, sie wäre nicht mehr am Leben.»

«Sie hat einen meiner Diener getötet», bemerkte Gaius. «Du weißt, diese Bestrafung war gerecht.»

«Sie gehört dir, sie ist dein Eigentum, du kannst mit ihr tun, was dir beliebt. Aber nur du selbst solltest über den Tod dieser Frau entscheiden.» Der Gladiator verstummte und starrte Mantano herausfordernd an.

Gaius wusste von der Feindseligkeit zwischen den beiden Männern. Doch solange Craton siegreich blieb und Mantano neue, erfolgreiche Kämpfer ausbildete, sah er keinen Grund, zwischen ihnen zu schlichten. Im Gegenteil, dachte er, ihre Feindseligkeit würde sie zu neuen Höchstleistungen anspornen.

«Wie geht es ihr?», erkundigte er sich unbeeindruckt.

«Sie schläft jetzt. Eine deiner Dienerinnen pflegt sie», erklärte Craton. «Ich denke, sie wird aus dieser Bestrafung lernen.»

«Sie ist wie ein ungezähmtes Tier, und niemand kennt ihre Herkunft», wandte Mantano rasch ein.

Ohne auf Mantanos Einwand einzugehen, trat Gaius auf Craton zu. «Craton, du bist mein bester Mann, und ich werde dir eines Tages die Freiheit schenken. Bis dahin jedoch habe ich eine Aufgabe für dich.» Er schürzte seine Lippen und versuchte eine Regung in Cratons Gesicht auszumachen. Als dessen Miene unbeweglich blieb, fuhr er fort: «Wie es mir scheint, hast du ein Gespür für diese Frau. Keiner der anderen hat sich für sie eingesetzt. Sie hätten einfach mit angesehen, wie sie stirbt. Was auch dein Grund war, Mantanos Vorhaben zu durchkreuzen: Du hast mich auf eine Idee gebracht. Ich werde diese Frau zu einer Kämpferin, einer Gladiatorin ausbilden lassen, wie sie das Reich noch nie gesehen hat. Sie wird die Attraktion der Spiele werden und mir Geld einbringen! Viel Geld!»

Craton versuchte seine Verblüffung zu verbergen, aber es gelang ihm nicht. «Es ist deine Entscheidung, Herr», erwiderte er. «Aber Mantano wird nicht einverstanden sein.»

«Ich dachte nicht an Mantano.» Gaius blickte die Männer an. «Ich weiß von deiner Leidenschaft, Titio zu fördern, und habe beobachtet, wie er durch dich immer besser wurde. Ich habe beschlossen, dass du diese Frau ausbilden wirst.»

Eine Dienerin erschien und begann schweigend die Früchte und Scherben der Schale aufzusammeln.

Craton wartete, bis sie wieder den Garten verließ, erst dann entgegnete er: «Aber ich kämpfe ja selbst in der Arena, Herr. Und jeder Kampf könnte mein letzter sein. Wie soll ich da jemanden ausbilden, noch dazu diese Frau?»

Gaius hob einen Apfel auf, den die Dienerin in ihrer Hast

vergessen hatte, und betrachtete ihn nachdenklich. «Craton, du *wirst* diese Frau in fünf Monaten ausbilden. Und du *wirst* sie gut ausbilden! Wenn nicht ...» Er legte den Apfel geradezu behutsam auf den Tisch und sah Craton eindringlich an. «Vergiss nicht, du gehörst immer noch mir! Und du wirst erst frei sein, wenn ich es will!»

Gaius stieß den Apfel mit dem Zeigefinger sachte an. Er rollte über den Tisch, fiel auf den Marmorboden und blieb dort liegen.

Während Mantano innerlich triumphierte und ein kaum merkliches Lächeln seine Lippen umspielte, schnürten Gaius' Worte dem Gladiator die Kehle zu. Er wusste, sein Leben und sein Schicksal lagen in den Händen dieses Adeligen, und Verbitterung erfüllte ihn. Es musste ihm gelingen, diese Frau für die Arena auszubilden, denn sie war der Schlüssel zu seiner Freiheit. Bei diesem Gedanken wandelte sich seine Verbitterung in Hoffnung. Er hob stolz den Kopf und sagte: «Ich werde sie ausbilden, wie du befiehlst.»

Der Hausherr blickte ihn triumphierend an: «Ich will, dass sie noch vor der *Ludi Romani* dabei ist!» Seine Stimme war nur noch ein erregtes Flüstern, als er hinzufügte: «Ich werde den Römern etwas zeigen, das sie noch nie gesehen haben!»

Verbissen eilte Craton zum *Ludus* zurück, als könnte er dort allem entfliehen. In nur fünf Monaten würde er es nie schaffen, diese Frau auszubilden. Und wenn er sie Tag und Nacht antreiben würde. Und selbst, wenn es ihm gelingen sollte, wie lange würde sie leben? Welchen Gewinn würde sie Gaius bringen? Wie lange würde es dauern, bis ihre Wunden verheilt waren? Craton erinnerte sich an seine letzte Bestrafung. Drei Tage waren verstrichen, bis er wieder an den Übungen teilnehmen konnte.

Fünf Monate, fünf kurze Monate, in denen jeder Atemzug kostbar sein würde. Fünf Monate, die ihn – falls Gaius Wort hielte – von der Freiheit trennten.

Zornig betrat Craton seine Zelle und hämmerte mit den Fäusten gegen die Wand, bis sie bluteten. Dann warf er sich auf sein Lager und lauschte dem Geklirr der Waffen und dem Rufen der Männer vom Hof.

Schlimme Zeiten sah er auf sich zukommen, schlimme Zeiten.

VII

«Du sollst morgen nach Capua aufbrechen!»

Mantano blieb gereizt neben Craton und Titio stehen, die sich soeben in der Handhabung mit Netz und Dreizack übten, der Bewaffnung der *Retiarier*. Schwer atmend hielten die beiden Kämpfer inne und blickten den Ausbilder fragend an. Die Glut der Mittagssonne heizte die Luft auf.

«Morgen schon?», fragte Craton erstaunt. Er hatte nicht damit gerechnet, schon jetzt in die Provinzen reisen zu müssen. Aber es schien, als wolle Gaius ihm das Leben so schwer wie nur möglich machen. Nicht nur, dass er ihm befohlen hatte, diese Sklavin, die wegen Mantano immer noch fiebernd auf ihrem Lager darbte, auszubilden, er schickte ihn auch noch zu weiteren Kämpfen außerhalb der Hauptstadt, um den Ruhm seiner Schule in den Provinzstädten zu mehren. Mit jedem weiteren Kampf stieg die Gefahr, die Arena nicht mehr lebend zu verlassen. Eine Gewissheit, die wie ein Damoklesschwert über Craton schwebte.

«Nach Capua also.» Er zeichnete mit dem Dreizack Linien in den Sand.

«Hast du schon vergessen?», bemerkte Mantano ungeduldig. «Hier in Rom hast du ihren besten Kämpfer getötet!»

Craton nickte stumm. Wie sollte er sich an all die Männer, an all die Getöteten erinnern? Jeder Einzelne war für ihn nur ein weiterer ruhmvoller Sieg gewesen.

«Sie wollen einen Gegenkampf und fordern deinen Auftritt in ihrer Arena. Also gib ihnen, was sie wollen!», entgegnete Mantano bestimmt. «Gaius hat es so beschlossen!»

«Noch mehr Kämpfe?», wunderte sich Titio mit unüberhörbarer Besorgnis in der Stimme, als der *Lanista* sich entfernt hatte. «Dein Leben wird nicht viel wert sein, wenn Gaius dich weiter so fordert!»

Ein Lächeln huschte über Cratons Gesicht. «Je erfolgreicher ich bin, desto mehr Geld verdient Gaius. Glaube mir: Ich bin für ihn wertvoller denn je!»

Titio nahm Craton den Dreizack ab. «Und deshalb schickt er dich immer öfter in die Arenen? Vergiss nicht, für jeden Gladiator kommt eines Tages der letzte Kampf.» Titio stockte, als sei ihm bewusst geworden, wie unpassend seine Worte waren. «Ein unglücklicher Zufall, der Daumen des Imperators zeigt nach unten ...»

«Titio! Ich habe noch lange nicht vor zu sterben!» Craton blickte den jungen Mann scharf an und entriss ihm wieder den Dreizack. Einen Augenblick dachte er an seine düsteren Visionen, die ihn an Tagen des Zweifels heimsuchten: Er sah sich dann als alternder Kämpfer blutend im Staub der Arena liegen und die Diener des *Charon* seinen verstümmelten Körper durch das Tor der *Libitina* schleppen. Missgelaunt verscheuchte er diesen Gedanken.

«Auch Mantano zog zu seinen besten Zeiten durch die Provinzen und stellte sich seinen Gegnern. Er hat sie alle überlebt. Und ich bin viel besser, als er es je war! Darum fürchte ich nichts und niemanden!» Craton hob langsam das

Netz vom Boden. Mit unerwarteter Schnelligkeit holte er im nächsten Augenblick zum Wurf aus, schlang es um Titios Beine und brachte ihn zu Fall.

«Du musst immer auf alles gefasst sein und dich nie ablenken lassen! Gleich, was es ist, gleich, wie harmlos es erscheint», belehrte Craton seinen Schüler, als er den Dreizack an dessen Hals heftete. Titio sah ihn ungerührt an.

«Und wenn es eines Tages wirklich so weit ist? Wenn ich wirklich vor dir in der Arena liege?» Titio rührte sich immer noch nicht, wissend, dass in einem richtigen Kampf eine Bewegung den sicheren Tod bedeuten würde.

Craton hob den Dreizack und rammte ihn mit voller Wucht neben Titios Kopf in den Boden. Der aufgewirbelte Staub rieselte auf das Gesicht des jungen Mannes, der keine Miene verzog oder auch nur die Augenlider bewegt hatte. Craton staunte über seine Beherrschtheit. Er zog den Dreizack zurück, befreite Titios Beine aus dem Netz und reichte ihm den Arm zum Aufstehen.

«Würdest du mich töten?» Titio gab nicht nach.

Craton musterte ihn nachdenklich. Für einen Augenblick schienen die beiden Männer nicht mehr wahrzunehmen, was um sie herum vorging – die übenden, schwitzenden Kämpfer im staubigen Hof, der Lärm der aufeinander schlagenden Schwerter, die Befehle der Ausbilder. Dann brach Craton das Schweigen, und seine Miene war düster. «Wenn ich muss, dann werde ich dich töten! Aber wir werden nie gegeneinander kämpfen!», versuchte er seine unheilvollen Worte abzuwiegeln.

«Bist du dir da so sicher?» Titios Stimme klang bitter. Er hob das Netz auf und reichte es Craton.

Dieser nahm es schweigend entgegen und wandte sich zum Gehen. Titio starrte ihm nach, als er über den Hof schritt. Er sah Narben auf Cratons Rücken, an denen auch er Schuld trug. Als Craton das Tor erreichte, das zu den Unterkünften führte, drehte er sich nochmals kurz um. Dann ließ er das Netz fallen und ging unbeirrt weiter.

Das Bad des *Ludus* reinigte die Gladiatoren vom Schweiß, Blut und Staub der täglichen Übungen, linderte ihre Schmerzen, lockerte ihre Muskeln: Wasser, Dampf, Öl und Speisen sorgten für die nötige Erquickung.

Nun warteten sie auf den kommenden Abend, die Nacht, die ihre Einsamkeit für wenige Stunden unterbrechen sollte. Gaius wusste um ihr körperliches Verlangen, und so schickte er gelegentlich Sklavinnen in die Unterkünfte seiner Schule.

Craton verlangte es in dieser Nacht nicht nach einer Frau, die ihm ihren Körper gab, nur deswegen, weil es ihr so befohlen war. Seine Gedanken kreisten um die morgige Reise nach Capua und um die fremde Sklavin, die er zu einer Kämpferin ausbilden sollte. Ihre Verletzungen wollten nicht heilen, hatte er vernommen, und selbst der Heiler schien machtlos zu sein. Nicht nur die Peitschenhiebe, auch ihre entzündete Wunde ließen das Fieber nicht sinken.

«Ich fürchte, sie wird es nicht überstehen», hatte eine Sklavin, die diese Frau pflegte, Craton mit Besorgnis mitgeteilt. «Ihr Körper brennt wie Feuer, sie nimmt keine Nahrung, keinen Trank zu sich, windet sich, stöhnt, stammelt unverständliche Worte.»

Was würde Gaius wohl tun, falls sie wirklich sterben würde? Er würde Mantano sicher zur Rechenschaft ziehen. Ein Gedanke, der Craton zunächst sichtlich gefiel, ihn aber im gleichen Atemzug aufschrecken ließ. Dann würde Gaius keinen Grund mehr haben, sein Versprechen einzulösen und ihm die Freiheit zu schenken. Er sah sich irgendwann einmal im Staub der Arena liegen – tot, besiegt von einem Mann, der jünger, schneller, gewandter und ehrgeiziger als er selbst war. Sollte dies das Schicksal sein, das die Götter für ihn ersonnen hatten?

Immerhin würde es Mantano nicht wagen, sich in die Ausbildung der Frau einzumischen. Ein Privileg, das Craton außerdem ermöglichte, sich unbeschränkt in den Räumlichkeiten der Schule aufzuhalten. Aber auch das konnte seinen Unmut nicht mindern. Und diesen ließ er meist seine Kampfgegner spüren, und so landete Titio die letzten Tage häufiger im Staub als gewöhnlich.

Es dämmerte bereits, als Craton auf Aneas abgeschiedene Kammer zusteuerte. Er nahm Stöhnen und befriedigtes Ächzen aus den Zellen der Gladiatoren wahr, sie vergnügten sich mit den Liebesdienerinnen. Es gab keinen Winkel, in den sich die Männer zurückziehen konnten, um für sich allein zu sein. Jederzeit war es den Wächtern möglich, durch die vergitterte Decke in die abgeschlossenen Zellen zu blicken, und nicht selten beobachteten sie die Gladiatoren und Beischläferinnen beim Liebesakt.

Auch jetzt hörte man die Schritte eines der Wächter, die ihren Rundgang durch die Schule machten. Als Craton den kleinen, dunklen Raum, in dem Anea lag, betrat, tauchte das mondförmige, verunstaltete Gesicht des Mannes am Gitter auf. Seine Bartstoppeln glichen einem abgemähten Gerstenfeld.

«Na, Craton, ist das nicht ein wunderbares Weib?», spottete der Soldat hinterhältig grinsend.

Craton blickte mürrisch nach oben. «Du kannst es ja gerne mit ihr versuchen. Aber ich glaube kaum, dass deine magere Männlichkeit ihr genügen wird!»

Der Wärter lachte höhnisch und zog wortlos weiter. Seine Schritte verhallten, während Craton auf Anea zutrat.

Sie schlief. Ihr Bein war frisch eingebunden, es roch nach Heilsalbe. Leise atmend, hob und senkte sich ihre Brust regelmäßig. Schweißperlen auf ihrer Stirn und die Haut, blass wie Pergament, ließen erahnen, wie krank sie war. Craton fragte sich, ob es für sie vielleicht besser wäre, wenn sie all das hier nicht überleben würde. Was wusste sie schon von Gaius' Vorhaben und den Dingen, die noch auf sie zukommen sollten?

Sie war stark, keine willige Frau, die sich befehlen ließ – vielleicht war gerade deshalb Craton so fasziniert von ihr.

Er dachte mit Groll daran, sie gesund pflegen zu lassen, nur um sie nach einer harten und entbehrungsreichen Ausbildung in die Arena zu schicken, wo sie ganz bestimmt sterben würde.

Während Craton Anea betrachtete, rührte sie sich im Schlaf, drehte sich zur Seite. Das Leinen rutschte sachte von ihrem Körper und gab den Blick auf ihren Rücken frei. Einige Striemen waren noch nicht verheilt. Und dies nach fünf Tagen. Das Fieber musste sie sehr geschwächt und ihre Widerstandskraft gemindert haben.

Gebannt musterte Craton die schlafende Frau. Ihre Lendenmuskeln waren viel fester als jene der Sklavinnen, die ihn, von Gaius geschickt, aufsuchten. Sie war eine Kämpferin, kräftig und mutig. Behutsam deckte er ihren Körper wieder zu und zwang sich, seine Gedanken von ihr abzuwenden, obwohl er begierig war, mehr über sie zu erfahren. Doch er durfte nun nicht mehr an sie, sondern musste an die bevorstehenden Kämpfe in den Provinzen denken. Craton wandte sich ab.

Er wollte gerade die Zelle wieder verlassen, als sich Anea erneut regte. Sie stammelte im Schlaf. Er hielt inne, trat neugierig näher und beugte sich über sie. Es war nur ein Wort, das sie fiebernd flüsterte: «Ferun!» Immer wieder: «Ferun, Ferun!» Dann verstummte sie wieder.

Besorgt schüttelte Craton den Kopf und verließ die Kammer.

VIII

Die schwüle Luft machte es Gaius schwer, sich zu konzentrieren. Vergeblich versuchte er seine Finanzberichte zu prüfen. Es wollte ihm einfach nicht gelingen.

Bereits vor zwei Tagen hatte er Craton nach Capua geschickt. Auch er selbst wäre gern hingefahren, um das Schauspiel nicht zu versäumen, doch seine Pflichten hielten ihn in Rom fest.

Er ließ seine Gedanken wandern und betrachtete zerstreut das *Peristyl*. Ein herrliches Bild bot sich ihm dar, magisch und gespenstisch zugleich. Am Morgen hatte es geregnet, und jetzt verwandelte die Sonne den Garten in ein Dampfbad, über dessen Boden dichte Dunstschwaden waberten.

Gaius ließ das Schriftstück, das er in der Hand hielt, fallen, lehnte sich in seinem Stuhl zurück, strich sich nachdenklich mit der Hand über sein Kinn und war sich plötzlich nicht mehr sicher, ob es eine kluge Entscheidung gewesen war, Craton in die Provinz zu schicken. Aber allein der Preis, den die Capuer für seinen Einsatz in Aussicht stellten, verscheuchte seine Zweifel.

«Herr?» Gaius wurde von der Stimme eines Haussklaven aus den Gedanken gerissen. Er blickte den Diener, der im Säulengang des *Peristyls* stand und wartete, an. Das Weiß seiner Augen strahlte in seinem dunklen Gesicht. Erst als Gaius ihn zu sich winkte, betrat der Sklave den *Hortus*. Lautlos, fast als würde er schweben, schritt er über einen mit hellen Sandsteinen gepflasterten Weg. Der Dunst umspielte seine nackten Füße.

«Ein Offizier möchte dich sprechen», sagte der Mann in gebrochenem Latein.

«Ein Offizier?»

«Ja, Herr. Sein Name ist Lucutius oder Lucutillus.» Der Diener stockte, überlegte, suchte nach dem richtigen Namen. Als ihm dieser nicht einfallen wollte, zuckte er unbeholfen. «Er ließ sich nicht abweisen, Herr!»

«Lucullus!» Gaius lächelte angenehm überrascht. Lucullus. Sein Bruder Lucullus. Er war schon seit einer halben Ewigkeit nicht mehr in Rom gewesen.

«Lass ihn kommen und richte in der Küche aus, man soll sofort einige Köstlichkeiten bringen!» Gaius winkte den Sklaven hinaus und räumte eilig die lästigen Schriftstücke und Wachstäfelchen beiseite. Er wollte seinen Bruder nicht mit Geschäftsberichten langweilen.

Ein Offizier der römischen Legionen betrat das *Peristyl.* Sein Brustharnisch, die Tunika und die Sandalen waren mit Staub bedeckt, und auch der blind gewordene Helm, den er unter den Arm geklemmt hatte, zeigte Spuren eines langen, ermüdenden Rittes. Sein dunkles, gelocktes Haar klebte verschwitzt an seinem Kopf. Er war eine imposante Erscheinung in seiner Rüstung.

Für einen Augenblick glaubte Gaius, seinem eigenen Spiegelbild gegenüberzustehen. Lucullus wie Gaius hatten die typischen Gesichtszüge der Männer des Hauses Octavius: eine gerade Nase, bei Römern eher selten, sanftmütige Augen und einen ewigen Hauch süßer Melancholie um die Lippen. Nur war Lucullus breiter gebaut, und eine kaum sichtbare Narbe zierte seinen Nasenrücken, eine Erinnerung an Kämpfe für die Glorie Roms. Bartstoppeln überzogen jetzt seine Wangen und das Kinn. Er schien unverzüglich nach seiner Ankunft in Rom zu Gaius geritten zu sein. Er sah müde aus, doch er freute sich sichtlich, seinen Bruder wiederzusehen.

«Lucullus!» Gaius kam mit ausgestreckten Armen auf seinen unerwarteten Gast zu. «Bei den Göttern, wie lange haben wir uns nicht mehr gesehen?», rief er überglücklich.

«Es sind bestimmt mehr als fünf Jahre», antwortete Lucullus mit einem Lächeln auf den Lippen.

Die beiden Brüder umarmten sich innig.

«Fünf Jahre? Du hast dich überhaupt nicht verändert. Und es scheint dir blendend zu gehen.»

Mit einer einladenden Geste führte der Hausherr den Offizier an einen kleinen, aus Ebenholz gefertigten Tisch in der Mitte des Gartens.

Eine Dienerin stellte einen Krug Wein und einige Speisen hin und verließ schweigend wie ein Schatten wieder den Garten.

«Aber du wirst langsam grau, mein Alter», scherzte Lucullus.

«Dabei habe ich mir erst gestern einige ausrupfen lassen.» Gaius strich sich verlegen durchs Haar. «Aber setz dich doch. Ich dachte, du wärst in Britannien. So stand es doch in deinem letzten Brief. Was führt dich nach Rom? Und wie lange wirst du bleiben?»

Lucullus legte seinen Helm ab und ließ sich von einem Sklaven den roten Umhang, der ihm schwer über die Schultern hing, abnehmen. Dann sank er auf einen Stuhl und griff nach einem Happen der bereitgestellten Leckerbissen.

«Stimmt, ich war in Britannien. Doch bin ich hierher berufen worden. Senator Agrippa hat mich eingeladen. Ich bin als Legat für Britannien vorgeschlagen worden, und diese Beförderung soll ich persönlich entgegennehmen.» Lucullus nahm einen Schluck Wein und fuhr fort: «Ich wollte dich fragen, ob ich für einige Zeit bei dir bleiben kann. Du weißt ja, all meine Güter sind in Britannien, und in Vaters Haus möchte ich nicht weilen!»

«Natürlich kannst du bleiben. Doch du wirst einige

Tage auf meine Gesellschaft verzichten müssen!» Lächelnd schenkte Gaius seinem Bruder Wein nach.

«Es tut mir Leid zu hören, ich komme ungelegen.» Lucullus schluckte den Bissen hinunter.

«Das muss es nicht, Lucullus. Ich habe vor, für einige Tage in die Provinzen zu reisen. Craton nimmt dort an Spielen teil.»

«Craton? Er gehört noch immer dir?»

«Ja, er ist mein bester Gladiator», nickte Gaius stolz. «Du kannst mich gerne begleiten.»

Lucullus schüttelte müde den Kopf. «Ich würde mir gerne einen von Cratons Kämpfen ansehen, aber ich muss dein Angebot leider ausschlagen. Verzeih, Gaius, aber nach dieser beschwerlichen Reise brauche ich ein wenig Ruhe.»

Gaius nickte, klatschte in die Hände und befahl der herbeigeeilten Sklavin: «Richtet ein Zimmer für meinen Bruder her. Er wird die nächste Zeit bei uns weilen.»

«Ist sie neu hier?», fragte Lucullus und blickte der Dienerin bewundernd nach.

«Nun ja, für dich vielleicht. Sie ist schon seit fast vier Jahren in meinem Haus. Sie war ein kleines Mädchen, als sie zu mir kam, und nun ist sie eine erwachsene Frau. Wie die Zeit vergeht!»

Die Brüder sahen sich an.

«Vater wäre sicher stolz auf deine Beförderung gewesen», bemerkte Gaius, und in seiner Stimme lag eine Spur Trauer. «Ich war besorgt, als ich von den Unruhen in *Caledonien* hörte», fuhr er nach einer Weile fort, «Vater wäre dagegen gewesen, dass du wie ein Held nach Britannien gezogen bist, um dort gegen diese Wilden zu kämpfen!»

Mit einer schnellen Handbewegung wies Lucullus die Einwände seines Bruders ab. «Er war auch nicht erfreut, als du das erste Mal deine Schule erwähntest, obwohl er ein großer Freund der Spiele war.»

Gaius runzelte nachdenklich die Stirn. Er erinnerte sich noch gut an seinen Vater: Silvanus Octavius war immer ein strenger Mann gewesen, der die Geschicke seiner *Familia* nach seinen Vorstellungen lenkte. Er duldete keine Widerrede. Trotzdem musste er nachgeben, als Gaius beschlossen hatte, einen *Ludus* zu eröffnen. Er wusste, Gaius würde – nach einer aufgezwungenen Ehe – sein Schicksal von niemandem mehr bestimmen und sich kein zweites Mal mehr in sein Leben reden lassen.

«Der alte Agrippa hat dir geschrieben?» Gaius schob die Erinnerungen beiseite. «Seit der Bestattung seines Sohnes habe ich ihn nicht mehr gesehen. Ich dachte, er hätte sich aus der Politik zurückgezogen.»

«Wollte er auch.» Lucullus beugte sich vor und sprach leise, als befürchtete er, jemand könnte ihn belauschen. «In Britannien munkelt man von Aufständen gegen Domitians Herrschaft, und Agrippa soll sich dieser Sache annehmen!»

Gaius sah ihn verwundert an.

«Der Kaiser ist ein gefährlicher Mann», setzte Lucullus seine Schilderungen fort. «Manche befürchten sogar, er plane, den Senat aufzulösen, um allein über das Imperium zu herrschen. Ein Nero und ein Caligula in einer Person.» Lucullus machte eine vieldeutige Pause und richtete sich wieder in seinem Stuhl auf. «Dieser Fuchs Agrippa hat schon viel erlebt. Er wird bestimmt nicht tatenlos mit ansehen, wie das alte Rom seine Macht verliert!»

Plötzlich fiel Gaius das Gespräch mit Tiberianus ein. War es das, was sein Freund ihm verheimlichen wollte? Stand eine Verschwörung bevor?

«Ich kenne mich mit Politik nicht aus», sagte er, «außerdem bin ich zu sehr mit meiner Schule beschäftigt.»

Lucullus zuckte mit den Schultern. «Und ich bin Soldat! In das politische Geschehen werde auch ich mich nicht einmischen. Solange der Kaiser hinter den Legionen steht, werden die Legionen hinter ihm stehen.» Sein Tonfall verriet, dass er nicht mehr weiter darüber sprechen wollte.

«Wie war eigentlich deine Reise?», wechselte Gaius erleichtert das Thema. «Bist du über Gallien oder Germanien nach Rom zurückgekehrt?»

«Wer von Britannien nach Rom will, muss durch Gallien. Der Statthalter von Gallien hat mich außerdem mit einer Nachricht zu seinem Neffen geschickt, der die Legion VIII Augusta in *Raetia* anführt. Dann bin ich sofort nach *Italia* geritten. Du glaubst nicht, wie sehr man sich sehnt nach Rom, wenn endlich *Latium* erreicht ist!»

Gaius wollte Lucullus noch weitere Fragen stellen, doch dieser fiel ihm ins Wort. «Bruder, ich saß seit Tagesanbruch auf dem Pferd, um noch heute vor der Dämmerung hier zu sein. Ich hoffe, du erlaubst mir nun, meine Rüstung und mich zu erfrischen.»

«Wie konnte ich nur so unhöflich sein? Meine Neugier ließ mich vergessen, welch weiten Weg du hinter dir hast. Wenn du ausgeruht bist, können wir mit dem Abendmahl beginnen. Tiberianus und seine junge Frau werden uns Gesellschaft leisten. Und Claudia wird auch da sein. Sie wird sich freuen, dich endlich kennen zu lernen!»

«Claudia?» Lucullus sah ihn an. «Du hast mir von ihr geschrieben.»

«Ja, sie ist die Tochter von Severus Claudius Marcellus. Wir sind schon seit einer Weile miteinander befreundet», erwiderte Gaius, und seine Stimme klang weicher als beabsichtigt.

«Severus Claudius Marcellus! Deine Claudia stammt also aus edlem Haus. Und wie sieht die Zukunft aus?», erkundigte sich Lucullus neugierig, doch Gaius verzog nur erheitert die Mundwinkel und schwieg. Er hatte nicht vor, die Frage zu beantworten.

IX

Siegreich kehrte Craton aus den Provinzen zurück.

Seine Gegner in den fremden Arenen waren ihm kaum gewachsen, nur in Capua wurde er gefordert. Die Menge schmähte ihn zuerst – ihn, den König aller Amphitheater – und huldigte ihrem Kämpfer. Craton war der Eindringling, der Rivale und wurde nicht wie gewohnt jubelnd begrüßt. Doch auch diese Arena verließ er schließlich triumphierend, nach seinem Sieg verehrten ihn die Capuer so, als wäre er ihr eigener, unbesiegbarer Held.

Gaius freute sich über die Siege, die seiner Schule neuen Ruhm und neue Ehre und ihm einen beachtlichen Gewinn gebracht hatten.

Für Craton aber war es nur ein weiterer Sieg auf einem unsicheren, beschwerlichen Weg in die Freiheit. Denn sein Herr erinnerte ihn immer wieder allzu deutlich daran, dass er nach seiner Rückkehr endlich mit der Ausbildung der Sklavin beginnen sollte.

Die Zeit verrinnt, versickert wie das Blut meiner getöteten Gegner im Sand, dachte Craton bedrückt. Doch auf dem Weg nach Rom erfuhr er von Aneas Genesung, und plötzlich freute er sich über die neue Herausforderung.

Als die Silhouette von Rom am Horizont auftauchte, schloss er für einen Augenblick die Augen. In Gedanken hörte er die Rufe in der Arena, die sich gleich einem Sturm erhoben, und er spürte wieder eine Erregung.

Vielleicht hatte Gaius doch Recht, und bald würden die Massen seiner Schülerin zujubeln.

Aneas Zelle war in ein schummriges Licht getaucht, das nicht alle Nischen und Ecken zu erleuchten vermochte, als

Craton sie betrat. Sorgfältig verriegelte er die Tür und wartete. Er lauschte.

Der Schlag aus der Dunkelheit kam blitzschnell und traf ihn in die Brust – genau, wie er es erwartet hatte. Craton ließ sich gegen die Wand drängen. Er spürte ein Messer an seiner Kehle, spürte Aneas Griff und ihren Atem.

Wieder beeindruckte ihn ihre ungewöhnliche Gewandtheit, ihre Schnelligkeit und ihre Geschmeidigkeit; zweifellos gute Voraussetzungen, um die Herausforderungen im *Ludus* zu meistern – und um auch in der Arena zu bestehen. Wie feuchter Lehm würde er sie zu einem Werkzeug formen, wie flüssiges Eisen in eine Form gießen, zu einem Schwert – falls sie dazu bereit war.

Woher aber hatte sie das Messer, das sie noch immer auf seine Kehle drückte? Lichtblitze der Erinnerung züngelten in seinem Gedächtnis auf: Es war sein Messer! Er hatte es zurückgelassen, damals, als er sie auf ihrem Lager ablegte, und sie hatte es an sich genommen! Sie ist nicht nur gewandt, sie ist auch listig, dachte er beeindruckt.

«Stich zu, wenn du jetzt schon sterben willst», brach Craton die Stille.

Anea umklammerte das Messer noch fester. Sie war irritiert von der Größe des Mannes und der Ruhe, die er ausstrahlte.

«Nur ein einziger schneller Stoß, dann hast du es geschafft», sagte Craton und spürte, wie die Klinge seine Haut ritzte.

Die Erfahrungen aus den Arenen hatten ihn gelehrt, Geduld zu üben, die Schwächen des Gegners auszuloten, seine Handlungen vorauszuahnen und den entscheidenden Moment der Unachtsamkeit auszunutzen.

Es wäre für ihn ein Leichtes gewesen, die Frau zu überwältigen. Aber er wollte sehen, wie weit sie gehen würde. Innerlich vergnügte er sich: Ihre Ausbildung hatte bereits begonnen, ohne dass sie es bemerkt hatte. Doch ihre Wildheit und Unbeherrschtheit konnten ihr zum Verhängnis werden.

«Los, stich endlich zu, dann hast du den einfachsten Weg gewählt und sie werden dich töten! Oder du wählst den schwierigen Weg, gehorchst mir, bleibst am Leben, und in einigen Jahren, wenn du gut genug bist, wirst du frei sein! Es gibt nur diese zwei Möglichkeiten, also entscheide dich!» Craton hob sein Kinn.

Anea starrte ihn unsicher an. Sie zögerte, dachte nach. Ein Fehler, den Craton vorausgesehen hatte. Er drehte ihr die Klinge aus der Hand, packte sie und stieß sie an die Wand. Die Wucht des Stoßes raubte Anea für einige Augenblicke den Atem, ihr mit frischen Narben übersäter Rücken brannte. Erfolglos versuchte sie sich aus dem eisernen Griff zu lösen. Craton kostete es keine Mühe, sie festzuhalten. Mit einem Arm presste er ihren Oberkörper gegen die Mauer.

«Du musst noch viel lernen, wenn du überleben willst», erklärte er, während Anea ihn finster anstarrte.

«Ich werde dich nun loslassen, denn ich habe dir etwas zu sagen, und du wirst mir zuhören!» Cratons Stimme klang hart.

Nur langsam entspannten sich Aneas Muskeln, und ebenso langsam lockerte Craton seinen Griff.

Anea löste sich von der Mauer, trat einen Schritt vor und blickte auf das Messer. Craton erriet ihre Absicht. Während sie versuchte, nach der Waffe zu greifen, traf sie ein mächtiger Schlag und schleuderte sie auf ihr Lager. Benommen blieb sie liegen. Sie fühlte, wie Craton sich auf sie legte und das kalte Metall der Klinge ihren Hals berührte. Sie hielt den Atem an.

Cratons Ehrgeiz war geweckt. Er war bereit, unter allen Umständen aus dieser wilden Amazone eine siegreiche Kämpferin zu machen. Ihre Siege würden ihm das Tor zu seiner Freiheit öffnen. «Ich habe schon viele Männer getötet, die weniger unbeherrscht waren als du! Ein einziger Augenblick der Unachtsamkeit, und du bist verloren! Es wäre mir ein Leichtes, dir das Genick zu brechen oder dir den Hals aufzuschneiden. So fühlt es sich an!» Mit einem blitzschnellen Schnitt verletzte er Anea unterhalb der Halsschlagader.

«Nein!», schrie sie entsetzt auf, und in ihren aufgerissenen Augen spiegelte sich Entsetzen. «Nein!»

Sie erinnerte sich an jenen Tag, als sie sich zum ersten Mal im Amphitheater begegnet waren. Schon damals wusste sie, sie wollte nie gegen diesen Mann kämpfen, der so außergewöhnliche, beinahe unmenschliche Kräfte besaß.

Craton schleuderte das Messer gegen die Tür, wo es wippend stecken blieb, und musterte sie eindringlich. Er hatte schönere, feinere Frauen gesehen, doch keine faszinierte ihn so wie sie.

Der Blick ihrer grünen Augen bannte jeden Mann. Craton las in ihnen Gefahr, und es schien ihm, als blicke er in das Antlitz eines wilden Tieres, das seine Freiheit, sein Leben bis auf den letzten Blutstropfen verteidigen würde.

«Du weißt dich zu wehren. Wie kommt das?», fragte er.

«Das geht dich nichts an!», knurrte Anea störrisch.

«Ich werde dich jetzt loslassen. Du siehst ja, dass du gegen mich nicht ankommst!»

Langsam löste er sich von ihr, stand auf und streckte ihr eine Hand entgegen. Anea richtete sich auf, ohne sie anzunehmen, und berührte die frische Wunde an ihrem Hals. Das Blut färbte ihre Finger rot.

«Ich glaube, nun sind wir uns nichts mehr schuldig», bemerkte Craton und betastete den Kratzer an seinem Hals, den sie ihm zugefügt hatte.

Er trat langsam zurück und zog das Messer aus der Tür.

Anea beobachtete ihn immer noch schweigend. Sie dachte nicht mehr an Widerstand oder an Flucht, seit sie die titanische Kraft dieses Mannes zu spüren bekommen hatte.

«Nun? Willst du hören, was ich dir zu sagen habe?», erkundigte sich Craton. Mit einem sachten Kopfnicken stimmte Anea zu, ohne ihn anzusehen.

Titio strahlte.

Endlich hatte er seinen ersten großen Kampf in der Arena siegreich bestanden und so seinem Lehrmeister alle Ehre gemacht. Als Craton ihn beglückwünschte, sah er in Titios Augen Stolz, aber auch das entzündete Feuer eines Jägers. Er hatte Blut gewittert. Craton konnte sich noch gut an seinen eigenen ersten Sieg erinnern, an die Menge, die ihm stürmisch, wie ein tosendes Gewitter, zugejubelt hatte. Es war der eindrücklichste Augenblick in seinem Leben, ein Augenblick, der sein ganzes Leben als Gladiator veränderte. Zum ersten Mal hatte er sich nicht als Unfreier gefühlt und Bewunderung erfahren. Die Menge gab ihm das, was er nie gekannt hatte: Selbstachtung.

Aber Craton wusste, was Erfolg bewirken und wie gefährlich es werden konnte, wenn man die eigenen Fähigkeiten überschätzte. Und so las er an diesem Tag in Titios Augen nicht nur Stolz, sondern auch die verführerische Gier nach Ruhm und Erfolg und den ungebändigten Ehrgeiz eines jungen Gladiatoren. Und plötzlich witterte er in Titio einen gefährlichen Gegner. Er erkannte sich in ihm wieder, als er jünger war: furchtlos und siegeshungrig.

Titio reichte Craton den Arm zum Gruß.

«Stammt die von einer Rasur oder einem Kampf?», spottete der junge Gladiator gut gelaunt und deutete auf die Verletzung am Hals seines Lehrmeisters.

Craton fasste sich an die Wunde, die er schon längst vergessen hatte, und meinte scherzhaft: «Eine Rasur wäre gefährlicher gewesen.»

«Wie waren deine Kämpfe in den Provinzen?», erkundigte sich Titio.

«Ich lebe, also waren sie gut», erwiderte Craton und fügte nach einer Weile nachdenklich hinzu: «Auch du wirst eines Tages zu den großen Gladiatoren gehören. Davon bin ich überzeugt.»

Er war erstaunt, wie ihn bei diesen Worten ein bis dahin unbekanntes Gefühl beschlich: ein Gefühl der Furcht vor einem erfolgreichen Titio.

Doch der junge Kämpfer schien davon nichts zu merken. Sein Gemüt heiterte sich wieder auf, und er lächelte Craton offen an. «Ja, deine Ausbildung hat bereits Früchte getragen!»

X

Die Senatoren in Rom ließen kaum eine Gelegenheit aus, sich bei den Bürgern der Stadt beliebt zu machen. Um dies zu erreichen, gab es keinen besseren Weg, als dem Plebs das zu geben, was er immer wieder forderte: Spiele!

Diesmal war es Senator Plautus, der für sein Ansehen auf eigene Kosten eine *Ludi* ausrichtete. Denn die beliebten Spiele waren kostspielig. Plautus geizte zwar ein wenig mit seinen finanziellen Mitteln, ließ es sich aber nicht nehmen, den großen Craton für sein Spektakel zu verpflichten. Cratons Auftritt kostete ihn ein kleines Vermögen, aber er wusste, dass dieser Gladiator mit Sicherheit einen außergewöhnlichen Kampf zeigen würde.

Ein häufig gesehener Gast bei den Auftritten des unbesiegbaren Gladiators war Pompeia, deren unstillbarer Hunger auf Männer berühmt war. Ihre Augen strahlten, sobald sie den gestählten Körper des Kämpfers erblickte. Craton kannte seine Beliebtheit beim Volk, doch Pompeias Bewunderung blieb ihm verborgen. Und selbst Gaius ahnte nichts von der Begeisterung, welche die Cousine des Kaisers seinem besten Kämpfer entgegenbrachte.

Pompeia lächelte Gaius strahlend an, als er Plautus' Loge betrat, ihm raubte die ungewöhnliche Schönheit der Geliebten des Imperators erneut den Atem. Doch er fasste sich rasch, grüßte Senator Plautus und galant die edle Herrin.

«Plautus, du hast dir einen schönen Tag ausgesucht, um Spiele zu geben», schmeichelte Gaius dem Senator.

Mit einer ausschweifenden Handbewegung bat ihn Plautus, sich zu setzen. «Salve, Gaius, mach es dir bequem! Ich lasse reichlich Wein und Obst bringen, damit der Tag noch schöner wird.»

Pompeia ließ Gaius nicht aus den Augen. «Ich habe dich vermisst», bemerkte sie, als er neben ihr Platz nahm, und ein Lächeln umspielte ihre Lippen.

Sie trug ein verführerisches Gewand, dessen zarter Stoff ihre elfenbeinfarbenen Brüste durchschimmern ließ. Das glänzende schwarze Haar und die großen dunklen Augen verliehen ihr etwas Geheimnisvolles und Unnahbares. Sie war schön, vielleicht sogar schöner als Claudia. Gaius musste sich zwingen, seinen Blick von ihr abzuwenden.

Als sie ihm jedoch erhaben die Hand reichte, nahm er sie an und hauchte gespielt liebevoll: «Verzeih mir, wie konnte ich dich nur so vernachlässigen.»

Pompeia stammte dem Geschlecht der Flavier ab. Dass man öffentlich über das zwielichtige Verhältnis zu ihrem kaiserlichen Cousin munkelte, dass jeder in Rom – zumindest jeder Adelige – von ihrer Liebschaft wusste, störte sie nicht. Sie war überzeugt, dass es besser war, eine einflussreiche Geliebte des mächtigsten Mannes zu sein als seine bedeutungslose Gemahlin. Das machte sie gefährlich, und Gaius versuchte ihr aus dem Weg zu gehen.

«Wie geht es Claudia? Wollte sie nicht heute dabei sein?», erkundigte sich Plautus.

«Sie fühlt sich seit gestern nicht wohl. Vermutlich ist es die Hitze der letzten Tage.» Gaius runzelte die Stirn. «Sie vergöttert Craton und verpasst sonst keinen seiner Kämpfe.»

«Sie ist nicht die Einzige.» Pompeia lächelte vielsagend. Ihre betörenden Augen, die sie heute wie eine ägyptische Schönheit mit Kohlenstaub betont hatte, blitzten gefährlich auf.

Plautus wedelte mit einem Fächer. «Diese Schwüle macht auch mich mürbe. Dabei hat die Sommerhitze noch gar nicht richtig begonnen. Wenn das so weitergeht, werden wir alle bald gebraten wie Wild über dem Feuer!»

«Und der Gestank in den Straßen wird immer unerträglicher», bemerkte Pompeia spöttisch und verzog abschätzig die Nase.

Ein knabenhafter Sklave reichte ihnen Obst. Gaius griff abwesend nach den Trauben. Sie schmeckten sauer, doch er versuchte, es sich nicht anmerken zu lassen. Pompeia musterte ihn eingehend, ihm wurde unbehaglich, als sie sich zu ihm neigte.

«Warum hast du keines meiner Feste mehr besucht?» Ihre halb geschlossenen Augen ließen sie noch sinnlicher aussehen. «Ich habe dich wirklich vermisst. Auch meine Gäste fragten nach dir. Es wird gemunkelt, wir hätten uns verstritten. Das ist doch Unsinn, Gaius. Nicht wahr?» Sie lächelte ihn an.

«Meine Geschäfte hatten mich in die Provinz geführt», versuchte er ihr auszuweichen und hoffte, Plautus würde sich in die Unterhaltung einmischen.

Der Senator schien Gaius' Flehen gehört zu haben. «Ich habe erfahren, du hast Craton in den Provinzen kämpfen lassen», warf er ein.

«Ja, und er war siegreich. Er wird von Kampf zu Kampf

besser. Er ist der beste Gladiator, seit es die Spiele gibt. Und nicht nur die Bürger Roms sollen sich an seinen Kämpfen ergötzen», erklärte Gaius sichtlich mit Stolz.

«Craton ist ungewöhnlich stark», bemerkte Pompeia.

«Stärke ist nicht alles, meine Liebe. Ein Elefant hat mehr Kraft als ein Tiger, jedoch kann ein Tiger einen Elefanten besiegen. Gewandt und schnell muss man sein», erwiderte Plautus. Nur allzu gern versteckte er Botschaften in seinen Worten; eine Vorliebe, die bei seinen Gegnern bekannt und gefürchtet war. Schon oft gaben sich viele seiner Kritiker geschlagen, aber der ergraute Senator war auch schlau genug, um zu wissen, dass er in Gegenwart von gewissen Personen seine spitze Zunge im Zaum halten musste.

«Stärke bedeutet jedoch Macht», wandte Pompeia ein. «Starke Männer trifft man nicht jeden Tag und nicht überall, Plautus. Du kannst dir sicher vorstellen, wie sehr ich auf Männer angewiesen bin, die mich beschützen.» Sie blickte sich um, und Gaius bemerkte erst jetzt, dass sie wieder einmal ihren Leibwächter zu den Spielen mitgenommen hatte. Quintus hatte eine ungewöhnlich helle Haut, die sich rötete, sobald er länger in der sengenden Sonne verweilte. Auffallend kräftig gebaut, wollte sein kindlich wirkendes Gesicht nicht recht zu seiner Statur passen. Doch genau diese vorgegaukelte Jugendlichkeit schien auf seine Herrin anziehend zu wirken.

Es gab Gerüchte, nach denen Pompeia Quintus oft genug zu sich ins Bett holte, wenn der Kaiser nicht anwesend war. Und es hieß auch, sie hätte ihm die Zunge herausschneiden lassen, damit er keines ihrer Geheimnisse verraten konnte. Das jedoch war eine Lüge, denn Quintus war von Geburt an stumm. Eine Tatsache, die ganz in Pompeias Sinn war.

In der Arena waren die Vorbereitungen inzwischen beendet, und die Besucher warteten nun auf das Zeichen von Plautus, damit die *Ludi* beginnen konnten. Doch er widmete sich noch immer seinen Gästen. Erst als das Volk immer unruhiger wurde, eröffnete er endlich die Spiele. Jubelrufe brandeten durch die Zuschauerreihen, vereinzelt ertönten Hochrufe auf den Senator, der sich zufrieden feiern ließ.

Pompeia schien sich plötzlich nicht mehr für die Spiele zu interessieren. Unvermittelt wandte sie sich Gaius zu. Er spürte ihren heißen Atem an seiner Wange, als sie ihm zuflüsterte: «In den Stunden, in denen du allein bist, denkst du da manchmal noch an früher, an unsere gemeinsame Zeit?» Sie hielt aufreizend inne. «An unsere gemeinsamen Nächte?»

Gaius sah sie erstaunt an und schwieg bedrückt. Mit einem kaum hörbaren Seufzen lehnte sich Pompeia wieder zurück und überließ ihn seinem Unbehagen und den Erinnerungen, die er schon längst verdrängt geglaubt hatte.

Die Menge vergnügte sich lauthals an den Tierkämpfen, ergötzte sich an den verzweifelten Versuchen der Verurteilten, sich vor den Bestien zu retten. Gaius wandte sich ab. Die grässlichen Schreie verrieten ihm trotzdem, was in der Arena vorging.

«Kannst du kein Blut sehen?», spottete Pompeia, als sie seine Abscheu bemerkte, ihr Liebreiz war gänzlich verflogen.

«Darum geht es nicht», räusperte sich Gaius und zwang sich, wieder in die Arena zu blicken. «Vergiss nicht, ich habe die besten Gladiatoren Roms, vielleicht des ganzen Reiches. Für so etwas werde ich mich also kaum begeistern.» Er verzog angewidert das Gesicht und schaute Pompeia ungerührt an. «Es ist einfach ehrlos!»

«Ich habe ein Vermögen dafür gezahlt!», erklärte Plautus enttäuscht, als er merkte, dass Gaius wieder den Blick abwandte und seinen Weinbecher anstarrte.

«Es sind nur Verbrecher, die ihrer gerechten Strafe zugeführt werden. Plautus, du hast sie doch umsonst bekommen», bemerkte Pompeia, während sie ihre Hand auf den Arm des Senators legte. Jetzt hatte sie wieder ihre harte und unberechenbare Maske aufgesetzt.

«Du verdirbst mir den ganzen Spaß», erwiderte Plautus scherzend. Er wusste, sie genoss solche blutigen Spiele.

«Hast du wirklich niemals daran gedacht, einen deiner Männer gegen einen Löwen oder Tiger kämpfen zu lassen?», wandte sich Pompeia an Gaius. «Es wäre sicher sehr aufregend zu sehen, wie Craton vier oder fünf Raubkatzen aufschlitzt, bevor er selbst von ihnen besiegt wird.»

Gaius drehte den Becher langsam in seinen Fingern. «Keiner meiner Männer wird je gegen Raubkatzen kämpfen. So habe ich das immer gehalten – das müsstest du doch am besten wissen, meine liebe Pompeia! Ich habe viel Zeit und Geld geopfert, um sie zu dem zu machen, was sie heute sind. Keiner von ihnen ist im Tierkampf ausgebildet.» Gaius hielt inne. Unterhalb von Plautus' Loge entdeckte er Marcus Titius und war zum ersten Mal in seinem Leben glücklich, seinen verhassten Konkurrenten zu sehen. «Aber frage doch Marcus Titius, der, wie ich sehe, auch anwesend ist. Er wird sicher keine Bedenken haben!»

«Marcus Titius?» Pompeias Stimme verriet die tiefe Verachtung, die sie dem beleibten Römer entgegenbrachte. Sie richtete sich auf und rümpfte angewidert ihre Nase, nachdem sie ihn bemerkt hatte.

«Deine Schule ist sehr erfolgreich», mischte sich Plautus rasch ein. «Sicherlich hast du ein gutes Auskommen.»

«Ich bin zufrieden. Trotzdem: Neue gute Kämpfer kosten viel Geld. Außerdem sind sie rar. Ein gutes Gespür ist nötig, um sie zu finden. Und die Auflagen des Staates, um einen *Ludus Gladiatorius* betreiben zu können, sind auch nicht zu unterschätzen. Für je drei Kämpfer braucht man mindestens einen bewaffneten Wärter, der bezahlt werden muss.» Gaius nippte an seinem Becher.

Plautus winkte gelangweilt ab. «Doch diese Maßnahmen sind notwendig. Roms Häuser sind voll von Sklaven. Sollte es erneut zu einem Gladiatorenaufstand kommen, wären die Folgen verheerend. Die Legionen Roms befinden sich weit außerhalb der Provinzen und erobern neue Gebiete. Sie würden Wochen, gar Monate brauchen, um zurückzukehren.»

«Man sagt, dass beim letzten Aufstand ein Drittel der Sklaven in Rom sein Leben verlor», erinnerte sich Pompeia und blickte verstohlen auf ihren Leibwächter, der, stumm und starr, einer Statue glich.

«Rom stand in Aufruhr. Die Prätorianer mussten hart durchgreifen, sonst hätte die ganze Stadt rebelliert», erläuterte Plautus. «Die einzige Lösung bestand darin, die Zahl der Sklaven zu verkleinern. Den Überlebenden war es eine bittere Lehre. Doch für wie lange, das wissen nur die Götter!»

«Sollte ein neuer Aufstand ausbrechen, verliere ich ein Vermögen und meine Kämpfer ihr Leben!», bemerkte Gaius tonlos.

Plautus schüttelte den Kopf. Er kannte die römische Politik gut genug, um die Auswirkungen eines weiteren Aufstandes zu erahnen. «Sollte das der Fall sein, müsste möglicherweise die Hälfte aller in Rom lebenden Sklaven getötet werden. Vielleicht auch mehr. Verschärfte Auflagen würden geschaffen werden, die das Nutzungsrecht auf einen Sklaven regeln würden. Jeder Besitzer eines Unfreien müsste dessen Herkunft und Tod genau erläutern. Diese Angaben müssten vom Staat überwacht werden – und das würde auch ein Vermögen kosten.»

«Es gäbe dann wohl keine Gladiatoren mehr», fügte Gaius trocken an. «Und auch keine Spiele!» Er schenkte Pompeia ein zynisches Lächeln.

«Heißt das, alle Gladiatoren müssten sterben?», fragte sie neugierig. «Stellt euch vor, eine Arena voller Kämpfer! Jeder gegen jeden! Welch ein großartiges Schauspiel! Und um den Reiz und das Vergnügen zu steigern, dürfte nur einer überleben. Und auf ihn würde man eine ganze Meute von Raubtieren loslassen», schwärmte sie mit fiebrigem Verlangen.

Und du selbst würdest die Käfige öffnen; Gaius biss die Zähne zusammen, um den Gedanken nicht auszusprechen, und verzog die Lippen. Keine Gladiatoren mehr würde den Untergang seiner Schule bedeuten, das Ende seiner mühsam aufgebauten Existenz.

«Das würde lange dauern, Pompeia, und wohl bald langweilig werden», erwiderte Plautus ungerührt.

Der erste Teil der Spiele neigte sich dem Ende zu, die Menge war von den Kämpfen mit den Wildtieren begeistert. Keiner der Verurteilten hatte überlebt. Mit Peitschenhieben trieben die *Bestiarii* die Tiere nun in ihre Käfige zurück. Der Kampfplatz wurde rasch geräumt und die Spiele mit Kämpfen unbekannter Gladiatoren fortgesetzt.

Gaius erkannte in der Schar einige Männer aus dem Haus Marcus Titius. Er schmunzelte. Wenn Titius seine Kämpfer schon jetzt in die Arena schickte, konnte dies nur bedeuten, dass seine Geschäfte nicht besonders gut liefen. Er beschloss, seinen Gegner in dessen Loge aufzusuchen.

«Ich habe dich bereits erwartet», grüßte Titius, als er Gaius erblickte.

«Wie ich sehe, sind bereits viele deiner Männer in der Arena!» Gaius setzte sich neben Titius, der wie gewöhnlich unsäglich schwitzte und sich mit dünnem Wein Abkühlung zu verschaffen versuchte.

«Ja, ich wollte mal wieder in Erfahrung bringen, welche Kämpfer noch etwas taugen und welche wertlos sind.» Titius fuhr sich mit der Zunge über seine Zähne und schnalzte dabei laut.

Angeekelt neigte Gaius den Kopf zur Seite. «Wertlos?»

«Ja, wertlos. Es gibt genügend Kämpfer, die nicht mal mehr das Brot wert sind, das sie essen. Ich brauche neue! Wie steht es eigentlich mit unserer Wette?»

Gaius überlegte kurz. Mantanos Schilderungen über die Fortschritte von Anea waren nicht besonders erfreulich. Und mit Craton hatte er seit Capua nicht mehr über seine neue Schülerin gesprochen.

«Craton übt täglich mit ihr. Laut Mantano wird sie immer besser», log er rasch, ohne Titius anzusehen.

Titius grollte innerlich. Diese störrische *Lupa* machte Fortschritte? War es wirklich so oder nur eine Lüge? Wie auch immer, noch standen drei Spiele aus. «Glaubst du wirklich, sie schafft die Ausbildung in der vereinbarten Zeit?»

«Das wirst du sehen, wenn sie in der Arena steht.»

Die Kämpfe zogen sich hin. Plautus, von Pompeia beraten, genoss es sichtlich, über Leben und Tod zu entscheiden.

«Du wirst heute viele Männer verlieren, Titius, wenn das so weitergeht», bemerkte Gaius, als der Daumen des Senators erneut nach unten zeigte.

Titius zuckte gleichgültig mit den Schultern. «Plautus zahlt mir für jeden, der kämpft, und für jeden, der stirbt, eine vereinbarte Summe. Und zusätzlich noch etwas dazu. Die Männer sind Massenware!»

«Und was ist mit deinem besten Kämpfer?»

«Denkst du wirklich, ich wäre so dumm, Calvus hier auftreten zu lassen? Er wird heute nicht kämpfen, da die Kasse des guten Plautus es nicht mehr zuließ. Armer Senator, er musste so auf sein Geld achten. Scheinbar kostete ihn Craton ein Vermögen!»

Gaius überhörte geflissentlich seine Bemerkung. Stattdessen sah er zur Loge hinauf und war froh, als Pompeia ihn mit einem Handwink zurückrief. Er stand auf.

Auch Titius bemerkte Pompeia und fragte neidisch: «Beschäftigst du dich neuerdings mit Politik?»

«Politik ist ein gefährliches Pflaster. Doch Plautus hat mich in seine Loge eingeladen. Glaube mir, das ist alles, weiter nichts!»

Titius betrachtete seinen Becher mit verwässertem Wein, den er die ganze Zeit in den Händen hielt. «Verrate mir noch eines, Gaius. Wie viel war dein Craton dem Senator wert?»

Gaius antwortete nicht; er lachte verschwörerisch, verließ Titius und kehrte zum Balkon des Senators zurück.

Das folgende Wagenrennen sollte ein weiterer Höhepunkt werden, an dem sich auch der Plebs beteiligen konnte – mit Wetteinsätzen. Ein geschickter Schachzug von Plautus, denn so floss ein Teil seiner Ausgaben wieder zu ihm zurück.

Gaius konnte sich für Wagenrennen nicht begeistern. Und nicht das Amphitheater, sondern der Circus Maximus war für ihn der geeignete Schauplatz für dieses Spektakel.

Sie dauerten meist nicht allzu lange, beschäftigten aber die Helfer in der Arena umso mehr: Verletzte oder gar getötete Wagenlenker wegzutragen, zertrümmerte Räder einzusammeln, die Kadaver von Pferden, die sich bei einem Zusammenprall das Genick oder die Beine gebrochen hatten, fortzuzerren. Eigentlich war es ein Schauspiel, welches das Ende der Spiele ankündigen sollte. Doch Plautus hatte einen anderen Plan.

Während der Unterbrechungen unterhielten Possenreißer die Menge. Dann folgten Tierhetzen auf Gladiatorenkämpfe, die den ganzen Nachmittag andauerten. Der größte Teil der Zuschauer verfolgte die Spiele von Beginn an, doch noch während des Spektakels strömten neue Gäste in die Arena. So füllten sich die Ränge bis auf den letzten Platz. Der Höhepunkt der Spiele konnte beginnen: Cratons Auftritt.

Craton sollte in einem Kampf gegen zwei Gegner gleichzeitig antreten und dadurch die Römer wie honigtrunkene Bienen in das Amphitheater locken. Dafür hatte Plautus Gaius eine stattliche Summe bezahlt. Trotzdem hatte Gaius plötzlich Bedenken. Die beiden ausgesuchten Gegner stammten aus dem *Ludus Magnus*, der großen staatlichen Schule für Gladiatoren. Dort wurden die Kämpfer des Imperators ausgebildet, und sie gehörten zu den tapfersten und geschicktesten. Wie Plautus es schaffte, sie für seine Spiele zu gewinnen, war Gaius bisher verborgen geblieben. Ein Blick auf Pompeia ließ ihn die Wahrheit erkennen: Sie hatte den Imperator überredet, Plautus die Kämpfer zu überlassen.

Aber bisher hatte sich auch in dieser Schule kein ebenbürtiger Gegner für Craton gefunden, und Gaius hoffte, dass es auch diesmal so bleiben würde.

Die Rufe der Menge nach Craton wurden immer lauter, immer fordernder, und Pompeia richtete sich erwartungsvoll auf. Nochmals wurde der Sand der Arena geharkt. Die Kämpfer aus dem *Ludus Magnus* betraten bereits den Platz, während die Rufe nach Craton stetig anschwollen. Doch der Held der Massen erschien nicht, und Pompeia lehnte sich ungehalten wieder zurück. Auch Gaius wurde unruhig.

«Was ist los? Wo bleibt Craton?», fragte Plautus ungeduldig mit einem mürrischen Blick auf die wartende Menge.

«Er wird kommen. Vielleicht stimmt etwas mit seiner Rüstung nicht», entschuldigte sich Gaius verlegen und grollte innerlich.

Die Rufe wurden spärlicher, Gaius zunehmend angespannter. Hatte er seinem Kämpfer zu viele Freiheiten zugestanden? Ungeduldig biss er die Zähne zusammen. Die Besucher verharrten erwartungsvoll und raunten immer noch vereinzelt, während die beiden Gladiatoren in der Arena standen und sich ratlos umsahen.

Gerade in dem Augenblick, als Gaius sich zornig erheben

wollte, brach ein gewaltiger Jubel los, der den Boden der Arena zum Beben zu bringen schien.

Mit einer mächtigen Geste begrüßte Craton die Menge. In der Mitte der Arena blieb er stehen und wandte sich nacheinander in alle vier Himmelsrichtungen, um jedem einzelnen Zuschauer auf den Tribünen das Gefühl zu geben, genau ihn zu grüßen. Sein kräftiger, braun gebrannter Körper glänzte ölig. Pompeias Gesicht erhellte sich bei seinem Anblick. Ein unbeschreibliches Verlangen loderte in ihr auf. Sie wollte diesen Mann besitzen und sich mit ihm in Begierde vereinen.

Mit langsamen Schritten näherte sich Craton dem Balkon des Senators, blieb dann stehen und reckte sein Schwert in die Höhe.

Er grüßte, entgegen der Sitte der Gladiatoren, stumm, dann senkte er seine Waffe wieder. Gaius würde ihn wegen dieser Unverfrorenheit bestrafen, doch Plautus schien dies zu dulden.

«Bei den Göttern, der Mann ist großartig!», rief der Senator begeistert, und Gaius' Groll legte sich wieder.

Pompeia befeuchtete verstohlen ihre Lippen, beobachtete jede Bewegung Cratons. Selbstsicher trat er, begleitet vom Toben der Menge, auf seine Gegner zu, die den König der Arena besiegen wollten. Sie warteten auf Plautus' Zeichen, das den Kampf als eröffnet erklären würde. Der Senator blickte nochmals zu Gaius, der wortlos nickte. Ein Handwink und der Kampf begann.

Blitzschnell griffen die Gladiatoren an. Craton zog sich zurück, wartete ab. Seine beiden Gegner hatten sich scheinbar abgesprochen und griffen ihn abwechselnd an. Eine Taktik, die Cratons ganze Aufmerksamkeit und Gewandtheit erforderte, um ihren Waffen auszuweichen und sich nicht in dem Netz zu verfangen.

«Gaius, war es deine Idee, Craton gegen zwei Gegner antreten zu lassen?», erkundigte sich Pompeia, die das Schauspiel begeistert verfolgte, heuchlerisch. Sie legte ihre Hand auf seinen Arm, das Geschehen in der Arena nicht aus den Augen lassend. Gaius spürte, wie ihre Finger vor Erregung zitterten. Sie bebte innerlich.

«Nein, es war Plautus' Idee», entgegnete er, bemüht, seine Anspannung zu unterdrücken.

«Wirklich großartig, Plautus! Stell dir vor, Craton würde heute unterliegen! Was für eine Sensation!» Pompeia schien von dieser Vorstellung hingerissen zu sein. «Das ganze Reich würde darüber sprechen!»

«Nun, das stellen wir uns nicht vor. Rom wäre um einen großartigen Kämpfer ärmer», meinte Plautus und sah zu Gaius hinüber.

Gaius nahm kaum Notiz von der Antwort des Senators. Zum ersten Mal achtete er auf jeden Fehler seines Mannes. Sicher, Plautus hatte ihm viel Geld für diesen Kampf bezahlt, aber würde Cratons Niederlage es wert sein? Er würde nie mehr einen Gladiator wie ihn erwerben können.

Gekonnt wehrte Craton die Angriffe der Gegner ab. Ein Ausfallschritt, und er durchbohrte den linken Arm eines der Männer, gleichzeitig aber traf ihn der Dreizack am Oberschenkel. Blut quoll aus der Wunde. Die Verletzung schwächte Craton, seine Hiebe wurden unpräziser, langsamer. Wie zwei hungrige Wölfe umkreisten ihn die Gegner, vor allem der *Retiarier* mit dem Dreizack kam bedrohlich nah.

Pompeias Augen glühten, als sie das Blut über Cratons Bein rinnen sah. Sollte er heute sterben, wollte sie eine Viole mit seinem Blut aufbewahren – als Andenken an den größten Gladiator. Mit Spannung verfolgte sie das Geschehen und lächelte unverschämt, als sie Gaius' Aufregung sah.

«Gaius, du fieberst ja richtig mit», spottete sie und nahm genüsslich einen Schluck Wein, der so rot war wie Cratons Blut. Dieser Gedanke steigerte ihre Erregung noch mehr.

«Es sieht nicht gut aus für Craton», bemerkte Plautus. «Mir scheint, dies könnte wirklich sein letzter Kampf werden.» Er lächelte und klopfte dem blass gewordenen Gaius auf die Schulter. «Aber keine Sorge, sollte er tatsächlich verletzt am Boden liegen, werde ich sein Leben schonen. Er ist ein zu guter Kämpfer, und das Volk würde es mir nie verzeihen.»

«Plautus, das würde mir den ganzen Spaß verderben!», rief Pompeia protestierend.

Gaius schluckte leer. Er wusste wohl, dass Craton bis zum letzten Blutstropfen kämpfen würde, ehe er sich geschlagen gäbe. Sollte er, der König der Arena, die Stätte des Kampfes je als Unterlegener verlassen müssen, könnte er diese nie wieder mit dem gleichen Stolz und der Selbstachtung betreten.

Ein Raunen ging durch die Menge, und entsetzt riss Gaius die Augen auf. Das Unglaubliche war geschehen: Der große Craton lag im Staub der Arena. Eine Unachtsamkeit, ein Moment der Schwäche hatten genügt, und dem Dreizackkämpfer war es gelungen, sein Netz um Cratons Beine zu schlingen und ihn zu Fall zu bringen. Der *Retiarier* richtete den Dreizack auf Craton. Blitzschnell griff dieser nach seinem Kurzschwert und schleuderte es mit aller Kraft gegen den Angreifer.

Die Menge tobte, als sich die Waffe bis zum Schaft in den Brustkorb des Gegners bohrte. Blut spritzte auf, während der sterbende Körper des Mannes auf Craton herabfiel. Dabei rammte sich der Dreizack des *Retiariers* erneut in Cratons Bein. Er verzog schmerzerfüllt sein Gesicht, doch kein Laut kam über seine Lippen.

Mit aller Kraft wuchtete er den toten *Retiarier* auf die Seite und versuchte die Füße aus dem Netz zu befreien. Der andere Gladiator kam auf Craton zu, der es immer noch nicht geschafft hatte aufzustehen.

«Unser Freund scheint immer blasser zu werden», bemerkte Plautus nun selbst ein wenig beunruhigt über das unerwartete Geschehen. «Sollte er besiegt werden, wirst du mich dafür hassen.» Der Senator lächelte verlegen.

Mit gespieltem Mitleid schaute Pompeia Gaius an. «Du Armer! Irgendwann einmal wirst du sicher einen neuen, vielleicht noch besseren Kämpfer finden!» Ihre Bemerkung erzürnte Gaius, doch er versuchte ruhig zu bleiben.

«Bestimmt, ich habe da bereits an jemanden gedacht, an Quintus nämlich», entgegnete er mürrisch.

«Quintus?» Pompeia wirkte erstaunt. Sie blickte sich rasch um, um zu sehen, ob ihr Sklave noch da war. «Meinst du etwa meinen Quintus? Du scherzt! Als ob er dafür geschaffen wäre!»

Der Leibwächter stand immer noch regungslos in der Ecke des Balkons, und es schien, als wäre er nicht nur stumm, sondern auch taub. Denn keine Regung in seinem Gesicht zeigte, dass er gehört hatte, wie sein Name genannt wurde.

«Nein, Pompeia, ich scherze nicht. Sein Kreuz ist das eines Stieres. Sicherlich wäre er ein großartiger Gladiator. Ich habe mich schon oft gefragt, warum du ihn nicht ausbilden ließest?» Gaius wusste genau, wie sehr Pompeia an ihrem Sklaven hing, und es freute ihn, Entrüstung in ihrem Gesicht zu entdecken.

Craton lag immer noch im Staub, im Netz gefangen, das sich nicht lösen ließ. Mit einem Aufschrei zog er den Dreizack aus seinem Fleisch und blickte um sich. Sein Gegner – auch er verletzt – wankte mit ausgestrecktem Schwert auf ihn zu.

Die Menge jubelte. Einige Besucher hatten sich erhoben, um das Geschehen besser verfolgen zu können, und alle feuerten ihren Helden an. Und plötzlich wusste Craton, er würde wieder siegen, die Rufe der Zuschauer schienen ihn geweckt zu haben.

Verbissen hielt er den Dreizack mit beiden Händen fest,

dann holte er aus, und mit einem gewaltigen Schlag riss er seinen Gegner zu Boden. Gleich einer gefällten Eiche stürzte dieser in den Sand, während Craton ihm schwer atmend den Dreizack auf die Brust setzte und verharrte.

Der Plebs tobte. Zaghaft reckte der unterlegene Kämpfer seinen Finger in die Höhe, auf Gnade hoffend. Craton wartete auf die Entscheidung des Senators.

«Oh, welche Enttäuschung», entfuhr es Pompeia. Ernüchtert lehnte sie sich zurück. «Ich hätte dich wirklich um ein Andenken von ihm gebeten», lächelte sie Gaius an, der aufatmete. Nur langsam entspannten sich seine Gesichtszüge.

Das Volk umjubelte seinen Helden, zeigte aber auch Milde für den Unterlegenen und forderte seine Begnadigung. Plautus sah in die Menge. Nun lag es an ihm, über Leben und Tod zu entscheiden.

«Er verdient den Tod. Nur schon dafür, dass er mir den ganzen Spaß verdorben hat!», rief Pompeia zornig.

Ungläubig blickte Plautus zu Gaius.

«Es sind deine Spiele, also entscheide du.» Gaius hoffte auf ein mildes Urteil, doch wollte er die Entscheidung nicht beeinflussen. Seine Aufregung war verflogen; Craton hatte dem Haus Octavius wieder Ruhm und Ehre gebracht. Wie schwer seine Verletzung war, konnte Gaius noch nicht abwägen, aber er wusste, dass der Gladiator zäh war und sich bald wieder erholen würde.

Entkräftet harrte Craton auf das Zeichen des Senators und blickte zu den Tribünen hoch. Eine Vielzahl der Daumen zeigte nach oben.

«Es scheint, der Tod muss warten», bemerkte er erleichtert und nahm die Gesichtszüge seines Gegners erst jetzt wahr. Er war fast noch ein Kind, kaum älter als Titio. Craton hoffte, dass nicht er seinen Tod auf dem Gewissen haben würde.

Blut rann wieder aus seiner Wunde, und Craton merkte,

wie ihm die Sinne schwanden. Der Gladiator neben ihm, die Arena – sie begannen wie Schatten zu verschwimmen. Er erkannte gerade noch, wie Plautus seinen Daumen nach oben drehte. Erleichtert warf er die Waffe beiseite und fiel in den Staub zurück. Er blickte zum Himmel, der sich schwarz färbte.

Gaius erhob sich rasch, als er sah, dass Craton das Bewusstsein verlor. Die Zuschauer schienen es nicht bemerkt zu haben, doch Pompeia war es nicht entgangen. «Es sieht so aus, als ob auch ein Craton nicht unbezwingbar wäre.» Ihre Stimme klang verächtlich.

«Er wird sich wieder erheben», entgegnete Gaius nach kurzem Zögern. «Seht ihr? Sein Wille ist mächtiger als seine Erschöpfung!»

Der Jubel schwoll an, als Craton sich wieder gefasst hatte. Er begann das Netz von seinen Füßen zu lösen, spürte den beißenden Schmerz der Verletzung und wagte nicht, sein Bein zu bewegen. Unter dem Jubelgeschrei der Menge eilten Männer aus dem Haus Octavius herbei. Unter ihnen Titio.

«Du könntest tot sein», bemerkte er ernst, als er Cratons Wunden betrachtete.

«Habe ich dir nicht gesagt, ich habe heute noch keine Lust zu sterben?», erklärte Craton scherzhaft, doch mit schmerzverzerrtem Gesicht.

«Wir lassen eine Bahre bringen, du kannst nicht mehr gehen», bot Titio an.

«Ich bin Craton!», donnerte der Gladiator unbeherrscht. «Man wird mich nur einmal aus einer Arena tragen – als Leiche!» Er starrte den jungen Mann drohend an und gebot ihm aufzuhelfen.

Erst als sich Craton endlich aufgerichtet hatte, bemerkte auch die Menge, wie es um ihn stand. Für einen Augenblick verstummten die Hochrufe. Doch als er, zwar auf Titio gestützt, langsam und hinkend, aber dennoch würdevoll, mit erhobenem Kopf aus der Arena schritt, entlud sich der Jubel gleich einem Unwetter und begleitete den Helden über einen Teppich des Triumphs zum Tor hinaus in die Gewölbe.

«Beeindruckend, einfach beeindruckend! Ein außergewöhnlicher Mann!», applaudierte Plautus. «Er ist wirklich sein Geld wert, Gaius! Solltest du die Absicht haben, ihn zu verkaufen, ich zahle dir jeden Preis! Was du auch willst!»

«Nein, niemals!» Gaius war erleichtert zu sehen, dass sein Kämpfer die Arena aufrecht verließ. «Ich habe ihm eines Tages die Freiheit versprochen, und dieses Versprechen werde ich halten!»

«Die Freiheit?» Pompeia warf ihm einen erstaunten Blick zu. «Du hast einem solchen Mann die Freiheit versprochen? Du bist von Sinnen, Gaius! Er sollte kämpfen, bis er in der Arena stirbt!»

«Sie hat Recht, Gaius. Craton ist für die Arena geboren, und ein wahrer Kämpfer sollte auch dort sterben», stimmte Plautus ihr zu. «Willst du ihn dieser Ehre berauben?»

Gaius schwieg. Craton soll eines Tages sein eigener Herr sein, dachte er. Dies ist die Ehre, die ihm zusteht.

«Er gehört dir, du kannst mit ihm natürlich machen, was dir beliebt», fügte der Senator achselzuckend hinzu.

«Welch eine Verschwendung!» Pompeia schüttelte den Kopf und fragte unerwartet freundlich: «Würdest du mir einen Gefallen erweisen, Gaius?»

«Würdest du es dulden, wenn ich ihn dir abschlage?», erwiderte er, nach Cratons Sieg nun gut gelaunt. Er beugte sich vor, ergriff ihre Hand und küsste sie flüchtig.

«Ich werde nächste Woche in meiner Villa ein Fest geben», sagte Pompeia leichthin, «und ich möchte, dass du kommst.» Auch sie beugte sich vor und flüsterte vielsagend: «Mit Craton!»

Gaius stutzte. Tiberianus' Worte fielen ihm ein: Pompeia

sei gefährlich wie die Skorpione und Schlangen Ägyptens. Und sie verfolge ihre Ziele erbarmungslos.

«Du meidest meine Feierlichkeiten seit langem. Rom spricht schon darüber. Ich meine, wenn du Craton mitnimmst, hast du einen guten Grund zu kommen. Und da er eines Tages ja ein freier Mann sein wird, könnte er sich jetzt schon an einen gewissen gesellschaftlichen Umgang gewöhnen. Meine Gäste würden sich sicher freuen. Und ich auch.»

Pompeias Augen funkelten sinnlich. Gaius wusste, dass sie gewohnt war zu bekommen, was sie begehrte, und sich zu nehmen, was sie wollte. Trotzdem versuchte er ihr zu widersprechen. «Ich glaube nicht, dass dein Haus der richtige Ort für einen Mann wie Craton ist.»

Doch sein Einwand war erfolglos. Pompeia war nicht gewillt nachzugeben. «Gaius, du solltest mir diesen kleinen Wunsch wirklich nicht ausschlagen. Ich möchte mich später rühmen können, als Erste den großen, unbesiegbaren Craton empfangen zu haben.» Sie schlug ihre Lider aufreizend nieder. Gaius war reich, gut aussehend und nicht so einfach zu gewinnen, das wusste sie. Doch genau dies gefiel ihr und spornte sie noch mehr an. Denn sie mochte keine Männer, die ihr wie reife Früchte zufielen.

Plautus beobachtete die beiden schweigend. Er spürte die Spannung zwischen ihnen, die Anziehungskraft, die sie aufeinander ausübten. Und die Gefahr, die sich für Gaius darin verbarg. Nur der Umstand, dass der Adelige sich kaum um Politik und Pompeias Intrigen kümmerte, hatte ihm bisher das Leben gerettet.

«Gaius?» Pompeia legte ihre geschmeidige Hand auf die seine und streichelte sie zärtlich. «Ich warte auf deine Antwort.»

Nach langem Schweigen nickte er. «Du hast gewonnen. Ich werde kommen – mit Craton.»

XI

Abends, nach einem Tag voll anstrengender Übungen und Kämpfe, war Anea erleichtert, allein zu sein, um ihre Blutergüsse und Schürfwunden zu verarzten. Jeden Morgen verfluchte sie aufs Neue den Moment, als Craton ihre Zelle betreten hatte und sie sein Angebot annahm.

Wenigstens heute konnte sie den versäumten Schlaf der vergangenen Wochen nachholen, da die Gladiatoren des *Ludus* in der Arena auftraten. Mit geschlossenen Augen lag sie da und genoss diese seltenen Augenblicke der Stille.

Craton behandelte sie wie alle anderen Gladiatoren – hart und unerbittlich. Ob Mann oder Frau, schien ihm gleichgültig zu sein. Er hatte nur ein Ziel: seine Schüler unbarmherzig bis zur völligen Erschöpfung auszubilden, sie auf die gnadenlosen Kämpfe, bei denen es um Leben und Tod ging, vorzubereiten. Gnade oder Schwäche zeigte er nie, und er duldete diese auch nicht.

Doch er wusste um Aneas Schnelligkeit und Gewandtheit; ihnen wollte er nun Kraft, Ausdauer und taktisches Geschick beifügen. Und Geduld. Und Beherrschtheit.

Sie übten hart und unablässig.

«Wenn du in der Arena überleben willst, musst du es erst mal schaffen, diesen Übungshof lebend zu verlassen», hörte sie Cratons Stimme wie einen windigen Dämon durch ihre Gedanken fegen.

Er ließ sie absichtlich über den Schaft eines Speers stolpern; unsanft schlug sie auf einen Baumstrunk auf, der ihr für einige Augenblicke die Besinnung raubte. Wutentbrannt erhob sie sich und stürzte auf Craton zu. Er wich ihr aus, und mit einem Schlag, der ihn kaum Kraft kostete, warf er sie in den Staub zurück. Kopfschüttelnd blieb er über ihr stehen. «Ein Kampf in der Arena hat nichts mit Gefühlen zu tun. Du musst ruhig und beherrscht bleiben, wenn du siegen willst. Nur klaren Gedanken können klare Handlungen folgen. Instinkt ja, aber keine Gefühle. Und noch etwas: Dein Gegner muss sich so verhalten, wie du es willst. Merke dir, was ich dir sage. Eines Tages werden dir meine Worte vielleicht das Leben retten.»

Anea hörte sich seine Belehrungen schweigend an. Und obwohl er ihr manchmal unheimlich erschien, bewunderte sie seine Stärke und Kampftaktik.

Eines Tages bezog Craton auch Titio in die Übungen ein. Der Junge war zunächst wenig begeistert gewesen, gegen eine Frau kämpfen zu müssen; er empfand es als ehrlos, ungerecht und beschämend. Doch Anea lehrte ihn schnell, sie nicht zu unterschätzen, denn schon bald bestrafte sie seine anfängliche Überheblichkeit. Ihr Selbstvertrauen wuchs, sie machte Fortschritte und war überrascht, stolz und besorgt zugleich, als Craton bei einer Übung unerwartet vor ihr im Sand lag. Sie hatte es tatsächlich geschafft, den unbesiegbaren Gladiator zu überwältigen. Doch Aneas Triumph verwandelte sich in einen bitteren Fluch, denn nun verfuhr Craton, in seinem Stolz verletzt, noch schonungsloser mit ihr. Selbst Titio bekam seine Wut zu spüren, konnte aber ein Lächeln über Aneas Sieg nicht unterdrücken.

Anea erkannte schaudernd, dass in Cratons Leben nichts ein Spiel, sondern alles bitterer Ernst war. Was er auch je erlebt hatte, hatte ihn unbarmherzig und hart gemacht. Obwohl die Übungskämpfe im *Ludus* nie mit den mörderischen Kämpfen in den Arenen zu vergleichen waren, schien Craton diese Niederlage ein Omen zu sein. Ein Zeichen, das ihn an den entscheidenden Kampf, den er irgendwann einmal verlieren würde, erinnern sollte.

Cratons unbändiger Wille zu überleben hatte ihn stark und unbesiegbar werden lassen, und Anea überkam ein

Schaudern, wenn sie daran dachte, dass sie sich jemals in der Arena gegenüberstehen könnten.

Aneas Augenlider wurden schwer, sie dämmerte. Bilder aus der Vergangenheit, die sie schon lange vergessen glaubte, stiegen vor ihr auf und bedrängten sie. Betrübt fand sie sich in den vertrauten Wäldern ihrer Heimat wieder, deren Rauschen und Farben sie immer glücklich machten. Sie sah den Herbstnebel, der zwischen den Bäumen waberte. Den Schnee im Winter. Sie hörte das Wiehern der Pferde auf den Weiden, das Lachen der Kinder, die zum Fluss eilten, um Wasser zu holen. Und plötzlich hallten Schreie in ihrem Kopf wider, die dieses Lachen auslöschten. Waffengeklirr, Rufe, Pferdegetrampel. Blut, Feuer. Tod und Vernichtung.

Mit rasendem Herzklopfen schreckte Anea hoch. Wie Wellen nach einem heftigen Sturm glätteten sich die unruhigen Gedanken nur langsam. Seit langem dachte sie wieder an Ferun. Wie es ihr wohl erging?

Ihre Glieder schmerzten wieder, als sie aufstand und zum Tisch ging, wo ein Krug mit Wasser bereitstand. Sie trank gierig und dachte an ihr jetziges Leben im *Ludus* und an ihren erbarmungslosen Lehrer.

Craton hatte am vergangenen Abend von seinem bevorstehenden Kampf gegen zwei Gladiatoren erzählt. In seiner Stimme lag keine Furcht, doch in Anea breitete sich ein unbehagliches Gefühl aus, das sie nicht verstand. Sie spürte Angst. Angst, ihm könnte etwas zustoßen, diesem Mann, den sie eigentlich aus tiefster Seele hassen und verfluchen müsste – ein römischer Gladiator!

Anea kehrte zu ihrem Lager zurück und legte sich seufzend hin. Sie sehnte sich nach einem traumlosen, schweren Schlaf. Doch die ungewohnte Stille im Hof und in den Zellen bedrückte sie und ließ sie nicht ruhen. Es dauerte lange, bis endlich eine samtige Dunkelheit ihre Gedanken einhüllte.

Cratons Verletzungen hatten ihn viel Blut gekostet, doch keiner seiner Knochen war gebrochen, wie Sextus Lucatus, der Heilkundige des *Ludus*, erleichtert feststellte.

«Immerhin ist die Blutung gestillt, doch die Wunde ist groß und schmutzig.» Lucatus befingerte den tiefen Stich.

Benommen sah Craton ihn an. «Bis jetzt hast du mich immer wieder hergerichtet», warf er ein, «du wirst es auch diesmal schaffen.»

«Das Mittel wirkt nicht schnell genug», bemerkte der Heiler besorgt und wies seinen Gehilfen an, noch mehr Wein mit den betäubenden Kräutern zuzubereiten.

«Das wird ein Spaß werden», mischte sich Mantano, der an der Tür stand, spöttisch ein. Er sollte Gaius melden, wie es um den Gesundheitszustand seines besten Kämpfers stand. «Lucatus muss die Wunde ausbrennen, sonst entzündet sie sich, und du verlierst dein Bein!»

Noch bevor Craton etwas einwenden konnte, fuhr der Heiler dazwischen: «Mantano hat Recht. Ich werde die Wunde wirklich ausbrennen müssen.»

Der Gladiator nickte schweigend.

«Was denkst du, wie lange braucht er, bis er sich wieder erholt hat?», fragte der *Lanista*.

«Das kann ich noch nicht sagen», antwortete Lucatus nachdenklich, «wir müssen abwarten. Sollte er Fieber bekommen, wird sich seine Heilung verzögern!»

Ich komme schon wieder schnell genug auf die Beine, du Mistkerl, dachte Craton, und seine wütenden Blicke folgten Mantano, der den Raum verließ.

Der Gehilfe, ein Jüngling mit mädchenhaften Zügen, brachte einen Becher mit kräuterdurchsetztem Wein. Er hielt das Gefäß an Cratons Lippen, es kostete den Gladiator Überwindung, dieses übel schmeckende Gemisch zu trinken.

Die Kräuter begannen allmählich Wirkung zu zeigen.

Der beißende Schmerz ließ nach. Craton fühlte sich seltsam schwerelos. Nebel hüllten ihn ein, trugen ihn fort in eine weiche Gleichgültigkeit.

Lucatus ließ eine Feuerschale bringen und legte ein Eisen in die Glut. «Bis das Eisen heiß wird, werden auch die Kräuter gewirkt haben», hörte Craton von weit weg die Stimme des Heilers. Verschwommen nahm er wahr, wie dieser seine Instrumente richtete, sein Diener Leinentücher auseinander faltete und zwei Männer den Raum betraten.

«Mantano hat uns geschickt, damit wir dir helfen», erkannte er Titios Stimme.

«Ihr müsst ihn festhalten, während ich die Wunde ausbrenne», befahl der Heiler, «sonst werden wir es nicht schaffen, und er stirbt möglicherweise.»

«Du willst seine Wunde ausbrennen?», wunderte sich der andere Mann – Obtian, der einzige dunkelhäutige Kämpfer in der Schule Octavius'; groß, stark und erfolgreich.

«Dann brauchen wir noch mindestens zwei weitere Männer», meinte Titio. «Es könnte leicht geschehen, dass er uns alle umbringt, bevor du überhaupt begonnen hast!»

Lucatus überhörte Titios Bedenken und musterte das Eisen, das rot glühte, aber noch immer nicht genügend erhitzt war. Er stieß es wieder ins Feuer zurück. Funken stoben, Feuerfliegen gleich; einer von ihnen verirrte sich auf Titios Haut und ließ diesen zusammenzucken.

Cratons gleichmäßiger Atem und sein getrübter Blick zeigten Lucatus das Einsetzen der Betäubung.

«Er hat viel Blut verloren. Außerdem haben das Opium und die Kräuter ihn in einen Dämmerzustand versetzt», erläuterte er, als er die besorgten Blicke der Männer bemerkte. Er reichte Titio ein Stück Holz. «Schieb es ihm zwischen die Zähne! Und achte darauf, dass es gut sitzt! Sonst könnte er sich die Zunge abbeißen und daran ersticken!»

Titio stellte sich an der Kopfseite der Liege auf und hielt

Craton an den Schultern fest, während Obtian ihn an den Knöcheln fasste. Der Heiler ergriff das glühende Eisen und trat näher. Die Männer sahen sich an. Mit einem Kopfnicken begann der *Medicus*.

Zischend fraß sich das Eisen in die Wunde. Beißender Geruch von versengtem Fleisch stieg auf. Craton bäumte sich jäh unter Schmerzen auf, sein Körper zitterte, und er versuchte sich zu befreien. Nur mit Mühe konnten Titio und Obtian ihn festhalten. Doch dann, endlich, versagte Cratons Kraft und Bewusstlosigkeit übermannte ihn.

Vorsichtig nahm Lucatus das Eisen wieder aus der Wunde, reichte es seinem Gehilfen und nickte sichtlich zufrieden.

Auf Titios und Obtians Stirnen standen Schweißperlen, erst jetzt wagten sie Craton loszulassen.

«Die Wunde muss jetzt nur noch mit einer Salbe behandelt und mit sauberen Leinen versorgt werden», erklärte der Heiler. «Er hätte sein Bein beinahe verloren. Fortuna muss ihm besonders wohl gesinnt sein. Nur gut, dass Gaius seine Männer immer sofort behandeln lässt.»

Titio fühlte sich unwohl, obwohl er schon viele Wunden gesehen hatte; tödliche, tiefe, große und gefährliche Wunden. Vielleicht lag es daran, dass es ausgerechnet Craton war, der hier vor ihm lag; bleich, von *Charon* bereits erwartet.

Der Arzt wandte sich Titio zu. «Keiner hat das bis jetzt so gut durchgestanden», sagte er. «Ich habe schon Männer gesehen, die wegen kleinerer Verletzungen eine Gliedmaße oder gar ihr Leben verloren haben. Keine Sorge, mein junger Freund! Er wird es schon schaffen!» Lucatus nahm die Salbe entgegen, die sein Helfer zubereitet hatte, und begann, die Wunde mit der klebrigen Masse zu bestreichen.

Titio hielt es nicht länger aus. Er ging.

Obtian folgte ihm.

XII

Der kühle Abend ließ erkennen, dass der Sommer sich dem Ende entgegenneigte, obwohl es tagsüber noch erstickend heiß war.

Lucullus hielt sich schon länger in Rom auf, als ihm lieb war, und allmählich wurde er ungeduldig. Bereits einige Tage nach seiner Ankunft spürte er, dass er nicht hierher gehörte. Sein Bruder Gaius hatte sich in den vergangenen Jahren einen beachtlichen Reichtum erworben, und obwohl auch Lucullus Besitz nicht verachtete, konnte er sich nicht vorstellen, ein ähnliches Leben zu führen. So hoffte er, dass in den nächsten Tagen über seine Beförderung entschieden würde und er endlich wieder nach Britannien zurückkehren konnte.

«Ich habe gehört, diese Briten springen beinahe nackt durch die Wälder», riss Lucullus eine Stimme aus den Gedanken. Er schreckte auf; er hatte fast vergessen, wo er sich befand. Gaius hatte wieder einmal Gäste zu einem Abendmahl eingeladen und Lucullus saß neben Claudia.

Sie lächelte ihn an und wiederholte: «Ich habe gehört, diese Briten würden beinahe nackt herumlaufen.»

«Früher mag es so gewesen sein, doch nachdem Cäsar diese Barbaren besiegt hat, hat sich die Mehrzahl von ihnen unserer Lebensweise angepasst und weiß unsere Kultur, unsere Errungenschaften und unsere Annehmlichkeiten zu schätzen. Vielleicht gibt es noch Stämme im Hochland, welche die alten Rituale pflegen, aber mir ist noch nie ein nackter Brite begegnet – es sei denn im Bad!» Lucullus lachte. Claudias Unwissenheit amüsierte ihn, doch er wollte nicht unhöflich sein.

Sein Bruder hätte sich glücklich schätzen müssen, mit

ihr befreundet zu sein, und Lucullus verstand nicht, warum Gaius diese Frau noch nicht geheiratet hatte. Sicher, seine erste Ehe war nicht beneidenswert gewesen, doch Gaius' Frau war schon vor langer Zeit verstorben. Was hinderte ihn also daran, die reizende und noch dazu gebildete Tochter von Severus Claudius Marcellus zu ehelichen und mit ihr eine Familie zu gründen?

Lucullus sehnte sich manchmal nach einem Sohn. In den vergangenen Wochen hatte er sich manch einsame Nacht mit einer hübschen Sklavin aus Gaius' Badehaus vergnügt, doch selbst wenn diese von ihm schwanger geworden wäre, hätte er, ein Adeliger aus dem Haus Octavius, dieses Kind niemals anerkennen können. Die Dienerin war sich dessen bewusst und gab sich ihm nur aus Angst hin, das wusste er.

«Die Zeiten des Barbarentums sind vorbei, meine Liebe. Britannien ist zu einer Provinz Roms geworden», wandte sich Gaius galant Claudia zu.

«Ja, das stimmt», mischte sich Tiberianus ein, der bisher geschwiegen hatte, und rezitierte versonnen: *«Tu regere imperio populos, Romane, Memento hae tibi erunt artes, pascisque imponere morem, parcere subiectis et debellare superbos.»*

Gaius sah ihn überrascht an. «Denke daran, Römer, es ist an dir, die Völker zu beherrschen. Dies soll deine Aufgabe sein. Die Wege des Friedens zu bestimmen und die Besiegten zu schonen und die Stolzen durch Krieg zu zähmen. Ich wusste nicht, dass du Vergil liest, Tiberianus!»

«Vergil und die anderen Großen! Du weißt nicht alles über mich, mein Freund!» Tiberianus lächelte geheimnisvoll.

Einen Augenblick lang schwiegen sie, schienen den Worten des Dichters nachzuhängen, bis Claudia die Stille unterbrach. «Mein Vater hat letztes Jahr eine britische Sklavin erworben. Sie spricht kaum Latein, ist kleingewachsen und hellhäutig. Sind alle Briten so?»

«Nein, es hängt davon ab, welchem Stamm sie angehören.

Man trifft auch große, dunkle Frauen und Männer. Eure Sklavin ist wahrscheinlich eine *Silurierin*. Dieser Stamm hat sich uns schon lange unterworfen», erklärte Lucullus nüchtern, während Claudia ihn bewundernd anblickte.

Auch Tiberianus begann ihr Gespräch zu interessieren. «Gibt es noch Unruhen? Ich hörte, die Stämme würden immer wieder aufbegehren!» Auch an diesem Abend war er, wie so oft, ohne seine Gemahlin erschienen, was Gaius nicht unangenehm war.

Lucullus griff nach einer mit Honig glasierten Traube. «Die letzten Aufstände ereigneten sich in *Caledonien*, doch unsere Legionen haben sie niedergeschlagen.» Er schob die Frucht in den Mund und leckte sich genüsslich Daumen und Zeigefinger ab. «Trotzdem überfallen immer wieder Räuber aus *Eriu* die Küsten und weite Teile des Landes. Der Statthalter der Provinz in *Londinium* hat alle Hände voll zu tun, um diese Übergriffe abzuwehren. Die Briten sind ein eigenes Volk und sinnen auf Rache, wenn ein Mitglied ihrer Sippe von feindlichen Stämmen beraubt oder gar erschlagen wird. Oft genug müssen dann die Legionäre für Ordnung und Gerechtigkeit sorgen.»

«Rom hat versprochen, den besiegten Völkern Frieden und Gerechtigkeit zu bringen. Ist es so schwierig, die *Pax Romana* in Britannien einzuführen?» Tiberianus gab sich mit diesen Erklärungen nicht zufrieden. Gaius verstand nicht, welches Ziel sein Freund verfolgte. Er spricht schon beinahe wie Plautus, dachte er. Kein Wunder, als aufsteigender Senator muss er ein Gespür für politische Floskeln entwickeln.

«Nein, nicht mehr», erwiderte Lucullus. Er kannte das kalte Britannien und seine Bewohner so gut, als wäre es seine zweite Heimat, und ausgerechnet hier in Rom, im Zentrum des mächtigen Imperiums, erkannte er es klarer denn je: Britannien *wurde* wirklich zu seiner zweiten Heimat. Jenes Rom, in dem er geboren wurde und das er vor so vielen Jahren verlassen hatte, schien nicht mehr zu existieren. Es war nicht mehr das von seinem Vater so geliebte Rom. Skrupellosigkeit und Intrigen, der Hunger nach Macht gewannen immer mehr die Oberhand, und es geschahen Dinge, mit denen er sich nicht befassen wollte. Lucullus wollte nur eines: mit all seiner Ehre und Würde für Rom streiten und es verteidigen. Und wenn die Götter es verlangten, eines Tages für dieses Rom sterben. Danach richtete er sein Leben. Dies waren seine Ziele, und sie erfüllten ihn mit Stolz.

Gaius hielt sich bei den Gesprächen zurück und lauschte den Ausführungen seines Bruders. Er bewunderte Lucullus, der den Mut hatte, seine Heimat wegen eines fernen, unbekannten und gefahrvollen Landes im Norden aufzugeben. Nun war er ein angesehener Offizier der nordischen Legionen.

«Hoffentlich bleibst du noch lange genug, um Craton in der Arena kämpfen zu sehen», hörte Gaius Claudias helle Stimme. Sie lenkte die Aufmerksamkeit der drei Männer mit Leichtigkeit auf sich: mit ihrer Ausstrahlung und ihrer Neugier.

«Leider hielten mich andere Verpflichtungen davon ab, seinen letzten Auftritt zu bewundern. Ich habe gehört, Craton soll großartig gewesen sein. Wurde er nicht während des letzten Kampfes schwer verwundet?», erkundigte sich Lucullus. Claudia sah ihn bewundernd an, doch dann richtete sie ihren verlegenen Blick sofort wieder auf Gaius. «Das stimmt, aber er wird bald wieder in der Arena stehen, nicht wahr?»

Gaius hatte das Strahlen in ihren Augen bemerkt, und plötzlich erfasste ihn brennende Eifersucht. In den vergangenen Wochen hatten sich Lucullus und Claudia angefreundet, zu sehr, wie ihm jetzt schien. So sehr, dass sie bereit wäre, ihm in ein raues, fremdes Land zu folgen? Hatte er selbst schon viel zu lange mit ihr gespielt, sie hingehalten, ihr Hoffnungen gemacht und sie nun an seinen Bruder verloren?

«Er ist ein bemerkenswert zäher Mann. Mantano hat mir berichtet, er übe schon und werde bald wieder in der Arena stehen», antwortete Gaius hastig.

«Ist das nicht zu früh? Bei solch schweren Verletzungen», wandte Tiberianus ein.

«Er wird nur einige unbedeutende Spiele bestreiten, um wieder in Form zu kommen. Die Menge erwartet ungeduldig die Rückkehr ihres Helden!» Gaius nickte einem Diener zu, der seinen leeren Teller wegräumte. Er hatte in letzter Zeit nur wenig gegessen, denn er war zu eitel, um seine ansehnliche Gestalt mit Völlereien zu verunstalten.

Ich bin nicht mehr der Jüngste, dachte er. Claudia ist halb so alt wie ich, so wunderschön, und mein Bruder ein stattlicher, kräftiger Soldat.

Jetzt war es nicht nur Eifersucht, sondern auch Neid, der sich in ihm regte.

«Vielleicht ergibt sich eine Möglichkeit, den großen Craton zu sehen, wenn ich mal etwas länger in Rom verweile.» Lucullus griff nach einem Becher Wein. «Ich habe schon so viel von diesem Mann gehört. Sogar im Norden des Reiches spricht man über ihn, als wäre er ein wiedergeborener Herkules. Eine Schande, in Rom zu sein, ohne ihn wenigstens einmal kämpfen zu sehen, bevor ich nach Britannien aufbreche.»

Claudia seufzte leise, schlug ihre Lider nieder und versuchte ihre Aufregung zu verbergen. Nervös spielte sie mit ihrem Ohrschmuck und lauschte weiter dem Gespräch der Männer.

«Craton gehört doch deinem Bruder, also wird Gaius dir bestimmt erlauben, ihn im *Ludus* zu sehen», meinte Tiberianus.

«Das hat Gaius mir angeboten, doch diesen großartigen Kämpfer in einer Arena zu sehen ist sicher viel aufregender, als ihm bei seinen Übungen in der Schule zuzuschauen. Ich war so lange nicht mehr in Rom, sah so viele Jahre keine Spiele mehr.» Lucullus lächelte Claudia an. Verlegen erwiderte sie dieses Lächeln und ließ den Ohrschmuck los.

Gaius biss die Zähne zusammen und starrte seinen Bruder mit zu Schlitzen verengten Augen an.

Tiberianus, der die Anspannung zwischen den Brüdern bemerkte, versuchte ein neues Thema anzuschneiden. «Wie sieht es eigentlich mit dieser Amazone aus?»

Claudia wandte sich überrascht Gaius zu. «Eine Amazone?», wiederholte sie ungläubig.

Auch Lucullus horchte auf, neugierig, mehr zu erfahren. «Du hast mir von einer Amazone gar nichts erzählt.»

Gaius funkelte Tiberianus zornig an. Der Senator räusperte sich verlegen. Woher sollte er ahnen, wie viel Claudia wirklich von Gaius' Geschäften wusste?

«Es läuft gut. Vermutlich wird sie das erste Mal in der Arena stehen, wenn ich auch Craton wieder einsetzen kann», seufzte Gaius.

«Du bist immer auf der Suche nach einer weiteren Sensation!», schalt Lucullus seinen Bruder scherzend. «Und? Wird sie es schaffen?»

«Das wird sich zeigen. Noch gehört sie mir nicht. Noch ist sie das Eigentum von Marcus Titius.»

«Ach, interessant!» Tiberianus klang verwundert.

Claudia legte ihre Stirn in Falten. «Du machst Geschäfte mit Marcus Titius?», fragte sie vorwurfsvoll.

Fieberhaft suchte Gaius nach einer Antwort, die sie besänftigen würde. Doch noch bevor ihm eine einfiel, mischte sich Lucullus ein: «In Britannien gab es früher Kriegerinnen. Sie kämpften wie Raubkatzen, und ihr Mut stand dem der Männer in nichts nach, sagt man. Aber sie waren oft genug die ersten Opfer einer Schlacht!»

«Faszinierend. Eine Kriegerin. Hast du je gegen sie gekämpft?», fragte Claudia neugierig, gefesselt von der Ge-

147

schichte – und dem Mann, der sie erzählte. Selbst ohne Rüstung, in eine feine Tunika gekleidet, übte er eine sonderbare Anziehungskraft auf sie aus.

Gaius sah seinen Bruder missbilligend an. Dennoch war er froh, dass Lucullus nun wieder von diesem unbegreiflichen Land berichtete und, so hoffte er, Claudia ablenkte. Hatte sie die Amazone aus seiner Schule schon vergessen oder sie für den Moment geflissentlich übersehen?

Ich könnte dich eigenhändig erwürgen, mein lieber Freund! Gaius blickte Tiberianus immer noch missmutig an. Der Senator schien seine Gedanken erraten zu haben. Verlegen suchte er den Blicken des Hausherrn auszuweichen und sah erleichtert, dass sein Becher leer war. Übertrieben laut rief er nach einem Diener.

«Ob ich je gegen eine solche Frau gekämpft habe?» Lucullus schüttelte den Kopf. Auch er bemerkte, dass seinem Bruder dieses Gespräch unangenehm war. «Nein, ich kam erst nach Britannien, als sich diese Kriegerinnen bereits zurückgezogen hatten. Aber ein alter Tribun hat diese Kämpfe noch erlebt und mir davon berichtet.»

Angeregt lauschte Claudia den Worten des Soldaten, und Gaius bemerkte immer noch neidisch, wie sein Bruder ihre ungeteilte Aufmerksamkeit auf sich zog und diese auch sichtlich genoss.

«*Tempus fugit interea!* In deinem Haus verrinnt die Zeit wie Sand zwischen meinen Fingern, Gaius! Lucillia fragt sich bestimmt schon, wo ich geblieben bin!» Mit gespieltem Erschrecken machte Tiberianus die Gesellschaft auf die fortgeschrittene Stunde aufmerksam und bat, sich verabschieden zu dürfen. Auch für Claudia war es Zeit aufzubrechen. Sie war mit dem Senator zu Gaius gekommen, nun wollte sie in seiner Begleitung auch wieder in die Stadt zurückkehren. Der Weg nach Rom in den Sänften würde lange dauern, und er konnte gefährlich werden.

«Die Straßen sind um diese Zeit unsicher. Mantano oder einer meiner anderen Männer wird euch begleiten», bot Gaius an. Er war sich nicht sicher, ob er erleichtert oder enttäuscht sein sollte, seine Gäste so plötzlich aufbrechen zu sehen.

«Du brauchst deine Männer nicht zu bemühen, ich werde sie begleiten», warf Lucullus ein und forderte einen Diener auf, ihm Schwert und Umhang zu bringen.

Claudia lachte erfreut. Und bevor Gaius etwas erwidern konnte, entgegnete Tiberianus: «Craton selbst könnte uns nicht besser beschützen!»

Lucullus reichte Claudia die Hand. «Ich hoffe, dir genügt ein Offizier der Legionen als Schutz», sagte er charmant, und eine sanfte Röte stieg in ihr Gesicht.

Für einen Augenblick sah Gaius seinen Bruder voller Groll an, doch Lucullus' Gesichtszüge blieben reglos.

XIII

Cratons Verletzung heilte schneller als erwartet, und Gaius war froh darüber, denn schon in den nächsten Tagen sollte der Gladiator wieder in der Arena stehen.

Die Übungen mit Anea und Titio hatte er wieder aufgenommen und stellte befriedigt fest, wie sehr sich die beiden verbessert hatten. Titio war standhafter, schneller und geschickter geworden, und trotz seiner vermehrten Auftritte in der Arena wollte er nicht darauf verzichten, weiter von Craton zu lernen, sich von ihm in den verschiedenen Kampftechniken unterrichten zu lassen, um unbesiegbar zu werden.

Durch seinen Willen und seine Stärke hatte es Craton geschafft, auch Anea zu zähmen, und sie begriff, dass sie nicht

149

nur gewandt und schnell, sondern auch beherrscht sein musste, wollte sie in der Arena siegen. Das wurde ihr immer aufs Neue bewusst, wenn sie wieder im Staub lag und ihre Narben spürte. Täglich erinnerte sie sich daran, dass Cratons Rücken dieselben Zeichen zierten. Zeichen, die von einer Vergangenheit erzählten, die vermutlich um ein Vielfaches schlimmer war als ihre.

Craton überzeugte sie, dass die Ausbildung zum Gladiator für einen Unfreien der beste Weg war, in Rom zu überleben. Trotzdem verheimlichte er ihr nie die Gefahren, denen sie sich stellen musste. Seine leidenschaftlichen Schilderungen verrieten, wie sehr er diese atemberaubenden Auftritte in der Arena genoss. Als wären die Rufe der jubelnden Menge, das Gefühl eines großen Sieges ein berauschender Trank, den er immer wieder zu sich nehmen musste, nach dem er sich sehnte, der ihn nicht mehr losließ.

Auch wenn Anea sich nichts anmerken ließ, fühlte sie, dass sich ihre Gefühle Craton gegenüber wandelten: Sie verspürte keinen Hass und keinen Zorn mehr, stattdessen ein vollkommenes Vertrauen und eine tiefe Zuneigung. Und in den dunklen Nächten, wenn sie schlaflos auf ihrem Lager lag und an ihre Zukunft dachte, erschien in ihren Gedanken immer wieder das eine Bild: ihre erste Begegnung, Craton in den Gewölben auf dem Weg in die Arena. Und Anea musste sich zugestehen, dass sie sich nach ihm sehnte.

«Dein Ehrgeiz wird dich nochmal den Kopf kosten», mahnte Craton Titio mit kräftiger Stimme.

«So? Und wie sieht es mit dir aus? Bist du etwa anders? Glaubst du, es steht nur dir zu, den Ruhm in der Arena zu ernten?», entgegnete Titio aufgebracht.

«Du hast dich an Regeln zu halten – gleich, ob in der Arena oder hier, wenn du mit mir übst!» Craton versuchte seinen Unmut zu unterdrücken, doch es gelang ihm nicht.

Vielleicht war es die Hitze der letzten Tage, vielleicht war es Cratons Ungeduld, endlich wieder in der Arena stehen zu können. Schon seit Wochen wirkte er mürrisch, und Titio war es leid, sich seine Sticheleien anhören zu müssen. Anea entging die Spannung, die schon seit Tagen zwischen den beiden Männern herrschte, nicht. Immer häufiger stritten sie, und Craton reagierte ungewohnt gereizt, wenn Titio seine Befehle nicht befolgte.

Verstohlen blickte Anea über den Hof. Die anderen Männer übten angestrengt und nahmen den Streit zwischen Craton und Titio nicht wahr. Doch Mantano, wie immer missmutig gelaunt, belauerte sie wachsam.

«Ich bin nicht wie du, und ich werde nicht so kämpfen wie du!», wehrte sich Titio vorwurfsvoll. «Du kannst und wirst aus mir keinen zweiten Craton machen!»

An Cratons Schläfen traten pulsierende Adern hervor. «Du sollst auch nicht wie ich kämpfen, du sollst nur nicht so nachlässig dein Schwert führen, sonst ...» Er schnellte vor und schlug seinem Schüler geschickt mit einem Hieb die Waffe aus der Hand.

Zornig und unbeherrscht hob Titio sein Schwert auf und stellte sich dem Kampf.

Mantano lächelte hämisch, während ein Wächter auf ihn zutrat. «Einer von Gaius' Dienern hat soeben eine Nachricht überbracht», sagte der Mann, «Craton soll heute zu seinem Herrn kommen.»

Erst jetzt blickte der *Lanista* ihn überrascht an, ohne die Gladiatoren aus den Augen zu lassen. «Weißt du, warum?»

«Nein, ich soll nur diese Nachricht überbringen. Ich frage nie nach dem Grund.» Auch der Wächter bemerkte nun Craton und Titio, die sich so heftig bekämpften wie in einem richtigen Gefecht in der Arena.

«Willst du dem kein Ende bereiten?», erkundigte er sich erstaunt.

«Nein!», erwiderte Mantano und schürzte unwillig seine Lippen.

Der Wächter zuckte gleichgültig die Schultern, blickte nochmals in den Hof und verließ den *Lanista* schweigend.

Wutentbrannt prallten die beiden Gladiatoren aufeinander. Auch wenn sie sich mit den Übungswaffen nicht umbringen konnten, bestand doch die Gefahr schwerer Verletzungen, und Anea fragte sich, warum Mantano nicht eingriff. Er hatte sicher längst erkannt, dass dies keine Übung mehr war, sondern bitterer Ernst. Doch noch immer lehnte er ruhig an der Mauer und verfolgte den Kampf mit bissiger Miene. Selbst einen *Magistri*, der herbeigeeilt war, hielt er zurück. Würde er warten, bis wirklich einer von ihnen verletzt in den Sand stürzte?

Fluchend griff Titio erneut an, rasend vor Wut wehrte er die drohenden Schläge ab. Er hatte nur noch ein Ziel: Craton zu besiegen.

Unbarmherzig schlug auch Craton auf Titio ein, trieb ihn zurück. Ein mächtiger Hieb folgte auf den nächsten, die Funken stoben, als sich die Klingen kreuzten. Die Kämpfer stießen aufeinander, lösten sich wieder, belauerten sich gegenseitig, um erneut vorzupreschen.

Anea wich vorsichtig einige Schritte zurück. Erst als sie die hohe Mauer in ihrem Rücken spürte, blieb sie stehen und beobachtete die Kämpfenden aus sicherer Entfernung.

Auch die übrigen Gladiatoren hatten inzwischen den Kampf bemerkt, hielten in ihren Übungen inne und sahen gebannt zu. Niemand trat dazwischen, es lag in Mantanos Hand, diesem Schauspiel ein Ende zu bereiten.

Die drückende Hitze, die erbarmungslos über dem Hof lastete, ließ Titios Kräfte langsam erschlaffen. Nicht so Cratons. Mit genauen, schnell aufeinander folgenden Schlägen zwang er den Jungen in die Knie. Titio war geschlagen.

Ein eiskalter Schauer erfasste Anea, und sie hoffte, die

Götter würden ihr ersparen, jemals gegen Craton auf Leben und Tod kämpfen zu müssen.

Mit einem dumpfen Klirren zerbrach Titios Waffe. Kniend und schutzlos verharrte er auf dem Boden, empfand Schmach und Schande, fühlte sich ehrlos und allein.

Craton stand noch immer über ihm, das Schwert in der erhobenen Hand.

«Genug!», brüllte Mantano endlich und eilte mit schnellen Schritten auf sie zu. Die Stimme des *Lanista* ließ Craton innehalten. Erst jetzt schien er sich dieser unsinnigen Kraftprobe bewusst geworden zu sein. Er blickte wütend auf seinen rebellischen Schüler hinunter, dann ließ er die Waffe langsam aus seiner mächtigen Hand gleiten. Sie fiel in den Sand.

Mantano starrte schweigend von Craton auf Titio, der sich immer noch nicht erhoben hatte. Der *Lanista* wusste nicht, was er tun sollte. Warum sich die beiden prügelten, interessierte ihn nicht. Doch er hatte von Gaius die Anweisung erhalten, Craton nicht zu behelligen, und trotzdem war es seine Aufgabe, als Leiter und Ausbilder der Schule dafür zu sorgen, dass Ordnung unter den Männern herrschte und Regeln befolgt wurden. Aber vielleicht war er alt geworden und zeigte unnötige Milde. Früher hätte er die beiden in Ketten legen und bei Wasser und Brot für Tage einsperren lassen – das wäre die mildeste Strafe gewesen. Eigentlich müssten sie auch jetzt gezüchtigt werden, aber der Kampf ging glimpflich aus. Und wie sollte er eine Bestrafung Cratons vor Gaius rechtfertigen?

«Es ist genug», wiederholte Mantano barsch und befahl Titio, endlich aufzustehen.

Dann drehte er sich um und schrie die Männer drohend an: «Ihr seid nicht hier, um herumzustehen! Oder glaubt ihr, so in der Arena einen Kampf zu gewinnen? Also macht weiter, bevor ich mich eurer annehme!»

Mürrisch gehorchten sie. Titio starrte Craton mit einem zornigen Funkeln an, und Mantano beobachtete schadenfroh, wie aus den sich freundlich gesinnten Männern Feinde zu werden schienen. Es war gut so: Ein Gladiator sollte keine Freunde haben. Für einen Gladiator zählte nur sein Schwert.

«Gaius verlangt nach dir!», rief Mantano Craton bissig zu und ließ ihn stehen, ohne nochmals den Kampf zu erwähnen.

Der Gladiator schritt stumm zum Tor.

«Und du machst gefälligst auch weiter!», hörte er hinter sich Mantano brüllen, aus den Augenwinkeln sah er, wie Anea sich missmutig von der Wand löste. Immer noch stolz genug, um Mantanos Befehle nicht gleich zu befolgen, dachte er vergnügt, und mit einem verborgenen Lächeln auf den Lippen verließ er den Hof.

Durch die feinen Vorhänge, die sich sanft im Wind wiegten, erkannte Craton, dass bereits ein Mann bei Gaius weilte. Der dunkelhäutige Diener hieß ihn warten, bis der Herr nach ihm verlangen würde, und Craton gehorchte.

Er fragte sich, warum Gaius ihn wieder zu sich rief. Ging es vielleicht um die nächsten Kämpfe? Oder um eine weitere Reise in die Provinzen? Nein, es musste etwas Wichtigeres sein, denn sonst hätte Mantano ihm dies auch mitteilen können.

Gaius' Besucher drehte sich um und blickte Craton an. Für einen Moment war der Gladiator verwirrt: Der Unbekannte sah seinem Herrn verblüffend ähnlich. Er trug die Uniform eines Offiziers und schien eben aufbrechen zu wollen, denn er hielt einen prächtigen Helm unter seinem Arm, während ein Diener den roten Umhang an seinen Schultern befestigte. Gaius unterhielt sich mit ihm, doch Craton konnte nicht verstehen, worüber sie sprachen.

«Sobald ich bei Agrippa bin, weiß ich, wie es mit dem Posten als *Legat* steht», erklärte der Offizier, als der Sklave seine Arbeit beendet hatte. «Es ist endlich Zeit zu erfahren, welche Entscheidung getroffen wurde.»

«Ja, du hast zweifellos Recht, Lucullus», brummte Gaius gereizt.

«Ich sehne mich schon so nach dem kühlen Wetter in Britannien, dort lässt sich diese Uniform leichter tragen», scherzte Lucullus, als sie langsam auf Craton zuschritten.

«Du bist also Craton?», fragte er.

«Ja», entgegnete der Gladiator, noch immer von der Ähnlichkeit der beiden Adeligen verwirrt.

«Ich freue mich schon darauf, dich in der Arena kämpfen zu sehen!» Lucullus musterte ihn wohlwollend und wandte sich wieder an Gaius. «Nach dem Besuch bei Agrippa muss ich weiter ins *Tabelarium*, um dort noch einiges zu erledigen. Ich werde zur *Cena* vermutlich nicht zurück sein, du brauchst also nicht zu warten. Vielleicht schaue ich noch bei Vaters Haus vorbei.»

Gaius' Bruder!, schoss es Craton durch den Kopf. Das erklärte die Ähnlichkeit.

«Solltest du Hunger haben, wenn du wiederkommst, werden meine Diener dir etwas zubereiten. Ich werde nicht auf dich warten», bemerkte der Hausherr. Er schien nicht unglücklich zu sein, dass Lucullus ihn verließ. Der Offizier setzte seinen Helm auf und verabschiedete sich.

Gaius drehte sich auf dem Absatz um und kehrte an seinen Tisch zurück. Craton wartete. Sein Herr schien verstimmt und nachdenklich zu sein. Irgendetwas bereitete ihm Sorgen, und mit einer unbeherrschten Geste fegte er plötzlich ein Schriftstück vom Tisch. Kurze Zeit starrte er auf den Papyrus, dann rief er gereizt: «Komm her!»

Langsam trat Craton näher und blieb in gebührendem Abstand stehen.

Gaius hob das Schriftstück wieder auf, verstaute es sorgfältig in der Lade und blickte an Craton vorbei ins *Peristyl.*

«Fühlst du dich wieder stark genug, um in die Arena zu gehen?», kam er ohne Umschweife zur Sache.

Craton nickte.

«Gut, denn in drei Tagen wird in Ostia ein Spiel stattfinden. Dort wirst du auftreten. Es ist eine gute Gelegenheit für dich, nach deiner Verletzung wieder kämpfen zu können.»

«Wie du befiehlst», erwiderte der Gladiator. Er hätte sich zugetraut, bereits wieder in Rom aufzutreten, nachdem er Titio mit Leichtigkeit bezwungen hatte.

Gaius rieb sich die Schläfen, an denen sich immer mehr graue Haare zeigten. Er griff nach einer kunstvoll gearbeiteten Viole, die mit weißlichem Pulver gefüllt war, schüttete es missmutig in ein Glas, füllte dieses mit Wasser und rührte das Getränk um. Mit einem Schluck leerte er es, verzog angewidert das Gesicht und goss schnell kühles Wasser nach.

«Da ist noch etwas», sagte er, ohne den Gladiator anzusehen, «deine Schülerin – sie wird mitkommen.»

Craton ballte die Hände zu Fäusten. «Sie ist noch nicht so weit.» Er versuchte sich seine Unruhe nicht anmerken zu lassen.

«Du vergisst, deine Zeit ist um. Ich habe dir fünf Monate gegeben. Sie sind nun vorüber, und ob du willst oder nicht – sie wird kämpfen!», herrschte Gaius ihn drohend an und rieb sich wieder die rechte Schläfe.

Craton schluckte und suchte nach Gründen, die seinen Herrn von dieser Entscheidung abbringen würden. «Ich konnte mit ihr nicht genügend üben.»

«Wegen deiner Verletzung, ich weiß! Erspare mir diese Ausreden!» Der stechende Schmerz in Gaius' Kopf wollte nicht nachlassen, und ungehalten fuhr er fort: «Du kannst ja heute mit ihr, mit Titios Hilfe, weiter üben. Das muss genügen! Sie wird in Ostia ihren ersten Kampf austragen!»

Auch er hätte es lieber gesehen, wenn die Ausbildung dieser Amazone den ganzen Winter über gedauert hätte. Doch seine Wette zwang ihn zu handeln. Titius hatte ihm ausrichten lassen, der Zeitpunkt, das Versprechen einzulösen, wäre nun gekommen, da das Ende der diesjährigen Spiele nahte. Es ging um sehr viel Geld, und Marcus Titius würde nicht mit sich reden lassen.

«Es ist Zeit zu sehen, ob sie bestehen kann», beendete er ihre Unterhaltung.

Craton blickte ihn durchdringend an. «Sie wird sterben!», sagte er tonlos. «Doch sie gehört dir, Herr!» Er wandte sich zum Gehen.

«Ich habe dir nicht erlaubt zu gehen!», rief Gaius ihm nach.

Der Gladiator hielt inne. «Ihr werdet morgen nach Ostia aufbrechen!», befahl der Hausherr, keinen Widerspruch duldend. Erst dann entließ er Craton.

Es war nicht nur diese unglückliche Wette mit Marcus Titius, die Gaius plagte. Cratons Verletzung bedeutete Verlust und fehlende Aufträge. Titio brachte nicht so viel Geld ein, wie Gaius erhofft hatte, und seine Schule hatte in den vergangenen Monaten fünf gute Männer verloren. Sie zu ersetzen kostete zusätzlich Geld. Außerdem quälten ihn Gewissensbisse Claudia gegenüber. Und da war noch Pompeias Aufdringlichkeit: Immer häufiger forderte sie von ihm, endlich mit Craton bei einem ihrer Feste zu erscheinen. Auch die Sorgen um seinen besten Freund trieben Gaius um. Tiberianus hatte immer mehr Schwierigkeiten, er hatte sogar eine Morddrohung erhalten, doch der junge Senator weigerte sich, diese ernst zu nehmen. Immerhin konnte Gaius ihn überzeugen, sich einen Vorkoster anzuschaffen – Gift war ein geeignetes Mittel, missliebige Gegner aus dem Weg zu räumen.

Ein weiterer Dorn in Gaius' Fleisch war Domitians

Herrschsucht. Der Kaiser schien größenwahnsinnig geworden zu sein. Als erster Herrscher seit der Gründung Roms hatte er es gewagt, eine Vestalin, die angeblich ihrem Keuschheitsgelübde nicht nachkam, hinrichten zu lassen. Man munkelte, Domitian versuchte die Unglückliche zu verführen, und da sie sich ihm verweigerte, unterschrieb sie ihr eigenes Todesurteil. Vielleicht aber auch hatte Pompeia in ihr eine gefährliche Nebenbuhlerin gesehen – die Priesterin war von außergewöhnlicher Schönheit, unnahbar und geheimnisvoll – und hatte sie umbringen lassen.

Lauter Widrigkeiten umringten ihn, und Gaius sah keinen Ausweg. Er fragte sich, was aus Rom werden würde, und seine schlimmsten Befürchtungen schienen sich zu bewahrheiten.

Craton kehrte in den *Ludus* zurück. Vom Besuch bei Gaius aufgewühlt und noch immer über Titios Verhalten verärgert, betrat er den Übungshof und nahm sich vor, gleich selbst mit der Ausbildung seiner Schülerin fortzufahren. Anea spürte seinen Missmut und seine Härte, schneller als gewöhnlich lag sie im Staub und erkannte, dass Craton erst jetzt seine wahre Kraft zeigte. Klaglos nahm sie seine Schläge hin und versuchte sich zu verteidigen.

«Solltest du so weitermachen, dann kann ich mir nicht vorstellen, wie du in einem richtigen Kampf überleben willst!», erklärte er ruhig, als er sie erneut – diesmal mit einem einzigen Schlag – zu Fall brachte.

Ihre Glieder schmerzten mehr als je zuvor, und die Schürfungen waren an diesem Tag zahlreicher als gewöhnlich. Anea konnte sich Cratons Sinneswandel nur durch seinen Streit mit Titio erklären. «Ich habe schon mehr Kämpfe überstanden, als du denkst», sagte sie so leise, dass nur Craton sie verstehen konnte. «Es ist mir nichts Neues, vor dem Haus des Todes zu stehen!»

«So, und deshalb bist du wohl auch vor mir im Staub ge-
landet? Sehr erfolgreich, sehr siegreich!» Cratons spöttischer
Tonfall forderte Anea heraus aufzuspringen.

«Ich weiß nicht, was heute geschehen ist, dass du so mit
Titio und mir umspringst. Du magst Gründe haben, die dir
vielleicht wichtig erscheinen, aber weder mich noch ihn etwas
angehen!»

«Und ob es dich etwas angeht, meine keltische Sklavin!
Du wirst mit mir nämlich nach Ostia kommen, um dort zu
kämpfen!», rief Craton, wütend über Gaius' Befehl, der wie
ein Fels auf seinen Schultern lastete.

Anea zeigte keine Regung, doch ihre Gedanken überschlugen sich, sie spürte einen Kloß im Hals, und ihr Herz
schlug schneller. Sie hatte keine Angst zu kämpfen, nur eine
Frage hämmerte in ihrem Kopf: Werde ich gegen ihn antreten
müssen?

Craton sah sie nicht an, verfolgte gleichgültig die Übungen
von Titio und Obtian.

«Ich kenne deinen Gegner nicht», sagte er, als hätte er Aneas
Gedanken lesen können. «Wenn du erfährst, wer dein Gegner
ist, wird es zu spät sein, sich Gedanken darüber zu machen.
Oft erkennst du das Gesicht eines Mannes, dem du einmal,
vielleicht zweimal im Leben begegnet bist. Vielleicht war es
bei einem anderen Spiel, vielleicht war es hier. Du weißt es
nie, und es ist besser so!» Craton hielt inne und betrachtete
das Schwert in seinen Händen. «Ich weiß nicht, was Gaius
bewogen hat, dich kämpfen zu lassen. Doch es scheint für
ihn sehr wichtig zu sein. Was für dich wichtig ist, was für dich
zählt – ist zu überleben. Und für mich», er zögerte ungewöhnlich lange, «für mich steht meine Freiheit auf dem Spiel!»

Ungläubig starrte Anea auf den Boden, wo der Wind kleine
Muster in den Sand gezeichnet hatte. Craton bemerkte nicht,
wie betroffen sie war. Er bemerkte nicht, dass seine Worte wie
eine Drohung auf sie wirkten.

Sie schwiegen beide. Craton wusste um Aneas Fähigkeiten, um ihr Können, und er war überzeugt, sie würde diese nutzen, wenn die Zeit gekommen war.

«Wir müssen schon morgen aufbrechen. Die Spiele beginnen in drei Tagen!», erklärte er.

«Dann sollten wir noch üben.» Anea griff nach ihrem Schwert.

Ich war ein Narr, mir um sie Sorgen zu machen!, dachte Craton. Sie wird kämpfen und gewinnen. Er sah sie an, länger und wärmer als sonst, und lächelte zaghaft.

XIV

In Ostia herrschte große Aufregung.

Die Bürger jener Stadt, die Rom als Hafen diente, waren hocherfreut. Sie hatten erfahren, der unbesiegbare Craton – der König der Arena, ein Fleisch gewordener Herkules – werde in ihrer Stadt auftreten. Es dauerte eine Tagesreise, um von Ostia nach Rom zu gelangen, und nur die wenigsten konnten oder wollten diese Strapazen auf sich nehmen, um den großen Kämpfer in der Arena zu sehen. Umso aufgeregter wurden sie jetzt.

Ostia wuchs stetig an und hatte sich von einer kleinen Fischersiedlung zu einer wichtigen Stadt in *Latium* entwickelt. Sogar ein Zirkus wurde erbaut, um es den Bürgern zu ermöglichen, eigene Spiele zu veranstalten. Dort sollte der Held aus Rom gegen seinen Gegner antreten.

Während Cratons Auftritt angekündigt wurde, fand jener von Anea keine Erwähnung. Gaius hielt es für klüger, den Plebs zu überraschen und zu sehen, wie seine neue Attraktion vom Volk aufgenommen würde. Er selbst hatte die

Amazone noch nicht kämpfen gesehen und war gespannt, wie gut Craton sie ausgebildet hatte.

Sogar Marcus Titius hatte es sich nicht nehmen lassen, nach Ostia zu reisen, und nahm bei dieser Gelegenheit gleich einige seiner Kämpfer mit.

Der *Präfekt* von Ostia ließ diese Kämpfe zu Ehren des Triumphes des Kaisers über die Daker ausrichten. Ein Anlass, der es ihm ermöglichte, die Mittel für dieses Spiel aus der Staatskasse zu beziehen und so sein eigenes Vermögen nicht antasten zu müssen.

Für Craton war es nur ein weiterer Kampf. Er fühlte sich wieder stark genug, um auch diese Arena als Sieger zu verlassen, doch trotz aller Zuversicht, die er empfand, fragte er sich immer wieder, wie seine Schülerin ihren Auftritt meistern würde.

Es wäre für Craton beruhigender gewesen, bereits den Namen ihres Gegners zu kennen und ihr Ratschläge über dessen Schwächen und Stärken zu geben.

Anea verstand noch immer nicht, wieso Römer so begeistert davon waren, ihre Sklaven in einen sinnlosen, blutigen Kampf auf Leben und Tod zu schicken. Doch sie versuchte, nicht weiter darüber nachzudenken. Sie dachte daran, dass Craton es genoss, sich als Sieger feiern zu lassen – ein Held, einem Gott gleich. Er schien diese barbarischen Anlässe nicht zu verachten, sie waren der Schlüssel zur Freiheit, die Gaius ihm versprochen hatte.

Eine fiebrige Anspannung lag über der Stadt. Bereits den ganzen Tag feierten die Bewohner Ostias die *Ludi* mit Straßenfesten.

Das Theater war viel kleiner als die Arena in Rom, und die Ränge füllten sich schnell mit den Besuchern, die endlich den großen Craton bewundern wollten.

Gaius beobachtete wohlwollend und ungläubig zugleich

das Gedränge auf den Tribünen. Für ihn würde es ein mittelmäßiges Spiel werden, außerdem hatte der *Präfekt* von Ostia nicht besonders viel gezahlt. Es war aber eine gute Gelegenheit für Craton, noch einmal vor dem Ende der Spiele aufzutreten. Da in Rom demnächst keine *Ludi* anstanden, konnte Gaius mit diesem Geld die Verluste der mageren Monate wieder ausmerzen. Er sorgte aufgrund der geringen Entlohnung dafür, dass Craton einem schwachen Kämpfer gegenüberstand. Es war zwar beschämend, den Bewohnern Ostias einen solchen Kampf zu bieten, doch der Gladiator würde sie auf seine gewohnte Art zu Begeisterungsstürmen hinreißen, damit sie den Betrug gar nicht bemerkten.

Dass Claudia ihn nicht begleiten wollte, ärgerte ihn. Sie genoss für gewöhnlich Cratons Auftritte, und Gaius wusste, dass ihre flüchtige Ausrede eine Lüge war. Er sah es in ihren Augen, und es bedrückte ihn, als er begriff, warum sie sich so seltsam verhielt. Lucullus war in Rom.

In Ostia waren schon lange keine Spiele mehr abgehalten worden. Das Theater bestand größtenteils aus einer wackeligen Holzkonstruktion und war einsturzgefährdet. In früheren Jahren war es immer wieder zu Unfällen gekommen, Rom erließ daher eine Bestimmung, alle Amphitheater abzusichern oder aus Stein bauen zu lassen. Hier in Ostia war der Bau einer steinernen Arena noch nicht ganz abgeschlossen, und so würde ein Teil der Besucher den Tag der Spiele noch auf hölzernen Rängen verbringen.

Gaius hatte Glück, einen Platz auf dem steinernen, bereits fertig gestellten Stück des Theaters ergattert zu haben. Weniger Freude bereitete ihm sein Nachbar: Marcus Titius. Er schien seit dem vergangenen Sommer noch fetter geworden zu sein. So gut es ging, vermied es Gaius, sich mit ihm zu unterhalten, und war froh über die Anwesenheit von Titius' *Lanista*. Verstohlen musterte er den Ausbilder seines Konkurrenten: Er war schmächtig und klein, ein kantiger Kopf mit verschrobenem Gesicht saß auf einem kurzen, dicken Hals. Unglaublich, dass dieser Mann vor einiger Zeit selbst in der Arena gekämpft hatte. Nicht verwunderlich, dass der *Ludus* von Titius keine außergewöhnlichen Gladiatoren hervorbrachte, wenn alle *Lanistas* und *Magistris* in Marcus' Schule ähnlich gebaut waren, überlegte Gaius.

Er dachte an die Ereignisse der vergangenen Monate. Die Spiele in diesem Jahr waren besonders blutig und – nicht nur für ihn – verlustreich gewesen. So auch für Titius, der aber einen größeren *Ludus* besaß und mehr tote Gladiatoren verschmerzen konnte. Titius hoffte jedoch, an diesem Tag die gewetteten viertausend Sesterzen einzuheimsen.

Das Theater war nun bis auf den letzten Platz belegt, und die Anspannung der Besucher entlud sich in einem ohren-betäubenden Getöse, als der *Präfekt* endlich seine Loge be-trat. Er bekannte sich zum Isiskult, so stand denn auch ein Priester der Isis bewegungslos und mit düsterer Miene hin-ter ihm.

Die Menge verstummte, und der *Editor* verkündete den Beginn der Spiele. Vor den ersten Kämpfen jedoch wurde den Staatsgöttern für den glorreichen Sieg des Kaisers über die Daker gedankt. Priester zerrten einen prächtigen schwar-zen, für die Opferzeremonie feierlich geschmückten Stier herbei.

Der Göttlichkeit des Kaisers zu huldigen war oberste Pflicht eines jeden römischen Bürgers, gleich welchem Glauben er anhing. Auch wenn Gaius in Domitian kaum Göttlichkeit erkennen konnte, verweigerte er sich dieser Tra-dition nicht, verbrannte selbst Weihrauch vor den Abbildern des Imperators.

Schweigend und ehrfürchtig lauschte der Plebs den Hym-nen, die den Kaiser priesen. Dann schnitten zwei Priester, begleitet vom Gemurmel der Gebete, dem Stier die Kehle durch. Unter dem Gejohle der Menge färbte das kostbare Blut den Sand.

In den Gewölben der Arena herrschte hektisches Treiben und banges Warten auf den bevorstehenden Auftritt.

Mantano musterte die Gladiatoren aufmerksam, als er durch die Gänge lief. Gaius' *Lanista* erkannte mit seinem untrüglichen Gespür schon jetzt die Sieger und die den Tod Erwartenden. Er wollte Cratons Kammer aufsuchen, um ihm den Namen seines Gegners zu nennen und sich gleichzeitig zu vergewissern, dass der Gladiator für den Kampf bereit war.

Kämpfer kreuzten Mantanos Weg, und er merkte sich die Gesichter einiger Männer. Sollten sie heute überleben, wollte er Gaius vorschlagen, sie zu erwerben. Die erlittenen Verluste mussten ersetzt werden. Doch der Preis für einen neuen Kämpfer war nicht unbedeutend. Die Sklavenhändler wussten sehr wohl, wie viel ihre Ware wert war, wenn ein *Lanista Gladiatorius* ihr Beachtung schenkte.

«Mantano!» Eine vertraute Stimme riss ihn aus seinen Gedanken, und er wandte sich um. Er versuchte den Mann, der ihn angesprochen hatte, im herrschenden Tumult und Dämmerlicht auszumachen. Erst nach einer Weile gelang es ihm. Es war ein Kämpfer in der Rüstung eines *Secutors*, etwas älter als Craton, auch seine Narben zeigten die Spuren unzähliger Spiele.

«Calvus!» Mantano war nicht überrascht, ihn hier zu sehen. Wo Marcus Titius war, konnte auch sein bester Kämpfer nicht weit sein. Calvus war als junger Kämpfer einmal gegen ihn angetreten. Von Mantanos Erfolgen sprach damals ganz Rom, als wären es Heldentaten, als wäre er eine unsterbliche Legende geworden. Calvus, von Titius eben erst erworben, war noch unbeherrscht und draufgängerisch. Es wurde ein zäher Kampf, den Mantano nach beinahe endlosem Ringen gewann. Auch wenn Calvus unterlag, schenkte ihm die Menge das Leben. Mantano stand auf dem Höhepunkt seines Ruhmes, Titius' junger Gladiator am Beginn einer blutigen, siegreichen Laufbahn.

Mantano dachte plötzlich daran, was wohl geschehen wäre, wenn Calvus gewonnen hätte. Ein Gedanke, den er rasch beiseite schob. Doch er ahnte schon damals, dass Calvus ein großer Kämpfer werden würde, einer der wenigen Männer, die es geschafft hatten, trotz einer anfänglichen Niederlage zu den besten Gladiatoren aufzusteigen.

Und es würde nur eine Frage der Zeit sein, bis ein großzügiger Ausrichter genügend Geld bot, um die beiden besten Kämpfer Craton und Calvus gegeneinander antreten zu lassen. Ein Gedanke, der Mantano gefiel.

«Ich habe dich schon lange nicht mehr gesehen!» Calvus blieb vor dem Ausbilder stehen, bereits ausgerüstet und bewaffnet. Nur noch sein Schild fehlte.

Mantano nickte. «Vier Jahre!»

Damals besiegte Craton in seinem ersten Kampf Calvus. Seither waren sie sich nicht mehr begegnet, und Gaius' Kämpfer hatte den einstigen König der Arena allmählich verdrängt.

«Ja, es war ein außergewöhnlicher, ein hervorragender Kampf gegen Craton», schwärmte Calvus. Er war verroht, wild, kaltblütig; nichts und niemand konnte ihn je von einem einmal gewählten Ziel abhalten – auch wenn es ihn das Leben kosten würde.

«Ich habe viel von deinen Erfolgen gehört», bemerkte Mantano nicht ohne Neid. «Du wirst heute kämpfen?» Er war sich seiner überflüssigen Frage bewusst, und Calvus antwortete mit einer ebenfalls überflüssigen Gegenfrage: «Und du begleitest wie immer deine Schüler?»

Mantano biss unmerklich die Zähne zusammen. Ihm missfiel Calvus' Tonfall.

«Ich dachte mir schon, dass du heute hier sein würdest. Ich hoffte sogar, dich zu treffen!», gestand der Gladiator grinsend, und seine Augen blitzten auf. «Du bildest diese Amazone aus, nicht wahr?»

Der *Lanista* wusste nicht, welche Privilegien Calvus bei Marcus Titius genoss und ob er den Gladiator als Spitzel einsetzte. Mantano beschloss, vorsichtig zu sein und zu schweigen.

Ein junger Sklave eilte herbei, reichte dem Kämpfer seinen Schild. Von draußen waren Rufe zu vernehmen, Calvus hob kurz den Kopf – die Spiele hatten begonnen.

Calvus blickte sich um, und seine Stimme war bedrohlich, als er sagte: «Du warst einmal ein guter Kämpfer, Mantano. Jetzt bist du ein guter Ausbilder. Aber du wirst alt, und man fragt sich, wie lange es noch dauern wird, bis Gaius dich durch Craton ersetzt!»

«Fragt sich aber auch, wie lange du noch in den Arenen überlebst.» Mantano blickte ihn kalt an. «Es wird Gaius' Entscheidung sein. Ich aber glaube keinen Gerüchten – weder denen, die du streust, noch irgendwelchen anderen. Gaius hat Craton die Freiheit versprochen und nichts wird ihn zurückhalten, wenn es eines Tages so weit sein wird.»

Calvus winkte ab, nicht überrascht, vielmehr gerissen. Er trat näher auf Mantano zu und erwiderte leise: «Ich wollte dich nicht beleidigen. Mein Herr, Marcus Titius, möchte mit dir sprechen und dir ein Angebot unterbreiten. Er würde dich gern als *Lanista* seiner Männer sehen. Und er würde gut bezahlen. Du bist ein Freigelassener, könntest Gaius also verlassen.»

Mantano sah ihn entrüstet an.

Nicht nur dass Titius ihn abwerben wollte, er beleidigte ihn auch noch dadurch, dass er einen Gladiator als Unterhändler vorschickte. Er wusste zu gut, dass Marcus Titius nicht besonders viel von ihm hielt und in ihm nicht einen

Freigelassenen, sondern immer noch einen käuflichen Leibeigenen sah.

Titius' Gründe waren offensichtlich: Seine Ausbilder hatten nie lange und erfolgreich genug in der Arena gekämpft, ihnen mangelte es an ausreichender Erfahrung, an Härte und Strenge, am Willen zum Sieg. Nein, er würde Gaius niemals verlassen, auch dann nicht, wenn Craton eines Tages wirklich seinen Platz einnehmen würde.

«Du kannst deinem Herrn ausrichten, dass keines seiner Angebote mich zu ihm locken wird! Ich bin nicht käuflich!», erklärte Mantano und legte dem Gladiator drohend seine Hand auf die Schulter. «Ich denke, du solltest jetzt das tun, was du verstehst!»

Calvus wirkte unbeeindruckt. Er blickte auf Mantanos Hand, die noch immer auf seiner Schulter ruhte, verzog den Mund zu einem verächtlichen Grinsen und ließ den *Lanista* stehen.

Wütend lief Mantano weiter, erreichte endlich Cratons Zelle und öffnete die Tür mit einem kräftigen Fußtritt.

Ein Toben schien in diesem Augenblick die Arena zu erschüttern, Calvus musste sie eben betreten haben.

Craton hob kurz den Kopf, als er den Lärm vernahm. «Du willst mir wohl mitteilen, gegen wen ich antreten werde», sagte er, als er Mantano erblickte, und prüfte, ob die Rüstung an seinem mit Öl eingeriebenen Körper richtig saß.

«Ich glaube kaum, dass dieser Mann dir gefährlich werden könnte», erwiderte der Ausbilder endlich. «Ein junger Kämpfer, unerfahren und aufbrausend. Wie alle jungen Kämpfer eben. Du wirst ihn heute töten müssen.»

«Gut, dann möchte ich seinen Namen auch nicht wissen. Tote haben keine Namen!»

Diese Überheblichkeit des Kämpfers war es, die Mantanos Blut immer wieder in Wallung brachte. «Ist die Amazone bereit?», fragte er barsch.

Cratons Stimme klang ruhig, als er antwortete: «Sie ist bereit. Alles andere wird der Tag bringen. Kennst du ihren Gegner?»

Mantano schüttelte den Kopf. «Nein. Sie soll in einem Kampf mit acht Gladiatoren auftreten. Du weißt, was das bedeutet: Von acht Kämpfern wird nur einer siegen!»

Es dauerte einige Augenblicke, bis Craton die Bedeutung der Worte begriff. Dann weiteten sich seine Augen. Er kannte diese Auftritte nur zu gut, hatte selbst solche Kämpfe geführt. Die Sieger mussten weiterkämpfen, bis nur noch einer lebte. Diese Art von Kampf war oft der Auftakt für junge Gladiatoren, um in die großen Arenen einzuziehen, erforderte aber Kraft und Ausdauer. Nicht selten brach der Sieger vor Erschöpfung zusammen.

Craton verstand Gaius' Absicht immer noch nicht. Hatte er Anea wirklich nur ausgebildet, um dem Plebs von Ostia ein einmaliges Schauspiel zu bieten? Warum setzte er ihr Leben und damit auch seine Freiheit so leichtfertig aufs Spiel?

«Sie wird diesen Tag kaum überleben!», bemerkte Mantano spöttisch. Er wusste nicht nur von der Abmachung zwischen Craton und Gaius, sondern auch von weiteren Bedingungen: Anea musste nicht nur diesen, sondern auch die nächsten zwei Kämpfe überleben, um Craton die Freiheit zu schenken.

Der Gladiator biss sich auf die Lippen, versuchte seine Wut zu unterdrücken und wiederholte: «Der Tag wird es bringen!»

Calvus' Auftritt war großartig gewesen, sein Sieg so umjubelt, dass die ganze Arena ihm abgöttisch huldigte.

Die Spiele standen jenen großen *Ludi* in Rom in nichts nach, und die Bürger Ostias waren ebenso begeisterungsfähig wie in der Hauptstadt. Gaius musste neidlos eingestehen, dass er sich getäuscht hatte.

Marcus Titius hatte Calvus' Kampf kaum Beachtung geschenkt, sondern sich mit seinem *Lanista* unterhalten, während Gaius dem Auftritt der Amazone entgegenfieberte.

Titius blieb ein harter Verhandlungspartner; hätte Gaius geahnt, was noch folgen würde – er wäre nie auf die Idee gekommen, seinem Feind eine solche Wette vorzuschlagen. Weitere viertausend Sesterzen würden zwar nicht den Untergang seiner Schule bedeuten, dennoch wäre es unerträglich, Titius die Genugtuung einer Niederlage zu verschaffen.

Und Gaius hatte noch ein Problem, mit dem er nicht gerechnet hatte: Niemand wollte Anea kämpfen sehen. In Ostia hielten die Bürger nicht viel von Kämpfen mit Amazonen, die Domitian so sehr genoss. Und noch weniger konnten sie sich vorstellen, eine Frau gegen einen Mann antreten zu lassen.

So konnte Gaius für sie nur einen bescheidenen Preis aushandeln, musste einwilligen, Anea in einem Kampf mit acht Gladiatoren antreten zu lassen, sonst hätte der *Editor* sie nicht aufgestellt. Ihm blieb keine andere Wahl, und es sah ganz so aus, als würde Titius heute um viertausend Sesterzen reicher werden.

Gaius würde diesen Verlust verschmerzen können, wenn Craton bald wieder in einer großen Arena stünde, doch es standen keine weiteren Spiele mehr an. Nur Veranstaltungen in einem kleinen Kreis, die kaum Geld einbrachten, gab es zahlreiche, und dann käme bereits der Winter.

Titius' Stolz, seine Behäbigkeit machten Gaius rasend, und er wünschte, die Götter würden ihn mit einem Schlaganfall strafen, wenn die junge Kämpferin stürbe.

«Ich denke, unser lang ersehnter Kampf beginnt gleich!» Titius klatschte vergnügt in seine fleischigen Hände.

Sieben Männer und eine Frau betraten die Arena, und erneuter Jubel hallte von den Rängen. Als die Menge Anea ausmachte, erhob sich ein verwundertes Raunen. Mit er-

hobenem Haupt, mutig und sicher, folgte sie den Männern.

Gaius beobachtete sie bewundernd und war von ihrer Erscheinung erfreut: drahtiger Körper, federnder Gang, ungebrochener Stolz. Titius verzog neidisch das Gesicht.

Titio erklärte Anea die Regel der bevorstehenden Kämpfe,
es waren Regeln, die der Plebs liebte: einfach und gnadenlos. Nur einer der acht Kämpfer würde lebend den Platz
verlassen, doch auch das Leben jener Gladiatoren konnte
verschont werden, die sich durch Tapferkeit die Gunst der
Menge erwarben.

«Sie scheint gut ausgebildet zu sein», musste Titius
nach einer eingehenden Musterung von Anea zugeben. Er
schwitzte, auch wenn jetzt ein sanfter Wind durch die Arena
strich.

«Vergiss nicht, ich bin eine Wette eingegangen. Und
ich habe nicht vor, sie zu verlieren.» Gaius warf ihm einen
scharfen Blick zu.

Titius schenkte Wein nach und wandte lachend ein: «Nur
jammerschade, sie heute sterben zu sehen! Sie wäre sicher
eine Attraktion geworden!» Sein gemeines Lachen entblößte zwei Reihen gelber Zähne. «Aber so weit wird es leider
nicht kommen!» Triumphierend hob er den Becher, trank
und verschluckte sich dabei. Sein Gesicht lief rot an, er hustete heftig, klopfte sich auf seine Brust und schnappte nach
Luft.

Gaius verfolgte ungerührt, beinahe gelangweilt Titius'
Hustenanfall und bedauerte es fast, dass dieser sich wieder
erholte.

Die Kämpfer hatten sich währenddessen vor der Loge des
Ausrichters aufgestellt und grüßten den Herrn der Spiele.

Craton hatte darauf bestanden, den Kampf seiner Schülerin mit ansehen zu dürfen. Er stand im Schatten der Tribünen, neben ihm Titio, der an diesem Tag nicht auftrat, aber

Craton beistehen wollte. Ihren Streit hatten beide längst vergessen.

«Denkst du, sie überlebt es?» Titios Stimme klang besorgt.

Craton schluckte. «Ich hoffe, auch wenn sie nicht siegt, soll ihre Tapferkeit ihr das Leben retten.»

«Du hoffst? Und was glaubst du?», drängte Titio weiter.

Craton schwieg und blickte zu den Kämpfern, die sich aufgestellt hatten. Der *Präfekt* gab das Zeichen zum Beginn, und Anea stürmte auf ihren Gegner zu, mit einer Leidenschaft und einem Mut, die die Zuschauer aufmerken ließen.

«Und du? Was denkst du?» Diesmal wollte Craton Gewissheit haben. Eine Gewissheit, die ihm nur Anea selbst geben konnte. Titio versuchte seine Gedanken zu verbergen. Er nickte versonnen. «Sie wird überleben.»

«Und was macht dich so sicher?»

«Sie hat in den vergangenen Monaten unglaubliche Fortschritte gemacht. Du hast es geschafft, ihren Trotz in Stärke, ihre Unbeherrschtheit in Geduld umzuwandeln. Ich habe es selbst erlebt, Craton. Ihr Lebenswille ist unglaublich. Ich sage dir, sie wird diese Arena lebend verlassen!»

Craton schüttelte den Kopf. «Sie hat den Tod gesucht, seit sie nach Rom gebracht wurde.»

«Sieh sie dir an!», rief Titio überzeugt. «Sie kämpft leidenschaftlich und gewandt! Ihre Schnelligkeit, ihr Mut werden sie retten! Und der Gegner wird sie unterschätzen! Keiner rechnet damit, dass eine Frau so kämpft!»

Craton sah es mit Freude und Erleichterung.

Leichtfüßig bewegte sich Anea über den Sand, verwirrte den Gegner mit ihrer Schnelligkeit, nutzte seine Behäbigkeit aus. Jeden Schlag wehrte sie ab, ließ den Gladiator zur Erheiterung der Menge ins Leere laufen. Dann trieb sie ihn mit gezielten Hieben, die sie mit Craton unzählige Male bis zur Erschöpfung eingeübt hatte, zurück, bis er taumelte. Anea fühlte sich stark; die Monate voller Schmerzen und Entbehrungen schienen sich nun auszuzahlen, und sie empfand beinahe Freude, war berauscht vom Lärm, vom Kampf, bis sie wieder gewahr wurde, dass es um Leben und Tod ging. Um ihr Leben und um Cratons Zukunft.

Gespannt verfolgte die Menge das Geschehen, bis sie durch den Sieg eines anderen Gladiators abgelenkt wurde. *«Habet! Hoc habet»*, riefen die Besucher voller Begeisterung. «Den hat es erwischt!»

Jubel erscholl, und Anea wusste, ohne hinzublicken, der Sieger hatte dem Willen von Präfekt und Plebs gehorcht.

«Du musst mindestens drei Kämpfe durchstehen, um zu überleben», hatte ihr Titio erklärt. So suchte sie einen schnellen Sieg, um sich zwischen den einzelnen Kämpfen, wenn es möglich war, auszuruhen und Kräfte zu sammeln. Erneut hieb Anea verbissen auf ihren Gegner ein. Ein geschickter Schlag, sein Schwert flog durch die Luft. Der Gladiator stürzte in den Staub und sah sie mit verängstigten Augen an.

«Sie scheint Glück zu haben», bemerkte Titius enttäuscht und beugte sich vor, während Gaius innerlich triumphierte, begeistert vom ersten Sieg seiner neuen Kämpferin.

«Es sah mir aber weniger nach Glück aus.» Gaius hatte in ihr Cratons Ausbildung und seinen Kampfstil sofort erkannt. Besorgt bemerkte er aber auch, dass sie zögerte, dem Besiegten das Leben zu nehmen. Erst nach einem stummen Zunicken Cratons stieß sie das Schwert in die Brust des Todgeweihten.

Titius zuckte gleichgültig mit den Schultern. «Ihr neuer Gegner wird sie zweifellos mehr fordern!»

Gaius folgte seinen Blicken und erkannte einen hoch gewachsenen Mann, den er schon einmal gesehen hatte.

«Das ist ja ein Kämpfer aus deiner Schule!», stellte er überrascht fest.

«Ja, ich hatte ihn im vergangenen Jahr erworben. Ein hoffnungsvoller Mann!» Titius' Zynismus war nicht zu überhören, als er sagte: «Er hat noch eine kleine Rechnung mit ihr zu begleichen.» Er kicherte plötzlich und glich jetzt einer fetten Kröte. «Weißt du, warum? Sie hat ihm ins Bein gebissen!»

Gaius sah Titius verwundert an und musste sich beherrschen, um nicht loszuprusten.

Die Menge fieberte jedem Tod eines Unterlegenen entgegen, während sie den Siegern zujubelte. Auch Anea zog wieder ihre Aufmerksamkeit auf sich. Niemand hatte damit gerechnet, eine Amazone mit der Kraft und Entschlossenheit eines Mannes zu sehen. Ostia war begeistert von diesem unerwarteten Spektakel und hatte nun seine Heldin.

Aneas neuer Gegner stürmte gleich auf sie los. Warten, einfach warten. Seine Schwächen ausfindig machen, hörte sie Craton sagen. Und Instinkt, nicht Wut.

Schlag auf Schlag wehrte sie ab, mit jedem abgewehrten Schlag fühlte sie sich stärker.

«Es sieht mir eher so aus, als würde dein Mann die Nerven verlieren!» Jetzt spottete Gaius und verfolgte mit Wohlgefallen Aneas berechnendes Auftreten. Titius richtete sich schwer atmend auf und versuchte vergebens, seinen Unmut zu verbergen.

Die Schläge des Gladiators wurden immer ungenauer und schwächer. Manche verfehlten Anea und steigerten nur seine Wut. Wieder johlte der Plebs. Die Rufe trieben Titius die Zornesröte ins Gesicht.

Doch Aneas Übermut ließ sie unvorsichtig werden, sie stolperte über einen toten Kämpfer, stürzte. Schreiend stürmte der Gladiator, immer noch blind vor Zorn, auf sie zu, stieß gegen ihr ausgestrecktes Bein, fiel auf Anea, auf ihre aufgerichtete Waffe.

Die Klinge durchbohrte seine Brust, er röchelte, Blut lief

aus seinem Mund. Die Augen des Mannes verloren ihren Glanz, wurden leblos.

Die Menge tobte vor Begeisterung. Titius erhob sich rasch, er schien vor Wut zu platzen. Gaius reckte begeistert den Kopf und jubelte.

Der bullige, schwere Körper ruhte noch immer unbeweglich auf Anea. Allmählich wurde Gaius unruhig, denn auch die Amazone bewegte sich nicht.

Craton sah die Klinge aus dem Rücken des Toten ragen. Angespannt trat er vor, doch Titio hielt ihn zurück. «Sie scheint nicht mehr die Kraft zu haben, den Körper von sich zu stoßen», bemerkte der junge Gladiator, und dunkle Vorahnungen plagten ihn. Vielleicht war auch sie beim Sturz schwer verletzt worden.

Ihr zu Hilfe zu eilen würde gegen die Regeln verstoßen, das wusste Craton genau. Aber sie musste sich endlich befreien, denn der Sieger des anderen Kampfes würde sich mit Leichtigkeit auf sie stürzen.

Die Menge lärmte, füllte mit Rufen und Geschrei die Arena. Craton trat an die hölzerne Abtrennung und schlug mit einer Faust gegen einen Balken. «Steh auf! Steh endlich auf und kämpfe!», stieß er hervor.

Währenddessen bekämpften sich die anderen beiden Gladiatoren mit gnadenloser Härte, angestachelt vom Plebs Ostias, der noch mehr Blut forderte. Ein blonder Kämpfer mit breitem Nacken bedrängte einen untersetzten Kahlköpfigen, der sich tapfer verteidigte. Es war nicht Unachtsamkeit, auch nicht fehlendes Geschick, sondern vielmehr Erschöpfung, die den Kahlköpfigen in den Sand stürzen ließ. Schwer atmend richtete der Sieger sein Schwert auf ihn.

«*Iugulo!*», brüllte die Menge im Rausch. «*Iugulo* – stich ihn ab!»

Der *Präfekt* beugte sich ihrem Willen und richtete den Daumen nach unten. Wieder brandete Jubel von den Rängen, und der Sieger zog sein Schwert aus dem reglosen Leib seines Opfers.

Dann drehte er sich um, die Augen zu Schlitzen verengt, und blickte zu Anea, die immer noch bewegungslos dalag. Drohend kam er näher, ohne auf das Zeichen des *Editors* zu warten, er witterte einen leichten Sieg.

Auch Gaius war jetzt aufgesprungen, er betete zu den Göttern, Anea würde es rechtzeitig schaffen aufzustehen.

Und die Götter schienen sein Flehen erhört zu haben. Mühselig drückte sie den toten Gladiator von sich, erhob sich blutverschmiert und erschöpft und spürte den Schmerz: Der Schaft des Schwertes hatte sich durch die Wucht des Aufpralls in ihre Rippen gepresst.

Im letzten Moment riss Anea ihr Schwert hoch, um den todbringenden Schlag des Gladiators abzuwehren. Der Plebs tobte, schrie, jubelte. Anea wich zurück, und schweigend, gezeichnet von den Anstrengungen, blickten die beiden sich an.

Der Kämpfer war sichtlich verwundert, nun gegen diese Frau kämpfen zu müssen, und wiegte den Kopf hin und her.

Wetten wurden abgeschlossen, und die Besucher waren glücklich, einem solch außergewöhnlichen Schauspiel beizuwohnen. Nicht einmal Rom konnte sich damit brüsten, je eine solche Kämpferin wie Anea gesehen zu haben.

Sie versuchte ihre Erschöpfung und ihren Schmerz zu verdrängen. Immer noch starrten sie sich an, aber es war nicht mehr Wut oder Hass. Es war ihr Schicksal, das nun entschied.

Anea wurde die Waffe immer schwerer, der Schmerz wieder stärker. Sie sah sich nach Craton um. Die Augen ihres Lehrers erzählten von Stolz und Sorge.

Anea und der Gladiator schienen des Kampfes müde zu sein, ausgezehrt von den vorangegangenen Gefechten. Ihre

Bewegungen waren schleppend, ihre Schläge kraftlos, ihre Deckung fehlerhaft. Ermattet lauerten sie, warteten ab.

Inzwischen hatte die Abenddämmerung sich unmerklich über die Arena gesenkt, erste Sterne funkelten, und die Aufseher begannen Fackeln anzuzünden. Die Kämpfer warfen unheimliche Schatten, die gespenstisch über den Sand huschten, wie Flügelschläge von Raubvögeln.

Craton starrte so gebannt in die Arena, dass er den Mann nicht sofort bemerkte, der plötzlich hinter ihm stand.

«Ich ahnte schon, dass sie etwas Besonderes ist, aber ich hätte nie gedacht, dass sie zu den beiden letzten dieses Kampfes zählen wird!» Calvus hatte seine Rüstung gegen eine Tunika getauscht, seine wenigen Schürfungen behandeln lassen. «Wie hast du das bloß geschafft?»

«Sie allein hat es geschafft», erwiderte Roms bester Gladiator nicht ohne Stolz.

Calvus klopfte Craton anerkennend auf die Schulter: «Gratuliere. Titius wusste nicht, wie er sie zähmen sollte. Gaius kann sich glücklich schätzen, denn es sieht so aus, als würde er die Wette heute gewinnen!»

Craton und Titio starrten ihn verwundert an.

«Wie, ihr habt nichts von dieser Wette gewusst?» Calvus grinste herablassend: «Die Amazone war Gaius viertausend Sesterzen wert.»

Craton grollte. Würde Gaius wegen einer Wette seine Freiheit aufs Spiel setzen?

«Du solltest dich besser auf deinen Kampf vorbereiten.» Mantano stand plötzlich hinter ihnen, feindlich gestimmt und drohend.

Craton sah ihn regungslos an und verließ den Torbogen.

«Und du gehst mit ihm», befahl der *Lanista* Titio. Als er ebenfalls im Halbdunkel der Gewölbe verschwand, warf Mantano Calvus einen verachtungsvollen Blick zu, dann folgte er seinen Männern.

Titius' Gladiator sah ihm nach, lächelte und trat aus dem Licht der Fackeln.

Der Kampf schleppte sich quälend in die Dämmerung.

Aneas Kräfte schwanden, und auch der Gladiator war zermürbt. Ihre Schläge wurden seltener, dennoch feuerte die Menge sie an, und Anea vernahm den Ruf, den sie schon in Rom vernommen hatte: «*Amazon!*»

Ein Schwerthieb brachte schließlich die Entscheidung. Mit zwei schnellen Stößen auf Schild und Schwert drängte der Gladiator Anea zurück und schlug ihr die Waffe aus der Hand. Müdigkeit übermannte sie; nochmals versuchte sie an die Waffe zu gelangen. Doch der Gladiator war wieder schneller, mit einem Fußtritt stieß er das Schwert weg.

Schwer atmend starrte Anea ihn an, senkte den Schild. Es war vorbei.

Der Jubel der Menge verstummte schlagartig, wurde abgelöst von einem Raunen. Die Arena schien erstarrt zu sein. Auch Gaius verharrte, regungslos und aufgewühlt zugleich. Titius hingegen sah triumphierend auf die geschlagene Kämpferin und leerte den Becher Wein geräuschvoll in einem Zug.

Noch immer bereit, den unumgänglichen Todesstoß zu führen, blickte der Sieger erwartungsvoll zum *Präfekten* hinauf, der sich mit dem Priester der Isis besprach. Doch plötzlich unterbrach eine einzige Stimme die bedrohliche Stille: «*Mitte!*»

Die Zuschauer hielten den Atem an, als sich die Stimme nochmals erhob, nochmals forderte, drängender nun: «*Mitte! Mitte eam* – Lass sie gehen!»

Das Murmeln in den Rängen schwoll unmerklich an. Einzelne, zunächst unverständliche Rufe waren zu vernehmen. Augenblicke quälender Ungewissheit wurden zur Ewigkeit. Die Rufe erschollen nun zahlreicher, aufdringlicher und formten sich bald zu einem einzigen Wort: «*Vita! Vita! Vita!*»

Immer mehr Daumen zeigten nach oben. Der *Präfekt* in der Loge beriet sich noch, dann nickte er und trat an die Brüstung, blickte in die Menge, formte langsam eine Faust, aus welcher ein Daumen hochschnellte.

Die Arena war ein einziges Jubelmeer, in dem Anea zu ertrinken glaubte, und wie eine einzige Stimme hallte es von den Rängen: «*Amazon! Vita Amazon!*»

Gaius war überglücklich, sein kühner Plan war aufgegangen. Die Sklavin vom Forum in Rom wurde die Sensation von Ostia. Selbst Craton wurde nach seinem ersten Kampf nicht so umjubelt wie sie, erinnerte er sich und dachte vergnügt an die Ausrichter der *Ludi*, die nun nach ihr verlangen würden.

Anea atmete erleichtert auf, und schlagartig wich ihre Anspannung. Der Schmerz kehrte zurück. Sie taumelte, fasste sich wieder. Verwundert blickte der Gladiator in die tobende Menge, während er auf sie zuschritt und sagte: «Du hast sie mit deinem Mut überzeugt! Und jetzt lieben sie dich! Der Jubel gehört dir, *Amazon*!» Neidlos neigte er den Kopf und verließ die Stätte des Kampfes.

Anea war wie betäubt. Der Jubel donnerte in ihren Ohren wie die Brandung des Meeres. Erst langsam begriff sie, dass der Jubel ihr galt. Einer Unterlegenen, die gesiegt hatte.

XV

«Eine wirklich gelungene Feier!», bemerkte Martinus. Gaius lächelte zustimmend.

Martinus war einer der besten und angesehensten Ärzte in Rom. Er behandelte die Herrschaften der hohen Häuser, seine Heilkünste waren über die Stadttore hinaus bekannt. Sein schwerfälliges Äußeres machte er durch seinen scharfen Verstand wett. Die große Nase wies ihn unverkennbar als Römer aus. Gaius' Vater gehörte einst zu den besten Freunden des *Medicus*, und für den Besitzer des *Ludus* war es eine Ehre, Martinus einzuladen.

Das Fest gab Gaius zu Ehren seines Bruders Lucullus, der nun endlich zum *Legaten* ernannt worden war und bald nach Britannien aufbrechen würde. Sie feierten auch das Ende des Winters und den Beginn der Spiele, von denen sich Gaius, wie die anderen Gladiatorenbesitzer, mehr Erfolg als letztes Jahr erhoffte. Besondere Absichten verfolgte Gaius mit der Einladung von Marcus Titius. Es war unangenehm, ihn in seinem Haus zu bewirten, doch seine Anwesenheit hielt Pompeia davon ab zu erscheinen. Gaius war der Ansicht, es sei gut, von Zeit zu Zeit eine Gesellschaft zu geben, und Gründe gab es zur Genüge.

Die angenehme Runde war nicht vollkommen ohne Claudia. Gaius fehlte ihre Gegenwart, die seinem Haus immer einen besonderen Glanz verlieh. Aber er wollte sie nicht bedrängen, wollte ihr Zeit geben. Denn während er in Ostia war, verstarb ihre Mutter. Auch Marcellus trauerte mit gebrochenem Herz um seine Gemahlin Vlavia, deren leidvolles, jahrelanges Siechtum endlich ein Ende gefunden hatte.

Schon am nächsten Tag erschien ein Priester der Sekte der

Christen, um ihr das letzte Geleit zu geben. Claudia war sich bewusst, dass eine Adelsfamilie wie die der Claudius sich mit dieser Glaubensgemeinschaft in Verruf bringen konnte. Trotzdem stimmte Marcellus, von Gram und Schmerz beladen, zu. Er selbst bekannte sich nicht zu diesem Glauben, aber der Wunsch seiner verstorbenen Frau war für ihn keine Frage des Glaubens oder der Familie, sondern der Ehrerbietung.

Claudia wollte dieser Zeremonie zunächst nicht beiwohnen. Gleich, welchem Gott oder welchen Göttern dieser Priester diente, auch er hatte ihre Mutter nicht vor ihrem Schicksal bewahren können. Der Schmerz um den Verlust machte sie verbittert und hart.

Marcellus verbrachte Tag und Nacht am Totenbett, klagte und hätte gern länger getrauert. Aber die Hitze verlangte nach einer schnellen Bestattung.

Gaius nahm an der Zeremonie teil, um Claudia beizustehen. Die wenigen Trauergäste waren nicht verwundert, den angesehenen Gaius Octavius Pulcher zu sehen. Sie glaubten, der Adelige und Claudia wären einander versprochen und würden sich bald vermählen. Zudem stünde es einer Tochter aus dem Haus Claudius nicht gut an, so lange unverheiratet zu bleiben.

Unter dem Schleier, den Claudia während der Zeremonie trug, konnte niemand ihre Tränen sehen, sie bemühte sich, Haltung und Stärke zu zeigen.

Marcellus verbarg seine Gefühle nicht. Er schien ein gebrochener Mann zu sein, stand untröstlich am Scheiterhaufen und weinte hemmungslos, als die Flammen den Körper seiner geliebten Gemahlin gierig verschlangen. Claudia hörte den Priester der Christen Gebete murmeln, er sprach von einem ewigen Leben, davon, wie Vlavia in den Schoß Gottes zurückkehren würde, um an seiner Seite für alle Ewigkeiten zu wohnen. Was dieser Priester auch versprach,

180

nichts konnte Claudias Schmerz mildern, den Abschied leichter machen.

Gemäß der Staatsreligion würde nur der Kaiser göttlich werden und ewiges Leben erlangen, die anderen mussten auf ewig in der Unterwelt, dem Hades, verweilen: eine Verdammnis ohne Ende.

Claudia wollte nicht glauben, ihrer Mutter an einem solch düsteren Ort wiederzubegegnen. Ebenso wenig konnte sie sich vorstellen, dass es nach der Qual des Lebens ein Paradies geben sollte, wo Vlavia sich nun aufhielt.

Am Abend nach der Bestattung hatte Gaius Claudia gebeten, bleiben zu dürfen. Marcellus war nicht in der Verfassung gewesen, ihm zu antworten. Betäubt von Schmerz saß er schweigend da und starrte trübsinnig in das *Peristyl*, als sähe er dort Vlavia wandeln.

Claudia selbst lehnte Gaius' Anteilnahme ab, wollte mit ihrem Vater die bisher schwerste Zeit in ihrer beider Leben allein verbringen. So verabschiedete sich Gaius und ließ einen verzweifelten Mann und eine zweifelnde junge Frau zurück.

«Wann wird Craton wieder auftreten?», riss Titius Gaius aus den Gedanken und stopfte sich gierig einige Trauben in den Mund. Sein Arzt hatte ihm geraten abzunehmen, da sein Herz sonst zu versagen drohte, und er überflog missmutig die ausgesuchten Speisen, von denen er nichts kosten durfte.

«Sobald die Spiele eröffnet werden», antwortete Gaius mit Stolz in seinen Augen.

«Gleich zur Eröffnung der Spiele, vor Domitians Augen? Craton hat es weit gebracht», erkannte Titius neidisch an. Er hatte es nicht geschafft, seinen besten Kämpfer Calvus in zwei aufeinander folgenden Jahren zu den *Ludi Cereales*, den Spielen zu Ehren der Göttin Ceres und des Kaisers, antreten zu lassen. Eine Ehre, die gewöhnlich nur den Gladiatoren aus dem *Ludus Magnus* zuteil wurde.

Lucullus beobachtete seinen Bruder, hielt sich aber an diesem Abend zurück. Ihm war nicht nach Gesprächen zumute. Er musterte die Gäste und hing seinen Gedanken über die bevorstehende Reise nach Britannien nach.

Gaius unterhielt sich mal mit Titius, mal mit Martinus. Er war bekannt für seine freundliche, herzliche Art, Gäste zu verwöhnen und sie mit heiteren, aber auch tiefgründigen Gesprächen zu unterhalten.

«Dein Calvus war letztes Jahr auch erfolgreich», beteiligte sich nun Tiberianus an der Unterhaltung. Neben ihm saß seine junge Frau Lucillia. Sie war blass und kostete lustlos von der Tafel. Titius neidete auch ihr jeden Bissen.

Gaius blickte seinen Freund besorgt an. Tiberianus sah müde und abgemagert aus. Die Ereignisse der vergangenen Wintermonate hatten ihn ausgezehrt: seine Verpflichtungen in der Öffentlichkeit, die Aktivitäten im Senat, die sich wiederholenden Morddrohungen. Dennoch wollte er auf die Festlichkeit seines besten Freundes nicht verzichten.

Titius schob sich ein Stück gerösteten Apfel in den Mund, von Martinus streng beobachtet. «Calvus war glücklicherweise nicht verletzt wie Craton!», entgegnete er. «Letztes Jahr habe ich deinen jungen Gladiator bemerkt. Wie heißt er doch gleich wieder? Ach ja, Titio. Er hat Fortschritte gemacht!» Sein Ton verriet erstmals aufrichtige Neugier, wie Gaius schien.

«Bildet noch immer Mantano deine Männer aus?», erkundigte sich Martinus, richtete sich von der Liege auf, um ein Kissen unter seinen Körper zu schieben, und kostete von dem gebratenen Pfau in Honigsoße. Titius schaute ihm voller Neid zu.

Gaius nickte. «Seit er die Ausbildung meiner Männer übernommen hat, bin ich sehr zufrieden.» Er überlegte, von welcher Köstlichkeit er sich bedienen sollte. «Craton hat sich Titios angenommen, und ich glaube manchmal, ihn in dem Jungen wiederzuerkennen!»

Gaius griff nach einer der gefüllten Tauben und beobachtete genussvoll, wie Titius das Wasser im Mund zusammenlief.

«Die großen Gladiatorenschulen scheinen ernsthafte Konkurrenz zu bekommen», bemerkte Martinus, während er einen Finger in den vollmundigen Wein tauchte, um eine Fliege vor dem Ertrinken zu bewahren.

«Ich habe vernommen, im Norden werden immer öfter Spiele mit freien Kämpfern ausgetragen. Überwiegend mit freigelassenen Sklaven», warf Tiberianus ein und schluckte den letzten Bissen hinunter.

«*Liberti*, die sich ihren Unterhalt in den Arenen verdienen, hat es schon immer gegeben», winkte Gaius ab.

«Wirklich, Gaius, du hast eine der angesehensten Schulen im Land und weißt nichts von den neuesten Modekämpfen?», spottete Titius, vergeblich bemüht, die Aufmerksamkeit auf sich zu lenken. «Vielleicht solltest du dich mehr um deine Geschäfte kümmern und sie nicht Mantano überlassen. Es könnte sonst sehr leicht geschehen, dass du die Kontrolle verlierst!»

«Ich kann nicht verstehen, warum freie Männer, die vielleicht Familien haben, sich freiwillig einer solchen Barbarei hingeben! Einfach widerlich!», empörte sich Lucillia mit dünner Stimme.

Tiberianus lehnte sich zurück. «Sie verpflichten sich, sich wie Sklaven behandeln zu lassen. Weiter sollen sie einen Eid darauf ablegen, sich schlagen, brennen, in Ketten legen und mit dem Eisen töten zu lassen. Die Schulen des Kaisers bilden sie gern aus; sie kosten weit weniger als erworbene Männer, und es gibt von ihnen so viele wie Kiesel am Ufer des Tiber!»

«Es geht wie immer um viel Geld. Geld bedeutet Macht, Geld bedeutet wirkliche Freiheit», sinnierte Martinus. «Viele Freigelassene wurden in Sklaverei geboren oder waren Kriegsgefangene. Jetzt sind sie zwar frei, aber ohne Möglichkeiten, ein ehrenhaftes Leben zu führen, und viele werden zu Taugenichtsen. So bleiben die meisten ehemaligen Sklaven nach ihrer Freilassung im Haus ihrer Herren und sind weiterhin von ihnen abhängig. Die Gladiatorenkämpfe werden gut bezahlt. Also, weshalb sollte ein *Libertus* sie verschmähen? Sie könnten ihm unter Umständen viel Geld bringen», erklärte Martinus überzeugend, obwohl er sich selbst nur selten dazu durchringen konnte, die Spiele zu besuchen.

«Ja, genau! Herumtreiber, Taugenichtse! Ein elendes Pack! Ich ziehe es vor, meine Männer zu kaufen!» Marcus Titius verzog verächtlich seinen Mund. «Es gibt nur wenige wirklich freie, reiche Römer, die einfach ein Abenteuer suchen!»

«Hast du schon mal freie Gladiatoren gesehen?», erkundigte sich Gaius.

«In Ostia waren zwei dabei. Nur einer von ihnen hat überlebt. Eine kurze Freiheit!»

«Ja, frei und tot», schloss Martinus nachdenklich.

Gaius fuhr sich über sein Kinn und stellte missmutig fest, wie nachlässig die morgendliche Rasur ausgeführt worden war. Noch missmutiger machten ihn aber die Gedanken an freie Gladiatoren, die immer mehr Einfluss gewinnen könnten. Zweifellos eine unangenehme Konkurrenz für die traditionellen Schulen, musste er sich eingestehen.

Marcus Titius schien seine Überlegungen erraten zu haben. «Das scheint dich wirklich zu belasten, Gaius!» Er griff nach dem nächsten gerösteten Apfel und hoffte, Martinus habe es nicht bemerkt.

«Nicht wirklich», entgegnete Gaius nachlässig und versuchte zu lächeln. Seine finanziellen Mittel waren zwar nicht erschöpft, aber auch nicht unbegrenzt. Er besaß neunzehn Gladiatoren, und sie alle kosteten ihn laufend Geld. Vielleicht sollte er wieder einmal einen ausgebildeten Kämpfer für gutes Geld verkaufen. Er dachte, er könnte vielleicht

Tiberianus einen Leibwächter anbieten, doch der Senator würde bestimmt ablehnen. Er schien die drohenden Gefahren immer noch nicht ernst genug zu nehmen.

«Und wann wirst du nach Britannien aufbrechen?», wandte sich Tiberianus nun an Lucullus.

«Spätestens in einem Monat. Ich werde noch den Frühling abwarten. Die Wege über die Berge Germaniens sind während der Wintermonate kaum passierbar. Außerdem habe ich in Rom noch einiges zu erledigen, das noch dauern wird!» Lucullus sah seinen Bruder an, und Gaius runzelte die Stirn.

«Ich habe schon genug vom Winter hier in Rom – kalter Wind, Regen, manchmal sogar Schnee. Im Norden ist er sicher noch härter», warf Lucillia ein und rieb sich ihre blassen, mageren Hände, als ob sie fröstele.

«Du hast hier noch Dinge zu erledigen? Davon hast du mir gar nichts erzählt», wandte sich Gaius seinem Bruder zu. Die anfängliche Freude über seinen Besuch war schon lange verflogen. Auch Lucullus war es leid, ein ständiger Gast im Haus von Gaius zu sein und seine Launenhaftigkeit ertragen zu müssen.

«Es ist nichts Wichtiges», erwiderte er, zuckte mit den Schultern und starrte in seinen Becher.

«Du wirst sicher viel zu tun haben, wenn du wieder in Britannien bist», bemerkte Tiberianus, der schon bei seinem letzten Besuch erkannt hatte, dass zwischen den beiden Brüdern eine feindselige Stimmung herrschte.

Lucullus nickte schweigend und setzte den Becher mit verdünntem Wein an die Lippen.

«Wird von dir nicht verlangt, eines Tages zu heiraten, sobald du den Posten eines Legaten innehast?», wollte Lucillia wissen.

«Irgendwann wird es so weit sein. Aber in Britannien finden sich kaum Frauen, die für eine Heirat in Frage kommen.» Er hatte sich beinahe verschluckt, so unangenehm war ihm ihre Frage, doch er versuchte sich nichts anmerken zu lassen.

«Dann musst du dir noch hier in Rom eine suchen», witzelte Titius, und seine Augen glitzerten doppeldeutig. «Ich kenne einige, die bereit wären, einem Offizier zu folgen.» Er brach in Gelächter aus, und Lucillia starrte ihn entgeistert an, empört über seine unpassende Bemerkung.

Lucullus stockte der Atem. Der Blick, den Gaius zuerst Titius und dann seinem Bruder zuwarf, war vernichtend.

Doch Titius lachte immer noch. «Wenn meine Marcia schon zwölf wäre, hätte sich die wunderbare Möglichkeit ergeben, unsere beiden Häuser auf diese Weise miteinander zu verbinden!» Er klopfte Gaius auf die Schulter. «Stell dir nur vor, unsere Schulen würden sich zusammenschließen. Es wäre die größte nicht-staatliche Ausbildungsstätte für Gladiatoren, die es je gegeben hätte!»

Peinlich berührt lächelte ihn Gaius an. Er war erleichtert: Titius' Tochter zählte glücklicherweise erst neun Jahre.

«Eine solche Heirat wäre kaum standesgemäß!», mischte sich Martinus ebenfalls empört ein. «Das Haus Octavius gehört einem weit edleren Geschlecht an als jenes der Titius!»

Titius' Gesichtszüge verdüsterten sich für einen Augenblick, doch plötzlich grinste er wieder und meinte belustigt: «Darum hat Gaius auch eine wohlhabende Unadelige geheiratet!»

«Ich würde nie einer abgesprochenen Ehe zustimmen», warf Lucullus gedankenlos ein, und seine Worte steigerten Gaius' Wut.

«Hast du dir denn schon eine Gattin gesucht?», versuchte Lucillia schlichtend einzugreifen.

«Nein. Ich bin der Überzeugung, man sucht sich nicht, man findet sich», entgegnete Lucullus und hoffte, dieses Gespräch wäre nun endlich beendet.

«Junge Frauen gibt es in Rom im Überfluss. Ich könnte dich noch in einigen Häusern vorstellen», bot Martinus an. «Die Octavius haben einen guten Ruf, und manche Patrizierfamilie wäre erfreut, sich mit einem Sohn aus diesem Haus zu binden.»

«Zum Beispiel das Haus Claudius!», platzte Titius für alle hörbar heraus. «Nur Gaius scheint sich bei der edlen Claudia noch nicht ganz im Klaren zu sein, was denn jetzt werden soll.» Er lachte wieder und hielt sich seinen kugelförmigen Bauch.

Lucullus biss sich auf die Lippen, bis sie fast weiß waren, und Gaius knirschte ungehalten mit den Zähnen. Auch er hatte genug von Titius' Zudringlichkeit und war froh, als einer seiner Sklaven ihn aus dieser peinlichen Lage erlöste und nach ihm verlangte.

Der Hausherr entschuldigte sich und folgte dem Diener ins *Atrium*.

Mantano erwartete ihn mit besorgter Miene.

«Was ist los?», fragte Gaius ungeduldig.

«Einer der neuen Kämpfer ist erkrankt. Er windet sich wie ein Hund auf seinem Lager.» Mantano stockte kurz, er suchte nach den richtigen Worten. «Ich dachte zuerst, er würde es nur vortäuschen. Als aber Blut aus seinem Mund lief, habe ich sofort nach dem Arzt geschickt! Doch Lucatus ist nicht da, und es wird immer schlimmer. Ich dachte mir, vielleicht hast du Gäste im Haus, die ...»

«Martinus ist hier, aber ich weiß nicht, ob er einen Sklaven behandeln wird», wandte Gaius ein und überlegte, den alten Freund seines Vaters darum zu bitten.

«Es sieht nicht gut aus», bangte der *Lanista*. Gaius hatte ihn selten so besorgt gesehen.

«Wer ist es?»

«Nergil. Du hast ihn vor zwei Monaten gekauft.»

187

Gaius erinnerte sich an die Namen seiner Männer meist erst, wenn sie in der Arena standen. Nergil aber hatte er nicht vergessen. Er war eine Erwerbung zu einem hohen Preis gewesen. Ein teurer, aber vielversprechender Mann.

«Warte hier», befahl Gaius, ließ Mantano stehen und kehrte zu seinen Gästen zurück.

Titius beobachtete schweigend und neugierig zugleich, wie Gaius Martinus etwas zuflüsterte und sie beide anschließend eilig die Gesellschaft verließen. Einen Augenblick später erhob sich auch er und folgte ihnen, doch er traf nur noch auf Gaius.

«Suchst du etwas, Marcus?», fragte der Hausherr ein wenig verärgert. Es war nicht üblich, Gäste allein in den Häusern umherschlendern zu lassen.

«Ist in deinem Haus jemand erkrankt?», erkundigte sich Titius auffallend teilnahmsvoll. Er konnte sich nicht vorstellen, wen Martinus in Gaius' Villa behandeln würde.

Als Gaius nicht antwortete, räusperte sich Titius verlegen. «Warte», sagte er, «ich wollte mit dir noch etwas besprechen – allein!»

«Was ist so dringend, dass du es jetzt mit mir besprechen willst?», fragte Gaius ungehalten, als sie das *Exedra* betreten hatten, und bot Titius einen Stuhl an, der unter seinem fülligen Körper drohend ächzte.

«Ich will gleich zur Sache kommen, Gaius. Wir beide wissen, die letzten Spiele waren nicht gerade erfolgreich, unsere Schulen haben erhebliche Verluste einstecken müssen, und unsere Wette ist noch nicht abgeschlossen.» Titius setzte aus und holte Atem. «Aber wir können uns beide einen Gewinn verschaffen!»

«Was soll das heißen?»

«Ich suche neue Kämpfer. Sicher, ich habe einen Calvus, aber ein guter Mann ist nicht genug, jederzeit könnte er ...»

Titius hielt wieder bedeutungsvoll inne. «Du weißt, was ich meine. Also, Gaius, ich möchte dir Titio abkaufen! Nenne mir einen Preis, und wir reden darüber!»

Gaius lehnte sich überrascht zurück. Er hatte auch schon mit dem Gedanken gespielt, einen seiner Männer zu verkaufen, aber bestimmt nicht Titio. Der junge Mann war ein hoffnungsvoller Kämpfer, der eines Tages viel Geld einbringen würde.

«Ich biete dir noch diese Amazone an. Unsere Wette gilt nicht mehr, wenn wir uns über den Preis einig werden. Noch zwei Kämpfe stehen an. Sollte sie sterben», Titius schnippte siegessicher mit den Fingern, «bekomme ich von dir viel Geld und werde mir damit neue, gute Männer kaufen!»

«Ich weiß!», wehrte Gaius aufgebracht ab. Er konnte es sich im Augenblick nicht leisten, viertausend Sesterzen für diese Frau, ob lebend oder tot, auszugeben. Er hatte eingesehen, dass es eine überstürzte Wette gewesen war, unnötig und gewagt. Aber Wetten waren nun einmal Ehrensache und mussten eingehalten werden.

«Warum schaust du dich nicht auf dem Markt um?», fragte er ungehalten.

«Du weißt sehr wohl, die Auswahl ist gegenwärtig begrenzt, die wenige Ware schlecht. Vielleicht finde ich einen Mann, der etwas taugt. Aber wie du auch weißt, kann ich unmöglich einen unausgebildeten Kämpfer einsetzen! Die Ausbildung, die Verpflegung verursachen Kosten. Du könntest wirklich ein gutes Geschäft machen.» Titius verstummte, schnalzte mit der Zunge und legte die Fingerkuppen aneinander. Es war gewöhnlich nicht seine Art, so offen zu sprechen.

Gaius überlegte angestrengt und blickte in seinen Garten.

Titius erhob sich schwerfällig und raunte: «Überlege dir mein Angebot. Wir alle müssen auf unsere Geldmittel achten. Es sind unsichere Zeiten, und wer weiß, was noch geschehen wird!» Er lächelte vielsagend und verließ das Zimmer.

Gaius wartete, bis er sicher war, allein zu sein. Dann griff er nach einem Tonkrug und warf ihn wütend und mit voller Wucht gegen die Wand.

XVI

Als Craton das *Atrium* betrat, fragte er sich, warum Gaius ihn erneut zu sich rief. Wollte er ihn wieder in die Provinzen schicken? Oder wünschte er, seine Schülerin zur Eröffnung der Spiele kämpfen zu sehen?

Er lehnte sich an die Wand und beobachtete zwei Sklavenjungen, die schweigend ihre Arbeit verrichteten. Der eine von ihnen fischte mit bloßen Händen Blätter, die der nächtliche Sturm hineingetragen hatte, aus dem *Impluvium*. Das marmorne Becken lief über, und Wasser benetzte die Beine des Sklaven. Der andere Junge fegte den Boden und sammelte die Scherben einer Amphore zusammen, die durch das Unwetter zu Bruch gegangen war.

Erst nach einiger Zeit erschien Gaius im *Atrium*. Unrasiert, mit rot unterlaufenen Augen und tiefen Falten um den Mund, schien er eine lange, schlaflose Nacht hinter sich zu haben und eben aufgestanden zu sein. Die Jungen hielten inne, als sie ihn erblickten, verneigten sich und fuhren erst dann mit ihrer Arbeit fort.

Mit einer ungeduldigen Handbewegung forderte Gaius Craton auf, ihm zu folgen.

Sie betraten einen kleinen, nach römischer Sitte karg und zweckmäßig eingerichteten Raum. Gaius nahm hinter einem hölzernen Tisch, der vor Pergamenten und anderen Dingen überquoll, Platz. Craton blieb davor stehen, noch immer überrascht, dass der Hausherr selbst und nicht ein Diener ihn hierher begleitet hatte.

Der Adelige rieb sich die Augen, bevor er mit rauer Stimme begann: «Ich habe mit dir heute zwei Dinge zu besprechen.» Er unterdrückte träge ein Gähnen. «Deine Schülerin hat sich in Ostia tapfer geschlagen. Zur Eröffnung dieser *Ludi* wird sie nicht auftreten, doch sobald ein kleineres Fest stattfindet, darf sie wieder ihr Können unter Beweis stellen. Wann das sein wird, erfährst du von Mantano.»

Craton nickte stumm.

«Du hast wie immer ausgezeichnet gekämpft, und ich werde dir eines Tages die Freiheit schenken.» Gaius stockte kurz, und Craton wusste, die Worte seines Herrn waren mehr eine Floskel als die Erneuerung des Versprechens.

Gaius selbst schien nicht sicher zu sein, wann er Craton freigeben würde. Du sollst noch einige Kämpfe bestreiten, dann vielleicht ..., dachte er bei sich.

Aus dem Garten ertönte der Gesang der Vögel. Gaius wartete, bis ihr Lied verstummt war, bevor er sagte: «Titio wird morgen zu Marcus Titius gehen.» Er sah Craton das erste Mal wirklich an, selbst überrascht, wie leicht es ihm gefallen war, diese Entscheidung dem Gladiator mitzuteilen.

Trotz Titius' verlockendem Angebot rang er lange mit sich, konnte sich nicht vorstellen, Titio an seinen Widersacher zu verkaufen. Schließlich stimmte er zu, und es schien, als hätten ihm die Götter geholfen, diese Entscheidung zu treffen. Nergil starb kurz vor der *Ludi Cerealis* an seiner seltsamen Krankheit. Schon Tage zuvor hatte Martinus hilflos feststellen müssen, dass der Kämpfer dieser bösartigen Erkrankung erliegen würde. So fiel es ihm leichter, auf Titius' Angebot einzugehen.

Gaius hatte keine Bedenken, Gladiatoren und Sklaven zu kaufen oder zu verkaufen – sie waren Ware, die ihm Gewinn bringen sollte. Titios Verkauf war ein gutes Geschäft, die Summe annehmbar, und er musste sich nicht mehr um die übereilte Wette mit Marcus Titius sorgen. Trotzdem fühlte er sich plötzlich verpflichtet, diese Neuigkeit Craton mitzuteilen, und fragte sich, wie sein bester Gladiator diese wohl aufnehmen würde.

Craton stand bewegungslos da und schwieg, als ob er nicht verstanden hätte, was er ihm mitgeteilt hatte.

«Sein neuer Herr wird Titio bereits bei der Eröffnung der *Ludi* einsetzen», bemerkte Gaius und musterte ihn gereizt.

Cratons Stimme klang gleichgültig, als er entgegnete: «Es ist deine Entscheidung. Es steht mir nicht zu, dich zu ermahnen, doch du gibst einen fähigen jungen Mann auf. Vielleicht wird er eines Tages besser sein als ich, und du wirst es bereuen, ihn verkauft zu haben. Vielleicht wird er irgendwann sogar gegen mich kämpfen müssen.»

«Fürchtet der große Craton plötzlich um sein Leben?», unterbrach ihn Gaius. «Ich dachte immer, du wärst davon überzeugt, unbesiegbar zu sein.» Als Craton nicht antwortete, fuhr er fort: «Ich musste ihn verkaufen, will ich den Fortbestand der Schule sichern. Es gibt schlimmere Herren als Titius – du müsstest das am besten wissen! Ich weiß, dass du Titio zu dem gemacht hast, was er heute ist. Er wird manches Spiel überleben.» Er sah den Gladiator an.

Cratons Miene blieb unbeweglich. «Und was wird sein, wenn wir eines Tages gegeneinander antreten müssen?», fragte er.

«Dann werdet ihr kämpfen! Und du wirst ihn besiegen! Wer weiß, vielleicht wird genau von diesem Kampf deine Freiheit abhängen!», fuhr Gaius ihn gereizt an. «Ich überlasse es dir, ob du es Titio mitteilen willst – oder Mantano.»

Ohnmacht überkam Craton, dann Wut über diese Ohnmacht. Starr blickte er an Gaius vorbei ins *Peristyl.* «Ich werde es ihm sagen», beschloss er.

Als Sklave geboren, fügte sich Titio der Entscheidung seines Herrn, ohne aufzubegehren. Nur seine Augen verrieten die tiefe Enttäuschung, die er fühlte, als Craton ihm von dem Gespräch mit Gaius berichtete. Dass Marcus Titius sein neuer Herr sein würde, schien ihn kaum zu stören, doch dass es Craton als Erster erfuhr, machte ihn wütend.

Craton versuchte sich nicht anmerken zu lassen, wie sehr ihn Gaius' Entscheidung schmerzte.

«Du wirst bald ein großer Kämpfer werden», wandte er sich dem jungen Gladiator zu. «Dein neuer Herr wird stolz auf dich sein, und die Massen werden dich lieben.»

Titio sah ihn lange und prüfend an. «Was hättest du getan, wenn Gaius *sie* verkauft hätte?»

«Du weißt genau, ich konnte nichts tun. Er ist unser Herr, er entscheidet über uns und unser Leben, er kann uns verkaufen, wann er will. Ich hätte seine Entscheidung hingenommen, ich hätte ...»

«Du bist ein Lügner», unterbrach Titio Craton. «Für sie hättest du gekämpft. Für sie hättest du bei Gaius gebettelt!»

«Titio!» Craton trat auf ihn zu und fasste ihn an der Schulter, doch der junge Mann entzog sich seiner Berührung.

«Nimm dich in Acht! Eines Tages wirst auch du besiegbar sein! Und vielleicht werde gerade ich dir dann in der Arena gegenüberstehen!» Ohne sich nochmals umzudrehen, entfernte sich Titio, in bittere Gedanken versunken.

XVII

Lucullus konnte sich bis jetzt nicht überwinden, seinen Bruder aufzusuchen und ihm die Wahrheit zu gestehen. Auch jetzt war ihm elend zumute, doch die Zeit drängte und er musste handeln. In wenigen Wochen schon würde er wieder unterwegs nach Britannien sein.

Er fand Gaius im *Exedra*, dem Gartenzimmer. Mit sorgenvoller Miene saß er über irgendwelche Berichte gebeugt und schien gealtert zu sein. Obwohl Lucullus nicht viel von Geschäften verstand, wusste er, dass nicht nur die Sorgen um den *Ludus Octavius* seinen älteren Bruder bedrückten.

Gereizt blätterte Gaius in den *Papyri* und bemerkte ihn erst, als er neben ihm stand. «Lucullus! Bei den Göttern, weshalb schleichst du dich so an?», rief er.

«Ich habe mich nicht angeschlichen. Aber du scheinst nichts zu hören und nichts zu sehen – so sehr bist du in deine Arbeit vertieft.»

Gaius legte die Schriftstücke beiseite und musterte Lucullus, der sich unaufgefordert setzte, unfreundlich. In den vergangenen Monaten war die Herzlichkeit zwischen ihnen versiegt, hatte sich in Abneigung verwandelt, und Gaius war froh, dass Lucullus Rom bald wieder verlassen würde, um in sein fernes wildes Britannien zurückzukehren.

«Du hast Recht, ich arbeite zu viel», begann er müde und rieb sich mit Zeigefinger und Daumen die Augen, bis sie zu tränen begannen. Lucullus bemerkte die dunklen Ringe unter den Augen seines älteren Bruders.

«Du solltest den Ludus aufgeben, schließlich hast du genügend Geld, um das Leben zu genießen. Oder geh in die Politik!», schlug er vor. «Die Schule wird dich nicht nur finanziell zugrunde richten!»

«Soll ich mich jetzt schon zur Ruhe setzen? Und Politik – sieh dir Tiberianus an, und du weißt, was mir blühen würde. Wenn die Spiele wieder richtig anlaufen, wird sich alles zum Besseren wenden. Craton wird auch dieses Jahr erfolgreich sein. Davon bin ich überzeugt.» Gaius lehnte sich zuversichtlich zurück und fügte hinzu: «Nein, Lucullus, ich kann nicht aufhören. Die Spiele sind meine Leidenschaft. Sie sind mein Leben ...»

«In dem niemand und nichts mehr Platz hat», beendete Lucullus seine Ausführungen und verzog die Lippen.

Gaius runzelte die Stirn. «Was meinst du damit?», fragte er. «Für wen ist kein Platz in meinem Leben?»

Lucullus atmete tief ein. «Gaius, ich habe lange nachgedacht, ob ich zu dir kommen soll. Ich habe so lange gewartet, weil ich nicht wusste, wie ich es dir sagen soll.» Er machte eine bedeutende Pause. «Es geht um Claudia.»

Gaius hob verwundert eine Augenbraue. «Du wirst mich doch jetzt nicht überreden wollen, sie endlich zur Frau zu nehmen?»

«Nein, Gaius.» Lucullus straffte die Schultern. «Ich habe Claudia gefragt, ob sie mich nach Britannien begleiten würde!»

Einige Herzschläge lang blieb Gaius regungslos sitzen, als würde er Lucullus' Worte nicht verstehen. «Du hast was?», stieß er schließlich hervor und kniff drohend die Augen zusammen. «Du hast sie gebeten, dich in dein verdammtes Britannien zu begleiten?» Seine Stimme war eiskalt, voller Verachtung und Verwunderung zugleich.

«Ja! Das habe ich getan!»

«Soll das etwa heißen, du möchtest Claudia heiraten?»

Die Brüder blickten sich starr an, Gaius' Nägel krallten sich in das weiche Holz der Stuhllehnen. Er war kaum fähig, einen klaren Gedanken zu fassen.

«Du hast es dir selbst zu verdanken, Gaius», brach es aus

Lucullus heraus, «du spielst doch nur mit ihr und ihren Gefühlen! Du genießt ihre Gegenwart, setzt aber gleichzeitig
ihre Ehre aufs Spiel! Hast du dir je Gedanken über sie gemacht, oder denkst du immer nur an dich? Ich hätte es nicht
für möglich gehalten, dass du dich je so verhalten könntest!
Du hast ja bereits eine misslungene Ehe hinter dir!»

«Lass meine erste Ehe aus dem Spiel! Was hättest du getan,
wenn Vater dir seinen Willen aufgezwungen hätte?»

«Ich wäre einfach gegangen!»

«Ach ja? Das behauptest du, weil du nie vor die Entscheidung gestellt wurdest, der Familie durch eine Heirat zu
helfen oder von ihr verstoßen zu werden! Denkst du, ich
wäre nicht am liebsten weggelaufen? Aber ich hatte eine Ver-
pflichtung als Erstgeborener!»

«Ich hätte es eher ertragen, verstoßen zu werden, als eine
Frau zu ehelichen, die ich nicht liebte!»

«So?» Gaius zitterte vor Wut. «Und wärst als einfacher Soldat in dein Britannien gezogen, ohne die Rechte eines Patri-
ziers? Glaubst du wirklich, du hättest *Legat* werden können?
Nicht einmal Offizier! Du bist einfältig, Lucullus! Alles wird
auf Gold gebaut! Wenn du dumm genug bist, darauf zu verzichten, kannst du gleich ein Sklave werden!»

Lucullus sprang auf, als wolle er sich auf seinen Bruder
stürzen. «Du versteckst dich doch nur hinter deinem Reichtum! Und – bist du glücklich damit? Du könntest all dies
schneller verlieren, als du denkst! Du bist schon ein Sklave,
Gaius! Der Sklave deines Vermögens! Du bist weniger frei als
deine Gladiatoren!»

«Geld regiert nun mal die Welt, Bruder! Du bist nicht
besser als ich! Du hast, genau wie alle Mitglieder unserer Familie, meine Ehe ausgenutzt.» Gaius glaubte jeden Moment
die Beherrschung zu verlieren. «Willst du etwa behaupten,
das Vermögen der Claudius sei dir egal?»

«Untersteh dich, so etwas auch nur zu denken!», zischte

Lucullus und ballte zornig seine Fäuste. «Ich liebe Claudia und nicht ihr Vermögen!»

«Doch der Gedanke, dass sie reich ist, ist dir nicht unangenehm!»

«Ich würde sie auch lieben, wenn sie weder adelig noch vermögend wäre!»

«Liebe, mein kleiner Bruder, Liebe ist für Träumer! Genau das Richtige für dich, denn du bist ja schon immer ein Träumer gewesen!» Gaius schnellte hoch.

Lucullus schüttelte empört den Kopf. «Und du bist herzlos! Nun verstehe ich, wie du es geschafft hast, Claudia so lange leiden zu lassen! Sie ist eine junge Frau, kein Mädchen mehr, mit dem man einfach spielen kann!»

«Du bist so blind, Lucullus!» Gaius versuchte sich wieder zu beherrschen. «Ich könnte Claudias Vater sein! Als ich sie das erste Mal traf, war sie noch beinahe ein Kind von fünfzehn! Sie wurde erzogen, um zu heiraten, Kinder zu bekommen und eines Tages zu sterben! Ihr Pech ist es, als Mädchen geboren worden zu sein! Ich habe Claudia etwas gegeben, was sie nie zuvor besessen hat – Stolz und Selbstachtung!»

«Du?» In Lucullus' Augen loderte Empörung auf. «Du hast ihr gar nichts gegeben!»

«Doch, mein Bruder! Sie war ein ängstliches Kind, und ich zeigte ihr, in welcher Welt sie lebt. Vlavia bekannte sich zum Christenglauben, und der alte Marcellus beachtete seine Tochter kaum, da er sich immer einen Sohn wünschte! Als ihre Mutter erkrankte, war Claudia verzweifelt, wusste nicht, wie sie sich behaupten sollte! Ich habe aus ihr eine erwachsene Frau gemacht! Sie wäre dir nicht einmal aufgefallen, hättest du sie vorher getroffen!»

«Wie kannst du es nur wagen, so über sie zu reden?», schrie Lucullus verbittert und fegte wütend die Schriftstücke vom Tisch.

«Du zwingst mich dazu!», entgegnete Gaius ebenso laut,

ohne zu beachten, dass ihr Streit in der ganzen Villa zu hören war und deswegen keiner der Sklaven es wagte, sich dem
Peristyl zu nähern.

Lucullus griff zornig nach dem Schaft seines Schwertes.
«Wenn Marcellus dich nun hören würde!»

«Marcellus ist ein alter Mann!», fuhr Gaius ihn an, «er
bemerkt nicht mal, wer du bist! Bei den Göttern, Lucullus,
denkst du etwa, er könnte dich von mir unterscheiden? Vermutlich glaubt er, Claudia und ich sind schon miteinander
verheiratet. Nachdem seine innig geliebte Vlavia erkrankte
und verstarb, hat er den Verstand verloren.» Gaius senkte
merklich seine Stimme, als er fortfuhr: «Marcellus setzt sein
ganzes Vermögen und den einflussreichen Namen seiner Familie aufs Spiel, seit er sich mit dieser Christensekte eingelassen hat. Ich habe immer alles darangesetzt, damit Domitian
nichts davon erfährt. Denn durch die Blindheit ihres Vaters
könnte Claudia alles verlieren, sogar ihr Leben!»

«Glaubst du, sie wirklich zu beschützen, wenn du dich mit
ihr in der Öffentlichkeit zeigst? Nein, Gaius – es ist für dich
von Vorteil, mit ihr gesehen zu werden! So hältst du dir alle
anderen heiratsfähigen Frauen vom Leib! Du bist gerissen!
Gerissener als mancher Politiker, den ich traf, obwohl du
behauptest, für Politik nichts übrig zu haben! Ja, du würdest
im Senat eine gute Figur machen! Seht her, der edle, gütige
Gaius Octavius!»

Lucullus wich einen Schritt zurück, als sein Bruder blind-
wütig auf ihn zukam.

«Du bist ein elender Narr, der in seinem ganzen Leben
noch nie für etwas Verantwortung übernehmen musste!»,
schrie Gaius. «Vater hat dich viel zu sorglos erziehen lassen!
Ein Wunder, dass du es geschafft hast, Soldat zu werden!
Aber als Soldat musst du ja nicht denken, sondern nur den
Befehlen der Feldherren gehorchen! Ja, Lucullus, es wird
wirklich Zeit, dass du heiratest! Aber glaube mir, das hat

nichts mit Liebe zu tun! Das Leben ist bitter und die Liebe auch!»

«Du verhältst dich wie ein bissiger Köter, Gaius! Dein Herz ist zu kalt, um Liebe zu geben oder sie zu empfangen. Du sprichst so leidenschaftslos von allem, als könne dich nichts mehr erfreuen oder überraschen, und deine Überheblichkeit macht mich wahnsinnig! Wie stellst du dir dein restliches Leben vor? Wie willst du es verbringen? Einsam, mit deinem verfluchten Geld? Ich bedaure dich, Bruder, ich bedaure dich so, denn du hast noch nie geliebt.» Lucullus' Stimme klang verbittert.

«Ich lebe mein Leben, so wie du das deine lebst! Nur mache ich mir mehr Gedanken um die Zukunft als du. Du kannst von mir halten, was du willst. Ob ich Claudia liebe oder nicht, geht dich nichts an. Ich achte sie und könnte ihr nie etwas zuleide tun», verteidigte sich Gaius.

«Nein? Du tust es aber ständig – sie verletzen! Und du merkst es nicht einmal!»

«Und du? Du willst ihr ein erbärmliches Leben aufbürden, damit sie irgendwann von blau beschmierten, halb nackten Wilden umgebracht wird!» Gaius schlug wutentbrannt mit der Faust auf den Tisch.

Lucullus zitterte am ganzen Körper und stieß erbost hervor: «Du kennst dieses Land doch gar nicht. Du bist aus *Latium* nie herausgekommen. Ich erkenne in dir diese fetten, gelangweilten Römer, die sich immer über den Verfall der Sitten aufregen, aber nichts dagegen unternehmen. Große Worte über das große Rom! Du betrügst dich selbst, Gaius, wenn du denkst, besser zu sein als dieser Marcus Titius. Du solltest endlich von deiner bequemen Liege aufstehen und dir dein geliebtes römisches Imperium ansehen.» Er stellte sich vor seinen Bruder und griff zum Schwert. Nicht um es zu ziehen, sondern um sich daran festzuhalten. «Du sagst, ich bereichere mich an deinem Reichtum? Ich behaupte, du bereicherst dich an den römischen Legionen, die fremde, barbarische Völker erobern, um Rom zu mehr Wohlstand zu verhelfen! Was glaubst du wohl, woher deine Sklaven kommen, deine Gladiatoren? Wenn es nicht solche Träumer wie mich gäbe, würde es auch deine Schule kaum geben! Ich kämpfe für Rom – und für dich! Aber auch das hast du nicht begriffen!»

Sie starrten sich feindselig an, und ihr bedrohliches Schweigen legte sich wie ein Unheil verkündendes Omen über das Haus.

Lucullus seufzte schwer und wandte sich ab. «Claudia will mich begleiten, ob es dir gefällt oder nicht. Ich hatte gehofft, als mein älterer Bruder würdest du für mich offiziell bei Marcellus um ihre Hand anhalten.»

«Ich?» Als hätte er sich plötzlich anders besonnen, sah Gaius ihn nun unerwartet sanft an. «Also gut», sagte er leise. «Wenn sie dich wirklich liebt, werde ich es tun. Doch lass mich noch einmal mit ihr sprechen!»

Lucullus warf ihm einen prüfenden Blick zu und nickte. Und obwohl Gaius ihm versöhnlich die Hand entgegenstreckte, wusste er, er hatte Claudias Liebe gewonnen, doch die Zuneigung seines Bruders für immer verloren.

XVIII

Der Blick in die leere Arena ließ Gaius schwermütig werden.

Der große Auftakt der Spiele wurde von allen Römern wie immer ungeduldig erwartet, und nicht nur die spielsüchtigen Bürger, sondern auch die Besitzer der Schulen waren auf die anstehenden Veranstaltungen gespannt.

Die vergangenen Jahre hatten eine schleichende Wende der *Ludi* eingeläutet, denn immer seltener wurden wirklich große, meist aus der Kasse des Herrschers finanzierte Veranstaltungen ausgerichtet. Die Kämpfe wurden immer teurer, und Domitian hielt es für angebrachter, die Gelder lieber für die Eroberung neuer Länder zu verwenden.

So wurden nur kleine Spiele ausgerichtet. Allein diese Entwicklung bereitete Gaius Kopfzerbrechen, überhaupt schienen die Schwierigkeiten seiner und anderer privater Schulen kein Ende zu nehmen. Die Befürchtungen, freie Gladiatoren würden eine ernst zu nehmende Konkurrenz für den *Ludus Gladiatorius* bedeuten, bewahrheiteten sich immer mehr. Sie kämpften für geringes Geld und traten immer öfter auch in Rom auf.

Gaius fragte sich, ob Craton weiterkämpfen würde, wenn er ihm eines Tages die Freiheit schenkte. Wäre er kein Sklave, kein Gladiator, könnte er durchaus ein Familienleben führen – eine Frau, Kinder und einen *domus* haben.

Gaius seufzte.

Seit er sich mit seinem Bruder zerstritten hatte, dachte er häufiger über das Familienleben nach und verspürte wieder den Wunsch nach einer Frau und ihrer wärmenden Nähe.

Sein letztes Gespräch mit Claudia machte ihm klar, dass Lucullus Recht hatte. Sie gestand ihm, sie habe so viele Jahre auf ein Wort von ihm gehofft. Nun sei sie eine erwachsene Frau geworden, die wisse, was und wen sie wolle – Lucullus. Mit einem Gefühl der Leere, als hätte ihm jemand sein Leben geraubt, verließ Gaius das Haus Marcellus. Dieser Jemand war sein eigener Bruder.

Unwillkürlich fragte sich Gaius, was wohl geschehen wäre, hätte Claudia von ihm verlangt, sich endlich zu einer Entscheidung durchzuringen. Hätte er um ihre Hand angehalten? Er wusste es nicht. Claudia ist nicht die Einzige, tröstete er sich. Soll Lucullus sie doch zur Frau nehmen und mit ihr nach Britannien aufbrechen! Mir bleiben immer noch die Spiele!

Jeder, der Gladiatoren in die Arena schickte, hatte das Recht, sich am Tag vor dem Kampf im Theater umzusehen. Gaius kannte jeden Gang, jeden Raum, jede Treppe, doch er war trotzdem froh, hierher gekommen zu sein und seinen Gedanken nachhängen zu können. Allein zu sein mit all den Gefühlen, die ihn verwirrten.

Immerhin: Der Verkauf von Titio entledigte Gaius einer Sorge. Dennoch ärgerte er sich, dass Nergil bereits vor seinem ersten Einsatz starb. So musste er einen Ersatz stellen, der weit weniger ausgebildet war. Die Anforderungen für das Amphitheater in Rom waren hoch, und nur die besten Kämpfer würden überleben. Einen Unerfahrenen zu dieser *Ludi* schicken zu müssen, mit der Gewissheit, ihn nicht wieder lebend zu sehen – bei diesem Gedanken stiegen noch mehr Ärger und Wut in Gaius hoch.

Vorher wurde mit dem *Editor*, dem Organisator der Spiele, ein Vertrag abgeschlossen, der dem Besitzer eines Kämpfers erlaubte, bei dessen Tod eine Summe einzufordern. Doch jetzt trug der Gladiatorenbesitzer selbst einen möglichen Verlust, und auch Gaius musste auf diese Regelung eingehen. Die wachsende Anzahl der freien Kämpfer hatte diese Änderung bewirkt, denn niemand zahlte, wenn sie in der Arena starben.

Jeder Ludusbesitzer, auch Marcus Titius, hatte mit diesen Schwierigkeiten zu kämpfen. Sein größter Wunsch, Calvus gegen Craton antreten zu lassen, ging auch diesmal nicht in Erfüllung. Wäre es zu einem Kampf zwischen den beiden gekommen, hätte der *Editor* für ihren Einsatz viel Geld zahlen müssen, und ganz Rom wäre in das Amphitheater geströmt.

Als Gaius noch ein Kind war, wurden die Spiele noch im *Circus Maximus* ausgetragen, wo seit der Fertigstellung des Amphitheaters nur noch Wagenrennen stattfanden. Die neu erbaute Arena bot viel mehr Möglichkeiten als der Circus. Sie konnte vollständig umgebaut werden, verfügte über Hebebühnen, Falltüren, Kulissen und konnte für das Nachspielen einer Seeschlacht sogar geflutet werden.

Kämpfe waren für Gaius eine ehrenvolle Sache. Die Männer wurden zu Gladiatoren ausgebildet, lebten in besseren Verhältnissen als die meisten Sklaven im Reich, starben furchtlos oder lebten ruhmvoll weiter, wenn sie siegten.

Gaius bewunderte sie. Ihre Stärke und ihr Mut, *Charon* in die Augen zu sehen und ohne Wehklagen den Todesstoß zu empfangen, faszinierten ihn. Nicht viele starben so ruhmreich. Besonders nicht viele Unfreie.

Lucullus fiel ihm wieder ein. Auch er war dem Tod auf den Schlachtfeldern sicher schon oft begegnet und bereit, für Rom sein Leben zu lassen.

Verbittert erinnerte sich Gaius an ihren Streit. Vielleicht hatte Lucullus Recht, vielleicht führte er wirklich ein zu angenehmes Leben und war schon zu alt, um ein neues, anderes Leben zu beginnen. Doch Gaius hatte erreicht, was er erreichen wollte, auch wenn er dafür einen sehr hohen Preis gezahlt hatte.

Selbst als *Legat* in Britannien würde Lucullus einsehen müssen, dass das Leben kein ständiges, aufregendes Abenteuer war, sondern Verantwortung bedeutete. Wenn er Claudia nun heiratete und sie Kinder bekämen, würde er sich an seine Worte erinnern.

Gaius schluckte leer.

Das Gespräch mit Marcellus erwartete ihn. Schon bald musste er für Lucullus bei dem alten Mann um die Hand von Claudia anhalten und die ehelichen Vereinbarungen aushandeln. Es würde kein leichter Gang werden, doch er wollte diesen Teil seines Lebens hinter sich lassen. Es würde alles wieder gut werden, sobald Lucullus und Claudia nach Britannien gezogen waren. Davon war er überzeugt.

Claudia hatte ihrem Vater bestimmt ihre Heiratsabsichten mitgeteilt, doch insgeheim hoffte Gaius, Severus Claudius Marcellus würde ihr die Einwilligung verweigern. Aber dies war eine falsche Hoffnung. Der alte Mann würde nicht mehr unterscheiden können, wer von ihnen um die Hand seiner Tochter anhielt – Lucullus oder Gaius.

Die Arena ragte in der Dämmerung gespenstisch auf. Gaius fröstelte. Die Abende waren noch kühl. Er hüllte sich in seine Toga und starrte auf den Sand, der noch unberührt vor ihm lag. Von seiner Loge aus konnte er den ganzen Kampfplatz überblicken. Das Brüllen eines Elefanten war zu vernehmen, und Gaius schauderte. Wie grausam, dachte er, wehrlose Menschen gegen wilde Bestien kämpfen zu lassen. Sie wurden bei lebendigem Leibe von den Tieren aufgefressen, zerfleischt oder zertrampelt.

Kaiser Nero soll ganze Völker zur Belustigung des Publikums so hingemetzelt lassen haben, hatte er gehört. Nero war nicht nur wahnsinnig und in sich selbst verliebt, er war auch ein Schlächter. Dieser Überzeugung waren alle Römer. Er ließ Christen hinrichten, unter ihnen auch römische Patrizierfamilien, Männer der Prätorianergarde und Bürger Roms, weil sie sich zu diesem Glauben bekannten. Viele andere Missliebige wurden auf seinen Befehl beiseite geschafft. Aber hatte sich seit den Zeiten Neros etwas geändert? Immer noch wurden Menschen ermordet, weil sie anderer Meinung als der Imperator waren. Nicht nur Tiberianus' Vater, auch viele andere angesehene Politiker, sogar siegreiche Feldherren mussten ihr Leben lassen, da der Kaiser ihre Macht, ihren Einfluss fürchtete. Gaius fiel Tiberianus ein, und er hoffte, ihn würde ein solches Schicksal nicht ereilen.

Die Christen waren noch immer unbeliebt. Seit Kaiser Titus wurde ihre Religion nicht mehr verboten, doch Anhänger dieses Glaubens zu sein war trotzdem ein lebensgefährliches Bekenntnis.

Gaius wusste nicht viel über diese Sekte; nur dass die Mehrzahl ihrer Anhänger Sklaven waren und sie einen toten Mann anbeteten, der sie von irdischem Leid erlösen würde. Wie diese Erlösung aussehen sollte, konnte sich Gaius nicht vorstellen. Für ihn bedeutete der Tod die Unterwelt, und er wollte sein Leben mit allen Genüssen, die es bot, auskosten, solange es andauerte. Den Göttern huldigte er kaum, sie waren ihm gleichgültig, er bekannte sich auch zu keiner Religion. Einmal im Jahr kam er seinen Pflichten als römischer Adeliger nach und verbrannte Weihrauch vor dem Abbild des Kaisers.

«Ich dachte mir doch, dass du hier bist», hörte Gaius plötzlich eine bekannte Stimme. Langsam drehte er den Kopf zur Seite und erblickte Marcus Titius.

«Du bist süchtig nach der Arena», bemerkte dieser.

«Kommst du vielleicht hierher, um dich zu erholen?», entgegnete Gaius und bedeutete ihm, sich zu setzen.

«Wir sind uns ähnlicher, als wir uns eingestehen wollen, mein Guter, auch wenn du es nicht wahrhaben möchtest. Für dich sind die Spiele genauso wichtig wie für mich, und das verbindet uns!»

Titius setzte sich zu Gaius und starrte in die Arena. Eine unbeschreibliche Anziehungskraft ging von diesem Ort aus und berauschte die beiden Männer. Das Gebäude, atemberaubend in seiner Mächtigkeit, wirkte noch eindrucksvoller, wenn die Dämmerung es in ein geheimnisvolles Licht tauchte.

«Wir haben beide viele Verluste erlitten!» Väterlich legte Marcus Titius die Hand auf Gaius' Schulter, als würde er zu einem Sohn sprechen. «Aber es wird noch schlimmer werden, fürchte ich!»

«So? Und warum sorgst du dich um mich?» Gaius sah abweisend auf die Hand, angewidert von dieser Zudringlichkeit.

Titius zog sie zurück und zuckte mit den Schultern. «Ich sorge mich um die Spiele und um Rom! Es geht dabei nicht um dich oder mich. Was wird aus Rom, wenn es eines Tages keine Gladiatoren mehr gibt? Noch immer gilt die alte Regel: Brot und Spiele für das Volk! Sollte eines davon fehlen, wird ein Vulkan ausbrechen, den niemand mehr bändigen kann. Glaube mir, es würde den Untergang des Imperiums bedeuten!»

«Nur weil die vergangenen Spiele nicht das hielten, was wir von ihnen erwartet haben, wird nicht gleich das ganze Reich untergehen. Ich denke, Rom überlebt auch ohne Spiele. Auch wenn es das Ende unserer Schulen wäre!»

Titius richtete sich auf und blickte Gaius fest in die Augen. «Als Besitzer der erfolgreichsten Gladiatorenschulen sollten wir miteinander und nicht gegeneinander arbeiten. Es könnte sonst leicht geschehen, dass uns ein Dritter verdrängt. Wir sollten uns absprechen ...»

«Ich schulde niemandem Rechenschaft!», entgegnete Gaius verbissen. «Es ist allein meine Sache, was ich mit meinen Männern tue, gegen wen ich sie kämpfen lasse!»

«Nicht alle sind so treu wie Mantano! Du solltest dir gut überlegen, ob du Craton freilässt.» Auf Titius' Stirn standen trotz der Kühle des Abends Schweißperlen.

Gaius schmunzelte hämisch. «Ich habe nicht gedacht, dass du Angst vor ihm hast!»

«Ich habe keine Angst vor ihm», entgegnete Titius unbeherrscht. «Doch ich fürchte, wenn du ihn zu früh in die Freiheit entlässt und er sich entscheidet weiterzukämpfen, wird er alle unsere Männer hinmetzeln – einen nach dem anderen. Deine Kämpfer und meine Kämpfer! Craton ist gefährlich, zu gefährlich, um ein freier Mann zu sein!»

Gaius lächelte. «Glaubst du wirklich, ich lasse ihn so bald frei? Ich habe nicht vor, ihn in seinen besten Jahren ziehen zu lassen!»

«Wie auch immer», Titius zuckte mit den Schultern, rückte näher und erklärte geheimnisvoll: «Ich will mit dir etwas anderes bereden.»

Gaius runzelte misstrauisch die Stirn. «Das letzte Mal, als du mit mir reden wolltest, hast du mir Titio abgeschmeichelt. Willst du noch einen meiner Kämpfer?»

«Ja!» Titius' Augen blitzten boshaft auf. «Craton!» Er lachte, als er Gaius' erstaunte Miene sah. «Ich weiß, du würdest ihn nie verkaufen. Es war ja auch nur ein Scherz. Ich dachte an die Amazone», fügte er geheimnisvoll hinzu.

«Die Amazone?» Gaius hob ungläubig die Augenbraue. «Durch Titios Verkauf gehört sie nun mir! Du hast selbst gesagt, keiner deiner Männer vermag sie zu bändigen!»

«Ich will sie auch nicht wiederhaben», winkte Titius rasch ab und tupfte sich die Schweißperlen von seiner Stirn. «Ich muss neidlos anerkennen, Craton hat sie gut ausgebildet. Aber darum geht es nicht.» Er machte eine vielsagende Pause. «Woher sie auch kommen mag, sie muss einem Volk angehören, in dem sich selbst Frauen auf Kriegskunst verstehen. Keine gewöhnliche Frau würde die Strapazen einer Gladiatorenausbildung aushalten. Sie hat kämpferisches Blut! Schau dir doch diese Weiber aus Domitians Schule an. Sie fechten wie dressierte Bären gegeneinander, doch einen Kampf gegen einen unserer Gladiatoren würden sie nicht überleben. Anders diese kleine flinke Amazone! Ich dachte, jetzt, wo sie gezähmt ist ...»

Gaius war verwirrt. «Ich verstehe nicht ganz, worauf du hinauswillst», gestand er und betrachtete mürrisch seinen Konkurrenten, der noch ein Stück näher rückte.

«Ich habe mir, seit ich sie in Ostia kämpfen sah, einige Gedanken gemacht. Nun ja, Gaius, wie soll ich es dir erklären»,

Titius hielt inne und seine Stimme war nur noch ein Flüstern, als er sagte: «Stell dir ihren Sohn als Gladiator vor!»

«Ihren Sohn? Sie hat ein Kind? Diese Frau lässt doch keinen Mann auf zehn Schritte heran, ohne ihn seiner Männlichkeit zu berauben! Du musst dich irren!» Gaius winkte ab.

«Nein, sie hat kein Kind – noch nicht!» Titius machte eine bedeutende Handbewegung. «Aber ich denke an die Zukunft. Sie ist wie eine prächtige Stute, mit vielversprechendem Blut!»

«Seit wann kümmerst du dich um Pferdezucht?», spottete Gaius.

«Tu nicht so, als wüsstest du nicht, worüber ich spreche», seufzte Titius missmutig. «Ich weiß sehr wohl, wie du deine Schule führst! Du schickst immer wieder Sklavinnen zu deinen Kämpfern. Erzähle mir nicht, dies bliebe ohne Folgen! Da ich in deinem Haus noch nie ein Kind gesehen habe, gehe ich davon aus, dass du diese Bastarde verstößt!»

Titius hatte Recht. Natürlich wurden Gaius' Sklavinnen manchmal schwanger; die werdende Mutter hatte er jeweils rasch weiterverkauft. Nur einmal war er dumm genug gewesen, Mutter und Kind unter seinem Dach zu dulden, und musste dafür ein beachtliches Lehrgeld zahlen. Gladiatoren sollten sich nicht um familiäre Angelegenheiten kümmern müssen.

«Und – sieht es bei dir etwa anders aus?», erkundigte sich Gaius gereizt.

Titius schüttelte den Kopf. «Wir sind beide lange genug im Geschäft, um zu wissen, dass wir die gleichen Probleme haben. Männer ohne Frauen ...»

Gaius fiel ihm ins Wort. «Was willst du damit nun sagen?» Er war es müde, die versteckten Andeutungen seines Nachbarn zu enträtseln. Titius schwitzte noch immer, obwohl Gaius die Kühle des Abends mittlerweile unangenehm wurde.

Das fahle Licht des Horizonts ließ unheimliche Schatten über das Mauerwerk huschen. Vereinzelt zogen Fledermäuse ihre Runden, um im Schein der Fackeln Beute zu jagen.

Titius starrte Gaius angestrengt an, um sein Gesicht überhaupt erkennen zu können. Schon seit einigen Jahren ließ sein Augenlicht merklich nach, und bei einsetzender Dunkelheit konnte er kaum mehr etwas sehen.

«Nun ja, ich habe die Kinder meiner Gladiatoren immer mit sehr gutem Gewinn verkaufen können», gestand er ohne Umschweife. «Ich habe nie einen Hehl daraus gemacht, wenn eine meiner Sklavinnen Nachwuchs erwartete – von Calvus zum Beispiel. Es gibt viele, die ein Vermögen für ein solches Kind ausgegeben hätten!»

«Und?» Gaius ahnte langsam, worauf Titius hinauswollte.

«Ich kenne sogar jemanden, der würde dir für einen Sohn dieser Amazone ein kleines Vermögen zahlen!» Titius' Miene blieb unbeweglich, als er schnell anfügte: «Und noch viel mehr, wenn das Kind auch noch Cratons Blut hätte!»

Gaius riss empört die Augen auf. «Du bist verrückt, Titius!» Er schüttelte verärgert den Kopf. «Du bist einfach verrückt!»

«Nicht mehr als du», ereiferte sich Titius und fuhr beinahe beschwörend fort: «Bedenke die Möglichkeiten eines solchen Kindes. Sicher, es würde Jahre dauern, bis es so weit ist, doch es wäre durchaus möglich ...»

«Du meinst also wirklich, es könnte sich lohnen, zwanzig Jahre zu warten, bis dieses Kind erwachsen geworden ist und in der Arena kämpfen wird?», unterbrach ihn Gaius aufgebracht. «Welcher Dämon verwirrt dir so deine Sinne, Marcus? Hast du schon einmal daran gedacht, dass du diesen Tag vermutlich gar nicht mehr erleben wirst?»

Gleichgültig strich sich Titius über sein Kinn. «Ich denke nicht an mich. Ich denke an die Zukunft. Schon möglich, vielleicht erlebe ich es wirklich nicht mehr, aber all die Besucher der Spiele, die nach uns kommen! Craton ist eine Legende, doch wird sein Ruhm anhalten, wenn er nicht mehr kämpft? Wie war es bei Mantano? Über Jahre hinweg riefen sie ihn den Tiger der Arena. Und dann ...» Titius klatschte in die Hände, und der Laut hallte durch die leere Arena. «Puff ... Kaum jemand erinnert sich mehr an ihn, obwohl er noch lebt.»

Gaius lehnte sich nachdenklich zurück. Wieder brüllte ein Tier in den Gewölben. Vielleicht ein Panther oder ein Löwe, er war sich nicht sicher. Unwillkürlich zog er seine Toga über den Kopf.

«Was willst du von mir?», fragte er ungeduldig.

«Ich habe Geldgeber, die für das Kind der Amazone viel zahlen würden.»

«Viel zahlen? Und dafür soll ich meine Schule aufs Spiel setzen? Kannst du dir vorstellen, was geschehen wird, wenn ich Cratons Kampfgeist dafür opfere?» Gaius schüttelte den Kopf. «Vermutlich ist Craton schon mehrfacher Vater, aber ich will davon nichts wissen. Es interessiert mich nicht, welche Sklavin mit welchem Gladiator schläft und ob sie schwanger wird. Vergiss es, daraus wird nichts!»

Titius überlegte kurz, dann fuhr er mit ruhiger Stimme fort: «Gaius, lass mich einfach ausreden ... Cratons Vaterschaft würde uns viel Geld bringen. Aber es würden auch viele Sesterzen, gar Talente gezahlt werden, wenn mein Calvus ...»

«Ach so, nun soll auch noch dein Gladiator ... Weshalb lassen wir nicht gleich einen Bastard von beiden Vätern kuppeln?», erwiderte Gaius bissig. Er presste die Lippen zusammen und erhob sich. Er wollte sich das lächerliche Geschwätz nicht länger anhören.

Titius hielt ihn am Unterarm zurück und blickte zu ihm hoch. «So warte doch, Gaius. Nun setz dich wieder, mir wird schon der Nacken steif.»

Als er seinen Arm noch immer nicht losließ, gehorchte Gaius murrend.

«Ich wollte dich nicht beleidigen», begann Titius versöhnend, «ich wollte dir nur einen Vorschlag unterbreiten. Aber mir scheint, du bist nicht der Herr deiner Männer, sondern stellst dich ihnen gleich. Vergiss nicht, nach römischem Recht sind all deine Sklaven Sachwerte, und du kannst von ihnen verlangen und mit ihnen tun, was du willst!»

«Möchtest du mich nun über römisches Recht belehren?», stieß Gaius aufgebracht hervor. Er holte tief Luft, um sein Gemüt wieder zu besänftigen.

«Nein, natürlich nicht.» Titius rückte nochmals näher, und Gaius spürte jetzt den unangenehmen Druck des massigen Körpers. «Aber weder du noch ich können es allein mit den Schulen des Kaisers und den vielen freien Gladiatoren aufnehmen. Wir müssen an uns denken, an unsere Kämpfer, auch wenn es ein gnadenloses Geschäft ist – damit verdienen wir unser Geld. Bisher nicht schlecht, doch die Zeiten, als hunderttägige Spiele ausgerichtet wurden, sind vorbei. Kaiser Titus, die Götter mögen ihn segnen», Titius richtete seine Hände gegen den Himmel, «war ein Freund der Spiele! Sein Bruder Domitian liebt sie auch, aber er hat ein anderes, noch viel teureres Spielzeug: den Krieg.»

«Du langweilst mich mit deinen Geschichten! Erzähl mir nicht, was ich schon weiß», erwiderte Gaius gereizt. «Es ist meine Sache, wie ich meinen Ludus führe. Niemand wird mich zu irgendwelchen Geschäften zwingen. Niemand, auch du nicht! Noch geht es mir nicht so schlecht, dass ich auf deine Vorschläge eingehen müsste!»

Gaius stand wütend auf und ließ sich nicht mehr von Titius aufhalten. Aufgebracht verließ er die Loge, ohne sich noch einmal umzudrehen, und eilte zum Haupttor des Amphitheaters.

Ein Soldat, der im zuckenden Licht der Fackeln stand,

öffnete sofort das schwere Tor und ließ ihn passieren. Als Gaius es hinter sich ins Schloss fallen hörte, blieb er verärgert stehen und sah sich um. Er zog die Toga wieder vom Kopf. Eigentlich hatte Titius Recht, Schulen wie ihre würden auf Dauer nicht bestehen können, das wusste er. Immer mehr Freiwillige ließen sich von kaiserlichen Schulen anwerben. Es waren Männer, die kein Risiko bedeuteten, weil sie wussten, welches Leben, welcher Tod sie erwartete. So mussten weniger Gelder für den Ankauf von Sklaven ausgegeben werden. Doch Gaius hatte Craton, und niemand, nicht einmal der Kaiser, wollte darauf verzichten, ihn kämpfen zu sehen. Das war gut so. Das war sein Trumpf.

Als wolle er die Gedanken an Titius vertreiben, schüttelte Gaius den Kopf und lief los.

In Roms Straßen pulsierte das Leben, der Abend trieb die Bürger aus ihren Häusern. Gaius schlenderte durch die Stadtteile, in denen die Wohlhabenden und Reichen wohnten.

Prächtige Stadtvillen und Statuen, die Götter und Helden darstellten, prägten das Stadtbild. Gaius nahm die Pracht nicht wirklich wahr, denn er kannte diesen Teil der Stadt nur zu gut. Hier stand auch Tiberianus' Haus. Zielstrebig steuerte er auf die Villa seines Freundes zu, blieb aber plötzlich stehen und betrachtete das Anwesen, als hätte er es noch nie gesehen. Er blickte um sich, dann beschloss er, Tiberianus doch nicht aufzusuchen, und verhüllte erneut sein Haupt mit der Toga. Niemand, der an ihm vorbeiging, interessierte sich für den Adeligen. Nur einige Sänftenträger blickten auf, als sie den unschlüssigen Fußgänger sahen, der ihren Weg kreuzte.

Verärgert, enttäuscht und bedrückt – so wollte Gaius Tiberianus nicht besuchen und zog es vor, unerkannt weiterzugehen. Er war absichtlich allein unterwegs, hatte seine Sänfte, nachdem er bei Claudia war, nach Hause geschickt.

Schon nach ihrem Gespräch kannte er sein abendliches Ziel. Und Sänftenträger – obwohl Sklaven – mussten nicht unbedingt die Gewohnheiten ihres Herrn kennen und über diese womöglich auch noch plaudern.

Gaius bog in eine Straße, die von Stadthäusern der weniger bemittelten Kaufleute gesäumt war und sich deutlich vom Prunk der anderen Bezirke abhob. In manchen Fenstern der *Tabernae*, der kleinen Läden, schimmerte noch Licht, Stimmen und Gelächter drangen nach außen.

Gaius kannte sein Ziel, er würde es selbst im Schlaf finden. Die Häuser wurden nun einfacher, schmuckloser und ärmer. Einfache Leute kamen ihm entgegen, und jene, die nicht erkannt werden wollten, hatten wie er ihre Toga über den Kopf gezogen.

Es war ein unehrenhafter Stadtteil: Hier mischte sich der Adel mit dem Plebs, hier trafen die Armen auf die Reichen, ohne dass jemand nach Stand oder Herkunft fragte. Oder nach dem Grund des Aufenthalts.

Gaius lief an Tavernen vorbei, deren geschäftiges Treiben bis auf die Straße lärmte. Vielversprechende Schriftzüge, die nicht nur das Spektakel des nächsten Tages ankündigten, sondern auch die Attraktionen dieses Stadtteils anpriesen, zierten die schmutzigen Wände. In großen Lettern warben sie um Besucher und verrieten, in welchem Haus die schönsten und willigsten Liebesdienerinnen warteten, wie viel sie kosteten und welche Künste sie anzubieten hatten.

Schlagartig blieb Gaius stehen und drückte sich an die Hauswand einer mehrstöckigen Insula, als ein Zug der Stadtwache die Straße entlangmarschierte. Ihre Schritte hallten rhythmisch auf dem Pflaster wider. Gaius zog sich die Toga tiefer ins Gesicht und konnte sich ein Lächeln nicht verkneifen, als er zwei weitere Männer auf der gegenüberliegenden Seite entdeckte, die es ihm gleichtaten. Jeder, ob Senator, Adeliger oder Besitzer einer Gladiatorenschule, bemühte sich, hier unerkannt zu bleiben. Doch niemand kümmerte sich darum, wer sich in diesem Viertel der käuflichen Liebe hingab.

Die Schritte der Soldaten waren noch zu hören, als Gaius sich von der Wand löste und weiterging. Er musste wieder an Titius und seinen wahnwitzigen Vorschlag denken. Niemals würde er sich auf so etwas einlassen!

Eine unsanfte Berührung riss ihn aus seinen Gedanken. Ein Betrunkener war gestolpert und hatte ihn angerempelt, lallend torkelte er davon. Gaius sah ihm nach. Es war nicht mehr weit bis zu dem Haus, nach dem er suchte.

Schmucklos und baufällig stand die Insula da. Mehrere Familien wohnten in dem vierstöckigen, schäbigen Gebäude.

Im unteren Geschoss brannte noch Licht, Stimmen waren zu hören; der Ort schien wieder gut besucht zu sein.

Gaius blieb unschlüssig in der Dunkelheit des Hinterhofes stehen. Lange war er nicht mehr hier gewesen, und er wusste nicht, ob man ihn noch kennen würde und ob er hier noch immer finden würde, was er so sehr begehrte. Er wusste nicht, ob Messalia noch hier war. Die Erinnerung an diese leidenschaftliche Frau ließ Blut in seinen Kopf schießen, und ohne weiter zu überlegen betrat er die *Taberna*.

Stickige, verbrauchte Luft schlug ihm entgegen. Zahlreiche Öllämpchen erhellten die dämmrige Schänke, die von Gelächter, Gesang und erregten Gesprächen erfüllt war. Männer saßen an Tischen und unterhielten sich lautstark, umgarnt von leicht bekleideten Frauen.

An einem Tisch schlief ein Mann, den Kopf auf die Tischplatte gelegt. Er war kräftig gebaut, und es schien, als wäre er schwere Arbeit gewohnt. Gaius sah ihn aufmerksam an – vielleicht steckte in ihm ein neuer Gladiator.

Der Wirt hinter der Theke bemerkte den neuen Gast und

nickte ihm zu. Gaius nickte zurück, während eine junge Frau, fast noch ein Mädchen, mit unverhüllten Brüsten sich zu ihm gesellte. «Tritt näher, Herr, ich werde dir alles bieten, was du begehrst. Keiner deiner Wünsche soll unerfüllt bleiben!»

Nach römischem Recht hatte eine Zwölfjährige bereits das heiratsfähige Alter erreicht, doch Gaius widerstrebte es zutiefst, ein Kind zu begehren. Vielleicht waren es all die Jahre mit Claudia, die er in der Unschuld des Mädchens wiedererkannte. Nie hätte er es gewagt, mit der damals kaum fünfzehnjährigen Claudia zu schlafen.

«So schüchtern?» Eine andere Frau stand nun vor ihm. Sie trug ein fein gewebtes, durchscheinendes Gewand, das die Formen ihres Körpers unterstrich und diese kaum verhüllte. Sie ging auf die zwanzig zu. Ihr Leib verriet, dass sie nicht unerfahren war und schon Kinder geboren hatte: Der Bauch war leicht gewölbt, die Brüste ein wenig erschlafft.

«Man nennt mich Lahis», flüsterte sie Gaius sinnlich ins Ohr und blickte die kindliche Dirne drohend an.

Das Mädchen entfernte sich, während Lahis aufreizend neben Gaius verharrte und versuchte, die Toga von seinem Kopf abzustreifen. Zärtlich strich sie über den Stoff, zupfte vorsichtig daran, doch Gaius hielt ihre Hand mit einem raschen Griff fest. Die strahlend blauen Augen der Liebesdienerin blickten ihn fordernd an. Ein kaum wahrnehmbares Kopfschütteln, einladender und überzeugender als tausend Worte, brachte Gaius dazu, sie gewähren zu lassen.

Sie berührte sanft seine Wange, und Wärme durchflutete ihn. Er schloss die Augen, um dieses Gefühl der Zärtlichkeit nicht zu zerstören, und einen Herzschlag lang hoffte er, Claudia würde vor ihm stehen, wenn er sie wieder öffnete.

«Ein so gut aussehender Mann wie du muss doch nicht schüchtern sein! Du bekommst hier alles, was du dir wünschst», schmeichelte Lahis.

«Lass den Herrn zufrieden und kümmere dich lieber um den Betrunkenen!», krächzte eine Frauenstimme, die Gaius bekannt vorkam.

Lahis wandte sich enttäuscht ab und trat auf den schlafenden Mann zu, versuchte ihn zu wecken.

Die Wirtin, eine ältere, kräftige Frau mit ausladenden Brüsten, näherte sich Gaius. «Wir haben dich schon lange nicht mehr gesehen», begrüßte sie ihn und führte ihn an einen abseits stehenden Tisch. Ins Holz geritzte Buchstaben, Worte und Symbole zeugten von unzähligen Besuchern dieser *Taberna*.

Sie setzten sich schweigend auf die grobe Bank.

«Wie lange ist es her? Ein Jahr?», erkundigte sich die Wirtin mit rauer Stimme. Schon lange führte sie diese Schankstube, und dies mit eisernerer Hand als ihr Mann.

«Mehr als zwei Jahre», erinnerte sich Gaius und wusste nicht, warum er flüsterte. Es gab nur wenige Gründe, hierher zu kommen: billigen Wein, feiernde Gäste, willige Frauen.

«Mehr als zwei Jahre», wiederholte er, diesmal lauter.

«Eine lange Zeit. Es hat sich viel geändert, seit du das letzte Mal hier warst», sagte die Frau und strich ihr schlichtes Gewand glatt. Der Wirt stellte einen Krug mit Wein und einen mit Wasser und zwei Becher auf den Tisch.

«Schön, dich wieder hier zu sehen», bemerkte er erfreut.

«Entweder hast du geheiratet oder deine Vorlieben geändert», meinte die *Copa*, als ihr Mann zum Schanktisch zurückkehrte, und wiegte belustigt den Kopf.

«Weder noch. Meine Geschäfte haben mich abgehalten», erwiderte Gaius tonlos.

«Deine Geschäfte? Du bist ein Adeliger!»

«Warum denkt ihr alle, Patrizier können ihr ganzes Leben Gelage feiern, sich in den Thermen vergnügen und den Reichtum der Eltern und Vorfahren verprassen! Glaubst du, ich müsste nicht auch arbeiten?»

«Müssen wir das nicht alle?», besänftigte ihn die Wirtin. Sie mochte keine schlecht gelaunten Gäste.

Sie schenkte ihm Wein ein und dachte daran, dass er früher ein häufiger und gern gesehener Gast gewesen war.

Gaius wandte seinen Blick von ihr ab und zeigte auf den schlafenden Mann. «Kennst du ihn?», fragte er.

«Soll ein Gladiator sein», erwiderte die Wirtin schulterzuckend.

«Ein Gladiator, der eine Toga trägt? Ist er ein *Libertus*?»

«Nein, er ist römischer Bürger. Weder freigelassen noch unehrenhaft, einfach ein guter Gladiator. Morgen wird er in der Arena stehen.»

«Wie heißt er?»

«Du weißt ja: Hier haben die Gäste keine Namen.» Die Wirtin lächelte. Sie kannte zwar jedes Gesicht und alle Wünsche und Neigungen der Männer, doch sprach sie jeden nur mit «Herr» an. Genau darum mochten sie alle diese *Taberna*, auch wenn sie ein *Locus inhonestus*, ein ehrloser Ort war.

Gaius nickte und betrachtete seinen Becher, auf den erotische Verzierungen und eindeutige Worte gemalt waren. Er prostete ihr zu, trank und verzog die Miene. Es war nicht der Wein, den er gewöhnlich genoss. Billig, mit Wasser verdünnt, gerade gut genug, um die Sinne zu benebeln.

Der betrunkene Gladiator erhob sich, folgte taumelnd Lahis und verschwand mit ihr hinter einem dicken Vorhang. Gaius kannte diesen Weg, er war ihn schon oft gegangen.

«Messalia?», stieß er plötzlich gedankenverloren hervor.

Die Wirtin blickte auf und sah sich erstaunt um, als sie seinen Gesichtsausdruck bemerkte. Gaius starrte gebannt zum Vorhang, als hätte er dort eine Erscheinung gesehen. Doch dort war nichts. Nur der Stoff bewegte sich noch.

«Sie hat gerade einen Gast», antwortete die *Copa*.

«Ich hatte nicht gedacht, dass sie noch da ist.» Gaius sah noch immer zum Vorhang.

«Warum sollte sie nicht? Glaubst du wirklich, ich lasse meine beste Stute einfach so gehen?»

Messalia war eine Freigelassene, die sich hier noch immer anbot – sie kannte nichts anderes. Gaius erinnerte sich mit Wehmut an sie. Jede ihrer Berührungen, jede Bewegung, jede Stelle ihres Körpers hatte sich in seine Gedanken eingebrannt.

«Es war ihr letzter Gast!», bemerkte die Wirtin, als ein hagerer Mann hinter dem Vorhang hervortrat. Gaius musterte ihn argwöhnisch, als wäre er ein Nebenbuhler.

Du weißt, dass du von ihr nicht Liebe erwarten kannst. Es ist nur ein Geschäft, das sie meisterhaft beherrscht, überlegte er.

«Glaubst du, sie hat noch Zeit für mich?», erkundigte er sich.

Die Wirtin wog den Kopf. «Ein letzter Gast ist ein letzter Gast. Aber ich werde sie trotzdem fragen.»

Sie erhob sich, doch Gaius hielt sie zurück. «Nein, ich werde es tun!»

Noch bevor die Frau etwas erwidern konnte, war er hinter dem Vorhang verschwunden. Der feste Stoff schluckte beinahe jeden Lärm aus dem Wirtsraum. Gaius folgte dem dunklen Gang, in dem sich Zimmer an Zimmer reihte, zu Messalias *Cella*. Würde sie sich noch an ihn erinnern? Er zögerte, als er die Tür erreichte. Kein Geräusch war hinter ihr zu vernehmen, und erst beim dritten Klopfen wurde sie geöffnet.

Gaius verschlug es den Atem.

Gleich einer Göttin stand sie vor ihm. Langes, dunkles, wallendes Haar fiel auf ihre Schultern und Hüften, ihre roten Lippen erzählten von Sinnlichkeit, warteten darauf, geküsst zu werden. Sie blickte ihn mit schwarzen, undurchdringlichen, geheimnisvollen Augen an. Sie war noch nicht ganz bekleidet, ihre blassen, weichen Brüste waren entblößt.

«Du?», fragte sie überrascht und bedeckte hastig ihren halb nackten Körper mit einer Stola. «Du bist es?»

Gaius war wie berauscht vom Klang ihrer Stimme, die er so lange nicht mehr gehört hatte. Diese Mischung aus Unschuld, Verruchtheit und betörender Aufforderung.

Messalia, menschliches Abbild der Venus, ließ ihn eintreten.

Das Bett war benutzt, die Decke zerwühlt, und verräterische Spuren auf dem Laken zeigten ihm, dass sein Vorgänger hier bekommen hatte, was er wollte. Gaius wusste nicht, ob er eifersüchtig sein sollte; dieses kleine Zimmer diente nur zu einem Zweck: der Befriedigung der Lust, der Erfüllung geheimer Träume.

«Du bist hoffentlich nicht gekommen, um hier herumzustehen», ertönte Messalias Stimme und riss ihn aus den Gedanken an eine Zeit, die unwiderruflich verstrichen war.

Sie bewegte sich verführerisch auf das Bett zu, legte sich anmutig hin und entblößte dabei auffordernd ihren Körper. Die Jahre waren an ihr nicht spurlos vorbeigezogen, aber immer noch war sie begehrenswert und sinnlich. Gaius überkam ein unstillbares Verlangen, und er wünschte sich, diesen Ort, diese Frau nie wieder verlassen zu müssen.

«Du hast dich kaum verändert», flüsterte Messalia, und ihre Stimme machte ihn willenlos. «Du bist immer noch ein gut aussehender Mann, auch wenn du älter geworden bist. Wie steht es mit deiner Männlichkeit, ist sie auch älter geworden?»

Ihre Blicke wanderten zu Gaius' Geschlecht, als könne sie seine Erregung unter der Tunika erkennen. Aufreizend strich sie sich über ihre Brüste, sah ihn mit halb geschlossenen Augen an und ließ ihn alles vergessen: Claudia, Titius, den *Ludus* – alles.

Er streckte seine Arme nach ihr aus, doch sie zog sich zurück und verhüllte hastig ihren Körper.

«Nein!», wehrte sie ab, «so einfach ist das zwischen dir und mir nicht. Du hast von mir viel mehr bekommen als jeder andere. Verdiene ich jetzt nicht eine Erklärung? Willst du mir nicht sagen, warum du einfach so verschwunden bist? Oder glaubst du, ich schließe dich wieder in die Arme, als wäre nichts gewesen?» Sie verstummte verärgert, und Gaius glaubte zu sehen, wie sich ihre Augen mit Tränen füllten.

«Du hattest nie etwas gesagt», bemerkte er, und es klang fast wie ein Vorwurf. «Ich glaubte, ich wäre für dich nur ein ganz gewöhnlicher Gast. War dem nicht so?»

Sie antwortete nicht sofort, doch der Schmerz in ihren Augen schwand mit einem Schlag, und sie füllten sich wieder mit Sinnlichkeit und Verlockung. «Ein Gast», lächelte sie ihn an. «Ja, du warst immer ein guter Gast, ein sehr guter sogar. Du hast mich immer gut bezahlt ...» Sie brach ab, und mit der derben Unverschämtheit einer Dirne fuhr sie eiskalt fort: «Ich mag Männer, die mich gut bezahlen!»

Messalias Worte verwirrten Gaius, wie alles an ihr. Vielleicht mied er sie aus diesem Grund so lange und nicht wegen Claudia, wie er es sich einzureden versuchte.

«Du kommst zu spät, mein letzter Kunde ist bereits gegangen, und ich habe nicht vor, noch einen weiteren anzunehmen. Auch dann nicht, wenn du es bist. Vielleicht morgen, vielleicht nie!» Sie lachte jetzt laut, räkelte sich aufreizend auf dem Bett, und er kam sich vor wie ein kleiner Junge, der zurechtgewiesen wurde. Er wollte gehen, doch ihre betörende Schönheit bannte ihn, hielt ihn zurück, und er wusste, dass er ihr nicht widerstehen konnte.

Und plötzlich, gleich einem wilden Tier, stürzte er sich auf sie, begierig, sie zu nehmen, mit oder gegen ihren Willen. Messalia wehrte sich, schlug um sich, versuchte halbherzig, ihn von sich zu stoßen, doch in ihren Augen waren keine Furcht und kein Entsetzen zu lesen, sondern glühende Begierde.

Rasendes Verlangen verzehrte Gaius, er war hungrig nach ihrem Körper, war durstig nach ihren Lippen. Er wollte sie, wollte von dieser heißen Leidenschaft kosten, wollte in ihrem Körper ertrinken und alles vergessen. Gierig begann er sie zu küssen, schmeckte ihren weichen Mund, ihren Hals. Sie ließ ihn gewähren, half ihm erwartungsvoll die Toga abzustreifen und seine Tunika auszuziehen. Schweigend sahen sie sich in die Augen, küssten sich zärtlich, Verliebten gleich. Sie lagen nackt auf dem Bett, und Gaius liebkoste sie, bis sich ihre Brustwarzen unter seinen Berührungen aufrichteten.

Sie stöhnte kaum vernehmlich auf, als er in sie eindrang, und schaukelnd und sanft bewegten sich ihre beiden Körper auf den Wellen der Lust. Ihre Gedanken trieben davon, kreisten nur noch um diese Augenblicke der Erregung, die sie auskosteten bis zur Besinnungslosigkeit.

Gaius hatte lange darauf gewartet, wollte sie mehr denn je. Immer und immer wieder, immer schneller bewegte er seinen Körper bis zur vollkommenen Befriedigung. Auf dem Höhepunkt schrie er leidenschaftlich auf und sank erschöpft in ihre Arme, drückte seinen Kopf zwischen ihre Brüste. Schwer atmend lag er auf ihr, und Messalia strich sanft durch seine Haare.

Eine behagliche Müdigkeit umfing sie beide.

«Ich wollte dich so sehr», flüsterte er, als ihm bewusst wurde, wie hemmungslos er sie bedrängt hatte. «Ich habe dich so vermisst, all das ...» Seine Stimme versagte. Er schloss die Augen und umarmte sie so fest, als wolle er sie nie mehr loslassen.

Bevor er in einen traumlosen Schlaf glitt, spürte er, wie ihre Lippen seinen Mund berührten.

Und es war nicht der Kuss einer Liebesdienerin, es war der Kuss einer liebenden Frau.

XIX

«Hast du Craton wirklich noch nie gesehen?», erkundigte sich Claudia und schenkte Lucullus ein betörendes Lächeln.

Sie waren jetzt ein Paar, und Gaius spürte, wie schwer es ihm fiel, sich mit dieser Tatsache abzufinden. Doch Claudia schien glücklich zu sein. Viel glücklicher, als sie je mit mir war, blitzte es Gaius durch den Kopf. Trotzdem lächelte er sie an und antwortete anstelle seines Bruders: «Er hat Craton schon einmal gesehen.»

Lucullus legte die Stirn in Falten. «So? Wo denn?»

«Bei mir zu Hause.» Gaius zuckte mit den Schultern.

«Aber ich habe ihn noch nie kämpfen sehen», erinnerte sich Lucullus und sah Claudia begehrend an.

Gaius war zumute, als würden Hunderte Messer in seinen Leib gerammt, geführt durch die Hand seines eigenen Bruders, so sehr schmerzte der unsichtbare Stich.

Sie saßen zu dritt in seiner Loge, und obwohl ihn die Sonne blendete, bemerkte er, wie sein Bruder die Adelige mit den Augen förmlich verschlang.

Am Vorabend war Lucullus in das Haus seines Bruders zurückgekehrt, doch er fand Gaius nicht vor. Erst als schon der Morgen dämmerte, vernahm er seine vorsichtigen Schritte und stellte sich schlafend, um ihn nicht in Verlegenheit zu bringen, Erklärungen abgeben zu müssen.

Leise schlich Gaius in sein *Cubiculum*, ohne den beobachtenden Blick seines Bruders zu bemerken. Lucullus fragte sich, wo er die Nacht verbracht hatte und was der Grund für seine Abwesenheit war.

Als Gaius, endlich ausgeschlafen, sein Bett verlassen hatte, stand die Sonne bereits hoch am Himmel. So betraten sie erst spät das Amphitheater und verpassten die *Pompa*, den großen Einzug der Gladiatoren, diesen prachtvollen Auftakt der Spiele.

Das Gedränge auf den Tribünen zeigte wieder, wie sehnsüchtig die Römer die *Ludi* erwarteten. Vermutlich lockte vor allem Cratons Auftritt die Zuschauer hierher. Alle Ränge waren bereits besetzt, doch der Ansturm der Massen schien endlos zu sein.

Gaius ließ seine Blicke über die überfüllten Tribünen schweifen, verfolgte abwesend das Treiben auf den Stufen, bemüht, die zwei Verliebten neben sich nicht zu beachten.

Wie fast immer wurde der Kaiser von Pompeia begleitet. Verführerisch, anmutig und mächtig saß sie an Domitians Seite. Gaius schauderte, als er ihr wissendes Lächeln bemerkte. Pompeia war nicht entgangen, dass Claudia nun mit Lucullus verbunden war. Eine Tatsache, die ihr durchaus gefiel.

Verlegen grüßte Gaius sie und bemerkte, dass dem Imperator dies nicht entging. Missbilligend sah der Herrscher, der Gaius bis jetzt noch nie wahrgenommen hatte, ihn an. Pompeia schien es nicht zu kümmern. Sie beugte sich zu Domitian und flüsterte ihm etwas zu, ohne Gaius dabei aus den Augen zu lassen. Die Miene des Imperators lichtete sich, er sah den Adeligen freundlich an, und Gaius fühlte sich plötzlich unangenehm berührt. Er hätte viel dafür gegeben zu erfahren, was Pompeia Domitian zugeflüstert hatte. Der Blick des Imperators ruhte ungewöhnlich lange auf ihm, und mit einem Gefühl des Unbehagens grüßte Gaius den Kaiser ehrerbietig.

Anea wartete in einer kleinen, abgelegenen Kammer in den weiten Gewölben des Amphitheaters auf ihren Auftritt, versunken in Gedanken. Der letzte Kampf schien schon so lange her zu sein, als hätte er nie stattgefunden, und die Prellungen und schmerzhaften Blutergüsse waren vergessen. Sie hatte sich den Winter über gut erholt und war nicht überrascht, als sie erfuhr, dass ihr ein neuer Kampf bevorstand. Sie spürte keine Furcht mehr, denn sie wusste um ihre Stärke und um ihr Können.

Craton war hart zu ihr, ließ keine Schwäche zu, und dies steigerte ihren Glauben an sich selbst.

Auf eigenartige Weise vermisste sie Titio und die Übungen mit ihm. Er war ihr wie ein Bruder ans Herz gewachsen, und sie konnte lange nicht glauben, dass Gaius ihn wirklich an Marcus Titius verkauft hatte.

Bei Titius' Name fiel ihr wieder Ferun ein. Auch um sie machte sie sich Sorgen, auch sie fehlte ihr. War sie noch in Rom? Ging es ihr gut? Lebte sie noch? Ich darf jetzt nicht an sie denken, rügte sie sich selbst, ich muss mich auf meinen Auftritt vorbereiten. Später dann, nach dem Kampf, wenn ich gewonnen habe und in meiner *Cella* bin, dann kann ich mich wieder erinnern – an Ferun und an alles, was einmal war. Jetzt noch nicht! Jetzt nicht!

Ein junger Sklave half ihr die Rüstung anzulegen: einen bronzenen Brustharnisch, mit geheimnisvollen Symbolen verziert, den Gaius für sie hatte anfertigen lassen. Der Junge zog stumm die Riemen straffer. Ohne sie auch nur ein einziges Mal angeblickt zu haben, verließ er die schäbige Unterkunft, und Anea blieb mit sich und ihrer Einsamkeit allein. Jedes Mal, wenn sie einem Menschen begegnete, fragte sie sich, ob sie ihn je wiedersehen würde. Würde sie den nächsten Kampf überleben? Oder waren alle Begegnungen nur flüchtige Augenblicke, kürzer als ein Atemzug?

Craton erzählte ihr von Frauen, die auch in der Arena kämpften – meistens jedoch nur gegen andere Frauen oder gegen wilde Tiere. Doch keine von ihnen musste ihr Leben gegen einen Mann verteidigen. Der Gedanke, sie müsste gegen eine Frau antreten, wühlte sie auf. Würde sie sie töten können?

Nachdenklich begann sie, ihr langes, braunes Haar zu einem Zopf zu flechten.

Ich habe keine Angst vor dem Sterben, ich bin eine gute Kämpferin, wiederholte sie bei sich. Ich weiß bereits, wie der Sieg schmeckt, und ich werde immer wieder von ihm kosten, bis er mir eines Tages das Tor öffnet und ich die Arena für immer verlasse, um frei zu sein. Frei! Keine Sklavin mehr! Sie schloss die Augen und atmete tief durch. Dann legte sie sich ihre restliche Rüstung allein an.

Sie hatte sich Respekt und Anerkennung verschafft, und einige Kämpfer mieden sie – sie war ihnen zu wild, zu gefährlich. Nur Craton stand zu ihr, hielt von Anfang an schützend seine Hand über sie, und obwohl sie wusste, wie gefährlich es für sie beide war, konnte sie nicht anders, als sich immer mehr und mehr nach ihm zu sehnen.

Anea betrachtete ihre Waffen. An den Umgang mit dem Kurzschwert hatte sie sich gewöhnt, doch den Schild empfand sie noch immer als hinderlich. Mit einem langen Schwert kämpfte sie am liebsten; so konnte sie ihre Schnelligkeit und Gewandtheit am besten einsetzen.

Sie griff nach der Waffe, und ein brennender Stich jagte durch ihre linke Schulter. Vorsichtig rieb sie sich die schmerzende Stelle. Bei einer Übung war sie gestürzt und hatte sich verletzt. Und obwohl sie sich nichts anmerken ließ, spürte sie nun die Behinderung.

Die Tür wurde plötzlich aufgerissen, und Anea schnellte herum, als Craton die *Cella* betrat. Auch er trug bereits seine Rüstung.

«Es ist nicht besser geworden mit deiner Schulter», meinte er und musterte sie aufmerksam.

Anea war verwundert: Sie hatte niemandem von ihrer Verletzung erzählt und war überzeugt, dass auch jetzt nichts ihren Schmerz verriet. Sie schüttelte den Kopf und vermied es, Craton anzublicken. «Es geht schon», murmelte sie.

Craton trat vor sie hin, und sie war wie immer überrascht, wie hoch gewachsen und muskulös er war. Er überragte sie um fast zwei Kopflängen. Blitzschnell packte er sie an der Schulter. Schmerzvoll ächzte sie auf und entzog sich seiner Berührung.

«Was heißt: Es geht schon? Du hättest dich behandeln lassen sollen! Gaius hat genügend Heiler, die dir mit einer Salbe Linderung verschafft hätten! Jetzt ist es zu spät, du musst den Schmerz unterdrücken.» Seine Stimme war nicht tadelnd, vielmehr besorgt.

Grollend rieb sich Anea die Schulter. Sie hätte nicht gedacht, dass ein einziger Griff ihr solche Schmerzen bereiten konnte.

«Ich werde es schaffen, ich habe es bis jetzt ganz gut verbergen können», entgegnete sie und trat einen Schritt zurück.

«Hast du nicht. Sonst hätte ich es nicht bemerkt.»

«Du hast mich überrascht!»

«Meinst du wirklich, es lag nur daran? Du schonst schon seit einigen Tagen deine Schulter. Ein ungeübtes Auge nimmt so etwas nicht wahr, aber ein Kämpfer, der nach einem Schwachpunkt bei seinem Gegner sucht, ganz bestimmt!»

Anea biss die Zähne zusammen und errötete. Ich kann wirklich gar nichts vor ihm verbergen, dachte sie.

«Ich bin nicht wegen deiner Schulter gekommen», fuhr Craton fort. «Ich wollte dir sagen, dass sich dein Gegner auf der Herfahrt das Leben genommen hat. Ein anderer wird gegen dich antreten.»

Er musterte sie nachdenklich. «Anscheinend hast du schon jetzt den Ruf einer gefährlichen Kämpferin. Das ist gut so!»

Anea überhörte sein Lob. «Er hat sich das Leben genommen? Er hat sich umgebracht, weil er mich fürchtete?», fragte sie voller Entsetzen.

«Ja, das kommt vor, sogar recht häufig.» Craton lugte aus dem kleinen vergitterten Fenster, durch das ein wenig Sonnenlicht in die Zelle drängte. «Er war ein Anfänger. Viele Unfreie bringen sich um, bevor sie ihre Ausbildung abgeschlossen haben. Sie wollen nicht in der Arena kämpfen.» Er trat näher an sie heran und fasste sie behutsam an den Armen. «Anea, sei froh, dass dir der Kampf mit ihm erspart blieb. Es ist schrecklich, einen Gegner töten zu müssen, der von Anfang an keine Chancen gegen dich hat. Ein solcher Kampf wird keinen Ruhm einbringen.»

«Und gegen wen werde ich nun antreten?», erkundigte sie sich ratlos.

«Ich weiß es nicht. Das Los wird entscheiden. Aber es wird kaum schwerer werden als sonst. Und du wirst ganz bestimmt siegreich die Arena verlassen.» Er ließ sie wieder los.

Anea nickte. «Und du?», fragte sie.

«Mein Gegner steht schon lange fest, aber ich will seinen Namen nicht wissen. Ich habe vor langer Zeit aufgehört, danach zu fragen. So brauche ich mir keine Gedanken darüber zu machen, wer mein nächstes Opfer ist. Tote haben keine Namen mehr.» Craton sah sie mit merkwürdigem Blick an. «Du solltest dich jetzt auf deinen Kampf vorbereiten», sagte er ernst, als die Klänge der *Tubas* erschollen, und wandte sich zum Gehen.

«Warte», hielt sie ihn auf, eine seltsame Beklemmung erfasste sie, während sie sich selbst flüstern hörte: «Versprich mir, dass du zurückkommst. Versprich mir, dass wir uns an diesem Abend sehen werden ...»

Craton atmete tief ein, blickte sie unverwandt an. «Anea, wir sind Gladiatoren, du solltest mir ein solches Versprechen nicht abverlangen.»

«Wärst du kein Gladiator, müsste ich von dir auch keines verlangen», sagte sie in einem Ton, der Craton leer schlucken ließ, und wandte sich ab, wissend, dass er ihr nicht antworten würde. Sie vernahm das Knarren der rostigen Scharniere, als er die Tür hinter sich schloss, und begann zu frieren.

Sosehr Gaius es auch versuchte, sich auf die Spiele zu konzentrieren, es wollte ihm nicht gelingen. Claudias Nähe verwirrte ihn mehr, als er je vermutet hatte.

Wieder musste er an die vergangene Nacht mit Messalia denken. Bei ihr fühlte er sich geborgen, bei ihr hatte er all die Sorgen vergessen, die ihn jetzt heimsuchten.

Der Morgen graute bereits, als er in ihren Armen aufwachte. Er spürte die Wärme ihres Körpers, der sich an seinen schmiegte, roch ihren betörenden Duft, und ihr Atem streichelte seine Wange.

Sie war eine *Lupa*, eine Prostituierte; trotzdem erfasste ihn Eifersucht, wenn er daran dachte, dass sie nicht nur ihm, sondern auch anderen Männern gehören würde. Nie zuvor hatte ihn eine Frau so verstanden, nie zuvor war eine Frau bereit, mit ihm seine Sorgen zu teilen. Ihr konnte er Dinge anvertrauen, über die er mit Claudia niemals geredet hatte.

Gaius musterte Claudia verstohlen. Vergnügt plauderte sie mit Lucullus, der begeistert das Treiben auf den Rängen und in der Arena verfolgte.

Als sie Gaius' Blicke bemerkte, sah sie ihn unverwandt an, lächelte, und ihn erfasste tiefe Wehmut. Nun, verlobt mit seinem Bruder, erschien sie ihm schöner und bezaubernder denn je.

«Ich bin dir sehr dankbar, dass du mich zu den Spielen eingeladen hast», zerstörte Lucullus diesen Augenblick des Zaubers und der Sehnsucht. «Es wäre unverzeihlich gewesen, Rom zu verlassen, ohne Craton und die anderen Kämpfer gesehen zu haben.» Er füllte den Becher mit Wein und prostete seinem Bruder zu.

«Du vergisst die Amazone», erwiderte Gaius, «sie ist jetzt die Attraktion.» Und als hätte die Menge seine Worte vernommen, erhoben sich Rufe: *«Amazon, victor, Amazon!»*

Anea hatte die Arena betreten.

Unwillkürlich erinnerte sich Gaius an die Zeit, als Craton

nach und nach zum besten Gladiator Roms aufgestiegen war, und Stolz erfüllte ihn. Zwei der erfolgreichsten Kämpfer gehörten ihm und er würde sie nie verkaufen. Schon gar nicht an Marcus Titius. Und er wollte für seinen Widersacher weder Kuppler noch Züchter spielen. Es war eines, für eine prächtige Stute einen Hengst auszusuchen, und ein anderes, eine junge Sklavin absichtlich schwängern zu lassen.

«Gaius?» Claudias Stimme riss ihn aus den Gedanken.

«Du scheinst dich heute für die Spiele kaum zu begeistern», bemerkte Lucullus.

«Dieser Bote ist soeben gekommen», erklärte Claudia und wies mit ihrer Hand auf einen Prätorianer.

«Gaius Octavius Pulcher?», fragte der Soldat mit finsterem, bewegungslosem Gesicht. «Der Imperator wünscht dich zu sehen!»

Gaius stockte das Blut in den Adern. Bisher war es ihm gelungen, sich von Domitian fern zu halten, er konnte sich nicht vorstellen, was der Kaiser jetzt von ihm wollte. Steckte Pompeia dahinter?

Er richtete einen verstohlenen Blick zur Loge.

«Ich soll dich begleiten!», drängte der Prätorianer. «Der Imperator wartet nicht gern!» Er hielt mit der linken Hand den Knauf seines Schwertes fest und wies mit der rechten den Weg. Verunsichert stand Gaius auf, strich seine Toga glatt und folgte dem Soldaten. Erst jetzt merkte er, dass seine Stirn mit Schweiß bedeckt war.

Anea verließ die Arena mit gesenktem Haupt, obwohl sie gesiegt hatte. Sie konnte sich nicht freuen. Zum ersten Mal schämte sie sich sogar für ihren Sieg.

Unter den Tribünen, am mächtigen Eingangstor, erblickte sie Craton und eilte auf ihn zu. Unglücklich blieb sie vor ihm stehen, als sie ihn erreicht hatte, und starrte zurück zum Kampfplatz. Zwei Diener des *Charon* zerrten den leblosen

Körper ihres toten Gegners würdelos an einem Haken vom Platz, damit das Schauspiel schnell weitergehen konnte. Rasch wandte sie sich ab und sah Craton vorwurfsvoll an. «Er war noch ein Kind! Ein Kind, verstehst du?»

Cratons Blicke folgten den Leichenträgern, die den Toten durch das Tor der *Libitina*, der Göttin der Bestattung, zogen. Er wusste, dass sich dahinter das *Spoliarium*, die Leichenkammer, verbarg, wo die niedergestreckten Kämpfer aufgebahrt wurden. «Für ihn hätte es schlimmer kommen können!», entgegnete er.

«Schlimmer? Er ist tot!» Anea schleuderte die Waffe in den Sand.

Craton beugte sich langsam nieder und hob das Schwert auf. «Du vergisst, er starb in Ehre! Nicht viele haben dieses Privileg! Er hat gut gekämpft, er ist tapfer gestorben, und nun ist er frei!» Er hielt ihr die Waffe entgegen, und Anea entriss sie ihm wütend.

Regungslos sah Craton sie an, ließ einen Moment verstreichen, bevor er sagte: «Du kannst nicht gewinnen, wenn du hasserfüllt bist. Und du musst gewinnen. Wenn du von mir ein Versprechen verlangst, musst du bereit sein, mir das gleiche zu geben.» Er wandte sich ab und verließ sie ohne ein weiteres Wort.

Beklemmung bemächtigte sich Gaius, als er dem Prätorianer folgte. Die Loge des Kaisers lag zentral im Komplex des Amphitheaters, nahe der Arena, und sie bot die beste Aussicht. Obwohl in der Nähe seiner eigenen Loge, schienen sie Welten zu trennen.

Der Soldat hieß Gaius warten und verschwand hinter einem purpurnen Vorhang.

«Der Imperator wünscht dich zu sehen!», teilte er ihm mit, als er wieder erschien, es klang nicht nach einer Bitte, es war ein Befehl.

Langsam trat Gaius auf Domitian zu, der ihm den Rücken zuwandte. Pompeia saß noch immer neben ihm, und wie ein Schatten stand Quintus am Rand der Loge; unbeweglich, einer Statue gleich. Gaius wusste, Quintus war ein Geschenk Domitians an die schöne Herrin.

«Göttlicher Imperator, dein Gast ist gekommen!», richtete sich Pompeia mit sinnlicher Stimme an den Herrscher, als sie Gaius bemerkte.

Der Kaiser wandte sich nur kurz um und sah dann wieder in die Arena. Ein Diener eilte herbei, stellte einen Stuhl hinter Domitian und bot Gaius Platz an.

Rufe nach Craton hallten durch die Arena, der Plebs verlangte nach seinem Helden.

Domitian beachtete Gaius nicht, und auch Pompeia war ungewöhnlich schweigsam. War es wirklich Furcht vor dem Imperator, oder tat sie es nur aus kühler Berechnung?

Bedächtig musterte Gaius den Kaiser. Er war dünn, fast abgemagert, das Gegenteil seines fettleibigen, verstorbenen Bruders Titus. Wie ihr Vater waren sie beide zunächst Feldherren, Eroberer, dann Imperatoren. Es war das Los der Flavier zu siegen und zu herrschen. Domitian war nicht das strahlende Abbild eines großen Feldherrn – trotzdem hatte er unzählige Siege im Namen seines Vaters Vespasian und seines Bruders Titus errungen. Auch wenn seine Gegner behaupteten, der Titel eines Imperators hätte ihn korrupt und machttrunken gemacht, so waren die Legionen ihm treu ergeben, wie Lucullus einst erwähnte. Marcellus hingegen, Claudias Vater, hielt ihn für einen grausamen und verrückten Herrscher, der Rom besser auf den Schlachtfeldern dienen würde als auf dem Kaiserthron. So sah es auch Tiberianus und vor ihm sein ermordeter Vater.

Plötzlich musste Gaius an die Gerüchte denken, Titus sei durch die Hand seines eigenen Bruders ums Leben gekommen.

Pompeia räusperte sich, und gleich einem vereinbarten Zeichen richtete der Kaiser seine Aufmerksamkeit auf Gaius, sah ihn über die Schulter an.

«Du bist also Gaius Octavius Pulcher, der Besitzer dieser erfolgreichen Gladiatorenschule am Rande meiner Stadt!» Domitians Augen funkelten kalt. «Eine ungewöhnliche Bestimmung für einen Aristokraten!», bemerkte er spöttisch. «Aber man sagt, du hast großartige Kämpfer. Ich habe schon viel von dir gehört!»

Gaius warf Pompeia einen raschen Blick zu, doch sie erwiderte ihn nicht, starrte weiter in die Arena.

Immer lauter verlangte die Menge nach Craton.

«Dir soll auch dieser Craton gehören», fuhr der Kaiser fort. Gaius fror und schwitzte zugleich, als er den Namen seines Gladiators vernahm.

«Es wird behauptet, er sei der beste Kämpfer, den Rom je gesehen habe.» Domitian lehnte sich vor, als Craton die Arena betrat. «Du kennst meine Schule?», fragte er unvermittelt, ohne Craton aus den Augen zu lassen.

«Wer kennt sie nicht, Herr?» Gaius' Magen zog sich zusammen, seine Unruhe wuchs. «Sie bringt große Männer hervor! Gute Kämpfer, die weit über die Stadt hinaus bekannt sind!»

«Dann kennst du auch Aventius?»

«Es gibt niemanden, der nicht von ihm gehört hat, Imperator!»

Aventius zählte tatsächlich zu den besten Kämpfern der kaiserlichen Schule und war, so glaubte Gaius sich erinnern zu können, auch Domitians bevorzugter Gladiator. Er trat kaum mehr in den Arenen auf, kämpfte nur bei Feierlichkeiten des Kaisers, ein Freigelassener, der aus allen Kämpfen siegreich hervorgegangen war.

«Ich habe einer Wette zugestimmt.» Domitian legte seine Hand auf den zierlichen Arm von Pompeia. «Meine Cousine ist eine große Bewunderin deines Craton. Sie hat gewettet, Aventius werde ihn nicht besiegen können. Ich habe dagegen gesetzt! Daher werden Craton und Aventius gegeneinander antreten. Entscheide du, ob in deiner oder in meiner Schule. Auch den Tag des Kampfes darfst du bestimmen. Und es wird ein Kampf auf Leben und Tod werden!» Der Kaiser lehnte sich zufrieden zurück.

Gaius' Atem stockte, das Blut in seinen Schläfen pochte. Ihm wurde übel. Er konnte Domitians Wunsch unmöglich widersprechen, einem Wunsch, den ihm bestimmt Pompeia verführerisch ins Ohr geflüstert hatte, doch er wollte auch nicht Craton gegen Aventius antreten lassen.

Gaius richtete sich auf. Er presste die Lippen zusammen, zögerte mit der Antwort. Schließlich antwortete er: «Es wird mir eine Ehre sein, dich und Aventius in meiner Schule begrüßen zu dürfen! Den Tag des Kampfes soll Pompeia bestimmen.»

«Gut! So sei es! Pompeia wird entscheiden, wann der Kampf stattfindet», stimmte Domitian zu. Als Gaius die Loge des Kaisers verließ, jubelte die Menge begeistert auf: Craton hatte erneut einen Sieg errungen.

Während Gaius zu Claudia und Lucullus zurücklief, dachte er über das gefährliche Spiel nach, auf das er sich eingelassen hatte. Doch dem Befehl des Imperators nicht zu gehorchen würde einem Todesurteil gleichkommen.

Wenigstens würde Domitian in seiner Schule erscheinen – nicht viele hatten die Ehre, den Kaiser in ihrem Haus zu empfangen. Und was den Kampf anging, so würde es sich zeigen, wer wirklich der Bessere war. Craton würde ihn auch diesmal nicht im Stich lassen.

Anea streifte durch die Gänge unter den Tribünen zu ihrer Zelle. Sie waren düster und jetzt menschenleer; alle wollten den besten Gladiator Roms kämpfen sehen. Nur sie nicht.

Nachdenklich schloss sie die Tür hinter sich, als sie endlich die Unterkunft erreicht hatte, und lehnte sich für einen Moment erschöpft gegen das grobe Mauerwerk. Trotzdem drang das Toben der Menge bis zu ihr, und sie wusste, dass jeder Hieb Cratons bejubelt wurde.

Abwesend legte Anea die blutige Waffe weg. Sie setzte sich niedergeschlagen auf den Schemel und versuchte das Bild des getöteten Jungen aus ihren Gedanken zu vertreiben.

Craton glaubte an sie, glaubte an diese Spiele, sah in ihnen den Schlüssel zur Freiheit. Vielleicht würde sie es eines Tages auch verstehen, vielleicht würde sie sogar selbst irgendwann wieder die Freiheit erlangen, Ferun freikaufen und in ihre Heimat zurückkehren.

Noch immer grübelnd und unglücklich über ihren Sieg, begann sie die Riemen ihrer Rüstung zu lösen. Gerade als sie den Harnisch ablegte, betraten drei Männer die Kammer, und sie erkannte sofort, dass es keine aus Gaius' Schule waren. Einer von ihnen trug die Rüstung eines *Secutors*, seinen freien Oberkörper zierten frische Verletzungen, harmlose Schrammen, mehr nicht. Sein Antlitz war hinter dem massiven Visier des Helms verborgen, der ihn zu einem gesichtslosen Dämon machte. Nur durch die kleinen Sichtlöcher blitzten stahlblaue Augen, und Anea glaubte, sie schon einmal gesehen zu haben.

Die beiden anderen Männer trugen gewöhnliche Tuniken, schäbig und schmutzig. Vermutlich waren sie Gladiatoren, die an diesem Tag nicht auftreten mussten. Sie schlossen eilig die Tür, und der *Secutor* näherte sich wortlos Anea.

«Was wollt ihr hier?», herrschte sie die Männer an. «Lasst mich allein!» Sie blickte angespannt um sich und versuchte nach dem Schwert zu greifen, doch der zweite Eindringling versperrte ihr den Weg.

«Das solltest du besser sein lassen», drohte der *Secutor*.

Anea kniff entsetzt die Augen zusammen: Sie kannte seine

Stimme. Ihr Herz begann wild zu pochen, während aus der Arena wieder Jubel erscholl. Cratons Kampf ging seinem Höhepunkt entgegen.

«Du solltest dich beeilen, Calvus!», drängte einer der Männer.

Calvus, der Kämpfer aus dem Haus des Marcus Titius, schoss es Anea durch den Kopf, und sie wich zurück. Zum ersten Mal, seit sie bei Gaius lebte, sehnte sie Mantano herbei.

Calvus blieb vor ihr stehen und nahm langsam seinen Helm ab. Sein fratzenhaftes, verschwitztes Gesicht war zu einer Maske aus Hohn und Hass verzogen. «So sehen wir uns wieder!»

Anea stürmte vor, doch er packte sie am Arm und hielt sie fest. Mit ihrer rechten, zur Faust geballten Hand schlug sie auf ihn ein. Erfolglos.

Draußen schrie die Menge wieder begeistert auf. Vielleicht hatte Craton schon gesiegt.

Anea atmete schwer. Sie spürte Hände, die über ihren Körper, ihre Haare, ihre Brüste, ihre Scham glitten. Schweißperlen traten ihr auf die Stirn. Sie hatte Angst, unbeschreibliche Angst, eine Angst, die sie lähmte.

Ein Arm legte sich um ihren Hals. Sie wollte schreien, um Hilfe rufen, doch niemand würde sie hören. Alle Gladiatoren, Sklaven, Aufseher und Arenadiener – sie verfolgten jetzt Cratons Kampf oder hatten das Amphitheater längst verlassen.

Und wenn doch, würde sich keiner darum kümmern. Schreie waren hier in den Gewölben nichts Besonderes. Aus Angst, aus Schmerz, aus Freude – wer wollte das schon so genau wissen.

«Ich kratze dir die Augen aus, Calvus, wenn du mich nicht loslässt», zischte sie, ihre Furcht verbergend.

«Wir haben noch etwas zu begleichen!», knurrte der Gladiator mit einem hässlichen Grinsen auf den Lippen, und sein Arm umfasste sie noch fester.

Anea wand sich und versuchte sich aus seiner Umklammerung zu lösen. Sie trat mit aller Kraft nach ihm – vergeblich. Er riss sie herum und drückte sie mit seinem massigen Körper auf den kalten, steinernen Fußboden, schlug ihr mit der flachen Hand ins Gesicht. Sie spürte frisches Blut auf ihren Lippen, ein heftiger Schlag in den Bauch raubte ihr den Atem. Ein harter Griff erfasste ihre Brust und nahm ihr fast die Sinne.

Einer der beiden anderen Männer packte ihre Arme, hielt sie über ihrem Kopf fest. Calvus schob ihre Tunika hoch, die Griffe der Männer wurden noch härter, noch schmerzhafter.

«Calvus, beeil dich!», hörte sie einen ihrer Peiniger sagen.

Sie riss die Augen vor Entsetzen auf, als Calvus die Tunika über ihre Hüften gezerrt hatte.

«Sie ist noch Jungfrau!», höhnte er, und die anderen fielen in sein Gelächter ein. «Nun, da ist deine Schwester schon einen Schritt weiter!»

Anea stockte vor Verzweiflung der Atem. Es ist nur ein Albtraum, nur ein Albtraum, gleich werde ich erwachen, dachte sie, und ihr Herz schlug nun so wild, als wolle es zerspringen.

«Jetzt wirst du lernen, wozu ein Weib wirklich da ist! Und was ein Mann mit einer wie dir tut!» Calvus lachte hämisch, fasste sie derb an ihre Brüste, bis sie schmerzten, drückte erbarmungslos ihre Schenkel auseinander. Unfähig sich zu wehren, fühlte Anea unter unbeschreiblichen Schmerzen, wie er in sie eindrang, gnadenlos und roh. Dann verlor sie das Bewusstsein.

Die Menge im Amphitheater feierte tobend Craton als ihren Sieger.

XX

Lucullus war aufgeregt wie ein kleiner Junge, und Gaius versuchte ihm nach Möglichkeit aus dem Weg zu gehen. Was er eigentlich schon seit dem Tag tat, als er für ihn bei Marcellus vorsprach und um Claudias Hand angehalten hatte. Der Gang an jenem Morgen war schwer gewesen, und Gaius kehrte schlecht gelaunt nach Hause zurück. Am Hochzeitstag wäre er am liebsten weggelaufen oder hätte sich in die Arena gestürzt, um zu kämpfen. Die Nähe seines Bruders, die gespielte Freundlichkeit und die angestaute Wut, sie wurden immer unerträglicher, und er fühlte sich erleichtert, als er erfuhr, dass das Brautpaar schon in den nächsten Tagen abreisen würde.

Doch als er nun in der Villa des Severus Claudius Marcellus eintraf und Claudia geschäftig an ihm vorbeihuschte, ohne ihn wahrzunehmen, wünschte er sich, sie würde länger bleiben und noch nicht in dieses ferne, kalte, wilde Land aufbrechen.

Die Villa quoll über vor Gästen.

Gaius erblickte einige alte Bekannte, die einst auch seinem Vater zur Seite gestanden hatten, und er grüßte sie freundlich. Trotzdem bemühte er sich, nicht aufzufallen, und hielt sich von der Hochzeitsgesellschaft fern. Die Blicke mancher Gäste verrieten, was sie dachten. Die meisten von ihnen kannten das zweideutige Verhältnis zwischen ihm und Claudia und wunderten sich nun über die plötzliche Ehe mit dem jüngsten Sohn aus dem Hause Octavius. Gerüchte keimten auf, Gerüchte, zu denen Gaius keine Erklärungen abgeben wollte, auch wenn sie ihn in seiner Ehre verletzten.

Lucullus, der Bräutigam, wurde von den Gästen umringt, und mit ein wenig Schadenfreude beobachtete Gaius, wie

unbeholfen sich sein Bruder in der Gesellschaft der angesehensten Bürger Roms verhielt. Er wusste, dass einige der edlen Damen den Soldaten mit ihren alltäglichen Geschichten
langweilten. Trotzdem ertrug sie Lucullus mit freundlicher
Miene und ohne Murren.

Während die Gäste auf die Priester warteten, welche die
anstehende Feier abhalten sollten, verköstigten sie sich mit
Leckereien und kühlenden Getränken.

Gaius winkte einen Sklaven herbei, um sich einen Becher
mit Wein füllen zu lassen, und nippte langsam, fast bedächtig daran. Sein Blick schweifte durch den Raum, und er entdeckte den alten Marcellus. Seit seine Frau gestorben war,
war er sichtlich gealtert, ergraut und abgemagert. Nun unterhielt er sich lebhaft mit einem Mann, der Gaius zwar den
Rücken zugewandt hatte, ihm aber trotzdem bekannt vorkam. Die beiden Männer führten ein angeregtes Gespräch;
Marcellus fuchtelte mit den Händen und schüttelte immer
wieder den Kopf, bis sich sein Gegenüber mit verärgerter
Miene entfernte. Marcellus sah ihm unzufrieden nach, besann sich jedoch des vollen Hauses und mischte sich wieder
unter die Gäste.

Neugierig beobachtete Gaius den anderen Mann, der
auf eine Gruppe von Hochzeitsgästen zuschritt. Als er sich
umdrehte, erkannte Gaius ihn endlich: Es war Agrippa, der
greise Senator. Gaius hatte ihn seit Jahren nicht mehr gesehen, und Agrippa schien sich in dieser Zeit kaum verändert zu haben. Vielleicht hatte die Politik seinen Verstand
geschärft und den Geist wach gehalten, denn der ehemalige
Senator war ein gerissener Fuchs, der überall seinen Einfluss
geltend machte.

Während Gaius Agrippa musterte, dachte er angestrengt
nach: Warum legte Agrippa so viel Wert darauf, Lucullus
in Britannien als Legat zu wissen? Eigentlich war sein Bruder für diesen Posten zu jung. Welchen Grund also hatte

Agrippa? Denn dass Lucullus seine Beförderung nur seiner Fürsprache verdankte, war offensichtlich.

Nun entdeckte Agrippa seinen Günstling, hob grüßend die Hand und trat auf Lucullus zu, der sichtlich erleichtert wirkte, als der alte Senator ihn vom Geschwätz der Frauen erlöste.

Gaius beobachtete die beiden mit Besorgnis. Es war bekannt, dass Agrippa nichts ohne einen Hintergedanken unternahm, immer auf seinen eigenen Vorteil bedacht. Was führte er im Schilde, und welche Rolle sollte sein Bruder bei den Machenschaften des alten Staatsmannes spielen? Immerhin gehörte die Familie Octavius einem der ältesten Geschlechter Roms an und hatte früher viel Macht besessen. Doch dann musste einer der Söhne aus Geldnöten eine Unadelige heiraten. So hatte die Familie ihren Einfluss verloren, doch ihr Name hatte noch immer einen guten Ruf in Rom und in den Provinzen. Wollte sich Agrippa dessen bedienen?

Gaius stellte sein Glas auf einen Tisch und beschloss, seinem Bruder und dem Senator zu folgen, als sich ihm ein Gast in den Weg stellte.

«Na, hast du schon genug vom Hochzeitsgetümmel?», erkundigte sich Martinus, der Arzt.

Gaius schüttelte den Kopf. «Nein», erwiderte er und blickte an Martinus vorbei zu den beiden Männern. «Agrippa ist hier und unterhält sich mit Lucullus. Ich wollte mich zu ihnen gesellen.» Martinus lachte verächtlich. «Der alte Fuchs! Sucht er sich ein neues Opfer? Er ist gefährlicher denn je», murmelte er besorgt.

Gaius schürzte verdrießlich die Lippen. «Du hast Recht. Und ich frage mich, was er von Lucullus will.»

«Kannst du dir das wirklich nicht vorstellen?»

«Was vorstellen?»

Sachte fasste Martinus Gaius am Arm und führte ihn zur

239

Seite, weg von den Gästen, weg von unerwünschten Zuhörern. Inzwischen waren Agrippa und Lucullus in einem anderen Zimmer verschwunden.

«Gaius, ich denke, du unterschätzt deinen Bruder», begann Martinus vorsichtig, «es ist kein Zufall, dass sich Agrippa so für ihn eingesetzt hat. Lucullus könnte zu einem sehr einflussreichen Mann in den Provinzen aufsteigen.»

«Agrippa war ein Freund meines Vaters, wie du auch. Deswegen hilft er Lucullus.»

Martinus zuckte mit den Schultern. «Dein Vater hielt ihn für einen Freund. Ob Agrippa es auch so sah ...» Er senkte die Stimme und nahm einen Schluck Wein, bevor er fortfuhr: «Gaius, du versuchst dein Leben lang, dich von den Machtspielen in Rom fern zu halten. Doch ohne es zu merken, steckst du schon die ganze Zeit mittendrin! Dein Vater hätte dich gern in der Politik gesehen, und es tat ihm weh, als er erkannte, dass du einen anderen Weg gewählt hattest. Also musste er nach anderen Lösungen suchen, um den Einfluss eurer Familie wieder zu festigen. Er hoffte, Agrippa würde ihm dabei helfen, und der Senator wusste die Hoffnungen deines Vaters für eigene Zwecke zu nutzen.»

«Wieso hat mein Vater mit mir nie darüber gesprochen?» Gaius hob die Stimme. «Ich will alles wissen.»

Martinus sah sich nervös um. Er zögerte, dachte nach und sagte schließlich: «Du weißt, es könnte gefährlich werden, wenn uns jemand hört. Und ich möchte mit all den Intrigen nichts zu tun haben. Ich bin nur ein Arzt. Nun ja, auf jeden Fall kenne ich beinahe alle Mitglieder des Senats. Ich behandle sehr viele von ihnen und bekomme so einiges mit. Und manchmal, wenn jemand bereits vor den Toren des Hades steht ...» Er verstummte, als sich einer der Sklaven näherte, um weitere Erfrischungen anzubieten.

«Erzähl mir alles, was du weißt», drängte Gaius, als sich der Diener wieder entfernte.

Martinus leckte sich mit der Zungenspitze einige Tropfen Wein von den Lippen. «Agrippa war und ist ein gefährlicher, ein mächtiger Mann, und er will seine Macht auch im fernen Palästina, Ägypten und Britannien sichern. Also überlässt er nichts dem Zufall!», erklärte er.

«Aber er hat sich doch aus dem Senat zurückgezogen», warf Gaius ein. «Er setzte sich zur Ruhe, als sein Sohn in Britannien in einer Schlacht gefallen war!»

«Zurückgezogen? Glaubst du das wirklich? Gaius, ich sage dir, auch wenn er nicht mehr Mitglied des Senates ist, so sind seine Ohren, seine Ideen und seine Gedanken immer dabei. Männer wie er verkörpern die Politik, solange sie leben!»

«Und was hat das alles mit Lucullus zu tun?»

«Lucullus?» Der Name seines Bruders klang plötzlich seltsam und fremd aus Martinus' Mund. «Er stammt aus dem Hause Octavius! Er ist ein Soldat und er dient in Britannien. Das sind die besten Referenzen, und durch die Vermählung mit Marcellus' Tochter wird er für Agrippa noch interessanter. Verstehst du?»

Gaius verstand: Bevor er gefallen war, diente Agrippas Sohn in der gleichen Einheit wie Lucullus und war die große Hoffnung des alten Intriganten. Agrippa träumte davon, dass sein Sohn zum Legaten in Britannien werden und – ihm, seinem Vater, treu ergeben – die dortigen Legionen nach den Vorstellungen des arglistigen Staatsmannes beeinflussen würde. Nach seinem Tod war dieser Traum geplatzt, und der Senator musste sich schnell etwas anderes einfallen lassen, um seine Pläne trotzdem verwirklichen zu können. Lucullus war die Lösung, die den alten Fuchs ans Ziel bringen sollte. Aus gutem Hause, Offizier in Britannien, mit einem Herz, das für Rom und die Legionen schlug. Und naiv genug, um sich von einem gerissenen Politiker verführen zu lassen. Heute noch würde er eine Tochter aus dem Hause Claudius heiraten, was seinen Einfluss im Reich noch verstärken würde. Wahrlich, Agrippas Saat schien aufzugehen.

«Lucullus würde sich nie auf solche Machenschaften einlassen», warf Gaius ein, ohne wirklich überzeugt zu sein, dass er Recht hatte.

«Das mag sein. Doch Agrippa ist mit allen Wassern gewaschen. Er wird deinen Bruder daran erinnern, dass er ihm Dankbarkeit schuldet, und von ihm verlangen, ihm in Britannien zu Einfluss zu verhelfen. Und sollte sich Lucullus weigern, wird er es ihm befehlen. Einem Befehl wird er sich nicht widersetzen können, denn er ist Soldat. Und Soldaten gehorchen!», erklärte Martinus und nippte wieder an seinem Wein. «Agrippa wird auf die eine oder andere Weise Lucullus' Schulden eintreiben.»

«Aber wozu?»

«Bist du wirklich so blind? Der Mann, der es versteht, die Legionen zu lenken, besitzt den größten Einfluss im Reich und kann eines Tages Kaiser werden! Und da der göttliche Domitian keine Kinder hat ...» Martinus legte bedeutungsvoll seinen Zeigefinger an die Lippen.

Gaius schluckte leer und erinnerte sich zaghaft: «Tiberianus erwähnte einmal etwas.»

«Tiberianus? Ich kannte seinen Vater Quintus Varinius sehr gut. Er war ein ernster Gegner Agrippas. Ist Tiberianus in seine Fußstapfen getreten?»

«Ja. Und er ist ein Freund von mir. Wir kennen uns seit unserer Jugend.»

«Dein Freund lebt sehr gefährlich, wenn er wirklich die Ansichten seines Vaters vertritt!», meinte Martinus besorgt, und Gaius erinnerte sich an die Morddrohungen, die Tiberianus erhalten hatte. Steckte auch dahinter Agrippa? Wenn es so war, befand sich Tiberianus wirklich in größter Gefahr.

«Auf wessen Seite steht Agrippa eigentlich?», fragte Gaius beunruhigt.

«Auf wessen Seite?» Martinus lachte belustigt auf. «Ich verstehe nicht ganz, was du damit meinst.»

Gaius biss sich auf die Lippen und sah Martinus durchdringend an. «Steht er hinter Domitian?»

«Agrippa steht nur hinter Agrippa! Und Agrippa dient nur Agrippa! Als Titus starb, hätte er sich gern auf dem Thron des Kaisers gesehen, doch Domitians Einfluss und Macht waren damals größer als seine, und er ist der Sohn Vespasians. Agrippa begriff, dass er gegen ihn nicht bestehen konnte, und beschloss zu warten – auf einen günstigeren Augenblick. Und der könnte demnächst kommen! Auf jeden Fall hat er es bisher immer geschafft, seinen Kopf durch seine Schlauheit zu retten!» Martinus beugte sich zu Gaius. «Er versteht sich jetzt ganz gut mit Domitian – und noch besser mit Pompeia! Falls du *das* wissen willst!»

«Und wie weit würde er gehen, um seine Ziele zu erreichen?» Gaius hatte den Namen der Cousine des Imperators geflissentlich überhört.

Als hätte er Gaius' Gedanken erraten, hob Martinus eine Braue. «Du meinst, ob er vor Mord zurückschrecken würde?»

Gaius nickte stumm, und der Arzt verzog keine Miene, als er entgegnete: «Mein lieber Freund, es gab und gibt niemanden in der Politik, der nicht schon Blut von seinen Händen waschen musste! Glaub mir, nicht ein Einziger! Niemand!»

Das zarte Läuten eines Glöckchens beendete ihr Gespräch. Die Priester waren erschienen, und die Gesellschaft versammelte sich im *Hortus*, dem großen Garten, um der Zeremonie beizuwohnen.

Martinus verschwand in der Menge, und Gaius folgte ihm, bedrückt von düsteren Gedanken.

XXI

Claudia und Lucullus wollten Rom bereits wenige Tage nach ihrer Hochzeit verlassen und nach Britannien aufbrechen. Lucullus war glücklich, wieder in das unwirtliche Land zurückzukehren, doch Claudias Augen verrieten plötzlich Unsicherheit, sogar Mutlosigkeit, und Gaius glaubte, ihren stummen Hilferuf zu vernehmen.

Die frisch Vermählten hatten in den vergangenen Tagen kaum Zeit gefunden, um sich von Freunden und Verwandten zu verabschieden, Gaius hatten sie noch einmal kurz vor ihrer Abreise besucht. Lustlos verabschiedete er sich von ihnen, seine schlechte Laune damit entschuldigend, ihn würden die Geschäfte zu sehr in Anspruch nehmen. Doch seine Geschäftigkeit war erfunden, er konnte es nicht ertragen zuzusehen, wie das Paar Rom verließ.

In der Stunde, als Lucullus und Claudia sich auf den beschwerlichen Weg machten, saß Gaius unrasiert und mürrisch in seinem *Exedra*. Er war spät aufgestanden und hatte keine Lust, das Haus zu verlassen. Er hatte keine Lust, überhaupt etwas zu tun, immer wieder drängte sich ihm Claudias verängstigter Blick auf. Die Dienerschaft näherte sich ihm an diesem Morgen nur zögernd und nur, wenn er nach ihr verlangte. Selbst Mantano mied es, ihn zu stören.

Grimmig stand Gaius auf und ging in sein Arbeitszimmer, um sich endlich um die Aufstellung seines Schreibers zu kümmern. Die Gedanken an das Brautpaar schwanden jedoch nur zögernd, und betrübt beschloss er, statt sich den Geschäften zu widmen den Tisch aufzuräumen. Eine Arbeit, die er keinem seiner Sklaven überließ. Missgelaunt kramte er in den vielen Schriftrollen und Abrechnungen, versuchte sie nach Inhalt und Wichtigkeit zu ordnen, ohne sie wirklich sorgfältig zu lesen. Erst als er unter ihnen ein Schriftstück entdeckte, das noch aus der Gründungszeit seiner Schule stammte, hellte sich seine Miene allmählich auf. Es war eine Aufstellung über Mantanos Verdienste mit den Angaben, wann er gekauft wurde, was er gekostet hatte und wie viel er ihm einbrachte.

Schmunzelnd erinnerte sich Gaius an jene Zeit: Er hatte eine glückliche Hand bei Mantanos Kauf gehabt. Er erwarb ihn, ohne lange überlegt zu haben, und bezahlte eine beträchtliche Summe für diesen ersten Gladiator.

Mit den Jahren wurde aus dem Kämpfer ein *Lanista*, der sich zuverlässig um die Angelegenheiten im *Ludus* kümmerte und Gaius treu blieb, auch nachdem ihn dieser in die Freiheit entlassen hatte.

Sorgsam legte Gaius das Dokument beiseite und schaute die restlichen Schriftrollen durch. Abrechnungen und Verträge kamen zum Vorschein und erinnerten ihn an einige seiner weniger erfolgreichen Kämpfer. Schreiben, die über den Tod der im Kampf gefallenen Gladiatoren berichteten, eine Übersicht der Prämien für die Sieger und der Vertrag über Titios Verkauf.

Titio. Der Gladiator, den er gegen die Amazone eingetauscht hatte, ging in der Vergangenheit aus manchen Kämpfen als Sieger hervor. Und Marcus Titius wusste, dass Titio von Craton ausgebildet und vom Plebs bereits jetzt als Nachfolger des großen Kämpfers umjubelt wurde. Sollte Craton vielleicht doch Recht behalten und ich schließlich bereuen, Titio verkauft zu haben, überlegte Gaius. Mögen mir die Götter gnädig gesinnt sein und dieses Geschäft sich nicht als Fehler erweisen!

Ein dunkelhäutiger Diener betrat vorsichtig das Zimmer und meldete in gebrochenem Latein: «Herr, ein Prätorianer möchte dich sprechen.»

Gaius sah unwirsch auf, er war nicht auf Besuch vorbereitet. Ungepflegt und unrasiert konnte er nicht vor einen Soldaten der kaiserlichen Garde treten.

«Richte ihm aus, ich sei beschäftigt!», wies er den Sklaven an. «Er soll warten! Und schicke sofort den *Tonsor* her!»

Es dauerte nicht lange, bis dieser erschien, begleitet von einem Knaben, der eine Schale mit warmem Wasser und parfümierte Tücher trug.

Die Rasur war schneller als gewöhnlich beendet, und Gaius eilte hastig dem unangemeldeten Gast entgegen, gekleidet in eine einfache, bequeme Haustunika, die er in der Öffentlichkeit niemals tragen würde. Er dachte nicht darüber nach, dass sich der Soldat über seine Aufmachung wundern könnte. Er war bloß neugierig zu erfahren, mit welchem Anliegen der Prätorianer zu ihm kam.

Der Mann wartete im *Atrium* und hatte trotz der Hitze den Helm nicht abgenommen. In voller Rüstung harrte er stolz aus, sich der Wirkung seiner Erscheinung bewusst.

Gaius grüßte ihn höflich, doch der Soldat grüßte nicht zurück. Stattdessen sagte er mit eisiger Miene: «Ich bringe dir eine Nachricht und soll auf deine Antwort warten!» Er streckte Gaius eine Schriftrolle entgegen. Mit ungutem Gefühl ergriff der Hausherr das Schriftstück und öffnete es. Er überflog die Zeilen. Pompeia teilte ihm mit, der Imperator wünsche, dass der Kampf zwischen Aventius und Craton in den nächsten zehn Tagen stattfinde. Der adelige Schulenbesitzer solle zustimmen.

Gaius biss missgestimmt die Zähne zusammen. Wegen Lucullus' Hochzeit und all der Feierlichkeiten hatte er diese Abmachung beinahe vergessen. Jetzt musste er seine eigene Arena herrichten lassen, die in letzter Zeit nur noch als Übungsplatz genutzt wurde. Er rollte das Schriftstück wieder zusammen und wandte sich an den Soldaten: «Richte Pompeia aus, in zehn Tagen wird alles bereit sein! Ich erwarte diesen Tag ebenso ungeduldig wie sie!»

Mantano sollte Craton die Nachricht über den bevorstehenden Kampf mit Aventius überbringen. Die Tatsache, dass Gaius eigens dafür die eigene Arena wieder herrichten ließ, überraschte den *Lanista*, denn es war schon lange her, dass auf dem Kampfplatz der Schule ein Gladiatorengefecht ausgetragen worden war.

Der Hausherr erklärte nur, hohe Gäste würden zu diesem besonderen Kampf auf Leben und Tod erwartet, also müsse die Arena auf jeden Fall in hellstem Glanz erstrahlen. Wer die Villa Octavius beehren würde, verriet der Adelige nicht. Er wusste sehr gut, bald würden Gerüchte laut. Und nicht nur in seinem *Ludus*.

Die Arena wurde vor Jahren erbaut, Mantano erinnerte sich noch gut an jene Zeit, als er hier stand und die geladenen Gäste mit seinen Auftritten unterhielt. Zeiten, als Gaius seine Männer mehr für Schaukämpfe einsetzte, um bekannt zu werden – lange war es her.

Um diese längst vergessene Tradition der Schaukämpfe wieder aufleben zu lassen, musste Gaius sehr gute Gründe haben. Seit der *Ludus Octavius* von Cratons Erfolgen lebte, waren solche Schaukämpfe nicht mehr nötig.

Der Weg zum Kampfplatz erschien Mantano endlos. Bisher hatte er keine Gelegenheit gehabt, ein Gefecht von einem gewöhnlichen Stehplatz oder aus einer Loge zu verfolgen – nicht damals als Gladiator und auch jetzt als *Lanista* nicht. Nun sollte ihm dieses Vergnügen endlich vergönnt werden.

Langsam folgte er dem schmalen Weg zum kleinen Hügel hinauf, wo Gaius' Arena stand. Der Adelige scheute keine Kosten, als er das Bauwerk aus Stein errichten ließ und nicht wie sonst für die Schulen üblich aus Holz. Zusätzlich wurde eine überdachte Loge gebaut.

Die meisten Arenen der nichtkaiserlichen *Ludes* wurden gewöhnlich an das Haus ihres Besitzers angebaut, so konnten die Herren die beiden Gebäude mühelos über einen Bal kon erreichen. Nicht so bei Gaius. Er glaubte, Abstand vom Treiben in seiner Schule nehmen zu können, wenn er die Arena in gebührender Entfernung zu seinem Haus errichten ließ – eine Illusion, die er sich nicht nehmen lassen wollte. Außerdem hatte er gesellschaftliche Verpflichtungen, die es ihm nicht erlaubten, den *Ludus* in den Mittelpunkt seines Lebens zu stellen.

Nachdem Mantano das Gebäude erreicht hatte, eilte er die Stufen zur Loge hinauf. Von hier konnte er die Arena gut überblicken. Sie war mit einem Schleier aus Staub bedeckt, unter den Füßen des *Lanista* knirschten Sandkörner, als wäre es gefrorener Schnee. Im Stoff, der die Loge überdachte, entdeckte er einige Löcher. Das Sonnenlicht schien durch sie und zeichnete kleine helle Punkte auf den Fußboden, die Mantano an die Sommersprossen mancher hellhäutiger Sklavinnen erinnerte. Gaius hatte den Balkon gegen Norden ausrichten lassen, um seinen Gästen Schutz vor der sengenden Sonne zu bieten. So konnten die Spiele auch in der größten Mittagshitze abgehalten werden, ohne die Zuschauer zu ermüden.

Auf einem Stuhl, der bei der letzten Darbietung zurückgelassen wurde, ruhte eine Eidechse. Als das kleine Reptil Mantano bemerkte, verschwand es rasch in einer Mauerspalte. Marmorne Säulen schmückten die Loge, und Mantano erinnerte sich, wie sie mit prächtigen edlen Stoffen behangen wurden, wenn man einen Kampf vorbereitete.

Nun hing eine seltsame, ungewohnte Stille über dem Ort, und der *Lanista* dachte beinahe wehmütig an die Zeit, als er noch hier auftrat. Es waren nur Schaukämpfe, kein Gladiator musste hier je sein Leben lassen. Manchmal, wenn es das Wetter erlaubte, ließ Gaius sogar an seinem Geburtstag im Januar Spiele austragen. Jetzt schien die Arena nur unzähligen Eidechsen und anderem Kriechgetier als Tummelplatz zu dienen.

Mantano trat an die Brüstung, beugte sich vor und betrachtete den Platz aufmerksam. Durch Wind und Wetter war der Sand geglättet worden und am Rand der Arena zu Verwehungen angehäuft. An manchen Stellen hatten die Regengüsse des Winters Pfützenbetten hinterlassen, die von der Trockenheit und der prallen Sonne des Sommers mit Rissen durchfurcht waren. Der Boden war hart wie Stein.

Der *Lanista* verließ die Loge und folgte der hölzernen Treppe zur Arena. Die Witterung hatte den Stufen zugesetzt, eines der Bretter brach unter seinem Gewicht durch, und er konnte sich gerade noch rechtzeitig abstützen, um nicht zu straucheln. Mit einem Satz übersprang er die maroden Stufen und landete auf dem Platz, der härter war als erwartet. Gaius müsste entscheiden, ob er nur geharkt oder neu mit Sand aufgefüllt werden sollte.

Als Kaiser Titus das Amphitheater in Rom erbauen ließ, wurde der Sand sogar aus Afrika beschafft, und jährlich belieferten Hunderte von Schiffsladungen die Arena mit diesem immer noch. Er klumpte nicht und blieb auch noch nach den blutigsten Spielen fein. Gaius hingegen musste sich mit heimischem Sand zufrieden geben.

Während Mantano über den Platz lief, überkam ihn ein seltsamer Gedanke: Der Sand dieser Arena hatte noch nie das warme Blut eines sterbenden Gladiators gekostet. Es war ein reiner, unberührter, fast heiliger Ort. Der *Lanista* kannte sonst nur Arenen, in denen zahllose Männer – viele auch von ihm – getötet wurden.

Mit schnellen Schritten verließ er den Platz und eilte durch das kleine Tor auf den *Ludus* zu, ohne sich nochmals umzublicken.

XXII

«Ich habe erfahren, du gibst ein kleines Fest!» Marcus Titius' durchdringende Stimme ließ Gaius zusammenfahren.
Widerwillig drehte er sich um und sah seinen Widersacher
sich den Weg durch das von Menschen wimmelnde Forum
bahnen. Unzählige Römer tummelten sich an diesem Tag
hier, und Gaius fragte sich, wie es Marcus Titius gelungen
war, ihn unter all diesen zu entdecken.

In Begleitung von Tiberianus besuchte Gaius verschiedene Märkte, um die angebotene Ware zu begutachten oder
einfach nur, um sich zu zeigen. Am Vortag waren mit dem
Schiff aus Judäa neue Sklaven angekommen, doch schmächtig und schwach, wie sie waren, eigneten sie sich kaum als
Gladiatoren, wie Gaius feststellen musste.

Tiberianus legte die Hand auf die Schulter seines Freundes.
«Er ist beinahe wie dein Schatten. Kleines Fest! Woher weiß
er das nun schon wieder!»

Bevor Gaius antworten konnte, erreichte sie der fettleibige
Ludusbesitzer und grüßte sie überschwänglich mit einem
«Salve!». Die beiden Adeligen erwiderten seinen Gruß nur
halbherzig.

«Sag schon, Gaius, wem hast du das zu verdanken?», stichelte Titius neugierig und sprach so laut, dass sich einige
Vorbeigehende bereits umdrehten.

Unwillig winkte Gaius ab. «Du würdest vor Neid erblas-
sen, wenn ich es dir sage!»

«Vor mir brauchst du keine Geheimnisse zu haben, mir
kannst du dich ruhig anvertrauen», meinte Titius und grinste
zudringlich.

«Ich darf es keinem verraten. Das ist Bestandteil der Abmachung», wich Gaius aus, verzog angewidert das Gesicht

250

und schaute sich unruhig um. Er mochte es nicht, in Gesellschaft dieses dickbäuchigen Mannes gesehen zu werden, und noch weniger mochte er es, wenn seine Schule mit der des Marcus Titius verglichen wurde.

«Abmachung? Also wirklich, Gaius, wenn die ganze Sache so geheim ist, wie du vorgibst, würde ich wohl kaum davon wissen!» Titius' Grinsen wurde noch breiter.

«Frag doch einfach deinen Informanten», mischte sich Tiberianus ein.

«Würde ich», erwiderte Titius unbeeindruckt, «aber der ist verschwunden. Als hätte ihn der Hades selbst verschlungen.»

Gaius schwieg, musterte ihn verärgert und dachte darüber nach, wer von seinem Gespräch mit Domitian und Pompeia wissen konnte. Der Kaiser würde den Anlass im Hause Octavius nie erwähnen. Auf Tiberianus konnte er sich ausnahmslos verlassen. Und Pompeia? Selbst sie würde es nicht wagen, den Imperator so zu hintergehen. Zudem mochte sie Titius ebenso wenig wie er.

«Von mir erfährst du nichts, Marcus», zuckte Gaius schließlich mit den Schultern und wandte sich Tiberianus zu, bereit, sich von Titius zu verabschieden.

Marcus Titius griff mit seinen dicken Fingern nach ihm und hielt ihn zurück. Er atmete schwer und strich sich über sein fleischiges Doppelkinn. «Ach, Gaius, ich wollte noch etwas mit dir besprechen!» Er räusperte sich verlegen.

Mit der gleichen Handbewegung, mit der er seine Sklaven sprechen hieß, forderte ihn Gaius auf zu reden.

«Ich wollte mich mit dir allein unterhalten», wand sich Titius. «Tiberianus wird uns sicher kurz entschuldigen.»

Ungläubig blinzelte Tiberianus Titius an, doch dann meinte er: «Ich muss ohnehin noch in den Senat. Gaius, wir treffen uns später in der *Taberna*!»

Er tauchte in der Menge unter, und Gaius hatte plötzlich

ein ungutes Gefühl, seinen Freund nach all den Drohungen allein zu lassen. Aber vielleicht mussten sich alle Politiker mit Drohungen, Verleumdungen und Anschuldigungen auseinander setzen, dachte er, während Titius ihn ungeduldig auf die Seite zog.

Unter dem mächtigen Abbild des Merkurs blieben sie stehen. Sicher werden wieder Gerüchte aufkommen, wenn man uns, die zwei bekanntesten Besitzer eines *Ludus* in Rom, auf dem Forum miteinander tuscheln sieht, dachte Gaius und zog sich die Toga über den Kopf.

Marcus Titius lehnte sich gegen den Sockel der Statue. «Nun, wie hast du dich entschieden?», wollte er wissen.

«Was meinst du?» Gaius verstand nicht, worüber das fettig glänzende Gesicht sprach.

«Du weißt doch – diese Amazone!», räusperte sich Titius. «Ich will nicht drängen, Gaius, aber ein Kind von ihr … Ich wollte nur wissen, ob ich den möglichen Käufern eine gute oder eine schlechte Nachricht überbringen soll.» Er schwitzte wie gewöhnlich, und erst die Kälte der Wintermonate würde ihm wohl Abkühlung bringen, während andere sich in die Sauna und in die warmen Thermen flüchten würden.

Gaius sah ihn sauertöpfisch an. «Ich weiß nicht, Marcus.» Das Gespräch missfiel ihm. «Sie wird lange nicht kämpfen können, damit der kostbaren Saat nichts geschieht.»

«Denk an die Summe, die man dir für ihren Sohn zahlen würde! Nach der Geburt kann sie ja wieder in die Arena zurückkehren!» Titius rieb sich die Hände.

Gaius überlegte angestrengt und warf dem mächtigen Abbild des Merkurs einen fragenden Blick zu. Der Gott des Handels beobachtete mit ausdruckslosen Augen die Geschehnisse auf dem Forum und schien sich um die Probleme der beiden Männer zu seinen Füßen nicht zu kümmern. Seine steinerne Figur, frisch mit Kalkfarbe gestrichen, strahlte in neuem Gewand.

«Ich weiß nicht. Ich habe kein gutes Gefühl bei der Sache! Ich mag es nicht, Kuppler zu spielen!» Gaius machte noch immer ein nachdenkliches Gesicht.

«Sicher, sie ist dein Eigentum. Du kannst über sie bestimmen, aber ich hätte nicht gedacht ...» Titius suchte nach Worten, die den Adeligen endlich umstimmen würden. «Du lässt dich zu sehr von Gefühlen leiten! Wenn du Pferde züchtest, bereitet es dir doch auch keine Probleme, den besten Hengst für deine Zuchtstute auszusuchen.»

«Ein Pferd züchten – ja, aber einen Gladiator!» Angeekelt von Titius' Vergleich fühlte sich Gaius plötzlich unbehaglich. Und zum ersten Mal in seinem Leben beschlich ihn ein seltsamer Gedanke: Er hinterfragte dieses Herrschaftssystem, das den Herren Roms erlaubte, nach Belieben über ihre Sklaven zu entscheiden, von der Geburt bis zum Tod. Plötzlich erinnerte er sich an Mantano, der ihm berichtet hatte, die Amazone habe sich seit dem letzten Spiel zurückgezogen. Und Craton erwähnte, sie sei nach ihrem Sieg sehr bedrückt gewesen. Der Tod ihres letzten Gegners schien sie mehr zu beschäftigen, als sie zugeben wollte. Doch Craton war überzeugt, sie würde sich schon wieder fangen.

«Also, was ist nun?» Titius trat näher und legte eine Hand auf Gaius' Schulter. Gaius wich angewidert einen Schritt zurück. «Ich werde es mir überlegen und dich benachrichtigen», verkündete er gereizt, und bevor Titius das Gespräch fortsetzen konnte, wiederholte er, diesmal viel nachdrücklicher: «Ich werde dich benachrichtigen!»

Er ließ den ungeliebten Römer grußlos stehen und eilte davon. Erst als er Titius und die Statue des Merkurs hinter sich wusste, nahm er verärgert seine Toga vom Kopf. Er hatte sich längst gegen Titius' Vorschlag entschieden, trotzdem überschlugen sich seine Gedanken, und gerne hätte er mit jemandem über diese unsinnige Angelegenheit gesprochen. Aber mit wem? Mantano konnte er nicht fragen; sein *Lanista* war von Anfang an dagegen gewesen, die Amazone einzusetzen, und Tiberianus wollte er mit seinen Problemen nicht behelligen. Der Senator hatte genügend eigene Sorgen.

Allein mit seinen Gedanken, wanderte er an den Märkten vorbei, ohne die Menge wirklich wahrzunehmen. Auch die Marktschreier, die ihre Waren lautstark anpriesen, ließen ihn unberührt. Erst als er einen Sklavenhändler erreichte, merkte er neugierig auf. Der Mann bot einen prächtig gebauten, nachtschwarzen und hoch gewachsenen Nubier an, der mit seinem exotischen Aussehen zahlreiche mögliche Käufer anlockte.

Für einen Augenblick dachte auch Gaius daran, ihn zu erwerben, doch er besaß im Moment genügend Gladiatoren und wollte sich nicht wieder mit Mantano über den Kauf eines neuen streiten. Außerdem trieben die Bewerber den Preis für den Sklaven schnell in die Höhe. Vermutlich würde er in einem der reichen Häuser als Diener oder als Eunuch Verwendung finden. Entschlossen verließ Gaius den Händler und strebte dem mit Tiberianus vereinbarten Treffpunkt zu.

Die *Taberna* lag hinter dem Forum, eine kleine *Cauponula*, in der sie sich oft getroffen hatten. Doch diesmal war Tiberianus noch nicht da, und so beschloss Gaius, weiterhin dem Treiben auf dem Forum zuzusehen und durch die Straßen zu laufen, anstatt in dem Wirtshaus auf seinen Freund zu warten. Als er die *Rostra* erreichte, blieb er überrascht stehen. Ungewöhnlich viele Menschen scharten sich an diesem Tag um das Podest der Redner. Die Sprecher durften nur hier ihre Überzeugungen und Meinungen dem Plebs lautstark vortragen. Alles durfte ausgesprochen, verurteilt werden, solange es nicht den Kaiser oder seine Macht angriff. Meistens sinnierten alte verwirrte Männer ohne Zusammenhang; ein krudes Gemisch aus Weisheiten und Prophezeiungen, und

Gaius ging fast immer an ihnen vorbei, ohne sie zu beachten.

Der Mann, der diesmal redete, schien anders zu sein. Auch er war alt, hatte ein runzliges Gesicht, graue Haare und einen langen zotteligen Bart. Seine Kleidung wirkte schäbig, selbst die Sklaven in Gaius' Villa waren besser gekleidet. Dennoch zog diese außergewöhnliche Erscheinung die Menschen an wie Blütenstaub die Bienen, und auch Gaius blieb gebannt vor ihm stehen, drängte sich nach vorn und stieß eine junge Frau an.

Sie schenkte ihm ein entzückendes Lächeln und sah ihn unverwandt an, als er sich entschuldigte. Ihre Augen waren ungewöhnlich blau und erinnerten Gaius an blühende Kornblumen. Die zarten Züge ihres Gesichtes strahlten glücklich – ein Antlitz, das Gaius bezauberte und neugierig machte. Der Kleidung nach musste sie zu den besser gestellten Bürgerfamilien gehören. Gaius konnte seinen Blick nicht von ihr lassen. Die junge Frau stellte sich auf die Zehenspitzen, um den Redner besser zu sehen und zu hören. Doch er war zu weit weg, und seine Stimme ging in den lauten Rufen der Menge unter. Nur einige Fetzen seiner feurigen Rede wurden bis zu ihnen getragen. Während Gaius keine Ahnung hatte, worüber der alte Mann sprach, schien die junge Frau von den wenigen Worten, die sie erhaschen konnte, hingerissen zu sein.

«Brüder!», hörte nun Gaius den Alten rufen, und: «Der mächtige Vater, der seine Schafherde aus den Klauen des Wolfes erretten würde!» Obwohl er sich bemühte zu verstehen, ergab es für ihn keinen Sinn. Für die junge Frau an seiner Seite schien es jedoch fesselnd und aufregend zu klingen.

Sie erregte immer mehr Gaius' Aufmerksamkeit. Sie war bildschön, höchstens Mitte zwanzig, und er hätte gern gewusst, ob sie schon verheiratet war und Kinder hatte.

Der alte Mann erhob nun die Stimme, und Gaius konnte ganz deutlich seine Worte vernehmen: «Gottes Sohn ist für uns gestorben, um unser Paradies vorzubereiten!»

Die Frau neben Gaius atmete tief ein, als wolle sie diese Worte in sich aufsaugen und durch ihren Körper strömen lassen, und wiederholte sie ehrfürchtig. Gaius war bezaubert von ihr, unwillkürlich musste er daran denken, wie wunderbar es wäre, sich in gemeinsamer Leidenschaft mit ihr zu vereinen.

«Der Tag des Letzten Gerichts wird kommen, und die Tyrannen werden untergehen!» Erst jetzt horchte Gaius auf und schüttelte überrascht den Kopf, die nächste Botschaft des alten Mannes verwirrte ihn noch mehr. «Die Heerscharen unseres Herrn Christus werden kommen, um der Herrschaft Roms Einhalt zu gebieten!»

Ein Raunen ging durch die Menge. Der Mann wurde noch lauter. «Er wird sein Königreich erschaffen, all seine Kinder zu sich holen und Roms Macht in den Erdboden stampfen!»

Zuerst war sich Gaius nicht sicher, ob er richtig verstanden hatte, doch dann begriff er: Dieser harmlos scheinende Mann auf dem Podest zweifelte offen Roms Herrschaft an, und einige der Zuhörer stimmten ihm lautstark zu.

Christen, blitzte es Gaius durch den Kopf. Es sind Anhänger dieser Christensekte. Und er war überrascht, dass es mehr waren, als er vermutet hatte.

«Jesus Christus starb für euch am Kreuz, für eure Sünden, und Gott wird euch allen vergeben, wenn ihr euch seiner Gnade hingebt!» Der Alte rief diese flammenden Worte nun so laut, dass selbst die Hörer in den hintersten Reihen sie verstehen konnten.

Ein ehrfürchtiges Murmeln ging durch die Menge, und das Antlitz der jungen Frau erstrahlte noch mehr.

Ich hätte nicht gedacht, dass sie jetzt aus ihren Löchern

herauskriechen und Roms Machtanspruch offen angreifen, dachte Gaius ungläubig.

«Die Niedersten werden die Höchsten sein und die Höchsten die Niedersten! Vor Gottes Augen und im Königreich unseres Herrn Jesus Christus sind alle gleich! Gleich welchen Standes, gleich welcher Hautfarbe! Die Seele hat keine Farbe, sie kennt keinen Reichtum!»

Die Worte, die der alte Mann vom Podest hinabschleuderte, bedeuteten für jeden Römer eine tiefe Beleidigung. Gaius war irritiert und empört zugleich. Dieser Mann stellte die Sklaven auf die gleiche Stufe wie die Adeligen. Dieses niedere Gesinde und er, Nachkömmling des Hauses Octavius, sollten gleich sein? Gleich vor irgendeinem Gott?

Gaius wandte sich wütend ab, blieb aber stehen, als er die Stimme der jungen Frau vernahm.

«Willst du schon gehen?»

Unschlüssig sah er zu ihr, und ihre Blicke begegneten sich. Alles um sie schien zu verblassen, der Redner, die Menge, das Forum. Es ist so wie damals, als ich Claudia das erste Mal im Amphitheater begegnet bin, erinnerte sich Gaius, nur viel stärker. Die junge Frau wandte sich nicht ab, sondern hielt seinem Blick stand, als wolle sie seine Seele ergründen, seine Geheimnisse entdecken und erforschen.

Gaius wusste nicht, wie lange er sie angestarrt hatte, bis ihn ihre Stimme aus den Gedanken riss. Sie klang besorgt: «Schnell, sonst verhaften sie uns auch noch!»

Er sah sich um und entdeckte eine *Centuria* der Stadtwachen, die begann, die Ansammlung aufzulösen. Ohne Widerstand zu leisten, ließ sich der Redner verhaften. Er folgte mit hoch erhobenem Kopf den Soldaten, seine Worte über den Lärm erhebend. «Meine Brüder, meine Schwestern, habt keine Angst, der Herr Christi wird euch beschützen!»

Einer der Soldaten schlug ihn nieder. Der Greis fiel zu Boden, und die Wachen schleiften ihn von der *Rostra*.

Panik erfasste die Zuhörer.

Gaius sah das Entsetzen in ihren Gesichtern. Frauen und Männer rannten um ihr Leben; Sklaven, einfache Bürger und Händler stoben auseinander, als würde sie ein Vulkanausbruch, ein Beben oder die Barbaren heimsuchen. Unbeeindruckt verfolgte er das Geschehen, er war sich sicher, die Stadtwachen würden es nicht wagen, sich ihm, einem so einflussreichen Mann, zu nähern. Doch die junge Frau griff ihn an der Hand und zog ihn weg, er folgte ihr, um in der Menge auf dem Forum unterzutauchen.

Viele hatten den Tumult an den Rednerbühnen beobachtet und gafften neugierig, als die Soldaten den Leuten nachjagten, sie verhafteten und niederschlugen.

«Christenpack! Diebe! Ihr Verfluchten!», riefen die einen den Flüchtenden nach, «In die Arena mit euch! Werft sie den Löwen vor! Kreuzigt die Hunde!» die anderen.

Gaius noch immer an der Hand haltend, eilte die junge Frau davon. Er ließ sich von ihr führen, und erst als sie die Menge und die römischen Soldaten weit hinter sich gelassen hatten, wagte seine schöne Begleiterin stehen zu bleiben und sich umzudrehen. Außer Atem drückte sie sich an eine Hauswand und blickte sich wachsam nach beiden Seiten um. Ihr heller Zopf hatte sich gelöst, und eine Haarsträhne klebte an ihrer rosigen, verschwitzten Wange. Gaius stellte sich neben sie und fragte neugierig: «Wovor bist du weggerannt?»

Sie sah ihn verständnislos an. «Vor ihnen. Weißt du denn nicht, was sie mit uns machen, wenn sie uns erwischen?» Es klang beinahe wie eine Beschwörung.

«Uns erwischen?» Die Stadtwache würde es nicht wagen, ihn, einen Adeligen, ihn, Gaius Octavius Pulcher, zu verhaften.

«Sie schicken uns zu den Löwen, und davor habe ich Angst», flüsterte sie.

Gaius' Gesicht nahm einen belustigten Ausdruck an, und

258

er erklärte mit einem überlegenen Lächeln: «Das werden sie nicht tun!»

«Warum bist du dir da so sicher? Glaub mir, du nimmst schneller an deiner eigenen Hinrichtung teil, als du denken kannst!»

Diesmal blickte Gaius sie verwundert an. «Weißt du denn nicht, wer ich bin?»

Als sie beharrlich schwieg, wurde ihm bewusst, dass sie ihn tatsächlich nicht kannte. Sie ist eine einfache Bürgerin, die vielleicht noch nie die Spiele besucht hat, sinnierte er. Woher sollte sie mich also kennen? Und er beantwortete seine Frage selbst: «Ich bin Gaius Octavius Pulcher.»

«Du magst sein, wer du willst, doch das ist dem Kaiser gleich! Keiner wird von Domitian Gnade erfahren!», erwiderte sie bestimmt, und ihre Wangen wurden blass.

«Keiner von euch? Bist du Christin?» Gaius wusste, dass diese Frage überflüssig war, doch er wollte von ihr die Antwort hören.

«Ja», stimmte sie zu, «genau wie du.» Sie merkte nicht gleich, dass sie sich täuschte, und sah ihn hoffnungsvoll an. Erst als er nichts engegnete, fragte sie kleinlaut: «Du bist kein Christ?»

«Nein», antwortete Gaius mit fester Stimme und wusste nicht, warum er mit einer Christin sprach. Doch etwas zog ihn zu ihr hin. Es war nicht diese mädchenhafte Unschuld Claudias, nicht die Verruchtheit Messalias und auch nicht die lockende Leidenschaft Pompeias – es war etwas anderes. Etwas, was er noch nie bei einer Frau entdeckt hatte.

«Ich muss gehen», unterbrach sie seine Gedanken, und bevor er sie daran hindern konnte, eilte sie mit schnellen Schritten davon. Er sah ihr nach, wie sie die Straße entlanglief.

Sie ist trotz allem eine wunderbare Frau, überlegte er und beschloss, ihr zu folgen – zuerst nur zögernd, doch schon bald beschleunigte er seine Schritte, und schließlich rannte er, um sie einzuholen.

«Warte!», rief er ihr nach und hoffte, sie würde stehen bleiben. Sie drehte sich kurz um und lief noch schneller, als sie erkannte, dass sie verfolgt wurde. Hastig bog sie in eine Seitengasse ein. Gaius folgte ihr hartnäckig. Die Straße war menschenleer, alle schienen sich um diese Zeit auf dem Forum aufzuhalten oder ihren Arbeiten nachzugehen.

«So warte doch!», forderte er die Fliehende nochmals auf und jagte ihr mit großen Schritten hinterher. An einer Ecke stolperte sie über das Straßenpflaster und fiel hin. Nun hatte Gaius sie rasch eingeholt, und als er ihr vorsichtig aufhalf, sah er, wie sich ihre Augen mit Tränen der Angst füllten.

«Lass mich bitte, Herr!», flehte sie ihn an, «ich habe nichts getan.»

«Nicht doch, ich tu dir nichts», versuchte er sie zu beruhigen. «Ich will nur mit dir reden.»

Sie standen allein in dieser verlassenen Straße, nur ein Hund huschte an ihnen vorbei, als Gaius nochmals fragte: «Bist du wirklich Christin?»

Sie schwieg verängstigt, rührte sich nicht, irgendwann nickte sie – eine kaum wahrnehmbare Kopfbewegung, und er dachte bei sich: Die Götter strafen mich, doch ich kann mich ihr nicht entziehen!

«Wie heißt du», fragte er. Es klang plump, doch ihm fiel nichts Besseres ein.

Zaghaft erwiderte sie: «Julia.»

«Julia!» Für Gaius klang ihr Name wie ein Windhauch zwischen den zarten Knospen eines Rosengartens.

Sie sah ihn vorsichtig an, dann senkte sie die Lider. Ihr Kleid war verrutscht und enthüllte eine zarte Schulter. All die Damen, mit denen Gaius Bekanntschaft geschlossen hatte, waren bezaubernd, schön, viele vermögend, aber keine so betörend wie sie.

«Gaius! Da bist du ja!», ertönte eine Stimme in der leeren Gasse, und er erkannte sofort, wem sie gehörte: Tiberianus.

«Gerade wollte ich wieder in die *Taberna* zurückkehren», log er, als sein Freund ihn erreichte.

Der Senator legte seine Stirn misstrauisch in Falten. «In die *Taberna*? Ich glaube eher, du hast unsere Verabredung längst vergessen», fügte er hinzu und musste lächeln.

Gaius drehte verlegen den Kopf zur Seite. «Du hast Recht», gab er zu und kam sich vor wie ein kleiner Junge, den man beim Schwindeln ertappt hatte. «Julia hat mich aufgehalten.» Er wandte sich um und wollte sie Tiberianus vorstellen. Doch sie war verschwunden.

«Scheinbar habe ich sie verscheucht!», meinte Tiberianus trocken, als er das unglückliche Gesicht seines Freundes sah.

Gaius dachte an die vielen Straßen, die Plätze, die Hinterhöfe. Sie konnte überall sein, und er war enttäuscht, nicht mehr über sie erfahren zu haben. Wer war sie wirklich? Wo und wie lebte sie? Vor allem eine Frage quälte ihn: Würde er sie wiedersehen?

Er hob entschuldigend die Schultern: «Nein, sie ist nicht vor dir davongelaufen. Sie ist eine Christin!»

Entsetzt riss Tiberianus die Augen auf und trat einen Schritt auf seinen Freund zu. «Gaius, bei den Göttern, hast du den Verstand verloren, dich am helllichten Tag mit einer Christin sehen zu lassen?»

«Man sieht es ihr nicht an», winkte Gaius abweisend ab. Er verstand Tiberianus' Aufregung und Sorge. Auch er hätte an seiner Stelle Bedenken gehabt. «Zum Glück kann man keinem ansehen, welche Götter er verehrt!», fügte er beschwichtigend hinzu.

«Wenn du meinst!» Tiberianus musterte ihn lange, dann verzog er die Lippen zu einem Schmunzeln. «Sie muss sehr hübsch sein.»

Gedankenverloren sah Gaius die Straße entlang. «Hübsch?», wandte er sich endlich dem Freund zu. «Hübsch? Mein lieber Tiberianus, nicht einmal Dichter könnten ihre Schönheit beschreiben! Sie könnte eine Königin sein, von den Göttern erschaffen!»

Noch bevor er zu Ende sprach, wurde ihm bewusst, dass nicht ein römischer Gott Julia erschaffen hatte, sondern ihr Christengott.

XXIII

Niemand im *Ludus Octavius* ahnte etwas von Aneas Schändung. Sie verschwieg es, schämte sich zutiefst, um sich jemandem anzuvertrauen. Nicht einmal Craton. Tagelang spürte sie die Schmerzen, doch sie versuchte sie vor ihm zu verheimlichen. Craton blieb ihre Veränderung trotzdem nicht verborgen. Anea reagierte empfindlich auf jede Berührung, war unbeherrscht und verhielt sich abweisend. Selbst als er ihr nach einer gelungenen Übung lobend die Hand drücken wollte, entzog sie sich ihm. In Cratons Augen lag Besorgnis; er verstand ihr Verhalten nicht, aber er schwieg.

Nachts, wenn Anea allein war und die Augen schloss, starrte sie wieder in die abstoßende Fratze von Calvus und in die hämischen Gesichter seiner Helfer. Verbittert wünschte sie sich, gegen Calvus in der Arena anzutreten, ihn langsam seiner Männlichkeit zu berauben und dann zu töten. Sie hasste ihn mit jedem Atemzug mehr. Calvus hatte sich ihren Körper genommen, er hatte sie entehrt, bevor sie sich dem Mann schenken konnte, für den ihr Herz schlug. Es war schlimmer gewesen als eine Niederlage, schlimmer als alles.

Anea empfand es als Gunst der Götter, während dieser

schmachvollen Tat das Bewusstsein verloren zu haben. Als sie erwachte, hatten Calvus und die anderen Männer die Zelle verlassen. Allein in ihrem Schmerz und verstört kleidete sie sich an. Sie wollte weinen, doch Scham und die Verachtung für Calvus ließen es nicht zu. Ihr Hass auf ihn war so unermesslich wie die ungewohnten Schmerzen in ihrem Leib, während sie sich das Blut von den Lippen wusch.

Als später Mantano auftauchte und nach ihren Schürfwunden und den Blutergüssen fragte, erklärte sie sie mit dem vergangenen Kampf und vermied es, den *Lanista* dabei anzublicken. Sie konnte noch nie gut lügen.

Mantano nickte mürrisch, und sie wusste nicht, ob er ihr wirklich glaubte. Doch es war ihr gleich. Vielmehr beschäftigte sie Cratons Verhalten, als sie alle gemeinsam zur Schule gefahren wurden. Er saß regungslos da, starrte verbissen an ihr vorbei, und nur, als er sich unbeobachtet fühlte, warf er ihr verstohlene, besorgte Blicke zu. Schweigend, mit gesenktem Kopf, harrte Anea während der Fahrt aus, hoffend, dass er nicht erraten hatte, was geschehen war.

Beschämt und kummervoll saß sie nun auf ihrem Lager, den Rücken an die Wand gepresst, die Hände in ihr Haar vergraben, und versuchte zu vergessen. Doch die Bilder kehrten wieder zurück, ließen sie nicht los. Noch nie war sie so erniedrigt worden, noch nie war ihr so erbarmungslos gezeigt worden, wie grausam und besitzergreifend Männer sein konnten. Sie zog ihre angewinkelten Beine hoch und beobachtete mit leblosen, kalten Augen den Fußboden, über den das sanfte Licht des Mondes tanzte.

«Nie wieder, nie wieder wird mich ein Mann gegen meinen Willen nehmen! Nie wieder! Ich schwöre, ich lasse es nie wieder zu! Und wenn es mich mein Leben kosten sollte!», flüsterte sie.

Ein anhaltendes Hämmern und Klopfen weckte Gaius auf. Benommen und mit zusammengekniffenen Augen sah er sich in seinem *Cubiculum* um und fuhr sich mit der flachen Hand über das Gesicht. Nur wenige Sonnenstrahlen drangen in sein Schlafzimmer. Er hatte die Fenster am Abend zuvor mit schweren Stoffen verhängen lassen, um länger schlafen und sich von den Abenteuern der letzten Nächte ausruhen zu können.

Träge erhob er sich. Er fühlte sich noch immer müde. Abends war er bei Messalia gewesen, und auf dem Heimweg hatte er einen ausgedehnten Spaziergang gemacht.

Messalia.

Ihr Name klang wie süßer, schwerer Wein, der die Sinne benebelte. Sie gefiel ihm schon lange, und er wünschte sich manchmal, sie wäre keine Freigelassene. Er konnte sich nicht offen zu einer *Liberta*, noch weniger zu einer *Lupa* bekennen. Zu sehr stand er im Licht der Öffentlichkeit. Er dachte an Messalia, als sie noch eine Sklavin war. Sicher, damals hätte er sie der Wirtin abkaufen können, doch wie hätte er seine Gunst zwischen ihr und Claudia geteilt?

Claudia!

Gaius ließ sich wieder auf sein Bett zurückfallen. Wie es ihr wohl erging? Er hatte ihren letzten Blick nicht vergessen und fragte sich immer wieder, ob es richtig gewesen war, sie seinem Bruder überlassen zu haben. All die Ereignisse der letzten Tage und Nächte hatten ihn nicht diesen quälenden Zweifeln entreißen können. Er hoffte, bei Messalia wenigstens für einige Stunden Frieden zu finden, doch selbst dort lag Claudias Name wie ein zartes Tuch an seiner Seite. Hätte vielleicht diese geheimnisvolle Julia es geschafft, ihn vergessen zu lassen?

Unwillkürlich schüttelte Gaius den Kopf und erhob sich wieder. Nur nicht an sie denken! Wichtige Dinge mussten erledigt werden. Am Nachmittag sollte der Kampf zwischen

Craton und Aventius stattfinden, und bei dieser Gelegenheit würde Pompeia sein Gast sein. Domitian hatte ihm durch einen Prätorianer ausrichten lassen, wichtige Staatsgeschäfte hielten ihn fern, er sei bereits wieder auf dem Weg nach *Germania Superior*, um dort selbst für Ordnung zu sorgen und das glimmende Feuer der Aufständischen endgültig auszulöschen. Er könne Gaius nicht beehren.

Gaius wusste nicht, ob er sich darüber freuen oder ärgern sollte. Die Ausbesserungen an seiner Arena hatten ihn ein Vermögen gekostet; allein das Heranschaffen und Austauschen des Sandes verschlang eine unglaubliche Summe. Und erst die Erneuerung der Loge! Gaius ließ sie in ihren ursprünglichen Zustand versetzen und in ihrer alten Pracht neu erstrahlen. Und das alles für ein einziges Spiel! Dieses Geld hätte er besser in neue Kämpfer gesteckt.

Aber es hatte keinen Zweck, sich zu ärgern – höchstens über sich selbst. Wie konnte er ernsthaft geglaubt haben, Domitian würde ihm die Ehre erweisen und sein Haus besuchen? Hatte er es Pompeias Machenschaften zu verdanken, dass der Kaiser sich fern hielt und sie allein, als seine Stellvertreterin, bei ihm erscheinen würde?

Nein, so viel Macht und Einfluss konnte selbst sie nicht haben! Oder doch?

Domitian hat staatlichen Verpflichtungen nachzukommen, und diesmal rufen die Legionen in Germanien, redete er sich selbst ein.

Im Dämmerlicht tastete Gaius nach der Haustunika und fand sie ausgebreitet über einem Kleidungstisch. Er zog sie sachte über und suchte nach seinen Sandalen. Verärgert klatschte er in die Hände, als er sie nicht fand. Und noch einmal, als sich nichts regte und er nur wieder dieses andauernde Klopfen vernahm. Endlich öffnete sich die Tür und Actus betrat das Zimmer. Während der Sklave weitersuchte, verließ der Hausherr ungeduldig und barfüßig den Raum.

Er betrat den Säulengang des *Peristyls*, um die Ursache des störenden Geräusches endlich auszumachen.

Es musste noch früh sein. Der Marmorboden unter seinen Füßen fühlte sich kalt an, ihn fröstelte in der morgendlichen Kühle, die er nicht gewohnt war. Gaius rieb sich die Arme, um sich dürftig zu wärmen. Es war noch lange nicht Sommer; selbst wenn die Tage wärmer wurden, so zeigte die Morgendämmerung doch, dass Rom den Winter erst kürzlich überstanden hatte.

Als Gaius aus dem Schatten des Säulenganges heraustrat, hatte ihn Actus eingeholt, die Sandalen und einen Umhang in den Händen. Während sich Gaius das Kleidungsstück umlegte, kniete Actus nieder, um ihm die Sandalen anzulegen.

«Dieses Klopfen!», stöhnte Gaius. «Was ist das?»

Actus erhob sich und lauschte. «Herr, die Handwerker, die dein Mosaik legen sollen, sind im Haus», erklärte er.

Jetzt erinnerte sich Gaius wieder. Er hatte Cornelius Cattus, der in ganz Rom für die besten Mosaike, aber auch für die höchsten Preise bekannt war, beauftragt, im *Tablinum* ein Mosaik anzufertigen. Es sollte ein Bildnis der Arena werden, das den ganzen Fußboden bedecken würde, und Craton durfte auf diesem nicht fehlen. Die flüchtige Skizze im blanken Stein war noch farblos, doch bald würden die bunten Steinchen ein lebendiges Motiv erschaffen, wie es in Rom noch niemand gesehen hatte.

Die meisten Römer bevorzugten Wandmalereien, um damit ihre Villen zu zieren und ihre Gäste zu beeindrucken. Doch Gaius wünschte sich mehr als unbeständige Farbe: etwas Wertvolleres, etwas Außergewöhnliches. Mosaiken waren teuer. Sie waren aber von besonderer Qualität, einzigartig und für die Ewigkeit bestimmt, um vom Ruhm des Hauses Octavius zu künden.

Nun beeilte er sich nachzusehen, wie weit die Arbeiten

bereits fortgeschritten waren. Enttäuscht erkannte er, dass bisher erst wenige Steine gelegt worden waren. Fünf Arbeiter hatten begonnen, an verschiedenen Ecken der Fläche Steinchen um Steinchen in ein Bild einzupassen, das schließlich ein Kunstwerk werden sollte. Gaius war überzeugt, sie würden Wochen brauchen, bis es fertig sein würde.

Als die Handwerker Gaius bemerkten, hielten sie inne und grüßten ihn. Einer der Männer trat näher: «Ave, Gaius Octavius! Wir konnten leider erst heute mit der Arbeit beginnen.» Er hielt neben einem Lot die genauen Skizzen in der Hand. Mit einer Verbeugung fuhr er fort: «Cornelius Cattus, unser Herr, wird in den letzten Tagen mit Aufträgen überhäuft. Seine Arbeiter sind in fast jedem dritten Haus der Herrschaften beschäftigt.»

Gaius hörte ihm nicht zu, sondern betrachtete die Schriftrolle in der Hand des Arbeiters und deutete auf sie. «Ist das die Vorlage?»

«Ja.» Der Mann lächelte und rollte vorsichtig den *Papyrus* auf.

Gaius' Augen leuchteten. Es war ein prächtiges Bild, das sich ihm darbot: das Amphitheater, die Kämpfe, die Menge, die jubelte. Verschiedene Szenen waren kunstvoll festgehalten, zu einem imposanten Gemälde zusammengefügt worden: Wagenrennen, Gladiatorenkämpfe, Tierhetzen und Prunkumzüge. In der Mitte, vom Zeichner hervorgehoben, stritt Craton als *Secutor* gegen einen *Retiarier*. Über den Kämpfenden standen ihre Namen, da die Gladiatoren unter den Helmen kaum zu erkennen waren.

Gaius war begeistert. Es war ein Bildnis, für die Ewigkeit geschaffen, und nicht nur Cratons Name würde für immer zu lesen sein, sondern auch der seines Besitzers – Gaius Octavius Pulcher.

«Wie lange werdet ihr brauchen?» Er war jetzt ungeduldig wie ein neugieriges Kind.

«Morgen wollte Cornelius Cattus zwei oder drei Männer mehr schicken, dann könnte das Mosaik in zwanzig, dreißig Tagen fertig werden!»

Fast einen Monat sollte er also auf dieses Bild warten!

«Ich muss mich mit Geduld wappnen», stöhnte er auf und verließ das *Tablinum*, um sich den Sorgen des Tages zu stellen.

XXIV

Craton erwachte schon vor Sonnenaufgang. Er hatte eine unruhige Nacht hinter sich und fühlte eine seltsame Aufregung, als er an die bevorstehenden Stunden dachte. Aber warum? Es würde so sein wie immer, ein Kampf wie jeder andere, wie all die, die er in den vergangenen Jahren ausgetragen hatte. Vielleicht würden ihm die jubelnden Rufe der Menge fehlen, vielleicht die Vertrautheit der großen Arenen. Er wusste es einfach nicht. Aber noch einen Unterschied gab es: Es war ein Kampf, den er nur verlieren konnte. Würde er unterliegen, wäre er am Ende seines Weges angekommen; würde er siegen, müsste er Domitians Kämpfer töten und sich so den Imperator zu einem mächtigen Feind machen. Weitere Kämpfe mit Domitians Gladiatoren würden folgen, bis ...

Aber es gab noch einen anderen Weg, einen gefährlicheren, einen unsicheren Weg: ein Unentschieden. Doch die Wahrscheinlichkeit eines *Stans Missus* war so klein wie die Wahrscheinlichkeit, bald frei zu sein. Er musste dieses Unentschieden einfach herbeiführen, den Kampf lange genug hinauszögern. Eine Taktik, die nicht nur besonderes Geschick, sondern auch Mut verlangte. Solche Abmachungen waren unter Gladiatoren, die sich nicht kannten, unüblich, doch bei den großen Spielen durchaus gängig. Die Männer täuschten nach dem verabredeten Zeichen einen echten Kampf vor. Nur einmal hatte Craton so gekämpft und der Menge – mit Hilfe der Götter – überzeugend ein fesselndes Schauspiel geboten. Solche Abmachungen jedoch waren gefährlicher als echte Kämpfe, da sie oft genug aufgedeckt wurden. Die Gladiatoren mussten danach bis zum Tod weiterkämpfen, wurden gekreuzigt oder von wilden Tieren zerfleischt.

Er wollte lieber ehrlich als ehrlos sterben und konnte sich auch nicht vorstellen, dass Aventius auf eine solche Absprache einging. Doch auch Aventius war kein Zauberer, kein Gott, sondern ein Sterblicher wie alle Gladiatoren.

Erst vor drei Tagen hatte Mantano Craton mitgeteilt, Gaius wünsche in seiner Arena ein Gefecht auf Leben und Tod gegen Aventius, ein Gladiator, der Craton bekannt war. Einer der besten Männer aus dem *Ludus Magnus*, der großen kaiserlichen Gladiatorenschule, und Domitians Günstling, wie Mantano fast beiläufig erwähnte. Alle Kämpfer kannten sie, die Männer aus dem *Ludus* des Imperators, von manchen insgeheim bewundert, von anderen gefürchtet wie Dämonen. Sie gehörten zu den angesehensten Gladiatoren im Römischen Reich, kalt, berechnend und unbezwingbar. Sie traten meist nur bei den großen öffentlichen, vom Herrscher veranstalteten Spielen auf. Sie siegten fast immer, doch einen gefährlichen Gegner hatten auch sie: ihn, Craton. Dreimal war er einem Gladiator aus der großen Schule entgegengetreten, dreimal hatte er gesiegt, den letzten bei den vergangenen *Ludi* getötet.

Er wusste, Gaius konnte einen solchen Kampf nie ablehnen. Wer würde schon dem Befehl des Kaisers widersprechen? Und für Craton war es eine Ehre, wieder gegen einen

Mann aus der kaiserlichen Schule kämpfen zu dürfen und so erneut sein Können und seine Stärke zu beweisen.

Nachdenklich rieb sich Craton die Augen.

Auch für Gaius steht viel auf dem Spiel, überlegte er. Gleich, wie es ausgeht, es wird für ihn zwar nicht den Tod bedeuten, aber mein Sieg könnte seine Niederlage sein. So sind wir alle Sklaven und müssen uns dem Willen unseres einzigen Herrn, des römischen Kaisers, beugen.

Obwohl schon wach, hatte Craton sein Lager nicht verlassen, verzichtete darauf, noch einmal zu üben. Er wollte allein bleiben, sich sammeln, wollte mit keinem sprechen, nicht einmal mit Anea. Seit sie in sein Leben getreten war, sorgte er sich mehr um seine eigenen Kämpfe. Sie brachte ihn zum Nachdenken, berührte eine Seite in ihm, die er bisher nicht kannte. Doch das konnte in einem Kampf gefährlich, sogar tödlich werden: Ein Gladiator, der solche Gefühle zuließ, wurde schwach, kämpfte nicht mehr erbarmungslos und würde nicht überleben. Trotzdem konnte er nicht anders: Er sorgte sich in den letzten Tagen vermehrt um sie. Seit den Eröffnungsfeierlichkeiten zu Domitians Spielen wirkte Anea verändert, war abweisend geworden, verteidigte sich mehr, als dass sie angriff. Der Tod dieses jungen Gladiators belastete sie scheinbar immer noch. Doch irgendwann musste sie ihre frühere Angriffslust, ihre Schnelligkeit wiedererlangen, denn der nächste Kampf würde bald anstehen.

Craton hatte schon manche Amazonen in Arenen nur zur Belustigung der Plebejer kämpfen sehen. Es waren keine ernsthaften Gefechte, und keine dieser Frauen hatte Aneas Geschicklichkeit und Ausdauer, die einen erfahrenen Gladiator auszeichneten. Sie war in allem anders. Nicht duldsam, demutsvoll und schweigsam wie diese Sklavinnen, die Gaius manchmal zu den Gladiatoren schickte. Sie war stark, das faszinierte Craton so an ihr, und manchmal ertappte er sich selbst, wie er sie anblickte. Zu lange. Sie würde sich niemals gegen ihren Willen einem Mann hingeben. Sie würde sich niemals ergeben.

Mittags betraten Gaius' Diener schweigend Cratons Zelle.

Seit er für die Schule Octavius stritt, halfen ihm diese zwei Männer bei den Vorbereitungen für den Kampf. Er konnte sich nicht erinnern, dass diese Sklaven jemals ein Wort mit ihm gesprochen hatten. Und er nicht mit ihnen. Sie begleiteten sein Leben hier wie stumme Schatten des Todes.

So viele Male schon hatte einer dieser Diener Cratons Körper eingerieben, die Muskeln durch Massagen gelockert. Und auch diesmal schien es nicht so, als wäre es für ihn etwas Ungewöhnliches. Er massierte seinen Nacken wie immer, während der andere Diener die Rüstung bereitmachte, alle Schnallen und Riemen säuberte. Als der Sklave die Massage beendet hatte, erhob sich Craton entspannt und ließ sich die Rüstung anlegen. Das Kurzschwert und der kleine rechteckige Schild, die Bewaffnung des *Thrakers*, lagen bereit; die Ausrüstung, mit der er die meisten Erfolge errungen hatte.

Abwesend betrachtete Craton die Waffe, ihre Klinge ruhte noch in der Scheide. Unzählige Männer hatte er mit ihr schon getötet, und jedes Mal, wenn er sie wieder entgegennahm, war sie so rein und unbefleckt, als hätte sie nie das Blut eines Mannes gekostet.

Die Sklaven verließen auch diesmal wortlos den Raum, nachdem sie ihm mit dem Ankleiden geholfen hatten. Craton schloss die Augen, lauschte dem sanften Wind, der durch eine Luke in die Zelle drang und seine Haut streichelte. Er atmete tief ein, öffnete die Augen wieder und griff nach den Waffen. Bald würde Mantano ihn in die Arena begleiten.

Es gab Tage, da fühlte sich Craton müde, erschöpft, von den Schicksalsschlägen eines harten, entbehrungsreichen Lebens gezeichnet. Sollte der heutige Tag sein letzter sein, so wäre es sein Schicksal und der Wille der Götter, er hätte sich zu fügen. Plötzlich schob sich wieder jenes schreckliche Bild in seine Gedanken, das ihm den Schweiß auf die Stirn trieb: sein lebloser Körper auf einem Berg gefallener Gladiatoren, die während eines Spiels ihr Leben lassen mussten.

Doch die Vision verschwand schlagartig, als Mantano die Tür aufriss. Er trat auf Craton zu, überprüfte dessen Rüstung, schnürte wie immer einige Schnallen enger, zerrte an der ledernen *Manica*. Seine Miene war nicht fordernd wie üblich, sondern ungewöhnlich ausdruckslos.

«Aventius ist angekommen», bemerkte er, und zum ersten Mal in all den Jahren glaubte Craton einen sanfteren Ton in der Stimme des *Lanista* zu vernehmen als sonst. Ja, als ehemaliger Gladiator wusste er bestimmt, wie ein Kämpfer sich in den letzten Augenblicken vor einem Auftritt fühlte.

Mantano hob den mit Rosshaar geschmückten Helm auf und reichte ihn Craton. Langsam nahm dieser ihn entgegen, während er dem Ausbilder fest in die Augen blickte. Noch nie hatte er es getan, denn jeder, der es wagte, Mantano so unverwandt anzuschauen, hatte seinen Zorn zu spüren bekommen. Doch diesmal zeigten sich keine Spuren der Wut in seinem Gesicht. Er erwiderte Cratons festen Blick und sagte ruhig: «Aventius ist auf seinem rechten Auge fast blind!»

Craton zog die Brauen zusammen, bis sich eine tiefe, senkrechte Falte zwischen seinen Augen bildete. Noch nie hatte Mantano ihm einen Hinweis gegeben, noch nie ihm Ratschläge erteilt. Bevor er etwas erwidern konnte, fuhr ihn der *Lanista* gewohnt mürrisch an: «Los, gehen wir! Die Gäste sind schon alle da, und Gaius lässt sie ungern warten!» Er schlug dem Kämpfer hart auf die Schulter. Es war wirklich Zeit zu gehen.

Die Gänge waren leer, der Übungshof verlassen. Gaius hatte den anderen Männern erlaubt, sich an diesem Tag auszuruhen. Wie bedrückend Stille sein konnte, hatte Craton nie geahnt. Den Hof ließen sie schnell hinter sich, gelangten an das Tor, das an die Arena grenzte. Craton hatte es noch nie passiert, und dennoch wusste er, was sich dahinter verbarg. Schon bald würde er dem eingezäunten, langen Weg folgen, der ungefähr hundert Schritte vom Übungsplatz wegführte.

Die hundert Schritte waren lang, erschienen dem Gladiator unendlich. Sie zogen sich dahin wie sein eigenes Leben. Vom anderen Ende des Ganges hallten ihnen sanfte Klänge entgegen. Gaius' Musiker unterhielten die Gäste mit zarten Tönen einer Harfe und dem Klingeln der Zimbeln.

Die Männer hatten eine verschlossene Tür erreicht, die Mantano öffnete. Craton betrat den dahinter gelegenen Raum, während der Lanista zurückblieb und die Tür wieder verschloss.

Der Warteraum war leer bis auf zwei einfache Holzbänke. Nur wenig Sonnenlicht drang durch einige Ritzen in den Wänden herein. Erst jetzt erkannte Craton, dass er nicht allein war. Auf einer der Bänke saß ein weiterer Gladiator, der die prächtige Rüstung eines Samniten trug. Es war Aventius.

Gaius' Gladiator ließ sich auf der gegenüberliegenden Bank nieder, und sie musterten sich schweigend und misstrauisch.

Die prächtige Ausrüstung der *Samniten* wurde bei öffentlichen Spielen kaum mehr getragen. Der aufwendig gestaltete Helm, die Brustplatte, der große, reich verzierte Schild waren zu wertvoll. Umso erstaunter war Craton, dass Aventius sie heute trug.

Er bemerkte eine lange, hässliche Narbe, die sich über Aventius' rechten Arm zog. Dass der Schlag, der diese Verwundung verursachte, nicht seine Sehnen durchtrennt hatte,

273

war fast ein Wunder. Oder einfach Glück. Aventius wusste es wahrscheinlich selbst nicht.

Er ist auf dem rechten Auge fast blind, erinnerte sich Craton an Mantanos Worte, als er verstohlen jene Gesichtshälfte betrachtete. Erst bei genauerem Hinsehen fiel eine weitere unscheinbare Narbe auf, die über das rechte Auge lief und es trübte. Sie war so fein, dass sie nicht von einem Schwert stammen konnte, sondern von einem Raubtier. Domitian scheute sich also nicht, seine Kämpfer auch gegen wilde Tiere einzusetzen. Aventius hatte vielleicht dem Hieb einer Pranke nicht mehr ausweichen können. Vielleicht hilft mir dieses Wissen zum Sieg, dachte Craton hoffnungsvoll.

Das Warten wurde länger und unerträglicher, sie wussten beide, dass bald einer von ihnen tot sein würde, falls das Schicksal nicht Milde walten ließ.

Sanfte Musik, das Gemurmel der Gäste, begleitet vom Lachen einer Frau, drangen zu ihnen. Plötzlich verstummte die Musik, und Mantanos Stimme war zu hören. Er sagte den Kampf an. Cratons Hand umschloss den Schwertknauf noch fester. Aventius tat es ihm gleich und hob seinen großen Schild.

Die Tür zur Arena öffnete sich, und gleißendes Sonnenlicht blendete die beiden Gladiatoren. Sie erhoben sich und grüßten sich schweigend mit einem Kopfnicken. Ein letzter Gruß; einer von ihnen würde schon bald vor den Toren des Hades stehen.

Aventius betrat als Erster den Kampfplatz, Craton folgte ihm. Ein spärlicher Beifall empfing sie. Ungefähr zwanzig Zuschauer klatschten ihnen zu, und Craton vermisste das Jubeln der Menge, das ihm beim Betreten der Arena gewöhnlich entgegenschlug.

Die Gladiatoren traten mit festen Schritten auf den Balkon zu, wo Gaius und Pompeia saßen. Aventius und Craton blieben vor der Loge stehen, reckten ihre Waffen in die Höhe und grüßten: «Ave, Gaius, *morituri te salutant!*»

Doch die Gegrüßten unterhielten sich und ließen die Kämpfer warten.

«Du siehst heute bezaubernder aus als sonst», schmeichelte Gaius Pompeia. Er wusste, es war ein gefährliches Spiel mit dem Feuer und er konnte sich leicht verbrennen. Doch er mochte es, sich in der Gegenwart schöner Frauen von seiner charmantesten Seite zu zeigen.

«Mein lieber Gaius, die Kämpfer sind da», bemerkte die Geliebte Domitians und blickte ihn mit einem verführerischen Augenaufschlag an. Sie schien an diesem gefährlichen Spiel zwischen ihm und ihr Gefallen zu finden.

Nur zögernd sah Gaius in die Arena. Natürlich hatte auch er die Männer bemerkt, die auf das Zeichen des Hausherrn warteten, um mit dem Kampf zu beginnen. Gewöhnlich war es nicht Gaius, der die Spiele eröffnete – in den Theatern taten dies der Ausrichter der *Ludi* oder der *Editor*. Das gab Gaius das beruhigende Gefühl, nicht für den Tod der Kämpfer verantwortlich zu sein.

Es war lange her, seit in seiner Arena ein Kampf ausgetragen worden war. Es waren nur Schaukämpfe gewesen, die niemals das Leben eines Mannes gefordert hatten. Gaius befürchtete, seine Männer würden sich sonst weigern zu kämpfen oder sogar gegen ihn aufbegehren.

«Gaius, willst du das Spiel nicht endlich eröffnen?», drängte Pompeia.

Warum hast du dich dazu hinreißen lassen, diesen Kampf in deinem Haus und nicht in der Arena des *Ludus Magnus* auszutragen?, schalt er sich innerlich. Du hättest dir manche Unannehmlichkeiten ersparen können.

Pompeia berührte zart seinen Arm, die betörenden Augen auf ihn gerichtet. Ihr Blick sagte mehr als alle Worte.

«Dir gebührt die Ehre», entschuldigte sich Gaius rasch. «Eröffne du den Kampf, gib du das Zeichen!»

Mit einem reizvollen Lächeln ließ sie den Arm ihres Gastgebers los und hob – einer gekrönten Königin gleich – die Hand. «Auf Sieg oder Niederlage, auf Leben oder Tod! Auf einen guten Kampf!»

Und die beiden Gladiatoren stellten sich auf.

Langsam umkreisten sie sich, warteten. Was ein großer Kampf werden sollte, glich zu Beginn einem lustlosen Gefecht. Craton ließ sein Schwert in der Rechten kreisen; eine Unart, die ihn leicht die Waffe kosten konnte.

Aventius war durch den Schild gut geschützt, er machte den Gladiator aber gleichzeitig schwerfällig. Mit einem zögerlichen Schlag eröffnete er den Kampf. Ohne Anstrengung wehrte Craton ihn ab. Weitere abtastende Schläge folgten, um die Stärken und Schwächen des Gegners auszumachen.

Aventius' Schwert auf Cratons Schild, Cratons Schwert auf Aventius' Schild. Schild, Schwert, Schwert auf Schwert – ein zufälliger Beobachter hätte es für ein harmloses Geplänkel halten können.

Craton, durch dieses Abtasten und Warten ermüdet, griff endlich an und drängte Domitians Kämpfer zurück. Die Schläge wurden immer stärker, immer rascher, immer bedrohlicher; scheinbar hatten sich die Gladiatoren daran erinnert, dass es ein Kampf auf Leben und Tod war.

«Wie ich diesen Craton bewundere», schwärmte Pompeia, nahm einen Schluck verdünnten Wein und warf Gaius über den Becherrand hinweg einen vielsagenden Blick zu. Dann wandte sie sich an Tiberianus, der neben dem Hausherrn saß. «Auf wen würdest du setzen, Tiberianus?», fragte sie, ohne Gaius aus den Augen zu lassen.

Der Senator mochte Gladiatorenkämpfe nicht besonders und war nur anwesend, weil sein Freund ihn darum gebeten hatte.

«Ich wette nicht um das Leben eines Mannes», erwiderte Tiberianus und schenkte ihr ein gequältes Lächeln.

«Ach ja, ich vergaß ... Aber im Senat – da werden doch Wetten abgeschlossen?», stichelte Pompeia weiter. Sie hatte sich noch nie mit den Ansichten des jungen Politikers anfreunden können.

«Es steht jedem zu, sein Geld zu verwetten, wie er es für richtig hält», entgegnete Tiberianus kühl, während er in die Arena starrte.

Cratons Hiebe wurden kräftiger. Er versuchte Aventius' Schwäche auszunutzen, doch dieser hatte seine Absicht erkannt. Für einige Augenblicke verkeilten sich ihre Schilde, und Craton bemerkte Aventius' rechtes Auge; es war tatsächlich trübe, die Pupille geweitet. Er schien wenig zu sehen, vielleicht gar nichts mehr.

Deshalb also hält er den Schild in der rechten Hand und das Schwert in der linken, blitzte es Craton durch den Kopf.

Doch Aventius kämpfte trotzdem gewandt und schnell. Mit einem mächtigen Ruck trennten sie sich wieder, sammelten ihre Kräfte.

«Und wie steht es mit dir, Gaius? Du wettest doch?» Pompeia stellte ihren Becher ab und beugte sich zu dem Adeligen. Er konnte den verlockenden Duft ihres Parfüms riechen.

«Ob ich wette? Es kommt auf den Einsatz an», erklärte er verwirrt.

«Natürlich wettest du! Wetten bedeutet Risiko, und das magst du doch!»

Der Aufschrei der wenigen Gäste ersparte es Gaius zu antworten.

Aventius war gestürzt, schleuderte seinen Schild gegen Craton und traf ihn an der Schläfe. Der Aufprall verursachte eine Platzwunde. Während Craton benommen wankte, rappelte sich Domitians Kämpfer schnell wieder auf.

277

Erneut prallten die beiden Männer aufeinander, taumelten zurück, umkreisten sich, um wieder anzugreifen. Metallisches Klirren – Schwert auf Schild, Schwert auf Schwert – erfüllte die sonst gespenstisch stille Arena.

Ohne Schild war Aventius wendiger. Er hielt die Waffe in beiden Händen und näherte sich seinem Gegner. Cratons Absicht, ihn dank seines Sehfehlers zu besiegen, war fehlgeschlagen. Der *Samnit* schien gelernt zu haben, mit seiner Behinderung umzugehen, denn jeden Schlag auf die rechte Seite wehrte er gekonnt ab. Cratons Schläge waren wirkungslos, sie ermüdeten ihn. Er hatte nicht damit gerechnet, dass Aventius so kräftig und ausdauernd war und alle Hiebe so mühelos mit dem Schwert abwehren würde. Er wusste jetzt, es würde ein zäher Kampf werden, bis einer von ihnen erschöpft in den Sand sinken würde.

Craton schleuderte seinen Schild nun ebenfalls gegen Aventius und stürmte grimmig vor. Es würde sich zeigen, wer von ihnen die größere Beharrlichkeit besaß. Und er wollte nicht Zufall, Schicksal oder Glück über sein Leben entscheiden lassen. Er wollte es selbst tun.

«Schade, dass Domitian diesen Kampf nicht sehen kann. Wahrlich, er wäre ganz nach seinem Geschmack. Und nach meinem ist er auch», hauchte Pompeia schwärmerisch und befeuchtete ihre Lippen.

«War dieses Gefecht nicht Domitians Idee?», erkundigte sich Tiberianus, Böses ahnend.

Pompeia nickte. «Ja, er liebt Aventius und kann sich nicht vorstellen, sein Kämpfer könnte jemals unterliegen!»

«Und was ist, wenn er doch unterliegt?», hakte der Senator nach und spürte Gaius' beunruhigte Blicke.

Pompeia lachte auf. «Das glaube ich nicht! Und wenn doch, wäre der Kaiser ganz bestimmt nicht erfreut! Aventius hat bereits fünfunddreißig Kämpfe überlebt, und nur zwei davon endeten unentschieden – *Stans Missus*. Wie du also siehst, mein hochverehrter Tiberianus, verließen nur die wenigsten seiner Gegner die Arena aufrecht!» Genüsslich, ohne ihre Blicke von den Gladiatoren abzuwenden, zählte sie die ruhmreichen Einsätze von Domitians bestem Gladiator auf.

Gaius knirschte mit den Zähnen. Fünfunddreißig Kämpfe, darunter nur zwei Unentschieden! Aventius' Ergebnisse waren berauschend und niederschmetternd zugleich. Wie viele Kämpfe Craton bereits hinter sich hatte, wusste er nicht genau, aber es waren bestimmt unter dreißig! Darunter zwei oder drei Unentschieden. Und ein verlorener Kampf, bei dem er vom Volk begnadigt wurde, da er als Neuling ein eindrückliches Schauspiel geboten hatte.

«Ich dachte immer, du wärst für Craton», bemerkte Tiberianus.

«Oh, Cratons Kämpfe gehören zu den leidenschaftlichsten Momenten. Doch Aventius scheint ihm in nichts nachzustehen! Und diese beiden gegeneinander kämpfen zu sehen ist der höchste Genuss!» Pompeias Antlitz erstrahlte.

Gaius schluckte schwer und verfluchte diesen Tag.

Die Sonne brannte gnadenlos vom Himmel, zehrte an den Kräften der Kämpfenden, erschwerte ihnen das Atmen. Trotzdem griffen die Gladiatoren immer wieder erbittert an. Der Kampf hatte bereits bei beiden Spuren hinterlassen: Sie waren verletzt, hatten die Klinge des anderen gespürt. Ihre Bewegungen wurden schwerfälliger und langsamer.

Obwohl Cratons Kräfte schwanden, traf er mit dem Ellenbogen Aventius' Kinn. Doch dieser schien den Schlag gar nicht zu bemerken und brachte ihn mit seinen Hieben in Bedrängnis. Craton hoffte, es würde bald enden, egal, wie der Kampf ausgehen würde.

Schlagen, abwehren, zurückschlagen. Ein Angriff, ein Rückzug, wieder ein Angriff.

Gaius spürte nun die Schwüle des Tages und hoffte auf Regen, der nicht nur ihn, sondern auch die Kämpfer erfrischen würde. Er blickte zum Himmel und sah erleichtert, wie sich schwere Gewitterwolken der Sonne näherten. Der erlösende Regen schien nicht mehr lange auf sich warten zu lassen.

«Nun, wie wäre es also mit einer Wette, Gaius?», begann Pompeia erneut.

Gaius wandte sich ihr gereizt zu. «Ich wüsste nicht, worüber wir wetten sollten!»

«Über den Sieg oder die Niederlage eines Kämpfers.» Pompeia fächelte sich frische Luft zu. «Ich wette häufig mit Domitian. Und meistens gewinne ich auch. Eigentlich gewinne ich immer.» Sie hielt inne. Die Lippen leicht geöffnet, den Kopf zur Seite geneigt, wirkte sie noch gefährlicher als sonst. «Vielleicht sollte ich dir ein Angebot machen. Wenn ich verliere, entbinde ich dich von all deinen Versprechen der letzten Monate!»

Gaius legte die Stirn in Falten. «Und wann verlierst du?»

«Wenn Craton siegt und Aventius stirbt», antwortete sie kalt.

Gaius hielt den Atem an. Er war sich nicht sicher, ob Craton seine Arena lebend verlassen würde. Sein Tod wäre ein schwerer Verlust für die Schule und eine vernichtende Niederlage für Gaius' Ruf und Ehre.

«Also, was ist nun?», hörte er Pompeias Stimme. «Wenn du noch länger zögerst, ist die Wette hinfällig.»

«Du setzt also auf Aventius», versuchte Gaius Zeit zu gewinnen. Aus den Augenwinkeln sah er, wie Craton und Aventius ermattet aufeinander zuwankten.

Pompeia nickte bestimmt. «Natürlich tue ich das!» Sie lächelte siegessicher. «Und du? Mein lieber Gaius, was denkst du: Wird Craton verlieren?»

«Niemals! Craton wird auch diesmal gewinnen!», erwiderte er hastig, ohne wirklich davon überzeugt zu sein.

«Warum zögerst du dann?»

«Und was forderst du, solltest du die Wette gewinnen?», mischte sich Tiberianus ein, der versuchte, ihr Spiel zu durchschauen.

Pompeias Augen funkelten wie tausend Diamanten, als sie antwortete: «Dann fordere ich nur ein einziges Versprechen.» Sie wandte sich rasch Gaius zu. «Du siehst, du kannst nur gewinnen, egal, wie der Kampf ausgeht!»

Gaius spürte, die Lage wurde ausweglos, und die Falle schnappte gleich zu. Nicht ein Versprechen Pompeia gegenüber! Kein einziges mehr! Er hatte sich schon viel zu oft von ihr zu solch einem Spiel hinreißen lassen. Nur glücklichen Umständen hatte er es zu verdanken, dass er bis jetzt unbeschadet davongekommen war.

«Ich warte, Gaius», drängte Pompeia, während er fieberhaft nachdachte.

Jetzt bot sich ihm die Gelegenheit, alle Versprechen, die er ihr je gegeben hatte, auf einmal einzulösen. Und obwohl er fürchtete, einen zu hohen Preis zahlen zu müssen, wenn er auf ihr Angebot einging, erwiderte er: «Gut, ich nehme an.»

Pompeia verzog begeistert die Lippen und sah Tiberianus an, der Gaius' Worte bezeugte.

Der Kampf in der Arena stockte, denn nun verließen auch Aventius die Kräfte. Die Körper der Gladiatoren glänzten nicht mehr von edlen Ölen, sondern vor Schweiß, und obwohl ein Donnergrollen zu vernehmen war, ließ die Kühle des Gewitterwindes auf sich warten.

Wieder griff Aventius an. Craton konnte den Hieb gerade noch abwehren, geschwächt schlug er zurück. Er war am Ende seiner Kräfte, fühlte, wie seine Muskeln bei jedem Hieb, jeder Abwehr vor Erschöpfung zitterten. Schweiß rann über seine Stirn. Nur einen Wimpernschlag lang ließ seine Aufmerksamkeit nach, und Aventius nutzte diese Leichtfertigkeit geschickt aus. Er versetzte ihm einen Stoß und brachte ihn zu Fall. Craton stürzte in den Sand und sah, wie das Schwert seines Gegners über ihm aufblitzte.

In der Ferne rollte dumpf der Donner, und endlich peitschte ein kühler Wind die Arena.

Craton schloss die Augen. Er wusste, er würde tot sein, bevor die ersten Regentropfen fielen.

«*Stans Missus!*», erschallte plötzlich eine Stimme.

Gäste und Gladiatoren blickten sich verwundert um.

Pompeia war hastig aufgesprungen und reckte bestimmt eine Hand in die Höhe.

Die beiden Kämpfer verharrten regungslos, dann ließ Aventius sein todbringendes Schwert sinken, enttäuscht über dieses sinnlose Unentschieden. Nur noch ein Streich, und er hätte den unbezwingbaren Craton vernichtet. Nur ein einziger Schlag ...

Gaius, der ebenfalls aufgesprungen war, sank stumm und totenbleich auf seinen Stuhl zurück.

«*Stans Missus* – Unentschieden!», wiederholte Pompeia, drehte sich um und blickte Gaius triumphierend an. Und gleich dem Krachen des Gewitters hallten ihre Worte in seinem Kopf wieder: «Ich gewinne immer!»

In diesem Augenblick zerrissen die Wolken, und die ersten Regentropfen prasselten vom schwarz gefärbten Himmel und benetzten den Sand.

XXV

Die Neuigkeit über den Kampf zwischen Aventius und Craton verbreitete sich rasch. Dazu hatten neben den Sklaven in Gaius' Haus auch seine Gladiatoren und der geschwätzige

Plebs beigetragen. Und bald schon füllten, wie immer, wenn niemand Genaues wusste, die wildesten Gerüchte die Straßen Roms. So hieß es einmal, Craton hätte Aventius mit der Faust erschlagen, dann wieder, Aventius hätte Craton hinterrücks erstochen.

Die einen erzählten, beide Gladiatoren hätten sich aufeinander gestürzt und sich so gegenseitig umgebracht. Die anderen sprachen von Unentschieden. Und obwohl dies der Wahrheit entsprach, glaubten es die wenigsten.

Craton verriet Anea nicht, dass der Kampf in Gaius' Haus kein Schaukampf sein würde, und auch nicht, gegen wen er kämpfen sollte. Und sie fragte nicht danach. Sie sprachen nicht über die Auftritte, die ihnen bevorstanden, nicht über den Tod, und auch nicht über ihre Gefühle, wissend, dass diese ihnen gefährlicher werden könnten als das Schwert des Gegners. Dem höchsten Gebot der Gladiatoren folgend, erzählten sie nie etwas über sich, obwohl Anea gern gewusst hätte, wer er wirklich war und woher er stammte. Nur manchmal, in ihren fiebrigen Träumen, die ihr von den kurzen Nächten beschert wurden, sah sie sich lachend, mit ihm an der Seite, durch die Wiesen und Wälder ihrer verlorenen Heimat laufen. Doch der Morgen brachte sie jedes Mal in die harte Wirklichkeit zurück.

Craton hatte zwar keine ernsten Verletzungen erlitten, aber etwas anderes hatte sich tief in seine Seele eingebrannt: Er hatte erkennen müssen, dass auch er nicht unverwundbar war, und spürte, eines Tages würde ein Gladiator ihn besiegen, ihn vom Thron in der Arena herunterstoßen, ihn um seine lang ersehnte Freiheit bringen. Ein Gedanke, der schlimmer war als jede Niederlage.

Seit Titio die Schule Octavius verlassen hatte, war Craton nachdenklicher geworden; alle Kämpfer des *Ludus* hatten es bemerkt, doch Craton wich allen Fragen aus, übte noch verbissener und härter. Anea, selbst verschlossen und schweigsam, wagte es nicht, ihn darauf anzusprechen. Dennoch hatte sie ihn verstanden; seit ihrem schrecklichen Erlebnis in den tiefen Gewölben der Arena wusste sie, wie schmerzvoll und verunsichernd es war, zu erfahren, man sei besiegbar.

Obwohl Gaius von Anfang ahnte, dass Pompeias Wette eine gerissene List gewesen war, sollte er erst jetzt erfahren, warum sie so überraschend eingegriffen hatte. Als Toter hätte ihr Craton nichts mehr genützt, denn er sollte bei einem ihrer üppigen Feste ihr Gast sein – in Gaius' Begleitung.

Angestrengt versuchte sich Gaius an Pompeias Worte zu erinnern. Sollte Craton siegen, hätte auch er gewonnen, aber nie war die Rede davon, Aventius müsse siegen oder verlieren. Der Adelige schüttelte den Kopf: Er wusste nicht, ob er sie für ihre Gerissenheit hassen oder bewundern sollte.

Der Abend des Festes in Pompeias Stadtvilla rückte immer näher, und Craton war überrascht, als er von der Einladung erfuhr. Als Gaius vernahm, dass auch Tiberianus eingeladen worden war, bat er ihn, sie beide zu begleiten. Im Geheimen hoffte er, der Senator – in solch undurchsichtigen Machtspielen, wie Pompeia sie trieb, geübter – könnte ihn vielleicht von weiteren Wetten und Versprechen abhalten. Die Erfahrungen aus dem Senat hatten Tiberianus zweifellos gelehrt, wachsam zu sein und nicht in jede Falle zu tappen.

Gaius holte seinen Freund ab, und gemeinsam ließen sie sich von den Sklaven in den Sänften zum Hause Pompeias tragen.

«Ich frage mich, warum sie auch mich eingeladen hat?», grübelte Tiberianus laut.

Gaius zuckte die Schultern. «Du bist ein Senator. Sie liebt es, sich mit Politikern zu zeigen. Vor allem mit denen, die sich beim Volk einer gewissen Beliebtheit erfreuen.»

«Vielleicht. Aber sie teilt meine Ansichten nicht, und die

meines Vaters hatte sie auch nie geteilt. Meine Ideen werden ihr sicherlich nicht gefallen ...» Tiberianus brach ab, als die Sänftenträger stehen blieben, und schaute kurz heraus.

Auf der Hauptstraße, die zum Triumphbogen führte, staute sich eine Menschenmenge. Um diese abendliche Stunde tummelten sich hier, ob zu Fuß oder in Sänften, ungewöhnlich viele Bürger.

«Was ist da los?», erkundigte sich Gaius ungeduldig, als seine Träger die Sänfte vorsichtig abstellten und ratlos umherblickten.

«Sieh nach, was dort geschehen ist!», befahl er Craton, der der Sänfte seines Herrn gefolgt war.

Er trug eine feine helle Tunika, die ihn nicht als Gladiator erkennen ließ. Wortlos nickte er, eilte die Straße entlang und verschwand rasch in der Menge, während die Adeligen warteten.

Immer mehr Wagen und Sänften schlossen auf, verstopften die Straße, und schon bald gab es kein Durchkommen mehr – nicht nach vorne und nicht zurück. Viele der Eingeschlossenen fluchten lauthals, schrien einander an.

«Ich habe doch gesagt, wir hätten über das Forum gehen sollen», schalt sich Gaius, der sich Tiberianus' Vorschlag, diesen Weg zu nehmen, gebeugt hatte.

«Eine kleine Verzögerung schadet nicht, mein Freund.» Tiberianus schien sich am Tumult nicht zu stören und lächelte freundlich. Der Umstand, spät zu Pompeias Feierlichkeit zu kommen, störte ihn anscheinend auch nicht.

«Craton hat sich gut erholt, wie ich sehe», versuchte er abzulenken und das Warten zu verkürzen.

Gaius reckte seinen Kopf, doch außer der Menschenmenge konnte er nichts erkennen, und auch sein Gladiator war noch nicht auszumachen. «Du weißt ja, er ist zäh!», entgegnete er nervös.

«Aber nicht unsterblich!» Tiberianus biss sich auf die

Zunge und verfluchte sich, diesen Gedanken laut ausgesprochen zu haben.

Gaius' Blicke verrieten Missfallen. «Was hätte ich deiner Meinung nach tun sollen? Mit der Wortgewandtheit eines Senators hättest du es vielleicht geschafft, dem Kaiser diesen Kampf auszureden, doch ich ...»

«Der junge Octavius und sein Freund Tiberianus!» Eine laute männliche Stimme unterbrach ihn.

Die beiden Adeligen sahen sich um, um ihren Urheber ausfindig zu machen. Gaius entdeckte ihn als Erster: «Ave, Agrippa, auch du bist noch zu dieser Stunde unterwegs?»

Der ergraute Senator näherte sich ihnen in seiner Sänfte, und als er sie erreichte, befahl er den Sklaven, anzuhalten.

«Ich bin immer unterwegs. Die Geschäfte lassen es nicht zu, dass ich raste», erwiderte Agrippa und blickte zwischen den Freunden hin und her. «Ja, ich komme kaum zur Ruhe!»

«Geschäfte?» Gaius entging seine Andeutung nicht, und er meinte verwundert: «Du hast dich doch aus der Politik zurückgezogen!»

Ein heiseres Lachen war Agrippas Antwort. Er schüttelte belustigt den Kopf, sodass seine schütteren, grauen Haare in die Stirn fielen. «Wenn das so einfach wäre! Frag deinen Freund, wie das mit der Politik ist.» Er sah kurz auf Tiberianus, bevor er weitersprach: «Wenn du ein Leben lang der Politik Roms dienst, kannst du dich nicht einfach so zurückziehen! Quintus Varinius, Tiberianus' Vater, würde mir zustimmen!»

«Ihm wurde sein Amt zum Verhängnis. Du vergisst, man hatte ihn vor drei Jahren ermordet!», fuhr der junge Senator dazwischen.

«Nicht doch, Tiberianus! Es gab keinerlei Anzeichen für einen Mord. Es war ...», Agrippa hielt nachdenklich inne, «... auch wenn du mich dafür jetzt hasst, aber der gute Senator Quintus Varinius suchte selbst den Tod! Und es war ein würdiger Tod für einen würdigen, ehrenvollen Mann!»

«Erzähl nicht solch einen Unsinn, Agrippa!», herrschte Tiberianus den alten Mann an. «Du weißt genau, mein Vater hätte sich niemals aus dem Leben gestohlen, indem er Gift schluckte!» Er atmete tief durch. «Er war ein Mann der Tat und Ehre, und eher hätte er sich erdolcht, als solch einen sanften Tod zu wählen!» Tiberianus versuchte sich zu beruhigen und fügte mit fester Stimme an: «Jeder hier in Rom weiß, dass es ein gemeiner, hinterhältiger und vorsätzlicher Mord gewesen war! Jeder! Auch wenn die Justiz, die zweifellos unter deinem Einfluss steht, etwas anderes behauptet!»

Gaius musterte seinen Freund überrascht. Gewöhnlich war Tiberianus ein besonnener, fast verschlossener Mann. Und obwohl er wusste, dass Agrippa kein Freund der Familie Tiberianus' war, erstaunte ihn, dass sich der junge Senator auf offener Straße so heftig mit Agrippa stritt.

Agrippa verzog seine schmalen Lippen zu einem noch schmaleren Lächeln. «Es ist dein Recht, das zu denken. Aber vielleicht solltest du es nicht zu laut tun! Wer weiß, wie gefährlich dies werden könnte!»

«Ach wirklich? Noch gefährlicher als für meinen Vater?» Tiberianus kniff die Augen zusammen.

«Ich bin nicht dein Gegner!» Agrippa hob besänftigend die Hand. Er sah sich um, schwieg einen Moment, dann fügte er hinzu: «Dein Vater war ein großer Mann und ein vorbildlicher Politiker, aber er war genauso uneinsichtig wie du.»

«Weil er die Wahrheit sagte?»

«Weil er die Wahrheit verdrehte! Aber was ist schon Wahrheit? Es ist nicht immer das, was der Plebs hören will», erwiderte Agrippa abschätzig.

«Was treibt dich um diese Zeit noch auf die Straße?», mischte sich Gaius rasch ein, um den Streit zu beenden, und hoffte, Tiberianus würde sich zurückhalten.

Agrippa verzog keine Miene, als er entgegnete: «Pompeia hat mich eingeladen. Und was macht ihr hier?»

«Auch uns erwartet ein Fest», antwortete Gaius tonlos und glaubte, Tiberianus mit den Zähnen knirschen zu hören.

Agrippa lachte laut auf, und seine Augen blitzten bösartig. «Es wird heute bestimmt ein ausgelassener Abend!»

Durch die Menge bahnte sich Craton den Weg zu ihnen zurück. «Herr! Ein Karren mit Lampenöl ist umgekippt. Da ein Brand ausbrechen könnte, hat die Stadtwache die Straße gesperrt», berichtete er. «Die ersten Sänften beginnen umzukehren.»

«Weißt du, wie lange es dauern wird, bis die Straße wieder frei ist?» Gaius ballte missmutig die Fäuste.

Craton machte ein ratloses Gesicht. «Wohl die ganze Nacht, wie es aussieht.»

«Ich werde einen anderen Weg nehmen!», bekundete Agrippa, sah sie herausfordernd an und hieß seine Träger, umzukehren.

Tiberianus wandte den Kopf ab und wartete, bis der alte Senator außer Sicht war. «Du hattest Recht, wir hätten doch den Weg über das Forum nehmen sollen», gab er schuldbewusst zu, und nichts in seiner Stimme verriet, wie erzürnt er vor wenigen Augenblicken noch gewesen war.

«Die anderen Straßen, die zum Haus der Herrin führen, sind gefährlich», bemerkte einer der Sklaven, die Gaius' Sänfte trugen, besorgt.

«Was soll uns schon zustoßen, wenn Craton dabei ist?», entgegnete Tiberianus und musterte den Gladiator, der ihm jetzt – in einer sauberen, wenn auch schlichten Tunika – ganz anders als in der Arena vorkam.

Auch Gaius sah Craton an, und als dieser zustimmend nickte, beschloss er: «Dann wenden auch wir!»

Und die Träger gehorchten.

Pompeia feierte sich selbst und ließ ihr ganzes Haus für das Fest aufwendig schmücken. Junge Sklavinnen standen in den Räumen und boten aus Füllhörnern Früchte an. Üppig beladene Festtafeln waren mit den Köstlichkeiten aus der Umgebung Roms überhäuft – ein erster Vorgeschmack auf das nachfolgende Festessen. Zarte Musik erklang, begrüßte die Gäste, erfreute sie und berauschte ihre Sinne.

Gaius und Tiberianus waren nicht die Einzigen, die sich verspätet hatten. Der prunkvolle Saal war noch leer, als sie eintrafen, für ein Fest bei Pompeia sehr ungewöhnlich.

Leicht bekleidete, mädchenhafte Knaben verteilten Köstlichkeiten von den Festtafeln; Wein sprudelte aus einem Brunnen, aus dem die Diener immer nachschöpften.

Auch wenn Craton versuchte, es zu verbergen, merkte Gaius, wie unwohl sich der Gladiator in dieser ungewohnten Umgebung fühlte, und er tat ihm leid.

Sie stiegen eine breite Treppe in den Saal hinab, um freie Liegen und einen freien Stuhl zu ergattern. Pompeia hatte sich noch nicht unter die Gäste gemischt, sie wartete meistens mit ihrem Erscheinen, bis alle Besucher da waren, und ließ sich dann von ihnen bewundern und feiern.

Die Gäste trafen nur schleppend ein, doch allmählich begann sich das Haus zu füllen. Gaius entdeckte viele vertraute Gesichter: Freunde der Familie Octavius, frühere Käufer von Gladiatoren, Geldgeber, Bekannte. Und auch Tiberianus grüßte vereinzelt die Anwesenden, während Craton sich fremder als in einer namenlosen Arena in den Provinzen fühlte.

Die Adeligen ließen sich auf zwei Liegen nieder, und er blieb neben ihnen stehen. Geblendet vom Reichtum und Glanz um ihn herum, bestaunte er die Pracht von Pompeias Palast. Das Mauerwerk bestand aus feinstem Marmor, goldene und silbrige Verzierungen schmückten die Säulen, an denen reich bestickte Stoffe sanft im Abendwind wiegten.

Wundervolle Gemälde und kostbare Mosaiken zierten die Wände und erzählten vom Leben in Rom. Selbst Gaius' Villa erschien Craton jetzt wie ein bescheidenes Landhaus.

In der Mitte des Saales ragte eine Statue der Göttin Venus auf, die nackt aus einer Muschel stieg. Zierliche Frauen tanzten zum Klang von Harfen und Flöten um sie herum und schienen über die bunten Marmorfliesen zu schweben. Ihre Körper dufteten wie ein Blütenmeer.

Craton glaubte zu träumen. Er kannte nur seine karge Zelle, den staubigen Übungshof, die Arenen mit ihren düsteren Räumen. Diese neue, unbekannte Welt ängstigte ihn, und ruhelos wanderten seine Blicke durch den Saal, der erfüllt war von Lust, Vergnügen und Genuss. Mit jedem Blick entdeckte er neue Dinge, die er nicht kannte und noch nie gesehen hatte.

Eine Schar Sklavinnen und Sklaven betrat nun den Raum: exotische Schönheiten, anmutige Frauen, kräftige Männer, aber auch mädchenhafte Knaben, die nicht nur die Neugier weiblicher Gäste auf sich zogen, ihre Körper kaum verhüllt.

«Setz dich hierher!», befahl Gaius, als er bemerkte, wie hilflos der Gladiator neben ihnen stand. Craton setzte sich auf einen Stuhl, den ihm ein Diener hingestellt hatte, und hoffte, keiner der Gäste würde erkennen, wer er war.

Immer mehr Gäste strömten herein, ließen sich auf Liegen und Sesseln nieder und kosteten von den Köstlichkeiten und vom Wein, die die Sklaven auftrugen. Sie alle warteten ungeduldig und gespannt auf Pompeia. Diesmal ließ sie länger als sonst auf sich warten.

Da Tiberianus sich sehr angeregt mit Plautina, der Frau des Senators Plautus, unterhielt, konnte Gaius sich ungestört umsehen. Seine Blicke wanderten zunächst ziellos über die Feiernden, blieben dann an einem Gast hängen, der, zwischen zwei Säulen stehend, mit Agrippa sprach.

«Kennst du diesen Mann, Craton?» Gaius konnte sich an

290

das Antlitz des Unbekannten, nicht jedoch an seinen Namen erinnern.

Craton folgte der Handbewegung seines Herrn. «Es ist Tbychos, einer der Ausbilder aus dem *Ludus Magnus*. Er soll ein Philister sein.»

«Ein Sklave?»

«Nein, ein freier Mann! Er lebt schon seit vielen Jahren in Rom!»

Gaius entging der spöttische Unterton in Cratons Stimme nicht. Vermutlich kannte Craton Tbychos aus den Amphitheatern. Doch woher er selbst Tbychos' Gesicht kannte, wusste Gaius nicht.

«Ist es nicht seltsam, dass ein Politiker auf einem Fest das Gespräch mit einem *Lanista* sucht?», warf Gaius ein.

«Genauso seltsam wie ein Adeliger, der sich mit einem unfreien Gladiator unterhält», erwiderte Craton ungewöhnlich scharf.

«Du vergisst dich, Craton!», zischte Gaius mahnend. Auch er hatte bemerkt, dass sein Gladiator in letzter Zeit gereizt war.

Das ungleiche Paar zwischen den Säulen unterhielt sich noch immer, und beunruhigt fragte sich Gaius, was Agrippa vorhatte. Und seine Unruhe wuchs, als er sah, wie der alte Senator Tbychos eine Schriftrolle übergab.

Plötzlich lenkte lautes Getöse Gaius' Aufmerksamkeit auf eine Gruppe dunkelhäutiger Tänzer, die mit lautem Geschrei und wildem Getrommel im Saal erschienen. Sie trugen nur bunte Federn, die ihre Körper kaum bedeckten. Aufwendig gefertigte Federkronen schmückten ihre Köpfe. Ungewöhnliche Rhythmen trieben die Tänzer an.

Pompeia liebt das Außergewöhnliche und das Sinnliche, fiel Gaius ein, und er erinnerte sich an all die Feste, die er bisher hier besucht hatte.

Die Trommelschläge wurden schneller, und immer mehr

Tänzer mischten sich unter die Gäste, tanzten auf den Tischen, sprangen in die Brunnen und wirbelten mit ekstatisch verzerrten Gesichtern über die Marmorböden. Ein farbenfrohes Spektakel, das die Gäste begeisterte. Tänzerinnen stürzten herein, auch sie nur leicht bekleidet und mit Federn geschmückt, und gleich fremdartigen Vögeln schwirrten sie zwischen den Gästen, umkreisten sie, ließen sich auf den Liegen neben den Männern nieder, erhoben sich wieder, tanzten weiter, begleitet vom Schlagen der Trommeln. Die Bauchnabel der Frauen waren mit Edelsteinen geschmückt, die bei jeder Bewegung funkelten und begehrliche Blicke auf sich zogen.

Nach einem Wirbel der Trommelschläge wurde es plötzlich still, die Tanzenden erstarrten wie erkaltete Lava, und erstauntes Schweigen füllte den Saal.

Als die Trommeln endlich wieder einsetzten, sammelten sich die Tänzer inmitten des Raumes, bildeten einen Vorhang aus glänzenden Körpern, der den Blick zu den Säulen versperrte.

Dahinter stellten sich Sklaven auf, auf deren Schultern eine Bahre lag, geschmückt mit dem übergroßen Abbild eines Pfaus. Begleitet von den Tänzern, trugen sie ihn wie eine Gottheit in den Saal hinein. Die Klänge der Trommeln schwollen an, die Sklaven setzten ihre Last vorsichtig ab und zogen sich mit gesenkten Häuptern zurück. Im Takt der Schläge wiegten sich die Tänzer um den Pfau. Ihre Bewegungen wurden immer schneller, immer aufreizender, bis die Musik mit einem großen Getöse verstummte.

Nichts rührte sich.

Augenblicke seltsamer, erregender Stille vergingen, bis sich die Federn des Pfaus bewegten, und aus dem Abbild erhob sich strahlend, von überwältigender Schönheit, Pompeia.

Überrascht von ihrer Darbietung, starrten sie die Gäste fasziniert an, dann brachen sie in Jubel aus. Mit Wohlwollen sah sie sich um und lächelte verführerisch, berauschte sich an ihrem Triumph. Einige Tänzerinnen nahmen ihr vorsichtig den Umhang aus Federn ab, und ihre Schönheit erstrahlte in voller Pracht, war atemberaubender denn je. Die schwarzen Tänzer und Sklaven legten sich vor sie hin und warteten, bis sie mit erhobenem Kopf über ihre muskulösen Körper hinwegstolzierte, wie eine neugeborene Göttin.

Zarte Flöten- und Harfenklänge begleiteten Pompeias Einzug. Drei schwarze Tänzer warfen sich vor die Trage und bildeten eine menschliche Treppe, über die sie erhaben herabstieg. Ihre Augen funkelten, und ihre helle, zarte Haut strahlte wie Elfenbein.

Die Gäste klatschten noch immer bewundernd. Auch Gaius konnte sich ihrem Zauber nicht entziehen und feierte sie begeistert.

Als Pompeia den Boden betrat, zogen sich die Tänzer und Träger mit einer Verbeugung zurück, und die Gäste umringten die Hausherrin.

«Niemand veranstaltet solche Feste wie sie», bemerkte Tiberianus hingerissen.

Obwohl keiner ihrem Gespräch lauschen konnte, wandte sich Gaius ihm flüsternd zu: «Jetzt weißt du, wie sie es geschafft hat, Domitian zu becircen!»

Tiberianus nickte beeindruckt. «Sie ist eine wundervolle Frau!»

«Und eine gefährliche», fügte Gaius hinzu und hob den Becher, um seinem Freund zuzutrinken.

«Ist das die Frau, die den Kampf eröffnete?», erkundigte sich Craton. Schon oft sah er Pompeia in der Loge des Kaisers sitzen, doch nie wagte er es, sie wirklich anzuschauen.

«Ja, das ist sie – Flavia Pompeia!» Tiberianus musterte das regungslose Gesicht des Gladiators.

«Ich habe sie wirklich nicht wiedererkannt», gestand Craton. «Sie ist außergewöhnlich schön!»

«Sie ist eine der schönsten Frauen in Rom und hat viele Gesichter. Bete zu den Göttern, dass du niemals in ihr ehrgeizigstes blicken musst!», mahnte Gaius, ohne Pompeia aus den Augen zu lassen.

«Ich sehe, dein Gladiator hat Geschmack», mischte sich plötzlich Agrippa ein. Er hatte sich ihnen unbemerkt genähert, und Gaius war sich nicht sicher, wie viel der alte Senator von dem Gespräch mit Tiberianus mitbekommen hatte.

«Pompeia hat mir erzählt, dass du heute nicht allein kommst. Doch dass du deinen besten Kämpfer mitbringst, hätte ich nicht erwartet», setzte Agrippa fort und lehnte den Platz, den ihm Gaius auf seiner Liege anbieten wollte, ab. «Es ist sehr mutig von dir, Gaius, sich öffentlich in der Gesellschaft eines Gladiators zu zeigen. Manche hier könnten auf seltsame Gedanken kommen – sie könnten glauben, du stellst einen Sklaven unsereinem gleich ...» Agrippa musterte Craton von Kopf bis Fuß, als ob er tatsächlich nach einer Gemeinsamkeit zwischen ihm und sich selbst suchen würde.

Die schöne Unbekannte vom Forum fiel Gaius plötzlich ein. Julia und dieser seltsame Prediger. Er spürte, dass Agrippa ihn auf ein gefährliches Terrain locken wollte, und beschloss, die Bemerkung zu übergehen.

«Pompeia wünschte, dass Gaius ihn heute mitbringt», entgegnete Tiberianus an seiner Stelle trocken, während Craton regungslos auf seinem Platz verharrte, als hätte er vom Gespräch nichts mitbekommen.

Agrippa verzog listig die Lippen, blickte zuerst auf die feiernden Gäste, dann auf den Gladiator. «Auf der Straße hätte ich ihn gar nicht wiedererkannt, und ich hätte nicht gedacht, dass er sich auch ohne Schwert bewähren kann.»

Erst jetzt wandte sich Craton dem alten Senator zu, und seine Augen funkelten vor Wut. Er kämpfte offenbar mit sich selbst, um dem Politiker nicht zu antworten. Gaius'

Miene verfinsterte sich auch, und er musterte mal seinen Gladiator, mal Agrippa.

«Mit oder ohne Schwert, er ist fähiger als manch anderer», fuhr Tiberianus dazwischen. «Hoffentlich ist dir in seiner Nähe nicht unbehaglich, Agrippa.»

«O nein», Agrippa winkte amüsiert ab, «aus dem Alter bin ich heraus, mein Freund.»

«Wenn ich aus deinem Mund das Wort Freund höre, ist mir, als würde mir jemand ein Messer in den Rücken jagen.» Tiberianus warf dem alten Senator einen Blick zu, der selbst einen Riesen in die Knie gezwungen hätte, doch bei Agrippa blieb er ohne Wirkung. Noch immer lächelnd, erwiderte er: «Wer weiß, vielleicht hält einer deiner Freunde das Messer bereits in der Hand, Tiberianus!»

«Willst du mir drohen, Agrippa?» Der junge Senator presste verärgert die Lippen zusammen.

«Nein, Tiberianus, nein. Ich will damit nur sagen, dass auch dein Schicksal sich eines Tages erfüllt!» In Agrippas Augen blitzte es gefährlich.

«Gaius, mein Lieber!» Pompeias Stimme unterbrach gleich einem Sonnenstrahl, der durch Gewitterwolken dringt, ihr Gespräch. Agrippa und Tiberianus hielten augenblicklich inne, als sie sich ihnen näherte. Der alte Senator setzte ein unterwürfiges Lächeln auf, und die Männer hießen sie willkommen.

«Ah, Tiberianus! Ein seltener Gast. Ich freue mich, dich zu sehen!», schmeichelte sie ihm verführerisch. «Ist Lucillia wohlauf, oder kränkelt sie schon wieder?»

Tiberianus verneigte sich höflich. «Ich danke dir für die Ehre, zu deinem Fest eingeladen zu sein, edle Pompeia. Sie wird nicht jedem zuteil.»

Pompeia lächelte ihn an, und Gaius bemerkte, wie hemmungslos sie mit seinem Freund flirtete. Ihr safranfarbenes Kleid, verziert mit prächtigen Stickereien, betonte ihren

295

verführerischen Körper, umschmeichelte ihn wie der sanfte Hauch eines Sommerwindes. Und ihre Erscheinung schien bei Tiberianus die Wirkung nicht verfehlt zu haben. Zufrieden mit sich selbst und im Wissen, dass sie die Fäden dieses Spieles in den Händen hielt, wandte sie ihm den Rücken zu und begrüßte Agrippa: «Alter Freund! Wie lange ist es her, als du mich das letzte Mal beehrtest?»

Der Politiker verbeugte sich steif. «Pompeia, du übertriffst dich wieder selbst! Sogar Venus erblasst vor deiner Schönheit!»

Die Hausherrin legte die Hand auf die seine und fuhr langsam mit ihren Fingern die seinen entlang. «So gerne würde ich mich mit dir ausführlich unterhalten! Du bist mir immer ein willkommener Gesprächspartner, Agrippa. Doch andere fragen bereits nach dir, und ich muss dich gehen lassen.»

Sie sah ihm nach, wie er sich entfernte und sich unter die Gäste mischte. Einen Atemzug später wandte sie sich strahlend Gaius und Tiberianus zu.

«Endlich können die alten Schwätzer sehen, dass wir nicht verstritten sind», bemerkte sie genüsslich und fügte hinzu, wobei ihre Aufmerksamkeit nicht ihm, sondern Craton galt: «Gaius, du hast mich enttäuscht!»

«Es würde mich beschämen, dich zu enttäuschen, Pompeia.» Gaius hob verständnislos die Augenbraue, während Tiberianus misstrauisch aufsah. Einige Gäste hatten sich jetzt um sie geschart und horchten neugierig.

«Du hast mir zugesichert, Craton mitzubringen! Ich habe meinen Freunden versprochen, er würde da sein. Nun steht hier ein gut gebauter, doch fremder Mann!» Mit einem unschuldigen Lächeln fuhr sie fort: «Falls es ein Freund von dir ist, den du mir bisher nicht vorgestellt hast, dann hole es jetzt nach! Und verrate mir, wo du diesen nach der Arena und dem Kampf riechenden Gladiator gelassen hast.» Sie trat so nah an Gaius, dass ihr Körper fast den seinen berührte.

296

Gaius wich zurück und deutete auf seinen Kämpfer. «Du irrst dich, Pompeia. Ich habe mein Wort gehalten. Das ist Craton!»

Mit gespielter Überraschung wandte sich Pompeia dem Gladiator zu: «Du bist Craton?» Strahlend schön stellte sie sich an seine Seite und rief: «Meine lieben Freunde, seht her! Hier ist euer bewunderter Held! Der zum Menschen gewordene Herkules, der Sohn Mars'! Hier ist Craton!»

Als sich ihnen immer mehr Gäste zuwandten, schmiegte sie sich an den Gladiator, der sie um mehr als einen Kopf überragte. Trotz seines kräftigen Körpers wirkte er neben ihr verloren, und Gaius wurde es ungemütlich.

Pompeia reckte sich und flüsterte Craton ins Ohr: «Ich hätte dich wirklich fast nicht erkannt! Ohne dein *Gladius*!»

Craton sah sie verwirrt an, als sie begehrlich seinen Körper musterte und ihre Augen auf seine Männlichkeit heftete.

«Seht ihn euch an, Römer! Hier ist der Mann, den niemand besiegen kann!», rief sie erneut und lockte noch mehr Gäste an. «Nur Jupiter könnte ihm gleich sein! Es ist das erste Mal, dass er sich bei einem Fest, bei meinem Fest zeigt! Wie es mein lieber Freund Gaius versprochen hat!» Sie blickte den Adeligen triumphierend an.

Gaius biss die Zähne zusammen, peinlich berührt, dass Pompeia so offen um seine Gunst warb und ihn und Craton bloßstellte. In den Gesichtern der Umherstehenden las er Abscheu und Bewunderung zugleich und wünschte sich, dieses Haus so schnell wie möglich zu verlassen. Nur Tiberianus' Blicke beschwichtigten ihn.

Pompeia schmiegte sich lüstern an Craton und streichelte aufdringlich über seinen Nacken.

«Seht nur, ohne Schwert ist er ein Mensch wie jeder andere!», rief jemand der Gäste ausgelassen.

«In der Arena ein König, doch neben Pompeia ein verängstigtes Kind», lachte ein anderer.

Craton starrte in die Menge, würdevoll und stolz. Er schien ihre Schmähworte gar nicht wahrzunehmen.

«Ja, er ist wirklich ein Mensch wie wir!», brüllte eine weitere Stimme.

«Natürlich ist er ein Mensch», stimmte Pompeia zu. Das Spiel begann ihr zu gefallen. Sie richtete sich auf. «Oder denkt ihr etwa, er wäre ein Gott?» Sie nahm sein Gesicht in ihre Hände und fragte: «Bist du ein Gott, Craton?»

Der Gladiator griff nach Pompeias Armen, zog ihre Hände von seinem Gesicht, und ohne sie loszulassen, erwiderte er: «Nein, Herrin, ich bin kein Gott. Ein Gott würde nicht hierher kommen.»

Gaius stockte der Atem. Er starrte zu Tiberianus hinüber, der, begeistert von dieser Antwort, lächelte. Die Umstehenden hielten inne, während Pompeia sich aus dem Griff des Gladiators löste und verstimmt zurücktrat.

«Er ist wirklich kein Gott», höhnte plötzlich eine Stimme und durchbrach die angespannte Stille. «Ich kenne keinen Gott, der ein Sklave ist!»

«Höchstens jener der Christen», lachte ein schmächtiger Mann auf, und die anderen Gäste fielen in sein Lachen ein. Langsam löste sich die Spannung.

«Hörst du das, Craton? Du kannst kein Gott sein, weil du ein Unfreier bist», spottete nun auch Pompeia, um zu verbergen, wie sehr die Antwort des Gladiators sie getroffen hatte.

Craton schwieg, und seine Wangenmuskeln spannten sich. Dann entgegnete er: «Wie Recht du hast!»

Pompeias Missmut wandelte sich in Heiterkeit, und sie flüsterte ihm zu: «Du scheinst nicht nur mit Waffen umgehen zu können. Auch deine Zunge ist so scharf wie ein Schwert, Craton, der du kein Gott bist!» Sie hauchte ihm einen flüchtigen Kuss auf die Wange und ließ ihn stehen, beschämt und erniedrigt.

Während die anderen ihr lachend folgten, setzte sich Craton wieder.

«Was ist in dich gefahren?», fuhr ihn Gaius an. «Das waren gefährliche Worte!»

«Aber die einzig richtigen!», nahm Tiberianus Craton in Schutz. Er hob einen Weinbecher und reichte ihn dem Gladiator. «Du bist nicht nur stark, sondern auch klug!»

Craton nahm einen Schluck und entgegnete: «Erscheint es dir seltsam, dass Stärke und Verstand sich vereinen?»

«Ich kenne nur wenige Männer wie dich! Du könntest es weit bringen, wenn du frei wärst.»

«Er ist aber nicht frei, Tiberianus!», schnitt Gaius dem Senator das Wort ab und wandte sich ab, um Craton nicht anblicken zu müssen.

Possenreißer und Tänzer sorgten den ganzen Abend über für Abwechslung und Unterhaltung. Immer mehr und köstlichere Speisen wurden aufgetragen, und Pompeia wusste, auch diesmal würde am nächsten Tag ganz Rom über ihr Fest reden, über den unbeschreiblichen Glanz ihres Hauses.

Verschiedene Gäste hatten sich zu Gaius, Tiberianus und Craton gesetzt; nun war es Senator Plautus, der sich zu ihnen gesellte.

«Habt ihr gestern die Spiele besucht?», erkundigte er sich, nachdem sie ihre Unterhaltung über Politik beendet hatten.

Tiberianus schob sich den letzten Rest eines glasierten Apfels in den Mund und verneinte kopfschüttelnd.

«Du meinst die Kämpfe, in denen Marcus Titius' Gladiatoren gegen jene einer Schule aus Capua antraten?» Gaius spürte, wie eine wohlige Müdigkeit seinen Körper erfasste. Der schwere Wein zeigte Wirkung.

«Die Männer waren großartig! Natürlich niemals so gut wie dein Craton! Aber beim Jupiter, ein junger Kämpfer war unter ihnen – sein Name ist mir entfallen.» Plautus kratzte sich am Kopf. «Ich kann mich wirklich nicht mehr erinnern, wie er hieß. Ach, ich werde alt!»

«Frag Craton, er kennt beinahe jeden römischen Gladiator», riet Gaius und blickte in das halb leere Glas.

«Beschreib mir ihn», schlug Craton vor.

Plautus untermalte die Beschreibung des Mannes mit wilden Gebärden. «Und er ist sehr jung», schloss er.

«Weißt du, wem er gehört?»

«Er gehört Titius und kämpft wie ein junger Löwe, stolz und wagemutig. Ich glaube, er könnte einmal sogar dich besiegen, Craton.»

«Er muss dich ja sehr beeindruckt haben», warf Tiberianus ein.

«Ja, das hat er. Der richtige *Lanista*, die richtige Ausbildung, und aus ihm wird ein großartiger Gladiator!», schwärmte Plautus.

«Also, er gehört Titius und er ist ein guter Kämpfer! So viel wissen wir jetzt, Plautus. Und was noch?» Tiberianus kannte Plautus zu gut und wusste, wie gerne er in seinen Reden ausschweifte und unnötig viele Worte verlor. «Titius hat in letzter Zeit viele neue Kämpfer gekauft. Seine Schule ist erfolgreich. Denk nur an Calvus!»

«Ach, Calvus! Titius schont ihn wie ein Hündchen. Calvus vergisst bald, wie man kämpft», winkte Plautus ab. «Aber dieser Mann, dieser junge Kämpfer, der ist anders. Er kämpft wie du, Craton! Er erinnert mich an dich!»

«Er kämpft wie Craton?», fragte Gaius mit schwerer Zunge und zog eine Augenbraue hoch.

«Kennst du ihn?», drängte Plautus hoffnungsvoll.

«Es gibt Tausende von Gladiatoren in Rom! Craton kann nicht alle kennen!», bemerkte Tiberianus ungeduldig.

«Nicht alle, aber diesen!» Craton sah Gaius vielsagend an, als er anfügte: «Es ist Titio!»

«Ja, genau! Titio war sein Name!» Plautus klatschte begeistert in die Hände und wandte sich an Gaius. «Wäre er in deiner Schule, könnte er ein großartiger Kämpfer werden!»

«Titio?» Tiberianus runzelte die Stirn. Den Namen hatte er schon gehört.

Gaius klopfte mit seinen Fingern gereizt gegen seinen Becher und sah Craton zornig an.

«Du hast ein gutes Auge, Plautus: Er ist wirklich ein außergewöhnlicher Kämpfer.» Craton nickte zustimmend.

«Vielleicht wird ihn Marcus ja verkaufen!», sagte Plautus.

«Marcus? Ihn verkaufen?» Gaius leerte den Becher Wein in einem Zug und spürte, wie ihm schwindlig wurde.

«Ich denke nicht, dass Marcus Titius einen solchen Kämpfer verkauft», bemerkte Craton tonlos.

Plautus überlegte kurz. «Vielleicht sollte ich mit Titius sprechen! Vielleicht kann ich ihn überreden, und er verkauft ihn an mich.»

«Du willst dir einen Gladiator kaufen?» Tiberianus schüttelte ungläubig den Kopf.

Plautus richtete sich auf seiner Liege auf. «Ich wollte schon immer Teilhaber eines Gladiators sein. Wenn Titio für den Ruhm meines Hauses kämpfen würde, könnte ich durchaus eine große Summe gewinnen!»

«Und zusätzlich hättest du gleich auch einen Leibwächter!», fügte Tiberianus amüsiert hinzu.

Plautus prostete ihm mit einem kindlichen Lächeln zu.

«Marcus Titius wird ihn für kein Geld verkaufen», widersprach Craton.

«Misch du dich nicht ein. Was kümmerst du dich um Geschäfte?», fuhr Plautus ihn ungehalten an. «Mir scheint, Gaius gibt dir viel zu viele Freiheiten!»

«Craton hat Recht», wandte Gaius ein. «Diesen Gladiator wird Titius nie verkaufen!»

«Warum seid ihr euch da so sicher?» In Plautus' Miene zeigten sich Neugierde und Verwunderung.

Als das Schweigen unerträglich wurde, platzte Gaius wütend heraus: «Weil er Titio von mir hat!»

«Wie, von dir?» Plautus' Augen weiteten sich. «Seit wann seid Titius und du so gute Freunde, dass du ihm einen solchen Kämpfer verkaufst?»

«Marcus Titius hatte mir Titio im Tausch gegen die Amazone angeboten!» Der Wein löste Gaius' Zunge. Er starrte angetrunken in den frisch gefüllten Becher, und es störte ihn nicht, dass nun auch Craton alles über diesen Handel erfuhr.

«Marcus Titius hat was?» Plautus schüttelte verständnislos den Kopf. «Gaius, haben dich die Erfolge deines Craton blind gemacht, oder strafen dich die Götter mit Dummheit? Ich verstehe nicht viel von Gladiatoren, aber eines weiß ich bestimmt: Dieser Tausch war ein Fehler! Sicher, die Amazone ist erfolgreich, aber gegen einen Kämpfer wie Titio wird sie niemals bestehen!»

«Es war ein ehrliches Geschäft!», warf Gaius ein, und sein Kopf schmerzte.

«Ein ehrliches Geschäft! Ein ehrliches Geschäft! Ich hätte dich für klüger gehalten!»

«Ich bin klug genug, Plautus! Diese Amazone könnte Titio eines Tages besiegen, davon bin ich überzeugt!»

Plautus schmollte, lehnte sich enttäuscht zurück. «Nun ja, du hast noch Craton», seufzte er.

«Ja, den habe ich. Und niemand wird ihn kriegen», stimmte Gaius zu, betrunken und müde.

«Meine Freunde! Ihr redet und redet und redet, und für mich habt ihr keine Zeit! Und behauptet ja nicht, es geht nur um Geschäfte!» Pompeia hatte sich wieder zu ihnen gesellt und musterte sie mit gespielter Empörung.

«Wie Recht du hast! Verzeih unsere Unhöflichkeit!», lächelte Plautus freundlich.

«Nur wenn ihr es wieder gutmacht!» Sie blieb aufreizend vor ihnen stehen, dachte kurz nach, dann setzte sie sich zwischen Gaius und Craton. Mit einer strengen Geste winkte sie einen ihrer Diener zu sich und ließ sich einen Becher Wein bringen.

«Gefällt es dir hier, Craton?», fragte sie und beugte sich so weit nach vorn, dass er ihre prallen Brüste sehen konnte.

«Ich habe so etwas bisher nicht gekannt.» Craton zögerte, dann fügte er an: «Herrin!»

Pompeia nippte an dem Becher, ohne ihre Blicke von dem Gladiator abzuwenden. «Du wirst dich daran gewöhnen müssen, wenn du eines Tages frei bist. Und das wirst du doch sein, oder nicht?»

«Ich glaube kaum, dass ein solches Leben für einen Kämpfer erstrebenswert ist», entgegnete Plautus wirsch.

Ohne die Worte des Senators zu beachten, erhob sich Pompeia und trat hinter Craton. Mit ihren Händen fuhr sie sanft über seine Schultern. «Wie stark du bist», flüsterte sie. «Ich möchte dir mein Haus zeigen! Du hast ja bis jetzt nicht viel davon gesehen. Und außerdem langweilen dich diese Gespräche bestimmt auch!» Sie hielt genüsslich inne und musterte amüsiert die überraschten Gesichter der Männer. «Da du noch nicht frei bist, werde ich wohl deinen Herrn um Erlaubnis fragen müssen.» Ihre Stimme war so fordernd wie ihre Augen, als sie sich Gaius zuwandte: «Darf mich Craton begleiten?»

Gaius, von dem schweren Wein schon lange betrunken, nickte gleichgültig: «Craton kann selbst entscheiden, was er machen will, solange es nicht meinen Geschäften schadet.»

«Du bist ein großzügiger Mann, Gaius!» Plautus verzog angewidert den Mund, während Pompeia siegreich lächelte. Sie setzte sich wieder, trank etwas Wein und reichte den Becher dann Gaius. Ihre Schultern berührten sich, als sie sich zu ihm hinüberlehnte. Verheißungsvoll streichelte sie seine

Hand und flüsterte: «Denkst du wirklich, ich würde dir schaden wollen?»

Sie erhob sich wieder und wandte sich fordernd an Craton. «Dein Herr erlaubt mir, dich herumzuführen.» Sie streckte ihm die Hand entgegen.

«Möchtest du deine Gäste wirklich allein lassen?», versuchte Tiberianus Pompeia zum Bleiben zu überreden und Craton aus seiner misslichen Lage zu befreien.

«Nicht für lange. Wir werden bald wieder hier sein. Die Musiker werden euch inzwischen gut unterhalten! Und vielleicht findest du eine Tänzerin nur für dich allein ...» Sie fuhr sich mit einem Finger über ihre halb geöffneten Lippen. Dann forderte sie Craton auf: «Komm mit!»

Widerwillig erhob er sich, musterte den betrunkenen Gaius, der beinahe eingeschlafen war, den ratlosen Tiberianus und den mürrisch blickenden Senator Plautus. Was kann mir schon zustoßen, dachte er. Was kann mir in Pompeias Haus schon zustoßen? Ich bin ein Gladiator.

Von Tiberianus und Plautus beobachtet, durchquerten sie den Saal. Craton spürte die erstaunten Blicke der Gäste, ihn in Pompeias Begleitung zu sehen. Doch die Hausherrin schien es nicht zu stören.

«Gaius und ich sind gut befreundet, er schlägt mir keine Bitte aus!», antwortete sie auf die Fragen, ob sie jetzt einen neuen Leibwächter habe.

Sie betraten den angrenzenden Garten, wo eine Statue der Göttin Ceres aufragte. Nur wenige Fackeln erhellten spärlich die Wege.

Auf der steinernen Brüstung eines Brunnens saßen einige Gäste, genossen die laue Nacht und erholten sich vom lärmigen Festtreiben im Haus. Sie unterhielten sich leise, hingen ihren Gedanken nach oder vergnügten sich im Dunkeln, betrunken und lüstern.

Craton folgte Pompeia schweigend, hörte sich ihre Ausführungen über den Garten an und ließ sich von ihr durch einen Säulengang zurück ins Haus führen.

Der prachtvolle kleine Raum, den sie betraten, stand dem großen Festsaal in nichts nach: Herrliche Mosaiken zierten den Fußboden und die Wände. Bunte Abbildungen stellten das Leben in Rom beeindruckend dar. Ein ungewöhnlich großes Bild der Hausherrin zierte eine Wand. Pompeia glich darauf einer Göttin, edel und unnahbar. In der Mitte des Zimmers stand eine Büste des Imperators, verziert mit einem goldenen Lorbeerkranz, der nur einem Gott oder dem Imperator zustand.

«Das ist Domitian, dein Kaiser», erklärte Pompeia. «Du kennst ihn bestimmt!» Sie berührte die gemeißelten Wangen der Büste und betrachtete die ebenmäßig geformten Gesichtszüge. «Du hast ihn sicher schon gesehen.»

«Aus der Arena sieht man nur wenig, und man kann nur erahnen, wer in der Loge sitzt. Wirklich erkennen kann man keinen», entgegnete Craton.

Pompeia wandte sich von der Büste ab. «Wirklich? Ich kenne das Amphitheater nur aus der Loge!» Mit wiegenden Hüften näherte sie sich ihm.

«Und ich nur von der Arena!»

«Vielleicht sollten wir die Plätze tauschen!» Pompeias Stimme wurde lieblicher, begehrender.

Er wagte nicht, sie anzublicken. «Herrin, die Arena ist nicht der richtige Ort für eine Frau!»

«Und diese Amazone? Sie ist eine Frau. Ich weiß, du übst mit ihr! Gaius hat es mir anvertraut!» Sie trat noch einen Schritt vor; Craton – verwirrt – wich einen zurück.

«Sie muss.» Er rang nach Worten. «Sie hat keine andere Wahl – wie ich.»

«Es gibt sicher viele Frauen, die es wünschen, mit dir zu üben, und für welche es bestimmt kein Muss wäre!» Pompeias Augen weiteten sich erregt. Ihr Mund öffnete sich leicht, und sie drängte Craton Schritt für Schritt durch eine offene Tür in den angrenzenden Raum.

Ein kräftiger Sklave erhob sich aus einem Stuhl, als er seine Herrin bemerkte, und musterte Craton aufmerksam.

«Lass uns allein, Quintus», befahl Pompeia gebieterisch, und der Sklave verließ stumm das Zimmer. Sachte schloss er die Tür hinter sich.

Es war ein einladendes, prunkvoll eingerichtetes Schlafzimmer, in dem sie sich jetzt befanden. Der Duft der Myrrhe, verstärkt durch beigemengten Weihrauch, hing in der Luft und betörte die Sinne. In einer silbernen Schale glimmte verkohltes Holz, auf dem Harz lag und berauschend duftete.

Bedeckt mit edlen, kostbaren Stoffen und dem Fell eines Bären, stand ein breites Bett in der Mitte des Raumes. Am Kopfende häuften sich, kunstvoll ausgelegt, Kissen.

Pompeia legte sich darauf und stützte ihren Kopf in der linken Hand ab. «Erzähl mir über diese Amazone», forderte sie Craton auf. «Wie ist sie?»

Sie streichelte versonnen über das weiche Fell, vergrub ihre Finger darin und seufzte leidenschaftlich: «Ist sie stark, so stark wie du?»

«Herrin?» Craton verstand nicht.

«Ist sie es?», wiederholte sie.

«Ja, sie ist es. Sie ist stark, aber sie ist auch eine Frau.»

«Aber sie tötet Männer!»

«Nur um nicht selbst getötet zu werden. Würdest du es nicht auch tun?»

«Töten? Doch. Aber nicht auf diese Weise.» Pompeia richtete sich auf und zeigte auf die Bettdecke. «Setz dich doch zu mir!» Als sich Craton nicht bewegte, spottete sie: «Oder musst du deinen Herrn um Erlaubnis fragen?»

Erst jetzt kam Craton langsam näher und setzte sich.

Das Bett war weich und hatte mit den Schlafstätten, die er kannte, nichts gemein.

Er starrte auf die Feuerschale, aus der schlangengleich Rauch in die Luft stieg. Cratons Augen begannen zu brennen.

Pompeia rückte näher, ihre Hand ruhte auf seinem Oberschenkel. «Was wirst du tun, wenn du frei bist? Wirst du weiterkämpfen?»

«Ich werde es wissen, wenn die Zeit reif ist.»

«Eine weise Antwort.» Sie schenkte ihm ein unerwartet zärtliches Lächeln, kniete neben ihm und löste aufreizend eine Brosche an ihrer Schulter, die das Oberkleid festhielt. Sachte glitt es über ihren betörenden Körper auf die Hüften. Das zart gewebte Gewand, das sie darunter trug, bedeckte ihre elfenbeinfarbene Haut kaum. Craton erblickte ihre vollen Brüste, die nur noch von einem edlen Brustband verhüllt waren. Sie hoben und senkten sich vor Erregung, und er spürte, wie sein Atem schneller ging.

«Ich stelle mir vieles vor, was du tun könntest. Jeder römische Bürger würde dich gern in seinen Dienst aufnehmen. Auch ich.» Die letzten Worte flüsterte sie ihm ins Ohr, und der Hauch ihres Atems liebkoste seine Wangen, ihre zitternden Lippen berührten seinen Hals.

Craton versuchte, sich ihr zu entziehen. «Du hast genügend Diener», antwortete er zögernd. «Und ich werde nicht mehr dienen, sollte ich den Tag der Freiheit erleben.»

«Du musst nicht dienen und auch nicht weiterkämpfen. Sicher hast du noch andere Fähigkeiten.» Pompeias Hand fuhr gierig über seinen Oberschenkel, über seine Hüfte, über die kräftige Brust, berührte seinen Arm und umfasste ihn mit sanftem Druck.

Craton spürte Erregung in sich aufsteigen, als sie ihre Schenkel öffnete und sich an seinen Rücken schmiegte. Ihre Arme umschlossen seinen Oberkörper.

Sie bot sich ihm an, wollte ihn in sich spüren, und er wusste, ihre Macht und ihre Begierde würden ihn vernichten. Doch welche Rolle spielte es, ob er sie gewähren ließ oder zurückwies?

Eine Frau wie sie hatte er noch nie getroffen: verführerisch duftend und weich wie Seide, unerreichbar und doch so nah. Ihr lockender Körper raubte ihm fast den Verstand. Craton ließ zu, dass sie sich an ihn schmiegte, ihn aufreizend umgarnte, dass sie durch sein Haar strich und seine Lust steigerte. Sein Herz stockte, als sie sein erregtes Glied berührte und ihn an sich zog.

Sie lagen nebeneinander, und er konnte jetzt beinahe von ihren feuchten Lippen kosten, so nah waren sie sich. Und Craton fühlte sich frei. Er wehrte sich nicht mehr, nahm ihr Gesicht in seine Hände.

Es war ein kurzer Moment, bevor seine Lippen die ihren berührten und er in ihre lüsternen Augen blickte. Ein Ausdruck des Triumphes lag in ihnen, und mit einem Schlag wusste Craton, er war für sie nur ein Spielzeug, ein Sklave. Und ein Sklave würde er immer bleiben.

Er hielt inne, löste sich aus der gefährlichen Umarmung. Pompeia lächelte noch immer, doch er drängte sie zurück und erhob sich. Ihre begehrlichen Blicke erloschen.

«Es ist genug, Herrin. Ich werde jetzt gehen!»

Sie stutzte, griff nach ihrem Kleid, und nichts erinnerte mehr an ihr leidenschaftliches Geflüster, als sie zischte: «Du wagst es? Weißt du, was es heißt, Pompeia zurückzuweisen!» Sie lachte trocken. «Ich bin mächtiger, als du dir denken kannst. Ich könnte Gaius dazu zwingen, dich an mich zu verkaufen!»

Rasend vor Zorn stand auch sie auf, ihre Augen voller Hass, zog sich hastig an und befestigte die Brosche an ihrem Kleid. «Ich schwöre dir, Craton, du wirst es noch bereuen, mich verschmäht zu haben!»

Er trat einige Schritte zurück und erwiderte: «Es schickt sich nicht, dass so eine edle Herrin wie du ihre Aufmerksamkeit einem Unfreien widmet! Du hast hohe Gäste, die dich erwarten!»

«Was gehen dich meine Gäste an?», herrschte Pompeia ihn an. «Sei gewiss, Craton, du kannst diesen Fehler nicht mehr gutmachen. Und ich werde ihn nie vergessen! Niemand wagte es bisher, mich abzuweisen! Ich bin die Herrin und kann auch über dich bestimmen!»

«Nein, Pompeia, Gaius ist mein Herr. Und die Götter bestimmen mein Schicksal!» Craton verließ sie, ohne zurückzublicken.

Als er die Tür hinter sich schloss, hörte er Pompeias tobende Stimme, die immer wieder seinen Namen rief.

Dann zerschellte klirrend eine Vase.

XXVI

Als Craton zurückkehrte, hatte Tiberianus sofort seinen Stimmungswandel bemerkt, doch der Senator stellte keine Fragen. Es dauerte lange, bis auch Pompeia mit gespielter Freundlichkeit wieder den Saal betrat. Tiberianus fiel auf, dass sie Craton auffallend mied.

Der schwere Wein hatte Gaius inzwischen benommen gemacht. Er war auf seiner Liege eingeschlafen, und wie ein trunkener Bauer schnarchte er laut vor sich hin. Als Tiberianus sah, dass die anderen Gäste seinen Freund mit einer Mischung aus Heiterkeit und Abneigung musterten, beschloss er, Pompeias Fest früher zu verlassen, und auch Craton schien über diese Entscheidung erleichtert zu sein. Er weckte seinen Herrn und stützte ihn, von den verwun-

309

derten Blicken der anderen begleitet, um zum Hauptportal zu gelangen.

Vor der Villa herrschte ungewöhnlicher Tumult.

Die Träger behinderten sich gegenseitig mit ihren Sänften, beschimpften einander lautstark. Craton konnte in diesem Durcheinander die Sänften nicht ausfindig machen, und auch Tiberianus blickte sich erfolglos nach ihren Männern um. Da seine Stadtvilla in der Nähe lag, beschloss er, den Heimweg zu Fuß anzutreten. Gaius könnte ja bei ihm den Rausch ausschlafen.

«Du kannst ins Haus deines Herrn zurückkehren und der Dienerschaft ausrichten, er wird die Nacht in meiner Villa verbringen», schlug Tiberianus dem Gladiator vor.

Gaius war wieder bei Bewusstsein, konnte sich jedoch kaum auf den Beinen halten. Tiberianus hielt ihn fest, hatte den Arm des Freundes um die eigene Schulter gelegt.

«Ja, Craton, geh nach ... Hause», lallte der Trunkene, rülpste und fuchtelte wild mit den Händen herum.

«Und wie wollt ihr nach Hause kommen?» Craton musterte seinen Herrn ungläubig. In solch einem Zustand hatte er ihn noch nie erlebt.

«Zu Fuß», entgegnete Tiberianus. «Ein Spaziergang tut uns bestimmt gut. Morgen können die Sklaven ihn nach Hause bringen.»

Craton nickte und wollte loslaufen, als er sah, wie Gaius schwerfällig an Tiberianus' Seite hing. Sie werden die ganze Nacht unterwegs sein, bis sie das Haus des Senators erreichen, überlegte er. Ich werde ihnen helfen, erst dann gehe ich zurück.

«Erlaub mir, euch zu begleiten», wandte er sich Tiberianus zu. «Bringen wir ihn zu zweit zu dir nach Hause. Für dich allein ist er zu schwer.»

Sie nahmen Gaius in ihre Mitte, schlangen je einen Arm des Betrunkenen um ihren Hals und machten sich auf. Nur

Gaius' lallende Worte unterbrachen ihr Schweigen; kaum verständlich erzählte er Geschichten aus der Vergangenheit, welche seine Begleiter erheiterten.

Plötzlich sah er mit glasigen Augen den Gladiator an und stammelte: «Mein lieber Craton ... Ich mag dich, Craton, bist ein ... guter Mann ... guter Kämpfer. Solltest eine Familie gründen.» Er rülpste wieder, blieb stehen, löste sich von Tiberianus, klammerte sich an den Kämpfer und tippte auf seine Brust: «Du ... du und diese verrückte Amazone! Ihr zusammen, ihr solltet eine Schar Kinder, nein, eine ganze Horde kleiner Gladiatoren zeugen!»

«Dann würden dir zwei Gladiatoren für deine nächsten Kämpfe fehlen. Denk an die Verluste!», erwiderte Craton scherzend. Er musste über seinen betrunkenen Herrn schmunzeln.

«Ach was, Verluste! Du hast mir schon so viel Gewinn eingebracht, dass ich dich eigentlich nicht mehr brauche. Du bist wirklich ein guter Kämpfer ...» Gaius sackte zusammen und wäre gestürzt, hätte Craton ihn nicht aufgefangen. Tiberianus lachte verstohlen, dann schleppten sie Gaius weiter.

Die Straßen waren menschenleer, die Gassen wirkten bedrohlich. Manchmal lösten sich Gestalten aus Häusernischen, huschten vorbei und verschwanden in der Dunkelheit. Niemand beachtete die drei Nachtwanderer. Gaius stolperte über die Pflastersteine, von wohliger Müdigkeit erfasst.

«Was wollte Pompeia von dir?», fragte Tiberianus nach einer Weile neugierig.

Craton verzog gereizt die Lippen. «Sie hat mich durch ihr Haus geführt.»

«Durch ihr Haus geführt?» Tiberianus lachte auf. «Craton, ich kenne Pompeia zu gut, um zu wissen, dass sie dir bestimmt nicht nur ihr Haus zeigen wollte!» Er blickte über Gaius' Kopf hinweg auf ihn, doch bei dieser Dunkelheit konnte er kaum seine Gesichtszüge ausmachen.

«Wenn du sie so gut kennst, weißt du auch, was sie wollte!», entgegnete Craton mürrisch.

Tiberianus nickte sorgenvoll. «Hast du es zugelassen?»

Craton dachte an den *Ludus Octavius*. Waren dort die Kämpfer mit einer Sklavin zusammen, verfolgten die Wächter die Liebesspiele und wetteten manchmal sogar, ob der Geschlechtsakt erfolgreich enden, die Frau stöhnen, der Mann kommen würde. Nun hätte er mit Pompeia, einer mächtigen Adeligen aus edlem Haus, schlafen können, ohne den Blicken anderer Männer ausgeliefert zu sein.

Er seufzte und antwortete ehrlich: «Nein!»

«Du hast sie zurückgewiesen?» Tiberianus blieb überrascht stehen und richtete Gaius, der kraftlos zwischen ihnen beiden hing, auf. «Das hat bisher noch niemand ungestraft gewagt!»

«Hätte ich sie denn nehmen sollen?»

«Du bist klug genug, um zu wissen, dass man eine Frau wie Pompeia nicht abweisen kann. Sie zu nehmen ist genauso gefährlich», stellte Tiberianus fest. «Ich ahnte, was sie vorhatte, doch hoffte, Gaius würde es verhindern!»

Craton starrte auf die speckigen Steine der Straße, als er entgegnete: «Er konnte es nicht mehr verhindern. Der Wein hatte seine Sinne schon zu sehr getrübt.»

«Und genau das überrascht mich. Ich kenne Gaius schon so lange und wir haben viele Feste miteinander erlebt. Noch nie hatte Wein eine solche Wirkung auf ihn gehabt.»

«Wie meinst du das?» Craton horchte auf.

«Ist dir nicht aufgefallen, dass immer der gleiche Diener Gaius bedient hat?»

«Nein!» Craton schüttelte den Kopf. An diesem Abend hatte er so viel Neues erlebt, so viel Seltsames gesehen.

«Verlangte Gaius nach Wein, war immer der gleiche Mann zur Stelle. Eine Aufmerksamkeit, die keinem anderen Gast zuteil wurde!»

«Meinst du, der Diener hatte den Wein ...» Craton stutzte ungläubig.

«Ja, der Wein wurde versetzt! Und das Mittel wirkte zuverlässig!»

Gaius' Beine knickten ein, und die beiden Männer zogen ihn hoch, um ihn besser stützen zu können.

«Pompeia trank doch vom gleichen Wein», erinnerte sich Craton, und es fiel ihm nicht leicht, den Namen der Herrin auszusprechen.

«Einen Schluck. Nicht mehr! Auch ich habe ihn gekostet. Er schmeckte süßlich, außerdem glaubte ich, einen seltsamen, opiumähnlichen Geruch wahrzunehmen. Gaius schien ihn zu mögen.»

Craton dachte nach und musterte seinen betrunkenen Herrn. «Aber warum?»

«Weil Pompeia es so wollte. Und sie bekommt immer, was sie will. Und gerade jetzt will sie dich! Nur mit geschickten Ausreden hatte es Gaius bisher geschafft, sie von dir fern zu halten! Sogar der Kampf zwischen dir und Aventius war eine Laune von ihr, und das *Stans Missus* stand für sie bereits vor eurem Auftritt fest. Sie konnte nicht zulassen, dass du Aventius, den Günstling des Kaisers, umbringst, und wollte auch nicht, dass Aventius dich erschlägt. Das hätte ihren Plan zunichte gemacht. Sie wollte dich lebend. Sie hatte alles gut geplant und dafür gesorgt, dass Gaius so betrunken war, dass er ihr keinen Wunsch mehr ausschlagen konnte. Und so hatte sie leichtes Spiel, dich von ihm wegzulocken!»

«Nüchtern hätte er nie eingewilligt», bemerkte Craton bitter.

«Du hast ihr Vorhaben vereitelt, und sie wird das niemals vergessen.»

Craton spürte, wie sich sein Magen zusammenzog. Pompeia konnte Adelige, selbst Cäsaren haben, warum entschied sie sich für ihn? Wie weit würde Pompeia gehen, um Rache an ihm zu nehmen. Er dachte an Anea. Eine kleine Hoffnung flammte in ihm auf: Vielleicht, vielleicht würde Pompeia einfach alles vergessen, sich dem nächsten begehrenswerten Mann zuwenden. Er blickte Tiberianus an und wusste, dass er sich täuschte.

Sie schleppten den betrunkenen Gaius weiter durch die kaum belebten Straßen Roms. Die meisten mieden diesen düsteren Teil der Stadt, da hier kaum Wachen die Gegend sicherten. Nur wenige Laternen beleuchteten diese Straße. Unheimliche Schatten flogen über die Hausmauern, als seltsame Gestalten an ihnen vorbeihuschten.

Tiberianus' Haus war nicht mehr weit. Nur noch in eine enge Gasse einbiegen, ihr folgen, bis zum Platz vor dem Amphitheater. Von dort war es nicht mehr lange bis zur Stadtvilla des Senators. Und Craton würde leicht zu Gaius' Haus zurückfinden.

So viele Male schon wurde er vom *Ludus* aus auf diesem Weg zum Amphitheater gefahren, um zu kämpfen oder andere, neue Gladiatoren zu begleiten. Es war der einzige Weg, den er kannte. Das prunkvolle, feiernde, geschäftige Rom blieb ihm bisher verschlossen; an diesem Abend hatte er einen Lichtstrahl der großen Stadt erhascht.

Gaius hing schwer auf ihren Schultern.

«Ich hätte es ohne dich wirklich nicht geschafft», sagte Tiberianus. «Dein Herr wird morgen gewaltige Kopfschmerzen haben.»

Sie liefen weiter und verschmolzen mit der Dunkelheit der Straße. Die stummen Schatten, die ihnen plötzlich unerwartet näher kamen, traten aus dieser Dunkelheit hervor. Craton hörte das metallische Klirren und wusste sofort, die Unbekannten zogen Waffen. Im absterbenden Licht der Straßenlaternen blitzten Klingen auf. Instinktiv wollte auch

Craton ein Schwert ziehen, griff aber ins Leere. Außerhalb der Arena und Gaius' Schule durfte er keine Waffen tragen.

Die Schatten griffen wortlos an, und er stellte sich ihnen entgegen, konnte gerade noch einem Schwerthieb ausweichen. Trotz der Trunkenheit schreckte Gaius auf: «Wisst ihr, wer ich bin?», laberte er und torkelte, als er niedergeschlagen wurde. Er stürzte auf die gepflasterte Straße, blieb reglos liegen.

Tiberianus zog unter seiner Toga einen Dolch hervor, während es Craton gelang, einem der Männer das Schwert zu entreißen und ihn in die Flucht zu schlagen. Auch ein weiterer Angreifer ließ die Waffe fallen und floh, als er den Gladiator erkannte.

Craton drehte sich um. Nur einige Schritte von ihm entfernt sah er Tiberianus sich tapfer wehren.

«Hilf Gaius!», rief der Senator.

Blindlings stürzte Craton nach vorne, bemüht, nach einem der Schatten zu greifen. Er stieß mit einem Mann zusammen, schlug ihm das Schwert aus der Hand, ergriff die Waffe und hechtete weiter. Er sah die unklaren Umrisse eines Körpers, der am Boden lag. «Gaius! Das ist Gaius!», hörte er sich sagen.

Eine Gestalt näherte sich dem Wehrlosen.

Das Schwert in der Hand, nahm der Gladiator den Kampf auf, um Gaius zu beschützen. Die Schläge des Angreifers verfehlten nur knapp den Adeligen, und Funken stoben, als das Metall über das Straßenpflaster kratzte. Leidenschaftlich verteidigte Craton seinen bewusstlosen Herrn. Doch der Gegner war zäh und stark, ließ sich nicht so leicht in die Flucht schlagen. Sein beherrschtes Verhalten ließ Craton vermuten, gegen einen erprobten Gladiator oder einen Soldaten aus den römischen Legionen zu kämpfen. Eine solche Gewandtheit, Zielstrebigkeit und Kraft, der gekonnte Umgang mit der Waffe bedurften langer, geschulter Übung.

315

Den Dolch in einer Hand, das Schwert, das einer der Angreifer fallen ließ, in der anderen, wehrte sich Tiberianus hinter Cratons Rücken gegen zwei Männer. Verbissen hieben sie aufeinander ein, ihre Waffen klirrten, gleich dem Lärm, der aus einer Schmiede drang. Dank seiner militärischen Ausbildung, zu der ihn der Vater gezwungen hatte, erlernte Tiberianus die Kampfkunst und konnte mit einem schnellen Stoß einen der beiden verletzen. Gerade als er den nächsten Hieb ansetzen wollte, brüllte eine heisere Stimme: «Komm, schnell weg!» Und sie verschwanden so unerwartet, wie sie aufgetaucht waren, noch bevor Tiberianus begreifen konnte, ob all dies Wirklichkeit oder nur ein böser Traum gewesen war.

Auch Craton erstarrte für einen Moment, als er die Schritte der Flüchtenden vernahm. «Feiglinge!», zischte er und rannte ihnen nach. Aus den Augenwinkeln nahm er wahr, wie sich eine Gestalt aus einem dunklen Hauseingang löste. Der Mann war gedrungen, und im unwirklichen Licht der düsteren Gasse kam er Craton bekannt vor, auch wenn er seine Gesichtszüge nicht erkennen konnte.

Der Unbekannte stockte kurz, als er Craton bemerkte, dann wandte er sich ab und rannte los, in die andere Richtung – weg von seinen Mittätern.

Verbissen versuchte Craton, die Angreifer in den verwinkelten Straßen einzuholen. Doch sie waren verschwunden. Craton blieb stehen, spähte in die Nacht und lauschte in die Dunkelheit. Niemand war zu sehen, kein Laut zu vernehmen, und endlose Einsamkeit und Stille umgaben ihn. An einer Hauswand erlosch eine Laterne und hüllte die Gasse in undurchdringliche Finsternis. Die Männer konnten überall sein, sich in irgendeinem Winkel verkrochen haben; vermutlich hatten sie sich getrennt.

Missmutig beschloss Craton, zu Tiberianus und Gaius zurückzukehren.

Gaius lag noch immer reglos, aber unverletzt im Schmutz der Straße. Tiberianus lehnte erschöpft an einer Wand und hielt ein blutiges Schwert fest.

Er hat einen von ihnen verletzt, vielleicht sogar mehrere, fiel Craton ein. Darum sind sie geflohen.

Der Gladiator kniete neben seinem Herrn nieder, betastete dessen Kopf. Über Gaius' Schläfe zog sich eine Platzwunde.

Zum ersten Mal in seinem Leben dankte Craton Mantano nicht nur für die Kampfausbildung, sondern auch dafür, dass er von ihm vieles über den menschlichen Körper erfahren hatte: Er kannte jene Stellen, die man treffen musste, um gezielter und schneller töten zu können. Und Gaius war an diesen glücklicherweise nicht verletzt.

«Craton!?» Tiberianus klang heiser. Zu heiser, um nur erschöpft zu sein. Die blutbefleckte Waffe entglitt ihm, und er sank langsam in die Knie.

Craton sprang eilig auf ihn zu.

Schweißperlen bedeckten die Stirn des Senators, sein Gesicht wirkte seltsam blass, als er sich an die Brust fasste. Entsetzt streckte er seine Hand Craton entgegen und flüsterte: «Blut, o beim Jupiter, überall ist Blut.»

Craton erstarrte. Erst jetzt bemerkte er, dass Tiberianus verletzt war. Von schrecklichen Vorahnungen geplagt, kniete er sich neben ihn und zerriss hastig die Tunika. Die Wunde lag unter dem Herzen, und er wusste sofort, es würde nicht mehr lange dauern, bis der Adelige die Besinnung verlor – und dann sein Leben.

Auch die Lunge musste getroffen worden sein, denn aus Tiberianus' Mund und Nase rann ebenfalls Blut. Er würde verbluten, und selbst die besten Heiler Roms könnten ihn nicht mehr retten. Trotzdem drückte Craton die Toga des

Verletzten auf die Wunde. Die Farbe des Blutes verschmolz mit der Farbe des Gewandes.

«Craton.» Hustend sah Tiberianus ihn an. «Was ist geschehen?»

«Wir sind überfallen worden!»

«Überfallen?» Tiberianus versuchte, sich aufzurichten. Er atmete schwer und spuckte immer wieder Blut. Es tränkte die Toga, rann über Cratons Hand und färbte dessen helle Tunika rot, bevor es die gepflasterte Straße befleckte.

«Mir ist so kalt», stöhnte Tiberianus und sank in die Arme des Gladiators. Seine Augen flackerten ruhelos wie vom Wind gepeitschte Fackeln.

Der Kämpfer stützte den Kopf des Senators. «Es wird vorbeigehen. Es geht alles vorbei», sagte er.

«Ich kann dich kaum noch sehen ...» Ein Hustenanfall unterbrach den Sterbenden.

«Es ist bald überstanden!» Noch nie ging Craton der Tod eines Menschen so nah, noch nie empfand er eine so große Trauer darüber, dass ein Mann schon bald vor den Toren des Hades stehen würde. Der Senator hatte immer mehr als nur einen Gladiator in ihm gesehen, und dafür mochte er ihn.

Tiberianus' Lider wurden schwer. «Ich werde sterben, nicht wahr?», fragte er röchelnd.

Craton nickte stumm und beugte sich zu ihm. Er wusste nicht, ob der Senator ihn noch erkannte.

Mit letzter Kraft krallte der Todgeweihte die Hand in Cratons Tunika: «Ich hätte nie gedacht, jemals in den Armen eines Gladiators zu sterben.»

«Und ich hätte nie gedacht, jemals den Tod eines Römers zu bedauern», entgegnete dieser. Hätte er an gütige Götter geglaubt, so würde er jetzt für das Seelenheil dieses Senators beten. Doch Craton glaubte nicht an Gnade, und so verharrte er nur regungslos, den Sterbenden in den Armen haltend. Er spürte, wie Tiberianus' Atem versiegte und das

Leben in ihm erlosch wie die Flamme eines Öllämpchens, leise, unmerklich.

Behutsam und voller Ehrerbietung legte Craton den Toten auf die Straße und erhob sich, um sich um Gaius zu kümmern.

Die Tunika des Gladiators und seine Arme waren blutverschmiert, und auch auf dem Schwert, das er vom Boden klaubte, klebte Blut.

Er trat auf Gaius zu und versuchte, ihn hochzuheben. Er musste ihn nach Hause bringen. Möglichst schnell. Vielleicht würden Tiberianus' Mörder nochmals zurückkehren.

Doch noch bevor es ihm gelang, Gaius aufzurichten, hörte er Schritte, die näher kamen. Feste, kräftige Schritte mehrerer Männer.

Eine Kohorte Soldaten bog in die Straße ein. Ihr Anführer, ein *Centurio*, ließ die Einheit anhalten, als sie den blutverschmierten Mann, der sich über Gaius beugte, erreichte. Die Soldaten bemerkten sofort das Schwert in der Hand des Gladiators. Noch ehe sich Craton besinnen konnte, hatte die Kohorte ihn mit gezogenen Waffen umzingelt.

«Rühr dich nicht von der Stelle!», brüllte der *Centurio.* Craton blickte ihn verständnislos an und richtete sich wieder auf.

«*Centurio!* Hier liegt ein Toter!», hörte er einen der Stadtwachen rufen. «Es ist Senator Tiberianus!»

Craton erstarrte, und Eiseskälte ergriff Besitz von ihm. Blut an seiner Tunika und an seinem Körper, ein Schwert in seiner Hand. Es war leicht zu erraten, welche Schlüsse die Stadtwache ziehen würde.

Der *Centurio* richtete seine Waffe auf Craton und herrschte ihn an: «Wenn du auch nur deine Augen bewegst, bist du tot! Lass das Schwert fallen!»

Craton starrte ihn fassungslos an, unfähig, klar zu denken, und klirrend fiel das Schwert aus seiner Hand zu Boden.

Der *Centurio* trat näher. «Bist du nicht Craton?»

«Hier liegt Gaius Octavius Pulcher! Er ist bewusstlos!», rief ein weiterer Soldat, bevor der Gladiator antworten konnte.

Die Miene des Offiziers verdüsterte sich. «Wolltest dir wohl so deine Freiheit erringen?»

Für einen Augenblick dachte Craton daran, sich den Weg frei zu kämpfen, zu flüchten. Niemand würde ihm glauben, was geschehen war; ein lebender Sklave, ein bewusstloser Adeliger und ein ermordeter Senator ...

«Wir sind überfallen worden», begann er hilflos.

«Und wie erklärst du dir, dass weder dein Herr noch der Senator ausgeraubt wurden?», zischte der Soldat, der sich über Gaius beugte.

Craton stockte der Atem, und das erste Mal in seinem Leben spürte er Angst. Grenzenlose Furcht. Und Hoffnungslosigkeit. Und Entsetzen. Es war aussichtslos: Man würde ihn verurteilen und ihn, Craton, den König der Arena, ans Kreuz nageln oder den Bestien vorwerfen. Nur ein Wunder könnte ihn jetzt noch retten.

Die Angst lähmte seine Sinne, und verzweifelt schlug er plötzlich um sich, versuchte zu fliehen. Doch die Soldaten packten ihn, und einer von ihnen schlug ihn mit dem Schwertknauf nieder. Benommen sank Craton zu Boden.

Das Letzte, was er wahrnahm, waren die blitzenden Helme und Waffen über ihm. Und unerbittlichen Tritte und Schläge. Dann wurde ihm schwarz vor Augen. Es war die Schwärze dieser namenlosen, römischen Straße.

XXVII

Benommen und mit brummendem Kopf erwachte Gaius.

Er erinnerte sich nur noch dunkel an den vergangenen Abend, an Pompeias Fest. Er wusste, dass er sich in der Begleitung von Tiberianus und Craton unerwartet gut vergnügt hatte. Die leckeren Köstlichkeiten und Getränke waren ihm im Gedächtnis geblieben. Und Pompeia. Alles andere schien in einem undurchdringlichen Nebel verborgen zu sein: die Rückkehr in seine Villa, seine Begleiter.

Das Hämmern in seinem Schädel zermürbte ihn, wie ein schwerer eiserner Ring umfasste der Schmerz sein Haupt. Er fasste sich vorsichtig an die Stirn und bemerkte erschrocken einen Verband um den Kopf. Und jetzt roch er auch den Duft der Heilsalbe, mit der das Tuch getränkt war.

Ihm wurde schwindlig, als er sich bewegte, und erst nach einer Weile klärten sich seine Blicke, und er musterte sein *Cubiculum*. Die Fenster waren mit Stoffen verhangen, trotzdem schmerzte das Dämmerlicht in seinen Augen. Es musste schon fast Abend sein, denn durch die Schlitze in den Vorhängen drangen die rötlichen Strahlen der untergehenden Sonne.

Gaius versuchte aufzustehen, doch sein Kopf drehte sich noch mehr. Sosehr er auch nachdachte, er konnte sich nicht erinnern, was letzte Nacht geschehen war. Wahrscheinlich hatte Tiberianus ihn nach Hause bringen lassen. So musste es gewesen sein. Mit diesem Gedanken sank er erleichtert in die Kissen zurück. Doch er konnte nicht mehr einschlafen und rief nach Actus. Sofort öffnete sich die Tür.

«Herr, Martinus sagte, du sollst dich ausruhen», mahnte der Diener besorgt.

«Martinus?» Gaius runzelte die Stirn. «War er denn hier?»

«Du warst bewusstlos, als du mitten in der Nacht nach Hause gebracht wurdest. Der Arzt hat deine schlimme Platzwunde behandelt.»

«Ich bewusstlos? Welche Platzwunde?» Gaius befingerte nachdenklich den Verband.

«Die auf deinem Kopf», erklärte Martinus, der unerwartet das Zimmer betrat. «Wahrscheinlich bist du gestürzt.»

Der Arzt rückte einen Hocker ans Bett, setzte sich und betrachtete Gaius mit sorgenvollem Blick. Behutsam tastete er die Schläfen des Verletzten ab. «Du hattest Glück. Ein, zwei Tage noch, und du wirst wieder gesund sein. Bis dahin solltest du ruhen», erklärte er.

«Was ist geschehen?», fragte Gaius verwirrt.

«Ich hatte gehofft, du würdest es mir erklären. Heute Morgen haben mich deine Diener geholt. Sie sagten mir, du seist bewusstlos und hättest eine Kopfverletzung.»

«Ich kann mich an nichts erinnern.» Gaius biss sich nachdenklich auf die Lippen.

Martinus erhob sich, füllte einen Becher mit Wasser und schüttete ein Pulver dazu. Mit einem Stäbchen rührte er die Medizin um und reichte sie dem Hausherr. «Trink, es wird deine Schmerzen lindern!»

Gaius leerte den Becher und verzog angeekelt die Miene. «Jemand sollte mir endlich sagen, was geschehen ist!»

«Zwei Soldaten haben dich nach Hause gebracht. Es musste ein anregender Abend bei Pompeia gewesen sein», bemerkte der Arzt. «Mantano ist seit heute Morgen unterwegs, um Näheres zu erfahren.»

«Soldaten? Nicht Tiberianus?» Gaius hob verwundert die Augenbrauen.

Martinus schwieg.

«Wieso Soldaten? Wieso nicht Tiberianus oder Craton?», drängte Gaius ungeduldig.

«Tiberianus ist ...», Martinus zögerte, schluckte leer,

blickte starr auf die Fliesen, «dein Freund Tiberianus ist tot! Er ist ermordet worden.»

Die Worte des Arztes ließen Gaius erstarren, kreisten wie unsichtbare Raubvögel drohend über ihm. Er riss entsetzt die Augen auf, als er endlich begriff. Wie durch Nebelschwaden drangen die Bilder des vergangenen Abends zu ihm. Gesichter, Stimmen, Gestalten. Sie verschwanden, tauchten wieder auf, verflossen. Und irgendwann verloren sie sich in einer rätselhaften, undurchdringlichen Dunkelheit.

Sein bester Freund. Tot. Tiberianus, der ihm zulachte. Tot. Tiberianus, der ihm zuprostete. Tot. Martinus musste sich irren!

«Ich war doch gestern mit ihm auf Pompeias Fest», stieß er fassungslos und verzweifelt hervor.

«Ja. Mit ihm und Craton. Und mit ihnen hast du es auch wieder verlassen. Betrunken, wie ich hörte!»

«Betrunken?» Gaius stutzte. «Bei den Göttern, ich kann mich einfach nicht mehr erinnern! Und wo ist Craton?» Gaius schüttelte fragend den Kopf, und der Schmerz marterte ihn wie tausend brennende Nadelstiche.

Martinus schwieg wieder.

«Wo ist Craton?», wiederholte Gaius verärgert.

Martinus seufzte, bevor er antwortete: «Craton wurde festgenommen!»

Gaius blickte ihn verständnislos an. «Wie? Warum?»

«Weil die Stadtwache ihn für Tiberianus' Mörder hält!», erklärte eine ernste Stimme.

Die beiden Männer wandten sich um. Im Türrahmen stand Mantano, die Arme vor der Brust verschränkt.

«Craton ist in den *Carcer* gebracht worden», fuhr der *Lanista* fort. «Eine Wache überraschte ihn in der Nähe des Amphitheaters, als er dich mit einem Schwert erschlagen wollte!»

Gaius blickte entsetzt auf. «Mich töten?»

«Ist das nicht weit hergeholt?», winkte Martinus misstrauisch ab.

Mantano zuckte mit den Schultern. «Tiberianus wurde zweifellos durch ein Schwert getötet. Craton hielt eines in der Hand, als sie ihn verhafteten. Für den *Centurio* Beweis genug. Außerdem soll Cratons Tunika von Tiberianus' Blut befleckt gewesen sein!»

«Craton ist ein Gladiator, kein Mörder!», rief Gaius empört. «Hast du mit ihm reden können?»

«Sie ließen mich nicht zu ihm. Er ist dein Eigentum, Gaius. Nur du kannst mit ihm reden. Nach römischem Recht wird er als Sklave am Kreuz sterben oder *ad Bestias* in die Arena geschickt, wenn er schuldig gesprochen wird. Man wartet mit dem Urteil, bis du eine Aussage gemacht hast!»

«Was für eine Aussage? Die Götter fluchen mich. Ich kann mich an nichts, an überhaupt nichts erinnern!» Mit einem Schlag hatte Gaius seine Schmerzen vergessen. «Ich weiß nur noch, dass Tiberianus und Craton mich durch Rom schleppten!»

«Das bestätigten auch die Diener Pompeias.» Mantano nickte zustimmend. «Ein ziemlicher Tumult herrschte vergangene Nacht vor der Villa. Die Träger kamen mit den Sänften nicht durch.»

«Trägt Craton auch außerhalb der Arena eine Waffe?», wollte Martinus wissen.

«Nein, kein Gladiator darf außerhalb der Arena oder des Übungshofes Waffen tragen. Die Gefahr, dass sie sich das Leben nehmen, ist zu groß», belehrte ihn Mantano.

«Das spielt doch jetzt keine Rolle!», fuhr Gaius dazwischen und winkte gereizt ab.

«O doch!» Der Arzt hob bedeutungsvoll einen Finger. «Wenn Craton keine Waffe tragen darf, wie kam er dann zu einem Schwert?»

Mantano und Gaius sahen sich fragend an.

«Woher sollte er mitten in der Nacht ein Schwert nehmen?», spann Martinus seine Gedanken weiter. «Entweder hat es ihm jemand zugespielt, was ich nicht glaube. Craton ist nicht so dumm, um die Freiheit, die du ihm versprochen hast, aufs Spiel zu setzen! Oder ...»

«Oder was?» Gaius war ungehalten, müde und ratlos.

«Trug Tiberianus eine Waffe?» Martinus lehnte sich neugierig vor.

«Seit er Morddrohungen erhielt, trug er immer einen Dolch bei sich», erwiderte Gaius traurig und erinnerte sich daran, dass er ihm diese Waffe am Hochzeitstag geschenkt hatte.

«Ein Dolch, kein Schwert?», hakte der Arzt nach.

«Ein Dolch!», bestätigte Gaius kopfnickend.

«Dann kann Craton auch nicht Tiberianus ein Schwert abgenommen haben», folgerte Martinus. «Doch es sieht für ihn trotzdem schlecht aus, wenn dein Erinnerungsvermögen nicht zurückkehrt.»

Gaius biss die Zähne zusammen. Auch ohne Martinus' Ausführungen war er überzeugt, dass Craton niemals der Mörder von Tiberianus sein könnte.

«Du musst mit ihm reden, Gaius», mischte sich Mantano ein, und ungewohnte Besorgnis schwang in seiner Stimme. «Er ist der Einzige, der weiß, was geschehen ist. Und vergiss nicht, er ist ein Unfreier! Er darf gefoltert werden, und unter der Folter haben viele Männer schon Dinge gestanden, die sie nie getan haben!»

«Gefoltert und dann gekreuzigt», fügte Martinus nach einer Pause hinzu. Gaius schenkte dem Arzt einen entsetzten Blick.

Der *Lanista* nickte. «Du hast drei Tage Zeit, um dich zu melden. In weniger als zehn Tagen wird er hingerichtet!»

Ein beklemmendes Schweigen füllte Gaius' Schlafgemach.

Nur der Vorhang raschelte leicht, und die Männer wandten sich um. Ein Vogel hatte sich auf das Fensterbrett gesetzt.

«Du solltest jetzt all deine Beziehungen spielen lassen», riet Martinus, «sonst ist dein Gladiator verloren!»

Gaius fasste sich an die pochenden Schläfen.

Er wusste, dass Craton als Leibeigener rechtlos war. Ein Römer hingegen durfte sich Rechtsbeistand holen oder sich gar selbst verteidigen. Und ein Römer durfte niemals gefoltert werden. Sklaven hingegen wurden schneller verurteilt.

Sollte Craton Tiberianus wirklich ermordet haben, werde ich ihn eigenhändig kreuzigen, dachte er, doch der Gedanke ließ ihn beinahe erbrechen.

«Ich werde morgen zu ihm gehen», beschloss er und blickte zum Fenster.

Der Vogel war verschwunden.

XXVIII

Bereits am nächsten Tag erzählte Mantano den Männern des *Ludus Octavius* von den Ereignissen jener schicksalhaften Nacht. Entsetzt blickten sich die Kämpfer an, auch Anea lauschte den Worten fassungslos.

«Du glaubst doch nicht, dass Craton es getan hat!», bemerkte der dunkelhäutige Obtian wütend.

«Was ich glaube, ist nicht entscheidend», antwortete der *Lanista* gleichgültig. «Entweder war er wirklich so dumm oder ...»

«... oder er ist einfach nur der Sündenbock», vollendete Anea laut Mantanos Satz.

«Hört, hört, unsere Raubkatze spricht!», rief einer der

Gladiatoren schnippisch. Verärgert drehte sie sich nach dem Mann um, konnte ihn aber nicht ausmachen.

«Das ist ein gefährlicher Vorwurf!», erwiderte Mantano, doch seine Augen verrieten, dass er das Gleiche dachte wie sie.

«Glaubst du, er kommt wieder frei?», fragte Obtian.

Mantano schüttelte ungewohnt sorgenvoll den Kopf. «Seine einzige Hoffnung ist Gaius. Er wird heute ins *Tullianum* gehen.»

Ein bedrückendes Raunen folgte seinen Worten. Auch wenn sie alle den Tod schon vor Augen gehabt hatten, so sollte der König der Arena nicht auf eine solch unwürdige, ehrlose Art sterben. Beklemmender war jedoch eine andere Gewissheit: Würde Craton wirklich als der Mörder eines Senators angeklagt und verurteilt werden, könnten auch die anderen Gladiatoren dieser Schule ihr Leben verlieren. Denn die Gerichtsbarkeit strafte oft nicht nur den vermeintlichen Täter, sondern häufig büßten auch noch andere, sogar Unschuldige für sein Verbrechen, bloß deshalb, weil sie in Verbindung zu ihm standen. Das römische Gesetz griff hart durch, wenn es um einen adeligen ermordeten Senator und erst recht, wenn es um einen beschuldigten Sklaven ging.

Mantano unterbrach barsch das Gemurmel der Gladiatoren, als es nicht mehr enden wollte. «Gaius hat mir aufgetragen, euch heute einen Ruhetag zu gewähren. Also geht in eure Unterkünfte zurück! Morgen üben wir wieder!»

Immer noch raunend, überquerten die Männer langsam den Hof und strebten auf das Tor zu. Anea folgte ihnen. Sie zitterte, als sie an Craton dachte. Er war der einzige Mensch in dieser fremden Welt, dem sie vertraute. Sie wollte ihn nicht verlieren. Anea hoffte auf Gaius. Craton war sein bester Gladiator, und der Adelige würde bestimmt alles daransetzen, ihn zu befreien. Doch was, wenn es auch ihm nicht gelingen würde?

Sie schauderte, und trotz der sengenden Mittagssonne war ihr seltsam kalt. Aber vielleicht gab es noch einen anderen Grund, warum sie sich so matt fühlte. Schon seit Tagen spürte sie eine Veränderung in sich, eine seltsame Veränderung.

Sie blieb stehen und starrte in den Hof zurück, als sie bemerkte, wie jemand sie beobachtete: Mantano. Sie betrachteten einander stumm und reglos, und Anea wusste nicht, was sie von ihm halten sollte. Er ging hart und feindselig mit ihr und allen anderen Kämpfern um. Doch jetzt schien es, als würde er sich genauso um Craton sorgen, die gleiche schreckliche Vorahnung haben wie sie.

Trotz der traurigen Ereignisse musste sich Gaius weiter um seine Geschäfte kümmern. Tiberianus' Ermordung und die ungeheuerlichen Anschuldigungen gegenüber Craton wirkten sich bereits auf seine Schule aus: Die Zahl der Einsätze seiner Gladiatoren sank zusehends, und er fürchtete, bald würde niemand mehr mit dem *Ludus Octavius* zu tun haben und seine Kämpfer einsetzen wollen. Er wusste nicht, wie er den guten Ruf seiner Gladiatoren wiederherstellen sollte. Bitter musste er erkennen, dass es das Ende seiner Schule bedeuten würde, sollte Craton schuldig gesprochen werden. Denn nach dessen Hinrichtung würde die Gerichtsbarkeit von Gaius verlangen, auch die anderen Gladiatoren in den Tod zu schicken, als Vergeltung für die entsetzliche Tat. Doch noch mehr bedrückte ihn der Gedanke, dass der Mörder seines besten Freundes vielleicht in seinem Haus gelebt hatte. Nein, Craton durfte nicht der Täter sein.

Gaius würde nicht nur ihn verlieren, sondern – noch schändlicher – die Ehre der edlen Familie Octavius wäre in den Staub gezerrt, für immer verloren, ausgelöscht. Und dafür trug er die alleinige Schuld. Die Bürger Roms würden ihn verachten und das ehrenwerte Haus Octavius verhöhnen.

Selbst der Plebs nannte Craton nicht mehr den König der Arena, in ihren Augen war er eine wilde Bestie geworden. Niemand war gewillt, etwas anderes zu glauben, niemand war gewillt, nach der Wahrheit zu suchen. Nach einer Wahrheit, die auch Gaius nicht kannte. Aber er wusste, in jener Nacht war etwas anderes geschehen, als alle zu wissen glaubten, und er musste herausfinden, was.

Mit diesen Gedanken und gemischten Gefühlen machte er sich auf den Weg, Craton im *Carcer* aufzusuchen. Tiberianus war ein guter Freund des Hauses gewesen, und der Schulenbesitzer konnte sich nicht vorstellen, Craton hätte dem Senator nach dem Leben getrachtet. Warum auch? Tiberianus schätzte ihn, und auch auf Pompeias Fest verstanden sie sich. Doch wer wollte schon wissen, was in einem unfreien Gladiator vorging, was er dachte und beabsichtigte.

Der Weg zur Zelle, in der Craton gefangen gehalten wurde, war gespenstisch. Kein Licht, kein Hauch frischer Luft drang durch das massive Mauerwerk. Es stank nach den Ausdünstungen und Fäkalien eingekerkerter, dahinsiechender Menschen. Hinter dicken, kaum mannshohen Holztüren waren dumpfes Gejammer und Schreie zu vernehmen. Ein Ort, den sich Gaius in seinen schlimmsten Träumen nicht hätte vorstellen können. Nicht nur der unerträgliche Geruch, auch die Dunkelheit bedrückte ihn, denn die spärlichen Fackeln erleuchteten die Gänge kaum. Der *Carcer* war in eine unheimliche Finsternis getaucht. Niemand hier wusste, ob es Tag oder Nacht war, ob die Sonne schien, ob es regnete und woher die unheimlichen Laute stammten, von den Eingekerkerten, den Ratten oder anderem ekelhaften Getier.

Ein Soldat und ein Gefängniswärter begleiteten Gaius, führten ihn über steile Stufen, durch verschlungene Gänge. Mit einer Fackel leuchtete der kleinwüchsige Wärter voraus, ihre Flamme zuckte, und Gaius und seine Begleiter warfen in ihrem Licht verzerrte Schatten auf die Wände. Hinter einer der unzähligen Biegungen blieb der Wächter endlich stehen und leuchtete eine Tür an, in die römische Ziffern eingeritzt waren.

«Gefangener CLXI», murmelte er, nachdem er es geschafft hatte, die Zahlen zu entziffern. Wahrscheinlich konnte er kaum lesen, oder diese ewige Dunkelheit hatte ihn fast blind gemacht.

«Ja, hier ist es, Gefangener CLXI», wiederholte der Wärter mit fester Stimme und suchte an einem eisernen Ring, der an seinem Gürtel befestigt war, nach dem richtigen Schlüssel.

Beklemmung erfasste Gaius und raubte ihm den Atem, er hatte das Gefühl, die mächtigen Steinquader, aus denen das Gefängnis erbaut war, würden ihn erdrücken. Die stickige Luft, der Geruch der Ausdünstungen verursachten ihm Brechreiz, und er musste all seine Kraft aufbieten, um sich zu beherrschen. Kalte Feuchtigkeit drang in seine Glieder, ihn fröstelte. Selbst seine Toga, die er unwillkürlich enger um sich schlang, wärmte ihn nicht mehr.

Der Wärter hatte endlich den richtigen Schlüssel gefunden und öffnete umständlich die Tür. Knarrend sprang das Schloss auf, und eine undurchdringliche Düsternis gähnte ihnen entgegen. Der Wärter betrat als Erster die Zelle, dann folgte der Soldat. Als Letzter bückte sich Gaius und drängte sich durch die niedere Tür. Entsetzt hielt er sich den Saum seiner Toga vor die Nase, der Gestank, der die fensterlose Zelle erfüllte und ihm jetzt entgegenschlug, war unerträglich. Die Kammer war wahrscheinlich schon jahrelang nicht ausgeräuchert worden.

Festgekettet in diesem Kerker, blickte Craton träge auf, blinzelte ins Licht der Fackel. Seit fast zwei Tagen umgab ihn nun die Dunkelheit. Als er seinen Herrn erkannte, stand er zögernd auf, und Gaius bemerkte entsetzt, wie all der Glanz und der unbändige Wille in den Augen seines Gladiators erloschen waren.

Hätte Craton wirklich seinen Herrn ermorden wollen, hätte er Tiberianus nach dem Leben getrachtet – es gäbe genug Möglichkeiten, dies unter wesentlich einfacheren Bedingungen zu tun! Gaius hoffte, sein Gefühl täuschte ihn nicht.

Der Schulenbesitzer würgte wieder, nahm die Toga herab und wandte sich empört an den Soldaten. «Wie könnt ihr diesen Mann hier gefangen halten? Das ist schlimmer als ein Rattenloch!»

Der Wärter zuckte unbeeindruckt mit den Schultern, ein schmieriges Grinsen huschte über seine blutleeren Lippen. «Stimmt! Ist ja auch nicht der Kaiserpalast!»

«Ich verlange, dass er in eine andere Zelle gebracht wird», beschwerte sich Gaius wütend. «Er ist mein Eigentum und wertvoll!»

Der Wärter wollte antworten, doch der Soldat herrschte ihn zornig an: «Schweig!» Er wandte sich selbst an den adeligen Besucher. «Der *Carcer* ist überbelegt, die Auswahl an Zellen begrenzt. Da er ein Unehrenhafter ist und unter Mordverdacht steht ...»

Gaius' entrüstete Blicke ließen den Soldaten verstummen. Der Wärter zündete mit seiner Fackel eine weitere an, die in einem Eisenring steckte, und verließ murrend die Zelle.

«Ich werde sehen, was ich tun kann», versprach der Soldat und entfernte sich ebenfalls.

Nur dank Pompeias Fürsprache war es Gaius überhaupt möglich gewesen, Craton schon jetzt zu besuchen und nicht noch einige Tage warten zu müssen, bis dahin hätten sie ihn sicher schon gefoltert. Ungewohnt hilfsbereit und besorgt, bestand Pompeia darauf, Gaius zu seiner Sicherheit einen Soldaten der Prätorianer mitzugeben. Ob Domitian davon unterrichtet war, wusste Gaius nicht, doch zum ersten Mal war er Pompeia wirklich dankbar.

Gaius war erschüttert, als er Craton wieder anblickte. Stand wirklich der beste Gladiator Roms vor ihm? Diese ausgezehrte, schmutzige, stinkende Gestalt, die eine leichte Beute für die Löwen in der Arena abgeben würde?

Mit gesenktem Haupt starrte Craton auf den Boden.

Seine helle Tunika war zerrissen, fleckig und zerlöchert. Die einstige Farbe war unter dem eingetrockneten Blut und dem Schmutz nicht mehr auszumachen.

Gaius schwankte zwischen Wut und Entrüstung.

«Setz dich!», befahl er gereizt.

Müde hob Craton den Kopf und folgte schweigend dem Befehl. Gaius entdeckte erst jetzt eine Verletzung am Bein des Gladiators. Die Wunde schien nicht tief zu sein, konnte sich hier aber leicht entzünden und ihn durch Wundbrand das Bein oder gar das Leben kosten. Verschiedene Schürfwunden, unzählige blaue Flecken und schorfige Stellen bedeckten seinen Körper, sicher die Spuren übereifriger Wärter. Gaius konnte sich vorstellen, was er in diesem Verlies schon durchgemacht hatte. Schleppend trat er näher, versuchte die richtigen Worte zu finden. Zorn und Mitleid trübten seinen Verstand.

«Was ist vorgefallen?», fragte er ungewollt scharf.

Erst jetzt sah Craton seinen Herrn offen an, und für einen Moment schien der stolze Glanz in seine Augen zurückzukehren. «Weißt du es nicht?»

Nochmals durchlebte Craton die verhängnisvolle Nacht, sah Gaius bewusstlos am Straßenrand liegen. Vermutlich würde sich der Ludusbesitzer an nichts mehr erinnern können. Ein Blick in sein Gesicht bestätigte Cratons Bedenken.

Verärgert erwiderte Gaius laut: «Bei den Göttern, Craton, rede, ich weiß es wirklich nicht! Und du wirst des Mordes an Tiberianus beschuldigt! Wir haben keine Zeit zu verlieren!»

Gaius packte ihn an der Schulter, und ein Zittern verriet ihm, dass Craton selbst bei dieser leichten Berührung Schmerzen hatte. Überrascht ließ Gaius ihn los, als hätte er sich verbrannt. Und plötzlich war er sich ganz sicher: Craton hatte diese Tat nicht begangen.

«Niemand kann sagen, was vorgefallen ist», flüsterte Gaius bedrückt und versuchte die Trauer um Tiberianus zu verdrängen. «Hilf mir, mich zu erinnern und dich hier rauszubringen!»

Entmutigt drehte Craton seinen Kopf zur Seite. Er spürte, dass der Hades mit seinen kalten Krallen nach ihm griff, und diesmal würde er zupacken. Die Götter hatten sich gegen ihn gewandt, und sein Schicksal schien besiegelt.

Tonlos erwiderte er: «Man hat dir doch sicher alles erzählt.»

«Alles? Bisher kenne ich nur die Aussage des *Centurios*, der angeblich gesehen haben will, wie du mich töten wolltest!»

Craton seufzte. «Dann weißt du ja schon alles.» Wer würde wohl der Wahrheit eines Unfreien glauben, wenn das Wort eines *Centurios* dreimal so viel galt wie das eines Sklaven.

Gaius hatte ihn noch nie so niedergeschlagen gesehen. Der Kämpfer, der so oft als glanzvoller Sieger aus einem Gefecht hervorging, der Gladiator, den die Menge wie einen Helden feierte, schien sich zum ersten Mal widerstandslos geschlagen zu geben.

«Macht es dir überhaupt nichts aus?», fragte Gaius aufgebracht.

Craton sah wieder auf. «Was?»

«Ungerecht beschuldigt dem Tod entgegenzutreten!»

Craton lächelte verächtlich. «Das fragst du mich? Du, der mich immer wieder in die Arena geschickt hat?» Er stand auf, trat vor Gaius hin und blickte abschätzig auf ihn herab.

333

«Es war nie der Tod, den ich fürchtete. Nur die Gewissheit, eines Tages als Sklave zu sterben, zum Ruhme meines Herrn, schmeckte bitter!»

Seine Stimme klang ungewohnt bedrohlich, und Gaius starrte ihn gebannt an. Nie zuvor hatte es Craton gewagt, so mit ihm zu reden! Ausgerechnet in dieser Zelle fühlte er sich frei, seinem Herrn diese Worte entgegenzuschmettern. Er hatte nichts mehr zu verlieren, und die Folgen seiner Worte konnten nicht schlimmer sein als das, was ihn noch erwartete.

Gaius' Kopf schien zerspringen zu wollen. In seinem adeligen Stolz verletzt, versuchte er sich zu fassen. Am liebsten wäre er wieder gegangen, doch die Ungewissheit über den Tod seines Freundes und über die Zukunft seiner Schule hielten ihn zurück und zwangen ihn, den Unmut zu unterdrücken.

«Hast du wirklich nach meinem Leben getrachtet, so wie der *Centurio* es behauptete?»

«Bei den Göttern, ich schwöre dir, Gaius, dein Leben ist mir so kostbar wie mein eigenes, und ich habe es zu schützen versucht, wie ich versucht habe, das Leben deines Freundes zu retten!»

«Dann sag mir, was geschehen ist!»

Craton setzte sich niedergeschlagen, und es dauerte lange, bis er zu erzählen begann: über den Abend, den Überfall, über alles, was vorgefallen war. Schweigend hörte Gaius ihm zu.

«Ich versuchte den Tätern zu folgen, doch sie waren in der Dunkelheit verschwunden. Und du lagst noch immer bewusstlos auf der Straße, als ich zurückkehrte», beendete Craton seine Ausführungen.

«Und Tiberianus?»

«Er lebte noch.»

Gaius deutete zögernd auf die zerrissene Tunika. «Dann ist das nicht Tiberianus' Blut?»

Auch Craton sah auf sein zerschlissenes Gewand, und auf

einmal glaubte er, das Blut des Senators wieder auf seiner Haut zu spüren.

«Doch», flüsterte er erstickt. «Er war tödlich verwundet. Niemand konnte ihm mehr helfen. In meinen Armen glitt er in den Hades hinüber.»

Unbehagliches Schweigen erfüllte die Zelle. Gaius erinnerte sich an die Morddrohungen, die Tiberianus erhalten hatte, und fluchte sich selbst, dem Freund nur ein nutzloses Messer zum Geschenk gemacht zu haben, statt ihm einen Gladiator als Leibwächter an die Seite zu stellen.

«Und sie haben nichts mitgenommen?», wollte er wissen.

Kaum merklich schüttelte Craton den Kopf. «Sie wollten nichts stehlen, sie wollten den Tod deines Freundes. Der Überfall war geplant, und als ich es bemerkte, war es schon zu spät!»

«Verdammt!», fluchte Gaius. «Warum kann ich mich an nichts mehr erinnern?»

«Du warst zu betrunken. Ein Angreifer hat dich umgestoßen, und du hast das Bewusstsein verloren.»

«Wie viel habe ich getrunken?»

«Ich weiß es nicht.» Craton überlegte und dachte an das Gespräch mit Tiberianus. «Aber dein Freund fand, es wäre zu wenig gewesen, um dich wirklich zu berauschen.»

Wenn es wirklich so war, hatte jemand einen gerissenen Plan, überlegte Gaius. Aber wer? Steckte Pompeia dahinter? Er war überzeugt davon, war es auch nicht ihr Einfall, so wusste sie mindestens Bescheid darüber und hatte es nicht verhindert. Auch sie war daran interessiert, dass er das Fest betrunken verlassen hatte. Nur war sie zu mächtig und zu gefährlich, um ihr etwas nachweisen zu können.

«Kannst du dich erinnern, mit wem Tiberianus an diesem Abend gesprochen hat?», wollte er wissen.

«Nein, ich kannte die Menschen, die dort waren, und ihre Namen nicht, außer Tbychos.»

«Tbychos?» Gaius dachte nach. Den Namen hatte er schon gehört. «Tbychos», wiederholte er. «Tbychos.»

«Der *Lanista* aus dem *Ludus Magnus*», half ihm Craton.

«Was hatte er bei Pompeias Fest zu suchen?»

«Er kam mit einem alten, grauhaarigen Mann. Ein Politiker vielleicht ...»

«Ein Politiker?» Gaius hielt inne. «Agrippa!» Rasch trat er an die Kerkertür und begann mit aller Wucht gegen sie zu hämmern. «Ich komme wieder, wenn ich mehr weiß!», sagte er, als sie sich endlich öffnete.

Craton sah ihm nach. Er hätte ihn gern zurückgehalten und ihm gesagt, er solle vorsichtig sein. Doch Gaius hatte die Zelle bereits verlassen, und es klang wie ein Donnerschlag, als die schwere Holztür hinter ihm zukrachte. Die Schlüssel drehten sich rasselnd im Schloss, dann herrschte bedrückende Stille.

Es dauerte nicht lange, bis das karge Licht der Fackel wieder erloschen war und die erbarmungslose Dunkelheit den Gladiator umschloss. Mit bitteren Gedanken legte er sich nieder und versuchte zu schlafen.

Doch die Bilder jener Nacht ließen ihn auch im Schlaf nicht los.

XXIX

Tiberianus' Bestattung sollte seiner Herkunft und seines Standes würdig sein. Wenn Politiker oder andere wichtige Persönlichkeiten diese Welt verließen, wurden neben den Trauerfeiern auch *Muneras*, traditionelle religiöse Gladiatorenkämpfe, abgehalten. Die Römer sahen darin die höchste Form der Ehrerbietung dem Toten gegenüber.

Die junge Witwe Lucillia, über den plötzlichen Verlust ihres Gatten tief erschüttert, zog sich in ihre Villa zurück und trauerte allein. Dass Craton verdächtigt wurde, der Mörder von Tiberianus zu sein, hatte sie bereits erfahren, doch in ihrer Trauer brachte sie ihn mit Gaius nicht in Verbindung.

Gaius bot Lucillia an, die *Munera* auszurichten, auf diese Weise seinen Freund zu ehren und ihm diesen letzten Dienst zu erweisen. Sie nahm das Angebot dankend an, da sie sich selbst nicht in der Lage fühlte, diese Spiele vorzubereiten.

Würde sie ahnen, dass der vermeintliche Mörder zum *Ludus Octavius* gehörte, hätte sie mich wohl mit Schimpf und Schande aus dem Haus gejagt, dachte Gaius.

Nach dem Tod ihres Mannes stand Lucillia sein gesamtes Vermögen zu. Somit lasteten keine finanziellen Sorgen auf ihr, doch da der Senator keine weiteren Familienangehörigen mehr hatte, musste sie allein für die Trauerfeierlichkeiten aufkommen, und *Muneras* konnten kostspielig und aufwendig werden. Da Straßenauftritte nicht mehr erlaubt waren, durfte die *Munera* nur in einer Arena stattfinden. Kämpfer aussuchen und bezahlen, dem Besitzer eine Entschädigung anbieten und die Arena mieten – das alles wäre Lucillia zu viel gewesen. Sie war froh, dass Gaius diese Aufgabe übernahm.

Es gab Zeiten, in denen *Muneras* zehn Tage anhielten und dabei Hunderte von Gladiatoren den Verstorbenen in die Unterwelt begleiteten. Tiberianus selbst war nie ein Anhänger dieser Art von Totendienst gewesen, sogar während der Bestattung seines Vaters ließ er nur eine bescheidene Feier im engsten Kreis der Familie abhalten und bloß zwei Gladiatoren gegeneinander antreten; und das auch nur, weil seine Stellung es von ihm verlangte.

Neben den Gladiatorenkämpfen verlangte Lucillia auch einen von Musikanten angeführten Trauerzug, der gewöhnlich durch die Straßen Roms führte. Sie würde mit offenem Haar ihren verstorbenen Gatten zu seiner Einäscherung

begleiten. Solchen Trauerzügen folgten Hunderte von Mit-
trauernden, Freunden und Neugierigen, die alle verköstigt
werden mussten. Ein Luxus, den sich nur die Reichen leisten
konnten.

Die *Munera* zu Ehren des Toten sollte so schnell wie möglich und vor ausgewählten Gästen abgehalten werden. Der
Brauch verlangte, dass der Leichnam innerhalb der nächsten
sieben Tage bestattet werden musste.

Gaius beschloss, dass die Kämpfe in seiner eigenen Arena
stattfinden sollten: Sie bot Platz für die engsten Freunde und
die wenigen Familienmitglieder und musste dank des Du-
ells zwischen Craton und Aventius nicht mehr hergerichtet
werden.

Bei dem Gedanken, die *Munera* ausgerechnet durch den
Ludus Octavius austragen zu lassen, ahnte Mantano tief in
seinem Inneren nichts Gutes. Der *Ludus Octavius* und seine
Gladiatoren gerieten durch das Unglück in Verruf und verloren an Ansehen. Zähneknirschend dachte er an die sechs
Kämpfer, die er auswählen musste. Im schlimmsten Fall
würden drei von ihnen ihr Leben verlieren, drei gute, ge-
übte, fähige Gladiatoren. Ihr Kauf und ihre Ausbildung hatten Gaius viel Geld gekostet, und für ihren Verlust würde er
nicht einmal entschädigt werden.

Mantano erinnerte sich an seine Zeit als Gladiator, an
seinen ersten Kampf gegen einen Mann aus der gleichen
Schule. Sie waren keine Freunde, doch sie kannten sich,
aßen am selben Tisch, übten gemeinsam den Umgang mit
den Waffen, sprachen miteinander und wussten, dass sie
eines Tages gegeneinander kämpfen würden. Als es so weit
war, siegte Mantano, und der Gegner ließ sein Leben.

Der *Lanista* ahnte, die bevorstehende *Munera* würde die
bedrückte Stimmung im *Ludus* noch verschlimmern. Keiner
von Gaius' Gladiatoren war auf solch einen Kampf vorbereitet, auch wenn sie ihre Bestimmung kannten. Er über-

legte, ob Gaius auch Craton für diese *Munera* in die Arena geschickt hätte, doch im gleichen Augenblick verfluchte er seinen Gedanken: Tiberianus war Gaius' bester Freund gewesen, und es war richtig, dass er auch noch im Tod von ihm geehrt wurde.

In den vergangenen Tagen hatte Anea allein geübt. Sie wollte und konnte niemanden mehr an sich heranlassen. Mit Titio hatte sie sich angefreundet, Craton als ihren Lehrmeister akzeptiert, doch die anderen Gladiatoren lehnte sie ab. Noch immer schienen diese sie nicht ernst zu nehmen, spotteten gar über sie. Vielleicht aber war es auch ihre körperliche Verfassung, die sie vorsichtig werden ließ. Wie es ihr wirklich ging, verschwieg sie allen.

Schon seit Tagen fühlte sie sich unwohl; Übelkeit plagte sie manchmal in den frühen Morgenstunden, doch sie wusste sie bis jetzt gut zu verbergen. Aber nicht nur das bereitete ihr Kummer. Seit dem Tod des Senators beherrschten Furcht, Ungewissheit und Anspannung den *Ludus.* Mantano war gereizter als üblich, schindete die Kämpfer noch härter, noch rücksichtsloser. Über Craton erfuhr sie nichts. Der *Lanista* schwieg beharrlich, als wäre das Schicksal des Kämpfers schon besiegelt und er niemals hier in der Schule gewesen. Nur einer der Küchenjungen verriet ihr, Gaius hätte ihn im Gefängnis aufgesucht und versuche alles, um ihn zu befreien.

Sprach man über Craton, dann flüsternd, verstohlen. Sie wussten alle: Des Mordes für schuldig befunden, würde Cratons Schicksal auch ihr eigenes sein. Gleich einem Totengewand legte sich diese Gewissheit über die Schule und Anea.

Die abendliche *Cena* bot den Männern im *Ludus* eine der wenigen Gelegenheiten, miteinander zu reden. Gemeinsam setzten sie sich an die Tische, aßen ihren Gerstenbrei, unterhielten sich mit gedämpften Stimmen und blickten sich vorsichtig um.

Obtian saß am selben Tisch wie Anea. Sie wechselten selten Worte, doch an diesem Tag schienen die Sorgen die Zunge des dunkelhäutigen Kämpfers gelöst zu haben. «Wir werden Craton nie wiedersehen, wenn nicht bald etwas geschieht!», bemerkte er.

Anea versuchte zuerst seine Worte zu überhören – Obtian wandte sich an die Männer und nicht an sie –, doch ihre Neugierde siegte.

«Was meinst du damit?», fragte sie.

Obtian musterte sie mürrisch, nicht gewillt, ihr zu antworten. Doch dann nickte er und meinte flüsternd: «Seit dem Mord sind jetzt schon fünf Tage vergangen. Die Römer fällen bei solch einem Vergehen schnell ein Urteil.»

«Ein Urteil fällen? Es ist doch noch gar nicht sicher, dass Craton der Täter ist», fuhr Remus, ein junger Gladiator, dazwischen.

Obtian schüttelte mit einem bitteren Lächeln den Kopf. «Craton ist ein Sklave, er wurde mit einem Schwert in der Hand gestellt, und das neben einem toten Senator!»

«Du glaubst doch nicht wirklich, dass er ihn getötet hat!» Anea schluckte den letzten Bissen hinunter und wandte sich ungläubig ab.

Obtian hob abschätzig eine Braue: «Was wir glauben, ist unwichtig. Wir wissen, dass er unschuldig ist. Jemand hat den Anschlag genau geplant, und Craton wird nun für diesen Mord geopfert.»

Remus strich sich über seine mit Stoppeln übersäten Wangen. Er zählte kaum mehr als siebzehn Sommer, seine gutmütigen Augen glänzten, und träfe man ihn auf dem Forum oder in den Thermen, hätte man in ihm keinen Gladiator vermutet. «Aber wenn es so ist, warum dauert es so lange?»

Anea beobachtete Obtian, der Remus höhnisch angrinste. «Warum wohl, Junge? Weil Gaius den ruhmvollen Namen Octavius trägt.» Er stocherte lustlos in seinem Essen herum. «Er hat zwar viele einflussreiche Freunde an den höchsten Stellen, aber selbst das wird Craton nicht retten.»

Remus nahm einen Löffel faden Gerstenbrei und fragte: «Und was wird aus uns?» Man sah ihm an, dass er Unbehagen empfand.

Keiner der Männer antwortete ihm, sie schwiegen betroffen und starrten ihn an.

«Ihr plappert wie schwächliche Waschweiber», dröhnte Mantanos Stimme. Er beobachtete sie schon eine Weile lang und hatte sich ihnen unbemerkt genähert. Sein Gesicht war verzerrt vor Wut. Seit dem Mord an Tiberianus war er noch unberechenbarer geworden, bestrafte die Kämpfer noch schneller, und so hatten beinahe alle schon seine Peitsche gespürt.

Remus zuckte zusammen, stopfte den nächsten Löffel Brei in den Mund und richtete rasch die Augen auf die Schüssel. Er hatte erst kürzlich erfahren, was es hieß, Mantanos Zorn auf sich zu ziehen. Mit gesenkten Köpfen löffelten die Männer ihre Mahlzeit. Auch Anea, dem *Lanista* den Rücken zugewandt, spürte seine strengen Blicke und wagte es nicht, sich umzusehen.

«Statt mit sinnlosen Gesprächen die Zeit zu vergeuden, solltet ihr an euch selbst denken!» Mantano betonte jedes einzelne Wort und schritt missgelaunt zwischen den Tischen auf und ab.

«Ihr alle wisst, Senator Tiberianus ist gestorben. Morgen schon soll die *Munera* zu seiner Ehre abgehalten werden.» Er hielt bedeutungsvoll inne, ohne stehen zu bleiben, und sah die Kämpfer fest an. Schon vor Tagen hatte er sechs von ihnen ausgewählt, beschloss jedoch, sie darüber erst jetzt zu unterrichten. Eigentlich wollte er auch die lästige Amazone einsetzen, doch er wusste, es würde weder Gaius noch der Trauergemeinschaft gefallen.

«Euer Herr wird sie ausrichten!», fuhr Mantano fort.

Die Kämpfer erstarrten, und wie auf Befehl sahen sie ihn fragend an. Anea konnte sich die plötzliche Unruhe nicht erklären und runzelte die Stirn. *Munera* – manchmal nannte der Plebs die Gladiatorenkämpfe so. Was sollte daran also schon außergewöhnlich sein?

«Sechs Kämpfer, drei Paare! Keine Schaukämpfe! Mann gegen Mann, bis in den Tod!», rief der *Lanista* unheildrohend.

Anea verstand immer noch nicht. Fast jeder von ihnen hatte in der Arena gestanden, hatte einen Kampf überlebt.

«Ich werde euch jetzt die sechs Namen nennen! Jeder, der aufgerufen wird, geht sofort in seine *Cella*!», befahl Mantano. «Wer gegen wen kämpft, entscheidet morgen das Los!»

Erst jetzt begriff sie. Sie sollten gegeneinander kämpfen, die Gladiatoren des *Ludus Octavius*. Aber hatte Craton nicht einmal erwähnt, Gaius würde seine Männer nie gegeneinander antreten lassen?

Sie blickte in die Runde. Ein bedrückendes Schweigen füllte den Raum. Die Männer saßen wie versteinert da, in den Augen der einen spiegelte sich Verwunderung, in den Augen der anderen Gleichgültigkeit und in Remus' Gesicht Furcht.

«Habt ihr mich verstanden?», fragte Mantano barsch und erhielt ein zähes Murren als Antwort.

Einer der Wächter reichte ihm eine Schriftrolle, der *Lanista* öffnete sie, ohne sie anzusehen. Anea wagte kaum zu atmen. War sie auch unter den Ausgewählten?

Mantano hielt das Schriftstück hoch und las vor: «Kebon!»

Kebon, ein kleinwüchsiger, aber kräftiger Kämpfer, regte sich nicht. Es dauerte einige Augenblicke, bis er begriffen hatte, dann schob er seine Schüssel beiseite, stand auf und ging wortlos in die Unterkünfte, begleitet von den Blicken der Übrigen.

Der zweite Name erscholl: «Catullus!»

Er saß an Aneas Tisch, und sie hörte, wie er tief aufseufzte, bevor er sie schweigend verließ.

«Secchias!»

Anea merkte überrascht auf. Secchias hatte erst einen Kampf bestritten, sich tapfer geschlagen, aber verloren; dennoch schenkte ihm die Menge das Leben. Ohne ein Wort zu verlieren verschwand auch er.

«Jecheus!»

Der Mann, ein Gladiator, der bereits einige Siege errungen hatte, zögerte zunächst, erhob sich mürrisch, als Mantano ihn eindringlich anstarrte.

Die Anspannung wurde unerträglich. Unruhe erfasste die restlichen Kämpfer: gesenkte Köpfe, geschlossene Augen, starre Blicke, aufgeregtes Atmen, Hände, die mit dem Löffel spielten. Noch zwei Namen, noch zwei Kämpfer, noch zwei Männer. Oder würde einer von ihnen eine Frau sein?

«Remus!»

«Remus?», wiederholte Anea für sich. Dieser Junge, kaum ausgebildet, konnte gerade mal ein Schwert halten. Als sein Name fiel, starrte er ins Leere, als würde er nichts mehr um sich herum wahrnehmen. Anea erinnerte er an Titio, vielleicht mochte sie ihn deshalb mehr als alle anderen hier. Und manchmal glaubte sie, eine unausgesprochene Bewunderung in seinen Augen zu entdecken.

Als sich niemand rührte, wiederholte Mantano scharf: «Remus!»

Der angehende Gladiator bewegte sich immer noch nicht, während die anderen Kämpfer ihn bedrückt ansahen. Wütend stapfte Mantano auf den Tisch zu.

«Bist du taub, oder hast du mich nicht verstanden?»,

343

schrie er den Jungen an, packte ihn an der Tunika und riss ihn hoch. Remus sah sich hilflos um.

«Ich habe dich aufgerufen! Du gehst jetzt in deine Zelle!» Mantano stieß Remus wuchtig zu Boden.

Wortlos und mit gleichgültigen Mienen verfolgten die Männer die Auseinandersetzung. Anea dachte an Craton, der sich dem Ausbilder mit Sicherheit widersetzt hätte, und daran, dass keiner der Kämpfer nun seinem Beispiel folgte.

Als Remus sich nicht erhob, wurde der *Lanista* noch wütender und holte zu einem Tritt aus.

«Hast du wirklich einen unausgebildeten Kämpfer ausgesucht – ein Kind?» Die Stimme ließ ihn innehalten. Eine Frauenstimme.

Er wandte sich um und starrte Anea zornig an, doch sie hielt seinem Blick eisern stand. «Warum willst du diesen Jungen in den sicheren Tod schicken?», empörte sie sich mit fester Stimme und erhob sich langsam. Alle wussten, Remus würde gegen die anderen Gladiatoren niemals bestehen können.

Mantano grinste, packte den Jungen und zerrte ihn erbarmungslos hoch. Remus sah zuerst ihn, dann Anea ungläubig an.

Sie wusste, dass Mantano sich jetzt eine entsprechende Bestrafung einfallen lassen würde, doch das kümmerte sie nicht. Jemand musste dem Einhalt gebieten. Jemand musste sich gegen den alt gewordenen, verbitterten Mann zur Wehr setzen. Vielleicht würde es ihr gelingen, er ließe von Remus ab und würde sich für einen andern entscheiden.

«Dann wird er eben sehr schnell lernen, wie man überlebt! Er wäre sowieso beim nächsten Spiel dabei gewesen!», entgegnete der *Lanista* kalt und stieß den Jungen auf die Wärter zu.

Anea gab nicht auf. «Ist das auch Gaius' Wunsch?», rief sie.

«Lass es, du machst alles nur noch schlimmer», flüsterte ihr Obtian zu, seine Augen auf die Tischplatte geheftet.

Die Wärter packten Remus, hielten ihn fest, während Mantano langsam auf Anea zuging. Hass kochte in ihm, er ballte die Hände zu Fäusten und blitzschnell schlug er auf den Tisch, so heftig, dass die halb leeren Schüsseln hüpften und der Tisch ächzte.

«Sechs Männer werden kämpfen, drei von ihnen sterben, und er wird der geringste Verlust sein!», zischte er, beugte sich herab, und ihre Gesichter berührten sich fast.

Aneas Herz hämmerte, das Blut pochte ihr in den Schläfen. Hätte sie eine Waffe, sie würde ihm diese in die Brust rammen, so sehr hasste sie, so sehr verabscheute sie ihn. Nur mit Mühe hielt sie sich zurück, senkte den Blick und entgegnete ruhig: «Auch ich bringe nicht viel, so denkst du doch! Dann wähle mich und nicht ihn!»

Ein Raunen ging durch die Reihen der Männer, sie warteten auf den Wutausbruch des *Lanista*, doch dieser schwieg ungewöhnlich lange. Und schließlich begann er zur Verwunderung aller zu lachen, so wie ihn bisher noch keiner lachen hörte: ein hemmungsloses, vergnügtes, aber gefährliches Lachen. Er trat einige Schritte zurück und befahl den Wärtern, Remus endlich wegzubringen.

Anea sah dem Jungen nach, der sich widerstandslos abführen ließ. Sie hätte Mantano schlagen, ihm die Kehle durchschneiden und seine Augen den Geiern zum Fraß vorwerfen können, so aufgebracht war sie.

Plötzlich schien Mantano sich anders zu besinnen. Sein Lachen verstummte, und bedrohlich fauchte er: «Dein Verlust wäre für Gaius größer als der eines anderen hier! Diese Entscheidung will ich nicht treffen und deinen Tod nicht verantworten!»

Er wandte ihr den Rücken zu, hob das Schriftstück auf und las laut den Namen des sechsten Kämpfers: «Obtian!»

Der dunkelhäutige Gladiator stand sofort auf und verließ scheinbar ungerührt den Raum.

Anea starrte Mantano mit knirschenden Zähnen an. Als spürte er ihren Hass, drehte er sich um und brüllte die Kämpfer, die bereits wieder nach ihren Löffeln gegriffen hatten, um zu Ende zu essen, an: «Genug jetzt! Alle raus! Sofort wieder zu euren Übungen!»

Murrend gehorchten sie und ließen ihre Schüsseln halb voll stehen. Eigentlich wäre jetzt wieder ein entbehrungsreicher Tag zu Ende gegangen, doch Mantano ließ sie nun für Aneas' Aufbegehren büßen.

Als Anea sich auch erhob, packte er sie mit eisernem Griff am Arm: «Du nicht! Du wirst jetzt mit mir üben!» Er zerrte sie zornig auf den Platz. «Ich hätte dich gleich töten lassen sollen, als du zu uns gekommen bist», knurrte er bedrohlich.

«Warum hast du es dann nicht getan?» Anea spürte keine Angst mehr, nur noch Hass. Grenzenlosen, blanken Hass.

«Wenn es nach mir ginge ...» Mantano unterbrach sich selbst. «Jetzt werde ich dir zeigen, was es heißt, mir zu widersprechen!»

Der *Lanista* ließ sich zwei Kampfstäbe reichen und warf ihr einen mit voller Wucht zu. Sie fing ihn überrascht auf. Mantano hatte sich niemals auf einen Kampf mit den Männern der Schule eingelassen.

«Wenn schon jemand meint, er müsse es Craton gleichtun, dann soll das ein Mann, ein Kämpfer sein und nicht eine erbärmliche Sklavin!», donnerte er und stellte sich breitbeinig hin.

Anea biss die Zähne zusammen. Vermutlich hatte Mantano seit Jahren weder geübt noch gekämpft, und auch wenn er einmal ein guter Gladiator gewesen war, würde er jetzt kaum siegen.

Sie kämpfte nicht gern mit dem Stab, aber sie konnte

auch mit dieser Waffe umgehen. Doch sie ahnte, dass ein Sieg für sie noch schlimmere Folgen haben würde als eine Niederlage.

Mantano wartete. Die Gladiatoren hielten erstaunt inne und senkten die Übungswaffen, als sie bemerkten, was vorging.

«Ihr werdet weiter üben, sonst könnt ihr mich erleben!», brüllte der *Lanista* über den Platz, und die Männer gehorchten sofort. «Ich hoffe für dich, du kannst damit umgehen.» Mit vor Wut verzerrtem Gesicht wandte er sich Anea zu.

Sie umfasste den Stab fester und kniff abwägend die Augen zusammen. «Für dich reicht es auf jeden Fall!»

Trotzdem überraschte sie sein erster Schlag. Mantano war immer noch sehr schnell, und sie konnte ihm gerade noch rechtzeitig ausweichen. Wie ein Hagel prasselten die Hiebe auf sie, und sie hatte Mühe, sie abzuwehren. Plötzlich setzte Mantano aus und lächelte bösartig.

Nun griff Anea an, sie schlug auf den Ausbilder ein, doch er fing, geübt und fast ohne Anstrengung, ihre Hiebe ab und drängte sie zurück. Trotz seiner Wut schien er genau zu wissen, wie er den nächsten Schlag ansetzen musste, und nur dank ihrer Schnelligkeit hatte er sie nicht verletzt. Mantanos Wendigkeit und seine ausgezeichnete Stocktechnik überraschten sie, und sie überlegte krampfhaft, ob er sie wirklich töten wollte.

Die Stäbe krachten aufeinander, kreuzten sich, sausten herab, drohten beinahe zu bersten, begleitet vom Stöhnen und Keuchen der beiden Kämpfenden. Unerbittlich trieb der *Lanista* sie über den Hof, Anea versuchte, so gut es ging, dagegenzuhalten. Und während ihr bewusst wurde, dass ihr Kampf nur noch ein Rückzug, eine Verteidigung ohne Aussicht auf einen Sieg war, traf ein Schlag ihren rechten Handrücken. Rasend vor Schmerz zuckte sie zusammen, unterdrückte einen Schrei, ohne den Stab loszulassen, und wartete auf den nächsten Hieb. Mantano blieb plötzlich stehen und grinste sie an. Er war von diesem Kampf, der ihm wie eine leichte Übung erschien, sichtlich angetan.

«Ich hoffe, es schmerzt nicht zu sehr», zischte er, und sein Grinsen schwand, «denn ich habe erst angefangen!»

Und wieder holte er aus, und ein blitzschneller Schlag traf Anea in einer Kniekehle. Sie wankte, konnte sich aber im letzten Moment auffangen.

«Glück gehabt!», rief er ihr voller Hohn zu. «Was aber sagst du dazu?» Mit zwei Hieben traf er Aneas linkes, dann ihr rechtes Knie. Sie stürzte in den Sand und lag zu Mantanos Füßen, ihm schutzlos ausgeliefert. Verzweifelt hielt sie den Stab hoch, versuchte die nächsten Hiebe abzuwehren – vergeblich: Er schlug auf ihre Hände und ihre Schulter. Für einen Moment war sie der Ohnmacht nahe, und verzweifelt zwang sie sich, nicht aufzuschreien.

Er wartete siegesgewiss, bis sie sich wieder erhoben hatte. Es schien, als würde sich seine ganze Wut in diesem Kampf entladen und als ob jeder Schlag ihm unendliche Befriedigung verschaffte. Aber was wollte er ihr damit beweisen?

Mit zitternden Händen umfasste Anea ihren Stab, und es gelang ihr, seinen Unterarm zu treffen. Ihre Gegenwehr machte ihn noch wütender. Mit dem nächsten Hieb entriss er ihr die Waffe, und mit einem letzten Schlag zwang er sie in die Knie. Anea stürzte, und Mantanos Kampfstab traf sie auf den Bauch. Der Schmerz durchbohrte sie wie ein Pfeil, verschlug ihr den Atem. Sie schloss die Augen und krümmte sich zusammen. Ihre Stimme versagte, ihr Schrei blieb stumm. Sie wagte es nicht mehr, sich zu rühren, spürte, wie Mantano den Stab an ihren Hals drückte. Seine Schritte knirschten im Sand, und er zischte verächtlich: «Um dich zu töten, bräuchte ich nicht mal eine Waffe!»

Anea rang nach Luft, immer noch überrascht von der Leichtigkeit, mit welcher der *Lanista* sie geschlagen hatte.

«Du glaubst, du bist unbesiegbar – so wie Craton», fuhr er fort. «In der Arena aber würde der Plebs jetzt unzufrieden mit dem Daumen nach unten zeigen, da du enttäuschend gekämpft hast! Und dann müsste ich dich wirklich töten! Ich warne dich: In mir steckt noch ausreichend Kraft, um dich und alle hier zu schlagen!» Er sah sie triumphierend an und nahm langsam den Stab von ihrem Hals.

«Niemand legt sich ungestraft mit mir an, hörst du, niemand! Weder du noch Craton noch sonst einer hier in dieser Schule!», erklärte er und warf mit einer verachtenden Bewegung die Waffe einem *Magistri* zu. Dann herrschte er die Männer an, mit den Übungen fortzufahren, und ließ Anea achtlos im Staub zurück.

Sie sah ihm nach. Nur langsam regte sie sich, richtete sich endlich auf. Sie konnte ihren rechten Arm kaum bewegen, er schmerzte unerträglich. War er gebrochen, wäre sie für Gaius wertlos, nutzlos geworden. Und ein wertloser Gladiator hatte kein Anrecht auf Leben. So hatte es Craton einmal gesagt.

XXX

In den vergangenen Tagen fühlte sich Gaius' Kopf an, als würden ihn zwei riesige Hände zusammenpressen. Die Schmerzen rührten nicht allein vom Sturz auf das harte Steinpflaster der römischen Straße her, sondern auch von Gaius' Sorgen um die Zukunft seines *Ludus*. Es ging nicht nur um Cratons Leben, es ging auch um sein eigenes. Er merkte, wie einige der adeligen einflussreichen Häuser, die sich immer gern mit seiner Bekanntschaft rühmten, seine Gegenwart nun auffallend mieden.

Martinus hatte ihn zwar eindringlich davor gewarnt, wieder den Geschäften nachzugehen, aber diese duldeten keinen Aufschub.

Alles, was er in den letzten Jahren aufgebaut hatte, drohte sich in nichts aufzulösen. Niemand wollte seine Gladiatoren mehr einsetzen, selbst die Veranstalter in den Provinzen hielten sich zurück, Männer aus der Schule Octavius auftreten zu lassen. Hilflos und machtlos würde er seinen Niedergang und den seines *Ludus Gladiatorius* mit ansehen müssen, und sein bevorstehender Sturz schien Marcus Titius' Aufstieg zu sein: Dessen Geschäfte erblühten. In den Kreisen, die ihn bisher verachtet hatten, war er nun willkommen und angesehen und konnte sich der Angebote kaum mehr erwehren. Calvus sollte bei der kommenden Eröffnungsfeier gar vor Domitian kämpfen. Eine Ehre, die von den Gladiatoren aus den nichtkaiserlichen Schulen bisher nur Craton zukam.

Gaius hätte nie gedacht, dass es für Marcus Titius so einfach werden würde, ihn zu übertrumpfen. Und dass Titio zu einem solch großartigen, siegreichen Gladiator aufsteigen würde. Eigentlich hatte Gaius gehofft, Marcus Titius würde wegen Titio auch in Schwierigkeiten geraten, doch niemand störte sich daran, dass der junge Gladiator aus dem Hause Octavius stammte und von Craton ausgebildet worden war.

Vielleicht musste er Craton wirklich seinem Schicksal überlassen, um so sich und den *Ludus* zu retten. Gaius wurde bewusst, dass dies einem öffentlichen Geständnis gleichkommen würde, Craton habe die Beherrschung verloren und Tiberianus im Streit umgebracht. Sicher, er würde den besten Gladiator verlieren, den Rom, das ganze Imperium, nein, die ganze Welt je gesehen hatte. Es wäre eine einfache Lösung, aber nicht die Wahrheit.

Nein, es musste einen anderen Weg geben. Craton durfte nicht einer Tat beschuldigt werden, die er nie begangen hatte. Nicht nur, weil Gaius an Cratons Unschuld glaubte

– er selbst wollte erfahren, wer die wahren Mörder seines Freundes waren. Er wollte sie sterben sehen und nicht einen Gladiator, der in dieser unglücklichen Nacht zum Spielball einer Intrige geworden war. Und selbst wenn er Craton opferte, die Ehre seines Hauses ließ sich nicht mehr herstellen. Ein Verdacht, ein Makel würde immer haften bleiben. Die einzige Möglichkeit, das Ansehen der Schule und der Familie Octavius wieder reinzuwaschen, war, Cratons Unschuld zu beweisen.

Gaius fuhr sich mit beiden Händen durch sein Haar. Immer wieder sah er Craton, eingesperrt in dieser düsteren Kerkerzelle, einem Schlund gleich, aus dem *Charon* seine knochige Hand nach ihm ausstreckte.

Auch die Tatsache, dass die *Munera* zu Ehren Tiberianus' unerfreulich endete, bereitete Gaius Kopfzerbrechen.

Ein Verwandter der Witwe hatte ihn offen angeklagt, den Mörder des Senators in seinem Haus ausgebildet zu haben. Lucillia, fassungslos, schrie Gaius hysterisch an, und schweigend nahm er ihre Beleidigungen und Vorwürfe hin. So hatten sich Gaius' Bemühungen, seinem toten Freund die letzte Ehre zu erweisen, zerschlagen. Die Gesellschaft löste sich bereits während des ersten Kampfes auf und verließ die Arena. Als Lucillia Gaius bat, bei der Trauerfeier nicht zugegen zu sein, klangen ihre Worte für ihn nicht wie eine Bitte, sondern wie ein Befehl.

Nun saß Gaius rastlos und mit pochendem Schädel in seinem *Exedra* und versuchte die Geschehnisse der vergangenen Tage zu verdrängen. Abwesend rührte er in einem Becher die Medizin, die Martinus ihm verordnet hatte, und sah zwischen den Säulen seines *Peristyls* in den Garten hinaus. Für einen Augenblick glaubte er, Claudia in dem Garten auf und ab wandern zu sehen. Seufzend schüttelte er den Kopf und stürzte hastig den Becher mit der bitteren Medizin hinunter. Ein Husten würgte ihn, als er sich verschluckte. Er fluchte erstickt, stellte den Becher auf den Tisch zurück und rieb sich bei geschlossenen Augen über den Nasenrücken.

Nur ein Wunder konnte Craton und den *Ludus Octavius* noch retten. Ja, was ich jetzt brauche, ist ein Wunder, dachte er betrübt. Gaius wusste, Craton war unschuldig, doch er hatte nichts, um es zu beweisen. Keiner seiner Bekannten oder seiner Freunde half ihm, war bereit, sich für Craton einzusetzen. Plautus empfahl ihm sogar, den Gladiator in der Arena unbewaffnet gegen Raubtiere kämpfen zu lassen. «Dann hätte dieser Meuchelmörder wenigstens noch einen guten Zweck erfüllt», bemerkte der Senator abschätzig.

Die Schmerzen wurden stärker, fast schon unerträglich, und Gaius beugte sich vor und berührte mit der Stirn die kalte Tischplatte, um die Qual zu lindern. Aber es half nichts.

Er dachte an Tiberianus, der ihm beigestanden wäre, wie er es immer getan hatte.

Er dachte daran, wie der Leichnam jetzt durch die Straßen Roms getragen wurde, um außerhalb der Stadt eingeäschert zu werden. Gaius hatte sich so gewünscht, dem Trauerzug beizuwohnen, doch seine Anwesenheit hätte alles nur noch schlimmer gemacht.

«Herr», vernahm er eine Stimme und fuhr hoch. Er drehte sich hektisch um, und ihm wurde wieder schwindlig. «Actus, ich habe gesagt, ich möchte ungestört bleiben!», herrschte er den Diener an.

«Herr, ich weiß, aber ...!»

«Raus! Raus, sage ich! Ich will keinen von euch sehen! Und selbst wenn das Haus abbrennt, ich will nicht gestört werden!», brüllte Gaius plötzlich, stand auf und stieß den Becher mit der Medizin um. Er prallte klirrend auf dem Boden auf, und Actus, vom Wutausbruch seines Herrn überrascht, verließ eilig den Raum.

Hätte ich jetzt eine Waffe gehabt, hätte ich ihn erschlagen, dachte Gaius gereizt, setzte sich wieder hin und starrte auf den Tisch. Die Medizin wirkte immer noch nicht. Mit der flachen Hand fuhr er sich über das unrasierte Gesicht.

«Nur einige Augenblicke ohne Schmerzen», flehte er flüsternd, als er glaubte, sein Kopf würde zerspringen. Er beugte sich wieder vor und vergrub seinen Kopf in den Armen. Er wollte allein sein und schlafen, nur noch schlafen, an nichts mehr denken müssen, am wenigsten an Tiberianus und Craton.

«Gaius», rief eine Stimme erneut.

Er hob den Kopf und stand auf. Das Blut hämmerte in seinen Schläfen wie die Hufe galoppierender Pferde, grauenvoller als zuvor. Er musste sich an der Tischkante festhalten, um nicht zu stürzen. Nur langsam wurde sein Blick klarer, und Gaius war überrascht, als er den ungebetenen Besucher erkannte. «Pompeia?!»

Er dachte an seinen Schwur, jeden bestrafen zu lassen, der ihn jetzt störte. Doch seine Wut wich der Verwunderung, als er die Geliebte des Kaisers vor sich sah.

«Du? Was willst du hier?»

Pompeia schritt erhaben auf ihn zu. «Gaius, bei den Göttern, du siehst müde aus. Was ist denn geschehen?»

Sie blieb vor ihm stehen, streichelte seine bleichen Wangen, und er fragte sich, ob ihr Besuch wieder eine Falle war. Doch seine Bedenken schwanden, als er zu spüren glaubte, dass ihre Berührungen heilender waren als Martinus' Pulver.

«Ich habe meinen Dienern befohlen, niemanden einzulassen!» Er nahm ihre Hand von seinem Gesicht, blickte Pompeia an und setzte sich.

«Das habe ich gemerkt, mein lieber Gaius», lächelte Pompeia und trat hinter seinen Stuhl. Er spürte die wohltuende Berührung ihrer Hände, als sie seinen Nacken massierte. «Glaubst du wirklich, ich lasse mich so einfach abweisen?»

«Weshalb beehrst du mich und mein Haus an einem solch düsteren Tag?», fragte er neugierig, die Augen geschlossen.

«Düsterer Tag?», hauchte sie, beugte sich vor, und er spürte den Druck ihrer festen Brüste. «Ich finde, es ist ein wunderbarer Tag. Die Sonne wärmt die Liebenden, begleitet vom Gesang der Vögel.»

Gaius fuhr herum. «Die Vögel singen, die Sonne scheint, die Liebenden ... Wie kannst du nur? Hast du schon vergessen?» Seine Augen waren voller Schmerz und Entrüstung.

«Was redest du da? Was ist bloß mit dir geschehen?», entgegnete sie erstaunt, während ihre Hände über seine Wangen, über seinen Hals, über die Schulter und über die Brust fuhren.

Gaius sprang auf und drehte sich um. «Tiberianus! Er wird heute beigesetzt!»

«Natürlich habe ich es nicht vergessen!» Inmitten der Bewegung hielt sie inne. «Und ich habe auch von dem gestrigen Vorfall gehört!»

«Vorfall?», stieß er hervor und versuchte, sich zu beherrschen. «Vorfall nennst du das? Dieser Vorfall ist mein Untergang! Tiberianus war mein bester Freund, und ausgerechnet an seiner *Munera* in meiner Arena werde ich entehrt und bloßgestellt! Ganz Rom weiß es jetzt, und es ist mein Ende!»

Er brach ab. Tiberianus' Tod war für ihn schmerzvoller als alles, was er bisher erlebt hatte.

Pompeia sah ihn an, und für einen Moment glaubte er, eine Regung des Mitleids in ihren Augen entdeckt zu haben. «Obwohl du es mir nicht glauben wirst, auch ich mochte Tiberianus. Sicher, wir hatten verschiedene Ansichten, aber ich wollte ihm nie etwas Böses! Ich weiß, wie du und deine Freunde über mich denken, aber es stört mich nicht! Intrigen, Heucheleien, Lügen gibt es nicht nur in meiner Welt! Glaubst du, ich fürchte mich nicht genau so, wie es Tiberianus tat? Ich bange um mein Leben, und das mehr als jeder von euch! Mehr, als ihr euch vorstellen könnt!»

Gaius musterte sie überrascht. Berührte sie Tiberianus' Tod wirklich? Oder war es wieder nur eine ihrer Rollen, die sie spielte? Gefühle, die sie ihm vorgaukelte?

«Ihr denkt alle, mir kann nichts geschehen, nur weil ich Domitians Cousine bin?», fuhr sie aufgebracht fort. «Wie ihr euch irrt! Alles, was euch zustoßen könnte, würde mir auf viel schlimmere Weise widerfahren. Ich möchte dir helfen, Gaius, auch wenn du meine Hilfe nicht annehmen willst!» Pompeia blickte ihn fast flehend, ungewöhnlich lange an, und Gaius glaubte, eine Träne in ihren Augen entdeckt zu haben.

Er fühlte sich seltsam berührt. Ihre Worte waren, so schien es ihm, voller Verzweiflung. Vor ihm stand nicht jene unnahbare Frau, die er sonst kannte. Wer war sie wirklich?

Als er nicht antwortete, wandte sie sich ab. An der Tür blieb sie stehen. «Ich bin gekommen, um dir zu sagen, dass Craton nicht der Mörder ist!»

Dann verschwand sie und ließ den verdutzten Gaius stehen.

Er lehnte unschlüssig an seinem Tisch, ohne die Bedeutung ihrer Worte wirklich erfasst zu haben.

«Sie will mir helfen?», wiederholte er ungläubig und starrte zur Tür, wo Pompeia eben noch gestanden hatte.

Erst allmählich begriff er, dass ausgerechnet sie seine einzige Hoffnung war. Er eilte los, aus seinem *Exedra* hinaus, blickte durch den Säulengang des Vorraumes. Pompeia war nicht mehr zu sehen.

Benommen torkelte er weiter. Am Haupttor angekommen, traf er auf Actus, und ohne ihn zu beachten, eilte Gaius an ihm vorbei zur Pforte hinaus. Auf der Straße entdeckte er Pompeias Sänfte, die sich in Richtung Stadt entfernte. Er lief einige Schritte in der Hoffnung, sie einholen zu können, blieb jedoch bald keuchend stehen, als er spürte, wie Übelkeit in ihm hochstieg.

Taumelnd kehrte er zurück. Actus stand noch immer an der Pforte. «Herr, dein Arzt hat dir doch geraten, dich nicht anzustrengen!», rief er besorgt.

Noch immer außer Atem, sah Gaius der schaukelnden Sänfte nach. «Hat Pompeia noch etwas gesagt?», fragte er ungeduldig.

Verneinend schüttelte der Sklave den Kopf.

Aufgeregt betrat Gaius seine Villa, blieb einen Augenblick lang stehen. Der Hund auf dem Mosaik, das in den Boden eingelegt war, blickte ihn zähnefletschend an, als ob er jeden ungebetenen Besucher verscheuchen und dieses Haus vor allem Unglück beschützen wollte.

Pompeias Berührungen, ihre Augen, die verstohlene Träne gingen Gaius nicht aus dem Sinn.

Und ihr Geständnis, dass Craton nicht der Mörder war.

XXXI

Mantano irrte ruhelos durch den *Ludus*. Er konnte keinen Schlaf finden und hoffte, seine Gedanken mit einem Spaziergang durch die Nacht zu verdrängen. Auch wenn er Craton nicht sonderlich mochte, so sorgte er sich um dessen Schicksal und wollte, genau wie Gaius, ihn nicht ehrlos durch Bestien oder eine Kreuzigung sterben sehen. Ein unwürdiger Tod, der nur niedere Verbrecher, die *Noxii*, ereilen sollte und keinen ruhmreichen Gladiator, den die Götter fluchten.

Mantano blieb stehen und blickte versonnen auf den Boden. Am Nachmittag hatte es geregnet, Pfützen bildeten sich, und nun spiegelte sich der Mond silbern in ihnen. Sein sanftes Licht schimmerte auf der glatten Oberfläche des Wassers.

Mantano erinnerte sich an diesem Tag immer wieder an Gaius' Worte: Er könne Craton nicht mehr retten, und für den Gladiator wie für den *Ludus Octavius* sähe es nicht gut aus. Vielleicht wünschte sich der *Lanista* seinen aufbrausenden Schüler einfach nur zurück, damit er sich wieder mit dieser eigenwilligen Amazone abgeben würde. Ihn, Mantano, reizte sie zu sehr, und irgendwann mal würde er sich nicht mehr zurückhalten können und sie eigenhändig erschlagen! Grollend erkannte er in ihrer Art immer wieder die von Craton.

Der letzte Streit mit ihr, dieser unsinnige Kampf, beschäftigte ihn. Mantano hatte von Anfang an gewusst, dass er siegen würde, ärgerte sich aber, dass er sich dazu hinreißen ließ, vor allen Männern mit ihr zu kämpfen. Nur einmal, vor langer Zeit, hatte er es getan, um Craton eine Lektion zu erteilen. Doch Craton war ein Kämpfer, ein Gladiator, ein Mann ...

Der *Lanista* musste neidlos anerkennen, dass die Frau die Fähigkeit und Kraft besaß, um in der Arena zu bestehen, und ihren geschickten Hieb spürte er noch immer. Am Abend ließ er den schmerzenden Arm, an dem sich blaue Flecken bildeten, von Sextus Lucatus, dem Heiler, untersuchen. Lucatus rieb die Blutergüsse mit einer scharfen Salbe ein und stachelte Mantanos Wut durch spöttische Bemerkungen nur noch mehr an.

Auch Anea war verletzt, doch der gezielte Hieb auf ihren Oberarm verursachte nur eine schwere Prellung und keinen Bruch. Mantano hatte genau gewusst, wie stark er zuschlagen durfte. Tapfer hatte sie alles weggesteckt. Mantano beschloss, sie in den nächsten Tagen genauer zu beobachten. Schonen würde er sie bestimmt nicht!

Gedankenversunken schlenderte er weiter, stieß einen

Kieselstein in die kleine Pfütze; die Wellen ließen den silbernen Mond für einige Augenblicke sanft zerfließen.

Wieder dachte er an Craton, der im *Carcer* auf den Tod wartete. Morgen würden ihn die Schergen der Gerichtsbarkeit foltern, wenn er die Tat nicht gestehen würde. Mantano wusste, Craton konnte manche Pein ertragen, doch die Folterknechte würden auch ihn zwingen, etwas zuzugeben, was er nicht begangen hatte. Und würde er die Tat gestehen, konnte niemand, nicht einmal der Kaiser, ihn retten. Und dann würden auch die anderen Gladiatoren der Schule und die Amazone dem Unglücklichen in den Tod folgen. Und Gaius würde mit dem Brandmal der *Infamia* weiterleben müssen. Ein Ehrloser, ein von der Gesellschaft Ausgestoßener – für den Adeligen noch schlimmer als der Tod.

Sollte Craton genug Kraft besitzen, die Folter des nächsten Tages zu überstehen, hätten die Kämpfer im *Ludus* noch eine kleine Hoffnung zu überleben. Doch es schien, nur noch ein Wunder könnte sie alle retten. Mantano wusste um die grausamen Methoden der Schergen. Durften die römischen Bürger nicht mal eingehend befragt werden, wurde bei recht- und ehrlosen Sklaven und Unfreien mit Vorliebe die Folter angewendet.

Bedrückt lief er weiter und verließ den *Ludus* durch das Haupttor. Ein Wächter blinzelte den Ruhelosen verschlafen an, ließ ihn jedoch vorbeischreiten und schloss das Tor hinter ihm. Der Ausbilder wusste nicht, wohin er gehen sollte. Ziellos folgte er einem Weg und sah zu Gaius' Villa hoch, deren Mauern im hellen Mondschein samtig leuchteten. Das Haus wirkte verlassen. Es war schon spät in der Nacht und die Dienerschaft längst schlafen gegangen. Gedankenversunken schritt der nächtliche Wanderer weiter, und als er das mächtige Haus erreichte, blieb er stehen und betrachtete es, als sähe er es zum ersten Mal. Einige wenige Öllämpchen, welche die Diener vergessen hatten zu löschen, flackerten

an den Eingangssäulen zaghaft im sanften Wind. Mantano
blies die Flämmchen aus, nur noch ein friedlicher Mond beleuchtete die Villa.

Der *Lanista* sog gierig die kühle Luft ein und beschloss,
wieder zum *Ludus* zurückzukehren. Zielstrebig stapfte er
wieder den Hang hinunter und versuchte nicht mehr an
Craton zu denken: Die Götter würden sein Schicksal bestimmen, und kein Sterblicher konnte es ändern.

Craton schrak hoch, als er das Klirren vernahm. Ein Schlüssel drehte sich im Schloss. Der Gladiator wusste, diesen
Morgen würde ihn *Charon* endlich mit grinsender Fratze
erwarten und in die Unterwelt geleiten. Der Hades würde
immer Sieger bleiben!

Als Gaius ihn bedrückt und müde aufgesucht hatte, wusste
Craton nicht einmal, ob es Tag oder Nacht war. Stockend,
mit zitternder Stimme teilte ihm der Adelige das Urteil mit,
und Craton wurde bewusst, dass sein Leben nun verwirkt
war. Er hatte keine Furcht vor dem Tod, er war ein Gladiator, ein Verbündeter des Todes. Doch die Art der Hinrichtung ließ ihn erschaudern. Kreuzigen! Ein grauenvolles
Sterben, langsam und qualvoll. Nur freie römische Bürger
hatten das Recht, ehrenvoll durch das Schwert zu sterben.
Als Unfreier gekreuzigt zu werden war genauso schlimm wie
gegen die Bestien anzutreten. Aber *ad Bestias* hätte Craton es
noch einmal – ein letztes Mal – ermöglicht, in der Arena zu
kämpfen und dort zu sterben.

Als das Schloss aufsprang, lugte der warme Schimmer
einer Fackel durch den Spalt, und Craton blinzelte in ihr
Licht. Mit der Schulter stemmte der Wächter die massive
Tür auf. Sie gab nur langsam nach, ihre rostigen Scharniere
klemmten.

«Gefangener CLXI, hier ist er!», krächzte er und hielt die
Fackel hoch.

Zwei Soldaten waren dem Wärter gefolgt und sahen mürrisch auf Craton. «Hast du die Schlüssel für seine Ketten?», wandte sich einer von ihnen an den Wärter.

Mit einem Kopfschütteln verneinte er, und der Soldat verzog abschätzig seine Lippen. «Dann hol ihn, beim Merkur! Wir haben nicht den ganzen Tag Zeit! Und du», er richtete sich an den anderen, «du gehst mit ihm, sonst vergisst er noch seinen Kopf, der vertrottelte Idiot!»

Der Wächter knurrte, steckte die Fackel in den Eisenring, dann verschwanden die beiden Männer.

Craton musterte den Soldaten vorsichtig. Er trug die gewöhnliche Rüstung der römischen Armee und nicht jene prachtvolle der Prätorianer. Vermutlich gehörte er zur Stadtwache und stand im Rang eines *Centurio*, da er dem anderen Mann Befehle erteilte.

Auch der Offizier starrte den Gladiator an, trat auf ihn zu.

«Das hier soll ich dir noch geben», murmelte er, zog ein frisches, duftendes Fladenbrot aus einem Beutel und überreichte es Craton.

Ungläubig nahm er es entgegen. Seit er hier eingekerkert war, hatte er nur schimmliges Brot oder ungenießbare Grütze bekommen. Er teilte sie mit den unzähligen Ratten. Fast ehrfürchtig roch er nun an dem Brot, und schon allein der Duft ließ ihn satt werden.

«Du solltest dich beeilen und es noch schnell essen, bevor ...», riet der *Centurio* und verstummte, ohne den Satz zu beenden.

Craton sah ihn an. «Wem habe ich das zu verdanken?»

«Mantano hat es mir gegeben!»

«Mantano?» Ungläubig verzog Craton seine Lippen. Von jedem hätte er es erwartet, nur nicht von Mantano. Gierig riss er Stücke ab, stopfte sie sich in den Mund und schluckte sie fast ungekaut, hastig hinunter. Der Wärter mit den Schlüsseln kehrte zurück, als Craton den letzten Bissen geschluckt hatte. Der Soldat griff nach den Schlüsseln und öffnete die Ketten, die Cratons Haut schon blutig gescheuert hatten. Der Gladiator rieb sich die Handgelenke, um den brennenden Schmerz der Wunden zu mildern.

«Gehen wir! Wir werden schon erwartet!», befahl der *Centurio* barsch, schlug ihm auf die Schulter und drängte ihn zur Zelle hinaus. Die ersten Schritte fielen Craton nicht leicht und schmerzten. Die Zelle war eng und niedrig gewesen, und er hatte sich kaum bewegen können.

Der Wärter nahm die Fackel wieder aus dem Eisenring und ging langsam hinkend voraus. Craton sah, dass der linke Fuß des Mannes kürzer war als sein rechter.

Die Soldaten stießen Craton vor sich her, einer von ihnen mit gezücktem Schwert. Schweigend gingen sie durch die düsteren Gänge des *Carcers*, vorbei an Seitentrakten mit weiteren Zellen. Bedrückendes Winseln und Jammern namenloser Gefangener begleitete sie. Wer hier im untersten Teil des *Tullianum* gefangen gehalten wurde, erblickte niemals mehr das Tageslicht. Oder nur noch einmal: als Verurteilter auf dem Weg zu seiner Hinrichtung.

Die Stufen führten stetig hinauf, zurück in die Welt der Lebenden – dort wartete auf Craton der Tod. Stumm folgte er dem hinkenden Wärter, gefasst und doch bange zugleich. Er fühlte sich schwach, fast zu schwach, um den Weg zum Marsfeld zu gehen. Mit aller Anstrengung hielt er sich aufrecht und blickte hoch, wo ein winziger Lichtstrahl das Mauerwerk erleuchtete.

Ob es Morgen oder Abend war, wusste er nicht. Im Kerker war Zeit bedeutungslos geworden. Ob die Sonne den Himmel erhellte, ob die Sterne ihr kaltes Licht auf die Erde schickten, für ihn gab es kein Morgengrauen, keine Abenddämmerung mehr, sondern nur finstere, sternenlose und einsame Nacht.

Der Wärter hielt vor einem versperrten Gittertor an und suchte wieder nach dem richtigen Schlüssel. Erst der dritte öffnete das Tor, und die Soldaten blickten den Mann gereizt an, als er sie durchließ. Umständlich verschloss er das Tor hinter ihnen und stieg zurück zum *Carcer* hinab, in die dunkle Welt aus Qual und Hoffnungslosigkeit.

Craton wandte sich nochmals um, doch ein Soldat stieß ihn grob voran. «Vorwärts, die Zeit drängt!»

Über die steinernen Stufen stiegen sie dem gleißenden Licht entgegen, dessen Strahlen Craton ungewöhnlich hell erschienen.

Vor dem *Tullianum* warteten bereits fünf weitere Gefangene, fünf ausgemergelte, blasse Gestalten. Sie würden Cratons Begleiter in den Hades werden, seinen Leidensweg teilen und mit ihm am Kreuz sterben. Gewöhnliche Verbrecher, unfreie Bauern und Sklaven. Zwei andere Soldaten legten ihm neue Ketten an. Craton atmete tief ein, blinzelte nach Osten, wo die Sonne eben aufgegangen war, den Himmel und die Stadt in purpurne Farben tauchte und einen herrlichen Anblick bot. Er dachte an Anea.

Schleppend, mit Craton an der Spitze, setzte sich der traurige Zug der Verurteilten in Bewegung. Der Weg durch die Straßen Roms war beschwerlich und erniedrigend. Schaulustige hatten sich am Gassenrand versammelt und beschimpften die Unglücklichen. Craton hörte sie nicht. Er nahm nur die schlurfenden Schritte der Mitgefangenen und das Rasseln ihrer Ketten wahr.

Frauen, Kinder, freie Männer und Sklaven säumten den Weg, einige spotteten, als sie den Gladiator erkannten. Er zerrte an seinen Ketten, umfasste sie mit den Händen, als wolle er sich an ihnen festhalten, biss die Zähne zusammen, bis die Kiefer schmerzten. Nur mit Mühe unterdrückte er seinen Zorn, als ihn eine faule Frucht am Rücken traf.

«Diebe!», hallte es von der Straße, «Gauner, Mörder! Gesindel!»

Craton schluckte. Obwohl er unschuldig war, würde er diesen ehrlosen Tod hinnehmen. Doch die Erniedrigungen, die er auf seinem letzten Gang erfuhr, schmerzten ihn mehr als die Nägel der bevorstehenden Kreuzigung. Aber die Römer sollten nicht merken, wie sehr es ihn traf, und so schritt er stolz, mit erhobenem Haupt, den Verurteilten voran.

Je mehr sie sich dem Marshügel näherten, umso weniger Neugierige standen am Wegrand. Nur noch Einzelne sahen der unglücklichen Prozession nach.

An einer Ecke erstarrte Craton. Er hatte am Wegrand eine Gestalt ausgemacht, und obwohl ihm die Soldaten nicht erlaubten, stehen zu bleiben, und ihn rücksichtlos vorwärts stießen, blieben die Blicke des Gladiators an dem Mann hängen, der seinen Kopf mit der Toga verhüllte. Doch Craton hätte ihn unter Hunderten von Fremden auf dem Forum, in der Arena erkannt. Es war Gaius.

Mit einem Seufzen nickte Craton seinem Herrn zum Abschied zu, und der Adelige ehrte ihn, indem er seine Toga vom Kopf zog und ihn auch grüßte. In Gaius' Gesicht lag unendliche Trauer. Auch wenn die übrigen Gladiatoren und Cratons Schülerin aus dem *Ludus Octavius* verschont blieben, so fühlte er sich nicht besser, seinen besten Mann zu verlieren. Craton hatte während des Verhörs geschwiegen, sich zu dem Mord weder bekannt noch ihn bestritten. Irgendwann ließen die Folterknechte von ihm ab; ein letzter, zweifelhafter Sieg für den ruhmbeladenen Gladiator.

Craton heftete seine Blicke ein letztes Mal auf Gaius, der sich erschüttert abwandte und in einer Gasse verschwand.

In der Ferne tauchte das Marsfeld auf, einige Kreuze der letzten Hinrichtung hoben sich vom Horizont ab. Craton schauderte erneut. Angst stieg in ihm auf, lähmte seine Schritte. Er wandte sich nochmals hastig nach Gaius um, doch er wusste, es war vergebens, jede Hoffnung geschwunden, so wie die Morgenröte an diesem Tag. Und das Marsfeld rückte bedrohlich näher.

Plötzlich ertönte ein leises Klingeln. Die Soldaten hatten jäh angehalten und befahlen den Verurteilten, ebenfalls stehen zu bleiben und die Köpfe zu senken.

Eine mit weißen Stoffen verhangene Sänfte kreuzte den Weg der Verurteilten, ein *Liktor* schritt erhaben voraus, trug über seiner linken Schulter die *Fasces*, das Rutenbündel. Kleine Glöckchen, an den edlen Stoffen befestigt, ließen ein sanftes Lied erklingen, als sie vom Windhauch umschmeichelt wurden.

Craton verneigte sich nicht. Er wollte sich nicht mehr erniedrigen lassen. Er hatte nichts mehr zu verlieren. Ein Schlag auf seinen Rücken ließ ihn jedoch schmerzhaft zusammenzucken. Er fuhr blitzschnell herum und wich gerade noch rechtzeitig einem weiteren Hieb aus. Der Soldat holte zum dritten Schlag aus, hielt dann plötzlich inne, als die Sänfte anhielt und abgesetzt wurde.

«Bei den Göttern!», flüsterte einer der Verurteilten ehrfürchtig. «Eine Vestalin!»

Craton betrachtete die Sänfte misstrauisch. Hinter ihren Vorhängen saß eine Gestalt. Einer der Träger schob den Vorhang zurück, und die Soldaten verneigten sich ehrerbietig.

Ganz in Weiß gekleidet, ließ sich eine anmutige, zierliche Frau von einem Diener helfen und entstieg der Sänfte. Craton starrte sie an. Sie glich einer Göttin, und ihr Antlitz zierte ein Hauch von Ewigkeit. An einem Lederriemen trug sie ein goldglänzendes Amulett. Von der Sonne beschienen, glänzte es und blendete Craton.

Soldaten wie Gefangene brachten der Frau höchste Ehrerbietung entgegen, und drei der fünf Verurteilten knieten nieder, als sie auf sie zuschritt. Am Straßenrand blieben Neugierige stehen, flüsterten aufgeregt miteinander, und einige Frauen reckten die Arme in die Höhe. Craton wusste nicht, was es zu bedeuten hatte.

Die Soldaten sahen sich ungläubig, fast hilflos an, als die anmutige Frau auf den Gladiator zuschritt, vor ihm stehen blieb und ihn anlächelte. Eine erwartungsvolle Stille herrschte, Craton blickte beschämt zu Boden; er konnte den feinen Duft riechen, der von ihr ausging, und wieder fiel ihm Anea ein.

«Ich schwöre bei der großen Göttin Vesta», begann die edle Herrin plötzlich laut zu verkünden, «dass ich heute zufällig und ohne Absicht den Weg dieses Todgeweihten gekreuzt habe!»

Ein Raunen erhob sich, und alle starrten auf Craton, der immer noch nicht verstand, was soeben mit ihm geschah. Unbeholfen stand er vor ihr und wagte nicht, seine Augen zu heben, als ob er befürchtete, diese Frau, die ihm so rein und herrlich erschien, mit seinen Blicken zu beflecken.

«Vesta», sprach die Priesterin mit noch kräftigerer Stimme und reckte ihre Hände zum Himmel, «die Göttin des ewigen Feuers schenkt dir Glücklichem unter den Glücklosen das Leben!»

Die Soldaten sahen sich um, staunend, unsicher, was nun geschehen sollte. Auch der *Centurio* zögerte zuerst. Erst nach einer Weile forderte er den Schlüssel. Er trat zu Craton und nahm ihm die Ketten ab. Der Gladiator starrte ihn verwundert an.

«Du Glücklicher», flüsterte einer der Mitgefangenen ehrfürchtig, «die Götter sind mit dir und haben dich gesegnet!»

Erst jetzt wurde Craton bewusst, was ihm widerfahren war: Eine Vestalin hatte seinen Weg gekreuzt – den Weg eines zum Tode Verurteilen –, schenkte ihm durch das heilige Gesetz der Vesta das Leben und bewies durch diese göttliche Fügung seine Unschuld.

XXXII

Nachdem Gaius am Tag der Hinrichtung Craton ein letztes Mal gesehen hatte, kehrte er erschüttert nach Hause zurück. Er trauerte aufrichtig um ihn. Die Nachricht über die schicksalhafte Begegnung des Gladiators mit einer Vestalin erreichte ihn erst am späten Nachmittag, und er empfing sie zuerst zweifelnd und konnte sie gar nicht glauben. Erst als er Craton wiedersah, schwor er, der Göttin Vesta ein Opfer darzubringen, wie es Rom noch nie gesehen hatte. Doch auch wenn die Gnade der Götter seinem Kämpfer das Leben geschenkt und ihn, nach dem heiligen Gesetz der Vesta, von jeder Schuld freigesprochen hatte, schwebte der ungeklärte Mord an Tiberianus wie ein drohendes Gewitter über dem *Ludus Octavius.*

So hatte sich Gaius in den letzten Wochen zurückgezogen und hoffte, der Schleier der Zeit und des Vergessens würde sich über die schrecklichen Ereignisse legen. Außerdem gierten die Römer nach den nächsten Spielen, und bald würden die *Editori* auch wieder nach den Kämpfern aus seiner Schule verlangen.

Craton, ausgemergelt und erschöpft, wirkte nach seinen erniedrigenden Erlebnissen im *Tullianum* verändert und – so schien es Gaius – verunsichert, auch wenn er es sich nicht anmerken ließ. Der Adelige wollte ihm Zeit geben, sich zu fassen, doch Mantano widersprach ihm gereizt: «Craton ist kein gewöhnlicher Sklave, er ist Gladiator! Er muss wieder auftreten, kämpfen, um zu siegen, und siegen, um zu vergessen!»

Gaius stimmte dem *Lanista* nur zögernd zu, doch er beschloss, Craton bei den anstehenden Spielen noch nicht antreten zu lassen. Er dachte an die Amazone, die, vom Plebs

366

geachtet, bereits große Siege errungen hatte und bei weiteren siegreichen Kämpfen seinen Verlust mindern konnte.

Durch die Abwesenheit von Gaius' Gladiatoren vermochte Marcus Titius hingegen so viel zu verdienen, dass er in der Lage war, sich selbst als Veranstalter einer *Ludi* feiern zu lassen. Thronend über der Arena, einem Kaiser gleich, genoss er es, den Jubel der Menge in sich aufzusaugen.

Gaius war nicht unglücklich, ihn an diesem Tag zu sehen. Titius hatte ihn überzeugt, dass es für beide Schulen von Vorteil wäre, fünf Kämpfer und Anea einzusetzen. Neben ihren Schulen stellten an diesem Tag noch andere *Ludes* ihre Gladiatoren für das *Spectaculum*.

Gaius sah zum Balkon seines Widersachers hinüber. Titius führte sich einem König gleich auf, ohne seine wirkliche Herkunft verbergen zu können. Inzwischen unterhielten zehn *Venatores*, für den Tierkampf ausgebildete Gladiatoren, den Plebs. Aber scheinbar hatte Titius' Vermögen nur für alte Löwen und kranke Geparden gereicht, die sich behäbig, wenn überhaupt, bewegten.

Gelangweilt schweiften Gaius' Blicke über die Ränge, und er erkannte in mehreren Logen vertraute Gesichter, die ihm freundlich zunickten. Vor wenigen Wochen noch hatten ihn diese Leute gemieden, wagten nicht einmal, ihn aus der Ferne zu grüßen.

Gaius erwiderte ihre Höflichkeiten freundlich, doch allein in seiner Loge, fühlte er sich nach den Ereignissen der letzten Tage immer noch unwohl, und seit Claudia und Lucullus Rom verlassen hatten, auch einsam.

Oft dachte er an die Schöne vom Forum, sehnte sich nach ihrer Nähe, um seine Einsamkeit zu vergessen. Doch seit ihrer Begegnung hatte er sie nicht mehr gesehen. Er würde Julia wohl nie mehr wiedersehen, und wenn er ganz Rom nach ihr absuchte. Und hier im Amphitheater würde er sie bestimmt nicht finden. Und wenn doch, dann in der Arena.

Ein weiteres Opfer von Domitians Wahnsinn. Gaius schloss die Augen.

Erst der Jubel des Plebs, als die *Venatores* den behäbigen Raubkatzen zusetzten, ließ Gaius die traurigen Gedanken verdrängen.

«Gaius, mein Guter!» Senator Plautus stand plötzlich neben ihm. Gaius versuchte sich ein Lächeln abzuringen, doch es gelang ihm nicht: «Du bist also auch hier, Plautus?»

Ohne eine Aufforderung abzuwarten, setzte sich der Senator.

«Warum sollte ich nicht hier sein, schließlich habe ich gehört, dass auch einige deiner Kämpfer antreten», erwiderte er verunsichert.

«Wirklich? Jeder, den ich heute treffe, erklärt mir, er sei wegen meiner Männer hier!», warf Gaius bissig ein und dachte an die Bekannten, die ihn auf dem Weg zum Amphitheater mit gespielter Freundlichkeit gegrüßt hatten.

Plautus lächelte steif. «Zugegeben – nur wegen deiner Männer das Amphitheater aufzusuchen, würde nicht ganz der Wahrheit entsprechen.»

«Ja, die Wahrheit …» Gaius nahm ein Stück Obst und biss in eine Apfelsine, deren Geschmack seine Anspannung zu lösen schien. «Wie seltsam es doch ist, Plautus. Noch vor einigen Wochen wollte niemand meine Gladiatoren sehen, als hätten sie die Pest.» Er aß weiter genüsslich von der Frucht, ohne den Senator zu beachten. «Und heute sind wieder alle von meinen Kämpfern begeistert!»

«Du solltest nicht nachtragend sein, Gaius. Sie waren einfach verunsichert. Und vorsichtig», belehrte der Senator und nahm eine Dattel vom Obstteller. «Ihr Misstrauen richtete sich ja nicht gegen dich.»

Gaius schwieg, bemüht, sich seine Kränkung nicht anmerken zu lassen. In der Arena neigte sich die sinnlose Tierhetze endlich dem Ende zu.

«Wie viele deiner Kämpfer werden heute antreten?», brach Plautus das unbehagliche Schweigen.

«Fünf», antwortete Gaius und strich die Falten seiner Toga glatt. «Nein, sechs!», verbesserte er sich.

«Ah, sechs!», wiederholte Plautus. Der redegewandte Senator suchte ungewöhnlich lange nach Worten. «Und welche werden es sein?»

Gaius nannte, ohne ihn anzuschauen, die Namen der fünf Männer, dann schwieg er wieder.

«Und wer ist der Sechste?», hakte Plautus nach. «Ist es vielleicht Craton?» Er sprach den Namen des Gladiators vorsichtig aus.

Erst jetzt sah auch Gaius auf. «Nein, Craton wird heute nicht auftreten!», erwiderte er mit eisiger Stimme.

«Nicht Craton? Wer ist es dann?» Plautus hob überrascht eine Augenbraue. In seinem Gesicht lag eine Mischung aus Erleichterung und Enttäuschung.

«Meine Amazone!»

«Deine Amazone? Ausgerechnet bei Titius' Spiel?»

«Du wirst es nicht glauben, aber er hat förmlich darum gebettelt!»

«Und gegen wen?»

Gaius zuckte mit den Schultern. «Das Los wird entscheiden!» Er spürte, wie Plautus mit sich rang. Noch hatte der Senator nicht alles erfahren, was er wissen wollte. Doch Gaius gab nicht mehr preis.

«Und weshalb die Amazone und nicht Craton?», fragte Plautus schließlich, während Gaius zu der Loge spähte, wo sich Titius mit einigen Frauen, die er auf der Straße aufgegriffen hatte, vergnügte.

«Ich hätte Craton nicht auftreten lassen, auch wenn er mir zehntausend Sesterzen geboten hätte!», bemerkte Gaius beiläufig.

Plautus horchte auf. «Und warum nicht?»

Gaius verzog die Mundwinkel. «Weil Craton dieses Jahr überhaupt nicht mehr kämpfen wird!»

«Aber warum denn nicht? Ich meine, er ist dein bester Gladiator!»

«Wirklich?» Gaius griff erneut in die Obstschale und blickte gelangweilt in die Arena. Seine Stimme war schneidend, als er sich dem Senator wieder zuwandte: «Warst nicht du es, der mir geraten hatte, Craton den Bestien vorzuwerfen?» Er starrte Plautus regungslos an. «Wie sagtest du doch: Ich würde diesen Meuchelmörder sofort ohne Waffen in die Arena schicken und ihn gegen Raubtiere antreten lassen! Da war er für dich nicht der beste Gladiator, und du hast ihn verabscheut, als sei er eine wilde Bestie!»

Plautus' Unbehagen wuchs. Doch Gaius gab nicht nach, und er klagte den Senator an, als stünde dieser vor einem Tribunal. «Und noch was hast du erwähnt! Wenn ich mich recht erinnere, lauteten deine Worte: Dann wäre dieser Verbrecher nicht umsonst gestorben!»

Verlegen richtete sich Plautus auf. «Wie soll ich es dir erklären?»

«Du brauchst mir nichts zu erklären!» Gaius sah ihn durchdringend an.

«Es ist ein Missverständnis», Plautus räusperte sich, «es hatte wirklich nichts mit dir zu tun. Du siehst das falsch.»

«Falsch?» Gaius legte die Fingerkuppen aufeinander. «Ich sehe das falsch?»

Der Senator hob abwehrend die Hände. «Der Mord an Tiberianus ...»

«Craton war nicht der Mörder! Er hat es mir geschworen – im Angesicht seines Todes! Und, beim Jupiter, ich glaube ihm! Aber ihr alle wolltet Craton in den sicheren Tod schicken, ohne die Wahrheit zu kennen! Ihr wolltet sie nicht erfahren; und ihr wolltet ihn unehrenhaft sterben lassen!» Gaius hielt entrüstet inne.

Plautus schwieg bedrückt.

Gaius hatte ihm seine Verbitterung, seine Wut und seinen Schmerz förmlich ins Gesicht gespuckt. Befriedigt lehnte er sich zurück, stopfte sich genussvoll eine Traube in seinen Mund, während Plautus stumm das Geschehen in der Arena verfolgte.

Neue Gladiatoren waren aufgetreten, grüßten Titius und begannen mit ihren Kämpfen.

«Weißt du, Plautus», fuhr Gaius fort, «ich verüble dir nicht, dass du so dachtest, doch ich werfe dir vor, dass du nicht nur Craton in den sicheren Tod geschickt hättest, sondern auch noch meine zwanzig weiteren Gladiatoren!»

Plautus sah erschrocken und verständnislos auf. «Ich weiß nicht, wovon du redest!»

«Nicht? Nur dank seiner unglaublichen Stärke bekannte sich Craton während der Folter für nicht schuldig! Kein anderer Mann hätte sie ertragen! Und nur darum leben all meine Gladiatoren noch! Tiberianus' Sklaven hingegen können sich eines solchen Glückes nicht erfreuen!» Gaius blickte ihn düster an. «Hast du gehört, was dem Hausstand meines Freundes noch bevorsteht?»

«Natürlich weiß ich es!», erwiderte Plautus gereizt und richtete sich in seinem Stuhl auf. Der Stolz, die Überlegenheit eines Senators einem Bürger gegenüber war wieder in ihm erwacht. «Es ist notwendig, die Sklaven eines Ermordeten zu bestrafen, wenn der Tote ein römischer Bürger, noch dazu ein Senator ist!»

«Bestrafen nennst du das?», zischte Gaius ungehalten. «Plautus, sie werden alle hingerichtet, weil sie ihren Herrn nicht beschützten, nicht beschützen konnten! Wie hätten Tiberianus' Diener nach römischem Gesetz ihn überhaupt schützen sollen, da keiner von ihnen dort war? Das ist keine Strafe, das ist ein Niedermetzeln unschuldiger Menschen, gleich, ob es sich um Freigelassene oder Sklaven handelt!»

371

«Es ist die Pflicht der Sklaven, ihre Herren zu schützen. Erfüllen sie diese nicht, dürfen sie der Strafe nicht entgehen», wehrte sich Plautus, «sonst lehnt sich das ganze Gesindel auf!»

«Und was glaubst du, wäre wohl mit meinen Männern geschehen, hätte Craton den Mord gestanden? Nicht einer meiner Gladiatoren hätte nach römischem Recht überlebt!», erwiderte Gaius so aufgebracht, dass sich die Gesichter der Besucher in den angrenzenden Logen ihnen zuwandten. «Zum Glück waren die Götter Craton wohlgesinnt und haben über eure Gesetze hinweg entschieden! Du solltest Vesta danken, dass sie einen Unschuldigen verschont hat!»

«Du vergisst dich, Gaius!», mahnte Plautus mit erhobener Hand. «Du greifst offen das römische Recht an. Und Cratons Unschuld ist nicht bewiesen!»

«Seine Schuld aber auch nicht! Nicht das römische Recht, sondern die Götter haben entschieden, und Craton lebt! Aber auch in Tiberianus' Haus gibt es über fünfzig Sklaven, die ihren Herrn liebten, ihn ehrten und ihm nie schaden wollten. Für diese Ergebenheit werden sie jetzt mit ihrem Leben bezahlen.» Gaius' Augen blitzten bedrohlich auf. «Hier entscheiden keine Götter, sondern eure Gesetze!»

Empört stand Plautus auf, krallte eine Hand in seine weiße Toga. «Ich weiß nicht, was in dich gefahren ist, Gaius! Ich entschuldige deine Worte nur durch das Geschehen, das dich noch verwirrt. Ich achtete Tiberianus und ich achte sein Andenken. Sei vorsichtig, niemand darf das römische Gesetz offen angreifen – auch du nicht! Und ob dir die Götter wohlgesinnt sind, wenn ...» Plautus hielt vielsagend inne, drehte sich um und verließ wütend die Loge.

Verzweifelte Rufe und Jubelschreie aus der Arena drangen durch das Gewölbe, das seine eigenen absonderlichen Laute barg. Anea bereitete sich in ihrer Zelle gedankenversunken auf ihren nächsten Kampf vor, da Gaius sie überraschend ausgewählt hatte, an dieser *Ludi* teilzunehmen.

Ein wachsamer Junge hatte bereits Metallschienen an ihren Beinen befestigt, nun half er ihr, den bronzenen Brustpanzer anzulegen.

Er sprach kein Wort.

Sie spürte das kalte glatte Metall auf ihrer Haut und begann unwillkürlich zu frieren. Der Harnisch, mehr Zierde als Schutz, war zwar massiv, trotzdem würde ein kräftiger, gut geführter Hieb den Panzer durchbrechen und sie verletzen oder gar töten.

Sie schloss die Augen, als der Junge die Zelle verlassen hatte.

Die Angst, allein in den Gewölben des Amphitheaters zu sein, begleitete sie noch immer, würde sie wohl immer begleiten. Angestrengt lauschte Anea den Geräuschen. Von den Gängen vernahm sie reges Treiben. Wortfetzen drangen zu ihr herüber. Jemand blieb vor ihrer Tür stehen. Ihre Muskeln spannten sich; sie griff nach ihrem Schwert. Niemand mehr würde ihre Zelle betreten und sie ungestraft berühren!

Nachdem die Stimmen verklangen, setzte sie sich auf die steinerne Bank. Sie fühlte sich erschöpft.

Craton sprach mit ihr nicht über seine düstere Kerkerhaft, und auch die anderen Männer in Gaius' Haus wagten nicht, ihn danach zu fragen. Doch als wolle er alles Geschehene vergessen machen, trieb er sie in den Übungen der letzten Tage immer wieder an die Grenzen ihrer Kräfte. Und sie konnte nur mit der größten Anstrengung die morgendliche Übelkeit vor ihm verbergen. Entsetzt bemerkte sie ihre körperlichen Veränderungen. Noch zu wenig, um aufzufallen. Aber sie waren da. Und um sie zu verstecken, stellte sie sich jeden Tag den entbehrungsreichen Übungen.

Der Lärm, der von den weitläufigen, verwinkelten Gängen unterhalb der Arena herrührte, wurde wieder lauter. Irgendwo hämmerte ein Schmied, summte ein eintöniges, trauriges Lied, und der metallene Klang seiner Werkzeuge schien sich in Aneas Gedanken festzusetzen. Noch mehr Laute vermischten sich miteinander, und doch waren es immer die gleichen: die Rufe der Besucher auf den Rängen, die Schreie der Sterbenden in der Arena. Die gehetzten Schritte der Kämpfer, das Brüllen der Löwen, das Schnauben der Stiere und das Trompeten der mächtigen Elefanten. Und manchmal, wenn sie ganz genau hinhorchte, vernahm sie ein leises Seufzen, gar ein Weinen. Es ließ sie frösteln.

Sie schreckte hoch, als *Tubas* erklangen und im gleichen Augenblick Craton ihre *Cella* betrat. Er blieb vor ihr stehen und musterte sie, wie es sonst nur Mantano tat. Als er sie leicht berührte, bemerkte er ihr zartes Zittern und hielt inne. Schweigend prüfte er ihre Rüstung, als ob er ihre Regung nicht gespürt hätte. Doch seine Hände hielten die Schnallen des Panzers länger fest als gewöhnlich. Dann ließ er sie los und forderte sie auf, zu gehen.

Ohne zu überlegen, griff sie nach der Waffe und folgte stumm ihrem Lehrer.

Tubas und Trommeln kündeten den Auftritt der nächsten Gladiatoren an. Einige Männer blickten Craton und Anea nach, als sie durch die düsteren Gänge liefen. In den Mienen der Kämpfer lagen Anspannung, Beklemmung, gar Angst.

«Weißt du, wer es heute ist?» Anea brach das Schweigen, als sie das offene Tor zur Arena schon fast erreicht hatten. Das Sonnenlicht flutete dadurch in die Gänge, und blinzelnd kniff sie die Augen zusammen.

Craton verneinte. «Es ist unwichtig, denn du wirst deinen Gegner besiegen!» Er blieb an der Pforte stehen. «Ich werde hier auf dich warten», sagte er, ohne sie anzusehen.

Anea nickte, ließ ihn zurück und hob den Schwertarm, als sie in die Arena hinaustrat.

Craton folgte ihr mit besorgten Blicken, bemerkte die Begeisterung der Menge, während sie unbeirrbar weiterschritt.

Er hob stolz sein Kinn. Zu gerne hätte er jetzt in ihr Gesicht geschaut. Ob sie diese kurzen Augenblicke des Ruhmes genoss, oder nahm sie sie gar nicht wahr?

Vierzig Gladiatoren hatten sich vor der Tribüne des *Editors* aufgestellt und grüßten, mit erhobenen Waffen, den Ausrichter. Craton konnte ihn nicht sehen, doch er wusste, es war Marcus Titius, der sich als Herr über Leben und Tod aufspielte.

Der Gladiator versuchte ihm bekannte Kämpfer auszumachen, aber die meisten trugen Helme und hatten ihm den Rücken zugewandt.

Die Kämpferpaare stellten sich auf, die Spiele begannen.

Anea schien irgendetwas zu verunsichern, zu verwirren. Sie wirkte überrascht, und nur zögernd, leidenschaftslos und ohne Kraft verteidigte sie sich gegen einen Gladiator, der als *Thraker* kämpfte.

Craton reckte besorgt seinen Kopf. Er wusste, was sie konnte, doch nun, während ihr behelmter Gegner entschlossen auf sie einschlug, zeigte sie kaum Gegenwehr, wich stets zurück. Nichts erinnerte mehr an ihre Gewandtheit, an ihren Mut, an ihre glänzenden Gefechte. Es war ein Kampf, der die Menge bald langweilen würde und sie das Leben kosten konnte.

Craton wurde wütend und musste sich beherrschen, um nicht in die Arena zu stürmen, obwohl er wusste, dass die Ausbilder nicht einschreiten durften, wenn die Kämpfe begonnen hatten. Ein Eingreifen würde hart bestraft werden.

Wieder einmal wich Anea unbeholfen aus. Sie hatte noch kein einziges Mal angegriffen, stattdessen blickte sie sich immer wieder hilflos nach Craton um. Er konnte sich nicht mehr zurückhalten, trat in die Arena, bemüht, sich im Schatten der Ränge zu halten. Doch ein Soldat entdeckte ihn und stieß ihn zurück.

Erste Kämpfe waren bereits entschieden; die Menge jubelte den Gewinnern zu, spottete den Unterlegenen. Der Sand färbte sich rot, die ersten Toten wurden durch den Staub gezerrt.

Aneas Gegner drängte sie immer weiter ab, trieb sie vor sich her, und die Begeisterung der Menge schlug um in Verachtung ihr gegenüber. Empörte Rufe wurden laut, Beschimpfungen und Flüche hallten von den Rängen.

Anea hatte den Unmut des Plebs bemerkt und griff nun endlich an, ohne ihren Gegner wirklich zu fordern. Ein kurzer Schlagabtausch, ein gezielter Hieb – sie schlug ihrem Gegner den Helm vom Kopf. Kein erfolgreicher Gladiator hätte einen solch nutzlosen Schlag ausgeführt, und Craton schüttelte verzweifelt den Kopf. Doch dann erkannte er den zurücktaumelnden Kämpfer. Es war Titio.

Titios Helm fiel in den Sand, und Anea erstarrte, war wie gelähmt, unfähig zu kämpfen, als sie in sein Gesicht sah.

Doch sie sah nicht den jungen Mann, den sie aus dem *Ludus* kannte; ein Gladiator stand ihr gegenüber, der sie zu einem gnadenlosen Kampf auf Leben und Tod herausforderte.

«Hast du verlernt, zu kämpfen?», spottete er, als Anea wieder nur zögernd abwehrte.

«Ich will dir nichts tun, Titio», stieß sie schwer atmend hervor.

«Vergiss alles, was war! Kämpfe und versuche zu überleben!», rief er und schlug auf sie ein. Ihre Schwerter kreuzten sich, die Spitzen tauchten in den Sand.

Hilflos sah Craton mit an, wie Titio sie weiter zurückdrängte. Er würde einen leichten Sieg erringen, wenn

Anea nicht bald angriff. Doch Craton verstand, was in ihr vorging. Er stürmte vor, und bevor ihn ein Soldat zurückhalten konnte, brüllte er in die Arena: «Kämpfe, verdammt, kämpfe endlich!»

Seine Worte gingen im Toben und Lärmen der Menge unter, aber Anea schien sie trotzdem vernommen zu haben. Wie ein plötzlich aufloderndes Feuer griff sie an, hieb auf Titio ein, der sich schon als Sieger glaubte.

Begeistert jubelte die Menge ihr wieder zu und feuerte sie an, begleitete ihre Schläge, die schneller, heftiger, genauer wurden. Doch plötzlich hielt Anea keuchend inne, starrte Titio eindringlich an, und sie erinnerte sich an seine Schwäche: an seinen linken Arm. Sie holte aus, traf den Handrücken, und Titio verlor das Schwert. Anea stürmte vor, rammte ihm den Schwertknauf in den Magen. Der junge Mann taumelte, dann ging er zu Boden. Siegessicher stellte sie sich über ihm auf, wie immer, als sie noch gemeinsam übten. Und für einen Augenblick war ihr, als wären sie wieder im Hof von Gaius' *Ludus*.

Die Menge tobte, stampfte mit den Füßen, erhob sich, und auch die noch kämpfenden Gladiatoren wandten sich verwundert um. Titio streckte seinen Arm aus, doch er konnte sein Schwert nicht mehr erreichen. Anea hielt inne, atmete tief ein, und mit großen Augen sah sie fassungslos auf ihn hinab.

«Ich hätte darauf vorbereitet sein sollen, du hast es nicht vergessen!», flüsterte Titio.

Anea schluckte und hörte wie im Traum das dumpfe Lärmen des Plebs. Sie blickte auf Titio. Die Massen streckten ihre Daumen aus. Viele zeigten nach unten, nur wenige nach oben. Das Volk lechzte nach Blut. Entsetzen packte Anea, und die Übelkeit der Morgenstunden kehrte zurück. Verzweifelt sah sie zu Craton hinüber, der immer noch unter den Tribünen stand.

Immer mehr Zuschauer forderten Titios Tod, die endgül-
tige Entscheidung aber würde nun Marcus Titius fällen – es
waren seine Spiele, sein Gladiator, und er würde ihn sicher
schonen.

«Ich denke, das war unser letzter Kampf.» Titio hob den
Kopf und sah in die Menge.

«Du weißt genau, ich will nicht deinen Tod!», entgegnete
Anea heiser.

«Was du willst, ist unwichtig! Was sie wollen, das zählt!
Das müsstest du inzwischen gelernt haben!»

«Hör auf! Es ist nichts entschieden! Marcus Titius will einen Gladiator wie dich bestimmt nicht verlieren!»

Die Menge jubelte immer lauter, wartete auf das Urteil
von Titius, der sich mehr mit den Frauen vergnügt als den
Kampf verfolgt hatte. Erst jetzt erhob er sich, wankte an
die Brüstung und sah gebieterisch in die Arena. Nochmals
wartete er, genoss den Augenblick der Macht. Dann durchfuhr Anea ein eiskalter Schauer. Ungerührt senkte Titius den
Daumen.

«Es ist entschieden!», seufzte Titio gleichmütig und wartete auf den tödlichen Hieb.

Anea spürte das Herz bis zum Hals pochen. Fassungslos
blickte sie sich um, hinüber zu den wogenden Rängen, hinauf zur Loge, wo Marcus Titius grimmig mit dem Daumen
nach unten zeigte. Es wurde ihr schwindlig, sie glaubte zu
taumeln. Sie wollte Titio nicht töten, wollte diese grausame
Pflicht nicht erfüllen.

Die Kampfrichter, die mit unerbittlicher Härte darauf
achteten, dass die Regeln der Arena befolgt wurden, bemerkten ihr Zögern, und langsam kamen sie auf sie zu, während
der Plebs immer lauter Titios Tod forderte.

Aneas Bestürzung wuchs. Ihre flehenden, verzweifelten
Blicke suchten Craton, der sie aus dem Schatten des Tores
regungslos anstarrte.

Was bewegt Marcus Titius, seinen jungen Gladiator so leichtsinnig zu opfern?, blitzte es ihr durch den Kopf. War es deswegen, weil er einer Frau unterlag?

«Tu es!», forderte Titio zornig. «Tu es endlich!»

Die Aufseher näherten sich ihnen unaufhaltsam, und beide Kämpfer wussten, sie würden keine Gnade walten lassen.

Craton ballte die Hände zu Fäusten, als er bemerkte, dass Anea auf seine Zustimmung wartete. Er atmete tief durch, und schweren Herzens nickte er.

Nun hatte auch Titio unter dem Torbogen seinen einstigen Lehrer entdeckt und wusste: Nicht Anea würde er unterliegen, Craton hatte ihn besiegt.

Anea wandte sich den Kampfrichtern zu, die nur noch einige Schritte entfernt waren. Sie schienen vor ihren Augen zu schwinden, die Rufe und Schreie der Menge zu verstummen. Alles um sie drehte sich wie in einem wilden Tanz.

«Du kannst vielleicht kämpfen, aber töten hast du noch immer nicht gelernt», höhnte Titio. Er wusste, welches Schicksal sie beide ereilen würde, wenn sie nicht endlich zum Todesstoß ansetzte.

«Erspar es mir, unehrenhaft mit dir zu sterben», drängte er und hob nochmals fordernd den Kopf.

Anea hielt den Atem an. «Es tut mir so leid!» Sie presste die Lippen aufeinander und schloss die Augen. Ein letztes Zögern, dann stieß sie mit aller Wucht zu.

Titio röchelte, ein bitteres Lächeln umspielte seinen Mund. Langsam erstarb es, und mit offenen, leblosen Augen starrte der Gladiator Anea an.

XXXIII

Obwohl sich Gaius über den Sieg seiner Amazone freute, empfand er Mitleid für Titio. Er war ein hoffnungsvoller Kämpfer gewesen und hätte an den großen *Ludes* zu Ehren der Götter bestimmt manchen Sieg erringen können.

Auch wenn er inzwischen seinem ewigen Feind Titius gehörte, schmerzte Gaius sein Verlust, und er fragte sich, ob Titio noch leben würde, hätte er ihn nicht an Marcus Titius verkauft. Doch es war das Schicksal eines Gladiators zu kämpfen und zu sterben. Ob nun Anea oder ein anderer Gegner ihn in die Unterwelt schickte – es war unwichtig.

Was Gaius aber nicht verstand, war, warum Titius so schonungslos das Leben des aufstrebenden Gladiators auslöschte, gleich einer Kerze. Er hätte sich gegen das Volk entscheiden können, denn er war weder Staatsmann noch ein hoher Würdenträger, der mit seiner Härte den Plebs beeindrucken musste. Ein sinnloses, nutzloses Urteil. Gaius hätte Titius' Entscheidung gebilligt, wenn Titio während eines gewöhnlichen Spiels einer staatlichen *Ludi* in den Tod gegangen wäre. Da Titius dieses Spektakel selbst ausrichtete, schien er den jungen Kämpfer gedankenlos geopfert zu haben. Der Wein, die Frauen, die Aufregung mussten ihn so verwirrt haben, dass er, ohne es zu bemerken, einen eigenen Mann dem Tod geweiht hatte. War es so, würde sich Titius nun selbst verfluchen.

Ein verstohlenes Lächeln der Schadenfreude huschte über Gaius' Gesicht, dann kehrten seine Gedanken wieder zu Anea zurück. Er war stolz auf sie. Niemand hatte an seinen Plan und an ihre Fähigkeiten geglaubt. Doch schon damals auf dem Forum hatte er gespürt, wozu sie fähig war. Sie war wie flüssiges Eisen, und einmal in die richtige Form gegossen, würde sie ein todbringendes Schwert, eine gefährliche Waffe werden. Sie kämpfte in der Arena bereits wie ein erfahrener Gladiator, vom Plebs geliebt und von den Männern heimlich geachtet. Der Jubel der Menge erinnerte Gaius an die Zeiten, als Mantano noch ruhmreich kämpfte. Sein *Lanista* beherrschte den Umgang mit dem Schwert ebenso meisterhaft wie mit Dreizack und Netz. Sein früherer Herr hatte ihn hervorragend ausgebildet: Auch im Faustkampf war er gewandt, und die Stäbe wusste er als tödliche Waffe zu nutzen.

Es waren großartige Zeiten! Voller Glanz, Ruhm und Herrlichkeit, als Kaiser Titus das Amphitheater mit Spielen eingeweiht hatte, die hundert Tage andauerten. Damals betrat Mantano den Pfad der unzähligen glorreichen Siege, und nach den hundert Tagen der Festlichkeiten gehörte er zu den wenigen Gladiatoren, die nicht ihr Leben lassen mussten.

Doch er war nicht nur ein guter Kämpfer, sondern auch ein ausgezeichneter Reiter, der selbst zu Pferd seine Kraft und Geschicklichkeit eindrücklich bewies. Gaius sinnierte, wie sich wohl Anea zu Pferd machen würde. Vielleicht sollte er Craton anweisen, sie auch im Umgang mit dem Speer hoch zu Pferde auszubilden. Der Plebs würde ihr noch lauter zujubeln, erfasst von einer grenzenlosen Begeisterung.

Gaius sah sie bereits vor sich, wie sie stolz in die Arena einritt, getragen vom Jubel der Menge. Wie sie, in ihrer strahlenden Rüstung, mit erhobenem Speer ihre Gegner jagte. Wie sie, thronend auf einem Pferd, den Willen des Ausrichters erfüllte. Diese Bilder voller Glanz und Ruhm gefielen ihm, und er war überzeugt, sie würden Wirklichkeit werden, wenn die Zeit dafür gekommen war.

Gaius' Laune besserte sich zunehmend.

Doch ein kleiner Schatten trübte sie: der Streit mit Senator Plautus.

Plautus hatte nie zu seinen engsten Freunden gezählt, aber manchmal war es durchaus vorteilhaft, gute Beziehungen zu einem Senator zu unterhalten. Jetzt, nach Tiberianus' Tod, hatte Gaius niemanden mehr, der ihn von politischen Machtspielen fern halten, ihn vor gefährlichen Intrigen warnen oder vor mächtigen Gegnern schützen konnte. Und Gaius bereute die Unbeherrschtheit, mit der er den Politiker sicher vertrieben hatte. Er dachte daran, sich bei Plautus zu entschuldigen, doch verwarf diesen Gedanken so schnell, wie er sich ihm aufgedrängt hatte. Er zählte nicht zu den Männern, die sich einem Senator anbiederten, sich einschmeichelten oder gar vor ihm krochen.

«Gaius», rief plötzlich jemand aus dem Garten seinen Namen, und er erkannte Mantano, der näher kam. «Es geschehen Dinge, über die du Bescheid wissen sollst», erklärte der *Lanista*, als er das Zimmer betrat.

Gaius hob eine Augenbraue. «Über was sollte ich Bescheid wissen?»

Mantano blieb vor seinem früheren Herrn stehen. «Es geht um den Hausstand deines Freundes Tiberianus!»

«Was soll damit sein?» Gaius war irritiert und konnte sich nicht erklären, warum Mantano ihn wegen Tiberianus' Hinterlassenschaft aufsuchte. Das Schicksal der Sklaven des toten Senators war längst besiegelt, und der Hades wartete auf die Unglücklichen. Außerdem wollte Gaius nicht über Tiberianus sprechen. Die Erinnerung an seinen ermordeten Freund schmerzte noch immer.

«Der *Magistrat* soll auf Befehl von höchster Ebene angeordnet haben, nicht alle Sklaven hinrichten zu lassen», begann Mantano.

«Ich verstehe nicht!» Gaius legte überrascht seine Stirn in Falten. Die Sklaven eines römischen Bürgers wurden im Falle eines Mordes an ihrem Herrn eigentlich nie verschont. Da Tiberianus dem Adelsstand angehörte und den Titel eines Senators trug, erschien Gaius diese Ausnahme unerklärlich.

Gaius dachte nach. Tiberianus' Bestattung hatte Lucillia

ein Vermögen gekostet. Vielleicht benötigte sie nun Geld und hoffte, den Verlust durch den Verkauf wettzumachen. Nur eine Witwe hätte die Möglichkeit gehabt, gegen die Hinrichtung ihrer Dienerschaft Einspruch zu erheben, oder der Kaiser selbst konnte einen solchen Beschluss jederzeit anordnen.

«Was kümmert mich das alles? Was kümmert mich Lucillia, sie verabscheut und hasst mich», murrte Gaius vor sich hin. «Sie hat mich und meine Schule öffentlich angeklagt und mich von Tiberianus' Trauerfeier ausgeschlossen!»

«Einer deiner Diener war heute auf dem Forum, er brachte die Neuigkeiten mit», fuhr Mantano fort. «Angeblich sollen nur die männlichen Sklaven sterben. Die Frauen und Kinder hingegen werden noch heute verkauft.»

Gaius lehnte sich zurück. «Und warum erzählst du mir das?», fragte er.

«Ich dachte, es könnte dich interessieren. Vielleicht könntest du einige Haussklavinnen erwerben.» Mantano stockte. «Die Männer im *Ludus* hatten schon lange keinen weiblichen Besuch mehr ...», fügte er zögernd hinzu.

Gaius schmunzelte, dachte einen Moment lang nach und beobachtete den *Lanista* aus den Augenwinkeln.

«Sag Actus, er soll meine Sänfte rufen!», befahl er schließlich und klatschte in die Hände, als Mantano verschwunden war.

Sogleich betrat ein Diener das Zimmer, und Gaius verlangte nach seiner Toga. Als der Sklave mit dem Kleidungsstück zurückkehrte, erschien auch Actus.

«Deine Sänfte steht bereit», erklärte der Alte und begann gewissenhaft, seinen Herrn in die Toga zu kleiden.

Gaius beobachtete nachdenklich, wie er die Falten legte. «Actus, was wäre, wenn ich sterben würde?», fragte er plötzlich.

Der Diener hielt entsetzt inne, sah Gaius an und erwiderte

bestimmt: «Herr, das will ich von dir nicht hören. Du bist noch jung, und du wirst mich und viele sicher überleben!»

«Nein, ich meine, was würde geschehen, falls ich ermordet werde», spann Gaius den Gedanken laut weiter.

Actus stockte der Atem. «Die Götter mögen dich davor bewahren! Herr, was ist los? Fürchtest du dich? Bedroht jemand dein Leben?» Er blickte sich erschüttert um und riet: «Du solltest das Haus immer nur mit einem deiner Gladiatoren verlassen!»

«Ich meine ... nein», Gaius winkte ab. «Weißt du, was dann mit euch geschehen würde? Mit dem Haus, den Gladiatoren, all meinen Sklaven? Weißt du es?» Er sah ihn unverwandt an und legte die Hand auf seine Schulter.

Actus schwieg und suchte nach Worten. «Weshalb fragst du?», erwiderte er und unterdrückte ein Zittern. «Du weißt doch genau, was dann geschehen würde. Niemand von uns, kein Diener und kein Gladiator, würde auch nur zehn Tage länger leben als du!»

Und nach einer Weile fügte er hinzu: «Du spielst auf den Tod deines Freundes Tiberianus an, nicht wahr?» Er senkte den Kopf, und seine Blicke wanderten über den Boden.

Ein sanfter Wind trug Sand herein und legte ihn wie einen Schleier über die steinernen Kacheln.

«Er war der beste Freund, den ich je hatte», seufzte Gaius.

Väterlich umfasste Actus die Schulter des Adeligen und schenkte ihm einen warmen, verständigen Blick. «Ich bin ein alter Mann. Mein ganzes Leben schon diene ich deiner Familie. Ich habe dich und den Senator aufwachsen sehen. Ich weiß gut, wie nah ihr euch wart. Und auch ich trauere um ihn. Aber ich habe auch Angst, dir könnte etwas zustoßen ... Gaius!» Es war das erste Mal in all den Jahren, dass Actus es wagte, seinen Herrn beim Namen zu nennen. Überrascht von seinem eigenen Mut, begann er übertrieben geschäftig die Toga zu richten und murmelte, als hätte ihr Gespräch nie stattgefunden: «Deine Sänfte wartet schon, Herr!»

Als er ohne ein weiteres Wort Gaius verließ, sah ihm der Adelige grübelnd nach. Erst jetzt wurde ihm bewusst, wie lange Actus schon seinem Hause diente, und plötzlich bedrückte ihn das Wissen, dass der alte Mann und die anderen Sklaven ihm bis in den Tod folgen müssten.

Auf dem Sklavenmarkt herrschte unsagbares Gedränge. Unzählige Käufer und Schaulustige zwängten sich an den Ständen der Anbieter vorbei.

Sizillius Secundus, ein Sklavenhändler, wurde mit dem Verkauf von Tiberianus' Dienerschaft beauftragt. Dessen Ware stammte meistens aus den herrschaftlichen Häusern Roms. An wen der Erlös des Verkaufs gehen würde, schien ein wohl behütetes Geheimnis zu sein.

Gaius' Träger hatten Mühe, sich den Weg zu dem Verkaufsstand des Händlers zu bahnen, und der Adelige dachte daran, wie angenehm es war, über die Märkte zu schlendern.

Sizillius' Verkauf war schon längst im Gange, als die Träger endlich einen Platz gefunden hatten. Gaius konnte nicht ausmachen, wie viele Frauen und Kinder aus dem Haus seines Freundes bereits angeboten wurden. Er kannte sie nicht alle, bei seinen Besuchen traf er meist nur auf die Sklaven, welche die Gäste bewirteten.

Sizillius bot nun eine alte Köchin an, doch nur wenige interessierten sich für sie. Schließlich erhielt ein einfacher Römer den Zuschlag; er konnte sich wohl nicht mehr als zwei, drei Sklaven leisten.

Gaius zog den Vorhang seiner Sänfte vorsichtig zurück und spähte auf das Forum. Weitere Sänften, deren Insassen ebenso unerkannt bleiben wollten, umlagerten den Händlerstand. Dazwischen drängten sich unzählige Fußgänger. Unter ihnen entdeckte Gaius seinen Arzt. Martinus schenkte dem Treiben auf der Bühne keine Beachtung. Er schien unterwegs zu einem Patienten zu sein und bemerkte Gaius' Sänfte noch nicht. Erst als Gaius zweimal seinen Namen rief, sah sich der heilkundige Mann um. Mit einem Lächeln auf den Lippen bahnte er sich einen Weg zu ihm.

«Gaius, ich hätte mir denken können, dass du heute hier bist», begrüßte er ihn und umfasste seinen Arm mit einem festen, herzlichen Griff.

«Ich habe es von einem meiner Diener erfahren und bin eben erst angekommen. Seltsam, diese Entscheidung, Tiberianus' Sklaven zu verschonen und sie so plötzlich zum Verkauf anzubieten.»

Martinus nickte. «Merkwürdig, nicht wahr? Als hätte jemand ein schlechtes Gewissen!» Seine Blicke wanderten neugierig über die Menge. «Du hast nicht viel versäumt. Was Sizillius bisher angeboten hat, war wohl eher was für Dienste in der Küche!»

Gaius zuckte mit den Schultern. «Ich kenne nicht alle. Tiberianus sprach einmal von fünfzig Sklaven. Selbst habe ich vielleicht sieben oder acht gesehen.»

Martinus seufzte mitfühlend. «Es sollen insgesamt zwanzig Frauen und vier Kinder verkauft werden.»

«Ich frage mich, wer diesen Verkauf veranlasst hat.» Gaius warf einen neugierigen Blick auf das Geschehen auf der Bühne, wo die Sklavinnen ihren neuen Herren überlassen wurden.

«Genau das habe ich mich auch schon gefragt.» Martinus verscheuchte eine lästige Fliege aus seinem Gesicht. «Zuerst dachte ich an Lucillia, doch ich kenne ihre Familie gut genug. Sie gehört einem der ältesten Geschlechter Roms an und würde den Hausstand bestimmt nicht schonen. Die Entscheidung, die Dienerschaft doch nicht hinzurichten, ist durchaus lobenswert. Allerdings auch sehr ungebräuchlich. Nein, Lucillia war es bestimmt nicht.»

Martinus drückte seine Tasche mit den medizinischen Instrumenten an sich, als ein Marktbesucher rücksichtslos an ihm vorbeidrängte.

«Weißt du, wie es ihr geht?», erkundigte sich Gaius. Noch immer bedrückte ihn, dass er an Tiberianus' Beisetzung nicht dabei sein durfte.

Martinus runzelte die Stirn. «Du meinst den Zwischenfall während der *Munera*? Lucillia hat erfahren, dass Craton noch am Leben ist. Dass eine Vestalin ihn begnadigte.» Der Arzt machte eine kurze Pause. «Sie mag weder dich noch deinen *Ludus*, und Craton hasst sie.»

«Ihr Hass auf Craton ist ungerechtfertigt, und mich ärgert, dass sie mich öffentlich von Tiberianus' Bestattung auslud!»

Eine Sänfte drängte zwischen ihnen durch. Als sie an ihnen vorbeigezogen war, fragte Martinus, um Gaius abzulenken: «Hast du vor, etwas zu erwerben?»

«Eigentlich nicht», erwiderte der Adelige.

Martinus schürzte die Lippen und spähte wieder in die Menge. «Was führt dich dann heute hierher?»

Gaius überlegte. Er wusste es selbst nicht. Hoffte er, auf dem Forum einen Hinweis zu finden, wer hinter diesem Verkauf stand? Oder war es einfach nur Neugierde? Hoffnung auf Zerstreuung? Oder Mantanos Bemerkung, die ihn hierher trieb?

«Ich weiß es wirklich nicht», gestand er.

Sizillius kündigte inzwischen eine junge Frau mit ihrem Kind an. Er pries sie als gute Näherin. Der Preis für die beiden stieg zu Beginn rasch an, stockte jedoch bei dreihundert Sesterzen. Das Kind, vielleicht vier Jahre alt, hing völlig verschüchtert an seiner Mutter, verfolgte das Treiben schweigend und mit großen Augen. Schützend drückte die Frau mit einer Hand den Kopf des Mädchens an ihren Leib. Ein kräftig gebauter Mann kaufte sie schließlich für vierhundert Sesterzen.

«Nun ja, wie ich sehe, haben noch andere edle Bürger heute den Weg zum Forum gefunden», deutete Martinus plötzlich an.

Gaius sah sich neugierig um. «Ich sehe niemanden, den ich kennen müsste!»

«Du erkennst Pompeias Sänfte nicht?»

Erst jetzt bemerkte Gaius ihre dunkelhäutigen Träger. «Denkst du, sie hat uns entdeckt?»

Martinus schüttelte den Kopf. «Und wenn schon! Es scheint, sie will heute unerkannt bleiben!»

Der Arzt hatte Recht. Gewöhnlich erschien die Geliebte des Kaisers mit ihrem Gefolge laut und auffällig auf dem Markt. Doch an diesem Tage waren die Vorhänge der Sänfte zugezogen, und niemand begleitete sie.

«Ich frage mich, was sie hier will.» Verwundert blickte Martinus zur Sänfte hinüber. «Pompeia hat wohl mehr als hundert Sklaven. Ich glaube nicht, dass sie noch eine weitere Dienerin braucht!»

Gaius nickte zustimmend. Vielleicht war es ein Zufall, dass Pompeias Träger genau jetzt vor Sizillius' Stand stehen blieben. Vielleicht war es die Menge, die sie daran hinderte weiterzugehen. Doch Pompeia überließ für gewöhnlich nichts dem Zufall, ihr Leben war ein einziger Plan, ein Streben nach Macht.

Gaius betrachtete die Sänfte nachdenklich, als hätte er sie noch nie gesehen. «Auch wenn sie unerkannt bleiben will, verrät sie sich doch.»

«Und nicht mal ihr Leibwächter begleitet sie», wunderte sich Martinus. «Wie ist doch noch sein Name?»

«Quintus!», antwortete Gaius rasch, ohne seinen Blick von der Sänfte abzuwenden. Für einen Moment glaubte er eine Hand zwischen den Falten des edlen Stoffes gesehen zu

388

haben. Nur allzu gerne hätte er erfahren, was sie hier wollte oder zu verbergen suchte.

Wie ein Unheil bringender Schatten legte sich sein Verdacht wieder auf den Namen Pompeias: War sie auch selbst nicht schuldig an Tiberianus' Tod, so hatte sie bestimmt davon gewusst. Doch noch konnte er ihr nichts beweisen.

«Bei den Göttern, welch eine Schönheit!», hörte er plötzlich den Arzt rufen und wandte sich um.

«Was meinst du?» Gaius horchte auf.

«Bisher hat Sizillius nicht gerade anmutige Sklavinnen angeboten, aber das hier ...!» Martinus deutete mit seinen steifen alten Fingern auf den Marktstand.

Gaius sah überrascht auf und sein Atem stockte. Er glaubte sich wieder vor der *Rostra*. Doch die junge Christin, die er damals traf, wurde jetzt zum Verkauf angeboten. Verwundert stellte er fest, dass sie keine niedere Bürgerliche war, sondern eine Sklavin aus dem Haus Tiberianus.

«Julia», flüsterte er.

«Also, Gaius, wie konntest du mir verheimlichen, dass Tiberianus in seinem Hause eine solche Schönheit versteckt hielt?» Martinus klopfte ihm vergnügt auf die Schulter.

«Ich wusste es nicht! Tiberianus hat mir nie von ihr erzählt», wehrte Gaius ab. «Ich habe sie vor einigen Monaten vor der *Rostra* getroffen und dachte, sie gehört zu den *Plebejern*. Dass sie eine Sklavin ist, hätte ich nie gedacht.»

Sizillius pries Julia als Dienerin an, die in einem Haus vielfältige Verwendung finden würde und der letzten Herrin behilflich gewesen war. Das erste Gebot lautete einhundert Sesterzen, und ohne zu zögern steigerte Gaius mit.

«Eines muss man dir lassen, mein Freund. Du hast Geschmack!» Martinus verzog die Lippen zu einem schmalen Lächeln. «Wäre wirklich eine Schande gewesen, dieses schöne Kind dem Hades zu opfern!»

«Ich hätte nie gedacht, ihr je wieder zu begegnen», erwiderte Gaius begeistert und hielt das Gebot. Und es schien, als würde die Sklavin für dreihundert Sesterzen sein Eigentum werden. Doch dann vereitelte ein höheres Angebot das Geschäft, und Gaius stockte, als er die Stimme der Bietenden erkannte.

«Mir scheint nur, du hast jetzt eine wohlhabende Konkurrentin!» Martinus blickte besorgt zu Pompeias Sänfte. Die Cousine des Kaisers zeigte sich immer noch nicht.

Gaius erhöhte um fünfzig Sesterzen.

Fast im gleichen Atemzug überbot sie ihn.

«Sie will sie genauso wie du!» Martinus schüttelte besorgt den Kopf.

Eine schmuckbehangene Frauenhand teilte den Vorhang, und Domitians Geliebte lugte aufmerksam durch den Spalt. Gaius glaubte zu sehen, dass sie nicht alleine war. Er erwiderte mit einem Gegengebot. Sie übertrumpfte es, er überbot ihres.

«Du solltest dich nicht mit ihr anlegen, mein Freund», mahnte Martinus und pfiff leise.

Gaius knirschte verärgert mit den Zähnen. «Pompeia wird sie nicht kriegen! Niemals! Das bin ich Tiberianus schuldig!»

Der Arzt sah ihn an, bemerkte den verbissenen Gesichtsausdruck und das sonderbare Blitzen in Gaius' Augen.

«Mein Guter, alles, was ihr gefiel, hat sie immer bekommen, und auch diesmal sieht es nicht so aus, als würde sie darauf verzichten!»

Doch Gaius hörte ihm nicht zu, und als Pompeia erneut dagegenhielt, erhöhte er nochmals das Gebot.

«Du solltest es wirklich nicht darauf ankommen lassen», mahnte Martinus wieder. «Glaube mir, ich müsste mich schwer in ihr täuschen, wenn sie aufgeben würde. Das tut sie nie!»

«Ich sage dir, Pompeia wird sie nicht bekommen, und

wenn dieses Geschäft mein ganzes Vermögen verschlingen sollte!», zischte Gaius uneinsichtig und bot noch mehr.

«Nenne mir nur *einen* Grund, warum du dich mit ihr anlegen willst!» Martinus kratzte sich verständnislos am Kopf.

Die Vorhänge von Pompeias Sänfte rührten sich nicht, es blieb ungewöhnlich lange ruhig.

«Achthundert», erscholl dann Pompeias Stimme herrisch.

«Neunhundert», bot Gaius, ohne zu zögern. Immer mehr Umstehende drehten sich neugierig um.

«Verdammt, Gaius», fuhr der Arzt dazwischen. «Bist du vollkommen von Sinnen? Sie ist ja hübsch, aber sie ist es nicht wert. Und Pompeia ist mächtig ...»

«Es geht um Tiberianus. Und noch um etwas anderes, Martinus!» Gaius winkte ihn näher heran und flüsterte: «Sie ist Christin!»

Der Arzt starrte Gaius entsetzt an. «Bist du nun ganz verrückt geworden, dich mit diesem Christenpack einzulassen?», flüsterte er zurück und sah sich vorsichtig um.

Doch Gaius überhörte alle seine Warnungen.

Er verschlang die junge Frau mit seinen Augen, und sie erschien ihm noch schöner als vorher. Für ihn war sie keine Sklavin, sie war eine Bürgersfrau. Und in den passenden Gewändern eine Adelige am Hof des Kaisers, zu edel und zu stolz für eine einfache Dienerin.

«Kannst du dir vorstellen, was ihr zustößt, wenn Pompeia sie bekommt und davon erfährt?», fragte er leise.

«Was kümmert es dich!», erwiderte Martinus. «Gaius, du handelst dir noch mehr Schwierigkeiten ein, als du schon hast. Seit Tiberianus' Tod solltest du vorsichtiger sein!» Er holte tief Luft. «Vergiss nicht, selbst Craton konnte das Attentat nicht verhindern! Und auch du könntest tot sein!»

«Nicht mal eine Kohorte Soldaten hätte es verhindert!», stieß Gaius aufgeregt hervor. «Es war ein überlegter, geplanter Angriff, und es waren viele daran beteiligt!»

«Das weiß ich auch! Aber der Plebs will es nicht wissen! Niemand will es wissen! Überlass Pompeia also die Frau und denk an dich, an dein Schicksal!»

Pompeia überbot ihn erneut. Sie schien es zu genießen, mit ihm zu spielen. Er war sich plötzlich nicht mehr sicher, was er tun sollte. Gewiss, Martinus' Bedenken waren berechtigt, doch er würde es nicht ertragen, Julias Leben in Pompeias Händen zu wissen.

Zufrieden bemerkte Martinus, wie Gaius zögerte. Vielleicht hatte er endlich eingesehen, dass es nicht ratsam war, sich in Pompeias Angelegenheiten einzumischen.

Gaius zauderte noch immer, als Sizillius die Hand hob und Pompeia eben den Zuschlag geben wollte.

Martinus atmete erleichtert auf.

Doch da erscholl erneut Gaius' Stimme. Begleitet vom Raunen der Menge, erhöhte er sein Angebot.

Pompeia lugte vergnügt zwischen den Vorhängen hindurch, lächelte ihn an. Dann befahl sie ihren Trägern, das Forum zu verlassen.

Für eintausend Sesterzen ging Julia an ihren neuen Besitzer – Gaius Octavius Pulcher.

XXXIV

Anea ging es elend. Sie fühlte sich kränklich, glaubte keine Kraft mehr für die Übungen aufbringen zu können.

Auch an diesem Tag war sie früh erwacht, gepeinigt von den Gedanken an den zweifelhaften Sieg über Titio. Die qualvollen Erinnerungen an das letzte Spiel ließen sie nicht los. Ob sie wach war oder schlief – sie sah Titios Augen vor sich, sah ihn sterben, sah sich in ihre Zelle stürmen, sah Craton, der ihr schweigend nachblickte, und war ihm dankbar, dass er sie allein ließ und nicht mit ihr reden wollte.

Nach dem Kampf auf dem Heimweg ergriff sie Schwindel und drohte ihr die Besinnung zu rauben. Unwohlsein plagte sie in den letzten Wochen, und das Rumpeln des Karrens, auf dem sie saß und der sie zum *Ludus* zurückbrachte, verschlimmerte es nur noch. Sie versuchte sich zu beherrschen in der Hoffnung, niemand würde etwas bemerken.

Träge erhob sich Anea von ihrem Lager und begann sich anzukleiden. Sie zitterte, als sie die sanfte Wölbung spürte und mutlos darüber strich. Noch immer war ihr Körper sehnig, dank den täglichen Übungen kräftig, und die weit geschnittene Tunika verbarg die Rundung. Aber seit drei Tagen war die morgendliche Übelkeit heftiger, drängender geworden. Voller Schrecken erriet sie den Grund ihrer körperlichen Veränderung und wusste, bald würden alle erfahren, was in den Gewölben des Amphitheaters geschehen war und dass nun ein neues Leben in ihr heranwuchs. Calvus' hässliches Gesicht verfolgte sie bis in ihre Träume, und es verging keine Stunde, in der sie nicht an jene abscheuliche Tat denken musste. Und an Craton und Gaius. Was würde mit ihr geschehen, wenn sie erführen, dass sie ein Kind erwartete? Ein Kind von Calvus.

Mit einem tiefen Seufzer hatte Anea ihre Tunika übergestreift, als sie erneuten Brechreiz spürte. Sie würgte, beugte sich vor, wollte sich übergeben.

«Bist du krank?» Craton hatte ihre Zelle betreten, ohne dass sie ihn bemerkt hatte. Er betrachtete besorgt ihr blasses Gesicht.

Anea schluckte erschrocken, wischte sich mit dem Handrücken über den Mund und erhob sich sofort.

«Ich werde Sextus Lucatus, Gaius' Heiler, rufen lassen», fuhr Craton fort und sah sie prüfend an. «Seit Titios Tod hast du dich sehr verändert.»

Sie schüttelte den Kopf und wollte sich an ihm vorbei-
drängen, doch er versperrte ihr den Weg. «Ich merke schon
seit Tagen, dass dich etwas bedrückt!» Er wollte sie berühren,
zog seine Hand jedoch wieder zurück.

Anea schloss kurz die Augen, erleichtert darüber, dass
er keinen anderen Verdacht hegte. «Das bildest du dir nur
ein. Es ist wirklich nichts», beschwichtigte sie. Sie hatte sich
wieder gefangen. Doch Craton schien ihr trotzdem nicht zu
glauben.

«Ich habe dir nie verheimlicht, welches Schicksal uns erwartet. Es hätte jeden von uns treffen können», begann er
mit einer ungewohnt sanften Stimme.

Anea hob den Kopf. «Vielleicht hast du Recht. Aber warum musste es Titio sein, der durch meine Hand starb? Jeder
andere, jeder, aber nicht Titio!»

«Du solltest es vergessen. Er war nicht der Letzte, dem du
das Leben genommen hast.»

«Es vergessen?» Anea rang ungestüm ihre Hände. «Ich
habe mit ihm geübt, Craton! Wir saßen am selben Tisch,
aßen gemeinsam und sprachen miteinander! Wie soll ich es
vergessen können?»

«Denkst du, er hätte anders gehandelt? Wenn du unterle-
gen wärst und nicht er?»

Anea rang nach Worten. «Ganz gleich, was du jetzt sagst:
Ich weiß doch, es wäre dir genauso schwer gefallen wie mir!»
Sie starrte ihn herausfordernd an. «Oder hättest du es gekonnt, in Titios Augen zu blicken und ihm gleichzeitig kaltblütig das Leben zu nehmen?»

Als er nicht antwortete, drängte sie ihn zur Seite und wollte
die Kammer verlassen. Er blieb reglos in der Mitte der Zelle
stehen, und noch bevor sie die Tür erreicht hatte, erwiderte
er, ihr den Rücken zugewandt: «Titio hat mich einst gefragt,
ob ich ihn töten würde. Damals sagte ich ihm, es würde nur
einer von uns überleben, und es wäre gleich, wer!»

Anea blickte ihn über die Schulter an, als er mit fester Stimme hinzufügte: «Für uns gibt es nur zwei Möglichkeiten: leben oder sterben. Und bei den Göttern, ich schwöre dir, auch ich hätte mein Leben gerettet und Titio nicht verschont! Er ist ehrenhaft gestorben, und es ist unwichtig, wer sein Gegner war!»

«Das ist es eben nicht! Ich war es! Und mir ist es nicht gleichgültig, damit leben zu müssen, einen Freund getötet zu haben!» Sie wusste nicht, ob sie Titio wirklich einen Freund nennen konnte, doch als solchen wollte sie ihn in Erinnerung behalten. Und nicht als einen toten Gladiator.

Sie betrachtete Craton. Ein einsamer Sonnenstrahl fiel durch die Lücke, verfing sich in seinem Haar und zeichnete seltsame Muster auf seinem Haupt.

«Und was wird, wenn wir uns mal in der Arena gegenüberstehen?», fragte sie, als die Stille immer unerträglicher wurde.

Er hatte gewusst, dass sie diese Frage irgendwann stellen würde. Eine Frage, vor der er sich schon die ganze Zeit gefürchtet hatte. Nun erwartete sie eine Antwort von ihm.

«Der Tod kommt oft dann, wenn wir ihn am wenigsten erwarten», entgegnete er, doch sie unterbrach ihn und wiederholte, schärfer, fordernder diesmal: «Was wird, wenn wir uns mal in der Arena gegenüberstehen?»

«Anea», begann Craton, wissend, dass er ihr nicht die Wahrheit sagen durfte. «Wir werden nicht gegeneinander kämpfen. Gaius wird es nie zulassen! Wir ...»

Sie ließ ihn nicht zu Ende sprechen. Stattdessen öffnete sie die Tür und verwies ihn der Kammer.

Als er gegangen war, starrte sie noch lange die leere Wand an, als ob sie dort seine Antwort lesen könnte. Tränen füllten ihre Augen, und sie wusste nicht, dass es ihm genauso erging.

XXXV

Der Winter hielt Rom in kalter und trostloser Umklammerung. Und wenn auch zahlreiche Feierlichkeiten und Fest-
gelage die Eintönigkeit durchbrachen, schien Gaius diese
Jahreszeit endlos zu sein. Er konnte den kommenden Frühling und die Spiele kaum erwarten, dennoch missfiel ihm,
dass diesmal Calvus und nicht wie gewohnt Craton am krö-
nenden Abschlusskampf teilnahm.

Sein bester Gladiator würde trotzdem auftreten, denn der
Plebs verlangte wieder nach seinem Helden, dem Günstling
der Götter.

An Tiberianus' Ermordung schien keiner mehr zu denken. Der Senator war vergessen, und nur eine Inschrift an
irgendeiner Säule erinnerte noch an ihn.

Auch wenn Gaius den Massen eine Amazone geschenkt
hatte, gierten sie nach immer ausgefalleneren Spielen. Er
würde sie ihnen geben und dachte daran, Craton in einem
Streitwagen und Anea zu Pferd in die Arena einziehen zu
lassen. Der Erfolg würde ihm gewiss sein.

Es begann wieder zu regnen, und die Tropfen trommelten
ihr eintöniges Lied auf das Dach und den Innenhof. Ein kalter Wind bauschte die Vorhänge, und Gaius verlangte nach
einem Umhang. Es war Julia, die bald darauf das *Exedra* betrat und ihm das Kleidungsstück brachte.

Ihre Schönheit, ihre Anmut und ihre reizvollen Bewegungen faszinierten ihn immer wieder aufs Neue, aber ihre
Verschlossenheit machte ihn traurig. Sie wich ihm aus, blieb
nicht länger als notwendig in seiner Gesellschaft, und Gaius
wusste nicht, warum. Sicher, als ihr Herr hätte er sie zwingen
können, sich ihm hinzugeben, doch er wollte mehr als nur
eine erzwungene körperliche Nähe.

Wollte Gaius seine Lust befriedigen, suchte er Messalia auf. Doch tief in sich spürte er, was er vermisste: die Zuneigung einer wahren Geliebten, die Wärme einer ihn liebenden, verstehenden Frau.

Obwohl er manchmal zu spüren glaubte, dass er für Messalia mehr als nur zahlender Gast wäre, gab sie ihm oft genug zu verstehen, dass es nicht so war. Und so musste er sich damit zufrieden geben, einfach nur ihr bevorzugter Freier zu sein. Sie beide wussten, eine wirkliche Beziehung konnte und durfte es nie zwischen einem wohlhabenden Aristokraten und einer einfachen Dienerin der Liebe geben.

Julia hingegen war die freie Tochter eines römischen Bürgers und einer freien germanischen Frau. Doch dann verkaufte ihr hochverschuldeter Vater sie und die ganze Familie als Sklaven an den *Creditor*. So erinnerte sich Julia, damals fünfjährig, kaum mehr an den süßen Duft der Freiheit einer Bürgerin des römischen Imperiums. Sie teilte das Schicksal vieler verschuldeter Familien, deren einziger Ausweg die Sklaverei war und die nun ein Leben in Fron fristeten.

«Dein Umhang, Herr.» Sie überreichte Gaius das Kleidungsstück. Ihre Schüchternheit machte sie in seinen Augen noch bezaubernder, noch anziehender.

«Du sollst mich nicht Herr nennen», bat Gaius, als er den Umhang entgegennahm, und sie senkte demütig ihr Haupt, bemüht, sich wieder möglichst schnell zurückzuziehen.

«Julia, leiste mir doch Gesellschaft», forderte er sie auf und konnte sich nicht an ihr satt sehen. Ihre helle Haut erschien ihm wie Seide.

Julia blieb unsicher stehen und versuchte seinem Blick auszuweichen. «Ich danke dir für diese Ehre, aber auf mich warten noch viele Aufgaben. Dein Haus ist groß und ...» Sie zögerte.

«Bei den Göttern, ich habe vierzig Sklaven, die jede deiner Arbeiten auch erledigen können», erwiderte Gaius gereizt und fügte versöhnlich hinzu: «Du bist für mich keine gewöhnliche Sklavin. Du bist ...», er hielt inne, «Julia, ich möchte, dass du dich bei mir wohl fühlst!»

Sie sah verwundert auf. «Ich bin froh, in deinem Haus zu sein. Doch du hast mich gekauft, also gehöre ich dir. Du kannst von mir verlangen, was du willst, und ich werde es tun.»

«Beim Jupiter, ich verlange von dir nichts weiter als deine Gesellschaft!» Gaius sah sie an und versuchte seine Sehnsucht zu verbergen. «Nur deine Gesellschaft», wiederholte er. «Mehr nicht!»

Er richtete sich auf seiner Bank auf und streckte ihr die Hand entgegen. Nur zögernd gehorchte sie, setzte sich neben ihn, den Blick noch immer auf den Boden gerichtet. Einige Strähnen fielen in ihr makelloses Gesicht.

Sie ist so unbeschreiblich schön, dachte Gaius, während er aus den Augenwinkeln ihr Gesicht musterte. Es war ihr Wesen, ihre Zurückhaltung, die ihn immer wieder zu ihr hinzogen – genau wie an jenem Tag vor der *Rostra*. Nie hätte er gedacht, sie wiederzusehen. Nie, sie zu besitzen. Doch eine Frage quälte ihn: Würde er je ihr Herz gewinnen?

Sie war gebildet, des Lesens und Schreibens mächtig, trug feine Kleidung und hatte ihre Haare nach der herrschenden Mode kunstvoll hochgesteckt.

Und während er sie bewunderte, sah er sie in einem prächtigen seidenen Gewand vor sich und erkannte in ihr nicht eine Sklavin, sondern eine edle Frau, eine Römerin, eine Kaiserin.

Verlegen suchte er nach Worten und schalt sich gleich selbst für seine törichte Frage. «Gefällt es dir hier?»

«Du hast ein wundervolles Haus.»

«Das Haus von Senator Tiberianus hat dir bestimmt besser gefallen!»

«Jedes Haus ist anders, Herr!», erwiderte sie ausweichend. Ihre Blicke trafen sich, als sie den Kopf hob.

«Wie oft habe ich dich schon gebeten, mich nicht Herr zu nennen? Du kennst meinen Namen», begann er versöhnlich.

Sie senkte wieder den Kopf und schwieg beharrlich, und Gaius spürte, er würde sie nie erreichen. Sie erschien ihm wie eine Mauer, die nie zusammenstürzte, ein Damm, der nie nachgab, Eis, das nie schmolz.

Er wickelte den Umhang enger um sich und bemerkte erst jetzt, dass auch sie zitterte.

«Du frierst ja», bemerkte er, nahm das Kleidungsstück von seinen Schultern und bot es ihr an.

«Mir ist nicht kalt.» Sie lächelte, und er ließ den Umhang enttäuscht zu Boden gleiten. Er überlegte, ob sie auch in Tiberianus' Haus so schweigsam, so verschlossen gewesen war.

Damals auf dem Forum war sie es gewesen, die mich angesprochen hatte, erinnerte er sich. Sie zog mich weg von den Soldaten und führte mich durch die Straßen. Doch wieso erzählte sie nie über das Leben bei Tiberianus? Nur einmal erwähnte sie, dass sie Lucillia gepflegt hatte.

Julia hob den Umhang auf und wollte ihn Gaius wieder umlegen. Ihre Hand streifte sachte die seine.

Ihre Haut ist so rein und sanft wie Rosenblätter, blitzte es ihm durch den Kopf, und die Gedanken an ihre Makellosigkeit erregten ihn. Selbst Claudias Schönheit verblasste neben der ihren. Das Verlangen, sie zu berühren, sie zu lieben, ergriff ihn, und er konnte sich kaum beherrschen. Ihr so nahe zu sein und sie doch nur in den Träumen fühlen zu können, steigerte seine Begierde, aber auch seinen Schmerz. Ein Schaudern ergriff ihn, zögernd erwiderte er ihre Berührung, nahm zärtlich eine ihrer Locken in die Finger und bewunderte sie stumm. Julia hielt den Atem an.

«Du bist so schön», flüsterte er.

Sie schüttelte den Kopf, und als sie hastig ihre Hand wieder zurückzog, strich Gaius sanft über ihre weichen Wangen. Seine Blicke liebkosten ihren Mund, das zierliche Kinn, glitten über ihre gleichmäßigen und wohlgeformten Brüste. Julia wagte nicht, sich zu rühren.

Er beugte sich vor, um sie zu küssen. Doch sie war starr vor Furcht. Gaius hielt inne und richtete sich wieder auf. Seine Stimme bebte vor Sehnsucht. «Was ist? Ich verlange nichts, was du nicht willst. Du hast nichts zu befürchten!»

Statt zu antworten drehte sie den Kopf zur Seite und senkte die Lider.

Aufgebracht über ihr Schweigen, fasste er ungewöhnlich derb an ihr Kinn und zwang sie, sich ihm zuzuwenden. Nur zögernd öffnete sie die Augen wieder, und er sah, dass sie voller Angst waren. Angst, die, je länger er sie anblickte, sich in Stolz wandelte.

Er ließ seine Hand sinken und lehnte sich zurück. Erst nach einer Weile beugte er sich nochmals vor, diesmal vorsichtiger und zärtlicher. Er konnte sie riechen, und sein Mund berührte schon fast ihre Lippen, doch sich rasch nähernde Schritte zerstörten den kostbaren, innigen Moment.

Die Tür öffnete sich, und ein Diener betrat aufgeregt das Zimmer. «Herr, Mantano möchte dich sprechen!»

Julia sprang erleichtert auf und trat einige Schritte zurück.

«Hat das nicht bis morgen Zeit?», zischte Gaius wütend. Seinen Ausbilder konnte er noch später sprechen, jetzt wollte er Julias Nähe genießen. Vielleicht hätte sie sich ihm sogar hingegeben.

Der Diener zuckte die Schultern. «Mantano meinte, es sei sehr wichtig!»

«Sag ihm, ich will jetzt nicht gestört werden!»

Mit erötetem Gesicht mischte sich Julia ein: «Vielleicht hat dein *Lanista* wirklich wichtige Gründe, dich zu stören. Du solltest ihn empfangen, und ich werde wieder zu meiner Arbeit zurückkehren, Herr.» Noch bevor Gaius sie zurückhalten konnte, hatte sie das Zimmer verlassen.

Missmutig hüllte er sich in den Umhang und sank in den Stuhl. Als Mantano eintrat, sah er ihn drohend an. «Was ist so wichtig, dass es nicht warten kann?»

«Du wirst nicht mögen, was ich dir zu erzählen habe! Es geht um die Amazone!»

«Ich warne dich, Mantano! Ich will nichts hören! Sie kämpft und sie siegt. Und solange sie siegt, bin ich mit ihr zufrieden.»

«Vielleicht erinnerst du dich, als sie lustlos gekämpft hatte. Ich wusste nicht, was mit ihr los war. Aber jetzt weiß ich es.»

Gaius winkte mürrisch ab. «Ich weiß es auch! Sie ist vor Erschöpfung einmal bewusstlos geworden. Sie kämpft wie ein Mann, aber sie ist eine Frau!»

Mantano verzog seine Lippen und erwiderte tonlos: «Sie ist nicht nur dieses eine Mal bewusstlos geworden!»

«Bei den Göttern», Gaius warf ungeduldig seine Hände hoch, «muss ich mich jetzt auch noch um alle Angelegenheiten in der Schule kümmern? Es wird doch nicht so schwer sein, nach dem Heiler zu schicken! Wozu bezahle ich ihn denn überhaupt?»

Mantano räusperte sich. «Der Heiler war bei ihr!»

«Und?»

«Sie bekommt ein Kind!»

Stille umgab plötzlich die beiden Männer; nur das Flüstern des Windes war zu hören.

«Was?» Gaius starrte den *Lanista* mit geöffnetem Mund an. Er glaubte, sich verhört zu haben. «Was?», wiederholte er nochmals ungläubig. Als Mantano schwieg, erhob er sich langsam und ging auf ihn zu. Mit durchbohrendem Blick blieb er vor ihm stehen, und seine Stimme klang heiser und bedrohlich, als er befahl: «Wiederhole das!»

«Sie ist *gravidia*, schwanger!»

Gaius ballte die Hände zu Fäusten und schüttelte zornig

den Kopf. «Schaffst du es nicht einmal, für Zucht und Ordnung in meiner Schule zu sorgen», schrie er, außer sich vor Wut. Sein Gesicht lief rot an, und die Adern am Hals traten hervor. Mantano wich einen Schritt zurück.

Gaius tobte noch lauter: «Ich habe dreißig Wachleute! Ich habe auch einen *Lanista*! Und ich habe auch *Magistri*! Aber keiner von euch ist fähig, die Kämpfer so anzutreiben, dass sich nach den Übungen ihr verfluchtes *Membrum virile* nicht mehr rührt!»

«Gaius . . .», versuchte Mantano ihn zu beschwichtigen.

«Schweig! Schweig jetzt!» Der Hausherr begann wütend auf und ab zu gehen. Die Mordanklage von Craton hatte seinem *Ludus* großen Verlust verursacht, und nun würde auch die Amazone an den nächsten *Ludi* nicht auftreten können. Und ihre Schwangerschaft würde kostspieliger werden als eine Verletzung. Dabei hatte er noch so große Pläne mit ihr.

Ich werde sie alle auspeitschen lassen, dachte Gaius, rasend vor Zorn, und ein Gedanke jagte den nächsten. Plötzlich hielt er inne. Und wer ist der Vater des Kindes? Wer hat es gewagt, mit der Amazone zu schlafen? Noch bevor er Mantano die Frage stellte, kannte er die Antwort, kannte er den Namen: Craton.

Wütend klatschte er in die Hände. «Schicke sofort jemanden zu meinem *Ludus* und lasse Craton holen!», brüllte er den eintretenden Sklaven an, der sich erschreckt entfernte.

Mantano schwieg. Auch er hatte den Gladiator zunächst verdächtigt, als er von Aneas Schwangerschaft erfuhr, doch je länger er darüber nachdachte, umso unglaubwürdiger erschien es ihm.

«Ich weiß, was du denkst!» Der *Lanista* trat einen Schritt vor.

«Für wie dumm hältst du mich, Mantano?», schnitt ihm Gaius das Wort ab. «Sie ist eine Gladiatorin, keine Hure, also versuche mir nicht zu erklären, sie hätte sich ihre Liebhaber aussuchen können. Es kann nur ein Mann gewesen sein, und ich schwöre dir, er wird es kein zweites Mal wagen!»

Wütend trat Gaius nach seinem Umhang, der in eine Ecke flog. Mantanos Versuche, den Tobenden zu beschwichtigen, blieben erfolglos.

«Ich will nichts mehr hören!», schrie Gaius. «Ich werde Craton zeigen, wer sein Herr ist! Es scheint mir, ich habe ihm einfach zu viel erlaubt!»

Schweigend folgten Mantanos Blicke seinen Schritten. Er wusste, jedes weitere Wort würde die Wut des Hausherrn nur noch anfachen, und die konnte leicht auch ihn treffen.

Inzwischen setzte sich Gaius wieder und starrte ungeduldig auf die Tür. Die Zeit schien zu verharren, wie eine Schlange auf einem von der Sonne erwärmten Felsen. Es würde noch dauern, bis der Diener mit dem Gladiator zurückkehrte.

Endlich wurden Schritte laut, die Tür aufgerissen, und Craton betrat den Raum. Seine Vorahnung, dass etwas Schlimmes geschehen war, bestätigte sich, als er in die düsteren Mienen der beiden wartenden Männer sah.

«Meine Sklavinnen waren für dein *Membrum* wohl nicht gut genug», fuhr Gaius seinen Kämpfer mit funkelnden Augen an.

Irritiert blickte Craton von seinem Herrn zu Mantano. Er verstand nicht. Der *Lanista* hatte ihm nichts erzählt, er war gleich nach der Nachricht des Heilers zu Gaius geeilt.

Craton machte ein ratloses Gesicht. «Ich verstehe nicht, was du meinst!»

«Erzähle mir nicht, du wüsstest von nichts!», brüllte Gaius ihn an. «Habe ich dir nicht immer genug Sklavinnen schicken lassen?» Er sprang auf. «Du bist der beste meiner Männer! Ich habe dir die Freiheit versprochen! Jetzt hast du sie verspielt! Es wird keine Freiheit mehr geben! Nicht für dich!»

403

Cratons Augen weiteten sich, er wollte widersprechen, doch Mantano schüttelte unmerklich, sogar warnend, den Kopf.

«*Charon* soll dich in die Unterwelt holen! Ich schwöre dir, wenn du nicht immer so siegreich gewesen wärst, würde dich jetzt kein Gott mehr vor meinem Zorn retten!» Er trat vor den Gladiator und knirschte: «Dreißig Schläge!»

«Gaius», versuchte Mantano den Kämpfer in Schutz zu nehmen. «Dreißig Schläge? Das ist viel zu viel!»

«Auch du solltest mich nicht reizen!», fauchte Gaius. «Ihr habt endlich zu begreifen, dass ich der Herr in diesem Hause bin! Ihr habt meinen Befehlen zu gehorchen! Auch du, Mantano, egal, ob du ein Freigelassener bist oder nicht! Führst du meine Befehle nicht aus, werde ich mit dir nicht anders verfahren!»

Craton starrte seinen Herrn verständnislos an. Noch immer wusste er nicht, warum er in die Villa seines Herrn bestellt worden war. Nicht die Wut und nicht die Andeutungen waren es, die ihn bedrückten, sondern die Ungewissheit.

Mantano fasste ihn an der Schulter. Doch der Gladiator rührte sich nicht. Gaius fassungslos anstarrend, befreite er sich aus dem Griff des Lanistas. «Jede Strafe, die du mir auferlegst, werde ich hinnehmen. Auch wenn sie meinen Tod bedeuten sollte. Aber ich möchte den Grund der Bestrafung erfahren! Sage mir, warum!»

«Mantano», schäumte Gaius, «schaff ihn raus, bevor ich die Beherrschung verliere und ihn hier erschlage!»

«Warum?», drängte Craton, nun selbst ungehalten. Ihm waren so viele Ungerechtigkeiten widerfahren, und so oft hatte er den Atem des Todes in der Arena gespürt. Er fürchtete sich vor niemandem mehr. Auch nicht mehr vor seinem Herrn.

«Noch zwanzig Hiebe dazu! Für deine Unverfrorenheit, mich zu verhöhnen!» Gaius' Stimme überschlug sich. «Und noch weitere dreißig, wenn du nicht sofort mein Haus verlässt!»

Gaius wird ihn in seiner Wut zu Tode peitschen lassen, fiel Mantano ein. Er packte den Gladiator erneut am Arm. «Komm jetzt!»

Craton riss sich los. «Nenne mir endlich den Grund!», brüllte er, und Gaius zuckte zusammen.

«Was? Du wagst es, dich mir zu widersetzen?», keuchte er, am ganzen Körper zitternd. «Genug! Es ist genug! Hinaus! Hinaus, bevor ich ...»

Craton rührte sich nicht. Herr und Sklave starrten sich lauernd an.

«Komm jetzt endlich!», befahl Mantano und stieß ihn vor sich her zum Zimmer hinaus.

Kalter Regen peitschte ihnen ins Gesicht, als sie ins Freie traten.

Vor dem *Ludus* angelangt, blieb Craton stehen. Verbittert wandte er sich Mantano zu. «Was ist geschehen? Mir ist es gleich, ob es fünfzig oder hundert Schläge sein werden. Ich möchte nur den Grund der Bestrafung erfahren!»

Der *Lanista* sah ihn ausdruckslos an und befahl gleichzeitig einem der Wärter, das Tor zu öffnen. Doch plötzlich drehte er sich um, und sein kräftiger Faustschlag traf Craton in den Bauch. Mit schmerzverzerrtem Gesicht sank Craton nach vorne und rang nach Atem, fasste sich wieder und stürzte sich auf den Ausbilder. Die Speere auf ihn gerichtet, sprangen die Wächter vor.

Mantano packte den Gladiator und zerrte ihn durch das Tor, verfolgt von den wachsamen Blicken der Wächter. Als sie den Übungshof erreichten, stieß Mantano Craton von sich. «Was geschehen ist, willst du wissen?», presste er wütend hervor. «Diese verfluchte Amazone erwartet ein Kind!»

Craton erstarrte. «Ein Kind?»

«Ja! Und Gaius glaubt, du bist der Vater!»

Benommen fuhr sich Craton über die Stirn. Erst jetzt fügten sich die Ereignisse der vergangenen Tage und Stunden wie die Scherben einer zerbrochenen Schale zusammen: Gaius' Jähzorn, Aneas seltsames, abweisendes Verhalten, ihre kraftlosen Auftritte in den Arenen und auf dem Übungshof. Und er hatte ihren Beteuerungen geglaubt! Warum war ihm nichts aufgefallen? Und wer war der wirkliche Vater?

«Du weißt, dass es nicht so ist, nicht so sein kann!», rief Craton.

«Wer ist es dann? Du kennst sie am besten, du hast mit ihr geübt, ihr wart fast immer zusammen!» Mantano lehnte sich an die kalte Mauer, verschränkte seine Arme und musterte den Kämpfer streng. «Anderseits», sinnierte er laut, «bist du klug genug zu erkennen, welche Folgen solch eine Tat für dich haben würde!»

«Wieso hast du es dann Gaius nicht erklärt?», fragte Craton aufgebracht.

«Ich habe dich, seit du hier bist, Gaius gegenüber nie verteidigt. Heute habe ich es versucht. Aber er war blind vor Wut, er wollte mir einfach nicht zuhören. Hätte ich ihm widersprochen, wäre deine Strafe noch härter ausgefallen!» Der *Lanista* löste sich von der Mauer, trat einen Schritt vor, packte Craton und drängte ihn auf den Übungshof. Zum ersten Mal fühlte er sich nicht wohl bei dem Gedanken, ihn auspeitschen zu lassen. Doch Gaius würde überprüfen, ob er die Strafe vollzogen hatte.

Craton drehte sich um und sah ihn voller Verachtung an: «Du lässt es zu, dass ich bestraft werde, obwohl ich unschuldig bin und du es weißt?»

Mantano stieß ihn wortlos weiter. Mitten im Hof blieben sie stehen.

«Ich habe mich nie darum gekümmert, was du von mir denkst», begann Mantano, «ich weiß, du hast es nicht ver-

dient, jetzt bestraft zu werden. Aber du hast Gaius angegriffen und ihm widersprochen! Zwanzig Hiebe hat er befohlen,
und zwanzig Hiebe sollst du erhalten!» Mantano zögerte,
griff nach der Peitsche. «Die weiteren dreißig Schläge werde
ich dir erlassen. Wenn du herausfindest, wer der Vater dieses
Kindes ist!»

XXXVI

Der Winter bäumte sich noch einmal auf, aber schon bald
würde der Frühling ihn besiegen und Aneas Niederkunft, so
hatte die Hebamme prophezeit, nicht mehr lange auf sich
warten lassen. Entkräftet lag sie auf dem Lager ihrer neuen
Unterkunft. Ihr Rücken schmerzte von der ungewohnten
Last ihres Leibes, und sie hasste sich, hasste den gewölbten
Bauch, der sie schwerfällig machte.

Seit Gaius von ihrer Schwangerschaft erfahren hatte,
musste sie sich nicht mehr auf die kommenden Spiele vorbereiten und wurde in den Unterkünften der Sklavinnen
untergebracht.

Die meisten Frauen hier erschienen ihr schwach und einfältig, kamen ihr manchmal sogar albern vor. Nur ein kleines
Mädchen und eine junge Sklavin, vielleicht drei, vier Sommer jünger als Anea, doch ungewöhnlich beherrscht und
reich an Lebenserfahrung, wagten sich in ihre Nähe, unterhielten sich mit ihr.

Diese junge Sklavin hatte ein wohliges Wesen, ein Gesicht
mit strahlenden Augen, und ihre Lippen umspielte immer
ein freundliches Lächeln. Sie wohnte in Gaius' Villa, nur
manchmal erschien sie in den Unterkünften der Sklavinnen.
Die Frauen nannten sie Julia. Sie spotteten über sie und be-

neideten sie zugleich, da der Herr sie in seine Villa geholt hatte. Die Köchin plapperte gar, Gaius würde sie begehren, Julia aber sträube sich dagegen.

«Einfältiges Mädchen», hörte Anea noch immer die Worte der Alten, «wenn sie sich ihm fügte, würde der Herr sie noch besser behandeln, sie vielleicht sogar freilassen!»

Doch Anea machte sich über das Geschwätz der engstirnigen Frauen keine Gedanken. Julia war freundlich zu ihr, hilfsbereit, verständnisvoll, und in ihren Augen lag nicht die Verachtung der Sklavinnen, sondern Frieden und Liebe.

Viele der Frauen hassten Anea, verstanden ihr kriegerisches und ungebändigtes Wesen nicht. Das Blut, das an ihren Händen haftete, ängstigte sie und jagte ihnen Furcht ein. Hinter ihrem Rücken tuschelten sie über sie und nannten sie eine wilde Barbarin. Dann wünschte sie sich, wieder im *Ludus* zu sein, um mit den Gladiatoren zu üben. Wenn ihre Welt auch unerbittlicher war, erschien sie ihr ehrlicher als jene dieser niederträchtig schwatzenden Weiber mit ihren Gesichtern voller Spott und Abscheu.

Ermattet starrte Anea auf die Vorhänge, die sich sachte im Wind wiegten. Das gebrochene Licht der untergehenden Sonne warf seltsame Zeichen auf den Steinboden, und Schatten tanzten über die karg bemalten Wände. Anea spürte, wie das Ungeborene gegen ihren Leib trat, und mit der Hand berührte sie den Bauch, zog sie aber wieder rasch zurück. Sie hatte Angst, dieses Kind zu wollen, sich auf seine Geburt zu freuen. Sie hatte Angst, es zu lieben. Die schmerzende Erinnerung an ihre Vergewaltigung kehrte zurück, und sie versuchte das Ungeborene dafür zu hassen.

Wie sie Craton jetzt vermisste!

Er hatte sie, kurz bevor sie hierher gebracht wurde, noch einmal aufgesucht. Als sie bemerkte, dass er erneut bestraft worden war, erzählte er ihr wütend und anklagend über Gaius' Anschuldigung und über seine Auspeitschung.

Fünfzig Hiebe hatte Gaius verlangt, doch Mantano ließ nur zwanzig austeilen. Vermutlich plagte den *Lanista* selbst ein schlechtes Gewissen.

Fassungslos hörte sie seinen hastig hervorgestoßenen Worten zu. Hätte sie ihm doch gleich von ihrer Schändung erzählt ...

Doch als Sextus Lucatus ihre Schwangerschaft feststellte, war es zu spät, und nicht einmal die Götter konnten mehr etwas daran ändern. Ihr Stolz, ihr Starrsinn, aber auch ihre Scham machten sie mitschuldig.

Anfangs weigerte sich Anea, Craton zu verraten, was ihr zugestoßen war, wer der Vergewaltiger gewesen war, was sie zu vergessen versuchte. Erst als Craton eine weitere Bestrafung drohte, wenn er den Vater nicht ausfindig machen würde, gab sie nach.

Er war entsetzt, als er von den Ereignissen, die sich in den Gewölben der großen Arena zugetragen hatten, erfuhr. Als sie endlich mit zitternder Stimme den Namen nannte, sprang er auf, und rasend vor Zorn schmetterte er einen Wasserkrug auf den Boden, zertrümmerte den Schemel und warf den Tisch gegen die Wand. Danach hielt er keuchend inne, und seine Augen funkelten gefährlich, als er sich umdrehte: «Niemand kann es ungeschehen machen, und ich weiß, was dich umtreibt. Doch niemand wird deine Geschichte glauben, niemand wird Calvus beschuldigen und ihn für seine Tat bestrafen! Aber wenn er mir in der Arena jemals gegenüberstehen sollte, schwöre ich dir, ich werde ihn töten!» Dann verließ er sie, und Anea hatte ihn seither nicht mehr gesehen. Sie wusste nur, dass sie seine Nähe vermisste.

Aus dem Gang waren schleppende Schritte zu hören. Die Köchin schlurfte an ihrer Tür vorbei. Sie hatte sich wohl nochmals zur Küche aufgemacht, um die Vorräte zu prüfen.

Anea hielt der Hunger wach. Schwerfällig erhob sie sich, schleppte sich zur Tür, öffnete sie und spähte vorsichtig hinaus. Die Sonne war längst untergegangen, und unzählige Öllämpchen flackerten in den Gängen, kämpften gegen die Dunkelheit. Erleichtert stellte sie fest, dass niemand mehr zu sehen war, und verließ lautlos ihre Unterkunft. Sie folgte langsam den Schritten der alten Köchin.

Als sie Stimmen vernahm, drückte sie sich in den Schatten der Mauern und wartete. Sie verstummten wieder und Anea setzte ihren Weg fort. Sie roch bereits den scharfen Duft von *Garum*, der von den Römern so geliebten Fischsoße, und wusste, bald würde sie die Vorratsräume neben der Küche erreicht haben. Plötzlich stieg Übelkeit in ihr auf und zwang sie, stehen zu bleiben. Anea presste die Hände gegen ihre Brust und mühte sich ab, ein Würgen zu unterdrücken. Kalte Schweißtropfen bildeten sich auf ihrer Stirn. Aus der Küche ertönten jetzt Geräusche. Die alte Köchin werkte in ihrem Reich. Anea ging weiter bis zu der Vorratskammer und schlich unbemerkt in den kleinen Nebenraum, wo tönerne Krüge in den Boden eingelassen waren, um ihren Inhalt kühl zu halten.

Brot und Obst in Händen, wollte sie bereits die Kammer verlassen, als sie erneut Stimmen vernahm. Sie stockte. Schwerfällig kauerte sie sich hinter einer Truhe nieder und wartete. Licht fiel durch den Türspalt in den Raum, und Anea bemerkte die Schatten zweier Gestalten. Und jetzt erkannte sie die Frauen auch. Die Köchin unterhielt sich mit Anthenope, einer jungen, griechischen Sklavin, die nicht in Rom geboren war, nur ein gebrochenes Latein sprach und erst seit kurzem im Hause Octavius ihre Arbeiten verrichtete.

«Eine ruhige Nacht», bemerkte die Griechin mit ihrer eigentümlich dünnen Stimme.

Die Schatten wurden länger, die beiden näherten sich der Vorratskammer.

«Die Frauen weilen heute wieder bei den Gladiatoren», erwiderte die Köchin und blieb vor der Tür stehen.

«Bei den Gladiatoren?», wiederholte Anthenope überrascht.

«Ja, mein Kind. Zweimal im Monat schickt der Herr sie zu seinen Männern. Meist kurz bevor ein Spiel ansteht. Aber eigentlich geht dich das gar nichts an. Noch nicht!»

Die Köchin stand jetzt fast vor der Tür.

«Und was machen die Frauen bei den Gladiatoren?», hielt die Griechin sie zurück.

«Du warst zu lange im Tempel der Vesta. Vermutlich kannst du es dir wirklich nicht vorstellen!»

«Die Priesterinnen waren immer gut zu mir», verteidigte sich die junge Sklavin, als sie das spöttische Lächeln der Köchin bemerkte.

«Und darum haben sie dich verkauft», höhnte die Alte und seufzte. «Gaius schickt die Frauen wegen des *concubitus*, des Beischlafs, zu den Gladiatoren.»

«Alle Frauen?»

«Nicht alle. Wir sind ja noch hier. Und diese Kämpferin, diese Barbarin!»

Anea schluckte bitter, als sie diese beleidigenden Worte vernahm.

«Ist es wahr, dass Craton der Vater ihres Kindes ist?», fragte die Griechin vorsichtig, als fürchte sie, jemand würde sie belauschen.

«So sagt man es! Mich wundert nur, warum der Herr sie nicht verkauft, wie alle Sklavinnen in seinem Hause, die ein Kind erwarten. Erst recht, wenn der Vater ein Gladiator ist.» Die Köchin stieß jetzt die Tür auf, hielt aber inne und wandte sich erneut an Anthenope. «Und wenn eine gar von Craton schwanger wurde, konnte Gaius sie nicht schnell genug loswerden. Wer weiß, welcher Dämon ihn diesmal heimsucht, dass er ausgerechnet diese Barbarin behält.»

«Ich habe gehört, der Herr ließ Craton unbarmherzig bestrafen!», erinnerte sich Anthenope voll Mitleid.

«Eigentlich ist es nicht seine Art, aber vielleicht hat diese Schwangerschaft seine Pläne durchkreuzt.» Die Köchin trocknete sich umständlich die Hände an ihrer Tunika ab.

Ihre Worte waren für Anea wie unsichtbare Nadeln, die durch ihren Leib getrieben wurden.

Mantano hatte versprochen, Craton zu schonen, wenn er ihm den Namen des Vaters verriet. Es gab nur zwei Möglichkeiten, warum der *Lanista* sein Versprechen gebrochen hatte: Er selbst hatte gelogen, oder Craton behielt das Geheimnis doch für sich.

Beschämt presste Anea die Lippen aufeinander, spürte, wie das Ungeborene wieder gegen ihren Bauch trat, hielt eine Hand vor ihren Mund und unterdrückte ein Stöhnen.

«Ich habe Craton nur einmal gesehen, als ich in der Küche des *Ludus* helfen musste. Vor den anderen Männern hatte ich Angst, aber Craton war irgendwie anders. Er war freundlich zu mir.» Anthenope seufzte und versuchte ihre Bewunderung für diesen Kämpfer zu verbergen.

«Wäre er nicht Craton, er würde vermutlich schon tot sein», erklärte die Köchin kühl.

«Tot?»

«Tot. Jeder andere wäre tot, wenn er diese Amazone geschwängert hätte. Aber seinen besten Kämpfer würde der Herr niemals wegen einer Frau opfern.» Die Köchin schnäuzte sich umständlich und fügte hinzu: «Anthenope, du bist wirklich ein einfältiges Mädchen!»

Ein plötzlicher, stechender Schmerz trieb Anea Schweißperlen auf die Stirn. Lautlos atmete sie aus, um den Schmerz zu mildern, als die Köchin und Anthenope die Vorratskammer betraten. Sie drückte sich noch näher an die Truhe, um nicht entdeckt zu werden. Die Alte steuerte auf einen der Tonkrüge zu und beugte sich mühselig, um den hölzernen Deckel zu heben.

Unzähligen Messerstichen gleich peinigten Anea wieder

Schmerzen, und nur mit größter Anstrengung unterdrückte sie einen Schrei, hielt sich den Leib und biss in die eigene Hand.

Die beiden Frauen hatten sie nicht bemerkt.

«Es wird gesagt, der Herr hätte ihm die Freiheit versprochen, und doch behandelt er ihn so?», wunderte sich Anthenope.

Die Köchin schöpfte geräuschvoll Getreide aus dem Krug in eine Schale. «So ist es. Aber nach all dem, was geschehen ist, denke ich, wird Gaius sein Versprechen so schnell nicht einlösen. Falls er es jemals überhaupt ernst gemeint hat!» Sie erhob sich wieder, reichte die gefüllte Schale der jungen Sklavin und blickte sich argwöhnisch um, als hätte sie ein Geräusch vernommen. Anea verharrte regungslos, hielt den Atem an.

«Ich fürchte, Craton wird eines Tages in der Arena sterben», sprach die Köchin mitfühlend weiter, und es klang so, als würde sie es wirklich bedauern. Sie blieb nachdenklich stehen, dann warf sie ein Holzscheit in die Dunkelheit. Krachend prallte es neben Anea auf. «Verdammte Ratten!», murmelte die Alte, «auch wenn man alles verschließt, tauchen diese Biester immer wieder auf!»

Anthenope blickte sich erschrocken um, während die Köchin sich schon zum Gehen wandte. «Und jetzt lass mich mit deinem Geschwätz in Ruhe und vergiss nicht, was morgen alles zu tun ist. Und bete zur Göttin Vesta, dass du eines Tages nicht auch zu den Gladiatoren geschickt wirst.» Sie lachte boshaft auf, und bange lief die Griechin ihr voraus.

Anea hörte, wie die Tür geschlossen wurde und die Schritte sich langsam entfernten. Sie wartete, bis es still geworden war.

Craton. Er schützte sie, gab Mantano und Gaius den Namen des Vaters nicht preis, bewahrte ihr Geheimnis. Endlose Dankbarkeit übermannte sie, als sie an ihn dachte.

Langsam und unbeholfen erhob sie sich, stützte sich an der Mauer ab; stechende Pein hatte sie erneut erfasst. Als sie endlich wieder nachließ, griff Anea rasch nach Apfel und Brot, die sie auf der Truhe zurückgelassen hatte, horchte nochmals, dann öffnete sie die Tür und schleppte sich mühsam durch den Gang, der in ihr Zimmer zurückführte. Die Qual wuchs mit jedem Schritt, wurde unerträglicher, und als sie endlich ihre Unterkunft erreicht hatte, sank sie erleichtert und erschöpft auf das Bett. Sie keuchte und spürte, ihr Kind wollte jetzt geboren werden, wollte diese Welt erobern.

«Ich bin noch nicht so weit», wimmerte sie. Sie fürchtete die Schmerzen, fürchtete sich, dieses Kind allein gebären zu müssen. Niemand war hier – keine der Sklavinnen, keine Köchin, keine Anthenope. Sie würde es nicht mehr schaffen, überhaupt jemanden um Hilfe zu bitten. Der Schmerz wurde unerträglich, ließ ihre Sinne schwinden, und diesmal konnte sie einen Aufschrei nicht unterdrücken. Die Wehe schien ihren Leib zerreißen zu wollen. Die Qualen ließen nicht mehr nach.

Schwer atmend lag sie da, erinnerte sich daran, wie in ihrem Dorf Frauen Kinder gebaren. Sie standen sich gegenseitig bei. Die älteren und erfahrenen den jüngeren. Doch hier blieb sie allein, ohne Beistand, ohne Hilfe. Eine Träne perlte ihre Wange hinab.

Bei der nächsten einsetzenden Wehe verzerrten sich Aneas Lippen, und sie schrie los. Sie wusste nicht, ob das Kind in ihrem Leib nicht vielleicht zu groß war oder sich gedreht hatte. Die plötzlichen Wehen waren zu heftig, und sie fürchtete, etwas stimme nicht. Wimmernd rief sie um Hilfe. Doch niemand hörte sie.

Ihre Atmung ging nun unregelmäßig und flach. Sie sah flehend Richtung Tür, in der Hoffnung, jemand würde endlich den Raum betreten. Ihr wäre jeder, selbst Mantano, in diesem Moment recht gewesen.

Doch dann setzten die Wehen wieder aus. Anea empfand es als eine Barmherzigkeit. Sie richtete sich auf und bemerkte, wie sich ihre Tunika hellrot färbte. Das Fruchtwasser befleckte auch das Lager und floss warm und klebrig an ihren Schenkeln entlang. Wieder dachte sie an die Frauen aus ihrem Dorf. Es schien ihr, keine von ihnen blutete bei der Niederkunft so stark wie sie.

Die Erinnerungen wurden wieder vom Schmerz abgelöst, und stöhnend und schreiend versuchte sie das Ungeborene aus ihrem Leib zu pressen – erfolglos. Erschöpft lehnte sie sich wieder zurück und erwartete die nächste Wehe. Krampfhaft vergruben sich ihre Finger in dem Laken des Bettes und suchten Halt. Erneut rief sie um Hilfe, jammernd und mit tränenübersätem Gesicht. Ihr Körper verspannte sich abermals, und Aneas Finger krallten sich noch fester in den Laken. Sie befürchtete, das Bewusstsein zu verlieren. Die Wehe, die folgte, war noch heftiger als alle anderen zuvor.

Sie fühlte sich so schwach, dass sie nicht mehr glaubte, den nächsten Schmerz zu überstehen. Hilflos flehte sie die Götter an, ihr zu helfen.

Und als hätte eine barmherzige Göttin sie erhört, öffnete sich die Tür, und Julia erschien an der Schwelle. Neben ihr stand Anthenope, die ihre Hände über den Kopf zusammenschlug und jammerte: «Oh, große Göttin Vesta! Große, gütige Göttin Vesta!»

«Jammere nicht!», fuhr Julia die Griechin an. «Hol schnell den Heiler und eine Hebamme! Sie wird sonst verbluten!» Dann setzte sie sich neben Anea, stützte sie und trocknete ihre vom Schweiß feuchte Stirn. Besorgt betrachtete sie das Blut auf dem Bett und das befleckte Kleid. «Es wird alles wieder gut. Ein Heiler ist schon unterwegs», versuchte sie die Gebärende zu beruhigen.

Anea blickte sie mit angsterfüllten Augen an, zu schwach, um ihr zu antworten. Ihre Sinne begannen wieder zu schwinden. Endlich erschien auch die Köchin, in den Händen eine Schale Wasser.

«Anthenope ist Sextus Lucatus holen gegangen, aber er ist nicht im *Ludus*!» Sorgsam stellte sie die Schale neben das Bett.

«Dann soll sie zu Gaius gehen, bevor es zu spät ist!», befahl Julia eindringlich.

Die Köchin schüttelte den Kopf. «Sie wird es nicht wagen!»

«Dann wirst du gehen. Jemand muss es ihm sagen! Sie wird sterben, wenn nicht endlich der Arzt kommt!»

«Vielleicht solltest du gehen. Auf dich wird er eher hören», entgegnete die Köchin sorgenvoll.

«Du gehst sofort zu Gaius und erzählst ihm, was hier los ist!», schrie Julia sie an. «Ich werde hier bleiben! Also los!»

Zögernd, mit ängstlicher Miene verließ die Köchin den Raum. An der Tür sah sie sich nochmals besorgt um.

Julia benetzte den Zipfel ihres Kleides mit Wasser und wusch damit Aneas Stirn. Die Augen der Amazone blickten glanzlos und fiebrig zur Decke. Dieser Kampf, den sie jetzt hier allein ausfocht, schien ihr schwerster Kampf zu sein, schwerer als jeder andere in der Arena, und sie glaubte ihn zu verlieren, denn sie spürte, wie sie immer schwächer wurde.

Julia hielt ihre Hand, strich eine verklebte Haarsträhne aus dem Gesicht und betrachtete sorgenvoll ihren Schoß. Immer mehr Blut quoll hervor.

«Jesus, steh ihr bei! Jesus, hilf ihr!», flüsterte sie und schloss für einen Herzschlag die Augen.

Endlich wurde die Tür aufgerissen, Sextus Lucatus stürmte herein und trat ans Bett. Er schüttelte den Kopf und sah Julia ungläubig an: «Ich kann nicht viel tun. Ich habe noch nie eine Frau entbunden!»

«Du bist doch Arzt!»

«Ich bin der Heiler in Gaius' Schule! Dort werden keine

Kinder geboren! Dort versuche ich von den Gladiatoren das zu retten, was noch übrig ist!»

Julia musterte Lucatus entrüstet. «Tu endlich etwas, sonst verblutet sie», bat sie hilflos, und Tränen traten in ihre Augen.

Anthenope schlug erneut die Hände über dem Kopf zusammen, als sie wieder das Zimmer betrat, und stammelte: «O große Göttin Vesta, o große Göttin!»

Anea fühlte, wie Schwindel sie umhüllte, wie die Gesichter über ihr verschwanden. Bald würde sie das Bewusstsein verlieren. Sie litt unsagbaren Durst, wollte um Wasser bitten, doch ihre Stimme versagte. Eine Leichtigkeit erfasste sie, und sie glaubte plötzlich zu schweben.

«Sie muss wach bleiben», befahl unerwartet eine herrische Stimme.

Craton? Ist es Craton? Ist Craton gekommen? Anea versuchte die Augen zu öffnen, doch sie schaffte es nicht mehr. Sie ließ sich fallen, ließ sich davontreiben, auf einem mächtigen Fluss in eine offene See hinaus.

«Wecke sie wieder auf», wiederholte Martinus. «Wenn es sein muss, mit Gewalt!»

Er war bei Gaius zu Gast, als die Köchin erschien, aber nur zögerlich ließ er sich von dem Adeligen überreden, Anea beizustehen.

Martinus hatte den Worten der Köchin zunächst nicht geglaubt, doch als er jetzt das Zimmer betrat, erkannte er sofort, wie schlimm es um die Gebärende stand.

«Du, bring heißes Wasser», befahl er der Köchin, und an die junge Griechin gewandt: «Und du, besorge sauberes Leinen!»

Die beiden Frauen verschwanden eilig, während Martinus sich sorgsam die Arme in der bereitgestellten Schale wusch.

«Wie lange liegt sie schon so da?», wandte er sich Julia zu.

Sie hob die Schultern. «Ich weiß es nicht. Ich bin rein

zufällig hier vorbeigekommen und habe ihre Hilferufe vernommen. Da hatte sie schon viel Blut verloren. Ich hatte nach Gaius geschickt, aber er kam nicht.»

«Gutes Kind», erwiderte Martinus spöttisch, ohne aufzublicken, «denkst du wirklich, Gaius geht in die Unterkünfte seiner Dienerschaft? Soviel ich weiß, hat er seinen eigenen *Ludus* nicht ein einziges Mal betreten!» Er machte eine kurze, nachdenkliche Pause. «Für gewöhnlich behandle ich keine Sklaven. Da aber Gaius' Vater ein guter Freund von mir war, fühle ich mich auch seinem Sohn verpflichtet. Sie ist sehr wertvoll für ihn, er will sie nicht verlieren.» Mürrisch sah er Lucatus an, der sich anschickte, den Raum zu verlassen. «Fortuna selbst muss dieser Frau beistehen», fuhr Martinus fort. «Zuerst kommst du hier vorbei, und ich bin heute zufällig bei Gaius! Wirklich ein Glücksfall, sonst würde sie wohl nicht mehr lange leben.»

Julia versuchte Anea zu wecken. Sie schüttelte sie immer heftiger, rief ihren Namen – umsonst.

«Du musst zuschlagen. Schlag fester zu! Ihre Gegner in der Arena schonen sie auch nicht!», befahl Martinus und untersuchte Anea.

Julias Hand klatschte mehrmals auf Aneas Wangen, zuerst nur zaghaft, dann immer kräftiger und schließlich so stark, wie sie nur vermochte. Endlich rührte sich Anea und öffnete träge die Augen.

Sie hatte viel Blut verloren, und Martinus erkannte besorgt, dass es nur einen Ausweg gab: Er musste mit einem gezielten Schnitt versuchen, das Kind und, wenn möglich, auch die Frau zu retten. Auch wenn er einen solchen Eingriff nur selten vorgenommen hatte, so wusste er doch genau: Ohne seine Hilfe würden vermutlich beide sterben.

Er holte aus seinem medizinischen Kasten ein Messer hervor.

«Wird sie das überstehen?», fragte Julia betroffen.

Martinus schwieg zunächst. «Ich kann nicht sagen, wie schwer der Körper des Kindes ihren eigenen verletzt hat», antwortete er schließlich. «Ich kann nur versuchen, die Blutung zu unterbinden, sobald das Kind da ist. Alles Weitere entscheiden die Götter!»

Julia schluckte, sah zu Anea. Die Lider der Kämpferin wurden immer schwerer, und es kostete sie alle Kraft, nicht in einen totenähnlichen Schlaf zu sinken.

«Richte sie auf, ich muss das Kind herausholen!», befahl der Arzt.

Julia stemmte Anea hoch, die entkräftet in ihren Armen lag. Die aufmunternden Worte, die sie ihr zuflüsterte, nahm sie kaum wahr. Sie wollte nicht mehr, spürte ihren Körper nicht mehr, war zu erschöpft, um noch wach zu bleiben.

«Du weißt, sie ist eine *Gladiatrix*.» Martinus sah zu Julia auf, die besorgt noch immer Aneas Hand festhielt. «Sie ist Schmerz gewöhnt.» Er streckte ihr ein Stück Holz entgegen. «Da, schieb es ihr zwischen die Zähne!»

Julia gehorchte.

Die Köchin brachte nun endlich heißes Wasser und Anthenope das saubere Leinen. Als sie das viele Blut sah, begann die Griechin wieder zu jammern.

«Was ich jetzt wirklich nicht brauchen kann, ist eine hysterische Sklavin», herrschte Martinus sie an. Er setzte das Messer an und führte einen halbmondförmigen Schnitt an der Bauchunterseite durch. Anea schrie entsetzlich auf, wand sich, schien beinahe wieder das Bewusstsein zu verlieren. Das Holzstück fiel zwischen ihren Zähnen heraus. Sie schrie und würgte. Julia hielt sie fest, versuchte Aneas Kopf an die eigene Brust zu drücken.

Mit den Fingern öffnete Martinus vorsichtig ihren Leib und verhalf dem Kind behutsam auf die Welt.

Aneas Körper fiel nach hinten, und wie durch einen Schleier, mit halb geöffneten Lidern, blickte sie auf das neu-

geborene Kind, hörte sein kräftiges Schreien und Martinus'
Stimme, die freudig rief: «Ein starker, gesunder Junge!»

XXXVII

Gaius grollte.

Die Menge jubelte einem Gladiator aus dem *Ludus Magnus*
zu, der tapfer gegen einen bärenstarken Germanen kämpfte,
und der Adelige gönnte Domitians Mann diesen Sieg nicht.

Der Imperator übertraf mit den Eröffnungsfeierlichkeiten
zur *Ludi Cereales* alles Bisherige. Er ließ in der Arena eine
naturgetreue Landschaft herrichten, und nun boten die Gladiatoren dem tobenden Plebs eine einzigartige Schlacht, die
den siegreichen Feldzug gegen die Aufständischen in Obergermanien darstellte. Domitians eigener Statthalter Antonius Saturnius hatte sich, nachdem er sich mit den Germanen verbündete, gegen den Imperator erhoben. Die Revolte
wurde blutig niedergeschlagen, Antonius Saturnius getötet
und die Gefangenen des germanischen Heeres in Ketten
nach Rom gebracht, wo sie nun im Theater ihr Leben lassen
würden.

Der Kaiser litt zunehmend unter Verfolgungswahn. Selbst
Mitglieder des Senats verschonte er nicht und ließ Arigossa,
seinen Anhänger Ovidius Eligius und zwei weitere Senatoren wegen Majestätsbeleidigung und Verrat hinrichten.
Gerüchte besagten gar, dies wäre erst der Anfang, und weitere Hinrichtungen würden folgen. Diese Befürchtungen
bewahrheiteten sich, denn Domitians Wahnwitz zog immer
größere Kreise und richtete sich neuerdings auch gegen die
aufstrebenden Christengemeinden. Hunderte der Anhänger
dieser Sekte ließ der Imperator gefangen nehmen, um sie

in die Arena zu schicken und zur Unterhaltung des Volkes grausam hinzurichten.

Gaius schauderte, wenn er daran dachte, was Julia zustoßen könnte, würden Domitians Schergen sich ihrer bemächtigen. In seinem Hause war sie zunächst vor der Macht und dem Wahnsinn des Kaisers sicher. Doch niemand wusste, wie weit der größenwahnsinnige Herrscher gehen würde, um seine angeblichen Feinde aufzuspüren und sie zu vernichten.

Noch war der Name der Familie Octavius ein sicherer Schutzschild vor den Prätorianern, obwohl inzwischen auch die Aristokraten ihres Lebens nicht mehr sicher waren. Es ging das Gerücht um, der Kaiser traue sogar seiner eigenen Gemahlin Domitia Longina nicht mehr. Und unter den Patriziern tuschelte man über Domitians Exzesse, und manche verglichen ihn sogar mit Nero und Caligula.

Gaius versuchte, nicht in den Sog dieser Intrigen zu geraten. So hielt er es, als Tiberianus noch lebte, und seit dessen Tod war er noch vorsichtiger geworden. Auch aus Liebe zu Julia, die sich ihm immer noch verschloss.

Beunruhigt sah er zur Loge des Imperators. Nicht seine Gemahlin saß neben Domitian, sondern, wie immer, Pompeia, und auf einmal fragte sich Gaius, ob sie wohl von der Mordlust des Kaisers verschont bleiben würde. Sie trieb ein gewagtes Spiel, und auch wenn sie zum engsten Familienkreis der Flavier zählte, bedeutete dies noch lange nicht, dass sie sich sicher fühlen konnte.

Gaius erinnerte sich nur ungern an ihren letzten Besuch, genauso wie an jene unheilvollen Zeiten, die ihn beinahe in den Untergang getrieben hatten. Glücklicherweise waren diese nun vorbei, und er konnte sich wieder an dem erfreuen, was ihn am meisten erquickte – an den Spielen. Er seufzte erleichtert.

Die Gladiatoren zu Pferd preschten nun in die Arena und

schlugen gleich eine Schneise in die Fronten des Gegners, während die Fußkämpfer versuchten, sie mit langen Speeren zu Fall zu bringen. Das Volk jubelte, und Gaius bemerkte mit Abscheu die selbstzufriedene Miene des Kaisers. Währenddessen hatte die Sonne das Amphitheater umbarmherzig aufgeheizt, und die Bediensteten begannen hastig, das *Velum* aufzuspannen.

Die Sonnensegel hätten schon viel früher gehisst werden müssen, murrte Gaius bei sich. Doch er haderte nicht nur wegen der Hitze, vielmehr machte ihn der bevorstehende Kampf zwischen Craton und Calvus unruhig.

Eigentlich sollte er sich darüber freuen, denn sein Wunsch hatte sich erfüllt: Craton würde zur Eröffnung der Spiele wieder einmal vor dem Imperator auftreten. Doch ein Gedanke missfiel ihm: Auch Marcus Titius freute sich darüber, seinen Calvus gegen den König der Arena kämpfen zu sehen. Endlich bekam das Volk, wonach es verlangte: den heldenhaften Craton und den besten Gladiator aus Titius' Schule. Gaius hatte das Gefühl, diesmal selbst in die Arena zu steigen und gegen seinen erbitterten Widersacher zu kämpfen. Diese Vorstellung erheiterte ihn allmählich, und er sah in Gedanken den fettleibigen Titius sich keuchend mit einem Schwert abmühen. Gaius schmunzelte.

Der *Editor* der Spiele geizte nicht mit Geld, ein Beweis, dass auch der Imperator dieses Schauspiel forderte. Doch wer den Kampf zwischen Craton und Calvus wirklich wünschte, war Gaius klar. Nur sie, nur Pompeia hatte so viel Macht, diesen Auftritt durchzusetzen und dabei dem Kaiser das Gefühl zu geben, er selbst hätte diesen begnadeten Einfall gehabt. Sie hatte es sicher Domitian ins Ohr gesäuselt.

Schon Tage vor Beginn der Spiele hatten die Marktschreier dieses Ereignis lauthals verkündet, die Nachricht an Wände geschmiert, um so die Massen in die Arena zu locken. Der Kampf kostete den Veranstalter ein Vermögen, doch Domitian schien keine Kosten zu scheuen, um seiner schönen Cousine dieses Geschenk zu machen. Und Pompeia fieberte dem Gefecht entgegen, zusammen mit den fünfzigtausend Besuchern des Theaters, welche die Ränge bis auf den letzten Platz gefüllt hatten.

Gaius sah auf Titius, der sich diesmal mit seiner Gattin und der nun wohl zehnjährigen Tochter Marcia in der Loge eingefunden hatte. Als er das Mädchen erblickte, musste er unwillkürlich an seine Amazone und ihr Kind denken. Sie würde diesmal nicht kämpfen. Die Anstrengungen der schweren Geburt schwächten sie noch immer, und selbst Martinus wusste nicht, ob sie überleben würde. Er rechnete mit dem Schlimmsten und räumte ein, nur Fortuna selbst könne ihr noch helfen. Auch deswegen grollte Gaius. Er fragte sich, wie er Craton bestrafen sollte, falls sie wirklich sterben würde. Der Zorn auf seinen besten Kämpfer war noch nicht ganz verflogen, und er verstand nicht, wie es Craton wagen konnte, ihm zu widersprechen und seine Autorität anzuzweifeln. Und das alles noch in seinem eigenen Haus! Ein Sklave, der sich in der Villa seines Herrn gegen dessen Entscheidungen auflehnt!

Schließlich hatte Craton die Strafe, ohne sich zu wehren, hingenommen, wie ihm Mantano berichtete. Damit ließ es Gaius bewenden: Er wusste um Cratons Wert, seine Anziehungskraft und die Macht, die er in der Arena ausübte.

Das Neugeborene wollte Gaius nicht behalten. Da Titius ihm eine beachtliche Summe anbot, verkaufte er es bedenkenlos an diesen, um es aus dem Weg zu schaffen. Sollte er sich doch um das Kind kümmern, vielleicht würde es nach der Trennung von seiner Mutter nicht einmal sein erstes Lebensjahr überstehen.

Mantano hatte erzählt, es wäre nicht einfach gewesen, Anea das Kind zu entreißen. Sie kämpfte um ihren Sohn, schlug auf die Männer ein, die ihn abgeholt hatten, verfluchte sie und flehte schließlich um Mitleid. Doch sie lebte nicht in Gaius' Haus, um zu gebären, sondern um seinen Ruhm zu mehren.

In der Arena wurde inzwischen der Aufstand der Germanen ein zweites Mal blutig niedergeschlagen. Der Kampfplatz verwandelte sich in ein einziges Schlachtfeld, zahllose Tote und Sterbende lagen schon im Sand, doch der Kampf schien kein Ende zu nehmen. Immer wieder preschten die berittenen Gladiatoren vor, schlugen auf die bereits stark gelichteten Reihen des Feindes ein. Auch wenn die Germanen sich tapfer wehrten, würde der Kaiser nicht zulassen, dass der Sieg über Saturnius in seiner Arena einen anderen Ausgang nahm als in *Germania superia*. Der Imperator hatte nichts dem Zufall überlassen und genügend Gladiatoren ausgewählt, die unweigerlich den Sieg davontragen mussten.

Das Schauspiel war überwältigend, und selbst der Kampf auf Leben und Tod zwischen Calvus und Craton würde es wohl nicht übertreffen. Doch der Tag hatte erst begonnen, und weitere neunundzwanzig folgten noch, von der Bevölkerung fieberhaft erwartet und jubelnd begrüßt.

Nicht nur der Kaiser schickte während der langen Spielzeit fast alle Männer des *Ludus Magnus* in die Arena, auch den anderen Schulenbetreibern bot sich die Möglichkeit, viele ihrer Kämpfer einzusetzen. Gaius würde ebenfalls fast alle seiner im Kampf bewährten Gladiatoren antreten lassen. Er musste den guten Namen seines *Ludus* wiederherstellen und schob die Bedenken, wie viele von ihnen diese Spiele nicht überleben könnten, beiseite. Dennoch wurde ihm bange, wenn er an den bevorstehenden Kampf zwischen Craton und Calvus dachte. Den Tod eines jeden seiner Gladiatoren würde er verschmerzen können, doch seinen besten Kämpfer zu verlieren ...

Der Aufschrei der Menge verscheuchte diesen quälenden Gedanken, als die Streitwagen die Stellungen der Germanen

durchbrachen und das feindliche Heer nun endgültig auf-
rieben. Die Entscheidung der nachgestellten Schlacht war
gefallen, und Gaius' Aufmerksamkeit wanderte neugierig zu
Domitian.

Dort in der Loge umgarnte Pompeia ihren Cousin, dem
es gefiel, sich wie ein Gott feiern zu lassen. Dennoch glaubte
Gaius ihre Blicke zu spüren, und sie lösten bei ihm Unbehagen aus. Erst kürzlich hatte sie ihm wieder eine Einladung
für eines ihrer Feste zukommen lassen.

Gaius' Erinnerungen an ihr letztes Fest waren nicht ver-
blasst, und Tiberianus' Tod schmerzte noch immer. Und
noch immer vermisste er seinen Freund. Die kommende
Feierlichkeit aber würde auf dem *Palatin*, im Palast des Kaisers, und nicht in Pompeias Villa stattfinden. Es wäre eine
Beleidigung gewesen, der Einladung des Imperators nicht
Folge zu leisten, und in diesen Tagen konnte es gefährlich
werden, sich gegen Domitians Wünsche zu stellen. Und es
war auch nicht ratsam, Pompeia zu erzürnen. So sagte Gaius
widerwillig und mit einem unguten Gefühl zu.

Unterhalb der Arena wartete Craton. Zum ersten Mal hatte
er bereits Tage zuvor erfahren, wer sein Gegner sein würde.
Voller Erregung fieberte er dieser unerwarteten Begegnung
entgegen. Er hatte nicht zu hoffen gewagt, Calvus so bald
schon gegenüberzustehen und Anea rächen zu können. Und
das würde er heute tun!

Dennoch wartete er in seiner *Cella* mit zwiespältigen Gefühlen auf Mantano, der ihn in die Arena begleiten würde.
Craton versuchte seine Ruhelosigkeit zu verdrängen, denn
nichts konnte gefährlicher werden, als sich während eines
Kampfes von Zorn oder Hass leiten zu lassen. Doch sosehr
er sich auch bemühte, die Gedanken an das, was Calvus
Anea angetan hatte, ließen ihn nicht los. Noch nie hatte ihn
ein Kampf so wie dieser bewegt, so beunruhigt.

Er starrte auf die verschlossene Tür, als würde hinter ihr die Vergangenheit vorbeiziehen.

Fast ein Jahr war es her, seit Anea von Calvus geschändet worden war. Nun hatte sie ein Kind geboren, das sie nicht einmal ihr Eigen nennen durfte. Und es dauerte keine zehn Tage, da wurde das Neugeborene bereits an Marcus Titius verkauft. Die Diener tuschelten darüber, wie verzweifelt sie versuchte, es zu verhindern, und ihren Sohn bei sich behalten zu dürfen. Doch Titius wollte den Jungen unbedingt haben. Craton fragte sich, warum. War die Schändung gar auf Anordnung von Titius erfolgt, hatte er Calvus geschickt? Wollte er Gaius schaden? Ja, so musste es gewesen sein, sann Craton nach. Aber wie soll ich es ihm beweisen, ich, ein Sklave, ein Unfreier?

Die ungerechte Strafe, die Gaius ihm auferlegt hatte, fiel ihm wieder ein. Er hätte ihr entgehen können, hätte er verraten, was ihm Anea gestanden hatte. Doch er schwieg. Er schwieg auch dann, als Mantano mit weiteren Schlägen drohte. Welcher Dämon ihn dazu getrieben hatte, wusste er selbst nicht. Vielleicht war es das Flehen in Aneas Augen, ihr Bemühen, diese Schande verborgen zu halten. Vielleicht aber auch das Gefühl tief in ihm drinnen, das immer mehr und mehr Besitz von ihm ergriff.

Daher sah Gaius in Craton noch immer den Vater des Kindes. Craton versuchte sich vorzustellen, was wohl geschehen wäre, hätte sein Herr die Wahrheit erfahren. Wahrscheinlich wäre er zu wütend gewesen, um sie zu glauben. Er hätte sie als Lüge abgetan, ihn vielleicht noch härter bestrafen lassen. Jetzt durfte Craton das Geheimnis für sich behalten, denn nun war das Kind verkauft, und Gaius schien das Geschehene langsam zu vergessen. Und Craton wollte keine schlafenden Wölfe wecken!

Seit dem letzten Winter hatte er Anea nicht mehr gesehen. Nur von den Küchenhelfern und Wärtern erfuhr er einzelne

Neuigkeiten und fügte sie zu einem Bild zusammen. Ob sie der Wahrheit entsprachen, wusste er nicht. Einmal erwähnte Sextus Lucatus, Anea wäre bei der Geburt fast gestorben, und es würde wohl noch lange dauern, bis sie wieder, falls überhaupt, in den *Ludus* zurückkehrte. Und ob Gaius sie nochmals einsetzen konnte, wusste niemand.

Entschlossen vertrieb Craton die quälenden Gedanken. Sein Kampf würde bald beginnen, und er wollte bereit sein, wenn der Augenblick der Rache gekommen war. Auch wenn Craton den Kampfstil seines Gegners kannte, sorgte er sich. Calvus war vier, fünf Jahre älter als er, hatte einst gegen ihn gekämpft und verloren. Dennoch erwarb er sich durch seinen zügellosen Mut die Gunst des Plebs und überlebte. Seine Erfolge waren so beeindruckend wie jene Cratons, und auch wenn seine Kraft zu schwinden begann, durfte er nicht unterschätzt werden.

Der ungewöhnlich schrille Aufschrei der Menge, der nun zu ihm drang, ließ Craton aufhorchen. Der Lärm war anders als sonst, und er vernahm plötzlich reges Treiben vor seiner Tür. Das Geräusch unzähliger vorbeihastender Schritte hallte in den Gängen, vermischt mit fluchenden Schreien. Er hörte das Klirren von Waffen und Rüstungen und die Stimme eines *Centurio*, der Befehle erteilte.

Craton wollte sich gerade erheben, als Mantano eintrat. Der *Lanista* schloss eilig die Tür hinter sich. In seinem Gesicht zeichnete sich Entsetzen.

«Was ist geschehen?», erkundigte sich Craton beunruhigt.

Mantano zögerte. Der Lärm in den Gängen schwoll an.

«Einer dieser Germanen hat einen Speer in die Kaiserloge geworfen!», antwortete der *Lanista* endlich.

Craton riss die Augen auf, mit einem Schritt war er neben Mantano und wollte sich an ihm vorbei aus der *Cella* drängen. Doch der Ausbilder versperrte ihm den Weg. «Es ist besser, wenn du hier bleibst! Die Soldaten machen jeden nieder, der eine Waffe trägt. Sie würden nicht einmal dich verschonen!» Er lehnte sich an die Tür und musterte den Kämpfer. Craton war bereits eingekleidet, bereit, seinem Gegner entgegenzutreten.

«Was ist mit dem Imperator?», erkundigte er sich. Er versuchte durch die Lücke einen Blick auf das unheilvolle Treiben zu erhaschen, doch es war vergebens. Nur die Schreie aus der Arena zeugten davon, wie gnadenlos die Soldaten durchgriffen und wohl kaum einen der bewaffneten Gladiatoren am Leben ließen.

Mantano hob die Schultern. «Ich weiß es nicht! Ich habe nur den Aufschrei in der Arena mitbekommen, dann die Flüche der Soldaten. Einer der Männer, die auf ihren Kampf warteten, erzählte mir, einer der Germanen habe es geschafft, einen Speer in die Kaiserloge zu werfen.»

«Und der Imperator?», wiederholte Craton seine Frage. Er befürchtete das Schlimmste. Sollte Domitian auch nur verletzt worden sein, wären alle Kämpfer in der Arena des Todes. Die Vergeltungssucht seiner Prätorianer würde sicher keine Grenzen kennen.

Anstelle einer Antwort schüttelte Mantano den Kopf und bemerkte: «Das werden wir noch früh genug erfahren.»

Der Lärm, der aus dem Amphitheater ertönte, wurde immer lauter. Angstrufe mischten sich mit begeistertem Toben des Plebs, und Craton fragte sich, ob die Menge dem ungleichen Kampf zujubelte.

Mantano stand regungslos da, und seine ausdruckslose Miene verriet nicht, was er dachte oder fühlte.

Später konnte sich Craton nicht mehr erinnern, wie lange sie so warteten und lauschten – Mantano an der Tür stehend, er selbst auf der steinernen Bank sitzend. Irgendwann mal griff er nach dem Schwert, doch Mantano schüttelte entschieden den Kopf.

«Das solltest du lassen. Solange wir unbewaffnet sind und

uns nicht von der Stelle rühren, wird uns kaum was zustoßen!» Die herben Züge in seinem Gesicht entspannten sich
plötzlich. Craton glaubte, einen Anflug eines seltsamen Lächelns auf seinen Lippen entdeckt zu haben. Mehr denn je
sah Mantano wie ein alter, kampferfahrener Wolf aus, als
er sagte: «Aber vielleicht könnte es ganz unterhaltsam sein,
gegen all diese tollwütigen Hunde zu kämpfen! Bis in den
Tod!»

Misstrauisch starrte Craton auf seine blanke Waffe. Er
wusste nicht, ob Mantano es ernst meinte oder den Verstand
verloren hatte.

Zuerst glaubte Gaius zu träumen.

Die Hitze musste ihn benommen gemacht haben und er
war eingenickt. Das, was er sah, konnte nur ein Albtraum
sein, der ihn heimsuchte. Aber nicht die Wirklichkeit.

Der nachgestellte Kampf gegen die aufständischen Germanen neigte sich bereits dem Ende zu, und Domitians Gladiatoren standen kurz vor ihrem triumphalen Sieg, als ein
einzelner Speer durch die Luft flog, in die Loge des Kaisers.
Ein germanischer Gefangener hatte die Waffe gegen den verhassten Herrscher geschleudert.

Dem verhängnisvollen Speerwurf folgte der entsetzte Aufschrei der Menge, und plötzlich stürmten Hunderte von
Soldaten und Prätorianern den Kampfplatz und metzelten
jeden nieder, der eine Waffe in den Händen hielt. Aus den
Kämpfen der *Ludi* wurde unerwartet eine Schlacht zwischen
Soldaten und den Kämpfern in der Arena, wie sie Rom noch
nie gesehen hatte.

Das Geschrei der Menschen wurde ohrenbetäubend, und
Gaius konnte sehen, wie ein Teil des Pöbels, von Panik erfasst, zu den Ausgängen drängte. Andere, starr vor Bestürzung, rührten sich nicht, wieder andere ergötzten sich an
dem gebotenen grausamen Schauspiel.

Mit aufgerissenen Augen, bleich und versteinert starrte Pompeia auf den Schaft des Speeres, der nur durch eine glückliche Fügung weder sie noch den Kaiser erfasste, doch Quintus' Leib durchbohrt hatte.

Gerade in diesem unheilvollen Augenblick beugte sich Pompeias Leibwächter vor, um den Imperator einen Kelch zu reichen. Der Speer traf Quintus mit unglaublicher Wucht, riss ihn um, durchstieß seine Brust und trat aus dessen Rücken bis zur Klinge hervor. Blut spritzte über das Gesicht des Imperators, über Pompeias Kleid, rann zähflüssig über die Steinplatten und sammelte sich in ihren Ritzen.

Nur langsam, mit verstörtem Blick, griff Pompeia nach ihrem geliebten Leibwächter, und als sie erkannte, dass er tot war, begann sie hysterisch zu schreien. Domitian selbst war gefasst. Er blieb trotz des Anschlags ruhig und winkte einen Prätorianer zu sich, der Pompeia fortführte.

Als Feldherr, noch unter seinem Bruder Titus, hatte der Imperator wohl bereits ähnliche Angriffe erlebt und erbarmungslos Vergeltung geübt. So auch diesmal. Und Domitians Befehl war eindeutig: Tod allen in der Arena! Er schonte keinen: nicht die Germanen und auch nicht die Kämpfer.

Eifrig und blutig führten die Soldaten den Auftrag ihres Herrschers aus. Sie und die Prätorianer machten alles erbarmungslos nieder, was sich ihnen in den Weg stellte: Gladiatoren aus dem *Ludus Magnus*, Gladiatoren aus den anderen Schulen, die wenigen noch lebenden Germanen. Der Speerwerfer wurde gleich nach seiner Tat von einem Gladiator mit einem mächtigen Schwerthieb niedergestreckt und stürzte leblos, mit eingeschlagenem Schädel, in den Sand.

Obwohl viele Besucher erschrocken flüchteten, gelang es Gaius nicht, sich von diesem beklemmenden und zugleich berauschenden Schauspiel zu lösen. Noch immer starrte er gebannt zur Loge des Kaisers, wo die Prätorianer hastig ver-

suchten, ihren Herrn in Sicherheit zu bringen. Doch Domitian wies sie mit herrischen Bewegungen zurück, gab weitere
Befehle und setzte sich wieder. Er würde das Amphitheater
nicht verlassen, ehe nicht der letzte Kämpfer vor seinen Augen tot in den Sand sank. Er, Gott und Herrscher über das
Leben und über den Tod!

Auch Marcus Titius' Frau und seine Tochter flüchteten
aus der Arena, von Panik erfasst. Titius selbst blieb zurück,
besonnen und ruhig, und als er Gaius' Blick wahrnahm,
hielt er diesem stand und nickte ihm stumm zu.

Das grausame Treiben in der Arena wollte nicht enden:
Gladiatoren gegen Germanen, Prätorianer gegen Gladiatoren und Germanen gegen Soldaten. Die Schlacht übertraf alles, was Gaius je gesehen hatte. Er dachte stets, nichts
würde ihn berühren, und Gladiatoren starben, weil sie dafür
ausgebildet wurden, weil sie dafür lebten. Doch hier erinnerte nichts mehr an die gewöhnlichen Kämpfe, hier tobte
ein Krieg, der von der grausamen Wirklichkeit der Schlacht-
felder Roms erzählte.

Die Prätorianer mähten alle nieder, die keine Uniform trugen, und kaum ein Fleck des hellen Sandes war noch nicht
mit Blut durchtränkt. Die schmerzverzerrten Gesichter der
Kämpfenden, die Rufe der Soldaten, die Wehklagen der
Sterbenden, der Lärm der Waffen – Gaius nahm fasziniert
und angewidert zugleich das Gewimmel wahr. Er sah, wie
ein Germane verzweifelt zu einem Hieb gegen einen aufgebrachten Prätorianer ausholte. Mit letzter Kraft hackte er
seinem Gegner den Arm ab. Das Blut des Soldaten spritzte in
das Gesicht des Kämpfers. Ein anderer Prätorianer stürmte
herbei und rächte sich; das abgehackte Bein des Germanen
fiel in den Sand. Schreiend sank der Mann daneben, und der
Soldat trieb ihm sein Schwert in die Kehle.

Die Prätorianer hielten eine blutige Ernte ab, wie geschnit-
tenes Korn fielen die Gladiatoren zu Boden. Im Rausch des

Gefechtes, nach Blut lechzend und ohne Gnade, verschonten auch die Soldaten niemanden.

Das abscheuliche Schauspiel übertraf selbst die grausamste *Ludi* aller Zeiten bei weitem: Köpfe wurden eingeschlagen, Gliedmaßen wirbelten durch die Luft, und der süße Geruch von warmem Blut kroch einem Dämon gleich über die Tribünen und legte sich schwer über die Arena.

Gaius hörte ein Würgen und entdeckte einen Mann, der sich neben einem Tisch übergab. Die übel riechenden Reste eines üppigen Mahls wurden sofort von Fliegen umschwärmt.

Ein entsetzlicher Aufschrei ließ Gaius herumfahren. Ein dunkelhäutiger Gladiator kämpfte gleichzeitig gegen drei Soldaten. Er war von mächtiger Statur und brüllte wie ein Löwe, sein Körper war übersät mit Wunden, die von den Waffen der Prätorianer herrührten und an Krallen erinnerten. Mit vor Zorn glänzenden Augen stürmte der Gladiator vor, schlug auf einen Soldaten und hieb ihm den Kopf ab. Noch einen Augenblick lang verteidigte sich der Rumpf, während das Blut wie eine Fontäne aus der Hauptschlagader schoss, für einen kurzen Wimpernschlag rubinrot in der Luft glitzerte und dann wie Regen über den Gladiator rieselte. Den beiden anderen Prätorianern, geübten Schwertfechtern, stockte der Atem. Sie waren unfähig, sich zu rühren, als der Kopflose einen Schritt auf sie zutaumelte. Dann endlich sank der Körper in die Knie, fiel nach vorne in den Sand und rührte sich nicht mehr. Wutentbrannt, mit dem Blut seines Opfers auf den Lippen, griff der Gladiator wieder an, suchte sich ein nächstes Opfer. Die Soldaten wichen entsetzt zurück, fassten sich rasch wieder und stürmten schreiend vor. Ihre Schwerter drangen gleichzeitig in den gestählten Körper des Gladiators und durchbohrten seine Brust. Mit einem unheimlichen Grinsen fuchtelte er um sich, verletzte einen der Prätorianer am Arm, bevor er sterbend in den Staub sank.

Kalkweiß im Gesicht, fasste sich Gaius an die Stirn und entsann sich erst jetzt, dass seine vier Gladiatoren in der Arena wohl bereits getötet worden waren oder bald in den Tod gingen, und er konnte kaum begreifen, was er gesehen hatte. Wie Schatten bewegten sich die restlichen Kämpfer vor ihm. Hunderte lebloser, verstümmelter Leiber lagen nebeneinander. Übereinander.

Die Schreie und das Stöhnen der Sterbenden hallten durch das Theater und schienen nicht mehr aufhören zu wollen. Sie gingen Gaius durch Mark und Bein. Sein Herz pochte, als müsste es aus der Brust springen, Schweiß bedeckte seine Stirn, und sein Gaumen war wie ausgedörrt.

Er dachte an Craton. Lag er auch im Staub, vom Schwert eines Prätorianers niedergestreckt? Gaius' Blicke jagten rastlos über die Arena. Hinter ihm stieß eine Frau einen Entsetzensschrei nach dem anderen aus.

«Ich kann nichts mehr ausrichten, ich kann nichts mehr ausrichten», wiederholte er und bemerkte nicht, dass er laut zu sich selbst sprach. «Aber Mantano! Mantano wird gewusst haben, was zu tun war!»

Er wandte sich ab und lief davon, verließ das Theater.

Doch das Geschrei der Kämpfenden und Sterbenden, das Klirren der Waffen, der Kampflärm dröhnten noch in seinem Kopf, als er seine Villa erreichte.

XXXVIII

Gaius wollte an diesem Abend makellos aussehen, und so wies er Actus an, die beste Tunika und Toga bringen zu lassen. Den ganzen Tag hatte er damit verbracht, sich in den Bädern zu reinigen, seinen Körper massieren und mit Ölen einreiben zu lassen. Nun rasierte ihn der *Tonsor* sorgsam, und Gaius genoss es mit geschlossenen Augen. Als schließlich die warmen Tücher um seine Haut gelegt wurden, fühlte er sich ruhig und entspannt. Er spürte, wie der Dampf in seine Poren drang und die Haut zu prickeln begann. Warmer Lavendelduft benebelte seine Sinne, und er bereute es fast, als der Diener ihm die wohltuenden Tücher wieder abnahm. Nur zögernd öffnete er die Augen, fühlte mit Bedacht sein Kinn und entließ den *Tonsor* mit einem zufriedenen Kopfnicken.

Actus erwartete seinen Herrn bereits. Er half Gaius in die Tunika und legte die Falten der Toga bedächtig und sorgfältig, als würde er an einem Altar ein Opfer darbringen.

«Wann wirst du heimkehren?», fragte er, ohne aufzusehen.

«Ihr braucht nicht auf mich zu warten», antwortete Gaius. «Ich werde wohl erst in den frühen Morgenstunden zurück sein. Du brauchst dir keine Gedanken zu machen, mein guter Actus! Craton wird mich begleiten!»

Als wolle er etwas erwidern, hielt der alte Diener kurz inne, doch besann er sich anders und schwieg.

Gaius biss die Zähne zusammen, und Tiberianus fiel ihm wieder ein. Auch ihn hatte Craton begleitet und konnte nicht sein Leben retten. Behutsam legte er die Hand auf die Schulter seines treuen Sklaven. «Sei unbesorgt. Niemand will mir etwas anhaben.»

Actus schwieg, während der Hausherr zu den Säulen seines *Peristyls* hinübersah. Die Abendsonne färbte sie rot und tauchte das ganze Haus in einen unwirklichen Schimmer. Milde Abendluft drang in die Räume und vertrieb die Hitze des Tages.

«Herr, die Sänfte steht bereit», meldete ein Sklave, der leise den Raum betrat. «Außerdem hat ein Bote ein Schreiben für dich gebracht.» Der Diener reichte ihm ein kleines Päckchen.

Gaius betrachtete das Schreiben, das schützend in weiches Leder eingebunden war, öffnete vorsichtig den Riemen und zog eine Schriftrolle hervor. Actus entfernte sich inzwischen, ohne auf die Erlaubnis des Hausherrn, gehen zu dürfen, zu warten.

Gaius entrollte das Schriftstück, setzte sich grübelnd und begann zu lesen.

«*Liebster Gaius,*

es ist lange her, seit ich von dir gehört habe. Ich hoffe, dir geht es gut und du hast keinerlei Bedenken und Sorgen. Es drängt mich schon seit langem, dir diesen Brief zu schreiben, nun endlich habe ich den Mut gefunden. Mein liebster Gaius, seit einem Jahr bin ich mir bewusst, dass ich dich mehr geliebt habe, als ich mir eingestehen wollte», Gaius presste die Lippen aufeinander, in seinem Schädel dröhnte es plötzlich. Langsam entrollte er das ganze Schriftstück und wusste, welcher Name unter der letzten Zeile stehen würde: Claudia. «*Hier in Britannien, wo es nie wirklich warm wird, der Winter kälter ist und länger andauert als in meinem geliebten und schönen Rom, habe ich viele Tage allein verbringen müssen»,* las er weiter. «*Lucullus, mein Gemahl, ist viel im Reich unterwegs. Seit dem Aufstand in Obergermanien und dem Fall des Antonius Saturnius drücken ihn viele Sorgen. Domitian traut keinem seiner Statthalter und Legaten mehr. Immer wieder muss sich Lucullus gegen Anfechtungen und Anschuldigungen verteidigen, und nicht immer gelingt ihm dies. Glücklicherweise hält Agrippa zu ihm und kann meinen Gatten vor Anfeindungen aus Rom warnen.*

Dies alles jedoch belastet Lucullus, und ich verstehe seine Sorgen und Ängste. Dennoch kommt es in den vergangenen Tagen immer öfter zu Meinungsverschiedenheiten zwischen uns. Nach einem Streit drohte er mir sogar mit der Scheidung. Seither ist unsere Ehe nicht mehr dieselbe.

Ich versuche, so gut es geht, ihm eine gute Frau und Herrin zu sein. Obgleich er dir sehr ähnlich sieht, schmerzt es mich im Herzen zu erkennen, dass er doch ein anderer ist, als ich zu hoffen wagte.

Liebster Gaius, ich schreibe dir diesen Brief ohne das Wissen deines Bruders. Bereits bei unserer Abreise aus Rom vermisste ich dich und seither peinigt mich immer wieder ein Gedanke: Habe ich die richtige Wahl getroffen? Jetzt, da ich mein erstes Kind erwarte ... »

Vor Überraschung hätte Gaius beinahe die Rolle fallen lassen. Claudia erwartete ein Kind? Das Kind seines Bruders Lucullus! Claudia, die er als unschuldiges, verängstigtes Mädchen kennen gelernt hatte, würde nun selbst Mutter werden. Wehmut stieg in ihm auf bei dem Gedanken, dass sein Bruder und nicht er der Vater ihres Kindes war. Er zwang sich weiterzulesen.

«Jetzt, da ich mein erstes Kind erwarte, bin ich mir meiner Liebe zu dir mehr bewusst, als ich es mir je eingestehen wollte. Und ich frage mich ununterbrochen, was ich dir angetan habe. Wieso wolltest du mich nicht?

Lucullus ist nicht der liebevolle Mann, den ich erhofft hatte. Vielleicht weil er Soldat ist, an andere Frauen gewohnt war und er deshalb mit mir nicht umzugehen weiß. Leider sucht er in der letzten Zeit immer häufiger statt unseres Ehebettes das einer unserer Sklavinnen auf. Ich kann es ihm nicht einmal verdenken, und wenn ich ehrlich bin, ist es mir lieber, er geht zu einer Sklavin, als dass er mich berührt.

Die Götter mögen mir vergeben, ich weiß nicht einmal, weshalb ich so fühle. Denke ich jedoch an die schönen sorgenfreien Augenblicke mit dir, stehen mir Tränen in den Augen, und die Erkenntnis, wie anders mein Gemahl ist, bringt mich zur Verzweiflung.

Ich hoffe, mein lieber Gaius, ich bedränge dich nicht zu sehr. Ich wünsche mir in meinen einsamen Stunden nur, in dir einen guten Freund zu wissen, auch wenn ich nun die Frau deines Bruders bin.»

Gaius stockte voller Gram. Claudia fühlte sich verloren. Und was blieb ihm, seit sie gegangen war? Die Einsamkeit, das Gefühl des Alleingelassenseins. Und unzählige Male schon hatte er seine Entscheidung, sie einfach Lucullus zu überlassen, bereut. Der Brief war ein Flehen, eine Klage, ein Hilferuf, und er konnte ihr nicht beistehen, konnte nichts dagegen ausrichten. Gaius hatte geahnt, dass die Ehe mit seinem Bruder nicht die Erfüllung von Claudias Träumen sein würde, doch die bittere Gewissheit, nun zu erfahren, dass er Recht hatte, machte ihn rasend und traurig zugleich.

In den Gedanken hörte er ihre liebliche Stimme, als würde sie ihm vorlesen: *«Ich wünschte mir, du könntest hier sein und meine Einsamkeit lindern. Lucullus ist wieder nach Caledonien aufgebrochen, um einen weiteren Aufstand der Einwohner zu bekämpfen. Jedes Mal, wenn er das Haus verlässt, frage ich mich, ob ich hoffen oder bangen soll, dass er wiederkommt.*

Liebster Gaius, ich will dich nicht zu sehr mit meinen Sorgen belasten und hoffe, es geht dir und meinem Vater gut. Seit seinem letzten Brief habe ich kein gutes Gefühl. Hast du ihn wieder einmal getroffen?»

«Nein», antwortete er bei sich. Er hatte Marcellus seit dem Hochzeitsfest nicht mehr gesehen. Worüber hätte er sich auch mit dem alten Mann unterhalten sollen? Jetzt, da Claudia nicht mehr in Rom war, sah er keinen Grund, das Haus der Claudius aufzusuchen.

«Und deine Geschäfte? Hoffentlich sind sie erfolgreich.

Hier in Britannien erfahren wir fast nie etwas aus Rom. Nur wenige Neuigkeiten erreichen uns, die sich meist als unvollständig oder unwahr erweisen. So auch die Nachricht, ich wage es kaum niederzuschreiben, dein Freund Tiberianus soll ermordet worden sein? Bitte sage mir, dass dieses wieder nur ein Gerücht ist und keine bittere Wahrheit! Obwohl...

Lucullus meinte einst, Domitians Wahn würde vor nieman-
dem mehr Halt machen. Teuerster Gaius, gib auf dich Acht und
halte dich von seiner Cousine fern. Niemand sonst würde dir
mehr schaden als Pompeia, und du solltest ihre Macht nicht un-
terschätzen. Ich wüsste nicht, was ich machen würde, wenn mich
eines Tages die Nachricht ereilte, du wärst in Schwierigkeiten,
oder noch schlimmer ...

Ich wünsche dir das Beste der Zeiten. Und mir, du könntest
hier sein.

Mein liebster Gaius, ich beende nun diesen Brief, bevor er mit
Tränen benetzt ist und ich nicht mehr wage, ihn dir zu senden.

In inniger Liebe

Claudia!»

Gaius' Hand sank. Wie erstarrt blieb er sitzen, nachdem er
schon längst das Schreiben fertig gelesen hatte. Claudia so unglücklich zu wissen erschien ihm schlimmer als alles, was ihm
je widerfahren konnte. Dass Lucullus sie zur Frau genommen
hatte, mit ihr in sein Britannien zog, konnte Gaius seinem
Bruder noch verzeihen. Doch dass Claudia nun einsam und
unglücklich ihr Leben in einem unbekannten wilden Land
fristen musste, würde er ihm nie vergeben, und er hasste ihn
dafür. Er hasste ihn, weil er Claudia unglücklich gemacht
hatte.

Sosehr er sich auch wünschte, ihrer Einladung nachzukommen und sie in Britannien zu besuchen, wusste er, es
war unmöglich. Er konnte Rom nicht für mehrere Monate
fernbleiben, seine Schule zurücklassen und alle Geschäfte in
die Hände von Mantano legen. Das wusste auch Claudia,
und sie ahnte wohl, dass ihr Wunsch sich nie erfüllen würde.
Außerdem: Wie sollte er Lucullus entgegentreten? Als Gast in
dessen Hause wäre auch Gaius an die Pflicht der Gastfreundschaft gebunden. Zwei aus Liebe zur gleichen Frau verfein-
dete Brüder. Ein Gedanke, der ihm die Kehle zuschnürte.

Traurig und wütend legte er das Schreiben beiseite, und

es wurde ihm schmerzlich bewusst, dass er nichts weiter tun konnte, als Claudia ebenfalls einen Brief zu schreiben.

Bedrückt stand er auf und ging mit schweren Schritten zum *Atrium.* Gleich morgen würde er seinen Schreiber zu sich rufen lassen und einen Brief an sie verfassen.

Pompeias Einladung zur Festlichkeit auf dem *Palatin* zu folgen fiel ihm nach Claudias Zeilen noch schwerer als sonst. Doch ebenso wenig konnte er die Einladung ablehnen oder Craton nicht mitnehmen, denn nicht nur der Name der Cousine des Kaisers stand auf der Einladung, sondern auch der Hinweis, der Imperator selbst wünsche die Anwesenheit des Ludusbesitzers und seines besten Gladiators.

Gaius war überzeugt, dass dies nicht ausschließlich Domitians Wunsch war. Und es war auch nicht nur der Name des Hauses Octavius, der ihm diese Ehre bescherte. Pompeia zog wieder an den Fäden der Macht, und Claudia hatte Recht, ihn vor ihr zu warnen.

Mit zögernden Schritten verließ er das Haus.

Am Hauptportal erwarteten ihn Mantano und Craton. Der *Lanista* lehnte an der Wand neben der Pforte, und Gaius erkannte an seinen Gesichtszügen, dass er schlechter Laune war. Craton trug eine feine Tunika und glich einem bemittelten Bürger. Nur sein kräftiger Körper und eine kleine Narbe über dem Auge ließen die Wahrheit über ihn erraten.

Mantano schürzte missmutig die Lippen, sah abwechselnd Gaius und Craton an. Bevor er beschloss, sie allein zu lassen, wandte er sich seinem Schüler zu und bemerkte schroff: «Wenn du auch diesmal deinen Herrn nicht zu schützen weißt, glaube mir, wäre es besser für dich, diesen *Ludus* nie wieder zu betreten!»

Craton sah ihm schweigend nach, als er mit geraden Schultern, den Kopf stolz erhoben, den Weg zurück zum *Ludus* nahm. Gaius begutachtete die Falten der Toga, strich sie nochmals glatt und sagte nach einer Weile: «Craton, ich nehme dich mit, weil ich gewisse Verpflichtungen zu erfüllen habe. Der Imperator selbst wünscht uns heute zu sehen. Und die Götter mögen uns beistehen, dass uns Domitian, selbst ein Gott, heute freundlich gesinnt ist und wir den Abend gut überstehen.» Er ließ die Sänfte kommen und stieg ein. Die Träger liefen los, während Craton ihnen zu Fuß folgte.

Der Palast war feierlich geschmückt und erstrahlte in einem Lichtermeer. Hunderte von Prätorianern säumten das Gebäude, erleuchteten mit unzähligen Fackeln den Eingang.

Die Pracht in Pompeias Haus erschien Craton schon verschwenderisch genug, doch dieser Palast mit all seinen Kostbarkeiten übertraf seine kühnsten Vorstellungen.

Gaius erinnerte sich noch zu gut an seine Trunkenheit. Diesmal schwor er sich, sich bei Speisen und Getränken zurückzuhalten. Verstohlen musterte er von der Seite Craton, und erstaunt musste er zugeben, dass nichts an ihm seinen niedrigen Stand, aber auch nicht seine wahre Meinung über den Prunk dieses Palastes und die feiernde Gesellschaft verriet. Der Gladiator verstand es meisterhaft, seine Gedanken zu verbergen. Dennoch glaubte Gaius zu bemerken, wie misstrauisch er die Soldaten betrachtete. Seit dem fehlgeschlagenen Attentat im Amphitheater war Domitian noch wachsamer als zuvor und hatte die Zahl der Prätorianer, die ihm treu ergeben waren, verdoppelt. Der Palast erinnerte an den Stützpunkt einer Legion, und die Anwesenheit der zahlreichen Soldaten drückte nicht nur auf das Gemüt des Kämpfers, sondern dämpfte die Festlaune aller Anwesenden.

Seit dem Mordanschlag auf den Imperator waren alle Bürger Roms, gleichgültig ob *Plebejer* oder Patrizier, vorsichtig geworden. Der Kaiser verfolgte jetzt eine klar autokratische Linie, und wer sich gegen ihn stellte, wurde beseitigt. So war es Tiberianus ergangen, seufzte Gaius bei sich.

«Jener Mann ist wieder da, der bei der Herrin zu Gast war», riss Craton ihn aus seinen Überlegungen, als sie den Festsaal betraten. «Er hat sich damals mit Tbychos, dem *Lanista* des *Ludus Magnus*, unterhalten.»

Gaius reckte den Hals und entdeckte in der feiernden Menge Agrippa. Craton hatte Recht und schien weder eine Einzelheit der vergangenen Feier noch den Mordanschlag vergessen zu haben. Jetzt erinnerte sich auch Gaius an die Unterredung zwischen Agrippa und Tbychos.

«Ja, du hast Recht», stimmte er zu und ging, ohne den alten Senator zu beachten, weiter. «Diesmal scheint er alleine hier zu sein!»

Der weite Festsaal wurde zur Feier des Tages pompös ausgeschmückt und in ein Farbenmeer verwandelt. Er war über und über mit prächtigen, kunstfertig und fein gewebten Stoffen behangen, die aus den östlichsten Ländern des Reiches stammten. Wuchtige, tragende Säulen aus verschiedenfarbigem edlem Marmor zierten ihn mit ihrer schlichten Eleganz. Zwischen ihnen ragten Büsten auf. Die steinernen Häupter der Götter und Cäsaren waren mit goldenen Lorbeerkränzen geschmückt.

Die Mitte des Saales nahm ein großes, knietiefes Wasserbecken ein. In ihm tummelten sich Tänzerinnen zu sanfter Musik. Gekleidet in Gewänder, die ihre Körper kaum verhüllten, betörten sie mit ihren Bewegungen die umstehenden Gäste.

Sklaven reichten verschiedene Köstlichkeiten und edelste Weine aus den Provinzen.

Abseits des Treibens hatte Gaius eine Liege entdeckt und beeilte sich, zu ihr zu gelangen. Er wollte möglichst wenig auffallen und sich und seinen Gladiator vor der Aufmerksamkeit der anderen schützen.

Dieser Palast war eine einzige Schlangengrube, und obwohl Craton durchaus scharfzüngig war, hätte sich Gaius jetzt gewünscht, einen eingeweihten Freund oder vertrauenswürdigen Senator an seiner Seite zu wissen. Und er befürchtete, Craton – und damit auch er – könnte wieder in eine gefährliche Situation geraten.

Noch nahm niemand der Gäste Gaius und seinen Begleiter wirklich wahr. Als sie den auserwählten Platz erreicht hatten und sich hinsetzten, boten ihnen drei Diener sofort Wein und Vorspeisen an. Craton nahm vom Wein erst, als sein Herr es ihm mit einem Kopfnicken erlaubte. Gaius selbst ergriff nur einen halb gefüllten Becher und verlangte nach frischem Wasser, um seinen Inhalt zu verdünnen. Dazu nahm er ein wenig von den gereichten Köstlichkeiten, lehnte sich zurück und ließ seine Blicke über die Geladenen schweifen.

Wie viele den prächtigen Saal bevölkerten, ließ sich nicht abschätzen. Die Sklaven, die sich um das Wohl der Anwesenden kümmerten, trugen alle Kleidung in den gleichen Farben: Männer nur einen hellen Schurz um die Hüften, die Frauen eine fein gewebte Tunika. Ihr Stoff war so dünn, dass die Sklavinnen auf den ersten Blick nackt erschienen.

Die Tänzerinnen im Becken zogen mit ihren Reizen weiterhin begehrliche Blicke der Männer und neidvolle der edlen Damen auf sich: blonde Sklavinnen aus dem hohen Norden, dunkelhäutige Schönheiten aus den südlichsten Regionen des Imperiums.

Gaius wandte sich von ihnen ab und suchte unter den Gästen ein vertrautes Gesicht. Die Senatoren in rot gesäumten Togen waren nicht zu übersehen. Sie zählten als Politiker wohl kaum zur Opposition, sondern standen als Verbündete im Dienst des Kaisers.

Der größte Teil der Gäste jedoch gehörte zur ältesten und reichsten Aristokratie, und Gaius wusste, dass auch er die Anwesenheit auf dem Palatin eher seinem adeligen Namen als seiner Stellung als Besitzer eines *Ludus Gladiatorius* verdankte. Und natürlich Pompeias Fürsprache.

Immerhin war Marcus Titius nicht geladen, und auch Senator Plautus konnte Gaius nicht entdecken. Bitter erinnerte er sich daran, den Senator angegriffen zu haben. Plautus bekannte sich als einer der wenigen offen gegen die Autokratie des Imperators, war aber ehrlich genug zuzugeben, mit gewissen Entscheidungen des Kaisers einverstanden zu sein. Ein Zugeständnis, das ihm vermutlich bis jetzt das Leben gerettet hatte.

Dann endlich hatte Gaius das Kaiserpaar, das sich in einem abgegrenzten Bereich aufhielt, ausgemacht. Domitian trug eine wertvolle purpurne Tunika und eine dazu passende Toga, die ihn als *Pontifex maximus* auswies. Domitia Longina, die Gaius zum ersten Mal sah, war blass und schien dem Geschehen kaum Beachtung zu schenken. Sie zeigte sich selten bei Festlichkeiten und zog es vor, sich im Hintergrund zu halten. Sie schien alles, was ihr Gatte so sehr liebte, zu verachten.

Unweit des Kaisers und der Kaiserin unterhielt sich Pompeia angeregt mit einem Offizier der Prätorianer. Unwillkürlich duckte sich Gaius und hoffte, unentdeckt zu bleiben.

Pompeia schien den Tod ihres Leibwächters bereits überwunden zu haben. Sie lachte ausgiebig, strahlte wie gewohnt. Nichts deutete darauf hin, wie verstört sie noch vor wenigen Tagen gewesen war. Sie sah wieder unvergleichlich verführerisch aus, und ihre göttergleiche Vollkommenheit betörte Gaius auch diesmal. Sie trug ein eng anliegendes, blaues, mit goldenen und silbernen Bordüren reich verziertes Kleid, das sie bei jeder Bewegung noch begehrenswerter erscheinen ließ. Eine kunstvoll gearbeitete Brosche hielt das Gewand zusammen, während ein langer Schal ihre Schultern bedeckte.

«Ave, Gaius Octavius Pulcher», vernahm er plötzlich seinen Namen und sah sich erschrocken um. Ein Mann in seinem Alter stand vor ihm. Die sorgsam gefaltete Toga hielt er über einem Arm, seine braunen Haare waren sauber bis in den Nacken geschnitten, die Locken makellos an das Haupt gepresst.

«Petronius Secundus», stellte er sich vor und hielt den Arm zum Gruß entgegen. Gaius erwiderte ihn nur zögernd, obwohl ihm das Gesicht und der Name des Mannes bekannt vorkamen.

«Ich bin», Petronius räusperte sich, «ich war ein Freund von Tiberianus. Wir haben uns auf einem seiner Feste kennen gelernt!»

Jetzt erinnerte sich Gaius wieder: eine Geburtstagsfeier von Lucillia. Tiberianus stellte ihm Petronius vor. Doch Gaius hatte ihm kaum Aufmerksamkeit gewidmet. Nun war es ihm unangenehm, ihn nicht sofort erkannt zu haben.

«Petronius Secundus. Ja sicher, ich entsinne mich», log er rasch und bot dem neuen Gast mit einer einladenden Geste einen Stuhl an.

Petronius nahm Platz, während er Craton argwöhnisch musterte. «Einer deiner Leibwächter?»

Gaius lächelte vergnügt. «Petronius Secundus, vor dir sitzt Craton!»

«Craton? Der Gladiator?» Petronius runzelte verwundert die Stirn. «Ich habe ihn schon oft in der Arena bewundert, aber hier hätte ich ihn niemals erkannt!»

«Du bist nicht der Einzige, der Craton noch nicht bemerkt hat», erklärte Gaius erleichtert und war froh, dass dem so war.

Petronius Secundus musterte ihn nochmals, diesmal mit zwiespältigen Blicken, dann wandte er sich wieder Gaius zu.

«Die Götter scheinen deinen Craton zu lieben, da ihm Vesta selbst das Leben schenkte. Offenbar sehen sie mehr als wir Menschen und erkennen, wenn ein falsches Urteil ...» Petronius brach ab, als er merkte, dass Gaius sich nervös räusperte.

Der Ludusbesitzer wusste nicht viel über Petronius Secundus. Nur dass er mit Tiberianus gut befreundet war und dass sie neben manchen anderen Gemeinsamkeiten die gleichen politischen Ansichten vertraten. Obwohl Petronius dem Senat nicht angehörte, schien er doch einen mächtigen Einfluss in der die Politik zu haben. Warum das so war, konnte sich Gaius nicht erklären.

Mit gedämpfter Stimme fuhr Petronius fort: «Tiberianus war ein guter, ein sehr guter Freund von mir. Ich hatte ihn stets gewarnt, seine Meinung so unnachgiebig zu vertreten. Sicher, jeder hat das Recht, sie zu äußern, doch jeder sollte auch wissen, vor wem sie zu verbergen ist.» Er hielt kurz inne und sah Craton an. «Und wenn selbst der beste Gladiator Roms ihn nicht beschützen konnte, war es wohl Schicksal! Ein großer Verlust für Rom.»

Craton schwieg und sah unbeteiligt über die Köpfe der Männer in den Saal hinein. Gaius bemerkte, wie unangenehm ihm dieses Gespräch war, und dachte nach. Die Unschuld des Gladiators war noch immer nicht bewiesen, auch wenn niemand das Gottesurteil anzweifeln durfte. Ein göttliches Wunder hatte die Hinrichtung verhindert, warum wagte also Petronius solche Andeutungen? Ich muss vorsichtig sein, überlegte Gaius, sehr vorsichtig! Und herausfinden, ob ich ihm trauen kann.

«Ich habe schon lange nichts mehr von dir gehört, Petronius», versuchte er das Gespräch in eine andere Richtung zu lenken.

Petronius Secundus lächelte gequält. «Wie solltest du auch? Das erste und letzte Mal trafen wir uns bei Tiberianus. Das muss wohl über drei Jahre her sein. Seither sind wir uns nie mehr begegnet!» Er hatte Gaius' plumpe Überleitung erkannt, dennoch fügte er strahlend hinzu: «Aber jetzt freue ich mich aufrichtig, dich zu sehen. Du gehörst hier zu den wenigen Gästen, mit denen es sich lohnt, zu reden!»

Gaius lächelte verlegen und nahm einen Schluck des süßen Weins, um seine Unsicherheit zu verbergen.

«Nun ja, jetzt sind es schon zwei in diesem Hause, die
meinem Geschmack entsprechen», fügte Petronius hinzu
und deutete auf einen Mann, der sich ihnen näherte. Gaius
war erleichtert, als er Martinus entdeckte.

Freundlich grüßte sie der Mediziner: «Gaius, mein Junge!
Ich habe gehört, du sollst auch hier sein, konnte es aber nicht
so recht glauben. Und du, Petronius, konntest du dich von
deinen Geschäften loseisen?», scherzte er, während er Craton
mit einem knappen Kopfnicken bedachte.

«Martinus, lass uns nicht von langweiligen Geschäften
reden. Wir sind als Gäste hier und sollten uns an den Darbietungen erfreuen», erwiderte Petronius und presste seine
dünnen Lippen aufeinander. «Und an den Köstlichkeiten.»

Eben trugen kräftige schwarze Sklaven die Hauptspeisen
in den Saal. Auf einem riesigen Tablett zogen zehn von ihnen einen ganzen Ochsen herein, der reich verziert war und
köstlich duftete. Weitere Bedienstete boten gefüllte Pfauen,
gebratene, mit Honig überzogene Ferkel, zartes Wild, unter-
schiedliche Arten von Meeresgetier, Obst und verschiedenste
Gemüsesorten an.

Die Diener brachten üppige Leckereien herein, und die
Gäste bedienten sich ausgiebig. Keiner verschmähte sie und
noch weniger den gereichten Wein. Allmählich wurde die
Stimmung ausgelassener, die Menschen gesprächiger, und
Gaius genoss es, während des Essens den Schilderungen von
Martinus und Petronius zu lauschen.

«Auch wenn sie für mich nicht neu sind, der Palast und
diese Feierlichkeiten faszinieren mich immer wieder», gab
Martinus unumwunden zu.

Petronius nickte. «Domitian weiß genau, wie er ein Fest
ausrichten muss, um die Gäste zu begeistern. Gaius, warst
du schon öfters hier?»

Gaius schüttelte den Kopf, während er noch am zarten Fleisch einer Ente kaute.

«Und was sagst du dazu?» Martinus untermalte seine Frage mit einer ausholenden Handbewegung.

«Unbeschreiblich, so etwas habe ich noch nie zuvor gesehen! Keine Villa in Rom, keine im ganzen Imperium lässt sich damit vergleichen!»

«Du hast Recht, mein Lieber», Martinus' Wangen färbten sich von dem Wein allmählich rot, «ich habe schon viele Häuser gesehen, die den edelsten und reichsten Familien gehören. Doch was der Imperator auf dem *Palatium* errichten ließ, kann kein zweites Mal gebaut werden!»

«Mich beunruhigen die vielen Prätorianer», warf Petronius nachdenklich ein, «seit dem Attentat hat Domitian die Wachen verdoppeln lassen. Sie sind überall. Kein ungestörter Winkel! Kein leerer Flur! Kein Ort ohne Ohren!»

Martinus schien die Prätorianer zu zählen und nickte.

«Nicht auszudenken, was geschehen wäre, wenn der Speer Domitian wirklich getroffen hätte», sinnierte er.

«Wart ihr dort?», erkundigte sich Petronius vorsichtig.

Martinus schüttelte den Kopf. «Ich denke aber, unser Freund Gaius ist dort gewesen, da bei dieser *Ludi* Craton gegen Calvus hätte antreten sollen!»

Für einen Augenblick legte sich ein Schatten über Cratons Gesicht, als er seinen Namen vernahm, doch er fasste sich wieder schnell. Nach dem Attentat hatte kein Kampf mehr stattgefunden. So musste er weiter auf seinen Todfeind warten und wusste nicht, wann der Tag ihrer Begegnung kommen würde.

Gaius nahm noch einen Schluck Wein, als wolle er die düsteren Erinnerungen wegspülen. «Ich war dort und habe miterlebt, was geschehen ist.» Er sah zu Domitia hinüber, die sich sichtlich langweilte, während der Imperator selbst vergnügt die exotischen Tänzerinnen beobachtete.

«Es soll ein schreckliches Gemetzel gewesen sein», entsann sich Petronius.

«An die dreihundert Gladiatoren haben ihr Leben verloren.» Gaius schauderte, er sah die schrecklichen Bilder vor sich. Nachdem er das Theater verlassen hatte, stürmten noch mehr Soldaten in die Arena. Die Gladiatoren waren machtlos gegen die Überzahl der Prätorianer.

«Ein Glück für euch beide, dass Craton noch in den Gewölben war.» Martinus blickte den Gladiator an, der einer Statue gleich starr auf seinem Stuhl saß.

«Ich habe bei diesem Blutbad vier meiner Männer verloren», bemerkte Gaius bitter. «Craton auch noch zu verlieren wäre wohl der Untergang meiner Schule gewesen.»

«Dein Herr hat eine hohe Meinung von dir, wie mir scheint», wandte sich Petronius dem Kämpfer zu. Als Craton noch immer reglos an ihnen vorbeistarrte, fügte er belustigt hinzu: «Ist er stumm, oder hat es ihm die Sprache verschlagen?»

«Er hat sehr wohl eine Meinung!» Gaius dachte an die unzähligen Streitigkeiten der vergangenen Jahre. «Aber sie ist oft nicht die meine!»

«Meine Sklaven würden es nie wagen, mir zu widersprechen!» Hohn lag in Petronius' Stimme.

«Craton wird es auch nicht mehr wagen!», entgegnete Gaius bestimmt.

Erst jetzt regte sich der Gladiator und sah seinen Herrn an. Nicht unterwürfig und nicht zustimmend, sondern mit einem leeren Blick. Es dauerte eine Weile, doch dann nickte er Gaius respektvoll zu.

Martinus ließ seinen Becher nachfüllen und meinte verächtlich: «Die wenigen Gladiatoren, die das Abschlachten der Prätorianer wie durch ein Wunder überlebt haben, werden beim nächsten Spiel wohl besonders umjubelt werden!»

Auch Gaius wusste, dass dreißig Gladiatoren bei den nächsten Spielen gegen Tiere kämpfen würden. In ihrer Rüstung, aber ohne Waffen, um ihr Leiden und Sterben zu verlängern.

Und er schätzte sich glücklich, einen Ausbilder wie Mantano in seinen Diensten zu wissen. Der *Lanista* hatte weise gehandelt, als er Craton nicht erlaubt hatte, die Arena zu betreten. Nachdem die Prätorianer die Gladiatoren in der Arena niedergemetzelt hatten, kümmerten sie sich nicht mehr um die Männer in den weiten Gewölben des Theaters, und Mantano und Craton kehrten gegen Abend unversehrt in den *Ludus Octavius* zurück.

Domitian hatte trotz des Protestes des Plebs die *Ludi* verschoben. Nun würde es Tage dauern, das Theater für den weiteren Verlauf der Spiele wieder herzurichten. Der Kaiser würde sie in den nächsten Wochen nachholen lassen, allein aus dem Grund, um die aufgebrachte Menge wieder zu beruhigen.

«Du scheinst kein Freund der Spiele zu sein», lächelte Petronius Secundus und überflog die dargereichten Tafeln honigsüßer Nachspeisen.

Martinus atmete tief durch und sah ihn an. «Stimmt. Ich kann mich für sie wirklich nicht begeistern. Da aber Gaius Besitzer eines *Ludus* ist, habe ich schon einige Spiele gesehen. Trotzdem sind Wagenrennen mehr nach meinem Geschmack. Gladiatoren ereilt immer das gleiche Schicksal: Sie werden getötet, und Tote habe ich in meinem Leben schon zur Genüge gesehen!»

Craton schluckte unbemerkt. Die Worte hallten in seinem Kopf wider wie ein Echo. Er begriff, was der Arzt sagen wollte, doch die beiden Adeligen sahen Martinus verständnislos an.

Petronius hob die Schultern. «Diese Spiele sind für das einfache Volk. Die Menschen wollen sie sehen, also gewährt der Kaiser sie ihnen. Unwichtig, ob es Gladiatorenkämpfe oder Wagenrennen sind. Ein guter Kampf hat nichts Anrüchiges. Er hat etwas mit Ehre zu tun!»

«Ehre? Zwei Männer kämpfen gegeneinander, bis einer von ihnen tot ist! Dabei sind sie gar keine Feinde. An einem anderen Ort wären sie vielleicht Freunde geworden», entgegnete Martinus leidenschaftlich und zog Gaius' Unmut und Cratons Aufmerksamkeit auf sich. «Und dabei spielt es keine Rolle, ob einer ein Freier, ein Verurteilter oder ein Sklave ist! Was hat es mit Ehre zu tun?»

«Mein geschätzter Martinus, jeder hat so seine Vorlieben», beschwichtigte Petronius. «Manche lieben schöne Frauen, andere junge Männer. Wieder andere schätzen Wein und feine Speisen. Du frönst dem Wagenrennen, ich begeistere mich für Gladiatorenkämpfe. Bei beiden Veranstaltungen fließt Blut, und das ist das, was die Menge sehen will. Das wissen wir beide doch nur zu gut.» Er lächelte gekünstelt und fügte bissig hinzu: «Zweifellos hat das letzte Spiel dem Volk ausreichend davon geboten. Ich denke, dreihundert tote Gladiatoren und ein toter Leibwächter sind vorerst genug!» Er wandte sich Gaius zu, als ob er von ihm eine Bestätigung erwartete. Doch dieser starrte erbost in die Menge, dorthin, wo er an diesem Abend erstmals Pompeia bemerkt hatte. Sie war nicht mehr da, und er konnte sie auch nicht in der Nähe des Kaiserpaares ausmachen. Stattdessen entdeckte er an der Seite von Domitia Longina einen Mann, der ihm zuzunicken schien. Gaius sah sich um, nicht ganz sicher, ob der Gruß des Unbekannten wirklich ihm galt, und bemerkte, dass auch Petronius Secundus den Mann mit einem angedeuteten Nicken grüßte.

«Wie ich sehe, ist Parthenius ein enger Vertrauter der edlen Domitia?» Auch Martinus war diese Höflichkeit nicht entgangen.

Petronius zog die Schultern hoch, als hätte er nicht ver-

450

standen, was der Arzt meinte. «Er ist Hofbeamter, Martinus, warum sollte er sich nicht mit der Kaiserin unterhalten?»

«Ein von Nero freigelassener Sklave als Hofbeamter?», stichelte der Arzt, immer noch beleidigt. Doch Petronius antwortete nicht. Er verzog das Gesicht und schwieg.

Grollend sah Martinus ein, dass weitere Worte über die Gladiatorenkämpfe Petronius noch mehr reizen würden. So lenkte er ein: «Pompeia hat nun keinen Leibwächter mehr, seit Quintus tot ist.»

«Sie wird nicht lange um ihn trauern. Ich kenne sie gut genug.» Petronius hielt inne und hielt Ausschau nach der Cousine des Kaisers. Als er sie nicht entdecken konnte, fuhr er leise, fast flüsternd fort: «Sie hat sich Quintus' Nachfolger bestimmt schon ausgesucht, und ich glaube, er sitzt in unserer Nähe!» Ohne einen ersichtlichen Grund wurde seine Stimme plötzlich lauter, und mit gespieltem Entzücken rief er: «Pompeia, es ist wie immer ein Geschenk der Götter, wenn du uns beehrst!»

Gaius und Martinus blickten irritiert auf. Neben ihnen stand nun, in aufreizender Pose, Pompeia. Die sinnlichen Lippen durch rotes Pulver noch betont, die Augen mit Tusche hervorgehoben, lächelte sie verführerisch. Sie wusste genau, wie anziehend sie auf die Männer wirkte.

«Ich bin glücklich, so viele meiner Freunde zu sehen», begrüßte Pompeia sie gleich einer Gastgeberin. Gaius erwiderte ihre Worte mit einem aufgesetzten Lächeln und mit einer einladenden Handbewegung, um sie willkommen zu heißen.

«Gaius, mein guter Freund.» Sie streichelte zart über seine Wange, und ihre Stimme klang erregend, fordernd und bedauernd zugleich. «Unsere letzte Begegnung vor Monaten erscheint mir wie ein schlechter Traum. Ich wollte dich eigentlich schon lange wieder einmal aufsuchen. Und wenn ich ehrlich bin, habe ich dich sogar schon vermisst!» Sie ließ ihre Hand nur langsam sinken und wandte sich an den Heilkundigen. «Martinus, es ist schön, dich wieder hier zu sehen, aber ich hoffe doch, wir werden deiner Künste heute nicht bedürfen! Petronius Secundus, wie lange haben wir uns nicht gesehen?» Sie machte eine betonte Pause. «Seit du bei meinem Vetter in Ungnade gefallen bist?»

Kein Muskel zuckte in Petronius' Gesicht, als er antwortete: «Seit zwei Jahren, und du bist noch schöner, noch bezaubernder geworden, als ich dich in Erinnerung hatte!»

Gaius musterte ihn überrascht, während Pompeia sich lächelnd von ihm abwandte. Dieser Mann hatte den Unwillen des Kaisers heraufbeschworen? Weshalb ließ er sich dann im Palast sehen? Welches Spiel trieb er? Und welches Spiel trieb der Kaiser selbst, ihn hier zu dulden? Ein unbehagliches Gefühl beschlich Gaius.

Als ob sie Craton erst jetzt bemerkt hätte, trat sie an seine Seite und sagte leise, mit sinnlicher Stimme, jede Silbe unnötig in die Länge ziehend: «Craton! Der große Craton, von den Göttern selbst begnadet, ein Liebling Fortunas!» Sie strich ihm fast beiläufig durchs Haar, und er ließ es widerstandslos über sich ergehen. «Ich heiße auch dich im Palast deines Imperators willkommen!», hauchte sie. Mit einem allwissenden Lächeln wandte sie sich von ihm ab.

«Beehre uns doch noch länger mit deiner Gesellschaft», bot ihr Gaius Cratons Stuhl an, und erleichtert wollte der Gladiator dem Wunsch seines Herrn sofort nachkommen.

Doch Pompeia winkte ab. «Nein, bleib sitzen! Ihr seid doch Gäste!» Sie klatschte gebieterisch in die Hände. Ein Diener eilte herbei und schob einen weiteren Stuhl hin, auf dem sie sich anmutig niederließ.

Petronius wollte sich entschuldigend zurückziehen, doch Pompeia hielt ihn zurück, indem sie sachte seine Hand ergriff. «So bleib doch. Ich schätze ehrliche, mutige Männer, denn du hast dich nicht geziert, Domitian die Stirn zu bie-

452

ten. Auch wenn du mich offen als seine Konkubine bezich-
tigt hast, nehme ich es hin, ohne es dir nachzutragen!»

Petronius betrachtete ihre zarte Hand, die ihn nicht wirklich zurückhalten konnte, jetzt aber wie eine schwere Kette
sein Gelenk umschloss. Er räusperte sich verlegen und fiel
schwer auf die Liege zurück. Es war offensichtlich, wie unbehaglich er sich fühlte. Pompeia genoss ihren kleinen Sieg,
ergänzte aber versöhnlich: «Der Kaiser als unser aller göttlicher Herrscher hat dir verziehen, also werde ich es auch
tun.»

«Pompeia, deine Anwesenheit versüßt uns mehr als die
Gesellschaft jeder anderen Person hier im Palast diesen un-
vergleichlichen Abend!» Gaius sah sie an, mit diesem einen
Blick, der die meisten Frauen schwach werden ließ. Doch sie
hielt ihm stand, senkte nicht ihre Lider, und in ihren dunklen Augen spiegelte sich Belustigung.

«Gaius, Gaius, du hast schon immer gewusst, wie man
einer Frau schmeicheln muss!»

Gespielt verlegen wandte sie sich Craton zu: «Nun, Craton, rede mit mir, bevor mich dein Herr ganz verwirrt. Wie
gefällt es dir hier im Palast deines Kaisers? In meinem Haus
hatte es dir nicht gefallen, wie mir schien.»

Craton blieb der herausfordernde Unterton ihrer Stimme
nicht verborgen. Rat suchend wandte er sich Gaius zu, doch
als dieser schwieg, antwortete er aufrichtig: «Dein Haus ist
überwältigend, und es gefiel mir gut. Dein Fest jedoch hat
mir weniger gefallen.»

Pompeias Gesicht verwandelte sich in eine leblose Maske,
sie legte entrüstet ihre Stirn in Falten, während die drei Männer ihn verwundert anstarrten. Gaius musterte den Kämpfer
vernichtend. Wollte Craton ihn verhöhnen und Pompeia
beleidigen?

«Dir hat mein Fest nicht gefallen», wiederholte sie bebend.
«Warum nicht?»

«Erinnerst du dich, dass nach deinem Fest ein edler guter Römer starb?», fügte Craton ernst hinzu.

Pompeia antwortete nicht. Sie holte tief Luft und zwang sich, die Fassung nicht zu verlieren.

Martinus wandte das Gesicht zur Seite, um ein Schmunzeln zu verbergen, und Gaius wusste nicht, ob er auf seinen Gladiator wütend oder stolz sein sollte. Craton hatte Tiberianus geachtet, ihn vielleicht gar gemocht, aber dieses offene Geständnis konnte für sie beide – den Herrn und den Gladiator – gefährlich werden. Um Pompeias Wut zu lindern, musste er mit gespielter Empörung seinen Kämpfer tadeln. So zischte er zornig: «Craton, du beleidigst die Herrin!»

Pompeia hob verständnisvoll die Hand und entschuldigte die Worte des Gladiators gleich selbst: «Es ist gut, Gaius. Auch ich mochte Tiberianus, auch mich beschäftigt sein schändlicher Tod, und mein Herz blutet immer noch, wenn ich an diesen unglückseligen Tag zurückdenke!» Versöhnlich legte sie ihre weiche Hand auf Gaius' Schulter, und in ihren Augen glitzerten Tränen.

Falsche Schlange, hallte es bitter in Gaius' Kopf, verschlagene falsche Schlange! Was weißt du wirklich über Tiberianus' Tod?

«Ich hoffe nur, dass die große Göttin Vesta sich nicht täuschte und wusste, wem sie auf so wunderbare Weise das Leben schenkte», warf Pompeia mit spitzer Zunge, an den Gladiator gewandt, ein. «Wer weiß, vielleicht hat sie aus Versehen dem Falschen ihre Gunst erwiesen!»

Craton sah sie schweigend an. Obwohl innerlich aufgewühlt, wusste er, dass er seinen Unmut zügeln musste, wollte er nicht Pompeias Wut auf sich ziehen. In der Arena durfte er keine Gefühle zeigen und hier auch nicht, denn diesmal focht er nicht mit Klingen, sondern mit Worten.

«Scheinbar sehen die Götter viel mehr als so mancher von uns, und falsche Urteile fällen nur Menschen, Herrin!» Er senkte ergeben den Blick, um seine Demut zu beweisen und Pompeia zu besänftigen.

Sie zauberte ein flüchtiges Lächeln auf ihre Lippen, versuchte ihren Groll unter Kontrolle zu bringen. «Wie Recht du hast, Craton! Die Wahrheit kennen nur die Götter allein, und niemand weiß, welches Schicksal sie dir beschert haben. Selbst deine einmalige Kraft wird nichts gegen ihren Willen ausrichten können! Lasst uns einen toten Freund nicht vergessen. Aber auch das Leben nicht. Es ist zu kurz und zu kostbar, um sich mit dunklen Gedanken zu quälen!», winkte Pompeia ab, ohne ihn dabei aus den Augen zu lassen, und Gaius war erleichtert, dass sie seinem Gladiator die unbedachten Worte offensichtlich verziehen hatte.

«Schönheit und Klugheit sind ein seltenes Gut», mischte sich Martinus ein. «Bei dir sind beide im Übermaß vorhanden», schmeichelte er ihr. Pompeia bedachte ihn mit einem verführerischen Lachen und einem sinnlichen Augenaufschlag. Sie ließ sich einen Becher Wein reichen und streckte ihn dem Arzt und den anderen Gästen entgegen, ohne Craton eines weiteren Blickes zu würdigen.

«Auf den göttlichen Imperator!», rief sie.

Gaius schloss sich dem Trinkspruch an. Auf wen oder was sie trinken wollte, kümmerte ihn wenig. Martinus zögerte zuerst und wiederholte schließlich nur unwillig ihre Worte. Petronius hingegen schwieg beharrlich, und seine Miene verhärtete sich, als Pompeia ihn fordernd ansah: «Petronius Secundus, möchtest du deinem Herrn nicht auch huldigen? Immerhin war er so gütig, dir zu vergeben!»

«Auf den göttlichen Imperator», hob Martinus ein zweites Mal an und prostete Petronius einladend zu, der nur zögerlich den Trinkspruch erwiderte. Pompeia nippte zufrieden und genüsslich an ihrem Becher, und ein triumphierendes Lächeln umspielte ihre vollen Lippen. Sie war es gewöhnt zu siegen. Über jeden! Und immer!

Der Abend schritt gesellig voran. Pompeia hielt sich zwar vorwiegend in Gaius' Nähe auf, kam aber auch ihren Verpflichtungen als Verwandte des Kaisers nach und wandte sich den anderen Gästen im Palast zu. Gaius atmete erleichtert auf, sobald sie ihn verließ und er sich anderen Genüssen widmen konnte.

Die Tänzerinnen hatten sich zurückgezogen, Redner traten auf und berichteten mit feinem Spott über Politik und Ereignisse in den Provinzen, sorgfältig darauf bedacht, mit ihren Anspielungen weder Kaiser noch Herrschaftssystem anzugreifen. Auch zwei Griechen erheiterten die Geladenen; ihr spannender Ringkampf verleitete die Besucher dazu, einige Goldstücke auf den Sieger zu setzen. Selbst Martinus ließ sich hinreißen, mit Petronius über den Ausgang des Ringens zu wetten.

«Guter Martinus, ich sagte dir doch, Polydamas wird gewinnen», freute sich Petronius, als der Arzt mürrisch seine verlorenen zwei Denare Wetteinsatz hervorkramte.

«Erspare mir deinen Spott», grollte Martinus, seufzte auf und zählte leise den geschuldeten Betrag ab.

«Martinus, du solltest dich wirklich nur auf die Wagenrennen verlassen, da kennst du dich weit besser aus!» Gaius konnte ein Lächeln nicht unterdrücken. Martinus' feindseliger Blick wich einem übermütigen Grinsen.

«Es gibt schlimmere Wettgegner als Petronius Secundus», erklärte er versöhnlich und bezahlte mit gerunzelter Stirn den Rest seiner Schuld. Dann sah er neugierig in die Menge.

«Hast du schon einmal daran gedacht, Craton zu einem Ringer auszubilden?» Petronius beugte sich vor und griff nach seinem Becher Wein. Er musterte dabei den Gladiator interessiert.

Gaius sah zu Craton hinüber. «Ich denke, es wäre eine Verschwendung seiner wahren Fähigkeiten. Er ist der Meister des Schwertes. Also lassen wir das Ringen!»

«Wie bedauerlich! Ich könnte ihn mir sehr wohl als erfolgreichen Ringer vorstellen. Und ich würde auf ihn setzen.»
In Petronius' Stimme lag aufrichtige Enttäuschung, doch er
ergänzte anerkennend: «Aber es ist eine Augenweide, ein Genuss, ihn mit einer Waffe kämpfen zu sehen! Nur frage ich
mich schon den ganzen Abend, warum du ihn mitgenommen hast!»

Gaius hob die Schultern, wählte sorgsam aus den ihm soeben angebotenen kandierten Früchten eine der besten aus.
Er entschied sich für eine mit Honig versüßte Feige und erwiderte, bevor er hineinbiss: «Craton ist auf ausdrücklichen
Wunsch des Kaisers hier, sonst würde ich ihn nie zu einem
Fest mitnehmen. Domitian liebt es scheinbar, seine Gesellschaft mit unerwarteten Gästen zu überraschen. Nur haben
bis jetzt nicht viele Craton erkannt!»

«Wie mir scheint, sind heute auch noch andere unerwartete Gäste hier», stellte Martinus fest, und seine Stimme
klang sonderbar.

Gaius sah den Arzt fragend an. Mit dem Kinn deutete
dieser auf eine Gruppe Männer, unweit von ihnen. Gaius
verstand nicht. Er konnte kein bekanntes Gesicht ausmachen. Erst als sich einige von der Gruppe trennten, erkannte
er, wen der Arzt meinte, und zuckte erschrocken zusammen:
Marcus Titius!

«Erstaunlich!» Petronius war ebenso überrascht und
stopfte sich noch eine überreife Dattel in den Mund. «Domitian widerstrebt es eigentlich, einen Mann wie Titius in
seinen Palast zu laden!»

Martinus betrachtete aufmerksam eine letzte Traube in
seiner rechten Hand: «Und soweit ich erkennen kann, ist er
nicht allein gekommen!» Die Blicke des Arztes wanderten
über die Frucht zu Gaius, der vergeblich zu erraten versuchte, wen Martinus meinte. Hastig musterte er alle Gäste
in Titius' Nähe: Politiker, edle Damen, einflussreiche Ade-

lige. Und immer wieder Titius, der sich mit einem der Senatoren angeregt unterhielt. Hinter diesem stand ein Mann, den Gaius, auch wenn er noch so sehr den Hals reckte, nicht erkennen konnte.

Auch Craton war überrascht, Marcus Titius im Palast des Kaisers anzutreffen. Er kannte die Gepflogenheiten des Imperators nicht, doch so viel wusste er: Titius zählte eindeutig nicht zu jenen Kreisen, die sich gewöhnlich auf dem *Palatin* einfanden. Und dann entdeckte er den Grund seiner Anwesenheit: hoch gewachsen, muskulös, das Gesicht durch eine Brandnarbe entstellt.

«Calvus!», stieß Craton hervor.

Titius drehte sich ein wenig zur Seite, und nun erkannte auch Gaius die mächtige Gestalt. Sein Widersacher war in der Begleitung seines besten Kämpfers erschienen. Craton irrte sich nicht.

Petronius legte nachdenklich seine Fingerkuppen aufeinander, und lauter als beabsichtigt sagte er: «Ich ahne nichts Gutes, wenn Domitian nicht nur die Besitzer zweier konkurrierender Gladiatorenschulen einlädt, sondern auch noch die besten beiden Gladiatoren des Reiches!»

Gaius machten seine Worte nervös. Auch ihn beunruhigte dieses unerwartete Zusammentreffen, und sorgsam beobachtete er Titius und Calvus. Um die beiden hatten sich bereits nach kurzer Zeit einige neugierige Gäste geschart. Titius' aufdringliches Lachen drang trotz der vielen Stimmen bis zu ihnen herüber. Ihm bereitete es sichtlich Vergnügen, seinen besten Gladiator im Palast des Kaisers vorstellen zu können.

Sorgenvoll betrachtete Gaius Craton und sah, dass auch dieser von einer unerklärlichen Unruhe erfasst wurde. Seine Ruhe war jetzt einer Anspannung gewichen.

«Irgendetwas geht hier vor», stellte Martinus mit einer bekümmerten Miene fest, als sich einige Gäste vor Domitian versammelten.

«Meine Freunde, ich hoffe, ihr genießt diesen Abend!»
Pompeias Stimme riss die Männer aus ihren Überlegungen.
Überraschend hatte sie sich wieder zu ihnen gesellt und ließ
sich mit strahlendem Gesicht erneut auf ihrem verwaisten
Stuhl nieder. Einen Sklaven, der ihr Früchte anbot, schickte
sie fort, ohne ihn anzusehen.

«Gaius, du siehst ja aus, als wäre dir ein Geist begegnet.»
Sie drehte sich halb zu ihm und fragte mitleidig: «Fühlst du
dich nicht wohl?»

Dass Marcus Titius' Erscheinen ihn so aus der Fassung
brachte, war Gaius peinlich. Doch noch schlimmer war, dass
es die übrigen Gäste bemerkten.

«Der Imperator hat für heute Abend bestimmt noch eine
besondere Überraschung vorbereitet», versuchte Petronius
Pompeias Aufmerksamkeit auf sich zu lenken, um Gaius
Zeit zu geben, sich zu sammeln. Außerdem war er überzeugt, dass sie wusste, was der Kaiser vorhatte.

Langsam wandte sich Pompeia von Gaius ab und lächelte
Petronius Secundus an. «Leider vergesse ich immer wieder,
wie gut du Domitian kennst. Ich würde sagen, fast zu gut.»
Ihr Blick ruhte nun ungewöhnlich lange auf ihm, dann
schwankte er zu dem Kaiserpaar. «Ja, es ist wirklich eine
Überraschung, und ich glaube, mein Vetter wird sie euch
gleich verraten!»

Endlich schob sich Martinus die Weintraube, die er die
ganze Zeit zwischen Daumen und Zeigefinger hielt, in den
Mund und beobachtete aufmerksam Pompeia.

Die Musik verstummte plötzlich, und die Tänzer zogen
sich eilig zurück. Ein Hofbeamter wedelte aufgeregt mit den
Armen und bat eindringlich um Ruhe. Um ihn herumstehende Gäste wichen zur Seite. Noch dauerte es eine Weile,
bis endlich Stille eingetreten war. Nun warteten alle neugierig auf die Ansprache des Höflings.

«Der göttliche Kaiser ist erfreut, so viele Freunde in seinem Palast begrüßen zu können», begann dieser feierlich. «Alle, die ihr hier seid, zählt ihr zu den getreuen Freunden, Untertanen und Verbündeten des Hauses Flavius.»

Unwillkürlich sah Gaius zu Petronius Secundus, der mit faltenreicher Stirn den Worten lauschte. Petronius ließ an diesem Abend deutlich genug erkennen, dass er sich nicht zu den Angesprochenen zählte.

«Ihr habt mit euerem Herrn gefeiert! Ihr habt mit dem Imperator gespeist! Der Kaiser möchte diesen besonderen Abend nun mit einem ungewöhnlichen Geschenk krönen! Mit einem, nach welchem ganz Rom lechzt! Doch nur euch wird die Ehre zuteil, es zu genießen!»

Gaius kniff die Augen zusammen. Ihm wurde seltsam heiß, und er spürte, wie Pompeia ihn triumphierend musterte. Mühsam versuchte er, sich sein wachsendes Unbehagen nicht anmerken zu lassen, und starrte unbeweglich auf den Redner in der Mitte des Saales.

«Die Göttin Fortuna selbst hielt ihre schützende Hand über unseren Herrn, als ein gemeiner Mordanschlag, der uns alle erschütterte, vereitelt wurde. Dies ist ein weiterer Beweis dafür, dass Domitian von den Göttern beschützt wird und seine Göttlichkeit nicht angefochten werden kann. Darum lässt er zu Ehren der *Patrona* Fortuna einen ganz besonderen Kampf austragen!»

Gaius erstarrte. Er sah zu Domitian, der sich von seiner Liege erhoben hatte, verfolgt von den verständnislosen, fragenden Blicken seiner Gemahlin. Pompeias Gesichtszüge hingegen verrieten Befriedigung und freudige Erwartung.

«Ihr sollt an diesem ehrenvollen Opfer teilhaben und der Göttin Fortuna huldigen!»

Die Menge raunte. Einige klatschten bereits begeistert, obwohl noch niemand sich vorstellen konnte, wie dieses Opfer aussehen sollte. Als wieder Ruhe eingekehrt war, deutete der Höfling auf den besten Kämpfer aus dem Hause Titius und fuhr mit lauter Stimme fort: «Unser Gott und Herr will euch die Gnade zu kommen lassen, dem Kampf zwischen Calvus und dem einzigartigen, von den Göttern geliebten Craton beizuwohnen!» Mit ausgestrecktem Arm zeigte er auf Gaius' Kämpfer und hielt dann inne. Er schien das Staunen, das seine Mitteilung unter den Gästen hervorrief, zu genießen. Die Blicke aller folgten der Geste des Orators und wandten sich anschließend Craton zu, der mit ernster Miene neben seinem Herrn harrte.

«Ich wusste von nichts», flüsterte Gaius ihm ratlos zu und sah ihn hilflos an.

Martinus hob fragend eine Braue, wollte etwas sagen, doch seine Worte gingen in den begeisterten Jubelrufen der Gäste, die dem Kaiser huldigten und der Göttin Fortuna dankten, unter.

«Alle Augen sind nun auf den großen Craton gerichtet», bemerkte Pompeia und versuchte erst gar nicht, den Spott in ihrer Stimme zu verbergen. «Willst du dem Wunsch deines Kaisers nicht nachkommen und ihm für diese Ehre danken, Gaius?» Sie nahm seine Hand in die ihre.

Wie betäubt erwachte er nur langsam aus seiner Erstarrung und erkannte, dass auch diese Einladung eine Falle gewesen war. Schweigend spähte er zu Petronius, der ihm mitfühlend zunickte.

«Willst du dem Wunsch deines Kaisers nicht entsprechen?», wiederholte Pompeia betörend und beugte sich näher zu ihm. Ihre Augen strahlten vor Begeisterung und Erregung. Gaius starrte sie hasserfüllt an, doch sie ließ sich nicht aus der Fassung bringen und lächelte ihm selbstbewusst zu.

Der Beifall der Menge verebbte, als Marcus Titius vortrat und unüberhörbar rief: «Es ist mir eine Ehre, dem Kaiser das Leben meines Calvus zu schenken!» In seinem Gesicht lagen grenzenloser Stolz und Freude.

Gaius konnte seine Wut kaum verbergen. Titius hatte

sich dem Imperator und Pompeia schon immer angeboten, und jetzt war die Gelegenheit gekommen, seine Ergebenheit auch vor den geladenen Gästen zu zeigen. Nun gab er seinem Gladiator ein Zeichen, und Calvus folgte ungerührt und wortlos einem Sklaven.

Gaius war unfähig, eine Entscheidung zu fällen. Hätte er geahnt, was ihn an diesem Abend erwartete, er wäre nicht erschienen, selbst wenn er Domitians Zorn auf sich gezogen hätte. Jetzt war es zu spät.

Martinus merkte Gaius die Unentschlossenheit an und mahnte ihn leise: «Mein guter Junge, du solltest nicht zu lange zögern und Titius' Beispiel folgen! Wenn du zusagst, erkennt Domitian Cratons Begnadigung durch die Vestalin an. Und dadurch auch seine Unschuld! Das ist deine einzige Chance! Der Kampf würde ohnehin stattfinden.»

Petronius, der Martinus' Worte auch gehört hatte, nickte zustimmend.

Unschlüssig sah Gaius seinen Gladiator an. Cratons entschlossener Blick verriet, dass er diesen Kampf erwartete, ihn geradezu forderte.

«Gaius?», drängte Pompeia fordernd. In ihren Augen konnte er deutlich lesen, welches Entzücken und Genugtuung ihr dies alles bereitete. Sie ließ seine Hand los und musterte unverhohlen Craton.

Die Menge wartete ungeduldig. Unsicher erhob sich Gaius, trat langsam vor und verkündete lautstark, obwohl Schmerz und Enttäuschung seine Kehle zuschnürten. «Ich fühle mich geehrt, dass der Kaiser Craton erwählt hat!» Er fühlte, wie ihm schwindlig wurde, als er mit bebender Stimme fortfuhr: «Möge der Kampf nur dir zu Ehren sein, Imperator!»

Auch Craton hatte sich jetzt erhoben, um einem der Sklaven zu folgen, der ihm helfen sollte, die Rüstung anzulegen. Verzweifelt vermied Gaius, ihn anzuschauen. Bisher war es immer Mantanos Aufgabe gewesen, einen Gladiator in die Arena zu schicken. Nun lag es das erste Mal bei Gaius, das Leben eines seiner Kämpfer zu fordern.

Nochmals und nochmals jubelten die Gäste und bekundeten ihre Hochachtung vor Domitian, der diese selbstgefällig entgegennahm. Gaius schenkte er ein zufriedenes Nicken, um sich danach anderen Vergnügungen zuzuwenden, ohne zu merken, dass die Kaiserin überstürzt und wortlos das Fest verließ.

Petronius lehnte sich nachdenklich zurück. «Die edle Domitia Longina scheint keine blutige Unterhaltung zu mögen!»

«Diese einfältige Gans hat an gar nichts Freude!», zischte Pompeia leise, doch laut genug, dass auch Gaius sie verstand.

Er stand weiterhin unschlüssig da und setzte sich erst wieder, als Martinus ihn dazu aufforderte. Der Arzt betrachtete ihn nachdenklich, beugte sich zu ihm und flüsterte: «Sagte ich dir nicht, dass du schon längst Teil der Politik geworden bist?»

Gaius starrte ihn verwundert an, als dieser immer noch flüsternd fortsetzte: «Irgendwann hätte der Kampf stattgefunden. Warum solltest du dir jetzt Domitians Unmut aufbürden? Nimm die Gelegenheit wahr, dich und das Haus Octavius dadurch auszuzeichnen und den Mord an Tiberianus vergessen zu machen!»

Martinus hatte Recht, das wusste Gaius. Er sah es ein. Trotzdem suchte er beunruhigt in der Menge nach Craton. Doch er konnte ihn nicht mehr ausfindig machen. Der Gladiator war längst hinter einer mächtigen Flügeltür verschwunden.

XXXIX

Domitians Diener bereiteten Craton für den Kampf gegen Calvus genauso sorgfältig vor, wie er es von Gaius' *Ludus* gewohnt war. Nur der Raum des Palastes war edler, prunkvoller, ganzvoller als die kalten Zellen, die er sonst kannte. Nichts deutete darauf hin, dass dieser Kampf bedeutender und folgenreicher sein würde als alle bisherigen.

Zwei Sklaven massierten ihn, lockerten seine Muskeln und rieben die Haut mit ausgesuchten Ölen ein. Eine seltsame Unruhe erfasste ihn; er fühlte sich angreifbar, und aufgewühlt betrachtete er die wertvolle Rüstung der *Samniten*. Sie war unbenutzt, denn der kunstvoll gearbeitete Helm und die blitzenden Beinschienen waren spiegelblank, glänzten und wiesen keine verräterischen Kratzer auf.

Craton erinnerte sich an Aventius, der ebenfalls eine solche getragen hatte. Vermutlich besaß Domitian als Liebhaber ausgefallener Spiele eine ganze Sammlung solch wertvoller Rüstungen.

Einer der Diener reinigte den großen Schild und den bronzenen Brustharnisch, legte sorgsam den gepanzerten Handschuh auf eine Bank und prüfte die Beschaffenheit des Schwertes. Er musste schon unzählige Gladiatoren einkleidet haben, denn er tat es mit solch einer Vertrautheit, als wäre er ein Helfer des *Ludus Magnus* und kein Diener des Palastes.

Craton dachte an all das, was der bevorstehende Kampf bringen würde, dachte an Calvus. Auch dessen Rüstung sah gewiss prächtiger aus als jene, die sein Gegner sonst trug. Er würde wohl als *Thraker* eingekleidet werden. Doch nicht nur Calvus, auch der ungewöhnliche Schauplatz im Palast, die Nähe der Gäste beunruhigten Craton. Um seine Aufregung zu besänftigen, blickte er sich nochmals im Zimmer um. Seltene Tierfelle bedeckten den kalten Steinboden, verliehen ihm einen Hauch von Wärme; neben der Büste des Imperators, von einem Lorbeerkranz umrahmt, beherrschten Säulen aus fein poliertem, weißem Marmor den Raum.

Cratons Blicke blieben an einer tragbaren hölzernen Trennwand hängen. Sie war kunstvoll geschnitzt, und durch die Spalten der Verschnörkelungen erblickte er Calvus, der ebenfalls eingekleidet wurde. Den Feind so nah zu wissen schien für beide bedrückend zu sein, und argwöhnisch musterten sie einander, obwohl sie nur einen Schatten wahrnehmen konnten.

Craton versuchte, nicht mehr an Calvus zu denken, als die Sklaven begannen, ihm die Rüstung anzulegen. Doch es gelang ihm nicht. Sein Unbehagen war größer, als er sich eingestehen wollte. Und während ihm die bronzene Brustplatte angelegt wurde, hielt er den Atem an, spürte ein Stechen im Magen. Zum ersten Mal seit seinem Aufstieg zum besten Gladiator Roms pochte sein Herz schneller als gewöhnlich, und er glaubte, Calvus würde es hören. Selbst als ihm der metallene Armschutz übergestreift wurde, wollte sich die Aufregung nicht legen, und als einer der Diener ihm den Helm aufsetzte, glaubte er fast den Verstand zu verlieren.

Dann reichte ihm der andere Sklave den Schild und das Schwert.

Craton schloss die Augen, sein Atem ging stoßweise, und Schweiß trat auf seine Stirn. Es war wieder da, jenes unheilvolle Bild: ein Stoß toter Gladiatoren, auf dem er lag, leblos, bereit, um in die düstere Unterwelt einzuziehen.

Hastig schüttelte er den Kopf, um diese schreckliche Vorstellung zu vertreiben, stand auf und griff entschlossen nach den Waffen.

Schweigend schritten die Diener voraus, und Craton folgte ihnen, ohne Calvus nochmals zu beachten.

Prätorianer säumten den langen, von Kandelabern beleuchteten Gang, der in den Festsaal des Palastes führte. Als Gast hatte Craton ihn betreten, als Gladiator würde er ihn verlassen. Als Sieger oder als Toter … Erst jetzt vernahm er die Schritte seines Gegners, hörte das leise Klirren des Kettenhemdes, glaubte gar Calvus' Atem zu spüren.

Die Gäste jubelten begeistert, als die beiden Gladiatoren in ihren prächtigen Rüstungen den Festsaal betraten. Einige Prätorianer hatten die Mitte des Saales geräumt und grenzten nun die Kampffläche von den Gästen ab.

Mit Stolz erblickte Gaius seinen Gladiator, grüßte ihn mit einem unauffälligen Kopfnicken, während Marcus Titius Calvus lauthals zujubelte.

Vor dem Imperator blieben die beiden stehen und grüßten ihren Herrscher ehrerbietig mit dem Ruf aller Todgeweihten: «Ave, Caesar, *morituri te salutant.*»

Eine unheimliche Stille folgte, alle Augen waren auf den Kaiser gerichtet. Er wartete, musterte regungslos die Kämpfer, stand auf und schenkte ihnen ein zufriedenes Nicken. Dann hob er bedeutungsvoll den Arm und rief: «Möge der Bessere siegen!»

Nun stellten sich die Gladiatoren auf. Es sollte kein übereiltes, kurzes Gefecht werden, sondern, der Umgebung und den Gästen würdig, ein ganz besonderes Schauspiel.

Noch drängelten einige der Anwesenden nach vorn, noch wetteten einige von ihnen auf den Ausgang des Kampfes, während die Gladiatoren den ersten Schlag erwarteten.

«Auch wenn du mir wieder grollen wirst», begann Petronius, an Martinus gewandt, «vielleicht wäre dies die Gelegenheit für dich, deine zwei *Denar* zurückzugewinnen!»

«Soll das heißen, du wettest auf Calvus?»

«Wenn du möchtest!» Petronius hob die Schultern, und sein verstecktes Lächeln verriet Gaius, dass er Martinus nur necken wollte.

«Willst du mich wegen der lausigen zwei *Denar* verspot-
ten?», fragte der Arzt verärgert.

Petronius legte versöhnend eine Hand auf Martinus'
Schulter und erwiderte: «Ich will dir nur eine Möglichkeit
geben, deinen Wetteinsatz wiederzuerlangen!»

«Dann würde ich vorschlagen», der Arzt hob den Becher
und forderte Petronius auf, seinem Beispiel zu folgen, «wir
holen dies beim nächsten Wagenrennen im Circus Maximus
nach. So bereitet es mir mehr Vergnügen, und du kannst es
dort redlich verlieren!»

Mit diesen Worten prosteten sie sich zu, während der
Kampf begann.

Craton holte zum ersten Schlag aus, den Calvus mit dem
Schild mühelos abwehren konnte. Noch war es kein Kampf,
eher ein Zögern, Abtasten, und nichts deutete darauf hin,
dass sich hier die zwei besten Gladiatoren des Imperiums
gegenüberstanden. Sie umkreisten sich, suchten nach Anzeichen von Schwäche: eine frische Wunde, eine kleine Narbe
über einem Auge oder eine ungeschützte Stelle am Schwertarm.

Gaius seufzte, als würde ihn der eben begonnene Kampf
langweilen, und musterte nochmals die Besucher. Seine
Blicke blieben wieder an Pompeia hängen, und an diesem
Abend erschien ihm ihr Lachen gespielter als gewöhnlich.
Sie glich einer gezähmten Wildkatze, vor der trotzdem nie-
mand sicher sein konnte.

Erst ein Aufschrei der Menge lenkte ihn ab; Calvus hatte
einen gefährlichen Angriff abgewehrt, doch Craton hieb
noch kräftiger auf ihn ein und verbeulte den Schild des *Thrakers*. Immer heftiger wurden ihre Angriffe, immer wuchtiger
der Aufprall, als die Gladiatoren aufeinander stießen.

Erste Zuschauer und Prätorianer wichen zurück, denn in
ihrem fiebrigen Eifer kamen die Kämpfer ihnen bedrohlich
näher, verfehlten sie mit ihren Waffen nur knapp.

Craton stritt leidenschaftlich, so, wie ihn noch niemand zuvor gesehen hatte, und Gaius glaubte einen Fremden kämpfen zu sehen. Es war nicht mehr der kühn berechnende, abwartende Gladiator, der jeden Schritt seines Gegners voraussah. Es war ein von Zorn und Rache getriebener Mann.

Gaius ahnte nicht, wie Recht er hatte: Cratons Aufregung war unsagbarer Wut gewichen, er erinnerte sich wieder an Anea, erinnerte sich daran, dass dieser Gegner sie einst schändete.

Mit schnellen Hieben versuchte er Calvus zu schwächen, doch bald erkannte er, dass ihm ein ebenbürtiger Gegner gegenüberstand.

Titius' Kämpfer schien jeden Schlag zu erahnen, wehrte sie mühelos ab. Auch Calvus' Augen loderten hasserfüllt, doch ihn trieben andere Gründe an. Er verfolgte nur ein Ziel: Craton vom Thron der Arena zu stoßen. Jetzt war die Gelegenheit gekommen, und er würde sie nutzen.

Er stach zu und schlug Craton beinahe das Schwert aus der Hand. Noch rechtzeitig konnte dieser abwehren, doch Calvus verletzte ihn am rechten Arm. Ein Raunen erfüllte den Saal, Gaius hielt den Atem an.

Jubelnd feuerten die Gäste die Gladiatoren an, schätzten sich glücklich und waren stolz, auserwählt zu sein, dieses Schauspiel miterleben zu dürfen, während der Plebs Roms erst am nächsten Tag davon erfahren würde.

Gaius wusste immer noch nicht, ob es für seinen Namen und sein Haus eine glückliche Fügung war, dass dieser Kampf ausgerechnet hier auf dem *Palatin* stattfand.

«Großartig!», rief Petronius erfreut und feuerte Craton an, von Martinus mürrisch beobachtet. «Ich sagte dir doch, ich genieße es, wenn Craton kämpft. Sieh ihn dir an! Ein wahrer Meister der Kampfkunst. Calvus hingegen wird älter, langsamer.» Er hielt nachdenklich inne, und plötzlich deutete er

an: «Es müssen viele Männer gewesen sein, als Tiberianus ...»
Er brach ab und biss sich auf die Lippen.

«Was meinst du?» Gaius sah ihn neugierig an, doch Petronius seufzte nur.

«Mein lieber Freund», Martinus beugte sich flüsternd vor, «ich glaube, du weißt mehr über Tiberianus, als du uns sagen willst!»

Petronius sah sich vorsichtig um, musterte die Gäste in ihrer Nähe. Sie alle verfolgten, einige aufgeregt, andere bangend, den Kampf der Gladiatoren. Keine neugierigen Blicke, keine unerwünschten Zuhörer, bemerkte er erleichtert. Dann meinte er mit gedämpfter Stimme: «Craton war nicht Tiberianus' Mörder! Er hatte keinen Grund dazu!»

«Du erzählst mir nichts Neues!» Gaius hob gleichgültig, fast gelangweilt, die Schultern.

Petronius lehnte sich wieder zurück. Auch wenn seine Blicke über die Gladiatoren und die Gäste schweiften, so schienen seine Gedanken weit weg zu sein.

«Ich denke, Cratons Begegnung mit der Vestalin war kein Zufall!», fuhr er leise fort. «An Vestas Seite stand ein einflussreicher, menschlicher Berater, der die Göttin zum richtigen Zeitpunkt an den richtigen Ort führte!» Als hätte er sich plötzlich erinnert, wo er war, senkte er seine Stimme noch mehr. «Aber hier ist es zu gefährlich, weiter darüber zu sprechen!»

Gaius starrte ihn ungläubig an, aufgewühlt von dessen Vermutung. Sollte sie sich als wahr erweisen, würde Craton hingerichtet werden – falls jemand davon erführe. Wer auch immer hinter dieser glücklichen Fügung stand, er musste neben der Vestalin und dem Gladiator um sein eigenes Leben bangen. Gaius versuchte diese ungeheuerliche Vermutung gar nicht zuzulassen, doch dann kamen ihm Zweifel, als er in das ernste Gesicht von Petronius sah. Dieser zögerte, erklärte aber nach einem tiefen Atemzug: «Es wird noch schlimmer werden. Und viele werden Tiberianus nachfolgen.»

«Und woher willst du das wissen? Und wie viel weißt du überhaupt?» Martinus war wütend, neugierig und besorgt zugleich.

Petronius dachte lange nach, winkte plötzlich ab, und Gaius glaubte zu bemerken, wie seine Hand zitterte. «Genug, um ständig mit der Angst leben zu müssen, die Sonne des nächsten Tages nicht mehr zu sehen!»

Martinus betrachtete ihn immer noch misstrauisch. «Aber noch lebst du! Und erzähl uns nicht, was wir alle noch nicht wissen! Verrate uns, was du sonst weißt!»

«Es ist besser für euch, nicht zu viel zu wissen. Ich kann es nicht verantworten, auch euer Leben in Gefahr zu bringen!» Petronius legte besänftigend seine Hand auf den Arm des Arztes.

«Lass uns das entscheiden», mischte sich Gaius wieder ein. Er war verstimmt. Warum nur erzählte er ihm ausgerechnet auf dem *Palatin*, im Herzen des mächtigen Imperiums, von seinen Vermutungen?

Petronius blickte ihn verständnislos an. «Die Mörder wissen, dass du Tiberianus' bester Freund warst. Freunde erzählen sich Dinge, viele Dinge. Glaub mir, Gaius, du lebst gefährlich, ohne es zu wissen. Wenn sich nicht jemand um dich und deine Gladiatoren kümmern würde, würden du und deine Schule vermutlich gar nicht mehr bestehen!»

Gaius lehnte sich zurück und folgte Petronius' Geste, als dieser mit dem Kinn auf Pompeia deutete, die sich angeregt mit dem Kaiser unterhielt, ohne die Kämpfenden aus den Augen zu lassen. War sie es wirklich, die ihn schützte? War es ausgerechnet sie, die sein Leben in ihren Händen hielt?

Er schwieg bedrückt, während Martinus den Kopf schüttelte und gereizt fragte: «Was soll das, Petronius? Was bezweckst du damit, uns nur mit Anspielungen abzuspeisen?»

Petronius bedeutete einem Sklaven, Wein nachzuschenken, und als sich dieser entfernt hatte, erwiderte er: «Ich hätte euch nichts erzählen sollen. Und ich kann euch nicht mehr erzählen.» Er seufzte wieder auf, sichtlich unglücklich darüber, so unbedacht gesprochen zu haben.

«Ich glaube, du bist uns eine Erklärung schuldig», drängte Martinus, der sich mit diesen Andeutungen nicht zufrieden geben wollte.

Petronius sah die beiden Männer scharf an. Aufgebracht zischte er: «Erzählt mir nicht, was ich wem schulde! Habt ihr eine Ahnung, was es heißt, unter einem Damoklesschwert leben zu müssen? Tiberianus wusste es, und jetzt ist er tot! Gaius, du weißt genau, wie er sich fühlte mit all seinen Sorgen und Ängsten! Kannst du dir vorstellen, was es heißt, immer mit der Furcht leben zu müssen, einer deiner Diener könnte schon den Dolch, der für dich bestimmt ist, in der Hand halten? Immer befürchten zu müssen, dass dein Essen vergiftet sein könnte? Dass eine Schlange in dein Bett gelegt wurde?»

Gaius schüttelte betroffen den Kopf und wich seinen eindringlichen Blicken aus. Tiberianus hatte ihm, seinem besten Freund, dem er jedes Geheimnis anvertrauen konnte, nicht alles erzählt. Und jetzt erkannte er, wie viel in der Dunkelheit geblieben war. Wie viel zwischen ihnen unausgesprochen geblieben war.

«Ich kann dir versichern, Gaius, niemand wäre in der Lage, dich zu schützen, wenn du in all die Geheimnisse eingeweiht wärst. Nicht einmal dein Craton. Selbst wenn er dich keinen Herzschlag aus den Augen lassen würde! Er hat es kaum geschafft, sein eigenes Leben zu schützen!»

Bedrückt und verunsichert verfolgte Gaius den Kampf. Er wusste nicht mehr, ob er sich der Gefahr, die ihn umgab, stellen oder ob er seinen Freund ruhen lassen sollte. Aber dann würde er nie erfahren, wer Tiberianus umgebracht hatte.

Mit versteinertem Gesicht beobachtete er, wie Pompeia den Kaiser becircte. Irgendetwas sagte ihm, dass sie an Cratons Rettung beteiligt sein musste. Aber Petronius, so schien es, würde um keinen Preis sein Wissen preisgeben. Und er selbst würde nie erfahren, wer Cratons Leben wirklich gerettet hatte. Die Schatten der Macht schienen übermächtig zu werden.

Ein erneuter Aufschrei aus der Menge ließ die drei Männer aufschrecken, vertrieb ihre Gedanken wie ein Wolf die Schafe.

Calvus hatte Craton wieder einen Schlag versetzt und ihn an der Schulter verletzt. Durch die Wunde angestachelt, schlug dieser zurück und hieb Calvus seinen Schild aus der Hand. Dieser schlitterte über die Marmorplatten und blieb an einem Treppenabsatz liegen. Doch Calvus fasste sich schnell, umklammerte sein Schwert nun mit beiden Händen und focht noch gewandter.

Sein Schild bot Craton zwar Schutz, behinderte ihn aber durch seine Größe, und so drängte Calvus ihn immer mehr zum Becken. Nach einem verfehlten Hieb schmetterte Craton den Schild gegen Calvus, der sich gerade noch rechtzeitig ducken konnte. Der Schild traf einen Prätorianer auf der Brust, ließ ihn rückwärts taumeln.

Cratons Verletzung war nicht schlimm, dennoch wurde der Schmerz bei jeder Bewegung stärker, stechender, brennender. Calvus hatte seine Schwäche bemerkt und trieb Craton, von Titius' überlauten Zurufen angespornt, zurück.

Die Menge raunte, als es Calvus gelang, Craton in das Wasserbecken abzudrängen und ihm mit mächtigen Hieben weiter zuzusetzen. Gaius' Gladiator wich zurück, wehrte ab, ohne auch nur zu einem einzigen Gegenschlag ausholen zu können. Calvus' Stärke überraschte ihn.

Titius' Kämpfer schien jeden Schlag, jede Bewegung Cratons zu erahnen, wehrte jeden seiner Angriffe gekonnt ab. Funken stoben auf, als sich die Klingen kreuzten, Wasser schwappte über den Beckenrand.

Craton wich weiter zurück, hielt inne, während Calvus lauernd abwartete. Bis jetzt zeigte dieser keine Schwäche, er schien unverwundbar zu sein und spürte, diesmal würde er Craton endlich besiegen. Herausfordernd drehte er sein Schwert in den Händen, dann reckte er sich, und mit einem Aufschrei, zum entscheidenden Schlag ausholend, stürmte er auf ihn zu.

Craton blieb regungslos stehen. Erst im letzten Augenblick wich er blitzschnell aus, ließ Calvus ins Leere laufen und stieß ihm das Schwert mit voller Wucht in die linke Seite.

Die Gäste schrien auf. Dann folgte unheimliche Stille.

Langsam drehte sich Craton um und trat an Calvus heran. «Für sie», zischte er und zog seinem Gegner mit grimmiger Miene das Schwert aus dem Leib.

Calvus stand noch immer unbeweglich da. Die Waffe glitt ihm aus der Hand, während sein Blut das Wasser rot färbte. Seine Knie knickten ein, und er stürzte mit dem Gesicht nach vorne in das Becken.

Stürmischer Jubel brach aus, doch Craton nahm ihn nicht wahr. Schwer atmend, gleichgültig starrte er auf den Mann, der Anea einst vergewaltigt hatte und nun tot vor ihm im Becken lag. Angewidert betrachtete er das mit Calvus' Blut befleckte Schwert, warf es ins Wasser.

Noch eben seine Arme jubelnd in die Höhe gereckt, ließ Marcus Titius sie nun bestürzt sinken. Sein Gesicht war bleich geworden, und mit weit aufgerissenen Augen nahm er den Tod seines Kämpfers wahr. Die umstehenden Gäste wandten sich von ihm ab, klatschten, lärmten und begeisterten sich für den siegreichen Gladiator. Schweigend und von keinem beachtet verließ Marcus Titius den Saal und das Fest, ohne sich um den toten Calvus zu kümmern.

Gaius lehnte sich zurück, verfolgte zufrieden, wie Craton, der noch immer im Becken stand, umjubelt und gefeiert wurde.

Für diese wenigen Augenblicke des Triumphes hatte er Tiberianus' Tod und Petronius' bedrohliche Worte vergessen.

XL

Das Gekicher der Dienerinnen in Domitians Badehaus ließen Craton wieder die Augen öffnen.

Die beiden Mädchen, die den Gladiator wuschen, mussten wohl Schwestern sein, denn die Ähnlichkeit ihrer Gesichtszüge war erstaunlich. Sie waren hübsch und anziehend, und lange gelockte Haare fielen über ihre Brüste, die sich unter dem nassen Gewand deutlich abzeichneten. Domitian hatte Craton bestimmt nicht nur wegen des Bades hierher bringen lassen. Doch ihn verlangte nach diesem Kampf nicht nach einer Frau.

Er hatte gehofft, der Sieg über Calvus würde ihn befriedigen, glücklich machen. Doch statt seiner überlegten Kampfesweise zu folgen, ließ er sich von Gefühlen leiten. Und beunruhigt musste er erkennen, dass Calvus ihn auch hätte besiegen können. Aber er hatte Anea gerächt. Die Gedanken an sie besänftigten seinen Unmut, gleichzeitig erfasste ihn Wehmut, sie nicht beschützt zu haben. Nicht da gewesen zu sein, als die schreckliche Tat geschah. Aber nun war es vorbei und Calvus tot.

Nachdenklich betrachtete Craton die Wunde an seiner rechten Schulter, die ein Heiler bereits gereinigt und versorgt hatte. Sie war unbedeutend und würde, wenn überhaupt, höchstens eine kleine Narbe hinterlassen.

Die Sklavinnen lächelten verspielt, befreiten ihn von Schweiß und von Calvus' Blut, während er sich im Badehaus umblickte. Es war prunkvoll ausgestattet: Weißer und roter Marmor zierten das Becken, und aus einem goldenen Löwenkopf, der in die Wand eingelassen war, sprudelte Wasser. In der Mitte des Bades reckte Neptun seinen Dreizack bedrohlich in die Höhe. Meisterhaft gestaltete Mosaiken an den Wänden erzählten von den Taten des Wassergottes in den Weiten der Ozeane. Unzählige Meeresbewohner der mannigfachsten Arten hatten einst geschickte Hände mit bunten Steinchen zu Leben erweckt. Gemalte Delphine und Ungeheuer aus den Tiefen der See tanzten im Licht zahlreicher Öllämpchen, die das Badehaus erleuchteten.

Craton war beeindruckt. Er sah die Mädchen nochmals an, dann schloss er müde die Augen. Der wohlriechende Duft sorgfältig ausgesuchter Öle benebelte seine Sinne. Seine Lider wurden immer schwerer, und das einlullende Plätschern des Wassers, vermischt mit den Mädchenstimmen, ließ ihn beinahe in einen besinnlichen Schlaf gleiten.

«Man erzählt, du bist unbesiegbar. Ist es wahr?», lachte eines der Mädchen neugierig.

Craton schwieg.

«Du sollst sogar Herkules schlagen können!», lobte das andere.

Er schwieg noch immer.

Sie kicherten wieder, flüsterten einander etwas zu, doch plötzlich erstarb ihr Lachen.

«Aphoria, Simona, ihr könnt gehen», forderte sie eine Frauenstimme bestimmt auf. Die beiden Sklavinnen hielten inne, merkten auf und verließen rasch das Becken.

Craton öffnete verwundert die Augen, vernahm das eilige Tapsen nackter Füße, das sich langsam entfernte. Er richtete sich auf, wandte sich um, doch das flackernde Licht der Öllämpchen erhellte nur das Becken und dessen Stufen.

Langsam löste sich eine edel gekleidete, verschleierte Gestalt aus dem Schatten und kam, kaum hörbar, als würde sie den Fußboden gar nicht berühren, auf Craton zu. Ihre

Stimme war jetzt weich, als sie fragte: «Gefällt es dir im Hause deines Herrn und Gottes?»

Noch immer verhüllte ein kostbarer, dunkler Schleier ihr Gesicht.

«Gaius ist mein Herr, und einen Gott habe ich hier nicht angetroffen», erwiderte er und kniff die Augen zusammen.

Die hoch gewachsene Frau musterte ihn eindringlich, und er glaubte ihre brennenden Blicke zu spüren, die bewundernd und verlangend über seinen Körper glitten.

Endlich hob sie den Schleier.

Craton neigte den Kopf. «Herrin!», sagte er, als er erkannte, wer die Gestalt war.

Pompeia lächelte ihn sinnlich an, trat näher, die Hände hinter ihrem Rücken verbergend.

«Domitian findet, du bist ein würdiger Sieger und hast dies hier ehrlich errungen.» Sie holte einen vergoldeten Lorbeerkranz hinter ihrem Rücken hervor und streckte ihn Craton entgegen. «Ich selbst wollte ihn dir überbringen!», fügte sie hinzu und setzte ihm ihn feierlich, so, als würde sie einer Gottheit huldigen, auf sein Haupt. Schweigend und nur widerwillig ließ er sie gewähren.

«Du hast heute wieder deine übermenschliche Stärke bewiesen. Selbst Mars könnte dich nicht besiegen.» Sie strich mit ihrem Zeigefinger über seine frische Wunde.

Die Erinnerung an ihr Fest kehrte wieder zurück, und mit Unbehagen dachte er an ihre Absicht, ihn zu verführen. Er fühlte sich ihr in seiner Nacktheit ausgeliefert, und mit den Händen bedeckte er sein Glied, während Pompeia erregt um das Wasserbecken schritt.

Vor einem Tisch, auf dem Cratons Rüstung lag, blieb sie stehen. Sie betrachtete den Helm, strich über die Brustplatte, an der noch Calvus' Blut klebte. Dann drehte sie sich um, stützte sich aufreizend am Tisch ab und musterte den Kämpfer erneut.

476

«Nun bist du wirklich der beste Gladiator des ganzen Imperiums. Wie ist es, unbesiegbar zu sein?» Ihre Blicke verschlangen ihn, und ihre Stimme bebte herausfordernd. Ihre Lust nach ihm schien sie zu verbrennen.

«Unbesiegbar?», wiederholte er ungläubig und erhob sich. Er stieg aus dem Becken, schlang ein bereitgelegtes Tuch um seine Hüften und verharrte schweigend.

«Du hast Calvus besiegt», hauchte Pompeia, die jede Bewegung des Gladiators begehrlich verfolgte, «jetzt bist du der wahre König der Arena!»

«Auch Calvus glaubte, ein König zu sein!»

Pompeia winkte ab. «Calvus' Zeit war schon längst abgelaufen! Du aber, du bist auf dem Höhepunkt deines Ruhms! Es gibt keinen mehr, der dir ebenbürtig ist! Die Herzen der Frauen gehören dir, und die Männer bewundern, verehren dich!» Sie schob die Brustplatte zurück, schritt bedächtig weiter um das Becken.

Craton betrachtete sie. Ihre Schönheit und ihre anmutigen Gesichtszüge verrieten nicht, welches Wesen, welche dunklen Gedanken sich hinter ihnen verbargen. Langsam nahm er den Siegeskranz vom Kopf und drehte ihn in den Fingern.

«Auch Calvus war einer der Besten. Du siehst, es wird immer jemanden geben, der den Besten besiegen wird. Es wird immer einer kommen, der stärker ist – irgendwann», sagte er und legte den Kranz auf einen Stuhl.

«Calvus war ein alter Mann», spottete Pompeia. «Er war nicht mehr wert als ein zahnloser Löwe, der versucht, eine Maus zu erschrecken! Aber du», sie verzog ihre Lippen zu einem sinnlichen Lächeln, als sie langsam auf ihn zukam, «du musst nicht so wie er enden. Ich könnte dir helfen ...»

«Mir helfen?» Craton drehte den Kopf zur Seite, als er Pompeias zärtliche Berührung auf seinem Rücken spürte.

Mit zitternden Händen strich sie sanft über seine Haut

und flüsterte ihm ins Ohr: «Ich kann von Domitian alles verlangen. So könnte er Gaius befehlen, dich an ihn zu verkaufen.» Sie hielt kurz inne, dann hauchte sie ebenso verführerisch: «Ich könnte den Imperator sogar dazu bringen, dass er dich mir zum Geschenk macht!»

Craton schluckte. Er wusste von Pompeias Macht und ihrem Einfluss. Wollte sie nun, dass er an Quintus' Stelle trat und ihr bedingungslos diente? Verlangte sie gar, dass er mehr als nur ihr Leibwächter sein würde? Ein Leben, gefährlicher als das eines Gladiators!

«Willst du wirklich einen heldenhaften Tod in der Arena sterben?», fragte sie und trat ganz dicht vor ihn hin. «Niedergestreckt von einem jungen, unbekannten Kämpfer, der irgendwann zum entscheidenden Schlag gegen dich ausholt? Und du weißt genau, dieser Tag wird kommen!» Sie schien wie eine Spinne auf ihre Beute zu warten, schlang jetzt begehrend ihre Arme um seinen Hals, einer Dirne gleich, die sich einem Freier anbot. Nur ihr Werben war edler, verlockender, erregender.

«So schweigsam?», hauchte sie und sah zu ihm auf. «Letztes Mal warst du nicht so schüchtern!» Sie ließ ihn wieder los, schritt lächelnd auf den Stuhl zu, auf dem der Siegeskranz lag. «Letztes Mal hast du mich abgewiesen, aber dieses Mal ...» Sie hob den Kranz auf und spielte mit den vergoldeten Lorbeeren. «Ich habe dich dafür gehasst! Aber ich entschuldige dein Verhalten!»

Je länger Craton sie anblickte, umso mehr spürte er, wie sehr sie ihn erregte. Seit den Ereignissen im *Tullianum* hatte er mit keiner Frau mehr geschlafen, und so erschien sie ihm noch begehrenswerter als je zuvor. Ihr schlanker und wohlgeformter Körper lockte, und das edle Kleid, mit kostbaren Silber- und Goldstickereien versehen, verstärkte ihre Reize. Doch er wusste, er musste ihr widerstehen, durfte ihren Verlockungen nicht erliegen. Sie kam mit dem Kranz in der

Hand auf ihn zu und krönte ihn wieder. «Du solltest stolz darauf sein, den goldenen Lorbeer zu tragen!», flüsterte sie, während sie seine Wangen liebkoste. «Eine Ehre, die sonst nur dem Imperator zusteht!»

Pompeias schlanke Fingern glitten über den Nacken des Gladiators, ihre Nägel gruben sich in seine Haut. Sie seufzte auf, löste ihre Umklammerung, strich ihm über die Schultern, die Brust, berührte eine alte Narbe. «So viele Kämpfe, so viele Verletzungen. Welch ein Verlust wäre es, dich tot zu sehen. Ein Gladiator, der zu einem Gott wurde. Als hätte Jupiter selbst dich gezeugt. Und Adonis könnte dein Bruder sein!»

Ihr verführerisches Flüstern steigerte Cratons brennendes Verlangen, sie zu nehmen. Er umfasste ihre Taille, zog sie an sich. Sie lächelte triumphierend. Ihr Körper bebte vor Erregung, gierte lustvoll nach Erfüllung.

Wie besessen begann Craton ihre sinnlichen, nach Honig schmeckenden Lippen zu küssen. Pompeia erwiderte seine Begierde, warf mit einem leichten Stöhnen den Kopf in den Nacken. Seine Küsse bedeckten ihren Hals, er berührte ihre Schulter, streichelte ihre weichen, vollen Brüste.

«Du könntest bei mir leben», hauchte sie, «ein Leben ohne Schmutz, ohne Entbehrungen. Nicht wie bei Gaius. Ohne Arenen ...» Sie brach ab, liebkoste mit ihren Lippen Cratons Brust. «Du könntest mein sein!» Erwartungsvoll schloss sie die Augen.

Craton stutzte plötzlich, hielt schwer atmend inne und sah die Frau an, die begehrlich ihre Hände über seinen Körper wandern ließ. Und er erkannte die Gefahr, die von Pompeia ausging. Ein Leben in ihrer Nähe, als ihr Sklave, würde ihm niemals die Freiheit bringen. Ein Leben voller Intrigen, Verrat und Macht – er hatte es bereits erfahren; und ein solches Leben wollte er noch weniger als jenes, das er jetzt führte. Auch wenn er im nächsten Kampf in der Arena den Tod finden sollte, so hatte er die Hoffnung nicht aufgegeben, irgendwann frei zu sein. Auf jemanden zu warten, der ihm so nahe war wie niemand zuvor.

Pompeia schlug ihre Augen auf, und ihr verführerisches Lächeln erlosch.

«Herrin, der Tod von Quintus bedrückt dich noch immer.» Craton wandte sich ab, betroffen, ihren Verlockungen nachgegeben zu haben. «Ich denke, es ist nicht dein Wunsch ...»

«Mein Wunsch?», zischte sie aufgebracht. «Was weißt du schon von meinen Wünschen?» Sie wich zurück und starrte ihn hasserfüllt an. «Ich wünsche nicht, ich befehle! Du scheinst zu vergessen, wer vor dir steht! Ich bin Flavia Pompeia, die Cousine des Imperators! Wie kannst du mich wieder verschmähen?»

Ihre Augen funkelten vor Zorn, und nichts erinnerte mehr an ihre Zärtlichkeiten, ihre sinnliche Stimme, ihre Begierde.

«Ich bin kein Sklave des Palastes. Ich bin ein Gladiator», erwiderte Craton. «Ich habe die Pflicht, im Kampf zu siegen und, wenn es so weit ist, ehrenhaft zu sterben.»

Sie reckte ihren Hals, trat wieder auf ihn zu. Wut und Empörung zeichneten ihre Gesichtszüge. «Und was glaubst du, wer ich bin? Irgendeine beliebige Dirne, eine billige Sklavin, die man einfach wegschickt? Du hast es zweimal gewagt! Aber glaube mir, ein drittes Mal wird es nicht geben!»

Craton sah sie schweigend an, und das schien sie noch wütender zu machen. «Ist mein Körper nicht gut genug für deinen *Gladius*?», spuckte sie ihre Worte wie eine verdorbene Frucht aus. «Ich dachte, du wärst ein Mann, kein Eunuch», höhnte sie verachtend. «Aber vielleicht verlangt es dich nach Knaben. Oder hat dich das Leben als Gladiator zu gefühllos gemacht, um eine Frau zu lieben?»

Auch wenn ich ein Gladiator bin, so liebe ich, wollte er

ihr ins Gesicht schreien. Er zog den Siegerkranz wieder vom Kopf, ließ ihn fallen. Klirrend schlug er auf den Marmorfliesen auf.

«Du gehörst einem hohen und edlen Geschlecht an. Es schickt sich nicht für eine Herrin aus dem Hause Flavius!», erwiderte er, ohne sie anzusehen.

Sie bebte vor Zorn, und mit erstickter Stimme stieß sie kaum hörbar hervor: «Du wagst es, mich so zu verhöhnen? Ich habe dir das Leben gerettet. Ich war es, die dich vor dem Tod am Kreuz bewahrt hat. Nur durch meine Macht bist du nicht hingerichtet worden! Nur durch meine Macht lebst du! Auf meinen Befehl kreuzte die Vestalin deinen Weg! Dein Schicksal habe ich entschieden!» Sie trat noch einen Schritt vor. «Glaube mir, ich kann ein Leben auslöschen, wenn ich will, und ich kann auch eines retten! Diese Gnade wirst du nie mehr erfahren, nie mehr!»

Craton griff unbeirrt nach seiner Tunika, wollte sie sich überstreifen, als er aus den Augenwinkeln eine Bewegung wahrnahm.

Sie zückte einen Dolch und stürzte sich auf ihn. Craton wirbelte blitzschnell herum und packte, bevor sie zustechen konnte, mit festem Griff ihr Handgelenk. Pompeias Augen funkelten böse, und verzweifelt versuchte sie sich aus dem Griff zu befreien. Kein Laut kam über ihre verzerrten Lippen, als sie sich unter Schmerzen wand. Es war vergeblich. Mühelos nahm Craton ihr den Dolch aus der Hand, betrachtete die kunstvoll gearbeitete Waffe und warf sie dann in das Becken.

«Deine Macht muss ich eines Tages vielleicht fürchten, aber nicht dich! Und auch wenn du mich töten lassen wirst: Ich bin ein Gladiator, und der Tod ist mein ewiger Begleiter!» Er sah sie voller Verachtung an, ließ ihr Handgelenk los.

«Das wagst du nie wieder», fauchte Pompeia drohend, «ich schwöre dir, du wirst diesen Abend nie mehr vergessen!» Sie schlug ihm ins Gesicht, drehte sich um und verließ wütend das Badehaus.

Regungslos starrte er ihr nach. Ein kleiner Sieg, dachte er unruhig. Ein kleiner, unbedeutender Sieg in einem Krieg, der nie enden würde. Aber ein Sieg.

Ihre Unbeherrschtheit hatte ihm verraten, was er schon ahnte: Pompeia war in die Ereignisse der letzten Monate verwickelt.

Hastig kleidete er sich an. Die Stille des Bades erschien ihm mit einem Mal unheimlich. Gerade als er es verließ, blies ein Luftzug die Flamme eines Öllämpchens aus. Ihr Rauch, einer Schlange gleich, züngelte bedrohlich um den Löwenkopf.

XLI

Der friedliche Atem der schlafenden Frau in seinen Armen ließ Gaius die Augen schließen. Messalia schlummerte tief und fest. Gleichmäßig hob und senkte sich ihre Brust, und das fahle Licht der Morgendämmerung ließ ihre helle Haut schimmern.

Er hatte sie aufgesucht, um seinen Sorgen für eine Nacht zu entfliehen. Doch auch hier fand er keine Ruhe, quälten ihn die Gedanken an das Fest im Palast des Imperators.

Erst als es vorüber war und der Morgen graute, traten Gaius und Craton den Heimweg an. Der Gladiator begleitete schweigsam und in sich gekehrt die Sänfte, in der sein Herr saß. Zunächst wollte Gaius nicht fragen, was geschehen war, doch dann erinnerte er sich an Petronius' spottende Worte, Pompeias Rückkehr, ihre missgelaunten Gesichtszüge, ihr herrisches, abweisendes Auftreten.

Erst nachdem Gaius Craton befahl zu erzählen, was vorgefallen war, schilderte Craton ungerührt die Erlebnisse im Badehaus. Unbehaglich lauschte Gaius seinen Worten. Er wusste nur zu gut, dass Pompeia eine solche Kränkung nicht noch einmal hinnehmen würde. Sie abzuweisen oder ihren Verlockungen zu erliegen – es war wie eine Falle ohne Fluchtweg, und aus ihrem Netz der Intrigen schien es kein Entkommen zu geben. Wie würde sie sich diesmal rächen?

Gaius schwieg bedrückt, und Craton war erleichtert, als sie endlich die Villa erreicht hatten. Die nächsten Tage würden zeigen, welchen Plan Pompeia sich ausgedacht hatte.

Versonnen starrte Gaius auf eines der wenigen noch brennenden Öllämpchen in einer Wandnische, dessen Flamme zaghaft flackerte, als ein leichter Windhauch es streifte. Der Morgen nahte, und jetzt spürte er auch den kühlen Luftzug, der durch das mit Stoffen verhangene Fenster von Messalias *Cella* drang.

Messalia drehte sich, schob ihren Kopf noch näher an Gaius und legte, friedlich schlafend, eine Hand auf seine Brust. Gaius betrachtete ihren Körper, ihre bloßen Brüste, die er eben noch ungestüm berührt hatte.

Er hoffte, wieder einmal Schlaf zu finden.

Die vergangenen Nächte hatten ihn wach gehalten. Nicht nur Pompeias Zorn auf Craton, auch Domitians neu aufflammender Hass gegen die Christen trieb ihn um.

Entsetzt hatte er vernommen, dass die Sklaven einer ganzen Patrizierfamilie hingemetzelt wurden, weil sich die Tochter angeblich zu dieser Glaubensgemeinschaft bekannte. Domitians Schergen verschonten niemanden, und der Wahn des Imperators machte ihn immer unberechenbarer.

Auch im Hause des Severus Claudius Marcellus hatten die Prätorianer zehn Sklaven verhaftet, die verdächtigt wurden, zur Glaubensgemeinschaft der Christen zu gehören. Dabei kümmerte es sie wenig, ob Männer, Frauen oder Kinder in den *Carcer* verschleppt wurden und nun dort ihrer düsteren Zukunft harrten.

Gaius' Arzt, Martinus, hatte den alten Mann an jenem Tag aufgesucht, um ihn zu untersuchen, und konnte Marcellus gerade noch davon abhalten, sich und sein Haus ins Verderben zu stürzen. Die Soldaten ließen Marcellus unbehelligt, als Martinus erklärte, der alte Mann wäre krank und ein wenig verwirrt. Der Befund des Arztes entsprach der Wahrheit. Schon lange kränkelte Claudias Vater, und er würde, so die Befürchtung Martinus', den kommenden Winter nicht überleben.

Schweren Herzens hatte Gaius einen Brief an Claudia verfasst, in dem er ihr über den bedauerlichen Zustand ihres Vaters berichtete. Noch hatte er keine Antwort erhalten, und nicht zu wissen, wie es ihr erging, erfüllte ihn mit Schwermut. Ob sein Bruder ihr nun endlich das Glück schenkte, welches Gaius Claudia so wünschte?

Und noch eine Sorge bedrückte ihn: Julia. Er hoffte nur, sie lange genug vor Domitians Wahn schützen zu können. Würde Pompeia erfahren, dass er eine Christin in sein Haus aufgenommen hatte, wäre sie verloren. Und nicht nur sie. Pompeia würde nur darauf warten, sich am Haus Octavius zu rächen.

Messalia räkelte sich wieder, während Gaius nachdenklich die Vorhänge betrachtete, die sich im Morgenwind wiegten. Die noch schlafende Stadt erwachte langsam zum Leben. Irgendwo bellten Hunde in den leeren Straßen, wurden Stimmen laut. Es wurde merklich heller, und Gaius sann darüber nach, ob er die Frau vor Anbruch des neuen Tages verlassen sollte.

Als hätte Messalia seine Gedanken erahnt, schlug sie die Augen auf und küsste ihn mit einem Lächeln zärtlich auf seinen Arm.

«Du bist noch hier?» Sie blickte ihn verwundert an. Ihre

Stimme klang aufrichtig, als sie hinzufügte: «Dass du wirklich die ganze Nacht bleiben würdest, hätte ich nicht gedacht.»

Gaius entfernte eine weitere Strähne aus ihrem Gesicht. Messalia ließ ihn gewähren.

«Du bist so voller Gram, Gaius», bemerkte sie und strich über die Falten seiner Augen. Schon am Abend zuvor hatte sie die Traurigkeit und die Müdigkeit ihres Gastes bemerkt. Dunkle Schatten umrandeten seine Augen, ließen ihn jetzt alt und erschöpft aussehen. Erste graue Strähnen zeigten sich in seinem sonst so sorgfältig gepflegten dunklen Haar. «Bereitet dir dein *Ludus* solche Sorgen? Oder weshalb bist du so verstimmt?»

Gaius blickte wieder zum Fenster, wo bald die ersten Sonnenstrahlen über die Vorhänge tanzen würden. Er antwortete nicht. Messalia richtete sich auf und begann seine Brust mit ihren warmen, sinnlichen Lippen zu liebkosen, dann seinen Hals, bis sie schließlich seine Lippen berührte. Jetzt hielt sie inne, während ihre schmalen Finger mit Gaius' Locken spielten.

Nur zögernd folgte er ihrer Aufforderung und küsste sie, ohne Leidenschaft, ohne Begierde. Messalia stockte. «Gaius, dich grämt etwas. Was ist es, das dich so beschäftigt und nicht schlafen lässt?»

Er sah in ihre Augen, lange und ernst, doch sie wandte sich nicht ab. Stattdessen drehte er den Kopf zur Seite und stammelte unbeholfen: «Etwas geht vor sich. Und ich weiß nicht, was. Ich weiß nur, es ist gefährlich!»

Messalia lächelte kalt und erwiderte spöttisch: «Das ist Rom, mein lieber Gaius!»

Gaius sank in die Kissen zurück. Plötzlich lag wieder jene Messalia neben ihm, die in ihm nur einen Freier sah und nicht einen Mann, den nach warmer Liebe dürstete. «Ich war auf dem *Palatin*!»

«Davon habe ich gehört», entgegnete sie ungerührt und stieg aus dem Bett. Gaius bewunderte ihren nackten Körper, ihre anmutigen Bewegungen, als sie zu einer Truhe in der Ecke des kleinen Zimmers ging, niederkniete und begann, nach einem Kleidungsstück zu suchen.

«Craton hatte mich begleitet.»

«Auch das habe ich gehört», schnitt sie ihm das Wort ab, sah ihn an, wandte sich aber gleich wieder der Truhe zu. «Und ich habe von diesem Kampf auf dem *Palatin* gehört!»

Sie stand auf und zog sich ein dünn gewebtes Gewand über, das ihre zarte Gestalt durchschimmern ließ.

«Wer hat dir das alles erzählt?» Gaius richtete sich erstaunt auf.

Messalia lächelte. «Glaubst du wirklich, ein Kampf zwischen den beiden größten Gladiatoren des römischen Imperiums bliebe geheim?» Sie band ihre langen Haare mit einem Riemen im Nacken zusammen. «Ganz Rom weiß davon, und viele sind darüber empört!»

«Empört?»

Sie trat wieder auf Gaius zu, setzte sich, streichelte sein Kinn, das sich rau anfühlte. «Rom, das ganze Imperium wollte dabei sein, aber Domitian entschied, dem Volk genau diesen Kampf vorzuenthalten. Denkst du, der Plebs wird ihm das verzeihen?»

Gaius musste ihr zustimmen. Bestimmt hatten die anwesenden Gäste in ihren Häusern mit Stolz von diesem Ereignis erzählt, und Prätorianer und Sklaven trugen diese Neuigkeit nun durch die ganze Stadt.

Messalia zog ihre Hand wieder zurück und entzündete ein Öllämpchen, das auf einem kleinen Schemel neben ihrem Bett stand. Nur zögernd entflammte sich der Docht, die kleine Flamme spendete kaum Licht.

«Man erzählt sich, Craton habe Calvus getötet. Warum also solltest du dich als Besitzer des besten Gladiators Roms um die Zukunft deiner Schule sorgen?» Messalia entzündete ein weiteres Lämpchen.

Gaius rieb sich die Augen, als der aufsteigende Rauch sie reizte.

Messalia blickte ihn lauernd an. «Also, was lässt dich nicht zur Ruhe kommen?», fragte sie.

Gaius zog sich das Laken über seinen Körper. Ihn fror plötzlich, aber er wusste, es war nicht der kühle Morgenwind, der ihn frösteln ließ. Messalia legte sich wieder neben ihn, lehnte sich in die Kissen und wartete.

Gaius zögerte. «Pompeia hat versucht ...»

«... dich zu erobern?» Messalia verzog vergnügt ihre Lippen.

Gaius schüttelte entschlossen den Kopf. «Nicht mich!»

«Nicht dich? Sie läßt doch keine Möglichkeit aus, dich in ihr Bett zu locken. Stattdessen bist du hier bei mir.» Sie lächelte, und Hohn erfüllte nun ihre Stimme. «Und du zahlst auch noch dafür!»

«Sie hat versucht, Craton zu verführen!», entgegnete Gaius gereizt.

«Und jetzt bist du eifersüchtig, dass er ihr Angebot angenommen hat!»

«Hat er eben nicht!», stieß Gaius wütend zwischen den Zähnen hervor, verärgert über Messalias Worte.

Sie starrten sich schweigend an, während draußen auf der Straße ein Karren vorbeirumpelte, begleitet vom Bellen eines Hundes.

«Willst du damit etwa sagen, Craton hat die größte Hure Roms verschmäht?», brach Messalia die Stille und begann laut zu lachen.

Gaius nickte und entgegnete ernst: «Und das nicht nur einmal!»

Verwundert verzog Messalia ihre Miene und versuchte, Gaius' Gedanken zu erraten. «Und Pompeia?»

487

Gaius hob unwissend die Schultern.

«Auch andere Adelige suchen mich auf», erklärte Messalia beiläufig, «und so habe ich einiges über Pompeia erfahren. Noch niemand hat es gewagt, die Cousine des Kaisers zu verschmähen!»

«Denkst du, Craton weiß das? Er ist ein Gladiator, ein Unfreier noch dazu!», erklärte Gaius fast entschuldigend. «Außer den Sklavinnen, die ich zu ihm schicke, kennt er kein einziges Weib!»

«Da ist doch diese Amazone», fügte Messalia trocken hinzu.

Die er auch noch geschwängert hat, grollte er innerlich.

«Du solltest vorsichtig sein und genau darauf achten, was Pompeia tut», mahnte sie, diesmal sichtlich besorgt, und strich ihm über die Wange. «Vielleicht hast du Glück, vielleicht legt sich ihr Groll von selbst. Domitian kümmert sich gegenwärtig mehr um die Christen als darum, Pompeias Wünsche zu erfüllen.»

Gaius erhob sich und begann seine Tunika überzustreifen. Erste Sonnenstrahlen drangen jetzt durch einen Spalt der Vorhänge, und als Messalia seine Eile bemerkte, fügte sie spöttisch hinzu: «Vielleicht solltest du ihr Craton zum Geschenk machen.»

Aufgebracht wandte sich Gaius um. Seit Tagen fand er kaum noch Schlaf, Sorgen, die Furcht vor Pompeias Intrigen quälten ihn, und jetzt verhöhnte ihn diese Dirne.

«Erspare mir deinen Spott, Messalia!» Er faltete hastig seine Toga. «Auch wenn sie nicht besser ist als du, so verlangt Pompeia kein Geld!»

«Aber vielleicht deine Freiheit! Oder gar dein Leben!», entgegnete sie ruhig. «Nichts hat mich überzeugt, dass sie eine Vestalin ist! Und auch wenn sie adelig ist, sie tut das, was auch ich tue. Ich bin nur eine unbedeutende Dirne, sie hingegen ...»

«Erkenne ich etwa Eifersucht? Oder gar Neid? Oder ist es deine Unfähigkeit, sie als Mitglied der kaiserlichen Familie anzuerkennen?»

«Ob von kaiserlicher Abstammung oder nicht! Ich kenne keine weiteren Verwandten des Imperators, die einen noch schlechteren Ruf haben als Pompeia.» Messalia stand auf und trat vor Gaius. «Ich wundere mich nur, warum du ihr nicht gefällst. Warum sie sich Craton ausgesucht hat und nicht dich? Ist er mehr Mann als du? Vielleicht sollte ich Craton einmal aufsuchen ...»

Gaius spürte, wie Wut in ihm aufstieg.

«Du schläfst ja mit jedem, der dich bezahlt!», brüllte er plötzlich, «und ich kann mir nicht vorstellen, Craton mit dir ...»

Sie nahm ein Öllämpchen vom Tisch, als ein kindliches Weinen ertönte, öffnete die Tür zu einer Kammer und flüsterte: «Ist ja schon gut, mein kleiner Stern. Ganz ruhig!»

Gaius folgte ihr und sah überrascht, wie Messalia vor einem kleinen Bett kniete. Beruhigend redete sie auf ein Kind ein, streichelte seine Wangen, um den Tränen Einhalt zu gebieten. Doch es half nichts.

Sorgsam stellte sie das Lämpchen auf den Boden, nahm das Mädchen auf und wiegte es in den Armen. «Ist ja schon gut, mein kleiner Stern. Niemand wird dir was antun!»

Das Weinen wurde nach und nach leiser, bis es schließlich verebbte. Messalia summte noch vor sich hin, bis die Kleine eingeschlafen war. Dann legte sie das Kind wieder ins Bett, streichelte seine Wangen, nahm das Öllämpchen und verließ die Kammer.

Erst als sie die Türe behutsam hinter sich geschlossen hatte, stammelte Gaius verwirrt: «Du hast eine Tochter?»

Sie drehte sich um, nickte ihm wortlos zu und stellte das Lämpchen auf den Schemel zurück. Ihre Stimme zitterte, als sie sagte: «Seit drei Jahren!»

Verlegen wandte sich Gaius ab. Er hätte nie gedacht, dass Messalia schon Mutter war. Und er konnte sich auch nicht vorstellen, wie in ihrem Leben als Dirne ein Kind aufwachsen sollte.

«Und weißt du, wer», er blickte zwischen ihr und der verschlossenen Tür hin und her, «weißt du, wer der Vater ist?»

Messalia lief schweigend zum Fenster, schob die Vorhänge zurück, um die Sonne zu begrüßen, schloss sie jedoch wieder. Ohne sich umzudrehen, antwortete sie leise und nachdenklich: «Ein Kunde, ein Freier, wie du. Vielleicht war er adelig, vielleicht ein *Libertus*, ich weiß es nicht ... vielleicht auch ...», sie stockte, wollte noch ein «du» hinzufügen, doch ihre Stimme versagte.

Gaius schluckte. Vor ihm stand eine völlig unbekannte Messalia. Nicht die eiskalte Dirne, sondern eine verletzliche, sorgenvolle Frau, erfüllt von der Liebe zu ihrer Tochter.

«Sie ist der Grund, warum ich hier bleibe. Ich weiß, es gibt bessere Orte, wo ein Kind aufwachsen kann, als dieses Haus. Aber so kann ich ihr ein Dach über dem Kopf sichern, sie jeden Tag ernähren.» Messalia drehte sich wieder um, und Gaius glaubte Tränen in ihren Augen zu sehen. «Aber viel wichtiger ist: Sie ist frei geboren! Sie gehört niemandem, und niemand kann über ihr Schicksal bestimmen. Niemand, der sie kaufen oder verkaufen könnte!» Sie trat einen Schritt auf Gaius zu, wischte sich eine Träne von der Wange. «Und niemand kann sie mir wegnehmen, niemand!»

Gaius blickte an ihr vorbei, stumm, aufgewühlt. Hastig faltete er seine Toga fertig und verließ Messalia, ohne sich nochmals umzudrehen. Als er die Straße erreichte, wusste er, er würde sie nie wiedersehen.

Die Nacht hing wie ein dunkles Tuch über Aneas Zelle.

Mit offenen Augen lag sie auf ihrem Lager und fand keinen Schlaf. Traurige Gedanken hielten sie wach.

Es hatte lange gedauert, bis sie von der schweren Geburt endlich genesen war. Als eine Hebamme und einige Männer in ihr Zimmer kamen und ihr das Kind entrissen, glaubte sie vor Verzweiflung sterben zu müssen. Sie schrie und flehte, schlug mit den Fäusten auf die Männer ein. Es war vergebens. Sie würde den Kleinen nicht stillen können, log sie die Hebamme an. Aber sie brachten ihr Kind nie wieder zurück. Wut und Trauer lähmten sie, als sie eines Tages erfuhr, dass ihr Sohn von Gaius verkauft worden war.

Ihr Köper verlangte nach der Nähe und Wärme des Neugeborenen. Noch schmerzten ihre Brüste, weil keine kleinen Lippen nach Milch dürsteten. Doch dieser Schmerz war kleiner, verflog schneller als der Schmerz des Verlustes. So weinte sie viele Nächte bitterlich, klagte und sehnte sich nach ihrer fernen Heimat und nach ihrem kleinen Sohn.

Sie hatte sich verändert, war Mutter geworden, die für ein Kind da sein wollte, das sie nicht ihr Eigen nennen durfte. Sechs Monate waren nun vergangen, und sie versuchte zu trauern, zu vergessen, doch der Schmerz und der Kummer über den Verlust schwanden nur langsam. Nur Martinus' Heilkunst und Julias Fürsorge halfen ihr zu genesen, um bald wieder in den *Ludus* zurückkehren zu können.

Für Anea war Julia schon lange wie eine Schwester. Ihr herzliches Wesen, ihre Anmut und ihre Anteilnahme trösteten sie in den dunklen Stunden ihrer Krankheit, halfen ihr, über ihre Traurigkeit hinwegzukommen. Julia besaß die ungewöhnliche Gabe, ihr Kraft zu geben. Sie sorgte sich aufrichtig um Anea, besuchte sie beinahe jeden Tag. Sie sprachen viel, kamen sich näher, erzählten von ihrer Vergangenheit. Anea wagte es gar, von ihrer nordischen Heimat zu berichten. Neugierig lauschte Julia ihren Schilderungen, vertraute sich ihrerseits Anea immer wieder an, wenn etwas sie belastete. Sie erzählte von Ereignissen in Gaius' wie auch in Tiberianus' Villa. Sie sprach von der Angst, die das ganze

Haus des ermordeten Senators erfasste. Von ihrem Glück, nicht zu den anderen Dienern zu gehören, die sterben mussten. Doch manchmal schien es Anea, als ob Julia sich danach sehnte, ihrem verstorbenen Herrn in den Tod zu folgen, und als ob sie ein Geheimnis mit sich trüge, das sie keinem preisgeben wollte.

Einmal, nachts, als Anea immer noch schwach und ausgezehrt auf ihrem Bett lag und um ihr Leben kämpfte, betete Julia leise und andächtig. Sie hatte sich neben sie gekniet, um ihren Gott anzuflehen. Anea vernahm ihre Worte nur im Fieber, aber die geflüsterten Gebete der Frau würde sie nie mehr vergessen: «Jesus, der du für uns gestorben bist, hilf dieser armen Seele und leuchte ihr den Weg!»

Anea kannte diesen Gott nicht, sie kannte keinen Jesus, aber so ehrfürchtig, wie Julia ihn anbetete, musste es ein mächtiger Gott sein, der nicht nur dieser Frau Kraft, sondern ihr auch die Gabe verlieh, Verzweifelten wieder Hoffnung zu geben. In einsamen Stunden fragte sie sich immer wieder, wer dieser Jesus wohl war und ob er sich ihrer so annehmen würde wie Julia.

Fahles, silbernes Mondlicht erleuchtete jetzt den kalten Steinboden ihrer Unterkunft. Sie lag reglos auf ihrem Lager, dachte sehnsüchtig an ihren Sohn und an Julia.

Seit sie wieder in Gaius' *Ludus* zurückgebracht wurde, hatten sich die beiden Frauen nicht mehr getroffen. Und Anea ahnte, sie würde Julia wohl nie mehr sehen. Sie lebten wieder in verschiedenen Welten, die sie nicht miteinander teilen konnten.

Langsam richtete Anea sich auf. Sie fröstelte. Sie wusste nicht, wie viele Tage und Nächte sie bereits hier verbracht hatte. Und wie viele noch folgen würden.

Sie rieb sich frierend ihre Arme und hielt erst inne, als sie eine frische Schürfwunde berührte, die von den gestrigen Übungen mit Craton herrührte. Sie wusste, er hätte sie gerne geschont, doch Gaius hatte ihm aufgetragen, sie so bald als möglich auf ihren nächsten Kampf vorzubereiten. So musste er sie wieder fordern, mit ihr üben, als hätte es keine traurige Vergangenheit gegeben.

Sie war froh darüber, denn für einige Augenblicke halfen ihr die Stunden mit ihm, den bitteren Verlust zu vergessen. Sie war ihm dafür dankbar, und sie war auch den Göttern dankbar, ihn wieder in ihrer Nähe zu wissen. Doch wenn sie allein war, kehrte die Verzweiflung zurück.

Mit einem Seufzer stand sie auf. Ihre Glieder schmerzten, und die Muskeln brannten vor Anstrengung. Doch auch, wenn sie erschöpft war, fand sie keinen Schlaf. Durstig trank sie Wasser aus einem Krug, der auf dem Tisch bereitstand.

Die Nacht war ungewöhnlich ruhig und brachte die Gedanken an Craton zurück. Nicht er, sondern Obtian hatte ihr von Calvus' Tod berichtet. Als sie Craton zwischen zwei Übungen darauf ansprach, nickte er und sah sie seltsam an: «Ich habe nur das getan, was du getan hättest. Und ich bereue, dass ich nicht mehr für dich tun konnte.»

Seine Worte setzten sich in ihrem Kopf fest, und sie wusste nicht, ob sie nun erleichtert oder wütend darüber sein sollte, dass Calvus tot war. Und sie wusste auch nicht, ob sie es überhaupt geschafft hätte, ihn zu besiegen.

Endlich übermannte sie die Müdigkeit, doch auch im Schlaf wich der Gedanke an ihren Peiniger nicht. Aber da war auch noch ein anderer: der Gedanke an einen Gladiator, der für sie kämpfte.

XLII

Pompeia blieb Gaius' Haus in den vergangenen Tagen fern und ließ ihn so spüren, wie wütend sie war. Selbst bei Feierlichkeiten, bei denen sie mehr seine Nähe als jene ihres kaiserlichen Cousins suchte, mied sie ihn und sprach mit ihm, wenn überhaupt, nur über Belangloses. Eigentlich sollte er sich über ihre Gleichgültigkeit freuen, aber er wusste, dass auch die nur Berechnung, Teil eines ihrer Pläne war und fast noch gefährlicher als ihre Zuneigung.

Doch Gaius wollte in seinem Haus nicht mehr darüber nachdenken, vielleicht waren seine Sorgen unbegründet, da auch Pompeia sich mit dem Größenwahn von Domitian auseinander setzen musste. Dieser hatte selbst seinen eigenen Vetter, Titius Flavius Clemens, aus undurchsichtigen Gründen hinrichten und dessen Gemahlin Vlavia Domitilla verbannen lassen. So bewegte sich auch Pompeia auf einem schmalen Grat, der einzustürzen drohte, und selbst die Tatsache, dass sie mit dem Imperator verwandt war, würde sie nicht mehr schützen als andere.

Gaius beschloss, alle beschwerlichen Gedanken zu vertreiben und sein einsames Mahl zu genießen. Es waren kostbare Abende der Stille, und er freute sich darüber, keine tiefgründigen Gespräche führen zu müssen.

Ein junger Mann zupfte an den Saiten einer Harfe, und wie ein zartes Flüstern schwebten die Klänge durch das Zimmer. Er war blind, dennoch huschten seine Finger mühelos über die Saiten und entlockten dem Instrument bezaubernde Töne. Und obwohl zwei Sklavinnen in Gaius' Haus die Harfe beherrschten, lud er den begabten Musiker besonders gerne zu sich ein. Sein Spiel brachte Gaius immer wieder den ersehnten Frieden.

Einer der Diener räumte inzwischen die Reste des Mahls weg und ließ nur noch einige Früchte und süße Leckereien zurück. Gaius beobachtete ihn, wie er mit vollen Händen das Zimmer verließ.

Der Harfenspieler ließ sein Lied verklingen und wollte, sich tief verneigend, Gaius verlassen.

«Ganimedes», bat ihn der Hausherr, «bitte, spiel noch weiter für mich!»

Der Musiker lächelte, setzte sich und begann erneut die Saiten des Instruments zu zupfen. Ganimedes verlangte nicht viel für sein Harfenspiel. Er war ein freier Bürger Roms, der sich durch Musik seinen Lebensunterhalt verdiente. Meist war er mit einem warmen Essen und einem Becher Wein zufrieden. Er besaß nichts, Geld bedeutete ihm wenig. Sein Leben war Musik, und er sah ihre Klänge voller Farbe und Schönheit, so, wie es kein Sehender je vermögen würde.

Er stimmte ein weiteres trauriges Lied an, und Gaius lief ein Schauder über den Rücken. Er schloss die Augen und dachte an Claudia, die, wie er, diese Musik liebte. Und er erkannte bitter, dass nichts die Vergangenheit zurückbringen würde.

Das zaghafte Flüstern, das von der Tür kam, ließ ihr Bild vor seinem inneren Auge verschwinden. Es war Actus, der an der Schwelle stand. Er machte eine übertriebene Verbeugung. «Herr, verzeih meine Aufdringlichkeit, aber im *Atrium* wartet ein Gast auf dich!»

«Ein Gast?» Gaius konnte sich nicht erinnern, jemanden eingeladen zu haben. «Ich erwarte niemanden, und ich habe niemanden zu mir gebeten!»

Er richtete sich auf, sah nochmals zu Ganimedes, der immer noch mit geschlossenen Augen sein Lied spielte.

«Und wer ist es?», fragte Gaius flüsternd, um ihn nicht zu stören.

«Er stellte sich als Petronius Secundus vor!»

Gaius merkte verwundert auf. Petronius Secundus hatte ihn noch nie in seinem Haus aufgesucht, und er konnte sich nicht vorstellen, welche Gründe ihn jetzt herführten. Es waren schon viele Wochen vergangen, seit sie sich am Fest auf dem *Palatin* getroffen hatten. Wollte er ihm jetzt einfach seine Aufwartung machen? Über Tiberianus reden?

«Petronius Secundus?», wiederholte er, und seine Überraschung wich einer nagenden Unruhe. «Sagte er, was er so spät noch von mir will?»

«Nein, Herr, sagte er nicht», verneinte Actus.

Gaius grübelte. Er war nicht in Stimmung, jetzt noch einen Gast zu empfangen. Doch da Petronius bereits in seiner Villa war, konnte er ihn einfach nicht mehr abweisen. «Also führe ihn herein», wies er Actus pflichtschuldig an.

Inzwischen hatte Ganimedes sein Lied beendet und blickte mit seinen leeren Augen Gaius an.

«Dein Spiel war wie immer wunderbar», lobte ihn Gaius. «Du kannst gerne über Nacht in meinem Haus bleiben», bot er ihm an und wusste selbst nicht, warum er es tat. Sicher, es konnte für den blinden Musiker gefährlich werden, nachts durch die Straßen Roms zu gehen, doch bis jetzt hatte ihm Gaius noch nie vorgeschlagen zu bleiben.

«Danke für deine Güte, aber ein kleines Mahl wird mir genügen», lehnte der Blinde mit sanfter Stimme ab.

Seltsamerweise fühlte sich Gaius enttäuscht; vielleicht wollte er heute Abend doch nicht allein sein. Trotzdem befahl er, Ganimedes in die Küche zu geleiten. «Gebt ihm, was und wie viel er mag!»

Der Harfenspieler ließ sich vom Sklaven aus dem Zimmer führen. An der Tür drehte er sich um, und seine blinden Augen suchten Gaius. «Ich weiß deine Großzügigkeit zu schätzen und fühle mich immer geehrt, in deinem ehrenvollen Haus spielen zu dürfen und möchte es noch lange tun. Sei vorsichtig, Herr, und die Götter sollen dich beschützen.» Über seinen weichen, melancholischen Mund huschte ein Lächeln, dann verließen er und der Diener Gaius.

Nur wenige Augenblicke später erschien Actus mit Petronius. «Welch eine unerwartete Freude, dass du mein Haus beehrst!», begrüßte Gaius ihn mit gespielter Freundlichkeit.

Petronius wartete, bis Actus gegangen war, erst dann streckte er den Arm Gaius zum Gruß entgegen.

Gaius erwiderte die Höflichkeit, führte ihn zur Tafel und bot ihm eine Liege an. Er selbst nahm auf seinem Stuhl Platz.

«Ich freue mich wirklich über deinen unerwarteten Besuch!», wiederholte er und hoffte, Petronius würde ihm bald erklären, weshalb er gekommen war. Doch stattdessen lächelte ihn der Gast gequält an. «Du hast ein wundervolles Haus», schwärmte er. Seine Blicke schweiften durch den Raum, und Gaius fragte sich, ob er gekommen war, nur um ihm zu schmeicheln. Mit einem Klatschen befahl er den Diener zu sich und ließ Wein und eine Kleinigkeit zum Essen bringen.

«Danke, Gaius, ich habe heute schon ein ausgiebiges Mahl zu mir genommen!», lehnte Petronius kopfschüttelnd ab. «Aber den Wein nehme ich gerne an!»

Der Sklave nickte und eilte davon, um dem Wunsch des Gastes nachzukommen.

Gaius betrachtete den schweigenden Petronius nachdenklich. Seine Haare wurden allmählich grau, unter den Augen zeichneten sich tiefe, dunkle Schatten ab, und seine Stirn war von Furchen durchzogen. Er hat wahrscheinlich viel mehr Sorgen als ich, dachte Gaius.

Das Gespräch stockte, und angespannte Stille herrschte.

Gaius versuchte sich sein Unbehagen nicht anmerken zu lassen und suchte angestrengt nach Worten. Worüber er mit Petronius reden sollte, wusste er nicht.

«Du lädst auch hin und wieder Ganimedes zu dir ein», begann Petronius endlich. «Auch ich erfreue mich viele Abende an seiner Musik.»

«Er ist der beste Harfenspieler Roms», entgegnete Gaius und hob seinen Becher. Petronius tat es ihm gleich, prostete ihm zu, doch er trank nur zögernd.

Gaius räusperte sich. «Petronius, ich weiß, du bist nicht hierher gekommen, um mit mir über Musik zu sprechen! Und ich weiß auch, du bist nicht an meinem Haus einfach zufällig vorbeigelaufen. Es liegt ja in einem abgelegenen Winkel Roms!»

«Du hast Recht.» Petronius starrte den Becher an, nahm einen Schluck und stellte ihn dann bedächtig ab. «Ich habe mir lange überlegt, ob ich zu dir kommen soll! Nun bin ich hier und weiß nicht, wie ich anfangen soll.» Er begann verlegen, mit seinen Fingern zu spielen. «Es ist viel geschehen, seit wir uns auf dem *Palatin* getroffen haben!»

Gaius zuckte mit den Schultern. Es waren Wochen vergangen, und Rom war wie ein Fluss, der jeden Tag Ereignisse, Neuigkeiten und Gerüchte an seine Ufer schwemmte.

«Hast du gehört, was mit Domitians Cousin Clemens geschehen ist?», fragte Petronius vorsichtig.

Gaius nickte. «Er ist hingerichtet worden! Jeder in Rom weiß das bereits!»

«Und du weißt auch warum?»

Gaius überlegte angestrengt. Er kannte die unterschiedlichen Darstellungen über Clemens' Verhaftung und dessen Hinrichtung. «Angeblich soll er sich zu diesen Christen bekannt haben!»

Er musste plötzlich an Julia denken, die sich langsam, so schien es ihm, an ihr neues Zuhause gewöhnt hatte und nicht mehr so unnahbar wirkte. Wenn Domitian seinen eigenen Vetter hinrichten ließ, weil dieser Sekte angehörte, würde Julia noch weit weniger Aussicht haben, verschont zu werden.

«Eine einleuchtende Erklärung, als Christ hingerichtet zu werden, nicht wahr?»

«Mir ist es gleichgültig, wer welchem Glauben angehört. Ob Isis, Mithras, Christus oder sonst irgendein Gott. Ich verlasse mich auf keinen von ihnen!»

«Das sind gefährliche Worte!» Petronius schürzte besorgt die Lippen.

«Aber nicht hier in meinem Hause!» Gaius sah ihn herausfordernd an.

Petronius schüttelte kaum merklich den Kopf. «Ich hoffe es für dich!»

Sie musterten sich gegenseitig, als wollten sie die Gedanken des anderen erraten.

«Petronius Secundus.» Gaius beugte sich vor und stellte seinen Becher ebenfalls auf den Tisch. «Ich bin kein Senator. Ich kenne mich zwar nicht in der Politik aus, aber ich weiß, dass du mir was Bestimmtes mitteilen willst!»

Petronius starrte wieder auf den Boden. «Titus Flavius Clemens wurde nicht seines Glaubens wegen hingerichtet.» Auch er lehnte sich vor, und seine Stimme war nur noch ein Flüstern, als er sagte: «Clemens gehörte einem Bündnis an. Einem Bündnis gegen Domitian!»

Erst jetzt hob Petronius wieder den Kopf. Gaius starrte ihn fassungslos an. Es gab immer wieder Verschwörungen gegen Imperatoren, an denen auch Verwandte beteiligt waren. Vor allem vor ihrer eigenen Familie, ihren Brüdern, sogar vor ihren eigenen Söhnen mussten sich die Kaiser fürchten.

Gaius fühlte sich unbehaglich. Sollte nun auch sein Haus in den Strudel der Intrigen geraten? Er spürte die Gefahr, doch noch wusste er nicht, woher sie kam. «Einem Bündnis?», wiederholte er flüsternd.

Petronius rückte noch näher und sagte kaum hörbar: «Tiberianus gehörte ebenfalls dazu. Und ich auch.»

Gaius' Augen weiteten sich vor Entsetzen. Petronius vertraute sich ihm an, ein Vertrauen jedoch, das ihn unvermeidlich in Gefahr brachte. Sie kannten sich kaum, warum also wagte es Petronius, ihm dieses Geheimnis zu offenbaren? Gaius hätte ihn an die Prätorianer verraten können und sich so Domitians Gunst erworben. Doch die Erinnerung an Tiberianus verbot es ihm, und außerdem verabscheute er die Unterwürfigkeit mancher römischer Bürger gegenüber dem Kaiser. Unwillkürlich musste er an Marcus Titius denken. Der hätte keine Skrupel gehabt.

Gaius' Gedanken überschlugen sich, peitschten den Verstand wie ein Sturm das Meer. «Ist das der Grund, weshalb du bei Domitian in Ungnade gefallen bist?», fragte er.

Petronius lachte auf. «Bei den Göttern, nein! Wenn es so wäre, würde ich jetzt nicht hier sein!» Jäh wich das Lachen, und an seine Stelle trat bitterer Ernst. «Glaubst du wirklich, Domitian würde mich auch nur einen Tag länger am Leben lassen, wenn er davon wüsste?»

«Und Pompeia?»

«Pompeia weiß auch nichts. Für sie bin ich nicht mehr als ein lästiger Redner, ein Schwätzer. Vielleicht hält sie mich auch nur für harmlos und dumm. Zum Glück!»

Gaius musterte seinen Gast eindringlich. Noch immer wusste er nicht, was Petronius mit seinem Besuch bezweckte. Wollte er ihn mit ins Verderben ziehen? Wollte er ihn der gleichen Gefahr aussetzen, in der er selbst ständig schwebte? Aber welchen Vorteil würde es ihm bringen?

Petronius rieb sich die Augen. Seine ernste, sorgenvolle Miene zeigte deutlich Spuren der vergangenen Tage, die wohl anstrengend und gefährlich gewesen sein mussten.

«Gaius», fuhr er zögernd fort, «neben Clemens, Tiberianus und mir gehören noch zahlreiche bekannte und einflussreiche Männer dazu.» Er blickte sich argwöhnisch um. «Arigossa war einer davon, ebenso Ovidius Eligius. Sie alle wurden hingerichtet. Tiberianus ...»

«Tiberianus wurde ermordet», fiel Gaius ihm ins Wort und sah ihn scharf an.

Petronius neigte sein Haupt etwas zur Seite. «Ermordet, ja! Wie sein Vater!» Unbehaglich strich er sich über die Stirn. «Früher oder später hätte er das Los dieser Männer geteilt. Auch wenn es nur ein zweifelhaftes Glück ist, so bleibt sein Name doch unbefleckt!»

«Unbefleckt?»

«Das Attentat hatte es Domitian unmöglich gemacht, den Namen Tiberianus' zu ächten! Nur darum kann Lucillia ihr gewohntes Leben weiterführen! Die Frau von Eligius beging Selbstmord, als ihr Mann verurteilt und hingerichtet wurde. Ihr Leben war verwirkt, denn Domitian hatte das Haus ihres Mannes verflucht. Arigossas Tochter ist mittellos, ihr Gemahl, dem Imperator treu ergeben, ließ sich scheiden. Clemens' Frau wurde in die Verbannung geschickt! Verstehst du jetzt?»

Gaius warf ihm einen langen Blick zu und lehnte sich grübelnd zurück. Es war kein Geheimnis, dass Tiberianus es immer wieder gewagt hatte, sich gegen den Imperator zu stellen und so die Meinung der meisten Senatoren offen vertrat.

Zweifelnd schüttelte er den Kopf. «Warum aber dann ein Mord?»

Petronius lächelte traurig. «Das Attentat erfolgte nicht auf Befehl des Kaisers. Domitian wartete nur auf einen bedeutenden Fehler Tiberianus', um dann zuzuschlagen. Und Pompeia – sie wusste davon, aber sie war nicht daran beteiligt!»

«Dann war es ...» Gaius' Atem ging schneller. Er sah vor sich das Gesicht jenes Mannes, der die Macht hatte, einen Mord zu planen. «Agrippa!»

Petronius griff nach dem Becher und nahm noch einen Schluck Wein. «Du hast es erraten!»

«Er hatte sich für Lucullus eingesetzt, damit mein Bruder

Legat in Britannien wurde», erinnerte sich Gaius. Langsam schienen sich die Teile des Mosaiks zusammenzufügen, doch sie ergaben immer noch kein deutliches Bild.

«Dein Bruder ist nur eine Figur in Agrippas Spiel. Mit ihm festigt er einfach seine Macht in den Provinzen. Hier in Rom jedoch wurde Tiberianus gefährlich. Er wusste zu viel über Agrippas Machenschaften und drohte ihm damit, sie öffentlich zu machen. Doch der alte Fuchs war schneller. Eigentlich erwies er dem Imperator einen Gefallen. Und er tat es so geschickt, dass selbst Domitian zufrieden war. Auch Pompeia deckt Agrippa, aber», Petronius beugte sich wieder vor, «sie war es, die dafür sorgte, dass dir nichts zustieß. Denn du bist für Agrippa weit interessanter als dein Bruder!»

Gaius starrte ihn entgeistert an. «Ich?»

Petronius Secundus fuhr mit gedämpfter Stimme fort: «Weil du Tiberianus' Freund warst und er nicht weiß, wie viel dieser dir anvertraut hat! Weiter fürchtet er deinen Einfluss auf deinen Bruder.»

«Auf meinen Bruder?» Gaius lachte verächtlich auf. «Lucullus hat sich noch nie von mir beeinflussen lassen!»

«Nur weiß das Agrippa nicht!» Petronius verzog seine Lippen, als er Gaius' bleich gewordenes Gesicht bemerkte. «Und er weiß auch nicht, dass Tiberianus dir nie etwas erzählt hat. Du schwebst schon seit langem in Gefahr, ohne es zu ahnen!»

Gaius erstarrte.

Zum ersten Mal fühlte er wirkliche Angst, und sie war größer, tiefer, bedrohlicher, als er sie bisher je gespürt hatte.

«Wenn es wahr ist, was du behauptest, und mein Leben in Gefahr ist, warum lebe ich dann überhaupt noch?»

Petronius schwieg lange, dann stieß er einen Namen hervor: «Pompeia!»

Gaius durchfuhr es siedend heiß, und gleich darauf ergriff ihn kalter Schauder. Ungläubig blickte er Petronius an. Welche Ziele verfolgte Pompeia damit, wenn ihr Leben schon gefährlich genug war, warum deckte sie Agrippa und warum schützte sie ihn? Ausgerechnet ihn?

«Pompeia wandelt auf einer zweischneidigen Klinge. Auch wenn sie Domitians Cousine ist, so lebt sie doch nicht sicherer als du. Agrippa weiß zu viel von ihr, von ihren Liebhabern, von ihren Intrigen. Und er braucht, er benutzt ihren Einfluss, um sich selbst nicht im *Carcer* oder der Arena wiederzufinden. Ein Zweckbündnis, wenn du so willst. Nicht mehr und nicht weniger!»

Gaius starrte seinen Gast immer noch fassungslos an. Er wollte Petronius' Worten nicht glauben, auch wenn sie durchaus einen Sinn ergaben. Pompeia und Agrippa mochten sich nicht, doch beide wussten genug voneinander, um die Machtspiele und Geheimnisse des anderen verraten zu können. Vielleicht hoffte Pompeia auf einen Thronfolger von Domitian. Denn die Kaiserin hatte dem Imperator noch keinen Erben geschenkt und schien bereits zu alt zu sein, um noch ein Kind zur Welt zu bringen. Pompeia wusste um ihr Schicksal, sollte ihr Cousin nicht mehr herrschen. Ihr Einfluss und ihre Macht würden enden, sobald Domitian verschied. Und sie würde seinen Tod keine zehn Tage überleben.

Welches die Gründe für Agrippas Verhalten waren, war Gaius unklar. Vielleicht hoffte er selbst auf den Thron. Vielleicht als Berater, solange Pompeias erhoffter Sohn zu jung war, um die Macht selbst auszuüben.

«Und Craton?» Gaius hatte sich wieder gefasst.

Petronius Secundus rieb sich seine Arme, als würde er frieren. «Craton? Ein unglücklicher Zufall, dass er genau an diesem Abend mit Tiberianus unterwegs war. Ich bin mir nicht sicher, aber auch der Tod deines Gladiators wäre für Agrippa vorteilhaft gewesen!»

Gaius ballte seine Fäuste. «Dieser verdammte Hund! Dieser verdammte ...» Er verstummte.

Petronius' Augen wurden schmal. «Doch Pompeia durchkreuzte seine Pläne. Und sie ließ sich mit den Göttern ein!»

Gaius schwieg noch immer. Pompeia war mächtig, das wusste er. Aber war sie mächtig genug, um einer Vestalin zu befehlen?

«Warum erzählst du mir das alles?», wandte er sich endlich wieder an Petronius.

«Warst nicht du es, der auf dem *Palatin* unbedingt die Wahrheit erfahren wollte? Jetzt weihe ich dich in alles ein, und du willst davon nichts mehr wissen?»

Die beiden Männer blickten sich lange prüfend an.

«Weshalb jetzt? Weshalb nicht auf dem Fest?», hakte Gaius nach.

Petronius lachte bitter. «Mein lieber Gaius! Weshalb wohl? Zu viele Augen, die was sehen könnten. Zu viele Ohren, die zuhören!» Erst jetzt leerte er den Becher Wein, stellte ihn auf den Tisch. «Viele unserer Vertrauten fürchten sich vor Domitians Macht. Die Legionen und das Volk stehen hinter dem Imperator. Es wird nicht leicht werden», er senkte seine Stimme, als er den Gedanken aussprach, «ihn zu stürzen!»

Gaius erstarrte. Eine Verschwörung gegen den Imperator? War eine Verschwörung im Gange, an der auch sein bester Freund Tiberianus beteiligt gewesen war? Und genau er hatte Gaius sein ganzes Leben davor bewahrt, in den Strudel von Intrigen und Macht zu geraten. Und nun saß einer der Verbündeten vor ihm in seiner Villa und weihte ihn in die gefährlichen Geheimnisse ein. Jetzt wurde er zu einem Mitwisser ...

Petronius saß unbeweglich da, er schien nach den richtigen Worten zu suchen. Dann hob er den Kopf: «Ich bin hierher gekommen, um dir zu sagen, dass wir dich brauchen!»

«Mich?», stieß Gaius heiser, mit geweiteten Augen, hervor.

Petronius Secundus nickte. Er wusste, er war schon zu

weit gegangen, um nun den Rest der Wahrheit zu verschwei-
gen.

«Ich weiß nicht, was du jetzt hören willst!» Gaius versuchte
Zeit zu gewinnen, um seine Unruhe, seine Unsicherheit zu
verbergen. «Ich bin nur der Besitzer eines *Ludus*. Politik hingegen ...»

«Du bist schon Teil der römischen Politik geworden»,
schnitt ihm Petronius ungewöhnlich scharf das Wort ab,
«von dem Augenblick an, als du Pompeia das erste Mal getroffen hast! Augen sind auf dich gerichtet, seit du ein kleiner Junge warst. Und das hat nicht nur mit deinem Namen
zu tun! Was ich dir heute erzählt habe, ist ein Vertrauensbe-
weis meinerseits. Ich habe mein Leben nun in deine Hand
gelegt. Und nicht nur meines.» Petronius' Stimme bebte.
«Domitian ist wahnsinnig geworden. Irgendjemand muss
ihn endlich aufhalten, sonst wird Rom untergehen. Auch
Tiberianus wusste es und versuchte alles, um dieses Unheil
zu verhindern. Doch er wählte die falschen Mittel und den
falschen Zeitpunkt!» Petronius' Hände zitterten, und Gaius
wusste nicht, ob es vor Angst oder vor Anspannung war.

«Und was willst du von mir?»

«Wir brauchen dich», wiederholte Petronius, «genauer gesagt, deinen *Ludus!* Du hast genügend kampferprobte Männer, die, wenn die Zeit gekommen ist, unserer Sache dienen
können!»

«Soll das heißen, einer meiner Gladiatoren soll Domitian
ermorden?» Gaius schüttelte fassungslos den Kopf. «Weißt
du, was mit mir und meinen Männern geschieht, wenn dein
Plan fehlschlägt?»

«Dieses Schicksal kann jeden Einzelnen von uns jeden Tag,
jede Nacht ereilen», zischte Petronius ungehalten. «Aber er
darf nicht fehlschlagen, sonst wird jeder von uns sein Leben
lassen, jeder!»

Gaius schluckte, seine Glieder wurden immer schwerer.

Er hatte Angst, unsagbare Angst, und er hoffte, Petronius, dessen Blicke prüfend auf ihm ruhten, würde sie nicht bemerken. Tiberianus hätte ihn wohl nie in eine Verschwörung hineingezogen, doch Petronius musste verzweifelt sein, wenn er sich an ihn wandte. Ob er nur für sich oder auch für alle anderen Beteiligten sprach, wagte Gaius nicht zu fragen. Und wer die anderen waren, wollte er schon gar nicht wissen. Aber Petronius würde bestimmt nicht ohne Antwort seine Villa verlassen.

Verzweifelt suchte Gaius nach einer Ausrede, doch es fiel ihm keine ein, und er dankte den Göttern, als die Tür sich öffnete und Julia das Zimmer mit einer Schüssel parfümierten Wassers betrat. Sie wollte sich verlegen zurückziehen, doch mit einer einladenden Handbewegung bat Gaius sie näher zu treten, erleichtert über ihr Erscheinen.

Sie gehorchte nur zögernd und stockte, als sie den unerwarteten Gast erblickte. Auch Petronius Secundus sah sie verwundert an.

«Julia!» In seiner Stimme lag eine Mischung aus Überraschung, Freude und Vertrautheit.

Die junge Schöne starrte ihn einige Augenblicke lang an, dann erwiderte sie mit einem verlegenen Kopfnicken seinen Gruß: «Petronius Secundus!»

Über ihre Lippen huschte ein Lächeln, und ihre Wangen röteten sich. Eifersüchtig beobachtete Gaius, wie Petronius sie anschaute.

«Danke, Julia, du kannst gehen», befahl er gereizt und lauter als gewohnt, als sie die Schale auf den Tisch gestellt hatte. «Ich brauche dich heute nicht mehr!»

Erstaunt blickte sie ihren Herrn an, verneigte sich schweigend und verließ hastig das *Triclinium*. Erst als sich die Tür hinter ihr schloss, wandte sich Petronius Secundus wieder an Gaius, der verstohlen mit seinen Zähnen knirschte. «Julia arbeitet in deinem Hause?»

Gaius wusch seine Hände im Wasser und ließ sich mit der Antwort Zeit, bis er die nassen Finger auffallend langsam mit einem Tuch getrocknet hatte. «Wie du siehst, ja!»

Petronius' Gesicht drückte jetzt Besorgnis aus, als er nochmals zur Tür sah. «Sie lebte bei Tiberianus.»

«Sie gehörte Tiberianus!», verbesserte Gaius, warf das feuchte Tuch gereizt auf den Tisch und blickte Petronius durchdringend an. «Ich habe sie gekauft. Glückliche Umstände verhinderten, dass alle Sklaven seines Hauses niedergemetzelt wurden!»

Petronius Secundus schwieg verlegen, als er Gaius' brennende Eifersucht erkannte.

«Ich habe sie auf dem Forum erworben», erklärte der Hausherr und füllte versöhnlich Petronius' Becher mit Wein. «Ich wusste nicht, dass sie eine von Tiberianus' Sklavinnen ist!»

Petronius legte seine Stirn in Falten. «Du hast sie also noch nie bei Tiberianus angetroffen?»

Gaius schüttelte den Kopf, während er auch seinen Becher füllte und davon nippte, um seinen Unmut zu verbergen.

«Und du hast keine Ahnung, wer sie ist?»

«Sie gehörte Tiberianus, soll die Tochter eines römischen Bürgers und einer germanischen Frau sein, der seine Familie in die Sklaverei verkauft hat, um seine Schulden zu tilgen. Mehr brauche ich nicht zu wissen!»

«Hat sie dir das erzählt?», fragte Petronius überrascht.

«Nein, Martinus hat es von Lucillia erfahren, als er sie wieder einmal besuchte!»

Petronius Secundus lehnte sich vor und griff seufzend nach seinem Becher.

«Du weißt wieder mehr darüber, als du zugeben willst!» Gaius kniff die Augen zusammen. Bitter erkannte er, dass sein Gast noch immer etwas verheimlichte. Und wieder war er sich nicht sicher, ob er ihm wirklich trauen konnte.

Petronius stellte den Becher zurück auf den Tisch, ohne daraus getrunken zu haben. «Sie gehörte nicht einfach Tiberianus», er blickte sich nochmals um, bevor er flüsterte: «Julia war seine Geliebte!»

«Wie? Seine Geliebte?», stotterte Gaius fassungslos.

Er wusste, dass Tiberianus' Ehe mit Lucillia nicht einfach gewesen war. Ihr ständiges Kranksein hatte seinen Freund mehr belastet, als er zugab. Dass er aber seine Geliebte in ihrer gemeinsamen Villa leben ließ und dass diese Geliebte noch ausgerechnet Julia sein musste, das machte ihn wahnsinnig.

«Ich kann mir gut vorstellen, was du jetzt denkst», unterbrach Petronius seine Gedanken. «Tiberianus hatte mit manchem Problem zu kämpfen. Lucillia schenkte ihm nicht den ersehnten Sohn. Dann die Streitigkeiten im Senat, die Morddrohungen. So suchte er Trost in den Armen einer anderen Frau!»

Gaius schüttelte den Kopf. «Unglaublich, Tiberianus war schon in seiner Jugend Lucillia versprochen worden.»

«Versprochen ja, aber das heißt noch lange nicht, dass er wie ein Isispriester lebte.»

Gaius erinnerte sich, wie sie beide von *Taberna* zu *Taberna* zogen, feierten, sich vergnügten. Doch er hätte eher eine Dirne aufgesucht, als eine seiner Sklavinnen zu bedrängen.

«Julia ist also eine Sklavin aus dem Hause seines Vaters, nicht wahr?»

Petronius Secundus nickte. «Quintus Varinius hatte sie als kleines Mädchen erworben, und auch, als er verstarb, blieb sie in Tiberianus' Haus. Tiberianus kannte Julia schon, als sie noch ein kleines Mädchen war. Jetzt ist sie eine bezaubernde Frau geworden, wie auch du festgestellt hast! Tiberianus sah sie heranwachsen, und so wuchs auch seine Liebe zu ihr. Bei den Göttern, die Ehe mit Lucillia war eben eine Abmachung – und ein Fehler!»

«Woher weißt du das alles?» Gaius spielte mit dem Saum seiner Tunika wie ein kleiner enttäuschter Junge. Er war überzeugt gewesen, dass Tiberianus und er, als beste Freunde, jedes Geheimnis miteinander geteilt hatten. Bitterkeit erfüllte ihn und das Gefühl, getäuscht worden zu sein. Er fühlte sich einsam und verloren wie nie zuvor.

«Ich kannte Tiberianus schon früher. Wir hatten damals viel Zeit miteinander verbracht, vieles gemeinsam erlebt!» Petronius zögerte. «Damals, als du Schwierigkeiten in deiner Ehe hattest!»

Gaius fiel sein Vater ein, der ihn zur Ehe mit Octavia gedrängt hatte. Er erinnerte sich an die Streitigkeiten, an jene Zeit ohne Tiberianus. Vielleicht war ihm Julia wirklich als Kind einmal aufgefallen. Aber jetzt war sie eine Frau, wunderschön und begehrenswert, und nichts an ihr erinnerte mehr an das kleine Mädchen von damals.

«Julia widersetzte sich seiner Liebe nicht», fuhr Petronius fort, ohne zu bemerken, wie seine Worte Gaius einen Pfahl durchs Herz trieben. «Ihre Liebe schenkte Tiberianus Sicherheit und Ruhe. Ich hatte so gehofft, dass er Vater wird!»

Gaius schluckte schwer, er wagte es nicht, seine Blicke, die Neid und Unmut verraten hätten, auf Petronius zu richten. So starrte er seinen Becher an und mied es, seinen Gast anzusehen. Welch ein törichter Wunsch, dachte er. Julias Kind, mit Tiberianus gezeugt, wäre nichts weiter als ein unehelicher Bastard, der das Erbe des Senators niemals hätte antreten können. Und er wäre von Lucillia und ihrer Familie nie anerkannt worden.

«Und was ist mit Lucillia?»

Petronius ging auf seine Frage nicht ein. Stattdessen lächelte er und deutete geheimnisvoll an: «Julia hat auch dich verzaubert!»

Gaius schwieg, unangenehm berührt, dass Petronius seine Gefühle scheinbar erraten hatte.

«Lucillia weiß nichts davon. Ihre Familie auch nicht», fuhr Petronius fort, nachdem er bemerkt hatte, wie verlegen Gaius geworden war. «Ein Glück für Julia, sonst wäre sie nicht verkauft, sondern, nach Tiberianus' Tod, hingerichtet worden. Und glaube mir, niemand hätte sie dann retten können!»

Gaius' Gedanken wurden bleiern. Sein bester Freund hatte ihm so viel verheimlicht! Nun verstand er auch Julias Unnahbarkeit: Ihre Liebe zu Tiberianus war nicht erloschen, und noch immer trauerte sie um ihn. Eifersucht und Neid verzehrten Gaius, und es wurde ihm klar, wie unerträglich schwer es sein würde, mit diesem Wissen um Julias heimliche Liebe leben zu müssen.

«Julia war schon Tiberianus' Schwachpunkt», Petronius stützte sich auf der Liege ab, «und jetzt macht sie dich angreifbar!»

Gaius blickte ihn unverhohlen an. Sein Mund war wie ausgedörrt, Angst schnürte ihm den Atem ab, und das Herz pochte. Wie viel wusste Petronius? Was wusste er noch über Tiberianus? Und über ihn selbst?

«Und was willst du mir sonst noch berichten?», zischte er seinen Gast ungeduldig an, und die Furcht wich der Wut.

«Ich weiß nur das, was ich wissen muss, um zu überleben. Und das hast du nun von mir erfahren.» Petronius erhob sich unerwartet.

Gaius schwieg.

«Du weißt jetzt auch genug. Ich zähle auf dich, denn mein Leben und das vieler anderer liegt nun in deiner Hand!» Er wandte sich zum Gehen. An der Tür drehte er sich nochmals um. «Ich danke dir für deine Gastfreundschaft und erwarte deine Antwort. Und denk daran: Die Zeit drängt und die Gefahr wächst!»

Dann verließ er Gaius, der regungslos in seinem Stuhl verharrte und ihm benommen nachsah.

Draußen kam plötzlich heftiger Wind auf, in der Ferne

rollte der Donner. Ein erneuter Windstoß blähte bedrohlich die Vorhänge, irgendwo fiel eine Schale klirrend zu Boden. Gaius' Miene blieb regungslos, zu einer Maske erstarrt.

XLIII

Die Arme vor der Brust verschränkt, lehnte Mantano im Schatten der Hofmauer an einer Wand und verfolgte mit grimmiger Miene die Übungen seiner Männer in der drückenden Mittagshitze.

Vier hervorragende Gladiatoren hatte Gaius während der vergangenen *Ludi* verloren; nun hatte er fünf neue Männer erworben. So, wie sie ihre Übungswaffen handhabten, würden sie wohl bald in der Arena sterben, erkannte Mantano seufzend.

Die Blicke des *Lanista* schweiften über den staubigen Platz, und er erfreute sich an den ausgereiften Paraden erfahrener Kämpfer. Obtian war einer von ihnen. Obwohl nicht so erfolgreich wie Craton, würde auch er bestimmt bald zu den Besten zählen, davon war der *Lanista* überzeugt.

Mantanos Blicke suchten Anea. Sie übte mit Craton, wehrte mit gewandten, selbstsicheren Bewegungen seine Angriffe ab. Nichts verriet mehr, wie schwer sie entbunden und dabei fast ihr Leben verloren hatte. Craton zeigte ihr den Umgang mit dem Dreizack; Mantano konnte sich nicht vorstellen, dass sie mit dieser Waffe und dem Netz genauso gewandt umgehen würde wie mit dem Schwert. Doch Craton beabsichtigte etwas anderes: Sollte seine Schülerin je gegen einen *Retiarier* antreten müssen, so würde sie wissen, wie ein Netz eingesetzt werden musste und wie sie ihm ausweichen könnte.

511

Zufrieden und mit Stolz erkannte Mantano in Cratons Anweisungen seine eigenen Ausbildungsmethoden und seine Kampftechnik wieder. Auch er hatte Craton so geschult und ihn in allen Waffen unterwiesen. Selbst wenn der Gladiator jetzt nur noch mit Schild und Schwert focht, so beherrschte er auch den Umgang mit den Waffen seiner Gegner und konnte sich wirksam verteidigen und gezielt angreifen.

Der *Lanista* kannte seinen einstigen Schüler sehr gut, er kannte seine Art zu kämpfen, seine Bewegungen. Doch nun glaubte er, an ihm eine ganz neue, unbekannte Seite zu entdecken. Seit Craton Calvus besiegt hatte, schien eine seltsame Vertrautheit den Gladiator und seine Schülerin zu verbinden, als hüteten sie ein Geheimnis, das nur sie beide kannten. Mantano ahnte nicht, wie nahe er der Wahrheit war. Er kniff missmutig die Augen zusammen, als er wieder an Aneas Schwangerschaft dachte. Craton hatte ihm nie den Namen des Vaters verraten, beteuerte aber immer wieder, dass nicht er das Kind gezeugt hatte. Und obwohl Gaius von Cratons Schuld überzeugt war, glaubte Mantano dem Gladiator.

Mantano hatte einen *Magistri* beauftragt, sich um die Ausbildung der fünf neuen Männer zu kümmern und einzuschreiten, sollten sie sich verletzen oder die Waffe gegen sich richten. Er hoffte, dass nichts Ähnliches geschehen würde. Doch er sollte sich irren: Ein entsetzlicher Schrei riss ihn aus den Gedanken und ließ die Übenden erstarren und innehalten. Ichbeos, einer der neuen Kämpfer, hatte sich sein Schwert selbst in die Kehle getrieben. Röchelnd, mit angsterfüllten Augen lag er im Staub, während die übrigen Männer ratlos um ihn herumstanden.

Mantano stieß sich von der Mauer ab und rannte los. Auch der *Magistri*, der die Männer nur für einige Augenblicke allein gelassen hatte, eilte herbei. Unbeholfen kniete er sich neben dem Sterbenden nieder und schüttelte verständnislos den Kopf.

Als Mantano die Männer erreichte, war der junge Kämpfer bereits tot. Wütend starrte der *Lanista* ihn an. Schon bei seiner Ankunft war Mantano überzeugt, dass dieser Mann keinen einzigen Kampf in der Arena überstehen würde. Er hätte sicher als Haussklave in der Küche oder im Garten gebraucht werden können. Oder als Geschichtenerzähler, doch er war zu schwach, um Gladiator zu werden.

Nun lag Ichbeos vor ihm im Staub, und sein Blut vermischte sich mit dem Sand.

Es war lange her, dass Mantano den letzten Selbstmord eines künftigen Gladiators miterlebte; damals, als er noch selbst in der Arena stand. In den Gewölben hatte sich ein junger Kämpfer ein Schwert in die Brust gerammt, auch er nicht viel älter als dieser Tote.

«Ich wollte nur ein wenig Wasser holen», stammelte der *Magistri*. «Bei den Göttern ...»

«Du hast gewusst, dass so was geschehen könnte! Er war ein Schwächling!», tobte Mantano, wütend über sich selbst, denn niemals hätte er Ichbeos eine Waffe in die Hand geben dürfen.

Auch Anea, Craton und die anderen Gladiatoren hielten inne; sie wagten es jedoch nicht, näher zu kommen.

Der *Lanista* trat mit einem Fuß auf die Schulter des toten Ichbeos und zog mit einem Ruck das Schwert aus dessen Hals. Einem der Umstehenden wurde übel, er wandte sich ab und übergab sich. Noch ein Schwächling, der die Arena als Toter verlassen würde, dachte Mantano ungerührt und musterte schweigend die übrigen neuen Männer, die regungslos zuschauten. Ein gutes Zeichen, überlegte er, vielleicht werden sie einige Kämpfe doch überstehen oder immerhin ehrenhaft sterben.

«Was machen wir jetzt mit ihm?», fragte der *Magistri* vorsichtig und erhob sich langsam.

Mantano betrachtete das Schwert in seinen Händen und

prüfte die Beschaffenheit der Klinge, so wie damals, als er selbst noch in der Arena kämpfte. Es war eine Übungswaffe und daher kaum geschliffen. Ichbeos hatte viel Kraft und Mut aufbringen müssen, um sich mit dieser stumpfen Klinge selbst zu richten.

«Verfüttert ihn doch bei den nächsten Spielen an die Löwen!», brüllte Mantano los, und der *Magistri* zuckte zusammen. «Und euch alle gleich mit ihm!» Der *Lanista* blickte sich um und zeigte drohend mit dem Schwert auf die Männer. «Was seid ihr? Feiglinge? Flennende Weiber? Jeder Sklave auf Roms Galeeren hat mehr Stolz als ihr alle zusammen! Wenn ihr sterben wollt, dann wie Gladiatoren – in der Arena! Und jetzt», er drehte das Schwert mit einer solchen Leichtigkeit, als wäre es eine Feder, «jetzt macht ihr weiter! Und ihr hört auch dann nicht auf, wenn die Sonne schon lange untergegangen ist!»

Prüfend sah er sich um, bereit, jede Art von Widerstand, jeden Widerspruch zu ersticken, dann wandte er sich zum Gehen.

Der *Magistri* hielt ihn zurück. «Was hast du vor?»

«Gaius über diesen Vorfall unterrichten – den du nicht verhindert hast!» Blitzschnell drehte sich Mantano um, holte aus und warf das Schwert an dem erstaunten Mann vorbei, auf einen aufgestellten Balken. Die Klinge bohrte sich bis zum Schaft der Waffe in das Holz, als wäre es eine reife Frucht.

XLIV

Gaius trat an seinen Tisch und ließ sich erschöpft in den Stuhl fallen.

Verärgert griff er nach dem *Papyrus*, der den Tod Ichbeos' festhielt. Sein Schreiber hatte ihm eine Liste der Gladiatoren, die in den vergangenen Wochen gestorben waren, zusammengestellt. Mürrisch las Gaius:

Zephanius tot durch *Gladius.*

Jecheus tot durch *Gladius.*

Secchias tot durch *Gladius.*

Remus tot *ad Bestias.*

Sie alle starben in der Arena, als das Attentat des Germanen auf Domitian fehlschlug. Nicht nur diese Erinnerung bedrückte ihn, sondern auch jene an Petronius Secundus, der noch immer auf seine Entscheidung wartete. Jetzt, da er den *Papyrus* mit den Namen seiner toten Gladiatoren in Händen hielt, erkannte Gaius wieder, wie erbarmungslos die Prätorianer durchgegriffen hatten. Selbst wenn der Anschlag auf den Kaiser gelingen würde, wäre das Schicksal der Täter und ihrer Helfer besiegelt. Sollte auch er einer von ihnen werden? Ein Mitwisser war er schon. Ein Gedanke, der ihn trotz der Hitze frösteln ließ.

Seufzend überflog er nochmals die Namen der getöteten Gladiatoren. Secchias war der Einzige von ihnen, der im Kampf starb und heldenmütig den Todesstoß des Siegers empfing. Jecheus und Zephanius starben durch die Schwerter der aufgebrachten Prätorianer, während Remus von den Löwen zu Tode gehetzt und zerfleischt wurde.

Seither hatte Gaius keine Spiele mehr besucht. Und er wusste, es gab nichts, das ihn von seinen Sorgen und Ängsten ablenken würde. Nachdenklich legte er die Schriftrolle beiseite. Wieder hatte er nicht auf Mantano gehört, der ihm vom Kauf dieser Männer, vor allem von Ichbeos, abgeraten hatte. Aber sie waren günstig gewesen. Jetzt waren sie tot, und er schwor sich, in Zukunft die Ratschläge seines *Lanistas* zu befolgen.

Seine Blicke folgten einem Gärtner, der sich im *Hortus* aufhielt und den trockenen Boden mit Wasser benetzte. Der Sommer war ungewöhnlich trocken, und der Gärtner pflegte die Pflanzen und den Innenhof mit einer solchen Hingabe, als wären sie sein Eigentum. Gaius betrachtete die Blütenpracht, bis seine Augen vom grellen Licht der Mittagssonne zu schmerzen begannen. Als er sich zurücklehnte, betrat Julia mit einer Karaffe Wein und einem Becher in den Händen das Zimmer. Ihr Anblick und ihre Anmut fesselten ihn erneut, auch wenn Petronius' Neuigkeiten über sie ihn mehr bedrückten, als er zugeben wollte.

«Ein Besucher ist da», erklärte sie mit weicher Stimme, während sie kühlen Wein in den Becher goss.

Gaius blickte sie besorgt an. Seit Petronius Secundus' Besuch befürchtete er, dass jeder Gast nur noch schlimmere Nachrichten bringen würde. Oder gar eine Prätorianergarde erschien, um ihn zu verhaften und abzuführen.

«Ein Gast?» Er schluckte leer, und der Kloß in seinem Hals wurde immer größer.

Julia stellte die Weinkaraffe sorgfältig auf den Tisch neben die Schriftstücke und bot ihm lächelnd den Becher an.

«Ich habe gesagt, du wärst nicht hier», erwiderte sie. «Ich hoffe, es ist dir recht, denn ich glaube, du wünschst heute niemanden zu sehen.»

Sie ist ein unbezahlbares Juwel, dachte Gaius und hoffte wehmütig, dass sie ihn vielleicht doch lieben würde, wenn ihre Gefühle für Tiberianus erloschen waren.

Er nickte und lächelte zurück. «Niemand in meinem Hause hätte es gewagt!»

«Weil sie sich vor dir fürchten!»

Gaius blickte fragend in ihre Augen, die ihn immer wieder bannten. «Fürchten? Vor mir?»

«Du bist ihr Herr. Sie haben Angst, bestraft zu werden, wenn sie deine Befehle nicht befolgen! Sie würden sich niemals trauen, einen deiner Gäste ohne deine Zustimmung abzuweisen.»

«Sie sind meine Sklaven, und meine Sklaven sind da, um meine Befehle auszuführen und meine Wünsche zu erfüllen.»

«Sie sind auch Menschen», widersprach sie sanft. «Auch ich bin eine deiner Sklaven ...»

«Und du? Fürchtest du mich?»

«Ich?» Sie senkte ihre Lider, dachte kurz nach, dann sah sie ihn unverwandt an. «Ich glaube, du bist nicht so, wie deine Sklaven dich kennen. Ich denke, du bist nur einsam!»

Gaius hielt den Atem an. Ihre Aufrichtigkeit überraschte ihn, und als er ihren Blick wahrnahm, überlegte er neidisch, ob sie Tiberianus auch so angesehen hatte, verständnisvoll und warm. Und er verstand, warum sein Freund ihren Reizen erlag und sie liebte, sie begehrte, warum ihr Zauber auch ihn verführt hatte.

«Einsam war ich, bevor du zu mir gekommen bist!», erwiderte Gaius leise, von seiner Offenheit selbst überrascht.

Julia wandte sich verlegen ab, während ihre Wangen sich rötlich färbten. «Dein Gast ließ sich leider nicht abweisen. Er bestand darauf zu warten, bis du zurückgekehrt bist», sagte sie, ohne ihn anzusehen.

Gaius seufzte enttäuscht auf. Für einen Moment hatte er geglaubt, sie würde seine Zuneigung erwidern und er ihre Liebe gewinnen.

«Er ließ sich nicht abweisen?» Das Gefühl der Furcht war zurückgekehrt. Es war bestimmt Petronius Secundus, der ihn nun zu einer Entscheidung drängen würde. Müde fuhr sich Gaius über das Gesicht. Seine Sorgen erschienen wie gestautes Wasser, das jetzt einen Damm durchbrach und seine Gedanken überflutete. «Mir scheint, selbst du kannst das Schicksal nicht davon abhalten, mich zu strafen!»

Julia blickte ihn verwundert an.

«Also, wer ist es?», fragte er.

«Martinus, der Arzt», erwiderte sie unsicher.

Gaius verspürte eine Erleichterung. Martinus! Doch wieso wollte der Arzt auf seine Rückkehr warten? Es bedeutete nichts Erfreuliches! Oder brachte er bloß Neuigkeiten von Marcellus, vielleicht auch von Claudia?

Gaius sprang auf, stieß gegen den Tisch und eilte los, während Julia den fallenden Weinbecher im letzten Augenblick auffangen konnte.

Rasch hatte er die Vorhalle erreicht, deren Boden das Mosaik von Cornelius Cattus zierte. Es erzählte in farbigen Bildern von Cratons Heldentaten. Für gewöhnlich erfreute ihn das Farbenspiel der zusammengefügten Steinchen, doch immer öfters erinnerte er sich in letzter Zeit an den Preis des Kunstwerkes und an Mantanos spöttische Worte: Für dieses Geld hätten hervorragende Gladiatoren gekauft werden können, bemerkte der *Lanista* einmal bissig.

«Gaius, mein guter Junge! Du bist da! Welch ein Glück!» Martinus eilte ihm, gefolgt von Actus, entgegen.

«Ich hoffe, du trägst es mir nicht nach, dass ich mich verleugnen ließ!», begrüßte Gaius den Gast und führte ihn in sein Arbeitszimmer. Es war leer, Julia hatte sich zurückgezogen.

Martinus schien nicht nur von der Hitze erschöpft zu sein, irgendetwas bedrückte ihn, als er sich ächzend in den Stuhl fallen ließ und gierig nach dem Becher Wein griff, den Actus ihm hingestellt hatte. «Hast du Petronius Secundus in den vergangenen Tagen gesehen?», erkundigte sich der Arzt sorgenvoll, ohne auf Gaius' Höflichkeitsfloskeln einzugehen.

Gaius nickte und versuchte ruhig zu bleiben. «Er war vor einigen Tagen bei mir.»

Martinus schien überrascht. «Er war bei dir?»

«Ja.» Gaius überlegte, ob der Heiler wohl wusste, was Petronius ihm anvertraut hatte.

Der Arzt fing mit seinem Zeigefinger einen am Becher herabperlenden Weintropfen auf und leckte ihn ab. «Petronius Secundus ist seit sieben Tagen verschwunden», sagte er plötzlich bedrückt und starrte Gaius an.

«Verschwunden?», wiederholte dieser und spürte, wie seine Kehle sich langsam zuschnürte.

Martinus' Augen verrieten echte Sorge.

«Sicherlich ist er einfach nur verreist», wiegelte Gaius ab, um sich selbst zu beruhigen.

Der Gast schüttelte den Kopf. «Nicht mal einer seiner Diener weiß, wo er sich aufhält.» Er starrte Gaius noch eindringlicher an. «Als ob ihn der Hades selbst verschluckt hätte!»

Sie musterten sich gegenseitig. Beide wussten sie – Martinus seit dem Fest auf dem *Palatin*, Gaius seit Petronius' Besuch –, wie gefährlich das Leben dieses Mannes sein musste.

«Es gibt bestimmt eine einfache Erklärung. Petronius ist ein freier Mann, er muss keinem Rechenschaft ablegen, wenn er für einige Zeit verschwindet!», erklärte Gaius mit fester Stimme.

Martinus seufzte. «Ich hoffe, du hast Recht!»

«Doch dich grämt nicht nur das plötzliche Verschwinden von Petronius, mein Lieber!»

Die Gesichtszüge des Arztes verhärteten sich allmählich, er blickte sich hastig um, dann zischte er: «Agrippa ist tot!»

Gaius schien nicht richtig verstanden zu haben. «Agrippa ist tot?», wiederholte er ungläubig.

«Er wurde gestern Nacht ermordet!»

Gaius stockte das Blut in den Adern. Unfähig, einen klaren Gedanken zu fassen, stotterte er: «Aber, aber wie ... ich meine ... wer war es?»

Martinus verzog seine Lippen und schwieg.

«Und du meinst, Petronius steckt dahinter?», fragte Gaius leise, als würde auf dem Namen ein Fluch lasten.

Martinus lehnte sich zurück und schüttelte den Kopf. «Agrippa hatte genug Feinde, auch in den eigenen Reihen! Es muss nicht unbedingt Petronius gewesen sein. Trotzdem mache ich mir Sorgen um ihn. Sein Verschwinden macht ihn verdächtig.»

Gaius überlegte. Nicht dass ihn Agrippas Tod berührte, er nahm die Neuigkeit sogar befriedigt auf. Den Senator hatte endlich das gleiche Schicksal wie jenes von Tiberianus ereilt. Doch die Ungewissheit über Petronius Secundus' Verbleib quälte auch ihn. Es gab viel zu viele Spuren, und irgendeine würde irgendwann zu Gaius führen.

Martinus trank seinen Becher aus und erhob sich. «Ich hatte gehofft, du könntest mir sagen, wo er ist! Es ist von größter Wichtigkeit.» Warum er hoffte, den Vermissten – oder mindestens einen Hinweis auf ihn – hier zu finden, wusste er selbst nicht. Aber die Nachricht von Agrippas Tod hatte ihn einfach zu Gaius getrieben. Treue Freunde waren in diesen Tagen, so schien es ihm, ein kostbares Gut geworden.

«Petronius hatte mir vor einigen Tagen von einer Verschwörung erzählt. Aber dabei ging es nicht um Agrippa, sondern um ...», begann Gaius zögernd.

«Um Domitian?», flüsterte Martinus, als wäre es verboten, den Namen des Imperators laut auszusprechen. Als Gaius nicht antwortete, wandte er sich mit einer düsteren Miene zum Gehen. An der Tür blieb er nochmals stehen, und seine Worte ließen Gaius erschaudern: «Sei vorsichtig, mit wem du worüber sprichst. Die Ohren, die dich belauschen, die

Augen, die dich beobachten, sind überall, und du würdest staunen, wer wie viel weiß!»

Er ging und ließ den Hausherrn, der regungslos auf seinem Stuhl verharrte, ratlos zurück. Als sich die Tür hinter dem Arzt wieder geschlossen hatte, holte Gaius unter den *Papyri* einen Dolch hervor. Er wog ihn lange in den Händen, bevor er ihn wieder auf den Tisch zurücklegte.

XLV

Mit unguten Gefühlen trat Gaius den Weg zum Amphitheater an. Bereits am Morgen stieg eine dunkle Ahnung in ihm auf, als ob bald etwas geschehen sollte, was sein Leben für immer verändern würde. Obwohl die Sonne den Zenit bereits überschritten hatte, legte sich Gaius' Unruhe noch immer nicht. Mantanos erstaunter Blick, als er ihm befahl, Anea für diese Spiele einzusetzen, ging ihm nicht aus dem Sinn.

«Die Amazone soll heute kämpfen?», fragte der *Lanista* überrascht. «Und Craton auch?»

Gaius nickte und sah Mantano gereizt nach, als sich dieser mit einem Schulterzucken entfernte. Er konnte sich seine Bedenken nur dadurch erklären, dass Anea nach ihrer Krankheit noch immer nicht ganz erholt und außer Übung war. War es für Mantano wirklich zu früh, sie wieder in die Arena zu schicken?

Eigentlich wollte Gaius sie auch schonen, doch der *Editor* bot ihm eine nicht zu verachtende Summe für Aneas Kampf an. Und so überlegte er nicht lange und stimmte zu. Es war ein Geschäft, und er würde sich darüber nicht den Kopf zerbrechen, ob es richtig war oder nicht.

Gaius dachte an die vergangenen Tage. Sie brachten wenig Erfreuliches. Agrippas Tod beschäftigte ihn immer noch. Nach dem Gespräch mit Martinus erkannte Gaius, wie unwissend er selbst eigentlich war. Der Arzt ging in den besten Häusern ein und aus, seine Patienten – darunter einige Senatoren – vertrauten sich ihm an, und so wusste er über gewisse Ereignisse in Rom viel mehr, als Gaius je erfahren würde. Stand am Ende gar Martinus' Name auf der Liste, die Petronius Secundus erwähnt hatte?

Man erzählte sich Verschiedenes über den Tod des alten Senators. Einige behaupteten, Agrippa wäre von einer giftigen Schlange gebissen worden, die sich in sein Bett verirrt hatte, andere meinten, der Greis sei einem alten Herzleiden erlegen, vielleicht sogar, nachdem er sich an einer seiner hübschen Sklavinnen vergangen hatte. Manche taten den Tod des Senators als natürlich ab, da er ein Alter erreicht hatte, an dem sich nur wenige erfreuen durften.

Wusste aber jemand wirklich etwas Genaueres über Agrippas Ableben, dann bestimmt Martinus. Und vielleicht Petronius Secundus.

Gaius schüttelte den Kopf und versuchte an etwas anderes zu denken, doch es fiel ihm schwer, und er musste sich zwingen, freundlich zu lächeln und die Grüße seiner Bekannten zu erwidern.

Das Gewimmel des Plebs an den Eingängen zum Theater mied Gaius, so lenkte er seine Schritte gleich zum Hintereingang, wo das einfache Volk keinen Zutritt hatte. Als er seine Loge betrat, sah er sich um. Marcus Titius grüßte ihn mit einem Kopfnicken, was Gaius zu übersehen versuchte. Es schien ihm, selbst aus dieser Entfernung könne er das Unbehagen in Titius' Gesicht erkennen. Der beleibte Mann blickte mürrisch und ließ sich von einem dunkelhäutigen Jungen Luft zufächeln. Da die Sonne erbarmungslos brannte und trotz des gespannten *Velums* das Amphitheater aufheizte, versuchte er sich zusätzlich mit kalten Getränken Abkühlung zu verschaffen.

Gaius war überzeugt, dass es nicht nur die sengende Hitze war, die seinem Konkurrenten Unbehagen bereitete. Calvus' Tod auf dem *Palatin* bedeutete einen schweren Schicksalsschlag für Titius. Seiner Schule ging es zunehmend schlechter. Die wenigen guten Männer, die er noch in die Arenen schicken konnte, ohne befürchten zu müssen, sie würden diese nicht mehr lebend verlassen, waren an einer Hand abzuzählen. Die meisten seiner Gladiatoren waren schwach, und er bemühte sich um keine neuen Aufträge für diese Kämpfer. Einen Ersatz für Calvus zu finden war nicht leicht, und es konnte durchaus einige Monate dauern, bis er wieder einen guten Mann erwarb und diesen auch einsetzen konnte.

Gaius hatte seine Loge nicht vorbereiten lassen – er erwartete keine Gäste mehr. Julia durfte ihn nicht zu den Spielen begleiten, und mit Messalia konnte sich ein Adeliger nicht sehen lassen. Allmählich gewöhnte er sich an seine Einsamkeit.

Die Ränge des Amphitheaters füllten sich. Immer mehr Zuschauer ließen sich dicht auf den sonnenerhitzten Steinquadern nieder. Alle Veranstaltungen, die der Kaiser ausrichtete, wurden gut besucht, doch hielt dieses Gedränge zumeist nur die ersten Tage an. Domitian schenkte dem Volk zwanzig Spieltage und versprach die aufregendsten Vorstellungen. Dafür liebte ihn zwar der Plebs, doch der Senat und der Adel verachteten ihn, je länger, je mehr.

Vor allem Domitians wachsender Größenwahn missfiel seinen Gegnern. Er ließ einige mächtige Politiker hinrichten, andere machte er mundtot. Und obwohl in der Öffentlichkeit vorsichtiger geworden, wurden die Staatsmänner zu einer wachsenden Gefahr für den Herrscher.

Domitian erkannte diese Bedrohung und setzte im Senat seine ihm treu ergebenen Männer ein – was seine Widersacher noch mehr aufbrachte. So wurde dieses Spiel um Macht für alle Beteiligten immer gefährlicher.

Gaius schluckte schwer. Plötzlich musste er wieder an den Besuch von Petronius Secundus denken. Unerwartet war er in seinem Haus erschienen und verlangte eine Entscheidung von ihm, zu der sich Gaius nicht durchringen konnte, obwohl er wusste, dass ihm nicht mehr viel Zeit blieb. Viel zu tief war er schon in die Ereignisse verstrickt. Er musste sich entscheiden, musste sich auf Petronius' Seite schlagen, musste Tiberianus' Platz einnehmen, wollte er nicht Julias Leben und seine eigene Existenz gefährden.

Die heutigen *Ludi*, bei denen die Kämpfe einiger hundert Christen gegen Wildtiere zur Hauptattraktion gehörten, erinnerten ihn bitter daran.

Lange Zeit mochte auch Gaius diese Sekte nicht leiden, doch seit er Julia kannte, seit er ihre Anmut erfahren hatte, sah er die Christen in einem anderen Licht. Er schenkte den barbarischen Schauergeschichten, die über sie erzählt wurden, keinen Glauben mehr. Er konnte sich nicht vorstellen, dass die Christen wirklich menschliches Blut tranken und Menschenfleisch aßen. Niemals würde seine Julia so etwas tun. Dennoch glaubte es der Plebs besser zu wissen und wollte den Tod der Christen in der Arena nicht versäumen. Aus Sensationsgier, vielleicht sogar aus Angst vor diesem Glauben.

Trotz der Hitze lief Gaius ein kalter Schauer über den Rücken, wenn er daran dachte, was mit Julia geschehen würde, sollte jemand eines Tages ihr Geheimnis entdecken. Und er selbst und sein Haus müssten ihr Schicksal teilen.

Die *Tubas* kündigten die Ankunft des Imperators an. Domitian betrat würdevoll und mit ernster Miene das Theater.

Zwei Prätorianer in prächtigen Rüstungen folgten ihm. Sie blieben mit unbeweglichen Gesichtern im Schatten hinter ihm stehen. Die Menge jubelte dem Kaiser zu, und für einen kurzen Augenblick huschte ein Lächeln über das steinerne Antlitz des Herrschers. Erhaben setzte er sich.

Gaius überraschte es, dass er diesmal allein kam. Hatte er sich nicht nur mit seiner Gemahlin Domitia Longina, sondern vielleicht auch mit Pompeia ernsthaft zerstritten? Man munkelte so manches.

Die Patrizierhäuser standen hinter der edlen Domitia, die einem nicht weniger angesehenen Geschlecht als dem der Flavier angehörte. Sie hatte viele Freunde und treue Diener unter den Adeligen und den Beamten, die ihr mehr zugetan waren als dem Imperator selbst.

Die gefährliche Verbindung des Herrschers mit seiner machthungrigen Cousine Pompeia gefiel vor allem dem Senat nicht.

Domitian kümmerte dies alles wohl nicht; er ignorierte den Senat ebenso, wie er seine Gattin vernachlässigte. Aber genau dies konnte ihn eines Tages seinen Thron, ja sogar sein Leben kosten, überlegte Gaius. Petronius' Worte fielen ihm ein: Viele bekannte Männer seien an der Verschwörung gegen den Kaiser beteiligt.

Gaius hätte nur allzu gerne ihre Namen erfahren.

Unterhalb der Tribünen zog lautstark die *Pompa*, der Triumphzug der Gladiatoren, vorüber, die von der Menge jubelnd begrüßt wurde. Die Menschen auf den Rängen standen auf. Ihr Klatschen erfüllte das Theater, und auch Gaius richtete seine Aufmerksamkeit auf die Arena. Diese bunte Eröffnungszeremonie zum Auftakt einer *Ludi* hatte er meist verpasst. Nun beobachtete er, wie einige Kämpfer, begleitet von Trommeln und Tubamusik, den Kampfplatz betraten.

Die Menge konnte die Gladiatoren ohne Helme sehen.

Gaius wusste, dass Craton nie an der *Pompa* teilnahm, und auch andere bekannte Kämpfer fehlten. Trotzdem jubelten die Menschen begeistert.

«Mein lieber Gaius Octavius Pulcher, es überrascht mich, dich so allein zu sehen!» Eine bekannte Stimme riss ihn aus den Gedanken.

«Pompeia?» Gaius fühlte sich plötzlich unbehaglich. Warum besuchte sie ihn, statt in der Loge des Imperators zu sitzen?

Sie musterte ihn kalt. «Habe ich dich erschreckt?»

Verneinend schüttelte Gaius den Kopf und bot ihr einen Platz an. Ihr wertvoller Ohrschmuck klingelte wie helle Glöckchen, als sie sich neben ihn setzte. Ihre undurchdringlichen Augen erforschten Gaius' Gesicht, während sie gleichzeitig einen verstohlenen Blick zur Loge des Kaisers warf.

Gaius merkte, wie Domitian ihr zunickte.

«Was führt dich zu mir?», fragte er seine Besucherin ohne Umschweife. Ihr Gesicht verriet, dass sie nicht gekommen war, um über Belanglosigkeiten zu reden.

«Ich habe niemanden erwartet», fuhr er fort. «Daher habe ich meine Loge auch nicht vorbereiten lassen!» Er legte seine Stirn in Falten.

Pompeia musterte ihn noch immer schweigend. Es war ihr nicht entgangen, dass sich erste graue Strähnen an seinen Schläfen und Fältchen um seinen Mund und Augen bemerkbar machten. Einem aufmerksamen Beobachter verrieten sie Gaius' wahres Alter.

«Ist es dir unangenehm, mich zu sehen? Was habe ich dir denn getan?», lächelte sie ihn an, und Gaius glaubte, einen Hauch Enttäuschung in ihrer Stimme zu erkennen.

Die erneuten Klänge der *Tubas* kündigten den Abzug der *Pompa* an, und durch die großen, eisernen Tore verließen die Gladiatoren die Arena, während die Menge gespannt auf die Eröffnung der Spiele wartete.

«Ich wollte dich nicht beleidigen, Pompeia», lenkte Gaius ein und dachte daran, dass es nicht klug wäre, sich gerade jetzt ihr gegenüber abweisend zu zeigen. Er zwang sich, möglichst freundlich zu wirken. «Ich bin nur erstaunt, dass du heute nicht ...»

«... dass ich heute nicht neben Domitian sitze?» Pompeia blickte zur Loge des Kaisers, der noch immer regungslos auf seinem Thron harrte. Er hatte die Spiele noch nicht eröffnet und wartete wie alle anderen Besucher auf das Ende der Lobpreisungen der Götter. Unzählige Priester und Priesterinnen der ältesten römischen Religionen huldigten ihren Göttern, lobten ihre Ruhmestaten und flehten um ihren Schutz für Rom und den Imperator.

«Ich bin die Cousine des Kaisers, nicht seine Frau. Und ich muss nicht ständig an seiner Seite weilen, als wäre ich sein Eigentum!», erklärte sie nicht besonders überzeugend, und Gaius überlegte, ob Domitian sich vielleicht doch anders besonnen und beschlossen hatte, sich in der Öffentlichkeit nicht mehr so oft mit ihr zu zeigen.

«Du hast Recht!», gab er zu.

Pompeia entging seine gespielte Freundlichkeit nicht, doch sie schwieg. Erst nach einer Weile bemerkte sie: «Ich bin nicht gekommen, um über mich und den Kaiser zu reden.» Sie griff nach ihrem Halsschmuck und spielte nervös mit der glänzenden Goldkette. «Ich will offen zu dir sein, Gaius.»

«Offen?», unterbrach er sie und konnte sich ein ironisches Lächeln nicht verkneifen. «So kenne ich dich gar nicht. Bis jetzt hast du dich immer bemüht, *nicht offen* zu mir zu sein.»

Mit einem jubelnden Aufschrei begrüßten die Zuschauer jetzt die Eröffnung der Spiele. Nachdem die Lobpreisungen der Götter zu Ende waren, gab Domitian endlich das Zeichen zum Beginn der *Ludi*. Die ersten Gladiatoren betraten die Arena, schritten stolz und todesmutig über den Sand und priesen den Imperator. Die Luft des Amphitheaters war erfüllt vor Spannung.

«Und du? Bist du immer offen zu mir, Gaius?» In Pompeias Augen funkelte es gefährlich, doch sie fasste sich schnell wieder. «Ich will mit dir nicht streiten. Ich habe dich aus einem anderen Grund aufgesucht. Du weißt, dass Quintus tot ist.» Sie schluckte leer und strich eine Haarsträhne aus ihrem Gesicht. «Eine Frau in meiner Position hat viele Feinde», fügte sie leise hinzu.

Eine Frau in deiner Position hat nur Feinde!, hallte es in Gaius' Gedanken, doch er schwieg. Gleichgültig zuckte er mit den Achseln. «Soll ich für dich einen neuen Leibwächter suchen?»

Pompeia lächelte. «Nein. Ich habe bereits einen gefunden.»

Fragend musterte Gaius sie. Was wollte sie wirklich von ihm?

«Auch deine Amazone kämpft heute, nicht wahr?», erkundigte sie sich plötzlich.

Gaius holte tief Luft. «Du hast es eingefädelt! Du hast den *Editor* zu mir geschickt! Wozu? Was willst du? Willst du sie anstelle von Quintus?»

Pompeia lachte erheitert auf. «Bei den Göttern, Gaius, ich bitte dich! Sehe ich etwa aus wie eine Frau, die sich mit einer kleinen dummen Amazone als Leibwächter rühmen möchte? Wirklich nicht!» Ihr Lachen verstummte mit einem Schlag, und sie wurde wieder ernst. «Sie will ich nicht! Doch sie soll gegen den Mann antreten, den ich mir ausgesucht habe! Quintus hat sich bewährt, sein Nachfolger soll es auch!»

«Dein zukünftiger Leibwächter soll gegen meine Gladiatorin kämpfen?»

«Hast du Angst um sie?»

«Nein! Sie wird siegen! Du hast sie schon oft genug gesehen, und du weißt, dass sie mutig und geschickt ist. Also, was versprichst du dir davon?»

Der Aufschrei der Menge unterbrach ihr Gespräch. Die ersten Kämpfe neigten sich dem Ende zu, und die Vorbereitungen für die anschließende Tierhetze wurden veranlasst. Gaius beobachtete grimmig, wie zahlreiche Helfer sich aufmachten, eine künstliche Landschaft aufzubauen.

«Wer sich bedenkenlos mit ihr messen kann, wird mir ein guter Leibwächter sein», nahm Pompeia ihre Unterhaltung wieder auf.

«Eine Frau soll möglicherweise sterben, damit eine andere Frau sich ihres männlichen Leibwächters sicher sein kann?» Gaius wandte sich ihr wieder zu. Er machte sich dabei keine Gedanken um Anea, da es ohnehin nicht in seiner Macht lag zu entschieden, gegen wen sie anzutreten hatte. Außerdem würde das Geld, das er für sie bekam, ihren Verlust wettmachen. Doch das Spiel, das Pompeia mit ihm trieb, gefiel ihm trotzdem nicht.

«Und wenn sie siegt?», fragte er.

«Dann siegt sie eben! Und ich suche mir einen anderen Kämpfer als Leibwächter. Sollte er diese Amazone nicht besiegen, weiß ich, dass er auch mich nicht beschützen kann!»

Gaius dachte nach. Pompeia hatte genügend Einfluss, um ihren künftigen Leibwächter auch ohne seine Zustimmung gegen Anea antreten zu lassen. Worum ging es also wirklich?

«Warum erzählst du mir das alles?», erkundigte er sich argwöhnisch.

Pompeia antwortete nicht. Sie starrte schweigend in die Arena.

«Domitian hätte es befehlen können!», fuhr Gaius ungeduldig fort.

«Domitian weiß nichts davon!» Pompeia lächelte.

Gaius blickte sie überrascht an. Sollte ihr neuer Leibwächter vielleicht noch andere Dienste leisten? Durfte der Imperator deswegen nichts davon wissen?

«Es ist gleich, gegen wen die Amazone antritt», entschied er. «Niemand kann vorhersehen, wie ein Kampf ausgeht. Darum hat es mich nie interessiert, gegen wen sie kämpfen wird! Doch jetzt will ich den Namen des Mannes, den du als ihren Gegner ausgewählt hast, wissen.»

Pompeia befeuchtete ihre vollen Lippen, bevor sie mit harter Stimme entgegnete: «Craton!»

Gaius erstarrte. Als wolle er ein Gespenst vertreiben, wiederholte er: «Craton?»

Pompeia nickte triumphierend.

Gaius ballte seine Hände zu Fäusten, bis sich seine Nägel ins Fleisch gruben. Deshalb also war sie gekommen. Sie brauchte seine Einwilligung, damit zwei Kämpfer aus seinem *Ludus* gegeneinander antreten konnten. Nur er, ihr Herr, konnte über die beiden bestimmen. Er kniff die Augen zusammen. Ein bitteres Lächeln umspielte seine Lippen. «Du weißt sehr wohl, dass ich meine Gladiatoren niemals gegeneinander kämpfen lasse und schon gar nicht Craton gegen seine Schülerin! Keiner wird mich dazu bringen, selbst du nicht!»

Ungerührt spielte Pompeia mit einem goldenen Ring an ihrem schmalen Finger. «Ich wusste, dass du so antworten würdest.» Sie ließ den Ring wieder los und legte ihre Hand auf Gaius' Arm.

Gaius atmete schwer. «Du hättest dir deinen Besuch ersparen können!»

Pompeias gefährliches Lächeln kehrte zurück, und sie neigte ihren Kopf zur Seite. «Das glaube ich nicht!», flüsterte sie fast sinnlich. «Ich denke, diesen Wunsch wirst du mir nicht abschlagen!»

«Du irrst dich, Pompeia! Das werde ich sehr wohl.» Gaius wusste, dass Anea einen Kampf gegen Craton niemals überleben würde. «Du vergisst, die beiden gehören mir! Ich werde sie nicht gegeneinander antreten lassen. Und selbst wenn du Domitian überreden solltest und er mir diesen Kampf befiehlt – Craton ist noch immer mein Gladiator! Bevor er dein Leibwächter wird, schenke ich ihm die Freiheit!»

Pompeia sah ihn ungerührt an. «Ich glaubte lange Zeit, wir wären Freunde. Nur darum habe ich dich immer geschützt. Aber ich sehe, es war dumm von mir.»

Gaius verlor die Beherrschung. Er wurde laut: «Du mich geschützt? Ich habe nie danach verlangt. Und ich habe dich nicht gebeten, in mein Leben zu treten.»

Mit einem herrischen Lachen warf Pompeia ihren Kopf in den Nacken. «Ich sehe, du lässt mir keine Wahl. Wie kannst du nur so dumm sein!»

«Du willst mir drohen?»

«Ich drohe dir nicht, Gaius! Ich rate dir nur, meine Macht und meinen Einfluss nicht zu unterschätzen!»

«Ich fürchte mich weder vor deiner Macht noch vor deinem Einfluss!» Gaius' Stimme überschlug sich.

«Ich hörte, du hattest Besuch!», sagte Pompeia ruhig. «Petronius Secundus war bei dir, nicht wahr? Ihr habt über gefährliche Dinge gesprochen! Ich könnte mir vorstellen, dass sich noch jemand dafür interessiert.» Sie blickte vielsagend zur Loge des Kaisers.

Gaius wurde es heiß und kalt zugleich. Sein Herz hämmerte. Ihre Worte schnürten ihm die Kehle zu. Er sah sie schweigend an.

«Dieser Petronius», fuhr sie fort, «dass er ausgerechnet dich da hineinzog, ist wirklich ärgerlich!»

«Was schert es dich, wenn sich zwei Männer über alltägliche Dinge unterhalten? Oder hat Domitian ein Gesetz erlassen, das es verbietet, harmlose Gespräche zu führen?»

«Harmlos? Das nennst du harmlos? Glaubst du wirklich, ich wüsste nichts von Petronius' Machenschaften?»

531

«Wenn du glaubst, etwas Wichtiges zu wissen, warum hast du Domitian davon nicht unterrichtet? Du lässt sonst keine Gelegenheit aus, römische Bürger zu verraten!»

Pompeia schüttelte kaum merklich den Kopf. «Verschwörungen gab es immer. Und es wird sie immer wieder geben. Ich glaube nicht, dass Petronius Secundus mutig genug ist, um tatsächlich die Hand gegen Domitian zu erheben! Aber du, Gaius ...»

Sie wusste es also doch!

«Außerdem behalte ich Geheimnisse so lange für mich, bis sich eine Gelegenheit bietet, sie vorteilhaft einzusetzen! Bisher ergab sich eine solche nicht.» Sie machte eine vielbedeutende Pause und wiederholte dann: «Bisher ...»

Die Tierhetzen neigten sich dem Ende zu. Arena-Helfer schleppten Kadaver und leblose Körper gefallener Gladiatoren über den Sand. Einige von ihnen versuchten den letzten freilaufenden Geparden einzufangen, doch er schaffte es, fauchend und zähnefletschend seinen Häschern zu entkommen, bis diese das prächtige Tier mit Speeren und Pfeilen niederstreckten.

«Ihr hättet ihn für die Christen aufheben sollen!», rief jemand, und andere Zuschauer stimmten ihm lachend zu.

Gaius schauderte. Eine Gruppe verängstigter Menschen betrat nun die Arena. Ihre Kleidung verriet, dass sie verschiedenen Schichten der römischen Gesellschaft angehörten: Es waren Sklaven, einfache Bürger, Handwerker und sogar Adelige.

«Christenpack!», brüllte die Menge.

«Ich weiß alles über eure Unterredung», vernahm er wieder Pompeias Stimme. «Sollte auch Domitian davon erfahren, wird es für dich und deinen neuen Freund Petronius sehr gefährlich!»

Gaius schwieg und schluckte schwer.

Einige der Christen begannen zu singen, zuerst nur leise, dann immer lauter, bis der Plebs den Gesang mit Spottgebrüll übertönte. Unheil verkündend setzte auch das Gebrüll der Bestien ein, die, ausgehungert, bald aus ihren Käfigen auf die wehrlosen Opfer losgelassen werden sollten.

Pompeia verzog selbstzufrieden ihre Lippen. «Du siehst, du hast einen sehr guten Grund, Craton gegen die Amazone kämpfen zu lassen!», sagte sie und schaute mit übertriebenem Interesse in die Arena.

Gaius schloss die Augen. Wie ein eiserner Ring, der sich immer enger zuzog, legten sich Furcht und lähmende Gedanken um ihn.

Zum ersten Mal in seinem Leben fühlte er sich einem Menschen wirklich ausgeliefert.

Verzweifelte Schreie erfüllten das Amphitheater. Gaius wagte nicht, in die Arena zu blicken, doch Pompeia verfolgte genüsslich und ohne Regung das schauerliche Schauspiel.

«Ich könnte Domitian von dir und deiner Christin Julia erzählen», flüsterte sie ihm zu.

Gaius fuhr herum. Sie wusste von Julias Glauben! Auf einmal war es ihm, als müsse er selbst die Qualen der Sterbenden ertragen. Schlimmer noch aber als seine Furcht war die Sorge um Julia und die Gewissheit, dass Pompeia ihn diesmal nicht täuschte. Sie würde ihre Drohung wahr machen. Mit Bitternis fluchte er Petronius Secundus.

Das Volk lachte und johlte, wettete auf den letzten Überlebenden, als die Anhänger der Christensekte von Tigern und Löwen bei lebendigem Leib zerrissen wurden. Manche von ihnen knieten nieder, um zu beten, andere hofften auf einen schnellen, gnädigen Tod.

Jeder ihrer Schreie erinnerte Gaius an Julia, als würde sie zu ihm um Hilfe rufen. Schweiß bedeckte seine Stirn, sein Hals war wie ausgetrocknet, und er wusste, dass Pompeia gewonnen hatte.

Er musste sich geschlagen geben – nur so konnte er Julia retten.

«Du sollst deinen Kampf haben», flüsterte er mit erstickter Stimme und sah, wie Pompeia triumphierend lächelte.

«Du siehst, ich bekomme immer, was ich will …» Sie beugte sich vor und küsste ihn zärtlich auf die Wange. Dann erhob sie sich und verließ die Loge.

Gaius glaubte zu spüren, wie ihr Kuss seine Haut versengt hatte.

XLVI

Mantano stand am Eingang zur Arena und rieb abwesend einen rotbackigen Apfel so lange an seiner Tunika, bis er, wie mit Wachs überzogen, glänzte. Erst als die Anhänger der Christensekte wie Vieh hereingetrieben wurden, beschloss er, in die Gewölbe zurückzukehren. Das bevorstehende Schauspiel würde ihn nur langweilen, denn er wusste genau, welchen erbärmlichen Tod sie unter dem Jubel des Plebs sterben würden, jammernd und winselnd, oft gar betend.

Der *Lanista* streifte durch die Gänge. Vielleicht würde er einen Gladiator entdecken, den er Gaius zum Kauf vorschlagen konnte. Zwar hatte der Ludusbesitzer die Auswahl neuer Kämpfer wieder ihm übertragen, doch noch immer grollte ihm Mantano. Obwohl Ichbeos' Verlust zu verschmerzen war, führte ein Selbstmord unter den eigenen Gladiatoren oft zu Spannungen.

Mürrisch setzte Mantano seinen Weg fort und blieb stehen, als er sich den Räumlichkeiten, in denen die Helfer des Amphitheaters warteten, näherte. Angetrieben vom *Editor*, der als unnachgiebig und herrisch bekannt war, sorgten die

Männer trotz des heillosen Durcheinanders für einen reibungslosen Ablauf der Spiele. Der Ausbilder erinnerte sich nur allzu gut an die Streitigkeiten und zähen Verhandlungen mit dem *Editor*, wenn es um die Auftritte von Gaius' Gladiatoren ging. Es hatte ihn oft viel Überzeugungskraft und Geschick gekostet, um die Kämpfer Erfolg versprechend einsetzen zu können. Manchmal musste er sogar mit dem Rückzug der Männer des *Ludus Octavius* drohen, und einmal machte er diese Drohung tatsächlich wahr. Gaius hatte seine Entscheidung damals missbilligt, doch der *Editor* war seither umgänglicher geworden, da er wusste, dass die vorgesehenen Gladiatoren nicht so einfach zu ersetzen waren.

Die Schreie der Sterbenden in der Arena drangen bis in das Gewölbe. Mantano wusste, dass diese Hinrichtung noch einige Zeit dauern würde und von der Anzahl der Verurteilten und der Raubtiere abhing. Und wenn der letzte Christ tot in den Staub sank, würden die Helfer zunächst die Überreste beseitigen, bis Craton endlich, umjubelt und gefeiert, die Arena betrat.

Der *Lanista* war gereizt. Er wusste noch immer nichts über den bevorstehenden Kampf und kannte Cratons Gegner nicht. Dem Gladiator war es schon längst gleich, wie das Los entschieden hatte, doch Mantano verspürte eine seltsame Unruhe. Er entdeckte keinen, der sich mit dem König der Arena messen konnte.

Gierig biss er in den süßen Apfel und steuerte auf Cratons *Cella* zu, doch bereits nach einigen Schritten blieb er stehen, hielt verblüfft inne und warf den Apfel achtlos weg. Ein edel gekleideter Römer fiel ihm auf. Mantano glaubte seinen Augen nicht zu trauen: Es war Gaius, in Begleitung von zwei Prätorianern. Was führte ihn wohl hierher? Der Ludusbesitzer hatte die Gewölbe noch nie aufgesucht. Warum gerade heute?

Mantano eilte auf Gaius zu, der ihn noch nicht bemerkt

hatte, er hörte auch nicht, dass der *Lanista* seinen Namen rief; der Lärm erstickte den Laut seiner Stimme.

Gaius' Miene war voller Sorgen, und für einen Augenblick glaubte Mantano, sein ehemaliger Herr sei von den Prätorianern verhaftet worden. Sein Atem stockte. Er musterte die Soldaten zunächst argwöhnisch, dann trat er vorsichtig näher.

«Mantano!» Gaius war sichtlich erleichtert, seinen *Lanista* zu sehen, und steuerte auf ihn zu, doch die zwei Soldaten hielten ihn zurück, selbst sein adeliger Name schien sie nicht zu beeindrucken. Erst als sie Mantano erkannten, entfernten sie sich rasch.

Der *Lanista* sah Gaius verwundert an. «Es ist ungewöhnlich, dich hier anzutreffen. Was ist geschehen?»

«Craton – ich muss mit ihm sprechen!»

Mantano hörte das Zittern in Gaius' Stimme, spürte seine Unruhe und Ungeduld. «Ich bringe dich zu ihm», nickte er, ohne weiter zu fragen, und Gaius folgte ihm wortlos durch die bevölkerten, lärmerfüllten, düsteren Gänge.

Er tauchte ein in eine fremde Welt, die sich bedrohlich und erschreckend vor ihm auftat. Sie hatte nichts zu tun mit dem Glanz, dem Ruhm und dem Jubel der Spiele. Es war eine Welt voller Leid, Angst und Schmerzen.

Einer Flut gleich strömten Gladiatoren, Sklaven und Soldaten durch die Gänge. Einige von ihnen warteten, saßen reglos da, hofften, beteten in diesen Gewölben, andere machten sich bereit, in die Arena zu schreiten, um dem Tod furchtlos in die Augen zu sehen. Mit versteinerten Mienen griffen sie nach den Waffen, starrten mit leeren Blicken in die Dunkelheit, dann marschierten sie schweigend zu den Toren. Sie alle verschmolzen zu einer pulsierenden, gesichtslosen Masse. Ein unterirdisches Reich, in das kein Sonnenstrahl zu fallen schien, in dem kein frischer Windhauch die Lungen füllte.

Mantano schritt zügig voran, sich immer wieder nach Gaius umdrehend. Die zahlreichen Soldaten, die für Ordnung in den Gängen sorgten, betrachteten den Adeligen misstrauisch – wie einen Fremden. Und Gaius erkannte, dass er ein Fremder war, ein Eindringling in einer Wirklichkeit, die er so nie erleben wollte und auch nie vorher erfahren hatte. Ihn schauderte.

Endlich bogen sie in einen Gang ab, der menschenleer und ungewöhnlich ruhig war, und blieben vor einer schweren Tür stehen. Eine einsame Fackel, in einem Eisenring verankert, zuckte bei jedem Windhauch.

«Du hättest nicht hierher kommen sollen», sagte der *Lanista*, «was auch immer der Grund ist.»

Gaius antwortete nicht. Die grob behauenen schweren Steinquader erinnerten ihn an das *Tullianum*, den *Carcer*. Auch hier war die Luft stickig, und auch hier ging ein Hauch des Todes von den Mauern aus und schien unter seine Haut zu kriechen.

«Craton ist hier?» Gaius deutete mit dem Kinn zur Tür.

Mantano nickte wortlos, und mit einem Ruck riss Gaius die Tür auf und betrat die Kammer. Erschrocken bemerkte er, dass sie der Zelle glich, in der Craton nach Tiberianus' Mord auf seine Hinrichtung wartete und von dem gleichen modrigen Geruch erfüllt war.

Craton stand mit dem Rücken zur Tür, während ein junger Sklave ihm die Rüstung anlegte. Erst als der Diener überrascht Gaius erkannte und sich verneigte, drehte sich der Gladiator um.

Auch er neigte das Haupt und grüßte: «Gaius!»

«Raus!», befahl Gaius barsch dem Sklaven, der hastig die Schulterplatte auf eine hölzerne Bank legte und sich an ihm vorbeizwängte. «Und auch du wirst uns allein lassen!», fügte der Adelige hinzu und blickte den *Lanista* herrisch an.

Mantano kniff ungläubig die Augen zusammen, er wollte etwas einwenden, doch dann verließ er wortlos die *Cella* und schloss die Tür.

Schweigend betrachtete Craton seinen Herrn und versuchte die Neugier zu unterdrücken. Noch nie hatte Gaius ihn vor einem Kampf aufgesucht.

Gaius, der noch immer zur Tür starrte, wandte sich langsam um, blickte in die fragenden Augen des Gladiators und trat näher. Er schien seine Worte bedächtig zu wählen, als er sagte: «Ich werde dir nach deinem heutigen Kampf die Freiheit schenken.»

Und bei sich dachte er: Ich habe es ihm versprochen. So wird Pompeia zwar ihren Kampf, nicht aber ihn bekommen. So kann ich meine Schuld bezahlen und meine Ehre retten.

Er wusste, es war Pompeias verletzter Stolz, ihre Rache an Craton, die ihn in diese Lage gebracht hatte. Und er hoffte, dass er – auch wenn ihr Plan aufgehen sollte – nicht mehr als ein Leben opfern müsste: seins, Cratons, Aneas oder gar Julias. Bei diesem Gedanken erfasste ihn wieder das Gefühl der Ohnmacht, und es schien ihm, als stünde er mitten in einem Treibsand, und jede Bewegung würde ihn erbarmungslos in die Tiefe ziehen, ins Verderben.

«Das kommt so plötzlich. Was ist dein Grund?» Verwundert versuchte Craton, in Gaius' Miene eine Antwort zu finden, doch dessen Augen waren leer, die Gesichtszüge müde, eingefallen. Er schien um Jahre gealtert.

Gaius wandte sich ab und trat auf eine schmale Fensterluke zu, durch die kaum Licht in das Dunkel der Kammer fiel. Noch immer waren draußen die grässlichen Schreie der Sterbenden zu hören, und ihn fror erneut. Es würde nicht mehr lange dauern, dann hätte das Leiden der Christen ein Ende.

«Es wird dein schwerster Kampf werden!» Gaius starrte bedrückt auf den schwachen Lichtfleck am Boden.

Der Gladiator drehte verständnislos den Kopf zur Seite. «Es wird mein nächster Sieg werden!», erwiderte er mit fester Stimme.

Zum ersten Mal in seinem Leben erschien Gaius die Macht, als Adeliger über Sklaven zu befehlen, erbärmlich. Auf einmal fühlte er sich als Verräter – Verräter an seinem Gewissen. Mit Bitterkeit erkannte er, dass auch er nur ein Sklave war. Unfähig, sein Schicksal abzuwenden. Unfähig, frei zu entscheiden.

«Du wirst heute gegen die Amazone antreten!», sagte er tonlos und sah den Gladiator fast hilflos an.

Craton wich entsetzt zurück. Seine Gedanken rasten dahin wie die Streitwagen im Circus Maximus. Er hätte ahnen sollen, dass Gaius' Erscheinen nichts Gutes bedeuten würde. Noch immer von der ungeheuerlichen Nachricht seines Herrn wie gelähmt, entgegnete er: «Ich werde nicht gegen sie kämpfen.»

Gaius trat einen Schritt auf ihn zu. «Ist dir deine Freiheit diesen Kampf nicht wert?», fragte er herausfordernd.

Craton blickte ihn voller Verachtung an. «Freiheit? Um den Preis ihres Lebens?»

«Du hast schon unzählige Männer getötet, warum soll dich jetzt plötzlich dein Gewissen plagen? Weil dein letzter Gegner eine Frau ist?» Die Tatsache, dass der Gladiator sich ihm zu widersetzen wagte, machte Gaius wütend.

Craton beugte sich bedrohlich vor. Gaius konnte das Öl riechen, mit dem der Körper des Gladiators eingerieben worden war.

«Nein, nicht weil sie eine Frau ist», zischte der Kämpfer. «Du kannst Hunderte von Amazonen gegen mich kämpfen lassen, aber nicht sie!»

«Ich bin dein Herr, du gehörst mir, und du wirst mir gehorchen. Ich biete dir heute deine Freiheit oder deinen Untergang an! Weigerst du dich zu kämpfen, bedeutet dies

deinen Tod – und auch den ihren! Es liegt an dir zu wählen.»

Ich könnte ihn mit bloßen Händen umbringen, dachte
Craton plötzlich und wandte sich ab. Er wusste, wie er sich
auch entscheiden würde, für Anea und ihn gab es kein Entrinnen. Ihr Schicksal als Sklaven hatte sie zusammengeführt
– und es würde sie auch in den Tod begleiten. Sein Herz
war erfüllt von Schwermut, und mit Bitterkeit starrte er zum
winzigen Fenster, wo Staub in den Sonnenstrahlen tanzte.
Craton hörte, wie das Gelächter der Menge allmählich verebbte; vermutlich hatte der letzte Christ in der Arena sein
Leben verloren.

«Weiß sie davon?», fragte er, ohne sich umzudrehen.

Gaius schüttelte den Kopf. «Ich werde es ihr sagen.»

«Nein! Wenn sie es erfährt, wird sie nicht kämpfen. Und
wenn sie nicht kämpft, ist ihr Schicksal besiegelt! Sie darf
nichts davon wissen.»

Gaius seufzte. «Also gut!», gab er nach. «Aber du musst
wissen, dass du mächtige Feinde hast. Feinde, gegen die
selbst ich nichts ausrichten kann!»

Cratons Stimme klang düster, als er fragte: «Pompeia?!»

Gaius nickte zustimmend: «Sie gewinnt immer mehr
Macht, sie hat sich diesen Kampf gewünscht, sie ist dein
wahrer Gegner!»

In der Arena erschollen die *Tubas* und verkündeten die
nächsten Kämpfe, während der Sklave und sein Herr, zwei
Männer, so verschieden, wie sie nur sein konnten, wortlos
und unbeweglich in der engen Zelle nebeneinander standen.

«Ich werde kämpfen», brach Craton das unerträgliche
Schweigen, «aber nur, wenn sie es nicht erfährt. Auch während des Kampfes darf sie nicht wissen, wer ich bin!»

«Du kannst es ihr nicht verheimlichen! Sie wird dich erkennen!»

«Ich werde gegen sie als *Retiarier* antreten, doch mit Helm und Visier. Ich werde mich verstellen, sodass sie lange genug nicht merkt, gegen wen sie wirklich kämpft!»

«Du willst deinen eigenen Tod suchen, um ihr Leben zu schützen?»

Craton antwortete nicht, und Gaius wandte sich zum Gehen. Nun war er sich sicher: Der Gladiator würde sein Leben nicht verteidigen, sondern durch seinen Tod jenes von Anea retten.

Würdest du dasselbe nicht auch für Julia tun?, hallte es plötzlich in Gaius' Kopf, und berührt von Cratons Heldenmut, blieb er an der Tür nochmals stehen und drehte sich um. «Ich hätte dir schon lange die Freiheit schenken sollen, so wie ich es versprochen hatte», sagte er mit stockender Stimme. «Jetzt ist es zu spät – auch für mich.»

Anea versuchte die grauenhaften Schreie aus der Arena zu überhören und sich auf den bevorstehenden Kampf vorzubereiten. Ein unbekanntes Gefühl der Angst und Verlorenheit beschlich sie. Obwohl Craton sie in den vergangenen Wochen härter als gewöhnlich angetrieben hatte, fühlte sie sich seit ihrer Entbindung müde und zu schwach, ein Schwert zu führen.

Sie zwang sich, diese düsteren Gedanken zu vertreiben. Sie wusste, sie war eine starke Kämpferin, vom Plebs geliebt, von den Gladiatoren gefürchtet. Schweigend sah sie dem jungen Sklaven nach, der ihr geholfen hatte, die Rüstung anzulegen, und nun ihre *Cella* verließ. Wo würde ihr Sohn sein, wenn er so alt war wie dieser Junge? Auch ein Sklave, ein Gladiator, ein Legionär oder gar ein Senator? Wo war er jetzt, wie erging es ihm? Lebte er überhaupt noch? Und wenn er lebte, welche Frau würde ihn in ihre Arme nehmen?

Die schmerzlichen Gedanken prasselten wie ein Pfeilregen auf sie herab, vor dem sie versuchte zu entfliehen. Doch die

Sehnsucht nach ihrem entrissenen Sohn wurde von Tag zu Tag stärker und war viel schmerzlicher als die Einsamkeit, die sie umgab. Sie setzte sich wieder auf die Bank, vergrub ihr Gesicht in den Händen. Ihr Körper zitterte. Die Schreie in der Arena waren noch immer nicht verklungen, und sie sehnte sich nach der Nähe eines menschlichen Wesens – auch wenn es nur der junge Sklave gewesen wäre. Sie hoffte, Craton würde sie bald aufsuchen, um über den bevorstehenden Kampf mit ihr zu sprechen. Craton – der Gedanke an ihn tröstete sie, in seiner Nähe fühlte sie sich ungewöhnlich glücklich und geborgen, auch wenn er sie während der Übungen kaum schonte und bis an den Rand ihrer Kräfte, bis fast zur Erschöpfung trieb. Er fasste sie noch härter an, als er von Mantano erfahren hatte, dass sie für die kommenden *Ludi* eingesetzt würde.

«Ich will, dass du jedem Gegner, wer es auch ist, überlegen bist. Jedem!», hatte er jeweils gesagt, wenn sie wieder vor ihm, nach einem geschickten Angriff, im Staub lag. Noch schien er sich nicht sicher zu sein, ob sie einen Kampf in der Arena auch bestehen würde.

Vor ihrer Kammer hörte sie, wie die Soldaten den Gladiatoren befahlen, sich für den Kampf bereitzumachen.

Seufzend, mit geschlossenen Augen, rieb sie über den Nasenrücken und lauschte den bedrohlichen Geräuschen. Das Schicksal würde auch an diesem Tag bestimmen, wer lebte und wer starb. Doch sie wollte es nicht einfach hinnehmen.

Die Tür öffnete sich und Mantano betrat ihre Zelle. Anea blickte den verhassten *Lanista* überrascht an, in ihren Augen ein unauslöschbares Feuer, der Wille zu leben und ein starker, ungebrochener, ungebändigter Stolz.

«Wo ist Craton?», fragte sie.

«Nicht hier, wie du siehst! Gaius befahl mir, dich zu holen! Es ist bald so weit!»

«Und wer ist mein Gegner?» Sie erhob sich, bereit, ihm zu folgen.

«Hat Craton dir nicht gesagt, dass Tote keinen Namen haben?», antwortete Mantano und verzog seine Lippen zu einem hämischen Grinsen, um seine eigene Ungewissheit zu verbergen. Gaius hatte ihn zur Amazone geschickt, ohne ihm zu verraten, was bei Craton vorgefallen war. Das bedrückte den *Lanista* und machte ihn wütend. Anea nahm wortlos das Schwert, das er ihr hinstreckte, entgegen und schritt sicher an ihm vorbei, hinaus in den Gang.

Mantano blickte ihr nach. Er glaubte Craton vor sich zu sehen, der genauso stolz und, davon war er überzeugt, genauso überheblich in jeden Kampf ging. Aber auch wenn die Überheblichkeit des Gladiators ihn immer wieder rasend machte, war der *Lanista* von ihr gleichzeitig beeindruckt. Und in dieser Frau erkannte er nicht nur Craton, sondern – einst von den Massen umjubelt und verehrt – auch sich selbst.

Wie im Fieberwahn, wie im Traum lief Gaius durch die Gewölbe des Theaters. Fackeln tanzten wirr vor seinen Augen, und Gesichter, Helme, Masken verschwammen zu schrecklichen Fratzen. Welcher Gott fluchte ihn, strafte ihn so, dass sein Leben verwirkt war? Nun verstand er Petronius Secundus' unsichtbaren Kampf, erkannte den gefährlichen, aber gerechten Weg, den sein toter Freund Tiberianus eingeschlagen und dafür sogar sein Leben gelassen hatte. Hass stieg in ihm auf, grenzenloser Hass auf den Imperator – und auf Pompeia.

Schweißgebadet erreichte Gaius seine Loge und sank erschöpft in den Stuhl. Der Ort, der ihn seit seiner Kindheit fesselte, erschien ihm nun wie seine eigene Hinrichtungsstätte. Er wollte sich davonstehlen, doch dann besann er sich anders: Diesen Sieg würde er Pompeia nicht auch noch gönnen! Er würde ausharren, ganz gleich, was geschah, ganz gleich, wie viel Kraft und Überwindung es ihn kostete.

Plötzlich glaubte er, Blicke in seinem Rücken zu spüren, die ihn zwangen, sich umzudrehen. Er wandte sich um, suchte vergeblich nach dem Augenpaar. Stattdessen entdeckte er Pompeia. Sie saß wieder neben dem Imperator, ungeachtet dessen, was Senat und Plebs von ihr dachten, und verzauberte ihn mit ihren Reizen.

Gaius wandte sich zornig von ihr ab und bemerkte Marcus Titius, der ungewöhnlich erregt mit seinen Gladiatoren mitfieberte und gar aufgestanden war. Erst als er zur Loge der Senatoren blickte, erkannte er, wer ihn anstarrte. Es war Plautus. Gaius schluckte leer und bereute erneut, in seiner Wut und seinem Stolz Plautus bloßgestellt und so einen möglichen Verbündeten verloren zu haben. Vorsichtig nickend grüßte er den Senator, der den Gruß mit einem Lächeln erwiderte. Der alte Staatsmann schien nicht nachtragend zu sein. Auch er war ein Gegner Domitians, doch vorsichtig genug, um durch seine Reden und Taten nicht das nächste Opfer des flavischen Herrscherwahns zu werden.

Tubas verkündeten das Ende der Gladiatorenkämpfe, und unter die Klänge der Instrumente mischte sich ein vertrauter Ruf. Die Massen hungerten nach Craton und forderten immer lauter seinen Auftritt.

Gaius fühlte sich elend, ihm wurde heiß und kalt zugleich, während die Spuren des vergangenen Kampfes beseitigt wurden und Possenreißer die Zeit des Wartens verkürzten. Auf Gaius' Stirn trat eiskalter Schweiß. Er wünschte sich, einen Dolch in seinen Händen zu halten, um seinem erbärmlichen Leben ein Ende zu bereiten. Wie Recht Lucullus doch hatte, dass er ihn so verachtete. Er war wirklich genauso unfrei wie seine Sklaven. Unfähig, selbst zu entscheiden, unfähig, selbst zu handeln.

Ein Aufschrei aus fünfzigtausend Kehlen riss Gaius aus seinen dunklen Gedanken und ließ ihn zusammenzucken. Wie durch einen mächtigen, unsichtbaren Schlag wurde das Tor aufgerissen, und ein prächtiger Streitwagen donnerte in die Arena, eine Staubfahne hinter sich herziehend. Die Rufe nach Craton gingen im Lärm unter, verstummten. Erst jetzt erkannte auch Gaius, ähnlich wie die Besucher, wer neben dem Lenker auf dem Streitwagen stand. Es war Anea. Aus dem Jubel stieg, gleich einer Feuersäule, ein Name empor, hallte durch das Amphitheater: «*Amazon!*»

Gaius sah sich um: Die Menge feierte seine Kämpferin. Er hatte Rom gegeben, wonach es gierte: Sensationen, Attraktionen, Spiele. Doch in seinen Stolz, seine Genugtuung mischte sich eine bittere Erkenntnis, von der nur wenige wussten. Er selbst fühlte sich plötzlich leer und verloren.

Der Streitwagen, von den Rufen des Plebs angefeuert, drehte einige Runden, bevor der Lenker die Pferde schließlich vor der Loge des Kaisers zum Stehen brachte. Nichts an Anea verriet die schwere Geburt und den Verlust ihres Sohnes. Stolz stieg sie vom Wagen und schritt erhobenen Hauptes auf die Loge zu. Gaius glaubte auf ihren Lippen gar ein siegesgewisses Lächeln auszumachen, als sie sich umsah, begleitet vom Tosen der Menge. Ein Augenblick der Macht, überwältigend und beängstigend zugleich – sie genoss es, ohne zu wissen, wie schmerzhaft ihr Triumph sein würde.

Unbemerkt hatte ihr Gegner, ein kräftiger *Retiarier*, mit festen Schritten die Arena betreten. Er schwang geschickt den Dreizack, während er das Netz noch fester umfasste. Nur vereinzelt erklangen Hochrufe, die den gesichtslosen, unbekannten Kämpfer begrüßten.

Gaius wandte sich betrübt ab und beobachtete Pompeia, die sich aufrichtete, ihren Hals reckte und die Augen zusammenkniff. Sie lächelte zufrieden und flüsterte Domitian etwas zu. Der Imperator nickte bedächtig.

Gaius' Befürchtungen waren umsonst: Der Plebs schien Craton in der Rüstung des *Retiariers* nicht zu erkennen, geblendet von der Erscheinung der Amazone, noch immer ihren Namen rufend.

Der Gladiator trat langsam näher und blieb in angemessenem Abstand neben Anea, vor der Loge des Kaisers, stehen. Gaius war verblüfft: Hätte er nicht gewusst, wer wirklich auf Domitian zugeschritten war, hätte auch er Craton nicht erkannt. Nur Pompeia schien ihn sofort zu erkennen, und ihr Lachen, ihre zufriedene Miene steigerten Gaius' Wut. Er wusste, er musste Anea oder Craton, vielleicht gar beide, opfern, um sein und Julias Leben zu retten.

Die Menge war endlich verstummt, und schweigend grüßten die Amazone und der Gladiator den Imperator, der ihnen nur gleichgültig zunickte.

Gaius' Herz pochte immer schneller, seine Nerven waren zum Zerreißen gespannt, und er fragte sich, wann die Amazone wohl bemerken würde, wer wirklich ihr Gegner war.

Domitian hob die Hand, der Kampf begann, und die Menge brüllte auf. Anea schwang das Schwert mit einer solchen Leichtigkeit, als wäre sie mit ihm verschmolzen, während der *Retiarier* schwerfällig zu einem Stoß mit dem Dreizack ausholte und sie weit verfehlte. Es war offensichtlich, Craton wollte nicht siegen, und Gaius flüsterte mit erstickter Stimme: «Bei den Göttern, so kämpfe doch!»

Erste Rufe, voller Unmut und Enttäuschung, drangen von den Rängen, und auch Anea war erstaunt, wie unaufmerksam und ungeschickt ihr Gegner angriff, fast gelangweilt das Netz auswarf und ihre Hiebe kaum abwehrte. Erneut holte sie zum Schlag aus, auch dieser wurde nur mühsam abgewehrt, und Craton fuchtelte unbeholfen mit dem Dreizack, ohne Anea wirklich zu bedrohen.

Es war ein jämmerliches Bild, und jedem im Amphitheater wurde klar: Der Gladiator weigerte sich zu kämpfen, selbst wenn es ihn das Leben kosten würde. Was für ein Narr!, dachte Anea und hielt inne, während die Rufe der erbosten Zuschauer sich mehrten. Gaius erhob sich und stürzte an die Brüstung seiner Loge. «Was bedeutet sie dir denn?», stieß er leise hervor. «Warum verschonst du sie?» Und plötzlich verstand er: Craton liebte Anea und opferte sich für sie. Er opferte sich für ihre Liebe.

Gaius taumelte zurück zum Stuhl, blickte nochmals zu Pompeia, die steif dasaß. Ihre Lippen zuckten, ihre Wangen wurden blass. Domitians Gesicht war regungslos, und auch Pompeias Gesellschaft schien seine Laune nicht zu bessern.

Endlich griff der *Retiarier* an und warf sein Netz nach der Amazone. Sie wankte, konnte sich aber im letzten Augenblick fangen. Der Kampf wurde packender, aber noch überzeugte er nur wenige. Und noch immer bemerkte niemand, wer der Kämpfer mit dem Helm war.

Rufe ertönten wieder, und nun feuerte die Menge die Kämpfenden an, als sie einander angriffen. Aneas Schwert verkeilte sich im Dreizack; ein kräftiger Gegenstoß des *Retiariers* ließ sie zurücktaumeln. Doch dann blieb der Gladiator stehen, ohne den Vorteil eines entscheidenden Stoßes auszunutzen. Anea sah ihn verblüfft an; seinen nächsten Schlag wehrte sie mit Leichtigkeit ab, sie schlug zurück, doch ihren Hieb fing der *Retiarier* mit dem Dreizack ab. Wieder zischte das Netz durch die Luft, und Anea rettete sich mit einem Sprung zur Seite. Wieder schnellte der Dreizack vor und kreuzte sich mit ihrer Klinge.

Das Netz schwirrte über ihren Kopf, versuchte nach ihren Füßen zu greifen; sie konnte sich noch rechtzeitig ducken und entkommen.

Gaius war erleichtert. Craton schien wieder so zu kämpfen, wie Rom es vom König der Arena gewohnt war. Vielleicht hatte er es sich anders überlegt, vielleicht hatten ihn die Schmährufe in seinem Stolz verletzt. Aber vielleicht kämpfte er auch nur, um seiner Schülerin keine Zeit zu lassen, nachzudenken, um einfach unerkannt zu bleiben.

Die Menge tobte, befriedigt über das gebotene Schauspiel. Wieder wich Anea dem Netz aus, preschte vor und verletzte den *Retiarier* am Oberarm. Bei jedem ihrer überraschenden Schläge, bei jeder geglückten Abwehr und jedem wagemutigen Angriff johlte der Plebs, trieb sie mit dem Schlachtruf «*Amazon*» vorwärts. Der *Retiarier* stürmte vorwärts, wich einem Hieb aus, ließ sich in den Sand fallen, nutzte den Schwung aus und erhob sich blitzschnell hinter Anea. Sie drehte sich um und drängte ihn, das Schwert im ausgestreckten Arm haltend, vom Netz, das er beim Sturz verloren hatte, weg.

Sie hielten beide inne, warteten, dann stürzten sie aufeinander los, glitten aneinander vorbei. Die Waffen klirrten, Sand spritzte auf.

Craton blieb plötzlich stehen, beugte sich nach vorn. Er spürte einen brennenden Schmerz, und ungläubig blickte er auf das Blut in seiner Hand: Aneas Schwert hatte ihn getroffen, seine Klinge hinterließ eine Schnittwunde, die über Brust und Bauch lief.

Gaius war entsetzt aufgesprungen, begleitet von einem Aufschrei der Menge, der gleich einem Donner durch das Amphitheater rollte. Wie schwer der Gladiator verletzt worden war, konnte er nicht ausmachen. Craton taumelte, Anea umfasste das Schwert und holte zum nächsten Hieb aus, als er sich umwandte und ihr mit dem Dreizack die Waffe aus der Hand schlug. Zischend surrte sie durch die Luft und blieb wippend im Sand stecken. Anea wich einem weiteren Stoß aus, rollte zur Seite, erhob sich behände, wartete ab. Craton wankte näher, ohne zu achten, wohin er trat. Als er mit beiden Füßen auf dem Netz stand, packte es Anea und zog daran. Craton stürzte, und als er auf dem Boden aufschlug, warf sich Anea auf ihn und trat ihm in den Bauch.

Gaius schloss die Augen. Sein Herz hämmerte. Unerkannt, blutend, lag der große Craton im Staub, besiegt von einer Frau, einer *Gladiatrix*, die der Plebs feierte und ihr huldigte wie einer Kriegsgöttin.

Anea griff nach ihrem Schwert, während sie mit einem Bein auf dem Dreizack stand. Schwer atmend und erschöpft hielt sie ihrem Gegner die Klingenspitze an die Kehle, bereit, nach dem Urteil des Imperators zuzustoßen.

Die Menge hatte sich inzwischen erhoben, und erleichtert und gierig sog Anea den Beifall ein, als wäre er ein frischer Wind. Sie spürte den Triumph wie einen mächtigen Zauber, der ihr neue Kräfte verlieh. Das ohrenbetäubende Tosen glich einer Sturmflut, die das Amphitheater füllte und es zum Beben brachte.

Anea blickte zur Loge des Imperators und wartete auf dessen Entscheidung. Sie bemerkte neben ihm eine Frau, deren Augen vor Wut blitzten, als sie sich dem Kaiser zuwandte, der immer noch gelangweilt dasaß. Scheinbar war er unschlüssig darüber, ob er dem Unterlegenen das Leben schenken oder ihn *Charon* übergeben wollte.

Eine unerträgliche Stille breitete sich über das Amphitheater aus. Domitian trat gemessen an die Brüstung heran. Er genoss es sichtlich, das Urteil hinauszuzögern, den quälenden Moment der Ungewissheit auszureizen. Bedächtig streckte er die Hand aus, formte sie zu einer Faust, ließ seine Blicke durch die Arena, über die Ränge schweifen, kostete das Gefühl der Macht bis zur Unerträglichkeit aus. Dann brach ein gellender Aufschrei aus der Menge die Stille – der Daumen des Imperators zeigte nach unten.

Gaius schien, sein Herz würde aussetzen. Sein Gesicht war fahl vor Entsetzen, verzweifelt stützte er sich an der Brüstung ab, schüttelte den Kopf. Atemlos starrte er in die Arena, sah, wie Anea über Craton stand, bereit, ihm den Todesstoß zu versetzen, ohne zu wissen, wer ihr Opfer wirklich war. Mit der Hand wischte sich Gaius kalte Schweißperlen von der Stirn. Er wusste: Diesmal würde niemand Craton retten.

Doch Anea bewegte sich nicht. Sie hielt inne, erinnerte sich plötzlich an Titio. Sie fühlte sich elend, spürte, wie das Schwert immer schwerer wurde und gar drohte, aus ihrer schweißnassen Hand zu gleiten. Ein Zittern erfasste sie, das sie kaum zu unterdrücken vermochte, während sie zum Imperator hinaufblickte, der noch immer, gleich einer Drohung, mit dem Daumen nach unten zeigte. Die Menge war wieder verstummt, sie erwartete mit Ungeduld die blutige Vollstreckung des kaiserlichen Urteils.

Der Besiegte lag regungslos da, und als Anea ihn anblickte, erschienen ihr sein kräftiger Körper, seine hohe Statur merkwürdig vertraut.

Craton bemerkte, wie sie zögerte und die Prätorianer sich von der Mauer der Arena lösten. Sie würden weder ihn noch seine Schülerin schonen, und seine Verstellung, sein Schauspiel wären umsonst gewesen.

«Bei den Göttern, töte mich!», stieß er wütend hervor, als die Soldaten näher kamen.

Anea erstarrte, als sie die Stimme des Gladiators wahrnahm. Sie würde sie überall unter Tausenden Stimmen erkennen, auf dem Forum, auf einem Schlachtfeld, überall. Zaghaft beugte sie sich vor, und mit zitternden Händen öffnete sie das Visier des Helms.

Ihre Augen weiteten sich vor Entsetzen. «Du? Du darfst es nicht sein!», flüsterte sie.

Die Menge wurde unruhig, ihre Ungeduld wuchs. Pompeia hatte sich erhoben, die Gesichtszüge vor Wut und Enttäuschung verzerrt. Gaius schlug mit den Fäusten aufgebracht auf die Brüstung.

«Stoß endlich zu, dann wirst du leben!», drängte Craton,

doch Anea schüttelte fassungslos den Kopf. Tränen füllten ihre Augen.

Das Raunen des Plebs wurde immer lauter. Jetzt erkannten vereinzelte Besucher den Gladiator. Sie zeigten auf ihn, wandten sich um, und rasch verbreitete sich die Nachricht, wie Flammen, die ein dürres Kornfeld auffraßen, über die Stufen des Amphiteaters: der *Retiarier* war Craton, der unbesiegbare Craton.

Gaius horchte auf, als erste Stimmen den Lärm übertönten und zögerlich riefen: «*Vita! Vita!* Leben!»

«Warum?», fragte Anea flehend, «warum hast du nichts gesagt? Wir hätten ...»

«Nichts hätten wir tun können!», fuhr Craton dazwischen. «Wir hatten nie eine Wahl. Hätte ich nicht zugestimmt, wären wir jetzt beide tot!» Er blickte zur Seite, vorbei an den näher kommenden Prätorianern, hinauf zur Loge des Imperators. «Lass nicht zu, dass *sie* gewinnt!»

Seine Worte schnürten Anea die Kehle zu, ihre feuchten Augen brannten wie Feuer und ihre Stimme drohte zu versagen. «Ich kann es nicht! Ich kann dich nicht töten!»

«Es ist nur ein einziger, schneller Stoß! Für dich bedeutet er das Leben!»

«Und für dich den Tod!» Nun konnte sie ihre Gefühle nicht mehr verbergen.

«Du weißt, was sie tun werden, wenn du mich nicht tötest! Willst du das? Willst du ihnen diesen Sieg gönnen?»

Anea wandte sich um, als wolle sie sich den Prätorianern, die mit regungslosen Mienen näher kamen, entgegenstellen, um Craton und sich zu verteidigen. Die Unruhe auf den Rängen wuchs, doch betäubt vor Schmerz hörte sie die Rufe der Zuschauer nicht.

In Gaius' Schläfen pochte das Blut, sein Herz schlug wie das Hämmern von Pferdehufen. Es war ein nie enden wollender Albtraum, aus dem er nicht mehr aufwachen würde.

Vereinzelt wurden jetzt Daumen in die Höhe gereckt. Noch zu wenige, um den Imperator umzustimmen, sich dem Willen des Volkes zu beugen, gegen den selbst Pompeia sich nicht stellen würde.

«Bei den Göttern, die du anbetest, töte mich endlich, bevor es zu spät ist!», befahl Craton fordernd. Die Prätorianer würden sie jeden Augenblick erreicht haben und ihre Befehle erbarmungslos ausführen.

Anea drehte sich wieder dem Gladiator zu.

«Ich habe dich nie wirklich um etwas gebeten», sagte er plötzlich ungewöhnlich sanft. «Ich habe dich ...»

Anea trat neben ihn hin, umklammerte den Schwertknauf. Eine Träne perlte über ihre Wange, als sie schluchzte: «Es tut mir so leid!»

Über Cratons Lippen huschte ein erleichtertes Lächeln, er schloss die Augen, erwartete den erlösenden Todesstoß. Jetzt würde er frei sein. Eine Freiheit, die größer, bedeutender war als jene, die ihm Gaius versprochen hatte. Seine Hände gruben sich in den Sand, er genoss noch einmal den Geruch der Arena, hörte zum letzten Mal, wie die Römer seinen Namen riefen, bereit, *Charon*, der ihn in die Unterwelt begleiten würde, anzulachen. Er spürte keine Angst, denn seit seinem ersten Kampf folgte ihm der Tod wie sein eigener Schatten, der ihn nun eingeholt hatte.

Die Rufe, die Cratons Leben forderten, verstummten schlagartig. Ein entsetzlicher Aufschrei folgte, Craton hörte das grässliche Geräusch einer Klinge, die sich in einen Körper bohrte. Doch er spürte nichts, keinen Schmerz, und verwirrt öffnete er die Augen.

Ihm stockte der Atem, und fassungslos richtete er sich auf. Anea sank taumelnd neben ihm in die Knie, blickte auf ihre blutverschmierten Hände, während ein seltsames Lächeln ihre Lippen umspielte. Das Schwert steckte bis zum Schaft in ihrer Brust; sie hatte sich selbst gerichtet.

Craton schrie auf, stürzte auf die Knie. Mit regungslosen Augen glitt Anea zur Seite in seine Arme.

Ein gespenstisches, unheilvolles Schweigen umhüllte das Amphitheater. Besucher, der Plebs, die Adeligen, die Senatoren, die Wachen, die Aufseher – sie alle waren erstarrt und entsetzt. Selbst die Soldaten blieben stehen, schauten sich fragend an.

Ungläubig fuhr Craton mit der Hand über den Schaft des Schwertes und hielt Anea fest. So nahe waren sie sich noch nie gewesen wie jetzt, als sie vor den Toren des Hades stand.

Er zitterte vor Wut und Schmerz, und seine Lippen bebten, als er flüsterte: «Warum hast du das getan?»

Anea hob ihre blutverschmierte Hand und strich über Cratons Wange. Ihre Berührung ließ ihn erzittern. «Ich konnte dich nicht töten – wie du mich nicht hättest töten können.» Ein Husten unterbrach sie, Blut rann aus ihrem Mundwinkel und blieb auf ihren Lippen hängen.

«Warum? Warum nur?», flüsterte Craton und strich eine Haarsträhne aus ihrem Gesicht.

Sie reckte langsam den Kopf. Ihre Augen glänzten seltsam, und Craton wurde erst jetzt bewusst, wie schön sie war.

«Weil ich dich liebe», sagte sie kaum hörbar und lächelte. «Ich liebe dich, das hast du doch gewusst, nicht wahr?»

Craton starrte sie erschüttert an, doch bevor er antworten konnte, ergriff sie mit letzter Kraft seine Hand: «Kümmere dich um Ferun. Und suche meinen Sohn.» Sie lächelte wieder. «Meinen Sohn ...»

Dann erstarb ihr Lächeln, ihr Körper erschlaffte, ihre Sinne schwanden. Alte, knorrige Bäume tauchten plötzlich vor ihr auf. Gesichter, die ihr zulachten. Arimesthea und ihre Gefährtinnen, die ihr zuriefen, ihnen zu folgen. Und Anea wollte gehorchen, wollte den Weg ihrer Schwestern betreten. Nach Hause. Zurück nach Hause.

Sie war tot.

Craton schrie auf, beugte sich über sie und hielt sie fest.

Das Schauspiel war zu Ende, doch niemand klatschte, niemand jubelte, niemand rührte sich. Der König der Arena und die Amazone ließen Rom erstarren.

Ratlos blickten die Soldaten zur Loge hinauf, wo Pompeia unbeherrscht den Mund verzog und den Imperator wütend anstarrte. Bestürzt bemerkte Gaius, wie Domitians Daumen sich wieder nach unten senkte.

Die Prätorianer näherten sich Craton. Sie würden vollenden, was Anea verweigert hatte. Der Gladiator hob unbeeindruckt ihren toten Körper auf und trug ihn langsam, mit starrem Blick, auf das große Osttor der Arena zu, ohne die Soldaten zu beachten. Er wusste, sie würden ihn töten, aber er war bereit zu sterben und Anea zu folgen. Nichts mehr hielt ihn jetzt noch zurück.

«Lebe, bei den mächtigen Göttern, lebe!», rief ihm Gaius zu.

Und als hätten die Besucher seinen Ruf vernommen, reckten immer mehr von ihnen den Daumen in die Höhe und wie Wellen, die an eine Steinküste brandeten, riefen sie: «Leben! Leben! Leben!»

Gleich einer Beschwörung wiederholte Gaius das rettende Wort. Die Menge wurde immer lauter, auch Senatoren hatten sich erhoben und forderten Gnade. Selbst Marcus Titius stimmte lautstark für Craton.

Voller Hass blickte Pompeia in die Arena, vernahm wutentbrannt die Rufe des Plebs, das Zögern der Prätorianer, sah, wie Domitian seinen Arm sinken ließ.

«Vita Craton! Vita Craton!», hallte es von den Rängen.

Ohne sich umzusehen schritt der Gladiator, Anea in den Armen haltend, auf die Soldaten zu, schritt an ihnen vorbei. Verunsichert blickten die Wachen einander an, traten zur Seite, ließen ihn gewähren.

Entrüstet blickte Pompeia ihm nach, dann verließ sie wortlos die Loge des Imperators. Domitian hob den Arm und streckte zum dritten Mal die Faust aus. Dem Willen des Volkes gehorchend, zeigte er, unter dem jubelnden Getöse der Römer, mit dem Daumen nach oben.

Während die Menge tobte und Gaius auf seinen Stuhl zurücksank, hatte Craton das Tor erreicht. Die Augen des Gladiators waren voller Tränen.

XLVII

Eine blutrote Sonne senkte sich über Rom und verwandelte den Tiber in ein feuriges Band, während ihre letzten Strahlen einen goldenen Teppich in die Wellen woben.

Ein kühler Windhauch umwehte Craton, der allein in einer *Taberna* saß und seinen Blick über das Flussufer wandern ließ, ohne die Schönheit des Sonnenunterganges wahrzunehmen. Vor ihm auf dem groben Holztisch stand ein einfacher Tonbecher, gefüllt mit billigem Wein. Abwesend griff Craton danach, trank einen Schluck, doch statt das Gefäß wieder zurückzustellen, umklammerte er es fest mit beiden Händen, bis es klirrend zerbrach. Eine Scherbe bohrte sich in seine Handfläche, und der Schmerz brachte ihn in die Wirklichkeit zurück. Schweigend musterte er seine Hand. Blut rann aus der Wunde, helles, warmes Blut. Craton schloss die Augen, und mit einem Mal waren sie wieder da, die Bilder, die ihn für immer heimsuchen würden: Aneas Blut, das im heißen Sand der Arena versickerte, ihr lebloser Körper, auf einem Haufen anderer toter Körper.

Diese Vision hatte er schon oft gehabt, doch erst jetzt erkannte er ihre wahre Bedeutung: Nicht sich selbst hatte er gesehen, tot auf dem Kampfplatz liegend, sondern Anea. Sie war ihm in die Unterwelt vorausgegangen.

Craton rieb sich die Stirn, als ob er dadurch die Erinnerungen verscheuchen könnte, und öffnete wieder die Augen.

Eine Dienstmagd eilte herbei, wusch mit angsterfülltem Gesicht den vergossenen Wein von der Tischplatte und stellte einen neuen Becher hin. Craton betrachtete die zierliche Frau kaum, und sie verschwand, so schnell sie kam, wieder hinter dem Ausschank.

Der Gladiator füllte den Becher randvoll. Rot, als wäre es Blut, floss der Rebensaft in das Gefäß, und er nahm einen kräftigen Schluck. Nun war er kein Sklave mehr; er war ein *Libertus*, ein Freigelassener, und doch kein römischer Bürger. Sein ganzes Leben ein Unfreier, war er jetzt sein eigener Herr, und trotzdem fühlte er sich nicht freier als ein Sklave – er, der Mann mit halben Rechten, der zur Unterschicht, zum Abschaum der Gesellschaft gehörte.

«Da finde ich dich also!», hörte er plötzlich eine Stimme.

Ein Mann stand vor ihm, und Craton kam sein Gesicht bekannt vor. Der Neuankömmling trug eine fein gewebte Tunika mit edlen Ornamenten am Saum, dazu eine ausgesuchte Toga.

Seine Kleidung und seine Körperhaltung verrieten, dass er dem Adelsstand angehörte. Ohne auf eine Einladung zu warten, setzte sich der Fremde.

«Kannst du dich nicht mehr an mich erinnern? Weißt du nicht mehr, wer ich bin?», fragte er.

Als der Gladiator beharrlich schwieg, erklärte er: «Mein Name ist Petronius Secundus.»

Plötzlich erinnerte sich Craton wieder: Er erinnerte sich an den verhängnisvollen Abend auf dem *Palatin* und an die geheimnisvollen Worte von Petronius Secundus. Er erinnerte sich an Pompeias Versuche, ihn zu verführen, und jetzt hatte er das Gefühl, noch immer den betörenden Duft ihrer Haut zu riechen. Er erinnerte sich an seinen erbarmungslosen Kampf gegen Calvus und an das Unheil, welches dieser Abend mit sich brachte.

Mit einem ungeduldigen Wink verlangte Petronius nach einem Becher. Nur widerwillig näherte sich die Wirtin dem Tisch, ihren misstrauischen Blick auf Craton richtend.

Kaum hatte sie das Gefäß vor den neuen Gast hingestellt, verschwand sie wieder.

«Ich habe lange nach dir gesucht», begann Petronius und fuhr mit seinen Fingern eine Kerbe im groben Holz des Tisches entlang. «Keiner wusste, wo du dich aufhältst!»

Craton musterte seinen ungebetenen Tischnachbarn schweigend.

Er wollte nichts mehr mit den Patriziern Roms zu tun haben: nicht mit Gaius, nicht mit diesem Petronius Secundus und schon gar nicht mit Pompeia.

Petronius nippte an seinem Becher und verzog den Mund. Der Wein schmeckte sauer.

«Du machst es mir nicht leicht», begann er erneut. «Damals, auf dem *Palatin*, als du noch ein Sklave warst …»

«Du hast Recht: Ich *war* ein Sklave», unterbrach ihn Craton. «Doch jetzt bin ich keiner mehr! Und du hättest nicht nach mir suchen sollen!»

Unbeeindruckt drehte Petronius den Becher in seinen Fingern und betrachtete die kleinen Verzierungen, die Szenen aus der Arena zeigten.

«Bereits auf dem *Palatin* fiel mir auf, dass du ein Mann mit Prinzipien bist», bemerkte er.

«Damals bestimmte Gaius über mich. Sein Wille zählte, seine Beweggründe», entgegnete Craton mürrisch.

«Trotzdem hast du gewagt, was vor dir kein Mann gewagt hatte – kein Patrizier und kein *Plebejer*.»

«Dafür musste ich bitter bezahlen!»

«Du hättest noch viel bitterer bezahlen müssen, hättest du dich Pompeia nicht widersetzt. Und das weißt du!»

Petronius lehnte sich zurück und zog seine Toga enger um sich; plötzlich fröstelte es ihn. Kühle Abendluft strömte durch die Fenster hinein und brachte den Geruch des Flusses und den Duft von frischem Fisch mit.

«Was willst du wirklich, Petronius Secundus?» Craton kniff die Augen zusammen.

Der Adelige blickte sich kurz um und schwieg, als er sah, dass zwei Gäste die *Taberna* betraten. Die Männer steuerten eine düstere, von einem Öllämpchen nur spärlich beleuchtete Ecke an. Petronius wartete, bis sie außer Hörweite waren, dann fuhr er flüsternd fort: «Ich will deine Stärke und deinen Mut!» Er atmete tief aus. «Ich bin nicht gekommen, um mit dir zu streiten. Und auch nicht, um dich zu beleidigen. Ich war bei Gaius. Ich habe die Arenen nach dir abgesucht. Ich war sogar im *Ludus Magnus.*»

«Dann warst du an den falschen Orten!» Cratons Stimme wurde ungewöhnlich hart. Seit Wochen schon mied er die Nähe seines ehemaligen Herrn, mied die Amphitheater und die Schulen.

«Du willst nie mehr in den Arenen kämpfen?», fragte Petronius neugierig. Als er keine Antwort bekam, winkte er ab. «Na gut, wie dem auch sei. Kein Mann hat je die Freiheit mehr verdient als du. Doch ich weiß, wie schwer das Leben für dich jetzt sein muss. Die Anfeindungen des Volkes und der Adeligen – so hast du es dir wohl nicht vorgestellt.»

Craton schüttelte den Kopf. «Sag endlich, was du willst, und dann lass mich allein.»

Petronius trank seinen Becher leer, bevor er antwortete: «Vielleicht dir eine neue Ehre schenken? Dir einen neuen Kampf anbieten – außerhalb der Arenen?» Er beugte sich vor. «*Wir* brauchen dich! *Wir* brauchen deine Erfahrung und deine Unerschrockenheit!»

«*Ihr?*» Craton lachte auf. «Und wer seid *ihr*? Die ehrenvollen Patrizier? Und wozu braucht *ihr* einen *Libertus*? Soll ich für euch kämpfen? Zu euerem Vergnügen und Ruhm?» Auch er lehnte sich vor, griff nach seinem Becher und zischte: «Daraus wird nichts!»

Petronius schüttelte den Kopf und bemühte sich, freundlich zu wirken, als er entgegnete: «Ja, du sollst noch einmal töten, aber nicht in einem Zweikampf. Du sollst gegen einen Gegner antreten, dem du niemals in der Arena gegenüberstehen würdest.» Er hielt inne und betrachtete den ehemaligen Sklaven.

Craton war neugierig geworden, das war ihm anzusehen. Spürte er wieder den verführerischen Rausch der Gefahr? Beschlich ihn das gleiche berauschende Gefühl der Unbesiegbarkeit, das vor jedem Kampf in ihm aufstieg? Er saß noch eine Weile unbeweglich da, dann hob er abwehrend die Hand. «Ich habe genug getötet. Ich will es nicht mehr für andere tun!»

«Und was war mit Tiberianus?», fragte Petronius Secundus.

«Ich habe ihn nicht getötet!» Craton ballte seine Hand zur Faust. Er fühlte noch immer das Blut des toten Tiberianus auf seiner Haut, und bei dieser Erinnerung schauderte es ihn.

«Ich weiß, dass du unschuldig bist», entgegnete der Adelige besänftigend, «und ich weiß, wer die feigen Meuchelmörder sind.»

Er biss sich auf die Unterlippe. «Ich weiß genug darüber, um selbst in Lebensgefahr zu schweben, obwohl einer der Beteiligten bereits Tiberianus gefolgt ist.»

«Agrippa?» Craton runzelte die Stirn. «Hast du ihn beseitigen lassen?»

Petronius Secundus nickte. «Er war zu mächtig geworden. Nach dem Tod Domitians hätte er den Anspruch auf den

Titel eines Imperators erhoben. Das Böse darf nicht durch das Böse ersetzt werden.» Er hielt inne. «Nach seiner Ermordung musste ich mich verstecken. Es war bekannt, dass ich nicht sein Freund war, und man hätte mich ganz bestimmt verhaftet. Nun ist Domitian ja froh, dass Agrippa aus dem Weg geräumt wurde. Seine Macht und sein Einfluss waren selbst dem Kaiser zu viel geworden. Ich hatte Domitian gewissermaßen einen Gefallen erwiesen.»

Cratons Miene verdüsterte sich. Er wurde misstrauisch. «Warum erzählst du mir das alles?», fragte er.

«Weil Agrippa nicht allein war. Er selbst hat sich nicht die Hände mit Tiberianus' Blut schmutzig gemacht. Er hatte seine Schergen und Mithelfer. Und Mitwisser.»

«Wen?», erkundigte sich Craton vorsichtig, und noch bevor Petronius antworten konnte, hallte in seinen Gedanken ein Name wider: Pompeia.

«Wir kämpfen für eine große Sache. Für Rom», sagte Petronius Secundus unvermittelt, «und dafür brauchen wir große Männer. Ich bat Gaius, sich uns anzuschließen.»

«Und er hat abgelehnt, nicht wahr?» Cratons Gesicht verhärtete sich. Er kannte seinen ehemaligen Herrn gut genug: Niemals würde er sich in Gefahr bringen.

«Ja», antwortete Petronius verbittert, «auf seine Hilfe können wir nicht zählen. Umso wichtiger bist du für uns.»

Langsam blickte Craton auf. «Worum geht es?»

Petronius Secundus überlegte einen Moment lang, verzog allmählich seine fahlen Lippen zu einem dünnen Strich und versuchte zu lächeln. «Hilf uns, Domitian zu töten.»

Eine lange Pause trat ein. Craton starrte den Adeligen, der seinem Blick nicht auswich, an. Plötzlich erhob er sich.

«Damit will ich nichts zu tun haben!» Er schüttelte den Kopf. «Die Götter haben euch mit Wahnsinn gestraft!»

«Die Götter strafen Rom mit Domitian! Er ist größenwahnsinnig und unberechenbar geworden, und sein Wahn-

560

sinn könnte jeden von uns treffen. Wir müssen schnell handeln, denn er wittert Verrat und Verschwörung an jeder Ecke, vermutet hinter jedem Schatten seinen Mörder. Alle seine Räume auf dem *Palatin* hat er mit Spiegeln ausstatten lassen, um zu sehen, wer hinter ihm steht. Bis jetzt sind uns die Götter gnädig gewesen, doch nun wird er zur Gefahr für das Volk, zur Gefahr für den Senat! Rom wird untergehen!» Petronius blickte sich rasch um, sah zu den zwei Männern hinüber, die noch immer in der dunklen Ecke saßen, ausgiebig lachten und einen Becher nach dem andern leerten. Er war sicher, dass sie ihn nicht hören konnten, und fuhr fort: «Viele haben sich diesem hohen Ziel verschworen! Adelige, reiche Kaufleute, sogar Senatoren!» Er legte die Hand auf Cratons Arm. «Höre, was ich dir noch zu sagen habe, bevor du gehst.»

Er wusste, dass es kein Zurück mehr gab. Er hatte diesem *Libertus* bereits zu viel verraten. Jetzt musste er ihn überzeugen zu bleiben und mitzumachen. Er beschloss, seinen letzten Trumpf auszuspielen. «Auch du hast seine Macht oft gespürt und wirst nicht sicher sein, solange Domitian herrscht und er Pompeia an seiner Seite duldet! Du hast sie gedemütigt – das verzeiht sie dir nie! Niemals wird sie sich geschlagen geben! Sie hat es geschafft, deinen letzten Kampf anzuzetteln! Sie ist schuld an Aneas Tod! Und jetzt kannst du dich rächen!»

Seine Worte schienen zu wirken: Craton setzte sich wieder und blickte schweigend zum Fluss hinaus, in die schimmernden Wogen. Die Lichter der *Taberna* spiegelten sich im Tiber und ließen seltsame Schatten über die Oberfläche huschen. Cratons Gedanken flogen zurück zu jenem Tag auf dem *Palatin.*

Er konnte Pompeias Schönheit genauso wenig vergessen wie ihre Gerissenheit, ihr falsches Spiel und ihre Rachsucht. Und noch weniger vergaß er je Aneas Liebe. Er wandte sein Gesicht ab, sodass Petronius Secundus seinen Ausdruck nicht erkennen konnte, als er antwortete: «Sag mir, wann und wo, und ich werde dort sein!»

Ein zufriedenes Lächeln umspielte die Lippen des Adeligen, er nickte kaum merklich. «Ich werde zu dir kommen, wenn es so weit ist!»

XLVIII

Es war eine ungewöhnlich stille, kühle, sternklare Nacht.

Craton zog den Umhang enger um sich und spähte in die Dunkelheit. Er wartete auf Petronius Secundus, der ihn vor zwei Tagen aufgesucht und mit ihm diesen Treffpunkt auf dem *Palatin* vereinbart hatte. Aber je länger, desto mehr beschlichen ihn Zweifel, und er war sich nicht mehr sicher, ob seine Entscheidung, sich diesen Männern anzuschließen, richtig war. Doch diese Bedenken hielten nur kurz an: Der Wind strich leise durch die Blätter der umstehenden Bäume, und ihm schien, in ihrem Rascheln Aneas Stimme vernommen zu haben. Und Craton wusste wieder, warum er hier war. Wehmütig fuhr er sich mit der Hand durch das volle Haar und hielt plötzlich inne.

Die Äste der Büsche knackten, es raschelte verräterisch im Unterholz. Das fahle Licht des Mondes fiel auf den Hügel und ließ drei schemenhafte, verhüllte Gestalten erahnen, die lautlos auf ihn zueilten. Sie huschten, getrennt voneinander, von Baum zu Baum, folgten den Schatten, tauchten auf, verschwanden.

Craton drückte sich noch dichter an die Mauer. Als der Erste von ihnen den *Libertus* erreicht hatte, erkannte er Petronius. Zwei andere Männer folgten ihm, ihre Gesichter unter schweren Kapuzen verborgen. Craton musterte sie misstrauisch. Konnte er sicher sein, dass unter ihnen kein Verräter war? Konnte er ihnen wirklich vertrauen?

«Parthenius wird uns einlassen!», flüsterte Petronius, und die beiden verhüllten Gestalten nickten schweigend.

Cratons Herz schlug schneller, die Anspannung schärfte seine Sinne. Noch waren sie die Jäger. Aber er wusste, wie schnell aus Jägern Gejagte werden konnten. Einer der Fremden musterte ihn eindringlich. Craton spürte seine Blicke. Ein seltsames Gefühl der Vertrautheit erfasste ihn.

Eine Tür knarrte. Das Geräusch ließ die Männer herumfahren. Es erinnerte Craton an die verrosteten Scharniere im *Tullianum*, und er versuchte, dieses beklemmende Gefühl zu verdrängen.

«Kommt!», befahl Petronius flüsternd, und lautlos folgten sie ihm; sie schlichen der Mauer entlang und erreichten bald eine Tür, die man leicht hätte übersehen können. Mit einer Fackel winkend, spähte ein Mann unter dem Türrahmen hervor. Petronius und die zwei anderen eilten auf ihn zu, nur Craton zögerte noch, in den Palast des Imperators einzudringen, ohne zu wissen, wem er folgte.

«Schnell!», zischte Petronius ungeduldig. Als Parthenius, ein kleiner, rundlicher Mann in einer feinen Tunika, die Tür hinter ihnen wieder gewissenhaft verriegelt hatte, wurde Craton bewusst, dass es kein Zurück mehr gab; das Schicksal nahm seinen Lauf.

Sie befanden sich in einem prächtigen, weitläufig angelegten Garten, der an Domitians Palast grenzte. Die weißen Marmorstatuen leuchteten silbrig im Mondlicht, gepflegtes Buschwerk säumte die Fußwege, irgendwo plätscherte ein Brunnen.

Während die anderen Männer bereits in einem Säulengang verschwanden, blickte Craton nochmals zur verschlossenen Tür. Erst dann eilte er durch den Garten und verschmolz mit der Dunkelheit.

Warnend legte Parthenius seine Finger auf die Lippen. Kies knirschte, Schritte näherten sich. Noch jemand war im Garten. Ein Prätorianer, ein Palastdiener? Die Männer horchten angespannt. Nur allmählich kehrte die Stille wieder zurück, verstummten die Schritte.

Parthenius wagte sich vor, bedeutete ihnen, ihm zu folgen. Wachsam, im Schutz der Dunkelheit, huschten sie weiter, bis sie wieder eine Tür erreicht hatten. Parthenius zauberte einen Schlüssel hervor, und mit einem verräterischen Knarren gab das Schloss nach. Dann hatte der Palast die Verschwörer verschluckt, als hätte es sie nie gegeben.

Unsicher blickte sich Craton um. Eine einzige Fackel erleuchtete den Raum, den scheinbar schon lange niemand mehr betreten hatte. Spaten, Harken, Schaufeln lagen verstreut auf dem Fußboden, bedeckt vom Staub unzähliger Monate. In den Ecken und an der Decke wucherten Spinnweben.

Parthenius zog aus einem Verschlag ein in Wolltücher gehülltes Paket hervor und legte es auf den Boden. Ein leises Klirren ertönte. Craton kannte dieses Geräusch nur allzu gut, und sein Gespür hatte ihn nicht getäuscht: Als Parthenius das Bündel öffnete, kamen mehrere Schwerter zum Vorschein.

Schweigend hielt Petronius eines Craton hin. Es war ein Kurzschwert, wie es die Soldaten des Reiches während der Feldzüge bei sich trugen. Auch den zwei anderen Verschwörern reichte Parthenius Waffen. Der eine nahm das Schwert nur zögernd, fast widerwillig entgegen, der andere hingegen griff sicher und bestimmt danach. Craton erkannte eine starke, wettergegerbte Hand mit einer Narbe auf dem Handrücken.

«Mantano?», flüsterte der *Libertus*. Die Gestalt drehte sich um und zog die Kapuze vom Kopf. Der brennende Blick traf Craton mit der gleichen Wucht wie all die Jahre vorher, und ihm wurde klar, dass er die Gegenwart des *Lanistas* immer spüren würde.

Erinnerungen an den *Ludus* kehrten zurück, erfüllt von Bitterkeit und Wut, und er fragte sich, warum Mantano an dieser Verschwörung teilnahm. Wusste Gaius davon, oder hatte er ihn gar, aus welchem Grund auch immer, gesandt?

Mantano verzog seine Lippen; auch er hatte nicht erwartet, dass das Schicksal sie an diesem ungewöhnlichen Ort zusammenkommen ließ.

«Die Prätorianer durchstreifen den Palast», flüsterte Parthenius besorgt. «Es sind weniger als gewöhnlich, wir müssen dennoch vorsichtig sein.» Er griff nach dem letzten Schwert, das er aus dem Bündel zog, und reichte es Petronius. Beunruhigt bemerkte Craton, dass der Hofbeamte sich selbst nicht bewaffnete.

Auch Parthenius war als Sklave geboren worden, doch Nero schenkte ihm die Freiheit, und während dessen Regierungszeit hatte er die Stellung eines angesehenen Hofberaters inne. Ein Vertrauter der Kaiserin Domitia Longina und ein Verbündeter der feindlichen Kräfte im Senat, war er für Petronius zu dem Schlüssel geworden, der ihnen die Türen zum Palast des Imperators öffnete.

Die Nacht würde sich bald vor der Dämmerung verneigen und eine neue Sonne den *Palatin* erhellen und in all seiner Pracht erstrahlen lassen. Die Zeit drängte, und die Tat musste rasch vollbracht werden. Lautlos verließen die Männer den düsteren Raum, schlichen wie Schatten weiter zum Haupttrakt des Palastes. Endlich erreichten sie jenen Teil, in dem sich Domitians Gemächer befanden.

Mächtige Säulen, hinter denen sich ein Saal auftat, ragten bedrohlich auf, erstrahlten in schlichter Eleganz; ein steinernes Sinnbild für Roms Macht und Unerschütterlichkeit. Im Marmorboden spiegelte sich das Licht der Öllämpchen wider. Es war hell genug, um Gänge, Treppen, Türen zu erahnen, und doch dunkel genug, um sich zu verstecken.

Die Männer warfen sich fragende Blicke zu, als wieder forsche Schritte zu vernehmen waren, und drückten sich an die Säulen. Eine Prätorianergarde war auf ihrem nächtlichen Rundgang.

Craton umklammerte das Schwert noch fester, horchte mit zusammengepressten Lippen. Sollten sie jetzt entdeckt werden, war alles umsonst gewesen. Sein Herz pochte, während er Mantano ansah. Dessen Miene blieb regungslos, und nichts deutete darauf hin, dass er sich fürchtete oder sorgte.

Die Schritte kamen unerbittlich näher, hallten von Decken und Wänden wider. Die Soldaten waren jetzt ganz nah. Es war schwierig, ihre Zahl auszumachen.

Craton starrte auf eine Feuerschale. Die Glut glimmte noch, und zarte Rauchfäden stiegen auf. Eine Fliege schwirrte über die ausgebrannten Kohlen. Angefacht von einem Luftzug, züngelte die Flamme auf, und mit einem Knistern verschlang sie das Insekt, gleich einem düsteren Omen.

Die immer länger werdenden Schatten der näher kommenden Prätorianer krochen bedrohlich über den Marmorboden, doch die Verschwörer rührten sich noch immer nicht. Nur Petronius und Parthenius gaben sich aufgeregt Zeichen, und als die Soldaten sie beinahe erreicht hatten, trat der Hofbeamte plötzlich aus seinem Versteck.

Craton stockte der Atem. Eine Falle!, schoss es ihm durch den Kopf. Eine Falle, und Parthenius war der Verräter!

Die Prätorianer zogen blitzschnell ihre Waffen, doch als sie Parthenius erkannten, ließen sie sie langsam sinken. Das Licht der Lämpchen tänzelte auf ihren Helmen und Harnischen.

«Wir haben euch schon lange erwartet», flüsterte der hoch gewachsene *Centurio* und blickte sich vorsichtig um. Auch Petronius verließ sein Versteck und ging auf die Wachen zu.

«Wir wurden aufgehalten», entgegnete er mit gedämpfter Stimme.

Der letzte Mann, der sich bisher noch nicht zu erkennen gab, trat nun auch aus dem Schatten und streifte die Kapuze ab. Unvermittelt sah Craton in das Gesicht seines ehemaligen Herrn Gaius Octavius Pulcher. Der *Libertus* riss verwundert die Augen auf. Gaius war hier? Der unnahbare, eitle, nur auf seinen eigenen Ruhm und Vorteil bedachte Gaius ein Verschwörer?

«Wir müssen weiter! Hier können wir leicht entdeckt werden! Und wir haben nicht mehr viel Zeit!», drängte Parthenius.

«Seid ihr nur zu dritt?», erkundigte sich der *Centurio* enttäuscht.

Parthenius schüttelte den Kopf, deutete mit dem Kinn zu den Säulen. Der *Lanista* trat als Erster vor, gefolgt von Craton, der auf Gaius zuging.

Schweigend starrten sich die beiden Männer an. Craton hatte seinen ehemaligen Herrn seit Wochen nicht mehr gesehen; der Adelige wirkte müde, sein jugendliches Aussehen war dem eines reifen, gealterten Mannes gewichen.

«So treffen wir uns wieder», begann Gaius. «Welch ungewöhnliche Umstände, die uns zusammenführen. Es scheint, wir beide haben nichts mehr zu verlieren – oder alles!»

«Ich habe mehr verloren, als du je besessen hast!» Craton wandte sich ab und blickte zum *Centurio*. Erst jetzt erkannte er ihn wieder: Es war der Offizier aus dem *Tullianum*, der ihn zum Marsfeld begleitet hatte und Zeuge der göttlichen Vorsehung wurde.

Er deutete eine Verneigung an, als er Craton bemerkte. «Ich hoffe, die Götter werden dich auch in dieser Nacht wieder schützen! Und uns mit dir!», sagte er bewegt.

«Die Zeit drängt!», fuhr Parthenius gereizt dazwischen. «Ihr alle wisst, warum wir hier sind.»

Mit ernsten Mienen machten sich die Soldaten auf, doch Petronius hielt sie zurück.

«Wo ist Stephanius?», fragte er den *Centurio*.

«Er ist dort, wo er Rom am besten dienen wird! Wir werden ihn früh genug treffen!» Damit eilte der Prätorianer los. Die anderen Soldaten und die Verschwörer folgten ihm.

Die Kohlestückchen in der Schale waren nun gänzlich erloschen; nur ein einziges glühte noch. Von ihm stieg ein dünner Rauchfaden empor und verlor sich in der Dunkelheit.

Die im Dämmerlicht liegenden Palasträume, die sie nun betraten, waren prächtig ausgestattet. Vorsichtig gingen sie von einem Saal zum nächsten, verfolgt von ihren eigenen Schatten, welche die Eindringlinge einmal zu jagen, ihnen dann wieder vorauszueilen schienen oder wie Geister über die Wände flogen.

Gaius dachte über die vergangenen Tage nach. Cratons Anwesenheit überraschte ihn. Petronius hatte die Namen der Beteiligten bis zu dieser Nacht geheim gehalten. Wäre einer von ihnen verhaftet worden, hätte er niemanden verraten können.

Ich werde alles verlieren, sollte dieses Attentat auf den Kaiser scheitern, überlegte er, meine Schule, meine Kämpfer, mein Leben – und Julia. Und doch zeigte ihm Craton, dass es sich lohnte, zu kämpfen – für einen Traum, für eine Idee, für einen Menschen. Und wenn es die Götter verlangten, sogar sein Leben zu opfern.

Julia – ihr liebreizender Name erschien ihm plötzlich wie ein Licht, das ihn durch die Gänge führte.

Doch noch ein Name fiel ihm ein: Pompeia.

Ein Prätorianer hatte ihm vor einigen Tagen einen Brief von ihr überbracht. Sie fragte nach Gaius' Befinden und kündigte ihren baldigen Besuch an. Und er wusste, dass dies nichts Erfreuliches bedeuten würde. Lange hatte er ihren Brief in der Hand gehalten, den betörenden Duft ihres Parfüms gerochen, dann fasste er einen Entschluss: Er würde sich Petronius und seinen Männern anschließen.

So nahm Gaius Octavius Pulcher Tiberianus' Platz ein. Das war er seinem besten Freund schuldig – und Julia. Und wenn er ehrlich war – auch Craton.

Wissend, dass Mantano ihm bedingungslos ergeben war, hatte er den *Lanista* in das gefährliche Vorhaben eingeweiht. Trotz ihrer ständigen Streitereien sagte dieser sofort zu, bereit, seinem ehemaligen Herrn, dem er Treue geschworen hatte, bis in den Tod zu folgen.

Der *Centurio* hielt plötzlich an und streckte besorgt den Arm aus. Die Männer blieben stehen.

«Wir werden vorausgehen, um die Wachen vor Domitians Schlafzimmer abzulösen», erklärte er flüsternd. «Sie erwarten uns schon und schöpfen keinen Verdacht. Ihr wartet hier, bis ich euch rufen lasse. Betet zu den Göttern, dass sich uns jetzt niemand mehr in den Weg stellt! Das Ziel ist nahe!»

Die Prätorianer hetzten los.

Craton war sich noch immer nicht sicher, ob dies nicht eine Falle war. Der Palast bot unzählige Möglichkeiten für einen Hinterhalt und kaum Fluchtwege. Er spürte einen Lufthauch; irgendwo wurde eine Tür geöffnet, doch es blieb alles still. Plötzlich glaubte er den heranziehenden Morgen zu riechen. Ob er die Dämmerung und den nächsten Sonnenaufgang noch erleben durfte, würde sich bald zeigen.

Gaius' leise Stimme riss ihn aus den Gedanken. «Nicht in meinen Träumen hätte ich daran gedacht, eines Tages mit dem Schwert in der Hand neben dir zu stehen, um zu kämpfen.»

«Du bist schon einmal neben mir gestanden», erwiderte Craton, «aber gekämpft hast du nicht.» Jene Mordnacht, die ihr beider Leben, ihr Schicksal so verändert hatte, fiel ihm wieder ein.

Auch Gaius erinnerte sich. «Es ist nie zu spät, anzufangen zu kämpfen», entgegnete er. «Darum bin ich hier.»

Petronius trat an sie heran: «Ich hatte von Parthenius erfahren, dass auch Pompeia diese Nacht im Palast ist. Sie war gestern Abend angekommen. Anscheinend beunruhigt sie schon seit Tagen ein Traum. Deswegen wollte sie nicht allein in ihrer Villa übernachten.»

Cratons Miene blieb unbeweglich, während Gaius sich auf die Lippen biss, seine Fäuste ballte und ungläubig fragte: «Ein Traum?»

Petronius zuckte mit den Schultern. «Frauen haben immer irgendwelche Träume. Unheimliche und erfreuliche. Manche bleiben Träume, und manche werden Wirklichkeit ...» Er verstummte, als erneut Schritte laut wurden, die näher kamen.

Es war der *Centurio*, der zurückkehrte. «Es ist so weit!», flüsterte er und schritt entschlossen voran.

Der Prätorianer führte sie zu den Gemächern des Imperators. Ihre Pracht war unvergleichlich: Gold und wertvolle Mosaiken zierten die Wände, kostbarer Marmor schimmerte, eindrucksvolle Bildnisse früherer Kaiser und prachtvolle Statuen der Götter säumten den Weg. Ihre Blicke schienen den Eindringlingen misstrauisch zu folgen.

Parthenius zeigte verstohlen auf eine verschlossene Tür, und lautlos formten seine Lippen einen Namen: «Pompeia!»

Einige Schritte weiter stießen sie auf zwei Soldaten der Prätorianergarde, die sie bereits kannten. Sie standen zu beiden Seiten einer Tür, hinter welcher Domitians Gemach lag. Hier schlief der Welt mächtigster Herrscher, Gott und Kaiser.

Gaius schluckte leer, und sein einziger Halt, so schien ihm, war das Schwert. Er suchte in den Gesichtern von Mantano und Craton nach Spuren von Aufregung. Doch er fand keine, und er fragte sich, ob es überhaupt etwas gab, was sie fürchteten. Göttergleich und siegesgewiss standen sie da, als würde jeden Augenblick das Tor zur Arena aufgestoßen werden, um einen Kampf zu führen, der nicht nur ihr Leben, sondern auch das Schicksal eines Weltreiches verändern würde.

Ein Mann mit einem von Furchen durchzogenen Gesicht trat aus einer Tür heraus. Er hielt den Arm in einer Schlinge – scheinbar hatte er sich verletzt –, dennoch umklammerte seine Hand einen *Papyrus*.

«Stephanius», grüßte ihn der *Centurio*.

Zu Parthenius und Petronius gewandt, grüßte er zurück, ohne die übrigen Männer zu beachten. «Sollte sich das Schicksal gegen uns wenden – die Götter wissen, wie ehrenvoll unsere Absichten waren! Unser Leben ist nichtig, und Rom ist alles!», sagte er.

«Rom ist alles!», wiederholten Parthenius und Petronius ehrfürchtig.

«Rom ist alles!», schloss sich der *Centurio* ihnen an.

Stephanius wandte sich um und ging zielstrebig auf die Tür zu. Er blickte die beiden Prätorianer mit regungsloser Miene an, dann verschwand er in Domitians Schlafgemach.

Wie gebannt starrten die Verschwörer auf die Tür. Doch nichts rührte sich, nichts war zu hören.

Der Raum schien mit Ausnahme des Fußbodens und der Decke ein einziger, riesengroßer Spiegel zu sein. Und in der Mitte stand, einer Statue gleich, der Imperator. Seine kalten Augen verrieten Ungeduld. Vielleicht war er wieder aufgewacht, vielleicht war er noch gar nicht zu Bett gegangen, vielleicht hielt ihn eine dunkle Vorahnung wach.

Stephanius verneigte sich, schritt näher, und als Domitian ihn grüßte und ihm herrisch befahl, sein Anliegen vorzubringen, reichte er ihm den *Papyrus*. Das Gesicht des Imperators zeigte keine Regung, als er das Schriftstück entgegennahm und entrollte. Erst als er zu lesen begann, erfasste ein Zucken seine Mundwinkel; seine Hände zitterten. Dann zerknüllte er den *Papyrus*, warf ihn empört auf den Fußboden und blickte wütend auf.

Im gleichen Augenblick löste Stephanius seine Schlinge, zog einen Dolch hervor, stürzte auf den Imperator und stieß ihm die Klinge in die Brust. Die Augen des Kaisers weiteten sich. Er taumelte, griff verzweifelt nach seinem Schwert und drehte sich torkelnd um. Er schlug um sich und traf den Angreifer am Hals. Röchelnd sank Stephanius zu Boden.

Die Tür wurde aufgerissen, und gleich einer getriebenen Herde stürzten die Verschwörer herein: der *Centurio*, die beiden Prätorianer, Petronius, Parthenius, Craton und Mantano. Gaius folgte ihnen wie im Rausch, und wie zerrissene Nebelschwaden zogen die Bilder des Augenblicks an ihm vorbei. Er würde sie nie mehr vergessen.

Mit gezogenem Schwert stürmte der *Centurio* voran und trieb dem Imperator die Klinge in den Bauch. Der Herrscher wankte, sein Gesicht schmerzverzerrt. Auch Petronius' Klinge bohrte sich in die Brust des Kaisers. Unerwartet bäumte sich der Imperator erneut auf; Mantano konnte gerade noch einem Schlag ausweichen.

Craton hielt sein Schwert fest und blickte regungslos auf das gespenstische Schauspiel: Fünf Männer fielen über Domitian her, hieben auf einen sterblichen Gott ein. Klingen blitzten auf im Licht der Lämpchen, Schatten jagten, tanzten einen schaurigen, wilden Tanz des Todes.

Mantano näherte sich dem Kaiser und rammte ihm die Klinge so fest in den Rücken, dass sie aus der Brust wieder hervortrat. Der Imperator hustete Blut, sank zusammen. Sein Kopf fiel nach hinten, seine durchlöcherte Tunika färbte sich rot. Das Schwert entglitt seiner knochigen Hand, ein unterdrücktes Stöhnen drang aus der Kehle des Kaisers, als Parthenius, Petronius und die Prätorianer, gleich hungrigen Wölfen, die sich über Beute hermachten, immer wieder auf ihn einstachen, bis er schließlich auf den toten Stephanius sank.

Erst jetzt ließen die Verschwörer von ihm ab.

Gaius' Knie drohten nachzugeben, und kalter Schweiß trat auf seine Stirn. Er zwang sich, Domitian nochmals anzusehen. Gekrümmt lag er da, sein Körper zuckte, sein Atem ging stoßweise. Er presste eine Hand auf eine tiefe Stichwunde im Bauch, die andere streckte er vergeblich nach einem Gegenstand, der neben ihm auf dem Boden lag, aus.

Gaius kostete es eine unglaubliche Überwindung, trotzdem beugte er sich nieder und erkannte, wonach der Imperator zu greifen versuchte: nach einem zerknüllten *Papyrus.* Der Adelige hob ihn auf. Mit zitternder Hand strich er das Schriftstück glatt und erstarrte. Es war eine Nachricht, die den Kaiser vor einer Verschwörung warnte. Gaius las die Namen von Petronius, Parthenius, Stephanius und weiteren Männern, die beschlossen hatten, Rom von Domitians Schreckensherrschaft zu befreien. Wie unglaublich, dachte er, Stephanius, einer der engsten Vertrauten des Kaisers, hatte ihm das Schreiben ausgehändigt, bevor er als Erster zustieß. Wie erniedrigend für den göttlichen Herrscher zu erfahren, was ihm bevorstand, und es nicht mehr verhindern zu können.

Gaius starrte auf den *Papyrus.* Er war blutverschmiert, doch die Namen der Männer waren noch deutlich zu lesen. Nur einen, den letzten Namen, bedeckte das Blut fast gänzlich. Den Namen einer Frau: Domitia Longina.

Craton trat langsam auf den Imperator zu.

Kein Muskel zuckte in seinem Gesicht, als er dem Todeskampf des Kaisers ungerührt zusah. Er hob das Schwert, erblickte sich in einer Spiegelwand, dann drang die Klinge seiner Waffe in Domitians Brust.

Craton wandte sich schweigend ab, schritt an Gaius, der der Ermordung fassungslos zugesehen hatte, und an den anderen Männern vorbei und verließ das Gemach.

Er stand allein im leeren Gang. Niemand hatte etwas bemerkt, der Plan von Petronius Secundus und Parthenius war aufgegangen, Domitian tot.

Craton lief los, den endlos scheinenden Korridor entlang. Er wollte weg, weg von diesem Ort, er wollte alles hinter sich lassen, um anderswo nach Versöhnung und Frieden zu suchen. Doch plötzlich blieb er vor einer Tür stehen, als würde ihn eine Stimme locken. Hatte nicht Parthenius gesagt, dies wären Pompeias Gemächer?

Entschlossen griff er nach dem Türknauf, hielt jedoch einen Moment inne, starrte auf seine blutverschmierte Hand, als wäre es eine fremde. Er ballte sie zu einer Faust. Wieder sah er Anea sterben, spürte ihren letzten Blick, ihre Umarmung. Er wusste, sein Hunger nach Rache würde nie gestillt werden, und zornig öffnete er die Tür. Der Raum, den er betrat, lag im schwachen Licht, das die Morgendämmerung ankündigte. In der Mitte stand ein mit zarten Stoffen verhangenes Bett, und ohne hinzuschauen wusste Craton, dass sie es war, die darin lag.

Er trat leise näher und hob vorsichtig den Vorhang.

Pompeia schlief.

Kaum merklich hob und senkte sich ihre Brust, und nichts verriet ihre Gerissenheit und Machtgier. Eine Falte bildete sich auf ihrer Stirn, doch rasch entspannten sich die Gesichtszüge wieder.

Craton hatte von ihrer Schönheit gekostet – von der Schönheit, die gefährlicher war als das Gift der Schlangen und Skorpione und die Männer ins Verderben riss.

Das zaghaft brennende Öllämpchen neben dem Bett flackerte plötzlich auf, der Vorhang am Fenster blähte sich. Pompeia reckte sich, ohne aufzuwachen.

Mit einer Hand könnte ich ihr das Genick brechen, sie erwürgen, dachte er, mit einem einzigen Griff wäre alles vorbei. Er beugte sich vor.

Der Hieb überraschte ihn, ließ ihn für einen Augenblick taumeln. Verwundert drehte sich Craton nach dem Angreifer um und entdeckte einen schmächtigen Mann. Er hatte ein durch Narben und eine verschobene Nase verunstaltetes Gesicht, und Craton wusste, wer vor ihm stand: der Ausbilder des *Ludus Magnus*. In seinen Händen funkelte ein Schwert im Licht des anbrechenden Tages.

«Tbychos! Du feiger Hund!», fauchte Craton ihn an. «Lehrt ihr im *Ludus Magnus* neuerdings, einen Mann von hinten zu erschlagen, oder fürchtest du meine Stärke?»

Ein schmieriges Lächeln huschte über die blutleeren Lippen des Mannes, seine Augen blitzten herausfordernd.

«Deine Stärke?», knurrte Tbychos, «du sprichst von Stärke und wolltest eine Frau im Schlaf umbringen?» Er stürmte vor, doch sein Schlag verfehlte Craton und traf stattdessen den Vorhang, der rauschend zu Boden fiel.

Pompeia erwachte und hob schlaftrunken den Kopf. Noch glaubte sie zu träumen, erst als ein Stuhl lärmend auf den Boden polterte, schreckte sie hoch, richtete sich auf und glitt aus dem Bett, als sie Craton erkannte. Derb stieß er sie zur Seite.

Tbychos richtete das Schwert auf ihn und zischte höhnisch: «Wir hätten auch dich und deinen Herrn erschlagen sollen! Nicht nur diesen elenden Tiberianus!» Er spuckte verächtlich aus.

Craton stutzte, und wieder hatten ihn die Erinnerungen eingeholt. Und jetzt erkannte er: Tbychos war jene düstere Gestalt gewesen, die sich in jener Nacht, als der Senator ermordet wurde, aus der Nische gelöst hatte.

«Du bist nur ein lausiger Straßendieb, ein feiger Mörder!», höhnte Craton, «ich weiß alles, ich weiß, wer dahinter steckt: Agrippa! Und auch du wirst ihm nun in *Charons* Reich folgen!» Er hoffte, den *Lanista* zu verunsichern und ihn zu einem unüberlegten Angriff zu verleiten.

Pompeia lehnte sich an die Wand, und obwohl sie hätte fliehen oder nach den Wachen rufen können, verfolgte sie gebannt, mit erregten Blicken den Kampf.

Tbychos stürmte mit erhobener Waffe hervor, verfehlte seinen Gegner und stürzte auf Pompeias Bett. Craton warf sich auf ihn. Sie kämpften unerbittlich – Tbychos mit seinem Schwert, Craton mit bloßen Händen.

Der *Lanista* riss sich los, drängte den Gladiator zurück, schlug immer wieder nach ihm, bis die Klinge Cratons Schulter traf. Der *Libertus* stolperte, und er stürzte, als seine Füße sich im heruntergerissenen Vorhang verfingen. Vergeblich versuchte er, aufzustehen. Tbychos kam näher. Craton wich zurück, kroch in die Ecke. In eine Falle.

Erst jetzt löste sich Pompeia von der Wand, den Mund zu einem zynischen Lächeln verzogen.

«Wolltest du es wirklich, Craton?», fragte sie, und ihre Stimme klang hart und kalt. «Wolltest du mich umbringen?» Sie lachte auf. «Wie unvernünftig von dir!»

Ihre Augen blitzten hasserfüllt auf, als sie sich Tbychos zuwandte: «Töte ihn! Töte ihn für mich! Und ich werde dich reichlich belohnen! Beim Jupiter, ich befehle dir, ihn zu töten.»

Craton blickte sie triumphierend an. «Du wirst niemanden

mehr belohnen können. Denn dein Imperator ist mir bereits vorausgegangen. Du hast keinen Beschützer mehr! Der Kaiser ist tot!»

Pompeias Gesicht wurde fahl, erstarrte zu einer Maske, dann schrie sie auf und schlug entsetzt ihre Hände vors Gesicht.

Tbychos' Klinge sauste nieder auf Craton. Doch der tödliche Stoß erreichte ihn nicht. Funken stoben, als ein anderes Schwert den Hieb abfing.

Craton traute seinen Augen nicht. Gaius drängte mit unerwartet geschickten Schlägen Tbychos zurück.

«Mein Leben für dein Leben!», rief der Adelige, während er versuchte, Tbychos' Angriffe abzuwehren.

Der *Lanista* stürzte wütend vor, und Gaius – kampfunerfahren – taumelte zur Seite, versuchte vergeblich zu entkommen.

Craton sprang auf, griff nach ihm, um ihn zurückzureißen. Doch er bekam nur den Saum seines Umhanges zu fassen und wusste, er würde zu spät kommen. Mein Leben für dein Leben!, hallten die Worte in seinem Kopf wider, mein Leben für dein Leben!

Tbychos hatte Gaius nun erreicht. Die Klinge seines Schwertes blitzte todbringend auf, als er zustach.

Die Kampfgeräusche wichen einer Stille, in der nur ein ersticktes Röcheln zu hören war. Tbychos hielt überrascht inne, als er die Waffe zurückzog. Sie war blutgetränkt. Entsetzt sah Gaius ihn an, während das Schwert aus seiner Hand glitt.

Pompeia stand mit aufgerissenen Augen vor ihnen, presste die Hände auf die Brust, wo sich ihr Gewand rot färbte. Erst jetzt erkannten die Männer, was geschehen war: Sie hatte sich zwischen die Kämpfenden geworfen und den tödlichen Stoß empfangen.

Craton hob Gaius' Waffe blitzschnell auf und setzte Tbychos, der zu fliehen versuchte, nach. Mit voller Wucht bohrte sich das Schwert in den Rücken des Flüchtenden, als Craton ihn erreichte. Einen Atemzug lang blieb der *Lanista* wie versteinert stehen, dann schwankte er und verlor den Halt.

Die Tür öffnete sich, und torkelnd fiel Tbychos vornüber, in die gezückte Waffe von Mantano. Die Klinge drang in sein Herz. Er sackte zusammen und blieb auf der Schwelle liegen, das narbenübersäte Gesicht vor Entsetzen verzerrt.

Regungslos hielt Gaius die sterbende Pompeia in seinen Armen.

Sie zitterte, Tränen traten in ihre Augen, rannen über ihre fahlen Wangen, die Lippen bebten. Ihre Kräfte schwanden, und mit letzter Anstrengung drehte sie den Kopf, lächelte ihn an und strich wehmütig über sein Gesicht.

«Gaius», hauchte sie mit erstickter Stimme, und ihre rechte Hand krallte sich in die Tunika des Adeligen. «Mein armer, lieber Gaius, ich wollte dich immer beschützen.»

Er sah sie ungläubig an. «Du hast mein Leben gerettet. Warum?»

«Liebe ist ein Schwert. Es befreit und es tötet. Und ich liebte dich. Ich wollte dich. Immer schon.» Sie richtete sich nochmals auf, nahm sein Gesicht in ihre Hände und drücke ihm einen begehrenden Kuss auf die Lippen. «Nur dich», flüsterte sie.

Er spürte, wie ihre Glieder erschlafften und ihr Arm von seinen Schultern glitt. Sie war tot. Er kniete nieder und legte ihren leblosen Körper behutsam auf den kalten Marmorboden. Erschüttert und verwirrt zugleich starrte er sie an, unfähig zu begreifen, welche Dämonen diese Nacht heimgesucht hatten.

Die Frau, die er verachtete, hatte ihm das Leben gerettet. Die Frau, die er so fürchtete und hasste, gestand ihm, als die Schwingen des Todes sich über sie senkten, ihre Liebe.

Vor langer Zeit war er ihr hoffnungslos verfallen, und die Erinnerungen an ihre gemeinsamen Stunden, an die Augenblicke voll grenzenloser Leidenschaft kehrten nun zurück. Seine Gedanken überschlugen sich; er schloss die Augen und spürte, wie ihm Schmerz die Kehle zuschnürte.

«Gaius?» Eine Hand berührte ihn.

Craton stand neben ihm, und hasserfüllt blickte er auf Pompeia. Und plötzlich wusste Gaius, was der *Libertus* wirklich sah: Anea. Und er begriff: Craton hatte sich ihnen angeschlossen, um ihren sinnlosen Tod zu rächen.

Eine edel gekleidete Frau betrat, begleitet von zwei Prätorianern und Petronius Secundus, das Gemach.

Gaius, Craton und Mantano neigten die Häupter und grüßten: «Herrin!»

Sie sah die Männer an, schritt langsam, ohne Tbychos zu beachten, an ihnen vorbei und blieb vor Pompeia stehen. Ein Ausdruck der Genugtuung löste ihre starren Gesichtszüge, und ihr Blick blieb an Craton hängen.

Domitia Longina nahm ein Amulett, das um ihren Hals hing, ab und streckte es ihm entgegen. «Ich kenne dich», sagte sie. «Du bist Craton, der Günstling der Vestalin. Nimm ihr Zeichen an! Die große Göttin weiß, wem sie das Leben schenken muss. Du hast es verdient zu leben!»

Sie ergriff Cratons Hand und legte das goldene Schmuckstück hinein, danach wandte sie sich den anderen zu: «Es war der Wille der Götter, der euch hierher geführt hat, um uns alle zu befreien.»

Petronius trat vor und verneigte sich tief. «Dunkle Nacht umhüllte Rom, und die Stunde vor der Dämmerung ist immer die dunkelste», entgegnete er.

Ein zufriedenes Lächeln umspielte den Mund von Domitia. «Rom versank in der Dunkelheit. Jetzt hat es wieder zum Licht zurückgefunden.» Sie verließ das Gemach, und die

Männer folgten ihr schweigend. Nur Gaius zögerte, drehte sich nochmals um.

Die Morgendämmerung warf ihr Licht auf die Marmorfliesen. Ein erster Sonnenstrahl fiel auf den Körper von Flavia Pompeia und spiegelte sich in ihren toten Augen.

EPILOG

Leer und doch bedrohlich lag das Amphitheater da, getaucht in das warme Licht der letzten Sonnenstrahlen. Ihre Kraft schwand allmählich, und langsam senkte sich die Dämmerung auf Rom. Ein kühler Abendwind kam auf, spielte mit dem Sand zu Füßen der beiden Männer, die reglos in der Arena standen, und zerrte an ihren Tuniken.

«Wie seltsam, dir wieder hier zu begegnen – nach den Ereignissen der letzten Tage», brach Gaius die Stille und ließ seine Blicke schwermutig über die verlassenen Ränge und Logen schweifen.

Craton schwieg. Erst nach einer Weile wandte er sich seinem ehemaligen Herrn zu: «Ich glaubte auch nicht, dich noch einmal zu sehen.» Er kauerte nieder und nahm eine Hand voll Sand auf. Er fühlte sich warm an. «Wie viele haben wohl von hier ihren Weg in *Charons* Reich angetreten ...», bemerkte er nachdenklich.

«Für dich begann hier der Weg zum Ruhm und in die Freiheit», entgegnete Gaius. «Du warst der Beste von allen! Rom wird deinen Namen nicht vergessen! Väter werden ihren Söhnen über dich erzählen und diese den ihren, über Generationen hinweg.» Die Stimme des Adeligen war voller Begeisterung. «Woran wird sich die Welt erinnern, wenn sie an Rom denken wird? An seine Macht! An all die Tapferen und Furchtlosen! An all die Soldaten, an all die Gladiatoren, an all die Männer, die bereit waren, den Tod zu küssen!»

Craton sah ihn lange an, die Hand, aus welcher der Sand rieselte, noch immer zu einer Faust geballt. «Ich war dein Sklave. Du konntest meinen Körper peinigen lassen, über mein Leben oder über meinen Tod entscheiden. Meine Kraft gehörte dir, aber niemals mein Geist! Ich war immer frei, Gaius.» Er schwieg für einen Augenblick, bevor er hinzufügte: «Die Erinnerungen werden verblassen, die Marmorbildnisse der Großen und Unsterblichen zu Staub zerfallen. Die Zeit wird sie davonfegen. Aber dieser Sand, getränkt mit dem Blut Unzähliger – er wird immer von der Größe und Grausamkeit Roms zeugen. Bis in alle Ewigkeit. Gleich, wohin der Wind ihn trägt.» Er öffnete die Hand und ließ die Sandkörner zwischen seinen Fingern rinnen.

Gaius schwieg. Er wusste nicht, was er antworten sollte, suchte angestrengt nach den richtigen Worten und begann nur zögernd: «Vielleicht möchtest du erfahren, dass es deinem Sohn gut geht. Er wächst heran, ist kräftig geworden. Man nennt ihn Catullus. Ferun, eine junge Sklavin, sorgt für ihn wie seine eigene Mutter.»

Craton biss sich auf die Lippen, bis er den Geschmack von Blut schmeckte. Ohne Gaius anzublicken, fragte er tonlos: «Mein Sohn?» Er stockte, schluckte, dann wandte er sich mit ernster Miene an seinen ehemaligen Herrn: «Ich schwöre dir, ich würde alles dafür geben, der Vater dieses Jungen zu sein. Sogar mein Leben. Ich würde wieder in der Arena kämpfen. Aber du irrst dich! Du hast dich immer geirrt! Ich bin nicht Catullus' Vater. Du hast mich dafür bestrafen lassen, was Calvus verbrochen hat.»

«Calvus?», stieß Gaius ungläubig hervor und blickte Craton entgeistert an. «Aber Titius ...»

Craton zuckte bitter lächelnd die Schultern. «Titius' Plan ist aufgegangen. In deinem blinden Zorn hast du Anea ihren Sohn entrissen und Titius die Frucht seiner Intrige geschenkt.»

«Und warum hast du nichts gesagt? Warum hast du es zugelassen?», drängte Gaius. Seine Stimme überschlug sich fast.

Craton wandte sich ab. «Wozu? Du hast nur das gehört, was du wolltest, und nur das gesehen, was dir genehm war. Hättest du mir geglaubt? Hättest du ihr geglaubt? Oder hättest du sie auspeitschen lassen, um die Wahrheit zu erfahren?»

Gaius senkte bedrückt den Kopf. Ein Gefühl stieg in ihm auf, das er schon lange nicht mehr empfunden hatte: Schuld. Gewissensbisse plagten ihn.

«Wohin wirst du jetzt gehen?», fragte er schließlich.

«Ich habe ein Versprechen zu erfüllen», sagte Craton leise und blickte zum verschlossenen Tor hinüber, das in die Gewölbe führte. «Lebe wohl, Gaius Octavius Pulcher!» Er wandte sich zum Gehen.

Gaius sah ihm gedankenverloren nach. Er blieb noch lange auf den Stufen des Amphitheaters sitzen, nachdem Craton die Arena verlassen hatte. Die Sterne funkelten bereits, und bald würden sich die ersten Schatten der hereinbrechenden Nacht über die Stadt legen.

Doch das letzte Licht des sterbenden Tages ließ den Sand nochmals schimmern, und Gaius konnte in ihm die Spuren, die Cratons Schritte hinterlassen hatten, erkennen.

Die Spuren im Sand der Ewigkeit.

DANKSAGUNGEN

Die Entstehung dieses Romans glich einer Odyssee aus Hochgefühl und Verzweiflung. Mein aufrichtiger Dank geht an alle, die mir in diesen Zeiten beiseite standen:

Meiner Familie, insbesondere meinen Schwestern Petra Kempf und Dagmar Pick,

meinen Eltern Heinz und Beatrix Kempf, die mich gestützt und unterstützt haben,

Alex Ross und seinem Team in Los Angeles, die als Erste an dieses Projekt und seine Realisierung geglaubt haben,

Birgitt und Oliver Streng, lieben Freunden, die mich an schlechten Tagen immer wieder aufrichteten.

Ein besonders herzliches Danke geht an Wolfgang Eberle, den ersten Leser dieses Romans, der mich darin bestärkt hat, weiterzumachen.

Dank gebührt auch vielen anderen, Freunden, Bekannten und Kollegen. Sie alle hier aufzuzählen, würde den Rahmen dieser Danksagungen sprengen.

Dennoch möchte ich Ales Diessner, Laura Afflerbach und Franz Ditsch erwähnen, die mir, jeder auf seine Weise, in vielen Dingen den Rücken stärkten.

Auch meinem unermüdlichen und beispiellos geduldigen Lektor Ruben Mullis möchte ich an dieser Stelle danken, der sich manche Nacht mit dem Eigensinn einer Autorin herumschlagen musste.

Cornelia Kempf
Herbst 2005

GLOSSAR

Ad Bestias	Richterspruch (durch die Bestien zum Tode verurteilt)
Atrium	Eingangsbereich einer römischen Villa
Bestiarii	Gladiatoren, die bei Tierhetzen eingesetzt werden
Caledonien	alte Bezeichnung für den westlichen Teil Schottlands
Caput mundi	Hauptstadt der Welt
Carcer	der Kerker im Tullianum
Cauponula	Schankstube, Kneipe
Cella	Zelle
Cena	Hauptmahlzeit/Abendmahl
Cena Libera	das Festessen der Gladiatoren am Abend vor ihrem Auftritt
Centuria	die Hundertschaft (militärischer Begriff)
Centurio	Offizier der römischen Legionen, der eine Hundertschaft anführt
Charon	Totengott, der Fährmann, der die Toten über den Fluss Styx fährt
Copa	Wirtin
Creditor	Gläubiger, Geldverleiher
Cubiculum	Schlafzimmer
Editor	der Ausrichter der Spiele
Eriu	Irland
Exedra	das Gartenzimmer
Familia	Familie
Fasces	Rutenbündel, das die Liktoren trugen (Symbol der Amtsgewalt)
Garum	würzige Fischsoße
Germania superia	Obergermanien (römische Provinz)
Gladius	das Schwert
Habet, hoc habet	«Den hat's erwischt» – Ausruf der Römer, wenn ein Gladiator im Kampf fällt
Hades	das Reich der Toten, die Unterwelt

Hortus	der Garten
Impluvium	das Auffangbecken für Regenwasser im Atrium
Infamia	ehrlos/übler Ruf
Insula	mehrstöckiges Haus
Iugulo	«Stich ihn ab!» – Ausruf der Massen, wenn ein Gladiator besiegt am Boden liegt
Lanista	der Ausbilder der Gladiatoren – Gladiatorenmeister
Latium	der Bezirk um Rom
Legat	Abgesandter
Libertus	ein freigelassener Sklave
Libitina	Totengöttin
Liktor	Büttel, Ordnungshüter
Locus inhonestus	ehrloser Ort
Londinium	London
Lorica	die Panzerung der römischen Soldaten
Ludi	Bezeichnung für die Spiele im Allgemeinen
Ludi Cereales	Spiele zu Ehren der Göttin Ceres (April)
Ludi Romani	die beliebtesten Spiele zu Ehren des Gottes Jupiter (September)
Ludus Gladiatorius	Gladiatorenschule
Ludus Magnus	die «Große» Schule in Rom, die größte Einrichtung für die Ausbildung von Gladiatoren
Lupa	Wölfin, Hündin, Dirne
Lupanar	Bezeichnung für Bordell
Magistrat	Beamter
Magistri	Helfer der Gladiatorenausbilder in einem Ludus
Manica	ein lederner Armschutz
Medicus	Arzt, Mediziner
Mitte eam	«Lass sie gehen»
Morituri te salutant	«Die dem Tode Geweihten grüßen dich» – Gruß der Gladiatoren an den Imperator
Munera	ehemals etruskisches Totenritual, aus dem die späteren Gladiatorenspiele stammen
Noxii	Verbrecher, Verurteilte, Sündige
Palatin	der palatinische Hügel, auf dem der Palast des Kaisers stand
Pax Romana	der Friede Roms/römischer Friede
Peristyl	Säulengang in einer römischen Villa mit Innenhof

Plebejer	einfaches Volk
Pompa	Prunkumzug zur Eröffnung der Spiele
Pontifex maximus	oberster Wächter des altrömischen Götterkults; dieser Titel ging später auf die römischen Kaiser und schließlich auf die Päpste über
Porta	Tor
Präfekt	Statthalter, Vorsteher
Retiarier	Gladiator, der mit Netz und Dreizack kämpft
Rostra	Rednerbühne hinter dem Forum
Salve	Gruß
Samnit	Gladiator, der mit Schwert und ovalem Großschild kämpft; seine Rüstung ist besonders prächtig und aufwendig gearbeitet
Secutor	Gladiator, der mit Schwert und rechteckigem Großschild kämpft
Spoliarium	Leichenkammer
Stans Missus	Unentschieden
Stola	Schal, der von Frauen getragen wird
Taberna	Wirtshaus, Laden
Tabernae	kleine Verkaufsläden, die in vielen Häusern zu finden sind
Tablinum	Wohnraum zwischen Peristyl und Atrium
Tabularium	Archiv
Te amo	Ich liebe dich
Tempus fugit	Sprichwort: Die Zeit entflieht
Tepidarium	ein lau geheizter Aufenthaltsraum in den Thermen
Thraker	Gladiator, der mit Schwert, kleinem, rechteckigem Schild, Beinschienen und Krempelhelm kämpft
Toga	das Kleidungsstück, das nur freie römische Bürger tragen dürfen
Tonsor	Haarschneider, Barbier
Tribun	Stabsoffizier
Triclinium	Speisezimmer
Tuba	trompetenähnliches Blechblasinstrument
Tullianum	berüchtigtes Gefängnis in Rom
Tunika	allgemein gebräuchliches Kleidungsstück
Tyche	Glücksgöttin
Velum	ein Segel, das über das Amphitheater gespannt wird, um die Besucher vor der Sonne zu schützen (Sonnensegel)

Venatores	Tierhetzer; Gladiatoren, die bei Tierhetzen
	(Venatio bestiarii) in den Arenen eingesetzt wurden
Vestalin	Priesterin der Göttin Vesta
Vita	Leben

POSTSKRIPTUM

Neben den von mir erschaffenen Figuren kommen in diesem Roman auch historische Persönlichkeiten vor. Sie sind im Personenverzeichnis mit einem Stern versehen.

Eine der wichtigsten von ihnen ist Kaiser Domitian (51 bis 96 n. Chr.): Obwohl seine Herrschaft von den Geschichtsschreibern als grausam und eigenwillig beschrieben wird, erfreute sich Domitian vor allem in den Anfängen seiner Regentschaft bei Militär und Volk großer Beliebtheit. Während seiner Regierungszeit von 81–96 n. Chr. richtete er zahlreiche große und noch nie gesehene Spiele aus und genehmigte als erster Kaiser den Auftritt von Frauen und Kleinwüchsigen in der Arena. Er erhöhte den Sold der Legionäre, um sich ihre Verbundenheit zu sichern, was die Staatskasse eine enorme Summe kostete. Erst während seiner Regentschaft wurde das Amphitheatrum Flavium fertig gestellt. Domitian ließ das Kolosseum mit einem vierten Stockwerk versehen und bot dem sensationslüsternen Volk somit noch mehr Platz.

93 n. Chr. begann sich Domitian jedoch zu wandeln; ein neuer Nero schien geboren zu sein. Um Rom vor seinem Größenwahn zu retten, mussten Patrizier und Senat handeln und viele, darunter sogar Mitglieder der kaiserlichen Familie, haben dafür mit ihrem Leben bezahlt. Am 18. September 96 n. Chr. wurde Domitian in den frühen Morgenstunden ermordet, und es hätte sich wirklich so zutragen können, wie es in diesem Buch geschrieben steht.

Es ist nicht immer leicht, eine Geschichte spannend zu erzählen und sich dabei gänzlich an die historischen Fakten zu halten. Man möge mir daher verzeihen, dass ich mich bei Domitians Geliebter der schriftstellerischen Freiheit bediente und ihm eine erfundene Person – Pompeia – an die Seite gestellt habe statt Julia Titi, der einzigen Tochter von Kaiser Titus und somit Domitians Nichte. Aber Pompeia, eine machthungrige, gefährliche Frau, verführerisch schön und doch tödlicher als eine Kobra, trieb die Geschichte stärker voran.

Man möge mir ebenso nachsehen, dass ich Craton als Retiarier mit Helm antreten ließ, was eher unüblich war, da der Retiarier gewöhnlich unbehelmt kämpfte. Aber ohne diese kleine Änderung wäre der Kampf zwischen Anea und Craton nur halb so spannend geworden.

Auch möge man mir verzeihen, dass ich mich der allgemein verbreiteten Annahme «der Daumen zeigte nach oben oder nach unten» bediente. Aber noch heute diskutieren Historiker darüber, wie die Geste, mit welcher der Imperator über Leben oder Tod eines Gladiators entschied, ausgesehen hatte. Bei einem ist man sich jedoch einig: Der Daumen hatte weder nach oben noch nach unten gezeigt, sondern wurde auf die Kehle gerichtet, und mit dem Ruf «Iugulo» wurde der Tod eines Kämpfers gefordert.

Weitere mögliche Fehler und etwaige Irrtümer, die sich aus der Verwebung der erdachten Figuren mit den historisch verbürgten in dieser Geschichte ergeben, sind von mir zu verantworten und als schriftstellerische Freiheit zu verstehen. Sie dienen allein dem Zweck, die Geschichte spannender und unterhaltsamer zu gestalten.

Cornelia Kempf
Herbst 2005